JEFFERY DEAVER

Modlitwa o sen

Nakładem C&T

powieści
Jeffery'ego Deavera:

KOLEKCJONER KOŚCI

ŁZY DIABŁA

LEKCJA JEJ ŚMIERCI

PŁYTKIE GROBY

JEFFERY
DEAVER

Modlitwa o sen

Przekład:
ANNA BARTKOWICZ

C&T
TORUŃ

Tytuł oryginału:
PRAYING FOR SLEEP

Opracowanie graficzne:
MAŁGORZATA WOJNOWSKA

Redaktor wydania:
PAWEŁ MARSZAŁEK

Korekta:
MAGDALENA MARSZAŁEK

Skład i łamanie:
KUP „BORGIS" Toruń, tel. 0-56 654-82-04

ISBN 10: 83-7470-060-2
ISBN 13: 978-83-7470-060-3

Wydawnictwo „C&T" ul. Św. Józefa 79, 87-100 Toruń, tel./fax 0-56 652-90-17

Toruń 2006. Wydanie II. Ark. wyd. 21,5; ark. druk. 23.
Druk i oprawa: Wąbrzeskie Zakłady Graficzne Sp. z o.o.,
ul. Mickiewicza 15, 87-200 Wąbrzeźno.

I w żaden sposób nie da się w rozmowie
Wydobyć z niego, czemu wpadł w ten rozstrój?
Wszystko szło gładko, był zdrów — aż tu nagle
Ten zgrzyt, ten napad groźnego obłędu.

William Szekspir *Hamlet*
tłum. Stanisław Barańczak

I

Bestia najgorsza

1

Karawan bujał się łagodnie, a on leżał w nim jak w kołysce.

Zdezelowany pojazd posuwał się z chrzęstem wzdłuż wiejskiej drogi o asfaltowej nawierzchni — popękanej i wybrzuszonej w miejscach, gdzie pod spodem znajdowały się korzenie. Zdawało mu się, że ta podróż trwa kilka godzin, chociaż nie zdziwiłby się, gdyby mu ktoś powiedział, że są w drodze od kilku dni czy nawet tygodni. W końcu usłyszał pisk niezbyt sprawnych hamulców i poczuł szarpnięcie. Skręcili. Byli teraz na gładkiej szosie — na szosie stanowej — i gwałtownie przyspieszali.

Potarł policzkiem o atłasową metkę wszytą wewnątrz worka. Nie widział jej w ciemności, ale pamiętał, jaki był na niej napis — elegancko wyszyty czarnymi nićmi na żółtym materiale.

Wyroby z gumy
Trenton, NJ 08606
MADE IN USA

Jego pełny policzek pieścił teraz te litery, a on sam zaczął chciwie wdychać powietrze przez maleńki otwór, który powstał na skutek tego, że zamek błyskawiczny nie domknął się do końca. Nagle opanował go niepokój — pomyślał, że wszystko idzie mu zbyt gładko. Wydało mu się, że spada w dół, że leci prosto do piekła, albo może wpada do studni, w której pozostanie na zawsze, zaklinowany głową w dół.

Na tę myśl poczuł, że ogarnia go dojmujący lęk, lęk przed zamknięciem w ciasnej przestrzeni. Ten lęk wzmagał się i po chwili stał się nie do zniesienia. Wtedy on wyciągnął szyję, długimi, żółto-szarymi jak pazury kota zębami chwycił od wewnątrz suwak i zaczął go z wysiłkiem otwierać. Suwak rozsuwał się powoli. Otwór miał już cal długości, potem dwa cale, a potem zrobił się jeszcze trochę większy i zimne, pachnące spalinami powietrze wypełniło worek. Człowiek wdychał je chciwie. Odetchnąwszy poczuł, że lęk przed zamknięciem nie jest już tak dojmujący. Wiedział, że konwojenci, którzy wywożą zmarłych, nazywają to, w czym on właśnie leży, „worem powypadkowym". Nie przypominał sobie jednak, żeby ci ludzie kiedykolwiek wywozili kogoś, kto zginął w wypadku. Wywożeni przez nich zmarli tracili życie, skacząc ze szczytu schodów na Oddziale E. Albo kończyli ze sobą, podcinając sobie żyły w otłuszczonych przedramionach. Albo umierali z twarzą zanurzoną w misce klozetowej, albo — tak jak ten, co pożegnał się z tym światem dziś po południu — z kawałkiem szmaty zaciśniętym na szyi.

Wypadku natomiast nie przypominał sobie ani jednego.

Obnażył znowu zęby i dalej otwierał nimi suwak. Otwór miał już osiem cali długości, potem dziesięć. Okrągła, ogolona głowa leżącego wyłoniła się z niego. Leżący, ze swoimi grubymi wargami i z grubsza ciosaną twarzą, przypominał niedźwiedzia — niedźwiedzia pozbawionego włosów i niebieskiego, gdyż głowę miał pomalowaną na ten właśnie kolor.

Kiedy mógł już rozejrzeć się naokoło, ogarnęło go uczucie rozczarowania, gdyż zobaczył, że to, czym jedzie, nie jest prawdziwym karawanem, tylko zwykłym samochodem kombi, pomalowanym na dodatek nie na czarno, tylko na brązowo. Tylne okna nie były zasłonięte. Pojazd pędził, a on w ciemności mglistego, jesiennego wieczora dostrzegał za szybami upiorne kształty drzew, drogowskazów, słupów elektrycznych i stodół.

W pięć minut później zaczął znowu zmagać się z suwakiem. Był wściekły, bo ręce miał wciąż uwięzione w worku i nie mógł sobie nimi pomóc.

— Co za cholernie solidna guma — mruczał pod nosem.

Otwór powiększył się o następne cztery cale.

Mężczyzna zmarszczył brwi. Co to za *hałas*?

Muzyka! Dobiegała z szoferki oddzielonej od tylnej części samochodu czarnym przepierzeniem z płyty pilśniowej. Tak w ogóle to lubił muzykę, ale niektóre melodie działały mu na nerwy. Ta, którą słyszał teraz, jakaś piosenka country, nie wiadomo dlaczego rozdrażniła go bardzo.

Ten cholerny wór — pomyślał — jest za ciasny.

W chwilę później wydało mu się, że nie jest sam. Worek był pełen roztrzaskanych, zmasakrowanych ciał. Ciał tych, co skakali z wysokości, tych, co się utopili i tych, co podcięli sobie żyły.

Pomyślał, że dusze tych zmarłych nienawidzą go, że wiedzą, że on jest oszustem. Te dusze chciały go tu zamknąć żywcem, na zawsze, zamknąć w tym ciasnym, gumowym worku. Poczuł, że — po raz pierwszy tego wieczora — ogarnia go prawdziwa panika. Spróbował się odprężyć, zastosować ćwiczenia oddechowe, których go nauczono, ale było za późno. Oblał go pot, oczy wypełniły mu się łzami. Wystawił głowę przez otwór w worku. Zacisnął pięści i zaczął nimi walić w grubą gumę. Wierzgał nogami. Usiłował nosem rozsunąć suwak. Pchnął go gwałtownie od środka. Suwak rozsunął się nieco i zaciął się.

Michael Hrubek zaczął krzyczeć.

Muzyka ucichła. Rozległy się głosy przerażonych ludzi. Karawan zakołysał się jak samolot pod uderzeniami bocznego wiatru.

Hrubek spróbował usiąść, po czym opadł na plecy. Ponowił próbę, raz i drugi. Usiłował wyszarpnąć się z worka przez mały otwór. Mięśnie na szyi napięły mu się z wysiłku, oczy wyszły z orbit. Krzyczał i szlochał. Małe drzwiczki w przepierzeniu otworzyły się gwałtownie i w tylną część samochodu zaczęła się wpatrywać para szeroko otwartych oczu. Oszalały ze strachu Hrubek nie widział konwojenta ani nie słyszał jego histerycznych wrzasków.

— Zatrzymaj się! Zatrzymaj się, do cholery! — krzyczał konwojent do kierowcy.

Samochód zarzucił, zgrzytając kołami o kamienie, i zatrzymał się na poboczu. Wokół niego wzbił się tuman kurzu. Dwaj konwojenci w pastelowych zielonych kombinezonach wyskoczyli z szoferki i podbiegli do tylnej części samochodu. Jeden z nich otworzył gwałtownie drzwi. Nad głową Hrubeka zabłysło małe, żółte światełko. Hrubek przestraszył się i zaczął znowu krzyczeć.

— Cholera, on wcale nie jest martwy — powiedział młodszy z konwojentów.

— *On żyje!* To ucieczka! Zawracaj!

Hrubek znowu krzyczał. Rzucił się konwulsyjnym ruchem w przód. Żyły na niebieskiej czaszce i szyi nabrzmiały mu tak, że wyglądały jak postronki, a wszystkie ścięgna napięły się. W kącikach ust pokazała się piana. Obu konwojentom równocześnie zaświtała nadzieja, że może ich pasażer dostał apopleksji.

— Uspokój się! — krzyknął młodszy.

— Nie rzucaj się tak, bo będzie jeszcze gorzej! — powiedział starszy piskliwym głosem, a potem dodał, raczej bez przekonania: — Złapaliśmy cię, więc się uspokój. Zawieziemy cię z powrotem.

Hrubek wrzasnął przeraźliwie. Jak gdyby pod wpływem tego dźwięku, suwak pękł i metalowe ząbki rozsypały się naokoło jak ziarenka śrutu. Łkając i chwytając powietrze ustami, Hrubek skoczył w przód, przekoziołkował ponad tylną częścią samochodu i wylądował na ziemi za nim. Przykucnął. Był prawie nagi — miał na sobie tylko białe szorty. Nie zwracając uwagi na konwojentów, którzy odskoczyli w tył, oparł głowę o pełen wgłębień po uderzeniach chromowany zderzak samochodu — dokładnie w tym miejscu, na które padał jego własny zniekształcony cień.

— No, dosyć już tego! — warknął młodszy konwojent.

Hrubek nic nie odpowiedział. Potarł tylko policzkiem o zderzak i rozpłakał się. Konwojent podniósł z pobocza gałąź dębu dwa razy dłuższą niż kij baseballowy i zaczął nią groźnie wywijać.

— Nie — powiedział starszy konwojent.

Ale ten młodszy zamachnął się jak zawodnik i walnął Hrubeka w szerokie, nagie plecy. Gałąź odskoczyła prawie bezgłośnie, a Hrubek nie zareagował, jakby w ogóle nie zauważył ciosu. Konwojent ścisnął mocniej swoją broń.

— A to sukinsyn — powiedział.

Jego towarzysz wyrwał mu gałąź z ręki.

— Nie. To nie nasza robota.

Hrubek wyprostował się, oddychając głęboko i stanął twarzą w twarz z konwojentami. Konwojenci cofnęli się. Ale potężnie zbudowany mężczyzna nie ruszył w ich stronę. Był wyczerpany. Przyglądał im się ciekawie przez chwilę, a potem padł na ziemię i potoczył się w trawę rosnącą tuż przy drodze, nie zwracając uwagi na to, że zimna jesienna rosa osiada mu na skórze. Z jego gardła wyrwał się skowyt.

Konwojenci wycofali się do samochodu. Nie zamykając tylnych drzwi, wskoczyli do szoferki, po czym samochód ruszył szybko z miejsca, obsypując Hrubeka gradem kamyków i pyłem. Hrubek, ogłupiały, wcale tego nie zauważył. Leżał nieruchomo na boku, wdychając zimne powietrze pachnące kurzem, ekskrementami, krwią i smarem. Odprowadził wzrokiem karawan, który zniknął w niebieskiej chmurze spalin, i podziękował losowi za to, że konwojenci odjechali, uwożąc ze sobą okropny wór wypełniony niesamowitymi lokatorami.

Po kilku minutach panika, której doświadczył, była dla niego już tylko nieprzyjemnym wspomnieniem, a wkrótce potem zapomniał o niej prawie zupełnie. Podniósł się z ziemi i stanął wyprostowany. I stał tak, łysy i pomalowany na niebiesko, jak liczący sześć stóp i cztery cale wzrostu druid. Potem zerwał garść trawy i wytarł nią sobie usta i brodę. Rozejrzał się naokoło, chcąc się zorientować w terenie. Droga biegła środkiem głębokiej doliny. Po obu stronach szerokiej wstęgi asfaltu wznosiły się białe jak kości skały. Za nim, na zachodzie, tam skąd przyjechał karawan, krył się w ciemności oddalony o wiele mil szpital. Przed nim, niezbyt blisko, majaczyły światła domów.

Jak zwierzę, które umknęło myśliwym, ostrożnie, nie mając pewności, w którą stronę się udać, Hrubek zrobił koło.

A później, znowu jak zwierzę, które tym razem znalazło trop, zaczął biec, kierując się w stronę świateł na wschodzie. Biegł bardzo szybko, poruszając się z jakimś złowrogim wdziękiem.

2

Niebo nad ich głowami, mające dotychczas kolor spiżu, stało się czarne.

— Co to jest? O, tam.

Kobieta wskazała gwiazdozbiór widoczny ponad olchami, dębami i białymi brzozami rosnącymi na skraju ich posiadłości.

Mężczyzna siedzący obok niej poruszył się i postawił kieliszek na stole.

— Nie jestem pewien.

— To na pewno Kasjopeja.

Kobieta przeniosła wzrok z gwiazd na ogromny park stanowy oddzielony od ich posiadłości ciemnymi jak atrament wodami jeziora.

— Możliwe.

Siedzieli na wyłożonym kamiennymi płytami patio już od godziny, rozgrzewając się winem i rozkoszując niezwykle przyjemnym, ciepłym, listopadowym powietrzem. Ich twarze oświetlała jedna świeczka tkwiąca w niebieskim świeczniku, a wokół unosił się zapach gnijących liści. Najbliższe domy sąsiadów znajdowały się o pół mili stąd, jednak oni mówili prawie szeptem.

— Czy nie masz czasami uczucia — powiedziała powoli kobieta — że mama wciąż gdzieś tu jest?

Mężczyzna roześmiał się.

— Skoro już mowa o duchach, to zawsze myślałem, że one muszą być nagie. Bo nie mogą przecież nosić ubrań.

Kobieta spojrzała w jego stronę. Wśród zapadających ciemności dojrzała tylko siwe włosy i jasnobrązowe spodnie i pomyślała, że on sam przypomina teraz ducha.

— Wiem, że duchy nie istnieją. Nie to miałam na myśli.

Wzięła butelkę najlepszego kalifornijskiego Chardonnay i dolała sobie. Źle oceniła odległość i szyjka butelki zadzwoniła głośno o jej kieliszek. Oboje byli zaskoczeni tym dźwiękiem.

— Czy coś jest nie tak? — zapytał mężczyzna będący mężem kobiety, nie odwracając oczu od gwiazd.

— Nie, wszystko w porządku.

Lisbonne Atcheson z roztargnieniem przeczesała swoje krótkie blond włosy długimi, czerwonymi i pomarszczonymi palcami. Włosy ułożyły się trochę inaczej, ale pozostały tak samo jak przedtem niesforne. Lisbonne przeciągnęła się, wyprężając z rozkoszą swoje giętkie, czterdziestoletnie ciało, i popatrzyła przez chwilę na dwupiętrowy dom w stylu kolonialnym stojący za nimi. Po chwili odezwała się znowu.

— Mówiąc o mamie, chciałam powiedzieć... To trudno wyrazić.

Będąc nauczycielką angielskiego, respektowała zasadę mówiącą, że trzeba dokładać wszelkich starań, szukając odpowiednich słów, bo trudności z wyrażeniem czegoś wcale człowieka nie usprawiedliwiają. W związku z tym po chwili spróbowała jeszcze raz:

— Mnie nie chodzi o ducha, tylko o obecność. „Obecność" — to mam na myśli.

Jakby reagując na to, co powiedziała Lisbonne, świeca w błękitnym świeczniku zamigotała.

— Chyba dobrze to określiłam?

Lis ruchem głowy wskazała płomień i oboje się roześmiali.

— Która godzina?

— Dochodzi dziewiąta.

Lis zwinęła się na leżaku i podciągnęła kolana pod brodę, otulając sobie nogi długą dżinsową spódnicą. Czubki jej brązowych kowbojskich butów wytłaczanych w liście winorośli wystawały spod rąbka. Lis jeszcze raz spojrzała na gwiazdy i pomyślała, że matka jest naprawdę dobrą kandydatką na ducha. Zmarła dopiero osiem miesięcy temu, siedząc w starym bujanym fotelu i patrząc na patio, w którym teraz znajdowała się ona z Owenem. Matka pochyliła się nagle w przód, jakby rozpoznając jakiś punkt orientacyjny w terenie, powiedziała: „Och tak, oczywiście" i bardzo spokojnie umarła.

Tak, matka była dobrą kandydatką na ducha, a ten dom był domem, jaki duchy mogły z powodzeniem nawiedzać. Był duży, zbyt duży nawet dla mającej gromadkę dzieci osiemnastowiecznej rodziny. Jego cedrowe, brunatne, szorstkie ściany popękały ze starości. Futryny i obramowania okien zostały pomalowane na ciemnobrązowo. Dom, będący w czasach wojny o niepodległość gospodą, został podzielony na małe pokoje połączone wąskimi korytarzami. Sufity miał belkowane. Ojciec Lis twierdził, że otwory w ścianach i belkach pochodziły od kul wystrzelonych z muszkietów przez milicję buntowników walczącą z Anglikami i wypierającą ich z kolejnych pokoi.

W ciągu ostatnich pięćdziesięciu lat rodzice wydali setki tysięcy dolarów na urządzenie domu. Jednak jakoś nigdy nie założyli porządnej instalacji elektrycznej, w związku z czym dom oświetlony był lampami z małymi żarówkami. Dziś wieczorem światło tych lamp sączyło się przez niewielkie kwadraciki sfalowanego szkła, które wyglądały jak oczy chorego na żółtaczkę.

Wciąż myśląc o matce, Lis powiedziała:

— Pewnego razu, już pod koniec, matka też czuła taką obecność. Oświadczyła mi wtedy: *Rozmawiałam właśnie z ojcem. Mówi, że wkrótce wróci do domu.*

Z pewnością było jej trudno przeprowadzić tę rozmowę, bo ojciec wtedy nie żył już od dwóch lat.

— Ona oczywiście *wyobraziła* sobie tę rozmowę. Ale czuła obecność ojca naprawdę.

A ojciec? Nie, stary L'Auberget prawdopodobnie nie był tu obecny duchem. Padł martwy na lotnisku Heathrow, w toalecie, wyszarpując z pojemnika papierowy ręcznik.

— To są zabobony — powiedział Owen.

— W pewnym sensie on rzeczywiście do niej wrócił. Bo ona umarła w parę dni później.

— A jednak to są zabobony.

— Ja mówię o tym, co czuje ktoś, kto znał kogoś, kto odszedł.

Owena znudziła już ta rozmowa o duchach zmarłych. Napił się wina i powiedział żonie, że na środę zaplanował podróż służbową. Zastanawiał się, czy w pralni zdążą mu do tego czasu wyczyścić garnitur.

— Wrócę dopiero w poniedziałek, więc jeżeli...

— Poczekaj. Słyszałeś coś?

Lis odwróciła się szybko i popatrzyła na gęste krzaki bzu przesłaniające im widok na tylne drzwi domu.

— Nie, chyba nie...

Urwał i podniósł w górę palec. Kiwnął głową. Lis nie widziała jego twarzy, ale patrząc na całą sylwetkę, wyczuła, że się nagle spiął.

— O — powiedziała — znowu.

Przypominało to odgłos kroków zbliżających się do domu od strony podjazdu.

— To znowu ten pies?

Lis spojrzała na Owena.

— Ten od Buschów? Nie, on jest zamknięty. Widziałem, kiedy poszedłem pobiegać. To pewnie sarna.

Lis westchnęła. Tego lata sarny zjadły jej kwiaty wartości ponad dwustu dolarów, a w zeszłym tygodniu obgryzły i zniszczyły całkowicie młody japoński klon. Lis wstała.

— Przepędzę ją.

— Chcesz, żebym ja to zrobił?

— Nie. Zresztą i tak muszę pójść zadzwonić. Może zrobię też herbatę. Mam ci coś przynieść?

— Nie.

Wzięła pustą butelkę po winie i poszła do domu, od którego dzieliło ją pięćdziesiąt stóp. Szła ścieżką wijącą się pomiędzy przyciętymi w ozdobne kształty kłującymi krzewami bukszpanu i nagimi, czarnymi bzami. Minęła małą sadzawkę, w której rosły lilie. Spojrzawszy w dół, zobaczyła własne odbicie w wodzie — z twarzą oświetloną światłem padającym z okien parteru. Ludzie czasami określali ją jako osobę wyglądającą „bezpretensjonalnie", a ona nigdy tego nie uważała za krytykę. Słowo „bezpretensjonalna" sugerowało prostotę, która według niej była aspektem piękna. Spoglądając teraz w wodę, jeszcze raz poprawiła włosy. Powiał wiatr, jej odbicie zamazało się, a ona poszła dalej.

Nie usłyszała ponownie żadnych tajemniczych odgłosów i odprężyła się. Ridgeton było jednym z najbezpieczniejszych miasteczek w tym stanie. Otaczały je zalesione wzgórza i łąki porośnięte płowozieloną trawą, na których gdzieniegdzie leżały ogromne głazy i po których biegały hodowane tu konie wyścigowe, a także chodziły pasące się owce i krowy. Miasteczko włączono do Unii jeszcze zanim przedstawiciele trzynastu stanów zaczęli myśleć o zjednoczeniu i w ciągu ostatnich trzystu lat robiono w nim wszystko raczej z myślą o wygodzie mieszkańców niż o dynamicznym rozwoju gospodarczym czy wysokim statusie. Można tu było kupić pizzę w kawałkach i mrożony jogurt, można też było wypożyczyć maszyny rolnicze i taśmy wideo, ale w gruncie rzeczy Ridgeton było małą mieściną, w której mężczyźni żyli przywiązani do ziemi — budowali na ziemi, sprzedawali ziemię i brali pożyczki pod jej zastaw, a kobiety zajmowały się dziećmi i gotowaniem.

Ridgeton było miasteczkiem, w którym rzadko miały miejsce tragedie, a zbrodnia z premedytacją nie zdarzyła się nigdy.

Dlatego, przekonawszy się, że drzwi kuchenne z turkusowymi szybkami są szeroko otwarte, Lis była nie tyle zaniepokojona, co zirytowana. Przystanęła, a jej ręka trzymająca butelkę po winie znieruchomiała. Bursztynowe światło kładło się jasnym trapezem na trawniku u jej stóp.

Lis obeszła krzaki bzu i spojrzała na podjazd. Nie było tam żadnych samochodów.

To wiatr, pomyślała.

Weszła do środka, odstawiła butelkę i rozejrzała się po dolnej części domu. Nie było tu ani śladu spasionych szopów czy wścibskich skunksów. Przez chwilę Lis stała bez ruchu, nasłuchując. Nie usłyszawszy niczego, postawiła czajnik na kuchni, przykucnęła i zaczęła grzebać w szafce, w której trzymała herbatę i kawę. W chwili gdy położyła rękę na puszce z herbatą z dzikiej róży, padł na nią cień. Wstała, chwytając gwałtownie powietrze ustami, i uświadomiła sobie nagle, że ma przed sobą parę patrzących uważnie orzechowych oczu.

Kobieta miała jakieś trzydzieści pięć lat. Trzymała przewieszony przez rękę czarny żakiet i ubrana była w luźną, białą, atłasową bluzkę, krótką, błyszczącą spódniczkę i sznurowane trzewiki na niewysokich obcasach. Na ramieniu miała plecak.

Lis przełknęła i zdała sobie sprawę, że drży jej ręka. Obie kobiety przez chwilę patrzyły na siebie bez słowa. Lis pierwsza pochyliła się do przodu i objęła młodszą od siebie kobietę.

— Portia — powiedziała.

Kobieta zdjęła plecak i położyła go na krześle.

— Cześć, Lis.

Nastąpiła chwila ciężkiej ciszy. Wreszcie Lis powiedziała:

— Nie spodziewałam się... To znaczy myślałam, że zadzwonisz ze stacji. Doszliśmy już do wniosku, że nie przyjedziesz. Dzwoniłam do ciebie i odpowiedziała mi automatyczna sekretarka. Jak to miło znowu cię widzieć.

Usłyszawszy ten potok własnych nerwowych słów, zamilkła.

— Złapałam okazję. Nie chciałam wam robić kłopotu.

— To nie byłby żaden kłopot.

— A gdzie byliście? Szukałam was na górze.

Lis przez chwilę w milczeniu przyglądała się twarzy młodej kobiety i jej jasnym włosom mającym taki sam odcień jak jej własne, odgarniętym z czoła i przytrzymywanym przez czarną opaskę. Portia zmarszczyła brwi i powtórzyła pytanie.

— Siedzimy nad jeziorem. Ta noc jest dziwna, prawda? Babie lato. *W listopadzie*. Jadłaś coś?

— Nie, niczego nie jadłam. Od lunchu o trzeciej. Lee został na noc i potem zaspaliśmy.

— Chodź na patio. Owen tam siedzi. Napijesz się wina...

— Nie, naprawdę. Niczego nie chcę.

Poszły ścieżką. Znów zapanowała między nimi ciężka cisza. Po chwili Lis zapytała, jak Portii jechało się pociągiem.

— Powoli. Ale w końcu dojechałam.

— Kto cię podwiózł?

— Jakiś facet. Wydaje mi się, że chodziłam do liceum z jego synem. Mówił cały czas o Bobbiem. Tak jakbym wiedziała, co to za Bobbie.

— Bobbie Kelso. Jest w twoim wieku. Jego ojciec to taki wysoki, łysy facet, tak?

— Chyba tak — odpowiedziała z roztargnieniem Portia, patrząc w stronę jeziora.

Lis obserwowała ją.

— Dawno tu nie byłaś — powiedziała.

Portia parsknęła w taki sposób, że Lis nie wiedziała — śmieje się czy kicha. Resztę drogi przebyły w milczeniu.

— Witaj — zawołał Owen, wstając.

Pocałował szwagierkę w policzek.

— Już myśleliśmy, że nie przyjedziesz.

— Zbierałam się w takim pośpiechu, że nie zadzwoniłam. Przepraszam.

— Nie szkodzi. My tu na wsi jesteśmy elastyczni. Napij się wina.

— Podwiózł ją Irv Kelso — objaśniła Lis, a potem wskazała leżak. — Usiądź, a ja otworzę następną butelkę. Mamy duże zaległości.

Ale Portia nie usiadła.

— Nie, dziękuję — powiedziała. — Jest jeszcze wcześnie, prawda? Więc zabierzmy się za brudną robotę i miejmy to z głowy.

Zapadła cisza. Lis spojrzała na męża, potem na siostrę, a potem znowu na męża.

— No to...

Portia upierała się przy swoim:

— Chyba że to ma być kłótnia.

Owen pokręcił głową.

— No nie, skąd.

Lis zawahała się. — Nie chcesz posiedzieć przez chwilę? Przecież jutro mamy cały dzień.

— Nie, zróbmy to teraz. — Portia roześmiała się. — Jak w tej reklamie.

Owen odwrócił się w jej stronę. Jego twarz była ukryta w cieniu i Lis nie widziała, jaką ma minę.

— Jeżeli chcesz... Wszystko jest w gabinecie.

Poszedł przodem, a za nim Portia, która odchodząc, spojrzała jeszcze na starszą siostrę.

Lis została sama na patio. Zdmuchnęła świecę, wzięła ją w rękę i poszła do domu. Na trawie przed nią błyszczała rosa, a nad jej głową Kasjopeja stała się słabo widoczna, a potem zniknęła za chmurami.

Mężczyzna w średnim wieku szedł wzdłuż posypanego piaskiem podjazdu, mijając kręgi światła padającego ze staroświeckich lamp przymocowanych do chropowatej granitowej ściany. Gdzieś z góry dobiegał lament kobiety znanej mu jako Pacjentka 223-81, kobiety, która opłakiwała jakąś tylko sobie znaną stratę.

Mężczyzna zatrzymał się przed zamkniętymi drewnianymi drzwiami. Do przymocowanego do drzwi srebrzystego plastikowego pudełka — zupełnie nie pasującego do średniowiecznego otoczenia — wsunął plastikową kartę i drzwi się otworzyły. W środku znajdowało się ze sześć osób płci obojga w białych kurtkach albo niebieskich kombinezonach. Kiedy mężczyzna wszedł, wszyscy spojrzeli na niego. A potem, zmieszani, odwrócili wzrok.

Młody lekarz — brunet z grubymi wargami, ubrany w białą kurtkę — zbliżył się szybko i szepnął:

— Jest gorzej, niż myśleliśmy.

— Gorzej? — spytał doktor Ronald Adler obojętnym tonem, patrząc na wózek. — Ja się spodziewałem, że będzie źle.

Odgarnął z oczu siwiejące włosy, a potem, dotykając długim palcem mięsistego policzka, popatrzył na ciało leżące na wózku. Nieboszczyk był potężny, łysy i miał stary, zatarty już trochę tatuaż na prawym bicepsie. Na jego szyi widniała czerwona pręga, a jego twarz była bardzo blada.

Adler kiwnął ręką na młodego lekarza.

— Chodźmy do mojego gabinetu. Dlaczego wszyscy ci ludzie tutaj się tłoczą? Proszę ich odprawić. I do mnie. Natychmiast.

Obaj mężczyźni przeszli przez wąskie drzwi i oddalili się słabo oświetlonym korytarzem. Towarzyszył im tylko odgłos własnych kroków i ciche zawodzenie, które mogło być lamentem Pacjentki 223-81 albo wiatru wiejącego przez szpary i hulającego w zakamarkach tego zbudowanego sto lat temu budynku.

Ściany gabinetu Adlera zrobione były z tego samego czerwonego granitu co ściany całego szpitala. Ale Adler był dyrektorem, więc obłożono je drewnianą boazerią. Ponieważ jednak szpital był szpitalem stanowym, użyto w tym celu nie prawdziwego drewna, lecz podróbki, która zdążyła już się porządnie wypaczyć. A sam gabinet wyglądał jak biuro podrzędnego prawnika.

Adler zapalił światło i rzucił płaszcz na kanapę. Dzisiejsze wezwanie do szpitala zastało go między nogami żony. Odłożywszy słuchawkę telefonu, wyskoczył z łóżka i pospiesznie się ubrał. Teraz zauważył, że zapomniał paska i że spodnie mu trochę opadają. Wprawiło go to w zakłopotanie. Usiadł szybko przy biurku i spojrzał na telefon, jakby zaniepokojony tym, że nie słyszy jego dzwonienia.

— No dobrze, doktorze — zwrócił się do młodego lekarza, który był jego asystentem — niech pan mówi. Niech pan siada i mówi.

— Nie znam zbyt wielu szczegółów. On jest zbudowany tak jak Callaghan. — Peter Grimes wskazał głową w stronę tej części szpitala, w której zostało ciało. — Wydaje mi się, że...

— A kto to jest? — przerwał mu Adler.

— Ten, co uciekł? Michael Hrubek. Numer 458-94.

— Proszę mówić dalej.

Adler bębnił palcami o biurko, a Grimes położył przed nim zniszczoną białą teczkę z dokumentacją.

— Zdaje się, że Hrubek...

— To ten duży? Nie myślałem, że on rozrabia.

— On nigdy nie sprawiał żadnych kłopotów. Dopiero dzisiaj...

Grimes poruszył wargami tak jak ryba przełykająca wodę i obnażył drobne, równe zęby. Adler uznał, że to odrażające, i pochylił się nad papierami. Młody lekarz mówił dalej:

— Ogolił sobie głowę, żeby wyglądać tak jak Callaghan. Ukradł brzytwę, żeby to zrobić. A później pomalował sobie twarz na niebiesko. Rozwalił długopis i zmieszał tusz...

Adler popatrzył na Grimesa tak, że ten nie wiedział, czy zwierzchnik jest zły czy zdezorientowany. Grimes powiedział szybko:

— Potem wszedł do zamrażarki i siedział tam przez godzinę. Ktoś inny na jego miejscu na pewno by umarł. Tuż przed przyjściem ludzi od koronera, którzy mieli zabrać ciało, Hrubek ukrył je, a sam wszedł do worka. Sanitariusze zajrzeli do środka, zobaczyli zimne, sine ciało i...

Dyrektor zaśmiał się śmiechem przypominającym szczekanie. Ku własnemu zdumieniu poczuł, że na jego cienkich, rozciągniętych w uśmiechu wargach błąka się jeszcze zapach żony. Przestał się śmiać.

— Sine? To nie do wiary. Sine?

Callaghan, wyjaśnił Grimes, stracił życie wskutek uduszenia. — Kiedy go znaleźli dziś po południu, był siny.

— Ale później już nie był. Przestał być siny, kiedy odcięli prześcieradło. Czy tym idiotom sanitariuszom nie przyszło to do głowy?

— No... — powiedział Grimes i nie dodał nic więcej, bo nie miał pojęcia, co odpowiedzieć.

— Czy zrobił krzywdę konwojentom? — zapytał Adler.

W pewnym momencie będzie musiał policzyć, ile osób może się domagać w sądzie zadośćuczynienia w związku z dzisiejszą ucieczką.

— Nie. Mówili, że go gonili, ale on zniknął.

— Gonili go. Akurat.

Adler westchnął ironicznie i wrócił do papierów. Dał Grimesowi znak, żeby milczał, i zaczął czytać:

Rozpoznanie według klasyfikacji DSM-III: Schizofrenia paranoidalna... Monosymptomatyczna... urojenia. Twierdzi, że przebywał w siedemnastu szpitalach i uciekł z siedmiu z nich. Nie potwierdzone.

Adler spojrzał na swego asystenta.

— Uciekł z *siedmiu* szpitali?

Zanim młody człowiek zdążył odpowiedzieć na to pytanie, na które tak naprawdę odpowiedzi nie było, dyrektor znowu pogrążył się w papierach.

...hospitalizowany na czas nieokreślony zgodnie z Paragrafem 403 Ustawy o Zdrowiu Psychicznym... Omamy (słuchowe, wzrokowych brak)... cierpi na poważne ataki lęku, podczas których może stać się zdolny do przemocy. Pacjent charakteryzuje się przeciętnym/ponadprzeciętnym poziomem inteligencji... Ma trudności tylko z przetwarzaniem najbardziej abstrakcyjnych myśli... Jest przekonany, że jest prześladowany i szpiegowany, a także że inni go nienawidzą i plotkują o nim... Zemsta i odgrywanie się, często pojawiające się w kontekście biblijnym lub historycznym, wydają się być integralnie związane z jego urojeniami... Wrogie nastawienie do kobiet...

Następnie Adler przeczytał sprawozdanie stażysty dotyczące wzrostu, wagi, siły, ogólnego stanu zdrowia i wojowniczości Hrubeka. Jego twarz pozostała niewzruszona, chociaż serce zaczęło mu bić mocniej, kiedy pomyślał z podziwem klinicysty: Ten skurwysyn jest zdolny zabijać. Boże miłosierny!

— Obecnie otrzymuje doustnie chloropromazynę — 3200 miligramów dziennie, w trzech dawkach. Czy to *prawda*?

— Tak. Obawiam się, że tak. Trzy gramy thorazyny.

— O cholera — szepnął Adler.

— A na dodatek...

Asystent pochylił się nad biurkiem, opierając się kciukami o stertę książek tak mocno, że palce mu poczerwieniały.

— Tak? No, niech się już dowiem wszystkiego!

— On nie brał leków. Chował za policzkiem.

Adler poczuł, że robi mu się gorąco.

— Niemożliwe — szepnął.

— Był taki film...

— Film?

Grimes strzelił palcami.

— Taki film przygodowy. Jego bohater udawał, że bierze jakieś lekarstwo czy coś takiego...

— Oglądali go w świetlicy? To ma pan na myśli?

— To był film przygodowy. Ten facet tak naprawdę nie brał tego lekarstwa. Tych pigułek. Udawał, że bierze, ukrywał za policzkiem i potem wypluwał. To był chyba Harrison Ford. I potem przez kilka dni wielu pacjentów go naśladowało. Myślę, że nikt nie podejrzewał, że Hrubek jest taki bystry, więc nikt też go specjalnie nie obserwował. Zresztą może ten aktor to był Nick Nolte.

Adler odetchnął powoli.

— Jak długo on nie brał tych leków?

— Cztery dni. No, może pięć.

Adler przypomniał sobie stosowne informacje z psychofarmacji. Zachowania psychotyczne schizofreników ustają pod wpływem leków przeciwpsychotycznych. Thorazyna, inaczej niż narkotyki, nie powoduje uzależnienia. Ale przerwanie kuracji musiało u Hrubeka wywołać mdłości, zawroty głowy, poty i znaczną nerwowość, co z kolei musiało się przyczynić do wzmożenia ataków lęku.

A lęk powoduje, że schizofrenik staje się niebezpieczny.

Pacjenci tacy jak Hrubek, przerwawszy przyjmowanie thorazyny, często wpadają w pobudzenie psychotyczne. A czasami mordują.

Niekiedy słyszą głosy, które ich chwalą za to, że zrobili tak wspaniały użytek z noża czy kija baseballowego, i które każą im powtórzyć swój wyczyn.

Hrubek, zauważył Adler, prawdopodobnie cierpi też na bezsenność. A to oznacza, że może nie zmrużyć oka przez dwie czy trzy doby. Stwarzało to doskonałą okazję do zbrodniczych działań.

Zawodzenie wzmogło się, było dobrze słyszalne w ciemnawym gabinecie. Adler położył sobie dłonie na policzkach. Znowu poczuł zapach żony. I znowu zapragnął cofnąć czas o godzinę. Pomyślał też, że chciałby nigdy nie słyszeć o Michaelu Hrubeku.

— W jaki sposób wykryło się, że nie brał leków?

— Jeden z sanitariuszy — wyjaśnił Grimes, poruszając wargami jak ryba — znalazł pigułki pod materacem Hrubeka.

— Który to był sanitariusz?

— Stu Lowe.

— Kto jeszcze o tym wie? O tym, że on chował pigułki za policzkiem.

— Ja, pan. Siostra oddziałowa. Lowe jej powiedział.

— No, to wspaniale. A teraz niech pan posłucha. Niech pan powie Stuartowi Lowe, że ma trzymać język za zębami. Ma nie pisnąć słowa. Aha, zaraz — Adlerowi przyszła do głowy jakaś niepokojąca myśl. — Kostnica jest na Oddziale C. Jak, do cholery, Hrubek się tam dostał?

— Nie wiem.

— No, to niech się pan dowie.

— To wszystko działo się tak szybko, naprawdę bardzo szybko — wybuchnął zdenerwowany asystent. — Nie mamy połowy potrzebnych informacji. Zaglądam w papiery, dzwonię do ludzi...

— Niech pan do nikogo *nie dzwoni.*

— Słucham?

— Niech pan *nie dzwoni do nikogo.* Chyba że dam na to pozwolenie.

— No, ale Zarząd...

— O Boże, człowieku, zwłaszcza do nikogo z Zarządu.

— Jeszcze tego nie zrobiłem — powiedział pospiesznie Grimes, zastanawiając się równocześnie, gdzie się podziała jego odwaga.

— A policja? Chyba pan jej jeszcze nie zawiadomił?

— Nie, nie. Oczywiście, że nie.

Miał dzwonić na policję w chwili, gdy Adler pojawił się w szpitalu. Teraz, przerażony, zauważył, że drżą mu palce. Zastanawiał się, czy za chwilę nie zawiedzie go nerw błędny, powodując omdlenie. Albo czy się nie zsiusia na podłogę w gabinecie.

— No dobrze, zastanówmy się — myślał głośno Adler. — On na pewno krąży gdzieś w pobliżu... *Gdzie* to było?

— W Stinson.

Adler powtórzył cicho nazwę miejscowości, a potem przycisnął papiery końcami palców, jakby chcąc zapobiec ich uniesieniu się w ciemną stratosferę swego wiktoriańskiego gabinetu. Humor trochę mu się poprawił.

— Którzy sanitariusze przenieśli ciało z kostnicy do karawanu?

— Lowe i chyba Frank Jessup.

— Niech ich pan do mnie przyśle.

Zapominając o opadających spodniach, Adler wstał i podszedł do brudnego okna, które po raz ostatni myto przed pół rokiem.

— Ta historia ma się nie wydać. Odpowiada pan za to — powiedział surowo.

— Tak, panie doktorze — zgodził się odruchowo Grimes.

— I niech się pan dowie, jak on się wydostał z Oddziału E.

— Oczywiście.

— Jeżeli ktoś... Niech pan powie personelowi: ten, kto piśnie słowo dziennikarzom, wyleci z roboty. Żadnych rozmów z policjantami, żadnych rozmów z dziennikarzami. Jeżeli się tu zjawią, proszę ich przysłać do mnie. Ciężki mamy orzech do zgryzienia. Zgodzi się pan, prawda? A teraz niech tu przyjdą ci sanitariusze.

Ronnie, czujesz się lepiej?

— Czuję się świetnie — warknął młody, solidnie zbudowany człowiek. — No i co z tego? Co pan ma zamiar zrobić? Co? Ale tak *szczerze.*

Doktor Richard Kohler wyczuł, jak sprężyny łóżka uginają się pod ciężarem Ronniego, kiedy ten wycofuje się w drugi jego koniec jak ktoś napastowany. Rozbiegane oczy Ronniego przesuwały się z góry na dół i z powrotem — Ronnie przyglądał się badawczo człowiekowi, który od sześciu miesięcy był jego ojcem, bratem, przyjacielem, nauczycielem i lekarzem. Uważnie patrzył na kędzierzawe, rzednące włosy Kohlera, na jego kościstą twarz, wąskie ramiona i szczupłe biodra. Wyglądał tak, jakby uczył się rysów lekarza na pamięć, po to, żeby móc go dobrze opisać, składając na niego meldunek w policji.

— Czy źle się czujesz, Ronnie?

— Nie mogę, panie doktorze, nie mogę. Za bardzo się *boję* — powiedział Ronnie płaczliwym głosem niesłusznie oskarżonego dziecka, a potem nagle zmienił ton i stwierdził rzeczowo: — Chodzi przede wszystkim o otwieracz do konserw.

— Czy to przez tę pracę w kuchni?

— Nie, nie, nie — zajęczał Ronnie. — To otwieracz. Miałem już tego *dosyć.* Nie wiem, dlaczego pan tego *nie rozumie.*

Kohler ziewnął potężnie. Odczuwał dotkliwą potrzebę snu. Nie spał od trzeciej nad ranem, a tutaj, na oddziale przejściowym, przebywał od dziewiątej. Pomógł pacjentom przygotować śniadanie i pozmywać po nim. O dziesiątej zawiózł do pracy czterech z nich, zatrudnionych na pół etatu. Porozmawiał z pracodawcami na ich temat, występując przy tym jako mediator w sporach i orędując za pacjentami.

Resztę dnia spędził z pozostałymi pięcioma pacjentami, którzy albo nie byli zatrudnieni, albo mieli wolne, bo była niedziela. Byli to młodzi ludzie — kobiety i mężczyźni. Kohler odbył z nimi indywidualne sesje psychoterapeutyczne, a potem powrócili oni do codziennych zajęć gospodarskich. Podzielili się na grupy zadaniowe, żeby zrobić to, co dla zdrowych byłoby absurdalnie łatwe: obrać kartofle, umyć sałatę, umyć okna i toalety, posegregować śmieci i czytać na głos. Niektórzy wykonywali swoje zadania ze spuszczonymi głowami, zmarszczonymi brwiami i widoczną determinacją. Inni zagryzali wargi albo skubali sobie brwi, albo płakali, albo zbliżali się z wysiłku do stanu hiperwentylacji. W końcu prace zostały wykonane.

I wtedy, bezpośrednio przed kolacją, nastąpiła katastrofa.

Ronnie dostał ataku. Pacjent stojący obok niego otworzył puszkę tuńczyka otwieraczem elektrycznym. Ronnie z krzykiem uciekł z kuchni, co spowodowało, że — na zasadzie reakcji łańcuchowej — kilkoro innych pacjentów wpadło w histerię. Kohler w końcu przywrócił porządek, po czym wszyscy, wraz z nim, zasiedli do kolacji. Kolacja została zjedzona, a naczynia pozmywane. Następnie posprzątano, pograno w różne gry, pooglądano telewizję (tego wieczora większość chciała obejrzeć *Zdrówko,* a mniejszość optująca za M*A*S*H*, aczkolwiek niechętnie, musiała się na to zgodzić). A potem wzięto leki, popijając sokiem, albo przełknięto thorazynę w postaci płynu o smaku pomarańczowym i nadszedł czas snu.

Kohler znalazł Ronniego w kącie w pokoju, w którym Ronnie się schował.

— Co chciałbyś zrobić w sprawie tego hałasu? — zapytał go.

— *Nie wiem.*

Pacjent mówił stłumionym głosem i poruszał językiem, chcąc zwalczyć polekową suchość w ustach spowodowaną proketazyną.

Procesy adaptacyjne powodują stres — pomyślał Kohler — a stres jest rzeczą, z którą schizofrenikom najtrudniej sobie poradzić, tymczasem tutaj, na oddziale przejściowym, Ronnie musiał adaptować się do wielu rzeczy. Musiał podejmować decyzje. Musiał brać pod uwagę upodobania innych, przebywających wraz z nim na oddziale, a także uwzględniać to, że ci inni czegoś nie lubią. Stracił poczucie bezpieczeństwa, które miał w szpitalu. Każdego dnia stawał w obliczu tych problemów i zmartwiony Kohler widział, że sobie nie radzi.

Na zewnątrz, za oknem, ledwie widoczny w ciemności, znajdował się trawnik, który pacjenci przez całe lato pieczołowicie kosili, a teraz pedantycznie uprzątali — usuwali z niego każdy liść, który popełnił ten błąd, że na niego spadł. Kohler spojrzał w okno i zobaczył w nim odbicie swojej wymizerowanej twarzy — z ogromnymi oczodołami i zbyt wąskiej u dołu. Po raz tysięczny w tym roku pomyślał, że powinien zapuścić brodę, żeby jego twarz wyglądała na mniej wychudzoną.

— Jutro — powiedział do zmaltretowanego pacjenta — jutro coś z tym zrobimy.

— Jutro? A to wspaniale! Do jutra ja mogę *umrzeć.* I pan też, doktorku. Niech pan o tym nie zapomina — warknął pacjent, szydząc z człowieka, któremu zawdzięczał nie tylko jako taki spokój ducha, ale również życie.

Jeszcze przed podjęciem decyzji, że będzie studiował medycynę, Kohler nauczył się, że tego, co mówią lub robią schizofrenicy, nie trzeba brać osobiście i że na schizofreników nie należy się obrażać. Słowa Ronniego zdenerwowały go, ale tylko dlatego, że świadczyły o pogorszeniu się stanu zdrowia pacjenta.

Ronnie był jednym z klinicznych błędów Kohlera. Zakwalifikowany wbrew woli na leczenie w Szpitalu Stanowym w Marsden, reagował dobrze na zastosowaną tam kurację. Po wielu próbach znaleziono dla niego odpowiedni lek i dawkę, a potem Kohler zaczął go też poddawać psychoterapii. Ronnie radził sobie doskonale. Kiedy jedna z pacjentek oddziału przejściowego przeniosła się do własnego mieszkania, Kohler umieścił go na oddziale. Ale stresy związane z życiem w zbiorowości natychmiast spowodowały ujawnienie się najgorszych stron choroby Ronniego. Pogorszyło mu się: był w złym humorze, przybrał postawę obronną i miał objawy paranoidalne.

— Nie wierzę panu — warknął teraz. — Dobrze widzę, co tu się dzieje, i nie podoba mi się to wcale. I dziś w nocy będzie burza. Burza elektryczna, elektryczny otwieracz. Rozumie pan? Pan mi mówi, że potrafię się otworzyć, że potrafię zrobić to czy tamto. A to jest cholerna bzdura!

Uruchamiając swoją doskonałą pamięć, Kohler zakonotował sobie, w jaki sposób Ronnie mówi, jak używa słów „elektryczny", „otwieracz" i „otworzyć się" oraz co spowodowało u niego atak lęku. Dziś wieczorem było za późno na wykorzystanie tych obserwacji. Kohler postanowił więc przejrzeć papiery młodego człowieka na drugi dzień rano. Zrobi to w swoim gabinecie w szpitalu i zanotuje swoje obserwacje. Teraz natomiast przeciągnął się i usłyszał, jak trzeszczą mu kości.

— Czy chciałbyś wrócić do szpitala, Ronnie? — zapytał, chociaż sam podjął już w tej sprawie decyzję.

— Właśnie *o to mi chodzi*. Tam nie ma takiego *hałasu*.

— Rzeczywiście, tam jest ciszej.

— Chyba chcę tam wrócić, panie doktorze. *Muszę* tam wrócić — powiedział Ronnie tonem kogoś, kto przegrywa spór. — Jest po temu tyle powodów, że trudno je wyliczyć.

— No dobrze. Wrócisz. We wtorek. A teraz pośpij.

Ronnie, wciąż ubrany, skulił się, leżąc na boku. Kohler nalegał, żeby włożył piżamę i przykrył się porządnie. Ronnie wykonał polecenie bez komentarzy. Kazał Kohlerowi zostawić zapalone światło i nie powiedział „dobranoc", kiedy lekarz wychodził z pokoju.

Kohler przeszedł po oddziale, powiedział „dobranoc" tym pacjentom, którzy jeszcze nie spali, i zamienił kilka słów z siedzącym w świetlicy i oglądającym telewizję sanitariuszem na nocnym dyżurze.

Przez otwarte okno powiał wiatr i Kohler, przywabiony przez ten powiew, wyszedł na zewnątrz. Jak na listopad, ta noc była dziwnie ciepła. Kohlerowi przypomniało się, jak pewnego jesiennego wieczora szedł po płycie lotniska od schodków samolotu. Był wtedy na ostatnim roku studiów medycznych. Tego roku podróż z lotniska La Guardia na lotnisko Raleigh-Durham była dla niego jak podróż kolejką podmiejską, gdyż przelatał dziesiątki tysięcy mil między dwoma miastami. Tego wieczora wrócił z Nowego Jorku, z wakacji z okazji Święta Dziękczynienia. Spędził większą część tych wakacji w Szpitalu Psychiatrycznym na Manhattanie, a następnie cały dzień w gabinecie swojego ojca, który przekonywał go — na przemian spokojnie i natarczywie — że powinien zostać internistą. Posunął się nawet do tego, że zagroził mu zaprzestaniem finansowania jego studiów.

Następnego dnia młody Richard Kohler podziękował ojcu za gościnność, wsiadł do samolotu, wrócił na uczelnię, a w poniedziałek zgłosił się do kwestury i złożył podanie o stypendium, które miało pozwolić mu na kontynuowanie studiów na psychiatrii.

Kohler jeszcze raz ziewnął, wyobrażając sobie własne mieszkanie znajdujące się o pół godziny drogi stąd. Szpital położony w wiejskiej okolicy, w której można było sobie pozwolić na bardzo duży dom z ogromnym ogrodem. Ale Kohler wolał z tego zrezygnować. Dla własnej wygody. Nie chciał kosić trawy, zajmować się ogrodem ani malowaniem. Chciał mieć miejsce, do którego mógłby uciec, nieduże mieszkanie, w którym byłoby wszystko, co trzeba. I miał takie mieszkanie. Były w nim dwie sypialnie, dwie łazienki i taras. Nie brakowało też pewnych luksusów. Łazienki były doskonale wyposażone, w pokojach znajdowało się kilka płócien Hockneya i innych dość znanych malarzy. Kuchnię natomiast pośredniczka określiła jako „zaprojektowaną". (Ale czy wszystkie kuchnie nie są *przez kogoś zaprojektowane?* — zapytał ją Kohler i z satysfakcją słuchał jej przymilnego śmiechu). To mieszkanie, znajdujące się na szczycie wzgórza, z którego w dzień rozciągał się widok na szachownicę pól i lasów, a w nocy na migotliwe światła Boyleston, było dla Kohlera — całkiem dosłownie — wyspą zdrowia psychicznego w świecie szaleństwa.

Jednakże dziś wieczorem Kohler wrócił na oddział przejściowy, pokonał skrzypiące schody i wszedł do pokoju, który miał dziesięć stóp szerokości i dwanaście długości, i był wyposażony tylko w łóżko, komodę i lustro przytwierdzone do ściany.

Kohler zdjął marynarkę, rozluźnił krawat i położył się na łóżku, zrzucając buty. Spojrzał przez okno i zobaczył świecące mdłym światłem gwiazdy, a potem zauważył na zachodzie chmury zasnuwające połowę nieba. Burza. Słyszał, że ma być gwałtowna. Sam lubił deszcz, ale martwił się o pacjentów — miał nadzieje, że nie będzie zbyt wielu piorunów, które przerażą niejednego z nich. Ta troska uleciała jednak w momencie, gdy zamknął oczy. Sen był jedyną rzeczą, o jakiej potrafił teraz myśleć. Czuł jego smak. Ze zmęczenia bolały go nogi. Ziewnął tak, że oczy zaszły mu łzami. Nie upłynęło pół minuty, a on już spał.

3

Każda złożyła z tuzin podpisów i obie stały się milionerkami.

Przed nimi na biurku leżało mnóstwo dokumentów pokrytych pismem z zakrętasami. W dokumentach tych roiło się od słów i zwrotów w rodzaju *niniejszym* i *zważywszy, że*. Były to dobrowolne pisemne oświadczenia złożone pod przysięgą, pokwitowania, zwolnienia od zobowiązań, upoważnienia. Owen, z miną poważną, jak na prawnika przystało, powtarzał z chwilą podpisania każdego dokumentu „formalności dopełniono", po czym przystawiał swoją pieczęć, składał podpis i zaznaczał kolejną pozycję na liście dokumentów do podpisania. Portia była ubawiona jego powagą i miała ochotę powiedzieć coś złośliwego. Lis natomiast, przyzwyczajona po sześciu latach małżeństwa do takich zachowań męża, nie zwracała na to uwagi.

— Czuję się jak prezydent podpisujący traktat — powiedziała.

Wszyscy troje siedzieli w gabinecie wokół masywnego, czarnego, mahoniowego biurka, które ojciec Lis przywiózł w latach sześćdziesiątych z Barcelony. Na tę okazję, na okazję przejęcie przez nie majątku, Lis wydobyła z jakichś zakamarków zniszczony, składający się z wycinków plakat, który sama wykonała dziesięć lat temu. Służył on jako dekoracja podczas przyjęcia urządzonego z okazji sprzedaży firmy ojca przechodzącego właśnie na emeryturę. Po lewej stronie plakatu przyklejone było zdjęcie pierwszego szyldu jego firmy z wczesnych lat pięćdziesiątych — małego, ręcznie malowanego prostokąta z napisem *L'Auberget i Synowie, sp. z o.o.* Tuż obok znajdowała się błyszcząca fotografia ogromnej tablicy, jaką posługiwała się firma w momencie, gdy ojciec ją sprzedawał. Widniał na niej napis: *L'Auberget, Import Napojów Alkoholowych.* Całość otoczona była ramką ze sztywnych liści winorośli i winogron narysowanych pracowicie przez Lis fioletowym i zielonym flamastrem. Plakat był pożółkły ze starości.

Ojciec nie miał męskiego spadkobiercy („synowie" na szyldzie figurowali tylko po to, żeby zrobić dobre wrażenie), ale nigdy nie omawiał spraw firmy z córkami. Lis przekonała się, jakim doskonałym był biznesmenem, dopiero kiedy została wykonawczynią testamentu. Przez całe jej dzieciństwo ojca wciąż nie było w domu — stąd wiedziała, że pracuje z wielkim poświęceniem. Jednak do chwili śmierci matki i przekazania pieniędzy jej i siostrze nie miała pojęcia, jaki majątek zgromadził tak ciężkim wysiłkiem. Okazało się, że jest to dziewięć milionów w gotówce, dom, w którym mieszkała z mężem, apartament przy Piątej Alei i dom wiejski niedaleko Lizbony.

Owen uporządkował papiery. Poukładał je na równe kupki i każdą oznaczył żółtą karteczką, na której poczynił adnotacje swoim kanciastym pismem.

— Zrobię dla ciebie kopie — powiedział do szwagierki.

— Pilnuj ich — ostrzegła ją Lis.

Słysząc ten macierzyński ton, Portia zacisnęła usta, a Lis skrzywiła się, zastanawiając się, jak usprawiedliwić tę swoją uwagę. Zanim jednak znalazła odpowiednie słowa, Owen postawił na biurku butelkę i otworzył ją. Nalał szampana do trzech kieliszków.

— No to za... — zaczęła Lis i zaraz zauważyła, że Owen i Portia patrzą na nią wyczekująco. — Za ojca i matkę — powiedziała, gdyż to przyszło jej najpierw do głowy.

Trącili się kieliszkami. Szkło zadzwoniło.

— Praktycznie biorąc — wyjaśnił Owen — to jest już koniec. Większość przelewów została przekazana i dokonano większości płatności. Mamy jeszcze jeden rachunek otwarty. Musimy z niego uregulować zaległe opłaty — należne egzekutorce, firmie prawniczej i księgowemu. A co do tego drobiazgu... — Spojrzał na Lis. — Powiedziałaś jej?

Lis pokręciła głową.

Portia patrzyła na Owena.

— O co chodzi?

— W piątek dostaliśmy zawiadomienie. Zostaniecie pozwane.

— Co takiego?

— Ktoś kwestionuje zapisy.

— No nie! Kto?

— Jest problem z testamentem ojca.

— Jaki problem? Czy coś zostało schrzanione?

Portia spojrzała na Owena podejrzliwie i zarazem z rozbawieniem.

— Nie przeze mnie. *Ja* go nie pisałem. Chodzi o jego uczelnię. Czy to ci nic nie mówi?

Portia pokręciła głową, a Owen mówił dalej. Wyjaśnił jej, że Andrew L'Auberget przed śmiercią uczynił żonę zarządcą całego majątku. Kiedy i ona zmarła, pieniądze dostały się córkom. Wszystkie pieniądze, z wyjątkiem niewielkiej sumy, którą Andrew zapisał swojej uczelni — prywatnej szkole wyższej w Massachusetts.

— Boże, przebacz mi, bo zgrzeszyłam — szepnęła drwiąco Portia i przeżegnała się.

Gdyż ojciec często wspominał — z wielkim szacunkiem i rozwodząc się nad tym w wielu słowach — o czasach spędzonych w Kensington College.

— Zapis opiewał na tysiąc.

— No to co? Trzeba im dać te pieniądze.

Owen roześmiał się.

— Tylko że oni ich nie chcą. Chcą miliona, który ojciec zapisał im na początku.

— Miliona?

— Mniej więcej rok przed jego śmiercią — mówiła dalej Lis — na uczelnię zaczęto przyjmować kobiety. Już samo to go ubodło. A na domiar złego oni uchwalili rezolucję stwierdzającą, że zabrania się dyskryminacji ze względu na płeć i orientację seksualną. Musisz o tym wiedzieć. Nie wysłałeś jej kopii listów? — zwróciła się Lis do męża.

— Zaraz, Lis, miej trochę zaufania. Ona jest przecież spadkobierczynią. *Musiała* dostać kopie.

— Może je dostałam. Ale wiecie przecież, że człowiek nie zwraca uwagi na korespondencję od prawników, jeżeli w kopercie nie ma czeku.

Lis już miała coś powiedzieć, jednak zmilczała.

— Ojciec sporządził kodycyl — mówił dalej Owen — w którym zmniejszył zapisaną sumę do tysiąca. Był to jego protest.

— Cholerny staruch.

— Portia!

— Napisał do rektora, informując go o tej zmianie. Wyjaśnił, że *nie jest przeciwko* kobietom i zboczeńcom, ale że *jest* za tradycją.

— Co za cholerny staruch. Muszę to powtórzyć.

— Uczelnia kwestionuje ten kodycyl.

— A co my zrobimy?

— W zasadzie powinniśmy trzymać na koncie sumę równą tej, której oni żądają, aż do chwili zakończenia sprawy. Nie musisz się martwić. Wygramy sprawę. Ale musimy przez to przejść.

— Nie martwić się? — powiedziała Portia. — Przecież chodzi o milion dolarów.

— Ale oni przegrają — oświadczył Owen. — To prawda, że on sporządził ten kodycyl wtedy, kiedy dość regularnie brał percodan i kiedy Lis spędzała w domu wiele czasu. Ich prawnik chce to wykorzystać. Chce argumentować, że ojciec był w takim stanie świadomości, który uniemożliwiał prawidłowe podjęcie woli i działań prawnych, a także że znajdował się pod wpływem jednej z dwóch pozostałych spadkobierczyń.

— Dlaczego twierdzisz, że oni nie wygrają?

Lis z ponurą miną sączyła szampana.

— Nie chcę o tym więcej słyszeć — wtrąciła.

Jej mąż uśmiechnął się.

— Ja mówię poważnie — oświadczyła Lis.

Owen zwrócił się do szwagierki.

— Przeprowadziłem małe dochodzenie — powiedział. — I dowiedziałem się, że prawnik występujący w ich imieniu negocjował umowy z firmą, w której ma udziały jego żona. To poważny konflikt interesów. Nie mówiąc o tym, że również przestępstwo. Mam zamiar zaoferować mu cztery czy pięć tysięcy i załatwić rezygnację z roszczeń.

— On mówi o tym tak, jakby to była taktyka zgodna z prawem — powiedziała Lis do siostry. — A dla mnie to jest szantaż.

— Oczywiście, że to szantaż — zgodziła się Portia. — No i co z tego? Ale czy myślisz, że ten prawnik skłoni uczelnię do rezygnacji?

— Będzie ich do tego przekonywał, tego jestem pewien — odrzekł Owen. — Chyba że chce wylądować w kiciu.

— Więc sprawa załatwiona — roześmiała się Portia i podniosła kieliszek. — Dobra robota, panie mecenasie.

Owen stuknął swoim kieliszkiem o jej kieliszek.

Portia wypiła szampana i pozwoliła mu nalać sobie więcej. A do siostry powiedziała:

— Wiesz, Lis, nie zadzierałabym z tym facetem, bo on może z tobą postąpić tak, jak postępuje z innymi.

Kamienna twarz Owena zmieniła się. Zaśmiał się krótko.

— Ja po prostu czuję się obrażona — powiedziała Lis. — Nie miałam pojęcia, że ojciec zapisał uczelni jakieś pieniądze. On przecież nigdy o tym ze mną nie rozmawiał. Jak oni mogą mówić, że znajdował się pod moim wpływem. Niech więc nas pozywają!

— A ja mówię: niech nasz prawnik się tym zajmie.

Z włosami przytrzymywanymi czarną koronkową opaską Portia wyglądała jak osoba, która cudownym sposobem cofnęła się do wieku sześciu czy siedmiu lat — czyli do tego okresu, w którym po raz pierwszy okazało się, że siostry będą się tak bardzo od siebie różniły. Proces oddalania się od siebie ich charakterów zdawał się trwać nadal aż do dzisiejszego wieczora. Różniły się od siebie coraz bardziej.

Owen nalał jeszcze szampana.

— Nie byłoby całego tego problemu, gdyby wasz ojciec zatrzymał sobie te pieniądze, nic nie mówiąc. Z tego płynie morał: za każdy dobry uczynek czeka człowieka kara.

— Czy twoje usługi będą drogie, Owenie? — spytała Portia ironicznie.

— Ale skąd, pięknym kobietom nigdy nie liczę dużo.

Lis weszła między tych dwoje, z których jedno związane z nią było węzłem krwi, a drugie węzłem małżeńskim, i objęła Owena.

— Widzisz teraz, dlaczego on tak dobrze sobie radzi.

— Nie poradzi sobie w życiu zbyt dobrze, jeżeli będzie pracował za darmo.

— Nie powiedziałem, że moje usługi są darmowe. — Owen spojrzał na Portię. — Powiedziałem tylko, że nie wezmę drogo. Za jakość zawsze trzeba płacić...

Lis podeszła do schodów.

— Portia, chodź tutaj. Chcę ci coś pokazać.

Siostry zostawiły Owena z papierami, a same poszły na górę. Znowu zapadła między nimi ciężka cisza i Lis zrozumiała, że to obecność Owena umożliwiała jej rozmowę z siostrą.

— Zobacz.

Lis poszła przodem, otworzyła drzwi małej sypialni i zapaliła światło.

— *Voilà.*

Portia kiwała głową, oglądając niedawno urządzony pokój. Na urządzenie go Lis poświęciła miesiąc, w ciągu którego wielokrotnie jeździła do Ralpha Laurena i Laury Ashley po materiały i tapety, a do sklepów z antykami po meble. Udało jej się znaleźć stare łóżko z baldachimem — identyczne jak to, w którym sypiała Portia w czasach, gdy ten pokój należał do niej.

— I co ty na to?

— Zaczęłaś zajmować się urządzeniem mieszkań?

— Ten materiał, z którego zrobione są zasłony, jest *identyczny.* To naprawdę dziwne, że taki znalazłam. Może jest odrobinę bardziej żółty. Ale to wszystko. Pamiętasz, jak pomagałyśmy mamie szyć te zasłony? Ja miałam wtedy — ile? Czternaście lat. A ty dziewięć.

— Nie pamiętam. Ale pewnie masz rację.

Lis spojrzała siostrze w oczy.

— Ale się namęczyłaś — zauważyła Portia, chodząc w kółko po owalnym, plecionym dywaniku. — To nie do wiary. Ostatnim razem, kiedy tu zaglądałam, ten pokój wyglądał jak komórka. To mama doprowadziła go do takiego stanu.

No więc dlaczego teraz ci się nie podoba? — zastanowiła się Lis.

— Pamiętasz Kubusia Puchatka? — spytała, wskazując ruchem głowy brudnego misia wpatrującego się szklanymi oczami w kąt pokoju, w którym od czasu ostatniego sprzątania, dwadzieścia cztery godziny temu, pojawiła się błyszcząca pajęczyna.

Portia dotknęła nosa niedźwiadka, a potem cofnęła się do drzwi, krzyżując ręce na piersiach.

— O co chodzi? — zapytała Lis.

— No wiesz, nie wiem, czy mogę zostać.

— Co chcesz przez to powiedzieć?

— Nie miałam takiego zamiaru.

— To znaczy, że chcesz jechać *dziś wieczorem?* Jest na to za późno, naprawdę.

— Pociągi jeżdżą przez całą noc.

Twarz Lis poczerwieniała.

— Myślałam, że zostaniesz na parę dni.

— No tak, mówiłyśmy o tym. Ale... ja chyba wolałabym wrócić. Powinnam była ci powiedzieć...

— Nawet nie zadzwoniłaś, żeby zawiadomić, że się spóźnisz. Nie zawiadomiłaś, że przyjedziesz okazją. Chcesz tak po prostu wpaść, zabrać pieniądze i wyjechać?

— Ależ, Lis.

— Nie możesz przecież jechać kilka godzin pociągiem, a potem tylko wpaść na chwilę, odwrócić się na pięcie i zaraz wracać. To jakieś wariactwo.

Lis podeszła do łóżka. Sięgnęła po misia, ale zaraz się rozmyśliła. Usiadła na narzucie zrobionej z bawełnianej tkaniny z wątkiem z jedwabnego kordonku.

— Przecież nie rozmawiałyśmy ze sobą od miesięcy — powiedziała. — Od lata nie wymieniłyśmy dwóch słów.

Portia skończyła szampana i postawiła kieliszek na komodzie. Spojrzała na siostrę pytająco.

— *Wiesz dobrze,* o czym mówię — stwierdziła Lis.

— Trudno mi teraz przebywać poza domem. Lee i ja mamy ciężki okres.

— A kiedy u ciebie będzie *lekki* okres?

Portia wskazała ręką pokój.

— Przykro mi, że zadałaś sobie tyle trudu — powiedziała. — Może w przyszłym tygodniu. A może za kilka tygodni zostanę na dłużej. Przyjadę wcześniej. Spędzę z wami dzień.

Zamilkła. Ciszę przerwał nagle głos Owena, który ostrym tonem wołał Lis. Przestraszona, spojrzała na drzwi, a potem na swój podołek i przekonała się, że w końcu wzięła misia. Wstała gwałtownie i posadziła zabawkę na poduszce.

— Lis — wołał natarczywie Owen — zejdź do mnie!

— Już idę — krzyknęła Lis, a potem zwróciła się do siostry i powiedziała: — Porozmawiajmy o tym — po czym, zanim Portia zdążyła zaprotestować, wyszła z pokoju.

Wygląda na to, że nas wykiwał.

— Mnie też tak się zdaje.

Przed dwoma mężczyznami ciągnął się wąwóz, którego ściany wznosiły się na pięćdziesiąt stóp w górę. Na jego dnie leżały czarne kamienie, znajdowała się w nim też plątanina winorośli i pozbawionych kory gałęzi, z których wiele było martwych i zbutwiałych. Na podszyciu wilgoć połyskiwała jak miliony wężowych łusek, a rosa osiadająca na kombinezonach obu mężczyzn spowodowała, że stały się one ciemnoniebieskie, takie same jak uniformy, w których pracowali na Oddziale Szczalno-Sralnym.

— Popatrz sam tutaj. Skąd mamy wiedzieć, że to jego ślad?

— Bo to czternastka, a także dlatego, że on jest boso. Ślad musi być jego, bo czyj ma być, do cholery? A teraz się zamknij.

Księżyc chował się powoli za chmury, ciemności gęstniały i obaj mężczyźni pomyśleli, że widok, który mają przed sobą, jest wzięty prosto z jakiegoś filmowego horroru.

— No, ale miałem cię o coś zapytać. Zadajesz się teraz z brzydulami?

— Chodzi ci o sekretarkę Adlera? — Stuart Lowe parsknął. — To by nie było takie głupie. Ale wiesz, po mojemu to powinniśmy tu dzisiaj zaprotestować. Żaden z nas nie *musiał* tutaj przychodzić. Nie jesteśmy gliniarzami.

Obaj mężczyźni byli wysocy i muskularni, i krótko ostrzyżeni. Lowe był blondynem, a Frank Jessup miał ciemne włosy. A poza tym obaj nie byli pedantami i nie żywili ani nienawiści, ani sympatii do pacjentów znajdujących się pod ich opieką. Uważali swoją robotę po prostu za robotę i nic poza tym i zadowoleni byli, że dostają przyzwoite pensje, mieszkając w okolicy, w której jest mało miejsc pracy.

Jednak to, że dziś wieczorem wyznaczono im takie zadanie, nie cieszyło ich wcale.

— Kto mógł zgadnąć — mruknął Lowe — że on zrobi coś takiego?

Jessup oparł się o pień sosny, a zapach terpentyny sprawił, że jego nozdrza się rozdęły. — A Mona? Pieprzysz ją?

— Kogo?

— Monę Cabrill. *Pielęgniarkę*. Z Oddziału D.

— A, o nią ci chodzi. Nie. A ty?

— Jeszcze nie — powiedział Jessup. — Ale chętnie dałbym jej dawkę thiopentalu i przeleciał, jakby tylko straciła przytomność.

Lowe mruknął coś z niezadowoleniem i powiedział:

— Musimy się skupić na robocie, Frank.

— Słyszelibyśmy go. Taki duży facet nie może przejść, nie robiąc hałasu... Wiesz, ona w zeszłym tygodniu przyszła bez stanika. We wtorek. Przełożona kazała jej iść do domu i wrócić w staniku. Ale przez jakiś czas było czym oczy napaść.

Przez chwilę w wilgotnym powietrzu unosił się zapach dymu z ogniska czy też z piecyka na węgiel drzewny. Lowe przycisnął sobie dłonie do oczu. Był dość przerażony.

— Za taką robotę płaci się glinom.

— Ćśś — uciszył go nagle Jessup.

Lowe aż podskoczył, a potem, usłyszawszy tylko wybuch śmiechu, uderzył Jessupa po ramieniu.

— Ty gnojku.

Przez chwilę boksowali się — gwałtowniej niż zamierzali, bo rozładowywali w ten sposób napięcie. A potem ruszyli w głąb wąwozu. Byli przerażeni, to prawda, ale bardziej przerażało ich niesamowite otoczenie niż uciekinier. Obaj znali Michaela Hrubeka. Lowe opiekował się nim niemal cały czas przez cztery miesiące jego pobytu w Szpitalu Stanowym w Marsden. Hrubek potrafił być prawdziwym skurwielem — złośliwym, denerwującym — ale nie wydawał się szczególnie zdolny do stosowania przemocy. Mimo to Lowe powiedział:

— Myślę, że powinniśmy to olać i wezwać gliny.

— Jeżeli go złapiemy, nie stracimy roboty.

— Nie mogą nas wylać za taką rzecz. Skąd mieliśmy wiedzieć?

— Nie mogą nas *wylać?* — parsknął pogardliwie Jessup. — Przecież obaj jesteśmy biali i dobijamy do czterdziechy. Mogą nas wylać, nawet z tego powodu, że im się nie podoba sposób, w jaki sramy.

Lowe doszedł do wniosku, że powinni zamilknąć. Szli w milczeniu wąwozem i czuli, że ten wąwóz ich dusi. Kiedy uszli ze trzydzieści jardów, usłyszeli, że w pobliżu coś się rusza. Dźwięk był niewyraźny i mógł pochodzić od porzuconej torby plastikowej trzepoczącej na wietrze. Sęk w tym, że wiatru nie było. Może to sarna? Ale sarny nie chodzą po lesie, nucąc sobie pod nosem. Sanitariusze popatrzyli na siebie i sprawdzili, czy mają broń — w szpitalu przydzielono każdemu pojemnik z gazem łzawiącym i gumową pałkę. Chwycili pałki mocniej i szli dalej pod górę.

— On nie ma zamiaru zrobić nikomu krzywdy — stwierdził Lowe i zaraz dodał: — Ja miałem z nim często do czynienia.

— To mnie cieszy — szepnął Jessup. — Ale zamknij się, do cholery.

Zawodzenie przypominało Stuartowi Lowe, pochodzącemu ze stanu Utah, skomlenie złapanego w pułapkę kojota, który nie ma szans na przeżycie nocy.

— O, teraz głośniej — powiedział niepotrzebnie Stuart, a Frank Jessup był tak przestraszony, że go nawet nie uciszył.

— To pies — domyślił się Lowe.

Ale to nie był pies. Dźwięki wydobywały się z potężnego gardła Michaela Hrubeka, który z zaskakująco głośnym trzaskiem wyszedł na środek ścieżki o dwadzieścia stóp od sanitariuszy i stanął jak wryty.

Lowe, który przypomniał sobie, że wiele razy kąpał Hrubeka, cackał się z nim i przemawiał mu do rozsądku, poczuł się nagle przywódcą. Wysunął się do przodu i powiedział:

— Cześć, Michael. Jak się masz?

W odpowiedzi usłyszał tylko bełkot.

— Hej, to pan Michael! — krzyknął Jessup. — Mój ulubiony pacjent! Nic się panu nie stało?

Hrubek ubrany był tylko w zabłocone szorty. Jego niebieskawa twarz wyglądała przerażająco. Miał zaciśnięte wargi i oczy opętańca.

— Nie jest ci zimno? — zapytał Lowe, z wysiłkiem wydobywając z siebie głos.

— Jesteście agentami Pinkertona, wy skurwiele.

— Nie. To ja, Frank. Pamiętasz mnie przecież. Jestem ze szpitala. Znasz też Stu. Jesteśmy sanitariuszami. Przecież ty nas znasz. Hej... — Frank roześmiał się dobrodusznie. — A co ty tu robisz bez ubrania?

— A dlaczego wy, skurwysyny, *chowacie* się w swoich ubraniach? — warknął pogardliwie Hrubek.

Nagle Lowe uświadomił sobie, jak poważna jest sytuacja. Boże drogi, przecież oni nie są w szpitalu. Nie ma przy nich całego personelu. Nie ma telefonu, nie ma psychiatrycznych pielęgniarek, które trzymają w pogotowiu dwieście miligramów fenobarbitalu. Lowe poczuł, że jest mu słabo ze strachu, i nie ruszył się z miejsca, kiedy Hrubek, ścigany przez Jessupa, uciekł z krzykiem w głąb wąwozu.

— Frank, poczekaj! — krzyknął.

Ale Jessup nie czekał. Więc i Lowe, aczkolwiek niechętnie, puścił się w pogoń za niebieskogłowym potworem sadzącym długimi susami naprzód. Głos Hrubeka odbijał się echem w wilgotnym wąwozie. Hrubek błagał, żeby do niego nie strzelali i nie torturowali go. Lowe dogonił Jessupa i zaczęli biec obok siebie.

Przedzierali się przez zarośla, wywijając pałkami jak maczetami. Jessup ciężko dyszał.

— O Jezu, te kamienie. Jak on może biec po tych kamieniach? — dziwił się.

A Lowe nagle coś sobie przypomniał. Przypomniał sobie, jak Hrubek stał któregoś dnia za głównym budynkiem szpitala z butami zawieszonymi na szyi i jak potem zaczął boso chodzić w kółko po żwirze, przemawiając niewyraźnie do własnych stóp i namawiając je, żeby stwardniały. Było to w zeszłym tygodniu.

— Frank — powiedział Lowe zasapany — coś jest nie tak. Powinniśmy...

A w następnej chwili już lecieli.

Żeglowali przez czarne powietrze. Drzewa i krzewy śmigały wokół nich. Wylądowali w rowie, który Hrubek z łatwością przeskoczył. Lecąc w dół, uderzali o gałęzie i kamienie. Ich ciała stoczyły się szybko i walnęły ciężko o ziemię. Lowe poczuł lodowaty chłód w udzie i ramieniu. Obaj leżeli nieruchomo w szarym błocie.

Jessup poczuł smak krwi. Lowe zaczął oglądać swoje zgięte palce, ale zaraz przestał się nimi zajmować, bo kiedy starł błoto z przedramienia, okazało się, że to nie było błoto, tylko rozległa, długa na stopę rana.

— A to chuj — zawył — ja go zabiję. Kurwa. Wykrwawię się na śmierć. Kurwa mać...

Lowe przetoczył się na plecy, a potem usiadł, przyciskając dłonią zranione, pozbawione skóry miejsce, przerażony widokiem własnego, gorącego, żywego mięsa. Jessup leżał nieruchomo w cuchnącym metanem błocie i oddychał płytko, bo z przerażenia potrafił zaczerpnąć tylko kilka centymetrów sześciennych powietrza. Zachłysnął się. Dopiero po chwili był w stanie wyszeptać:

— Ja myślę...

Lowe nigdy się nie dowiedział, co Jessup myślał, bo w tym momencie pojawił się obok nich Hrubek, który schylił się niedbale, odepchnął go na bok i zabrał obu sanitariuszom przyczepione do pasków zbiorniki z gazem łzawiącym. Potem rzucił zbiorniki w zarośla i odwrócił się gwałtownie w stronę Stuarta Lowe, który spojrzał mu w twarz i zaczął krzyczeć.

— Przestań! — ryknął na niego Hrubek.

Lowe umilkł i, korzystając z tego, że Hrubek też się boi, wygramolił się z pułapki. Jessup zamknął oczy i zaczął coś bełkotać.

Lowe podniósł pałkę.

— Jesteście nasłani. Pinkerton was nasłał — warknął Hrubek. — Pink-er-ton. Jesteście na-*sła*-ni. A ty, zasrany sanitariuszu, wyglądasz *słabo*. Masz rozwaloną rękę. Dobrze się spisaliście, ale nie powinniście byli mnie ścigać. Ja muszę się zająć *śmiercią*.

Gumowa pałka w ręce Lowe'ego pozostała przez chwilę uniesiona, ale zaraz potem wylądowała z łoskotem u jego stóp. Lowe puścił się biegiem w las. Pędził na oślep, bo jego odwaga nagle ulotniła się.

— Nie zostawiaj mnie, Stu — krzyknął do niego Jessup, nie unosząc głowy z błota. — Ja nie chcę umierać sam.

Hrubek popatrzył za uciekającym Stuartem, a potem ukląkł na plecach Jessupa, wpychając mu głowę głębiej w błoto. Sanitariusz poczuł smak ziemi i trawy. Zapach tej ostatniej przypomniał mu dzieciństwo. Zaczął płakać.

— Ty głupi dupku — powiedział Hrubek, a potem wpadł we wściekłość. — Twoje ubranie też na nic mi się nie zda.

Stuknął w napis: *Stanowa Placówka Zdrowia Psychicznego w Marsden*, wyhaftowany na kombinezonie Jessupa.

— Jaki z ciebie pożytek — powiedział, a potem zaśpiewał: — Dobranoc paniom, dobranoc. Zobaczę pewnie, jak płaczecie...

— Wypuścisz mnie, co, Michael?

— Ty mnie *wyśledziłeś*. A to, co robię, miało być niespodzianką. Dobranoc paniom, dobranoc, zobaczę, jak *umieracie*.

— Ale, Michael, ja nikomu nie powiem. Puść mnie, Michael, puść, dobrze? Błagam cię. Ja mam żonę.

— A, masz żonę. A ładna jest ta twoja żona? *Często* ją pieprzysz? Dymasz ją tak jak jakiś zbok, co? Podaj mi jej adres.

— Błagam cię, Michael.

— Przykro mi — szepnął Hrubek i pochylił się.

Sanitariusz krzyknął bardzo głośno. Hrubek z nieopisaną przyjemnością zauważył, że ten krzyk spłoszył wspaniałą sowę, która zerwała się do lotu z pobliskiego dębu i — złotawa w niebieskawym świetle księżyca — przeleciała w odległości pięciu stóp od jego twarzy.

*...**P**owtarzam: Państwowa Służba Meteorologiczna ostrzega mieszkańców hrabstw Marsden, Cooper i Mahican, że zbliża się burza. Spodziewane są wiatry wiejące z prędkością osiemdziesięciu mil na godzinę, tornada i powodzie w nisko położonych okolicach. Rzeka Marsden osiągnęła już poziom zagrażający powodzią, spodziewane jest też dalsze podniesienie poziomu*

jej wód o co najmniej trzy stopy. Najwyższy prawdopodobnie osiągnie około pierwszej lub drugiej w nocy. W miarę napływu informacji będziemy nadawać dalsze komunikaty...

Portia zastała ich w gabinecie, pochylonych nad stereofonicznym radiem szafkowym z tekowego drewna. Oboje mieli ponure miny.

Z radia zaczęła znowu płynąć muzyka poważna. Owen wyłączył je. Portia zapytała, co się stało.

— Nadciąga burza.

Owen odwrócił się, żeby popatrzeć przez okno.

— Rzeka Marsden to jedna z tych, które wpadają do jeziora.

— Mieliśmy otrzymać wyniki ekspertyzy i zacząć budować wał ochronny — powiedziała Lis — ale nie spodziewaliśmy się powodzi przed przyjściem wiosny.

Lis wyszła z gabinetu i podeszła do dużej cieplarni. Spojrzała w górę w niebo, które było ciemne, ale jeszcze spokojne.

Portia dostrzegła na jej twarzy wyraz zaniepokojenia i spojrzała na Owena.

— Tu nie ma fundamentów — wyjaśnił jej Owen. — To znaczy pod cieplarnią. Wasi rodzice zbudowali ją bezpośrednio na ziemi. Jeżeli zaleje ogród...

— To cieplarnia zostanie podmyta jako pierwsza — wtrąciła Lis.

I wolę nawet nie myśleć, co może się stać z cienkimi szybkami szklanego dachu, kiedy runie na nie pięćdziesięciostopowy dąb rosnący w pobliżu — dodała w duchu. Popatrzyła na ceglaną ścianę obok siebie i z roztargnieniem poprawiła kamiennego gargulca, który uśmiechał się złośliwie, pokazując długi, zakręcony jęzor.

— Cholera — szepnęła.

— Jesteście pewni, że rzeka wyleje? — zapytała Portia.

Jej głos świadczył o tym, że jest zdenerwowana. Tak, była zdenerwowana, bo utrudniało jej to natychmiastową ucieczkę z domu L'Aubergetów. Tak w każdym razie przypuszczała Lis.

— Jeżeli poziom wody podniesie się o trzy stopy, to wyleje — wyjaśniła siostrze. — I woda zaleje ogród. Było tak kiedyś, w latach sześćdziesiątych, pamiętasz? Zmyło wtedy starą werandę. Ona była tu, dokładnie w tym miejscu, w którym teraz stoimy.

Portia powiedziała, że sobie tego nie przypomina.

Lis znowu popatrzyła na okna, żałując, że nie mieli czasu, żeby umocnić dach i boczne ściany. Będą mieli szczęście, jeżeli przed burzą zdążą zbudować wał ochronny na brzegu jeziora, wysoki na dwie stopy, i umocnić taśmą połowę okien.

— No to — powiedziała — zabierajmy się za naklejanie taśmy i noszenie worków z piaskiem.

Owen kiwnął głową.

Lis zwróciła się do siostry:

— Czy mogę cię prosić, żebyś została?

Młoda kobieta nic nie odpowiedziała. Była nie tyle zirytowana, co sfrustrowana tym, że musi tu zostać wskutek takiego „spisku".

— Twoja pomoc naprawdę nam się przyda.

Owen popatrzył najpierw na jedną siostrę, a potem na drugą i zmarszczył brwi.

— Czy nie miałaś zamiaru zostać na parę dni?

— Powinnam wrócić dziś wieczorem.

Powinna? — zdziwiła się Lis. A kto jej taką powinność narzucił? Ten chłopak, z którym ma problemy?

— Zawiozę cię na stację jutro z samego rana. Nie spóźnisz się do pracy więcej niż godzinę.

Portia kiwnęła głową. — W porządku.

— Słuchaj, Portio — powiedziała Lis szczerze. — Ja naprawdę jestem ci za to wdzięczna.

Po czym poszła szybko do garażu, odmawiając krótką modlitwę dziękczynną. Dziękowała Bogu za to, że pogoda zmusi jej siostrę do pozostania przynajmniej na jedną noc. Ale nagle poczuła, że ta modlitwa może przynieść nieszczęście i, kierując się zabobonnym lękiem, odwołała ją. A potem zabrała się za gromadzenie łopat, taśmy do naklejania na okna i płóciennych worków.

4

Trzech w ciągu dwóch lat...

Wysoki mężczyzna w eleganckim szarym mundurze przygładził sobie siwiejące wąsy i dodał:

— Uciekają od was ile sił w nogach.

Doktor Ronald Adler przebierał palcami przy pasku od spodni. Westchnął niecierpliwie, co miało oznaczać, że przyjmuje postawę ofensywną, i powiedział:

— Panie kapitanie, czy nie można tego czasu wykorzystać jakoś lepiej? Ja w każdym razie założę się, że można.

Policjant zaśmiał się zduszonym śmiechem.

— Dlaczego o tym nie zameldowaliście?

— Zameldowaliśmy, że Callaghan umarł — powiedział Adler.

— Wie pan, o czym mówię, panie doktorze.

— Myślałem, że go złapiemy bez hałasu.

— Jak mianowicie? Posłaliście po niego tych sanitariuszy i wynik jest taki, że jeden dał sobie rozwalić rękę, a drugi zesrał się w kombinezon.

— On w zasadzie nie jest groźny dla otoczenia — powiedział Peter Grimes, przypominając zarówno Adlerowi jak i policjantowi o swojej obecności w pokoju.

— Każdy kompetentny członek personelu rozegrałby to inaczej. Oni zabawili się w kowbojów. Spadli ze skały i potłukli się.

— Spadli. Aha. Próbowaliście sprawę zataić, a mnie się to nie podoba.

— Tu nie ma co zatajać. Ja nie wzywam policji za każdym razem, kiedy jakiś pacjent wyjdzie poza teren.

— Niech mnie pan nie bajeruje, panie doktorze.

— Myśmy go *prawie* złapali.

— Prawie, ale nie do końca. No dobra. Jak on wygląda?

— Jest duży — zaczął Grimes, ale zaraz zamilkł, bojąc się użyć niewłaściwych przymiotników.

— Jaki duży, do cholery? No dalej, panowie! Nie traćmy czasu.

Adler opisał Hrubeka, a potem dodał:

— Ogolił sobie głowę i pomalował twarz na niebiesko. Proszę nie pytać dlaczego. Po prostu tak zrobił. Ma brązowe oczy, szeroką twarz, żółte zęby i dwadzieścia siedem lat.

Kapitan Don Haversham, człowiek dwa razy starszy od Hrubeka, robił równym pismem notatki.

— Dobra. Kilka samochodów pojedzie do Stinson. Widzę, że to się panu nie podoba, panie doktorze, ale musimy tak zrobić. A teraz niech mi pan powie: do jakiego stopnia on jest groźny dla otoczenia? Czy może wyskoczyć na ludzi z zarośli?

— Nie, nie — powiedział dyrektor, spoglądając na Grimesa, który przebierał palcami w swoich gęstych, czarnych włosach. — Hrubek jest — kontynuował Adler — no, jak to powiedzieć, jest taki jak duży, dobry, sympatyczny pies. Ta jego ucieczka to... no, to dla niego po prostu taka gra.

— Hau, hau — powiedział kapitan. — Przypominam sobie, że to on był główną postacią w tej historii w Indian Leap. To, co zrobił, nie jest sympatyczne i wcale nie przywodzi na myśl dobrego psa.

Dlaczego więc — pomyślał Adler — prosiliście nas o opinię? Po co, skoro już sami go zdiagnozowaliście?

— Chcę wiedzieć, czy po tych czterech miesiącach spędzonych u was on *wciąż* jest niebezpieczny dla otoczenia. Coś mi się zdaje, że tak. Sądząc po tym, jak się obszedł z tymi waszymi sanitariuszami. Niech mi pan powie: czy on posłusznie brał swoje pigułki?

— Tak — powiedział szybko Adler. — Ale zaraz, to Callaghan prawdopodobnie popełnił samobójstwo.

— Samobójstwo?

Grimes znowu popatrzył na swego szefa, zdając sobie sprawę, że niektóre jego słowa z trudem dają się dopasować do faktów.

— Czekamy na potwierdzenie koronera — mówił dalej Adler.

— Tak, koroner na pewno powie, jak było — stwierdził wesoło Haversham. — A pan oświadczy pewnie, że to taki zbieg okoliczności? Ten Callaghan odbiera sobie życie, a potem ten wasz ulubiony piesek Hrubek ucieka w jego worku?

— Mhm.

Adler wyobraził sobie, że Haversham siedzi zamknięty w jednym pomieszczeniu z Billiem Prescottem, który odstawił stelazynę i masturbuje się godzinami, wyjąc równocześnie na cały głos.

— Chodzi o to, że... — zaczął Grimes i zamilkł, kiedy dwaj pozostali spojrzeli na niego.

— Mój młody kolega — podchwycił Adler — chciał powiedzieć, że przez te wszystkie miesiące Hrubek był wzorowym pacjentem. Siedział spokojnie, nikomu się nie naprzykrzał.

— On jest jak roślina.

Haversham wybuchnął śmiechem.

— Roślina? — zapytał Grimesa. — Przed chwilą był psem. No to musi mu się pogarszać. Ale powiedzcie mi, tak dokładnie, na co jest chory.

— Ma schizofrenię paranoidalną.

— Schizofrenię? Rozdwojenie jaźni? Widziałem takich.

— Nie, nie, on nie ma rozdwojenia jaźni. On jest schizofrenikiem. To znaczy, że ma urojenia i nie radzi sobie z niepokojem i stresem.

— Jest głupi? Niedorozwinięty?

Adler, będąc profesjonalistą, aż wzdrygnął się wewnętrznie na takie słowa, ale nie dał niczego po sobie poznać.

— Nie. Ma średnio wysoki iloraz inteligencji — powiedział. — Ale nie działa w sposób przemyślany.

Kapitan prychnął pogardliwie.

— Musiał jednak działać w sposób przemyślany, nie sądzi pan? Musiał, bo wydostał się ze szpitala psychiatrycznego dla chorych niebezpiecznych dla otoczenia.

Adler zacisnął na chwilę wargi, zastanawiając się, co odpowiedzieć. Znów poczuł smak żony i zaczął się zastanawiać, czy będzie miał wytrysk. Nie miał go. Powiedział do Havershama:

— Ta ucieczka wynikła wskutek błędu sanitariuszy. Zdyscyplinujemy ich.

— Mnie się zdaje, że oni już zostali zdyscyplinowani. Przynajmniej ten ze złamaną ręką.

— Proszę posłuchać, panie kapitanie, czy możemy załatwić to po cichu?

Kapitan uśmiechnął się szeroko.

— A co, boi się pan rozgłosu, panie doktorze?

Adler odczekał chwilę, a potem powiedział głosem cichym, ledwie dającym się słyszeć z powodu zawodzenia, które znowu rozlegało się w budynku:

— Proszę posłuchać, panie kapitanie. Proszę się ze mną nie drażnić. Mam pod opieką prawie tysiąc najnieszczęśliwszych ludzi na Północnym Wschodzie, a pieniędzy dostaję tylko tyle, ile wystarcza na zajęcie się jedną czwartą tej liczby. Ja tu mogę...

— Dobra. W porządku.

— Mogę części z nich poprawić jakość życia i mogę ochronić przed nimi pozostałą ludność. Robię w tym celu, co w mojej mocy, wykorzystując tę sumę pieniędzy, którą dostaję. I niech mi pan nie mówi, że panu nie obcinają funduszy.

— Obcinają. To fakt.

— Jeżeli ta ucieczka stanie się głośna, jeżeli jakiś dziennikarzyna narobi wokół niej szumu, to prawdopodobne jest, że obetną nam fundusze jeszcze bardziej albo w ogóle zamkną szpital.

Adler szerokim gestem wskazał w kierunku oddziałów pełnych nieszczęśników, z których jedni spali, inni spiskowali, a inni jeszcze wyli, mieli koszmarne sny albo sny normalnych, zdrowych ludzi.

— Jeżeli tak się stanie, połowa moich podopiecznych zostanie rozpuszczona i zacznie się włóczyć. I wtedy pan będzie miał z nimi kłopot, nie ja.

— Niech się pan uspokoi, doktorze.

Haversham, w którego policyjnej karierze, podobnie jak w karierze większości wyższych oficerów, większą rolę grały rutyna i instynkt samozachowawczy niż zdolność wykrywania, powiedział:

— Proszę, niech pan będzie ze mną szczery. Kiedy mi pan mówi, że uciekł pacjent z oddziału, na którym nie obowiązywał ścisły nadzór — ja staram się tego trzymać. Ale sęk w tym, że pan równocześnie twierdzi, że on jest *niebezpieczny dla otoczenia*. Więc jak to właściwie jest?

Adler podciągnął spodnie. Zastanawiał się, czy żona jest w domu i masturbuje się tak zawzięcie jak Billy Prescott.

— Hrubek jest w stanie półśpiączki — odpowiedział, patrząc prosto w oczy Grimesowi.

Młody asystent kiwnął głową i dodał:

— On łazi tak oszołomiony, jak jakiś kretyn, który się upił dżinem.

Wypowiedział te słowa i zastanowił się z bezgranicznym zdziwieniem, co go do tego skłoniło.

— Dobra — powiedział zdecydowanie Haversham. — Przekażę informację o zaginięciu pacjenta. Wyszedł od was facet i wy martwicie się, że może mu się coś stać. Cała ta hałastra, która uważa siebie za dziennikarzy, nie zwróci uwagi na taki komunikat, zwłaszcza że zbliża się burza mająca pozrywać dachy z domów.

— Będę panu za to wdzięczny.

— A teraz jeszcze jedno pytanie. Macie trochę dolców, które możecie wydać?

— Jak to?

— No bo jest ktoś, kto mógłby nam pomóc. Ale on bierze niemało.

— To jest szpital stanowy — powiedział Adler. — Nie mamy dużo pieniędzy.

— To pewnie prawda. Ale prawdą jest też to, że uciekł wam czubek, który wygląda jak Attyla Bicz Boży. No więc jak? Wysłucha mnie pan?

— Ależ tak, panie kapitanie, jak najbardziej.

Zmarznięty i zaniepokojony Michael Hrubek stał na swoich szerokich, bosych stopach w samym środku dużego prostokąta zdeptanej trawy. Podtrzymywał sobie rękami zabłocone i mokre od rosy krótkie spodenki i wpatrywał się w odrapany budynek stojący przed nim.

Mały sklep, którego właściciel sprzedawał pułapki na zwierzęta i sprzęt myśliwski, a także zajmował się preparowaniem zwierząt, ogrodzony był siatką przymocowaną do zardzewiałych słupków. Część tej siatki leżała skotłowana na ziemi, co nie wiadomo dlaczego podziałało na Hrubeka przygnębiająco.

Całą drogę z wąwozu, w którym zaatakował dwóch sanitariuszy, Hrubek przebył biegiem. I dobiegł wreszcie tutaj, do tego miejsca, gdzie wśród mgły świeciło niesamowitym światłem kilka latarni i gdzie znajdował się parking dla ciężarówek, a obok niego ten sklep myśliwski, mały bar, stacja benzynowa i sklep ze starociami. Hrubek miał całkowitą pewność, że ścigają go Tajne Służby, i chciał za wszelką cenę uciekać dalej. Jednak zdawał sobie sprawę (i powiedział sobie głośno), że „nagi facet na pewno będzie rzucał się w oczy" i że nie może popełnić błędu i iść dalej bez ubrania.

Powiedziawszy to sobie, zauważył okno, przez które można było zajrzeć do sklepu myśliwskiego. To okazało się decydujące.

W tej chwili stał nieruchomo w miejscu i zaglądał do sklepu. Jego wzrok padał na siedem małych czaszek zwierzęcych białych jak obłoki.

No tak. Tak! Ich jest siedem!

W kosmologii Michaela Hrubeka siódemka była cyfrą znaczącą. Hrubek pochylił się więc naprzód i przeliczył czaszki, jeszcze raz głośno, rozkoszując się dźwiękiem wypowiadanych liczb.

Siedem czaszek, siedem liter M-I-C-H-A-E-L.

Nie popełnij błędu, powiedział sobie. Dzisiejsza noc jest wyjątkowa.

Hrubek przeważnie myślał metaforami i teraz przyszło mu do głowy, że budzi się właśnie ze snu. Lubił spać. *Uwielbiał* spać. Uwielbiał spędzać długie godziny w łóżku. Jego ulubioną pozycją była pozycja embriona — na boku z nogami podciągniętymi tak wysoko, jak się tylko dało. Jego czuwanie też było przeważnie rodzajem snu. Gdy tak czuwał-spał, w jego głowie pojawiały się jeden za drugim, chaotyczne rojenia, jakaś plątanina nie powiązanych ze sobą scen i twarzy będących wytworami jego chorego umysłu i skutkami działania różnych leków.

Obudził się!

Pochylił się i napisał na ziemi krótkim i szerokim palcem u nogi: *Dzisiaj w Nocy niE śPię. Nie śPię!*

Obszedł naokoło sklep i zauważył wywieszkę informującą, że właściciel jest na urlopie. Kopniakiem otworzył boczne drzwi i wszedł do środka. Obchodząc dużego, czarnego niedźwiedzia stojącego na tylnych łapach, zajrzał we wszystkie kąty sklepu. Oddychał głęboko i czuł zapach piżma i spreparowanych zwierząt. Ręce trzęsły mu się z radości. Zauważył półki, na których leżały ubrania. Zaczął przeglądać sterty koszul i kombinezonów i w końcu znalazł odpowiednie dla siebie rzeczy. Potem poszukał skarpetek i wybrał też sobie czapkę z irlandzkiego tweedu, która bardzo mu się podobała. Włożył ją na głowę.

— Bardzo modna — szepnął, patrząc w lustro.

Szukał dalej, dopóki nie znalazł pary długich butów i nie zaczął ich z wysiłkiem wciągać. Buty były przyciasne, ale nie za bardzo cisnęły.

— Wyglądam jak robotnik — mruknął, głaszcząc ubranie z aprobatą. — Zupełnie jak robotnik.

Nalał na szmatkę trochę płynu do czyszczenia i zaczął mocno trzeć sobie twarz, chcąc usunąć niebieski tusz z policzków i czoła.

Z namaszczeniem umieścił siedem czaszek w zielonym płóciennym plecaku, który znalazł w sklepie. A następnie, spoglądając podejrzliwie na stojącego na tylnych łapach niedźwiedzia, podszedł do lady, na której zauważył suszoną wołowinę w ośmiu celofanowych paczuszkach. Otworzył zębami wszystkie po kolei i zżuł mięso.

Miał już wychodzić, kiedy spojrzał w dół, pod ladę, i na jego twarzy pojawił się szeroki uśmiech.

— Prezent od Jezusa Chrystusa, naszego Płaczącego Pana.

Broń była coltem o długiej lufie. Hrubek podniósł go, przysunął sobie do twarzy i powąchał. A potem potarł sobie policzek zimnym, niebieskim metalem, uśmiechając się jak mały chłopiec, który dostał właśnie banknot dziesięciodolarowy. Włożył colta do plecaka i jeszcze raz mierząc wzrokiem niedźwiedzia, wyszedł ze sklepu.

Akurat gdy na trawie pojawił się trójkąt światła. Zabrzęczały też aluminiowe drzwi. Hrubek wszedł szybko do dużej, otwartej szopy za sklepem i wyciągnął broń z plecaka.

W ciemności rozległ się męski głos:

— Zostawiłeś go tam. Idź, przynieś go. Jeżeli zardzewiał, to wygarbuję ci skórę.

Mężczyzna znajdował się w odrapanym, ale jasno oświetlonym jednopiętrowym domu, z którego komina walił dym świadczący o tym, że palono w nim drewnem i śmieciami. Dom znajdował się o jakieś trzydzieści jardów od sklepu.

Ukazał się ośmio-, a może dziewięcioletni chłopiec, który przeszedł obok szopy. Nie zaglądając do wnętrza, zniknął za sklepem. W chwilę później wracał już do domu z długim młotkiem w rękach. Trzymał młotek przy twarzy, przyglądał mu się uważnie i skrobał paznokciem w tych miejscach, w których narzędzie było zardzewiałe.

W pobliżu rozległ się jakiś hałas. Hrubek przestraszył się. W szopie był tłusty szop. Kręcił się po betonowej podłodze. Nie zauważył Hrubeka i węszył wśród worków ze śmieciami. Chłopiec usłyszał skrobanie pazurów o beton i zatrzymał się. Trzymając zardzewiały młotek jak maczugę, podszedł do drzwi szopy i zajrzał w atramentową ciemność.

Hrubek poczuł, że serce bije mu mocno, i zaczął się zastanawiać, co ma zrobić, jeżeli chłopiec go zobaczy. Co ja mu powiem? Wiem, powiem mu, że jestem Wilhelmem Tellem. Strzelę mu w głowę, pomyślał, próbując zapanować nad szybkim oddechem. Szop, usłyszawszy kroki chłopca, przestał się kręcić. Odwrócił głowę, zobaczył Hrubeka i znieruchomiał pełen napięcia. A potem wyszczerzył kły i spanikowany rzucił się szaleńcowi do nóg. Hrubek błyskawicznym ruchem skoczył w przód i schwycił duże zwierzę za szyję. Złamał szopowi kręgosłup, zanim ten zdążył wystawić ostre jak szpilki pazury.

Nieźle, pomyślał. Miałem szczęście.

Zwierzę, wstrząsane drgawkami, zdechło.

Chłopiec podszedł bliżej do drzwi i nasłuchiwał. Nie usłyszawszy niczego więcej, odszedł powoli do domu. Latarnia oświetlająca podwórko została zgaszona.

Hrubek z roztargnieniem głaskał przez chwilę futro szopa i uspokajał się. Potem pieczołowicie ułożył zwierzę na brzuchu z tylnymi nogami wyciągniętymi do tyłu, a przednimi sięgającymi w przód. Śliniąc się obleśnie, wziął z warsztatu śrubokręt i wbił go głęboko w tył czaszki szopa. Potem wyciągnął narzędzie z rany i rzucił bezwładne ścierwo w kąt pomieszczenia.

Miał już wychodzić, kiedy spojrzał w górę, i zobaczył sześć pułapek na zwierzęta wiszących rzędem na kołkach.

O, ho, ho! Znowu prezenty... To opóźni pościg. Nie zrób błędu, Michael.

Hrubek wsunął trzy pułapki do plecaka, a potem wyszedł z szopy. Zatrzymał się na środku zakurzonego podwórka za sklepem i powąchał swoje dłonie. Unosił się z nich zapach benzyny pomieszany z zapachem piżma pozostawionym przez szopa. Hrubek przysunął sobie palce do nosa i wdychał tę woń wraz z pachnącym spalonym drewnem powietrzem — głęboko, tak głęboko, że poczuł ból w płucach. Prawie natychmiast miał wzwód, tak jakby powietrze popłynęło bezpośrednio do jego pachwin. Wyciągnął penisa na zewnątrz i zaczął go z roztargnieniem gładzić palcami mokrymi od krwi szopa. Zamknął oczy i kołysał głową w takt ruchów prawej ręki. Napięcie rosło w nim, a on czuł coraz większy zawrót głowy, wpadając w stan hiperwentylacji.

Jęknął potężnie, kiedy sperma wytrysnęła na ziemię.

Hrubek wytarł ręce o trawę, a potem poprawił sobie czapkę. Wsunął się w zarośla i ukucnął.

Była tylko jedna rzecz, której teraz potrzebował. I wiedział dobrze, że Bóg mu ją wkrótce ześle.

Owen Atcheson zdjął z półki w cieplarni duży stos płóciennych worków. Dobrze im szła robota nad jeziorem i obłożyli już spory kawał nisko położonego trawnika kilkustopową warstwą worków z piaskiem. Owena bolały mięśnie. Myśląc o spotkaniu wyznaczonym na jutro i podróży służbowej planowanej na drugą połowę tygodnia, przeciągnął się.

Wyjrzał na zewnątrz i zobaczył, że Lis stoi nad jeziorem i napełnia worki piaskiem.

Idąc cicho wzdłuż przejścia, mijał rośliny, których nazw nie znał i nie chciał poznać. Klapka w automatycznym urządzeniu nawadniającym otworzyła się z cichym syknięciem i część cieplarni napełniła się wodnym pyłem, który przesłonił mu rośliny i kamienne płaskorzeźby wiszące na ceglanej ścianie.

Owen zatrzymał się w drugim końcu cieplarni. Portia podniosła na niego swoje orzechowe oczy.

— Zdawało mi się, że tu jesteś.

— Musisz mi udzielić pierwszej pomocy.

Portia podciągnęła spódnicę i odwracając się do niego tyłem, pokazała mu małą smużkę krwi o jakąś stopę nad zgięciem pod kolanem.

— Co się stało?

— Przyszłam po nowa rolkę taśmy. Schyliłam się i jakiś cholerny kolec wbił mi się w dupę. Jego część jeszcze tam tkwi. Czuję to.

— Nie wygląda to źle.

— Może i nie wygląda. Ale cholernie boli.

Odwróciła się, zmierzyła go wzrokiem i roześmiała się krótko.

— Przypominasz mi pana na włościach. Takiego średniowiecznego wielmożę. Jakiegoś Sir Ralpha Laurena.

W jej głosie brzmiała kpiąca nuta, ale jej uśmiech dowodził, że nie miała zamiaru być złośliwa. Skrzywiła się, badając małą rankę paznokciem pomalowanym na kolor identyczny z kolorem krwi na jej skórze.

Na każdej dłoni miała cztery srebrne pierścionki, z jednego ucha zwisał jej spiralny kolczyk o skomplikowanym kształcie, a w drugim nosiła srebrne kółka. Wbrew sugestii Lis, nie chciała przebrać się w bardziej praktyczne rzeczy. Wciąż miała na sobie błyszczącą, złoto-srebrną spódnicę i luźną bluzkę. W cieplarni panował chłód, a Owen był pewny, że pod bluzką z białego atłasu jego szwagierka nie nosi stanika. Przyjrzał się szybko jej figurze i pomyślał, że jego żonę o chłopięcych kształtach można by nazwać kobietą interesującą albo oryginalną, ale za to siostra żony jest czystym uosobieniem zmysłowości. Czasami dziwił się, że te dwie kobiety mają wspólne geny.

— Daj, popatrzę na to — powiedział.

Portia znowu odwróciła się tyłem do niego i podciągnęła spódnicę. Owen włączył lampę i skierował światło na jej nogę, a potem ukląkł, chcąc przyjrzeć się ranie.

— Czy ona naprawdę popłynie? — spytała Portia. — Mam na myśli cieplarnię.

— Chyba tak.

Portia uśmiechnęła się. — Co Lis zrobiłaby bez swoich kwiatów? Jesteście ubezpieczeni od powodzi?

— Nie. Dom stoi za nisko. Nie sprzedaliby polisy.

— Nie sądzę w każdym razie, że dałoby się ubezpieczyć krzewy różane...

— To by zależało od rodzaju polisy. Tutaj jednak wchodzi w grę nadmierne ryzyko.

— Zawsze mówisz jak prawnik — stwierdziła Portia.

Owen podniósł wzrok, nie mając pewności, czy szwagierka znowu z niego nie kpi.

— A co do werandy, o której mówiła Lis — kontynuowała Portia — w tej części ogrodu, to mnie się zdaje, że ona się myli. Mnie się zdaje, że ojciec rozebrał tę werandę, żeby zbudować cieplarnię dla mamy...

Portia wskazała ruchem głowy wysokie, pomarańczowo-czerwone krzewy różane.

— Lis traktuje cieplarnię jak jakąś świętość. A mama wcale nie miała na nią zbytniej ochoty.

— A ja myślałem, że Ruth żyła dla tych kwiatów.

— Tak przedstawia to Lis. Ale tak nie było. Ojciec upierał się przy tym, koniecznie chciał zbudować cieplarnię. Według mnie chodziło mu o to, żeby mama miała jakieś zajęcie podczas jego podróży służbowych.

— Dwulicowość i udawanie to coś, co moim zdaniem zupełnie nie pasuje do waszej matki... — Mówiąc to, Owen usunął kropelkę krwi i przyjrzał się ranie.

— No wiesz, z tym to nigdy nie wiadomo. Cicha woda brzegi rwie. Ale czy ojciec nie miał skłonności do paranoi?

— Nie mam pojęcia. Nigdy go za bardzo nie lubiłem.

— Ooo, to boli — szepnęła, gdy on badał ranę. — Kiedy byłyśmy małe, na tej werandzie jadało się niedzielne obiady. Punktualnie o drugiej. Ojciec dzwonił dzwonkiem i musiałyśmy się zjawiać natychmiast. Rostbef, kartofle i fasolka. Jadłyśmy, a on wygłaszał wykład o literaturze, biznesie albo lotach kosmicznych. Czasami o polityce. Szczególną sympatią darzył astronautów.

— On naprawdę tam jest... ten kolec. Taki koniuszek. Widzę go.

— A boli jak cholera. Możesz go wyjąć?

— Mam szczypczyki.

Wyciągnął szwajcarski nóż wojskowy.

Portia sięgnęła do kieszeni i wręczyła mu zapalniczkę. — Masz.

Kiedy spojrzał na nią zdziwiony, roześmiała się.

— Wysterylizuj je. Kiedy człowiek mieszka w Nowym Jorku, uczy się ostrożności. Nie wpakowuje w siebie byle czego.

Owen wziął zapalniczkę i opalił końce szczypczyków.

— Szwajcarski nóż wojskowy — powiedziała Portia, patrząc mu na ręce. — Czy ma korkociąg? I wszystko inne? Małe nożyczki? Szkło powiększające?

— Wiesz, czasami trudno się zorientować, czy ty się z człowieka nie nabijasz.

— To pewnie dlatego, że mam taki wielkomiejski, szorstki sposób bycia. Czasami popadam przez to w kłopoty. Nie bierz tak do siebie tego, co mówię.

Portia zamilkła i odwróciła się. Pochyliła się nad różanym krzewem i wciągnęła głęboko powietrze.

— Nie wiedziałem, że palisz. — Owen zwrócił jej zapalniczkę.

— Nie palę. W każdym razie nie papierosy. A potem, po deserze, któremu towarzyszyło... co?

— Nie mam pojęcia.

— Porto.

Owen powiedział, że powinien był zgadnąć.

— Lubisz porto, Owenie?

— Nie. Nie lubię porto.

— O Jezu, jak to boli.

— Przepraszam.

Położył swoją dużą dłoń na jej udzie i przytrzymał je, chwytając szczypczykami kolec.

— Trzymaj spódnicę w górze, żeby się nie pobrudziła krwią.

Portia podciągnęła trochę wyżej spódnicę, a przed jego oczami błysnęła koronka u jej majtek. Owen przycisnął mocniej szczypczyki.

Portia miała zamknięte oczy i zaciśnięte zęby.

— Ja też nie znoszę porto, ale znam się na rocznikach jak fachowiec. Słuchałam uważnie przemów ojca przy obiedzie. Rok tysiąc dziewięćset siedemnasty był tak dobry jak najlepszy rok w tym stuleciu... Czyli który?

Portia uniosła pytająco brew.

— Oczywiście tysiąc dziewięćset sześćdziesiąty trzeci. Myślałam, że wszyscy tacy farmerzy z wyższych sfer to wiedzą.

— Ja pracy na roli nie lubię tak samo jak porto. Więc nie jestem farmerem.

— No to zajmij się ogrodem.

Owen poczuł, że jej udo drży mu w dłoni. Chwycił je mocniej. Portia mówiła dalej:

— Naprawdę doskonałe porto z roku tysiąc dziewięćset siedemnastego ma bukiet przypominający zapach tytoniu... Ach, te niedzielne wieczory! Po wypiciu porto i wykładzie ojca na temat porto albo NASA, albo literatury, albo Bóg wie czego jeszcze i po naszych *bolos levados* i dżemie my, dzieci, nie miałyśmy nic do roboty...

Portia wciągnęła głęboko powietrze, a potem zapytała:

— Słuchaj, Owen, ja tak naprawdę to nie musiałam tutaj przyjeżdżać, prawda? Mogłam wszystko podpisać w Nowym Jorku, poświadczyć podpisy u notariusza i przysłać wam papiery pocztą. Tak?

Owen milczał przez chwilę.

— Tak. Mogłaś.

— Więc czego ona naprawdę chce?

— Jesteś jej siostrą.

— Czy to oznacza, że mam wiedzieć, dlaczego mnie wezwała? Czy też może, że ona pragnie mojego towarzystwa?

— Ostatnio nie widywała cię często.

Portia roześmiała się. — Masz tego cholernika?

— Już prawie wyszedł.

Owen spojrzał na drzwi, przez które w każdej chwili mogła wejść jego żona i przyłapać ich na tym, co właśnie robili. Jeszcze raz przycisnął szczypczyki i poczuł, że Portia drży. Portia zagryzła wargę i nic nie powiedziała. A potem on wyciągnął kolec i wyprostował się.

Wciąż podtrzymując swoją przezroczystą spódnicę, Portia odwróciła się. Przed oczami Owena jeszcze raz błysnęły jej majtki. Owen podniósł szczypczyki ubrudzone krwią.

— Wydawałoby się, że powinien być większy — powiedziała Portia. — Dzięki. Jesteś człowiekiem o wielu talentach.

— Nie jest tak źle. Jest mały znak. Powinnaś to zdezynfekować.

— A macie coś do dezynfekcji?

— W łazience na górze — odpowiedział. — W tej przy naszej sypialni.

Portia przyłożyła do ranki papierową chusteczkę, a potem przyjrzała jej się.

— Te cholerne róże — mruknęła i, opuściwszy spódnicę, ruszyła w stronę schodów.

5

Objął ją ramionami i przycisnął usta do jej ust. Nie był to pocałunek łagodny. Jej palce natrafiły na jego twardy biceps. Przyciągnęła go do siebie. Potarła piersiami przykrytymi tylko cienkim materiałem bluzki o jego nagi tors.

Nie panuję nad sobą, pomyślał Owen. Zamknął oczy i pocałował ją jeszcze raz.

Jego język wsunął się między jej wargi i zaczął igrać z jej językiem. Ona schwyciła jego dolną wargę zębami i wessała ją. A potem zawahała się i zmieszana odwróciła się od niego.

— Nie — powiedział rozkazująco. — Pocałuj mnie.

— A jeżeli ona nas zobaczy?

Owen uciszył ją, zauważywszy, że protestuje bez wielkiego przekonania. Wyglądało na to, że ryzyko, iż zostaną przyłapani, podnieca ją.

Jego dłonie przesunęły się na jej bluzkę. Ona zadrżała, kiedy oderwany guzik upadł na ziemię, ale nie stawiała już oporu. Bluzka rozchyliła się i jego dłonie zaczęły gładzić jej obnażone piersi.

— Czy...? — zaczęła, ale on znowu ją pocałował i wziął koniuszek jej piersi między kciuk a mały palec. Drugą ręką objął ją z tyłu i przyciągnął do siebie.

Podniósł wysoko jej spódnicę i zatknął jej rąbek za pasek, odsłaniając białą skórę. Uniosła biodra, ale on pogładził tylko jej obcisłe jedwabne majteczki i nie dotknął ich więcej. Wziął ją natomiast za rękę, rozpiął sobie spodnie, wyciągnął członek i zamknął jej dłoń na nim, mówiąc jej po cichu, jak ma go gładzić. Mocno, bardzo mocno, prawie do bólu. Kiedy na chwilę przestała, rozkazał: — Mocniej!

Usłuchała.

W chwilę później powstrzymał ją. Chwycił ją gwałtownie za ramiona i obrócił tak, że leżała na brzuchu, plecami do niego. Położył jej rękę na głowie, popchnął ją lekko do przodu, a potem zdjął jej majtki. Przytrzymując obiema rękami jej biodra, wszedł w nią i natychmiast stracił resztkę panowania nad sobą. Przycisnął się do niej. Ujął jej piersi w ręce i przyciągnął ją mocniej do siebie. Z jej ust wydobywał się urywany oddech. Owen przysunął usta do jej szyi i ugryzł ją w kark. Poczuł smak potu i perfum. A ona, wijąc się i pojękując, przycisnęła się do niego.

Jej jęk przyspieszył wytrysk. A potem on się z niej wyślizgnął, pozostawiając na wewnętrznej stronie jej uda lśniący ślad. Przycisnął ją całym ciężarem ciała, oddychając ciężko.

Wtedy zauważył ruch i uświadomił sobie, że ona przez cały czas się głaszcze. Jego ręce przesunęły się znowu na jej piersi, pieszcząc je mocno. W kilka chwil później poczuł, że jej nogi napinają się, i usłyszał, że ona wypowiada jego imię, podczas gdy jej ciałem jeszcze raz wstrząsa silny dreszcz. Przez chwilę trwała w bezruchu, a następnie wysunęła się spod niego i przewróciła się na plecy. Leżała na plecach, a on klęczał obok niej.

Dzieliło ich kilka cali. Nie dotykali się.

Owen pochylił się nad nią i złożył na jej policzku braterski pocałunek. Milczał, jak gdyby słowa nie miały tu racji bytu, jak gdyby słowa mogły zdradzić tę tajemnicę. Ona ścisnęła go za rękę.

A potem Owen podniósł swoją łopatę i odszedł, pozostawiając żonę leżącą jak studentka na schadzce tuż nad jeziorem, na równiutko ułożonych workach z piaskiem.

Lis Atcheson popatrzyła na ciemne chmury nad głową, a potem rzuciła okiem w stronę domu, chcąc sprawdzić, czy Portia nie była przypadkiem świadkiem tej sceny.

Woda obmywała kamienie znajdujące się o kilka stóp od głowy Lis. Jej poziom podniósł się, mimo to jednak robiła wrażenie spokojnej.

Lis odetchnęła głęboko kilka razy i zamknęła na chwilę oczy. Co, na miłość boską, było tego przyczyną? — zastanowiła się. Owen miał większy temperament od niej, to prawda, ale miewał też humory i tracił ochotę na seks, zawsze gdy był zły albo czymś przejęty. Od jakichś trzech czy czterech tygodni nie zbliżał się do niej w łóżku.

A kiedy to ostatnio kochali się poza łóżkiem? W kuchni, w dżipie, na dworze? Nie mogła sobie przypomnieć. Od tego czasu upłynęły całe miesiące. Wiele miesięcy.

Owen podszedł do niej dziesięć minut temu z naręczem worków płóciennych. Stała tyłem do niego, pochylona i z wysiłkiem wciągała na tamę powodziową worek z piaskiem. I w tym momencie usłyszała, że worki spadają na ziemię, i poczuła jego ręce na swoich biodrach.

— Owen, co ty robisz?

Roześmiała się i uświadomiła sobie, że on przyciąga ją do siebie. Miał już wzwód.

— Nie. Nie mamy na to czasu. Boże, Portia okleja okna na górze! Może w każdej chwili wyjrzeć!

Nic nie mówiąc, ujął jej piersi w dłonie i pocałował ją w kark. Pocałunek był gorący.

— Owen, nie!

Odwróciła się do niego.

Powiedział tylko: — Ćśśś.

A potem jego ręce przesunęły się powoli pod jej spódnicę.

— Owen, zwariowałeś? Nie teraz.

— Tak — powiedział. — Teraz.

I wziął ją na dodatek od tyłu. Przeważnie nie lubił tej pozycji. Wolał brać ją, kiedy leżała na plecach, bezradna, i lubił obserwować wtedy jej twarz.

Co w niego wstąpiło?

Może za tymi chmurami kryje się księżyc w pełni?

Może to...

Woda uderzała o brzeg w rytm bluesa.

...te kowbojskie buty.

Lis spojrzała na żółte okna domu, okna, z których można ją było zobaczyć bez trudu, chociaż niezbyt wyraźnie. Czy Portia widziała?

A co, jeżeli tak? — zastanowiła się Lis. A niech tam. Owen jest w końcu *moim mężem.*

Lis zamknęła oczy i ze zdziwieniem zauważyła, że chce jej się spać. Tak, chciało jej się spać, mimo że w jej krwiobiegu wciąż krążyła adrenalina i mimo że w jej głowie tłukła się myśl, że trzeba jak najszybciej skończyć układanie worków z piaskiem. To po prostu cud. O Boże — zapomnieć o powodzi i o orgazmach na wolnym powietrzu... Chyba zasypiam.

Lis Atcheson cierpiała na bezsenność. Potrafiła nie zmrużyć oka przez całe dwadzieścia cztery godziny. A czasami nawet przez trzydzieści, trzydzieści sześć godzin. Ta choroba męczyła ją od lat, ale nasiliła się bardzo niedługo po tym zdarzeniu w Indian Leap, zdarzeniu, które miało miejsce w maju zeszłego roku. Zwykle po jakichś dwudziestu minutach od zaśnięcia zaczynały jej się śnić koszmary — czarne jaskinie, krew, martwe oczy, oczy błagające o litość, oczy pełne życia i okrucieństwa...

I budziła się przerażona.

W końcu jednak, po pewnym czasie, jej serce przestawało mocno bić, a pot na skroniach i szyi wyparowywał. I leżała tak w łóżku, całkiem rozbudzona, coraz bardziej zmęczona i nękana halucynacjami. Leżała tak, a godziny płynęły jedna za drugą. Leżała i patrzyła na niebiesko-zielone, zmieniające się cyfry. Te cyfry zaczynały nabierać jakichś dziwnych znaczeń. Cyfry oznaczające pierwszą trzydzieści dziewięć wydawały się nieprawdziwe; te, które oznaczały drugą pięćdziesiąt osiem, działały kojąco, a czwarta czterdzieści pięć to była barykada, którą ona musiała przekroczyć we śnie, jeżeli nie chciała przegrać bitwy toczonej tej nocy.

Wiedziała różne rzeczy na temat snu. Einstein potrzebował dziesięciu godzin snu na dobę, Napoleon tylko pięciu. Rekord niespania pobił pewien Kalifornijczyk, który czuwał przez 453 godziny. Przeciętny człowiek śpi od siedmiu i pół do ośmiu godzin na dobę, kot-samiec szesnaście. Istnieje pewna śmiertelna odmiana bezsenności, pewien rodzaj choroby, która niszczy wzgórzową część mózgu. Lis miała dokładnie dwadzieścia dwie książki traktujące o zaburzeniach snu i bezsenności. Czasami, zamiast liczyć owce, wyliczała tytuły tych książek.

— Może pani radzić sobie z koszmarami — powiedział jej lekarz — mówiąc sobie, że to tylko sny. Niech pani sobie powtarza: „To tylko sny, one nie mogą mi zaszkodzić. To tylko sny, one nie mogą mi zaszkodzić".

Próbowała tak robić, ale ta mantra, na której łamała sobie język, osłabiała ją jeszcze bardziej.

A jednak dzisiaj Lis Atcheson — leżąc na dworze z obnażonymi piersiami i podciągniętą spódnicą — poczuła, że szybko zapada w sen. Była coraz bardziej odprężona. Patrzyła sennymi oczami na cieplarnię i na światła w kolorze ultramaryny. Usłyszała, jak Owen ciska łopatę na worek z piaskiem. I zobaczyła cień siostry w oknie sypialni.

Dziwne obrazy zaczęły tańczyć przed oczami jej wyobraźni. Było to takie śnienie na jawie. Lis widziała rozpływające się twarze ludzi, którzy zamieniali się w cienie, kwiaty zmieniające formę, jakieś mgliste kształty.

Wyobraziła sobie ciemnoczerwoną, *krwistoczerwoną* wiktoriańską różę John Armstrong i był to ostatni obraz, jaki jej się ukazał, zanim zapadła na dobre w sen.

W jakieś dziesięć sekund później trzasnęła gałązka. Trzask był głośny jak wystrzał. Lis, która leżała z rękami złożonymi na piersiach jak nagrobna figura jakiejś świętej, usiadła gwałtownie — całkiem rozbudzona.

Zaczęła obciągać spódnicę i zapinać szybko bluzkę, wpatrując się równocześnie w sylwetkę mężczyzny, który wyszedł spomiędzy świerków kanadyjskich i zbliżał się do niej.

Skręcając z podrzędnej drogi na autostradę numer 236, zwiększył szybkość do siedemdziesięciu mil na godzinę. Leniwie chodzący silnik jego furgonetki-chevroleta z 79 roku zaczął pracować energiczniej. Trenton Heck usłyszał coś, co wskazywało na jakąś usterkę w silniku, ale postanowił nie zwracać na to uwagi.

Siedział wygodnie oparty, jego lewa noga spoczywała na pedale przyspieszenia, a prawa, wyciągnięta, pod obwisłym ciałem czteroletniego psa o bezgranicznie smutnym wyrazie pyska. Heck w ten właśnie sposób prowadził samochód — z jedną nogą wyciągniętą, choć niekoniecznie przywaloną ciałem psa. Kupił maszynę z automatyczną skrzynią biegów i odpowiednim siedzeniem wyłącznie z tego powodu.

Trentona Hecka, który był dokładnie o trzydzieści dwa lata starszy od psa, nazywano czasami „tym chudym facetem z Hammond Creek". Jednak ci, którzy widzieliby go bez koszuli, ci, którzy zobaczyliby jego muskuły wyrobione podczas polowań, łowienia ryb i wykonywania różnych prac fizycznych na wsi, z pewnością doszliby do wniosku, że nie jest on wcale chudy. Trenton był *szczupły* i *muskularny,* ale nie chudy. W ostatnim miesiącu jego brzuch zaczął nawet trochę sterczeć ponad paskiem od spodni. Było to spowodowane przede wszystkim bezczynnością, chociaż picie niezliczonych Budweiserów i jedzenie podwójnych gotowych zestawów obiadowych na kolację też musiało się do tego przyczynić.

Heck pomasował sobie to miejsce na spranych, niebieskich dżinsach, pod którym znajdowała się lśniąca blizna po ranie od kuli — miejsce znajdujące się dokładnie na środku prawego uda. Ta czteroletnia blizna (niedługo będzie rocznica — zauważył) wciąż powodowała, że mięśnie miał napięte jak kauczukowe paski. Heck wyprzedził jadącą powoli limuzynę i wrócił na własny pas ruchu. Duża, plastikowa kość dyndała pod lusterkiem wstecznym. Wyglądała jak prawdziwa i Heck zawiesił ją, żeby oszukać psa, jednak pies — pies z rodowodem imieniem Emil — nie dał się skołować.

Heck jechał szybko szosą, pogwizdując. To, co gwizdał, pozbawione było melodii, a gwizd wydobywał się spomiędzy jego nierównych zębów. Błysnął mu przed oczami znak drogowy. Heck zdjął stopę z pedału przyspieszenia i zahamował gwałtownie, wskutek czego pies przesunął się w przód na winylowym siedzeniu, marszcząc pysk. Heck skręcił i pojechał jakieś ćwierć mili wiejską drogą pokrytą sfatygowanym asfaltem. Zobaczył świecące w oddali światła, a na niebie dostrzegł kilka nieśmiało migoczących gwiazd. Ogarnęło go przemożne poczucie osamotnienia. Zauważył opuszczone stoisko przydrożne — szopę, w której jakiś farmer sprzedawał przed laty ser i miód. Wysiadł z samochodu, nie wyłączając silnika i pozostawiając niespokojnego psa na siedzeniu.

Dzisiejszego wieczora Heck miał na sobie to, co nosił prawie każdego dnia (z wyjątkiem dni bardzo zimnych) — czarną koszulkę trykotową, koszulę roboczą i dżinsową, niebieską kurtkę. Jego kędzierzawe, ciemne włosy opadające na uszy przykrywała czapka z emblematem nowojorskich Mets. Czapka ta była prezentem od kobiety imieniem Jill, która potrafiła z pamięci wyrecytować wyniki wszystkich meczów rozegranych przez tę drużynę w ciągu ostatnich piętnastu lat (i sama dobrze grała w baseball). Jego jednak nie interesowały losy drużyny, a postrzępioną czapkę nosił tylko dlatego, że była prezentem od niej.

Rozejrzał się niepewnie i zaczął powoli iść przez parking, robiąc koło. Spojrzał na swoją furgonetkę i doszedł do wniosku, że jej reflektory dają za dużo światła. Wyłączył więc i silnik, i reflektory. Otulony ciemnością, zaczął znowu iść. W pobliżu rozległ się jakiś szelest. Heck natychmiast rozpoznał, że to szop. W kilka chwil później przeszedł za nim cicho skunks, a on poczuł zapach piżma. Te zwierzęta nie były groźne, ale on, idąc, chwycił czarną, prążkowaną, bakelitową kolbę starego automatycznego pistoletu, który znajdował się w jeszcze starszym, kowbojskim olstrze z rzemykami z nie garbowanej skóry.

Niebo było pochmurne. Burza powinna była już się zacząć. Wiem, Boże, że musisz spuścić deszcz — powiedział Heck cicho, wcale nie patrząc w niebo — ale na kilka godzin powstrzymaj wiatr. Potrzebna mi twoja pomoc, naprawdę, bardzo mi potrzebna.

Gdzieś z tyłu trzasnęła głośno gałązka. Heck odwrócił się szybko, starając się przeniknąć wzrokiem przez listowie dobrze widocznej brzozy. Znał tylko nieliczne dzikie zwierzęta, które w ten sposób łamały gałęzie. Mogła to zrobić samica łosia prowadząca swoje młode albo siedmiostopowej długości niedźwiedź grizzly patrzący na niego z pewnością pożądliwym wzrokiem i mający poczucie absolutnego bezpieczeństwa, oczywiste u zwierzęcia pod ochroną.

A może to pijany jeleń? — pomyślał Heck, chcąc rozweselić samego siebie.

Szedł dalej. W pewnym momencie parking zalało światło. Przyjechał ten samochód, którego Heck się spodziewał. Zaparkował z leniwym piskiem opon. Do Hecka podszedł wyprostowany jak sierżant musztrujący rekrutów oficer policji w szarym mundurze.

— Czołem, Don.

Heck zasalutował niedbale.

— Czołem, Trent. Dobrze, że byłeś wolny. Miło mi cię widzieć.

— Ta burza jest już blisko — powiedział Heck.

— Myślałem, że ten twój Emil potrafi tropić nawet podczas huraganu.

— Możliwe — odpowiedział Heck — ale ja sam wolałbym nie zginąć od pioruna. No, a kto to uciekł?

— Ten świr, którego złapali w zeszłym roku na wiosnę w Indian Leap. Pamiętasz tę historię?

— Kto by jej nie pamiętał.

— On uciekł dzisiaj wieczorem. W worku na ciało — wyjaśnił Haversham.

— Może jest wariatem, ale ma też spryt.

— Jest gdzieś koło Stinson.

— Więc odjechał kawał drogi.

— Tak. Chłopak od koronera, ten, co prowadził karawan, jest tam teraz. No i Charlie Fennel, i paru policjantów. Charlie ma ze sobą suki.

Suki policyjne, o których mówił Haversham, nie były prawdziwymi tropicielami. Były psami myśliwskimi, labradorami, od czasu do czasu używanymi do tropienia. Miały dobry węch, a będąc sukami wysterylizowanymi, omijały słupy i drzewa i niełatwo dawały się sprowadzić z tropu. Ale rozpraszały się. Emil natomiast był psem, który szedł pewnie. Kiedy był na tropie, potrafił przejść po króliku siedzącym mu na drodze, nie zauważając go. W takich razach szedł prosto, a jedynym słyszalnym dźwiękiem było jego sapanie. Suki lubiły tropić i spędzały dużo czasu na szukaniu na wszystkie strony z pełnym entuzjazmu skomleniem. Jednak ścigając niebezpiecznego uciekiniera, dobrze było mieć ze sobą całe stado psów. Heck spytał Havershama, co dadzą Emilowi do powąchania.

— Bieliznę.

Kapitan wręczył Heckowi plastikową torbę. Heck był pewien, że Haversham wie, jak obchodzić się z rzeczami, które ma wąchać pies. Na pewno dopilnował, żeby rzeczy nie były ostatnio prane i żeby nikt nie dotykał ich palcami.

— O ile nam wiadomo, on lata prawie nagi — dodał policjant.

Heck myślał, że kapitan żartuje.

— Nie, nie żartuję — powiedział Haversham. — On jest gruby, ma dużo sadła. Adler, lekarz ze szpitala, mówił mi, że ci schizofrenicy nie czują zimna tak jak normalni ludzie. Oni są jakby znieczuleni. Możesz takiego uderzyć, a on nawet tego nie zauważy.

— Oooo, dobrze, że mi o tym mówisz, Don. A może on potrafi też fruwać, co?

Haversham zakrztusił się ze śmiechu, a potem dodał:

— Oni mówią, że on jest dość nieszkodliwy. Często ucieka. Adler twierdzi, że zwiewał z siedmiu szpitali. Zawsze go znajdują. To jest dla niego taka zabawa. A w tym worku mieli przewozić faceta, który popełnił samobójstwo.

— Nieszkodliwy? Czy oni nie czytali, co się stało w Indian Leap?

Heck prychnął pogardliwie i wskazał ruchem głowy w kierunku szpitala.

— Kto w tym szpitalu jest wariatem? — zapytał, a potem, nie patrząc Havershamowi w oczy, dodał: — Przez telefon mówiłeś, że dostanę pięćset dolców honorarium. I nagrodę. Dziesięć *tysięcy*. To prawda, Don? Dziesięć?

— Tak. Honorarium jest z moich funduszy — jak zwykle. A nagroda z pieniędzy stanowych. Z budżetu Adlera. Adler bardzo chce, żebyś go złapał. Gorączkuje się.

— Nie sądzę, że dał ci to na piśmie.

— Adler? Nie. Ale on naprawdę chce, żebyś go złapał. Jeżeli go złapiesz — dostaniesz swoją forsę, Trent. Jesteś tu jedynym cywilem. Moi chłopcy nie mogą wziąć ani centa.

— Złapie się go.

Kapitan popatrzył w ciemność, zastanawiając się nad czymś. W końcu powiedział:

— Słuchaj, Trenton. Powiedziałem ci, że on nie jest niebezpieczny, jednak miej to pod ręką — wskazał pistolet na biodrze Hecka. — Muszę ci to powiedzieć. Adler twierdzi, że to był wypadek, ale możliwe jest, że Hrubek zaatakował dwóch sanitariuszy. Jednemu złamał rękę jak wykałaczkę. Facet by wykorkował, gdyby nikt go nie znalazł.

— No więc jak? On jest niebezpieczny czy nie? — zapytał Heck.

— Ja ci tylko mówię: uważaj. Co to za broń?

— To mój stary P-38.

Heck poklepał olstro, przypominając sobie dzień, w którym oddał swoją służbową broń nie komu innemu, tylko Havershamowi. Nie mógł oderwać od niej wzroku, kiedy ją oddawał — już bez magazynka. Odznaka i dowód tożsamości poszły w ślad za bronią. Mundur kupił za własne pieniądze, więc pozwolili mu go zatrzymać, chociaż musiał podpisać zobowiązanie, że nigdy nie będzie go nosił w miejscach publicznych. Kiedy je podpisywał, twarz miał czerwoną ze wstydu i złości.

— Można jeszcze do tego kupić amunicję?

— To jest nic innego jak dziewięciomilimetrowe parabellum.

Haversham wetknął głowę do furgonetki Hecka przez okno po stronie pasażera i pogłaskał psa. Pies siedział zobojętniały i znudzony, patrząc na siwe włosy kapitana.

— No, Emil, zrób tak, żebyśmy byli z ciebie dumni. Słyszysz? Złap tego wariata. Dobry piesek, dobry. Dobry jest, nie? — zwrócił się do Hecka.

A Trenton Heck, który odbierał porody szczeniaków i opiekował się nimi, który wysysał jad węży z ciał psów myśliwskich, który jeździł do weterynarzy, rozwijając prędkość dziewięćdziesięciu mil na godzinę, kiedy psa dawało się uratować, i który pakował litościwą kulkę w łeb tym psom, dla których nie można było zrobić niczego innego, ten Trenton Heck, który mówił do psów tylko wtedy, kiedy trzeba było wydać im rozkaz, ten Trenton Heck kiwnął tylko kapitanowi głową, uśmiechając się chytrze.

— Lepiej teraz chodźmy. Zanim tropy ostygną.

Jak, u diabła, to się stało? — warknął Owen. — On jest wariatem! Nie wolno było dopuścić do jego ucieczki! Co, do cholery — zostawili mu otwarte drzwi?

— Nastąpiło pewnego rodzaju nieporozumienie. Oni, no wie pan, tak jakoś nie dopilnowali szczegółów.

Człowiekiem, który obudził Lis z krótkotrwałego snu, okazał się Stanley Weber, wybrany zgodnie z obowiązującą procedurą szeryf miasteczka Ridgeton. Minął Lis, nie zauważając jej nawet, i poszedł z Portią do przepustu, przy którym pracował Owen.

Wieści, które przyniósł, okazały się bardziej niepokojące niż samo jego niespodziewane przybycie.

— Boże drogi, Stan — powiedziała Lis — to jest szpital dla chorych psychicznie niebezpiecznych dla otoczenia. Czy tam nie ma krat?

Przypomniała sobie dokładnie te głęboko osadzone oczy i twarz — okrągłą, o wesołkowatym wyrazie. I żółte zęby. I jego wrzask: *Sic semper tyrannis*... Lis-bone... Cześć, Lis-bone!

— To niewybaczalne!

Rozzłoszczony Owen chodził w tę i z powrotem. Był mężczyzną potężnej budowy, był silny i miał temperament, który czasami przerażał nawet Lis. Szeryf, jakby chcąc się od niego odgrodzić, skrzyżował ręce na piersi i pochylił się nieco do przodu.

— Kiedy to się stało? — pytał dalej Owen. — Czy oni wiedzą, dokąd on zmierza?

— Stało się to przed paroma godzinami. Dowiedziałem się o tym dzięki łączności radiowej.

Szeryf wskazał swój samochód, jakby próbując skierować furię Owena na inny tor.

— Rozmawiałem z Donem Havershamem. Z policji stanowej — dodał znacząco. — To dobry policjant. Ma stopień kapitana.

— Aha, aż kapitana.

Lis złapała się na tym, że patrzy na stopy szeryfa. W ciężkich buciorach z ciemnej skóry szeryf wyglądał nie tyle na urzędnika państwowego, co na członka jednostki bojowej w akcji. Powiał lekki wiatr, chłodząc skórę Lis pod cienką bluzką. Lis spojrzała na liście spadające z gałęzi wysokiego klonu. Wydało jej się, że te liście szukają schronienia przed nadciągającą burzą. Przeszedł ją dreszcz. Zorientowała się, że drzwi od kuchni są uchylone. Zamknęła je.

Usłyszała odgłos kroków i spojrzała na drzwi prowadzące do salonu. Portia przystanęła w nich na chwilę, a potem weszła do kuchni. Była wciąż ubrana w swoje cienkie, seksowne szatki, a jej duże piersi prowokująco podkreślał luźno spływający jedwabisty biały materiał, z którego uszyta była bluzka. Szeryf kiwnął w jej stronę głową, a ona uśmiechnęła się obojętnie. Oczy szeryfa dwa razy zatrzymały się na jej piersiach. Portia miała w kieszeni spódnicy mały odtwarzacz, a w jednym uchu słuchawkę. Z drugiej słuchawki, dyndającej swobodnie, wydobywał się cichy dźwięk rytmicznej muzyki.

— Hrubek uciekł ze szpitala — poinformowała siostrę Lis.

— Niemożliwe.

Portia wyjęła słuchawkę z ucha i założyła ją sobie na szyję, tak jak to czynią lekarze ze stetoskopami. Dźwięki drażniącego rocka były teraz głośniejsze. Wydobywały się z dwóch małych słuchawek.

— Mogłabyś to wyłączyć? — poprosiła Lis, a Portia machinalnie spełniła jej prośbę.

Lis, Owen i Portia stali teraz na płytkach z terakoty tak zimnych jak betonowa terasa na zewnątrz — stali wszyscy z założonymi rękami i w jednym szeregu. Lis wydało się to idiotyczne. Złamała więc szereg i podeszła do zlewu, żeby napełnić czajnik wodą.

— Napijesz się kawy czy herbaty, Stan?

— Dziękuję, niczego. Oni twierdzą, że on się błąka w okolicy. Uciekł w Stinson, o jakieś dziesięć mil od szpitala.

To pięćdziesiąt mil na wschód od nas, pomyślała Lis. Było to jakieś pocieszenie — jak bak pełen benzyny albo dwa banknoty dwudziestodolarowe w kieszeni — niewielkie, ale jednak pocieszenie.

— Więc wygląda na to, że oddala się od nas.

— No tak.

Lis przypomniała go sobie. Przypomniała sobie, jak się ożywił, jak kajdanki na jego rękach i nogach zaczęły brzęczeć i jak on sam zaczął rozbierać wzrokiem publiczność obecną na sali sądowej. A ją rozbierał z największym zapałem. „Lis-bone, Lis-bone..."

Wtedy, w czerwcu, Lis aż krzyknęła, słysząc jego śmiech podobny do śmiechu hieny. Teraz też zachciało jej się krzyczeć. Zacisnęła zęby i odwróciła się do kuchenki, żeby zrobić filiżankę ziołowej herbaty. Owen wciąż gniewnie bombardował szeryfa pytaniami. Ilu ludzi go szuka? Czy mają psy? Czy on ma przy sobie broń? Szeryf dzielnie zniósł ten krzyżowy ogień, a potem powiedział:

— Prawdę mówiąc, to za dużo się w tej sprawie nie robi. Rozesłano tylko informacje. Nie nadano im statusu prośby o pomoc w złapaniu uciekiniera. Mnie się zdaje, że oni go już dobrze podleczyli. Pewnie zastosowali kurację wstrząsową. No wiecie, te elektrowstrząsy. On się po prostu tak włóczy i oni go na pewno złapią...

Owen machnął ręką i już miał coś powiedzieć. Przerwała mu jednak Lis.

— Jeżeli nikt się tym nie martwi, to co ty tu robisz, Stan?

— No, ja przyszedłem się dowiedzieć, czy macie jeszcze ten list. Bo z niego może da się wywnioskować, dokąd on chce się udać.

— List? — spytał Owen.

Ale Lis wiedziała doskonale, o jaki list chodzi. Pomyślała o nim w momencie, w którym zjawił się szeryf, wymieniając nazwę szpitala.

— Wiem, gdzie on jest — powiedziała i poszła po list.

6

Pani Lis-bone Atcheson!

Siedzę w swoim Pokoju nie mogę oddychać nic nie słyszę. To niespraWIEdliwe, że mnie tu TRZymają, trzymają mniE i nie dają zrObić, nijaK nie dają zrObić tego, co MUSZĘ ZROBIĆ. To JEST bardzo ważnE. trzyMają mnie i naopowiadali kłamstw o mnie tym w wasZyngtonie i całeMu chĘtnie oCZerniającemu człOwieka światu. oNi mYślą, że jestem niebezpieczny, itd. To tylko takiE uspraWiedliwienie, Ale wszyscy w nie wierzą, to znaczy „im" wierzą, a oni są bardzo silni i my musimy ich się bać. Oni są wszędzie.

To jest SPISEK. SPIS+EK.

a ja wiem, że i TY do niego należysz!!!!

Zemsta należy do mnie, a nie do PANA, bo PAN wie co ja Zrobiłem i nie daje MI odpocząć. Co noc strzela mi w łeb!!!

Zatem JA Długo męczony przyjmuję mój los i ty, co jEsteś taka piękna też Musisz. proszę CIĘ przyjdź do mnie na wieczny spoczynek.

Wszędzie. NieprzErWAnie. Zawsze. Zemsta.

EWO — kobieto

PRZYJDŹ do MNIE.

ja twój kochanek

List został napisany zielonym, czarnym i niebieskim tuszem.

A jej imię i jego „podpis" były czerwone.

Szeryf cmoknął zirytowany.

— Czy rozumiesz coś z tego? — zapytał, zwracając się do Owena.

— To jest bełkot — powiedziała Lis.

Owen spojrzał na nią i oświadczył: — Rozmawialiśmy o tym po otrzymaniu tego listu. Myśleliśmy, że to wybryk jakiegoś nastolatka.

Lis uczyła angielskiego w drugiej klasie miejscowego liceum.

— Ja jestem srogą nauczycielką — zaśmiała się niezbyt wesoło. — Szesnastolatki za mną nie przepadają.

— „ja twój kochanek" — szeryf ściągnął pas, u którego miał broń. Patrzył na list przez chwilę, a potem zapytał: — Jest adres zwrotny?

Lis przejrzała teczkę z szarej tektury, w której trzymała list w przegródce zatytułowanej *Listy różne*, zaraz za przegródką zatytułowaną *Testamenty — Owen i Lis*. (To ostatnie zauważyła dopiero teraz.) Znalazła kopertę. Nie było na niej adresu nadawcy. Pieczęć pocztowa pochodziła z Gloucester.

— Gloucester nie jest w pobliżu Marsden — zauważyła.

— Czy mogę zadzwonić? — szeryf spojrzał na Owena, który wskazał mu telefon ruchem głowy.

Opierając się o ladę kuchenną i popijając herbatę z dzikiej róży, Lis przypomniała sobie gorącą wrześniową sobotę. Przesadzała wtedy krzak herbacianej róży. Wzdłuż nosa, łaskocząc ją, spływał jej pot. Owen przez cały dzień pracował i wrócił przed chwilą. Było gdzieś koło czwartej, słońce świeciło blado i stało nisko. Owen ukazał się w drzwiach. Szerokie ramiona miał przygarbione, a w ręce trzymał kawałek papieru. Lis podniosła na niego wzrok. Krzak róży przesunął jej się między palcami, a jakiś kolec przebił skórę. Widząc poważną minę męża, nie zwróciła w pierwszej chwili uwagi na ból. W chwilę później, opuściwszy wzrok, zauważyła na palcu kropelkę krwi. Położyła krzew na ziemi. Owen wręczył jej ten właśnie list, a ona wzięła go powolnym ruchem, zostawiając na kopercie krwawy odcisk palca przypominający staromodną pieczęć woskową.

Teraz Portia przeczytała list. Wzruszyła ramionami i powiedziała do Lis:

— Mam ze sobą trochę tego, co wiesz. Jeżeli chcesz, to przyjdź do mojego pokoju. To cię zrelaksuje.

Lis zmrużyła oczy, starając się zachować spokój. Tylko jej siostra mogła zrobić coś takiego — proponować komuś dżointa w obecności policjanta (na którego zderzaku widniał napis *Ridgeton mówi NIE narkotykom*). To była cała Portia — przewrotna i cyniczna. Och, ta Portia — ta jej kuta na cztery nogi blada młodsza siostra z francuskim warkoczem, odtwarzaczem w kieszeni i wianuszkiem narzeczonych. Została zmuszona do spędzenia wieczoru na wsi i teraz daje Lis w kość.

Lis nie odpowiedziała. Młoda kobieta wzruszyła ramionami i, spojrzawszy na Owena, wyszła z kuchni.

Szeryf, który nie słyszał propozycji Portii i który prawdopodobnie i tak by jej nie zrozumiał, odwiesił słuchawkę.

— No więc — powiedział do Owena — krótko mówiąc, ona nie ma się czym martwić.

Ona? — zastanowiła się Lis. Czy on ma na myśli mnie? Poczuła, że płonie jej twarz. Zobaczyła też, że nawet staromodny Owen poruszył się niespokojnie, słysząc lekceważący ton szeryfa.

— Oni mówią, że ten list nic nie znaczy. Hrubek jest schizofrenikiem, a schizofrenicy nie radzą sobie, kiedy stoją z kimś twarzą w twarz. Są zbyt nerwowi, żeby rozmawiać czy zrobić cokolwiek. Dlatego pisują takie długie listy, które są przeważnie bez sensu. A kiedy komuś grożą, to nie spełniają groźby, bo się za bardzo boją.

— A ten stempel? — zapytała nieustępliwie Lis. — Ten z Gloucester?

— A, to. Pytałem. Posłali go do szpitala w Gloucester na jakieś badania w pierwszym tygodniu września. Szpital jest słabo strzeżony. Mógł się wymknąć i wysłać list. Ale mówiłem już, że on zmierza na wschód, posuwa się więc *w przeciwnym kierunku*.

Szeryf i Lis popatrzyli na Owena, który — będąc osobą najpotężniejszej postury z nich trojga — zdawał się tu dowodzić.

— A co, jeżeli tak nie jest? — zapytał Owen.

— Do diabła, on nie ma samochodu. Lekarz powiedział, że nie umie prowadzić. A kto go podwiezie? Takiego wielkiego świrusa?

— Ja po prostu pytam — rzucił Owen. — Co, jeżeli on *nie kieruje się* na wschód? Co będzie, jeżeli zmieni zdanie i pojawi się tutaj?

— Tutaj? — powtórzył szeryf i zamilkł.

— Chcę, żebyście tu przysłali policjanta.

— Przykro mi, Owen. To niemożliwe. Zbliża się...

— Słuchaj, Stan, to jest poważna sprawa.

— Zbliża się... burza. Straszna burza. A Fred Bertholder ma grypę i leży w łóżku. Jest naprawdę chory. Cała jego rodzina też choruje.

— Jednego policjanta. Tylko do chwili, kiedy go złapią.

— Ale nawet policja stanowa nie ma ludzi. Są na szosie z powodu...

— Tej kurewskiej burzy — warknął Owen.

Rzadko przeklinał w obecności ludzi, których dobrze nie znał — uważał to za oznakę słabości. Dlatego Lis poczuła się przez chwilę zszokowana. Zaszokowało ją nie tyle samo słowo, ile wielka złość, która musiała spowodować, że Owen je wypowiedział.

— Musimy brać pod uwagę hierarchię ważności. Nie denerwuj się tak. Będę w kontakcie z Havershamem. Jeżeli coś się zmieni, natychmiast tu przyjadę.

Owen podszedł do okna i spojrzał na jezioro. Wyglądało na to, że albo jest tak wściekły, że nie może wydobyć z siebie głosu, albo zastanawia się nad czymś głęboko.

— A może byście przenocowali w jakimś hotelu? — zaproponował szeryf tak wesoło, że Lis poczuła gniew. — W ten sposób wyśpicie się i nie będziecie się musieli o nic martwić...

— Wyśpicie się — mruknęła Lis. — Akurat.

— Wierzcie mi, nie macie się czym przejmować — powiedział szeryf.

Po czym podszedł do okna i spojrzał w niebo, mając prawdopodobnie nadzieję, że zaraz zacznie się błyskać i że to usprawiedliwi fakt, że policjanci zostali rozesłani w teren.

— W każdym razie ja będę pilnował sprawy — dodał.

Wychodząc, uśmiechnął się ze skruchą.

Lis była jedyną osobą, która odpowiedziała mu „dobranoc".

Owen chodził w tę i z powrotem koło okna, spoglądając na jezioro.

— Myślę, że powinniśmy tak zrobić — rzekł rzeczowym tonem. — To znaczy pójść do hotelu. Weźmiemy pokój w Gospodzie Marsden.

No tak, wezmą niezmiernie oryginalny apartament, zaśmiecony (według słów Owena) suszonymi kwiatami, umeblowany sztampowymi meblami, ozdobiony wiejskimi girlandami i kiczowatymi obrazkami przedstawiającymi żywe konie, martwe ptaki i dziewiętnastowieczne dzieci o szklanych oczach.

— Nie jest to chyba najlepsza kryjówka.

— Nie wygląda na to, że on przebędzie nawet połowę drogi do Ridgeton, nie mówiąc już o tym, że przecież nie znajdzie hotelu, w którym zamieszkamy... Zresztą nie wiadomo, czy w ogóle ma zamiar nas szukać. Poza tym Gospoda znajduje się zaledwie o dwie mile stąd. A ja nie chcę za bardzo oddalać się od domu.

— Musimy skończyć tamę i oklejanie okien.

Owen milczał przez chwilę. A potem zapytał z roztargnieniem:

— Jak myślisz, gdzie on jest?

— Ja się stąd nie ruszę, dopóki nie skończymy tej tamy. Te worki z piaskiem...

Oczy Owena zabłysły.

— Dlaczego się ze mną sprzeczasz?

Lis zamrugała. Nauczyła się znosić jego humory. Wiedziała, że zwykle wyładowywał się nie na tym, na kim trzeba. Był teraz zły, to prawda, ale nie na nią, tylko na szeryfa. Przeważnie Lis reagowała gniewem na jego gniew. Ale dzisiaj nie podniosła głosu. Nie miała jednak zamiaru mu ustąpić.

— Ja się nie sprzeczam. Możemy pójść do hotelu. Ale ja nie ruszę się stąd, dopóki nie zostanie ułożona przynajmniej jeszcze jedna warstwa worków, gruba co najmniej na stopę.

Wzrok Owena skierował się znów na jezioro, gdy tymczasem ona spojrzała na list leżący na ladzie kuchennej. Wzięła go, wygładziła papier, a potem złożyła na czworo. Papier zaszeleścił, a ten szelest nie wiadomo dlaczego przywiódł jej na myśl szelest wysuszonej skóry. Lis wzdrygnęła się i rzuciła list na kupkę rachunków, które zamierzała schować do teczki.

Włożyła kurtkę. Czy Owen ustąpi, czy ma zamiar się kłócić? Nie potrafiła przewidzieć jego reakcji i poczuła, że ze zdenerwowania zaczyna ją boleć żołądek.

— To nie powinno zająć więcej niż godzinę — powiedziała ostrożnie.

Ale on milczał.

— Myślisz, że przez ten czas ułożymy wystarczającą liczbę worków?

Owen w końcu odwrócił się od okna i powtórzył jej pytanie:

— Czy przez godzinę ułożymy wystarczającą liczbę worków?

— No tak, przez godzinę. Ja jestem pewna, że tak.

Zdziwił ją jego spokój.

— Zresztą uważam — dodała — że nie będzie tak źle, jak zapowiadają. Znasz tych tutejszych meteorologów. Zawsze podnoszą fałszywy alarm...

Kierowca minął restaurację i bardzo powoli wprowadził ogromną ciężarówkę na parking. Zahamował i wyłączył silnik, a potem pochylił się nad mapą. Ustalenie, że znajdzie się w Bangor na drugi dzień przed czwartą po południu, zajęło mu więcej czasu, niż się spodziewał. Przy swojej inteligencji powinien był to obliczyć prędzej.

Był młody. Na głowie nosił czapkę z napisem Dolphins założoną daszkiem do tyłu, a na nogach buty Nike'i. W jego magnetofonie tkwiła taśma z muzyką grunge. Miał też sześć innych z rapem i hip-hopem (był to sekret, którego nie zdradzał nikomu z rodziny). Wyszedł z szoferki, zatrzymując się na chwilę na stopniu, przy bocznym lusterku, i widząc — ku własnemu zmartwieniu — konstelację trądzikowych wyprysków na policzku, a potem zeskoczył na ziemię. Znajdował się w połowie drogi do baru, kiedy za jego plecami rozległ się jakiś głos.

— Hej, szoferuniu!

I nagle obok niego pojawił się potężnej budowy mężczyzna o nogach jak pnie drzew. Kierowca zatrzymał się i zdumiony spojrzał w błyszczącą od potu okrągłą twarz. Zobaczył, że mężczyzna uśmiecha się szeroko i że ma pianę na ustach, a także że jego oczy zdradzają podniecenie równe podnieceniu dziecka grającego w piłkę.

— Sie ma — bąknął kierowca.

Potężny mężczyzna zmieszał się nagle. Wyglądało na to, że zastanawia się, co powiedzieć.

— Niezła maszyna — stwierdził wreszcie, nie patrząc jednak na ciężarówkę, tylko na kierowcę.

— Mhm. Dzięki za uznanie. Przepraszam, ale jestem wykończony i muszę coś przegryźć.

— Aha, przegryźć. Oczywiście. Szczęśliwa siódemka. Widzisz? Raz, dwa, trzy, cztery, pięć, sześć... — Wskazywał ręką pojazdy stojące na parkingu. — Siedem.

Poprawił tweedową czapkę, która tkwiła na jego przypominającej kulę bilardową głowie. Wyglądało na to, że jest łysy. Kierowca pomyślał więc, że może to skinhead-nazista.

— Tak, szczęśliwa siódemka — przyznał i roześmiał się trochę zbyt głośno.

— O ho ho. To już osiem.

Potężny facet wskazał następną ciężarówkę wjeżdżającą właśnie na parking. Jego usta wykrzywiły się w dziwnym uśmiechu.

— Zawsze jakiś skurwysyn wszystko popsuje.

— To się zdarza.

Kierowca ciężarówki doszedł do wniosku, że mógłby przyspieszyć i wyprzedzić tego przygłupa, jednak powstrzymywały go dwie rzeczy: strach, że wyjdzie na idiotę w oczach innych kierowców, oraz obawa, że ten przygłup mu przyłoży.

— No tak, dobranoc panu — powiedział i skierował się do baru.

Oczy potężnego faceta zabłysły. Wydawał się zmartwiony.

— Zaraz, zaraz. Poczekaj! — zawołał. — Jedziesz na wschód, szoferuniu?

Młody człowiek podniósł wzrok i spojrzał w jego mroczne oczy.

— Ja się nie nazywam „szoferunio" — zaprotestował ostrożnie.

— Ja jadę do Bostonu. To kolebka naszego kraju. Naprawdę muszę się dostać do *Bostonu.*

— Przykro mi, ale nie mogę pana podrzucić. Pracuję dla...

— Podrzucić? — zapytał potężny mężczyzna z zaciekawieniem. — Podrzucić?

— No tak. Nie mogę pana *podwieźć.* No, wie pan, co mam na myśli. Pracuję w pewnej firmie i straciłbym pracę, gdybym to zrobił.

— A to pech.

— W naszej firmie jest taki przepis.

— No to co ja mam *zrobić*?

— Ludzie nie lubią, kiedy ktoś prosi o podwiezienie na parkingu? — Nie było to właściwie pytanie, ale chłopak był zbyt przestraszony, żeby powiedzieć to temu człowiekowi tonem twierdzącym. — Może pójdzie pan na szosę i spróbuje zatrzymać kogoś?

— Na szosę? Zatrzymać kogoś?

— Tak. Podniesie pan kciuk i zatrzyma kogoś. Może ktoś pana weźmie.

— Aha. No tak. Mógłbym tak zrobić. Czy dostanę się w ten sposób do Bostonu?

— Widzi pan tamte światła? To szosa numer 118. Ona skręca w lewo, czyli na północ. Dostanie się pan nią na Międzystanową, a tą dostanie się pan szybko do Bostonu.

— Dzięki, szoferuniu. Niech cię Bóg ma w opiece. Tak, na szosę i podnieść kciuk.

Potężny mężczyzna ruszył biegiem przez parking. Sadził naprzód niezdarnymi susami. Kierowca zmówił krótką modlitwę dziękczynną. Dziękował Bogu za to, że uszedł z życiem, a także za to, że ma świetną historię do opowiedzenia innym kierowcom. Świetną bez żadnego koloryzowania.

Peter Grimes wrócił do gabinetu dyrektora szpitala i usiadł przed biurkiem.

— Więc co on zrobił? — zapytał Adler, jak gdyby podejmując dopiero co przerwaną rozmowę.

— Słucham?

Adler postukał palcem w zieloną papierową teczkę.

— Tu jest sprawozdanie pielęgniarki z dyżuru. Hrubek *miał prawo* przebywać na Oddziale C. Miał prawo chodzić po terenie. On po prostu *wszedł sobie* do kostnicy. Tak, dostał się tam tak po prostu. No i *wszedł* do zamrażarki. O Boże, Boże drogi. Jest źle, Peter, jest źle.

W gabinecie było chłodno i Adler miał teraz na sobie beżowy rozpinany sweter. Mały palec jednej ręki trzymał w jego dolnej dziurce.

— Ja wiem, dlaczego tak się stało — oświadczył Grimes. — On brał udział w programie Dicka Kohlera.

— No nie! On był na oddziale przejściowym?

— Nie, nie. Wolno mu było tylko chodzić po terenie. Brał udział w terapii zajęciowej i w programie terapii przez pracę. Miał pracę na farmie. Doił krowy czy coś takiego.

Asystent popatrzył przez okno, za którym w ciemności leżało szpitalne, nie nastawione na zysk gospodarstwo rolne. Gospodarstwem tym kierowali wolontariusze, a pracowali w nim pacjenci. Rozciągało się ono na jakichś dziesięciu akrach pagórkowatego, kamienistego terenu.

— Dlaczego nie ma o tym nic w jego dokumentacji?

Adler jeszcze raz stuknął w teczkę.

— Mnie się zdaje, że są jeszcze jakieś inne papiery, których my nie mamy. Nie wiem, co się z nimi stało. Dzieje się tutaj coś dziwnego...

— Czy to Zarząd zarekomendował Hrubeka do tego programu?

Adler, będąc członkiem Zarządu szpitala, modlił się o pewną określoną odpowiedź na to pytanie.

— Nie — powiedział Grimes.

— Aha.

— Chyba to Dick Kohler jakoś go tam wkręcił.

— Wkręcił go? — rzucił gniewnie Adler. — Mój przyjacielu, mówiąc o tej sprawie, musimy bardzo liczyć się ze słowami. Miał pan na myśli, że go „wkręcił”? Tak? No, niech się pan zastanowi.

— Właściwie to ja nie wiem. Hrubek był zawsze pod ścisłym nadzorem. Nie jest jasne, kto to zatwierdził. W papierach nie ma szczegółowych informacji.

— Więc może tak naprawdę Hrubek nie został tam „wkręcony”? — myślał głośno Adler. — Może to jakiś inny idiota popełnił błąd.

Grimes zastanowił się, czy ma te słowa potraktować jako obraźliwe dla siebie.

Dyrektor szpitala oddychał powoli.

— Chwileczkę... Kohler nie jest członkiem naszego personelu... Ma tutaj gabinet?

Grimesa zdziwiło, że Adler tego nie wie.

— Tak, ma — powiedział. — W ramach umowy z Framington. Udostępniamy co trzeba lekarzom leczącym poszczególnych chorych.

— On nie jest takim lekarzem — warknął Adler.

— W pewnym sensie jest.

Pod nieobecność policjanta Grimes miał znacznie więcej odwagi.

— Chcę się dowiedzieć, co tu się, do diabła, dzieje. Chcę to wiedzieć najpóźniej za godzinę. Który stażysta jest teraz na Oddziale E?

— Nie jestem pewien. Chyba...

— To niech się pan dowie — warknął Adler. — Niech się pan dowie, kto to taki, i każe mu iść do domu. Niech sobie zrobi wolny wieczór.

— Aha. Zaraz. *Ma iść do domu*? Jest pan tego pewien?

— I niech mu pan powie, żeby z nikim nie rozmawiał... Interesuje mnie ta kobieta... — Adler znalazł jakiś kawałek papieru i podał go Grimesowi. — Czy Hrubek kiedyś o niej mówił? Czy *ktokolwiek* kiedyś o niej mówił?

Grimes przeczytał nazwisko.

— Pani Atcheson? Nie. Kim ona jest?

— Ona była w Indian Leap. Podczas procesu zeznawała na niekorzyść Hrubeka. Twierdzi, że dostała od niego list z pogróżkami. We wrześniu, wtedy kiedy nasz milusiński bawił się klockami w Gloucester. Szeryf mówi, że jej mąż uważa, że Hrubek ma zamiar na nią napaść.

— Ridgeton — zamyślił się Grimes. — To jest czterdzieści mil na zachód stąd. Nie, to żaden problem.

— Tak pan uważa? — Adler spojrzał na młodego lekarza zaczerwienionymi oczami. — To dobrze. Ulżyło mi. Ale proszę mi powiedzieć dlaczego, cytuję: „to żaden problem".

Grimes przełknął ślinę i powiedział:

— Bo większość schizofreników nie jest w stanie samodzielnie przebyć trzech mil. Więc nie ma co mówić o czterdziestu.

— Ach tak — powiedział Adler tonem zdziwaczałego profesora Oxfordu. — A na jakiej podstawie tak nisko go pan ocenia?

Grimes poddał się. Zamilkł i zmierzwił sobie kędzierzawe włosy.

— A co, jeżeli on nie jest sam? — warknął Adler. — Co, jeżeli są jacyś współspiskowcy, świadomi swego uczestnictwa albo mimowolni? A po drugie: co, jeżeli Hrubek *jest inny* niż większość schizofreników? Co wtedy, doktorze? No, a teraz proszę się tym zająć. I dowiedzieć się, jak ten sukinsyn się wydostał.

Grimes, który stracił już część odwagi, powiedział tylko:

— Tak jest, panie dyrektorze.

Powiedział to bardzo szybko.

— A jeżeli... Niech pan chwilę poczeka. Jeżeli... — Adler zrobił nieokreślony gest ręką, nie będąc w stanie nazwać po imieniu potencjalnej tragedii. — Jeżeli będą kłopoty...

— Jak to?

— Niech zadzwoni do mnie Lowe. Muszę z nim porozmawiać. Aha, i gdzie jest Kohler?

— Kohler? Powinien być na oddziale przejściowym. W niedziele tam nocuje.

— Myśli pan, że on będzie na wieczornym obchodzie?

— Nie. Dziś rano zjawił się w szpitalu już o wpół do piątej. I od tego czasu był bez przerwy na nogach. Jestem pewien, że teraz śpi.

— To dobrze.

— Mam do niego zadzwonić?

— Zadzwonić do niego? — Adler spojrzał na Grimesa ze zdumieniem. — Doprawdy, doktorze. On jest *ostatnią* osobą, która powinna się o tym dowiedzieć. Niech mu pan nic nie mówi. Ani słowa.

— Pomyślałem tylko...

— Nic pan nie pomyślał. Wcale pan nie myślał. Czy zawołałby pan baranka i powiedział mu: „Wiesz co? Jutro jest Wielkanoc"?

7

Para unosząca się z plastikowego kubka z kawą utworzyła elipsę na przedniej szybie.

Doktor Richard Kohler, rozparty na przednim siedzeniu swojego piętnastoletniego BMW, ziewnął szeroko i wziął kubek. Wypił trochę gorzkiego płynu, odstawił kubek na deskę rozdzielczą, trochę na prawo od miejsca, w którym stał poprzednio, i patrzył bezmyślnie, jak para tworzy nowy owal na szkle — zachodzący na ten poprzedni, który już zdążył prawie zniknąć.

Samochód znajdował się na parkingu dla personelu Stanowej Placówki Zdrowia Psychicznego w Marsden. Stał na wpół schowany za anemicznym świerkiem kanadyjskim, przodem do małego, jednokondygnacyjnego domku znajdującego się w pobliżu głównego budynku szpitala.

Pielęgniarka dyżurna z Oddziału E, zaprzyjaźniona z Kohlerem, który kiedyś umawiał się z nią na randki, zadzwoniła do oddziału przejściowego dwadzieścia minut temu. Powiedziała Kohlerowi o ucieczce Hrubeka i ostrzegła go, że Adler gra na zwłokę. Kohler obmył twarz lodowatą wodą, napełnił termos kawą, a potem, potykając się, pobiegł do samochodu i przyjechał tutaj. Wjechał na parking i postanowił zaczaić się w tym właśnie miejscu.

Spojrzał teraz w górę na gotycką fasadę szpitala i zobaczył kilka świateł. Jedno z nich z pewnością paliło się w gabinecie Adlera.

Co dowcipniejsi sanitariusze przezywali jego i Adlera nazwiskami dwóch skłóconych sąsiadów sprzed wieku — Hatfielda i McCoya, co dość dokładnie charakteryzowało stosunki panujące między nimi. Mimo to Kohler współczuł nieco dyrektorowi szpitala. Adler kierował placówką przez pięć lat i przez wszystkie te lata toczył boje o pieniądze i o jej istnienie. Większość stanowych szpitali psychiatrycznych została zamknięta i zastąpiona małymi placówkami leczniczymi podlegającymi lokalnym władzom. A przecież potrzebne były placówki dla psychicznie chorych niebezpiecznych dla otoczenia, a także dla pacjentów ubogich i bezdomnych.

Marsden było taką placówką.

Adler ciężko pracował, żeby zdobyć pieniądze ze stanowej kiesy, pilnował też, żeby nieszczęśnicy znajdujący się pod jego opieką byli traktowani dobrze i mieli się możliwie nieźle. Było to zajęcie niewdzięczne. Kohler z pewnością nie chciałby go wykonywać i gdyby mu powiedziano zawczasu, że będzie to robił, zrezygnowałby z medycyny.

Jednak poza współczuciem z powyższych powodów Kohler nie żywił dla Adlera żadnych innych pozytywnych uczuć. Bo wiedział, że Adler zarabia sto dwadzieścia tysięcy dolarów rocznie (w co wchodziły dodatki do poborów i składki ubezpieczenia na wypadek błędu w leczeniu) oraz że pracuje najwyżej czterdzieści godzin tygodniowo. Poza tym Adler nie śledził bieżącej literatury, nie brał udziału w rozwijających szkoleniach i rzadko rozmawiał z pacjentami. To ostatnie robił zresztą najchętniej, kiedy miał okazję przekazać pacjentom nieszczere pozdrowienia od polityków.

Jednak najważniejszym powodem niechęci Kohlera było to, że Adler uważał Marsden nie za placówkę leczniczą, ale za skrzyżowanie więzienia z ośrodkiem opieki dziennej. Jego celem było nie tyle polepszenie stanu zdrowia pacjentów, ile trzymanie ich w zamknięciu. Adler twierdził, że zadaniem szpitala stanowego nie jest leczenie ludzi, tylko pilnowanie, żeby ci ludzie nie zrobili krzywdy sobie lub innym.

— Więc kto ma ich leczyć? — pytał go Kohler.

A Adler odburkiwał:

— Niech mi pan da pieniądze, to zaeznę to robić ja.

Obaj lekarze mieli ze sobą na pieńku od samego początku, od chwili gdy Kohler pojawił się w Marsden i zaczął wprowadzać niekonwencjonalne formy terapii dla pacjentów z ciężkimi psychozami. Później, nie wiadomo jakim cudem, Kohlerowi udało się uruchomić program terapii zajęciowej. W ramach tego programu pacjenci, którzy nie byli niebezpieczni dla otoczenia, przeważnie schizofrenicy, uczyli się pracować i nawiązywać kontakty z ludźmi. Pacjenci ci później przenosili się na oddział przejściowy znajdujący się w pobliżu Stinson, żeby w końcu przeprowadzić się do własnych mieszkań i domów.

Adler miał dość inteligencji, żeby zdawać sobie sprawę z tego, że ma tutaj ciepłą posadkę, jaką trudno byłoby mu znaleźć gdzie indziej. Dlatego nie zależało mu w najmniejszym stopniu na tym, żeby jacyś przemądrzali nowojorscy doktorkowie pakowali się na jego delikatną łódkę i rozhuśtywali ją za pomocą swoich zwariowanych kuracji. Ostatnio próbował spowodować przeniesienie Kohlera, twierdząc, że młody lekarz załatwił sobie pracę w Marsden z pominięciem właściwych czynników w administracji stanowej. Jednak jego argumenty były słabe, bo Kohler nie pobierał pensji i był uważany za konsultanta. A poza tym pacjenci zbuntowali się, kiedy usłyszeli plotkę, że prawdopodobnie stracą swojego doktora Richarda. Adler był zmuszony ustąpić. Kohler nadal zdobywał sobie coraz lepszą pozycję, wkradając się w łaski lekarzy zatrudnionych na pełnych regularnych etatach i zyskując sobie przyjaciół wśród tych, co w szpitalu dzierżyli rzeczywistą władzę — pielęgniarek, sekretarek i sanitariuszy. A Adlera darzył nadal głęboką i wzajemną niechęcią.

Wielu lekarzy w Marsden zastanawiało się, dlaczego Kohler, który mógł mieć lukratywną praktykę prywatną, pakował się we wszystkie te kłopoty. Nie mieli pojęcia, dlaczego spędza on tyle czasu w Marsden, gdzie otrzymuje bardzo niskie honoraria za leczenie pacjentów i gdzie praca jest tak ciężka i frustrująca, że zniechęca wielu lekarzy do psychiatrii albo i do medycyny w ogóle.

Tymczasem Richard Kohler lubił się sprawdzać. Czynił to nieustannie. Był prymusem na studiach doktoranckich z historii sztuki, kiedy porzucił ten kierunek i w dojrzałym wieku lat dwudziestu trzech zdecydował się na ciężkie studia medyczne. Skończył je i odbył staż najpierw w Szpitalu Prezbiteriańskim w Columbii, a potem w Szpitalu Ogólnym w New Haven. Następnie miał praktykę prywatną na Manhattanie. Pracował z pacjentami hospitalizowanymi w celu obserwacji i chorymi bliskimi psychozy. A potem z własnej woli zajął się najtrudniejszymi przypadkami: przewlekłymi schizofreniami i dwubiegunowymi depresjami. Zmagał się z machiną biurokratyczną, walcząc o rozszerzenie praktyki w Marsden, Framington i innych szpitalach stanowych, w których i tak pracował po dwanaście do piętnastu godzin na dobę.

Wyglądało na to, że Kohlerowi służy stres — ten największy wróg jego pacjentów ze schizofrenią.

Już w początkach swojej kariery opracował sobie kilka sposobów pozwalających mu zwalczać niepokój. Najskuteczniejszym z nich była makabryczna medytacja. Wyobrażał sobie, że wbija igłę w dużą żyłę na własnym ramieniu i tą igłą wyciąga z tej żyły palące białe światło wyobrażające stres. Ta technika była zadziwiająco skuteczna (z tym, że dawała najlepsze wyniki wtedy, kiedy towarzyszył jej kieliszek burgunda albo dżoint). Spróbował się nią posłużyć teraz, siedząc w samochodzie pachnącym starą skórą, olejem i płynem do odmrażania, i nie wzmacniając medytacji żadnymi środkami chemicznymi. Okazało się jednak, że chwyt nie przyniósł pożądanego skutku. Kohler spróbował jeszcze raz, zamykając oczy i wyobrażając sobie wszystko dokładnie, ze szczegółami. I znowu nic. Westchnął i popatrzył na parking.

Zesztywniał i zagłębił się bardziej w przednie siedzenie, kiedy zobaczył białą furgonetkę z napisem „Agencja Ochrony", która pojawiła się i przejechała powoli przez parking, oświetlając reflektorami podejrzane cienie.

Kohler zapalił małą latarkę (której używał przy badaniach dna oka) i powrócił do czytania papierów leżących przed nim. W tych papierach zapisana była bardzo skrótowo historia Michaela Hrubeka. Dane o życiu młodego człowieka były żałośnie skąpe. Ponieważ Hrubek był pacjentem ubogim, papiery zawierały bardzo nieliczne szczegóły dotyczące jego hospitalizacji i historii choroby. Jego dokumentacja właściwie nie istniała, a dotychczasowa kuracja pozostawała w znacznym stopniu tajemnicą. Michael bardzo często bywał bezdomny, wyrzucano go z wielu szpitali, a poza tym personel tych szpitali znał go pod różnymi nazwiskami. Wszystko to powodowało, że nie istniała spójna kronika jego choroby. Ponadto cierpiał na taką chorobę psychiczną, która sprawiała, że obraz przeszłości w jego umyśle był niewyraźny i niespójny. Jako schizofrenik paranoidalny przedstawiał swoim rozmówcom mieszaninę kłamstw, prawdy, wyznań, nadziei, marzeń i urojeń.

Mimo to Kohler, przy swoim doświadczeniu, potrafił na podstawie dostępnych mu materiałów zrekonstruować dość szczegółowo pewną część życia Michaela. I znajomość tej części zadziwiająco dużo mu dawała. Kohler znał z grubsza te materiały, bo otrzymał je przed czterema miesiącami, kiedy Michael został jego pacjentem. Żałował teraz, że nie czytał ich wtedy z większą uwagą. Żałował także, że w tej chwili nie ma więcej czasu na gruntowne przypomnienie sobie, co one zawierają. Po jednokrotnym ich przejrzeniu zauważył, że biała furgonetka odjechała z parkingu. Położył teczkę na podłodze samochodu.

Po czym włączył silnik i podjechał po mokrym asfalcie do jednokondygnacyjnego budynku, który obserwował przez ostatnie pół godziny. Okrążył go i znalazł tylne drzwi. Zahamował, zastanowił się przez chwilę, a potem, kierując się rozsądkiem, zapiął pas bezpieczeństwa i wjechał prawym przednim zderzakiem prosto w te drzwi. Według własnej oceny zrobił to powoli. Jednak mimo to uderzenie było tak gwałtowne, że drzwi wyskoczyły z obu zawiasów i wpadły do środka, gdzie panowała ciemność.

Skierował swojego chevroleta na pobocze szosy numer 236. Odrapany samochód worał się lewym kołem w ziemię, a jakaś pusta puszka po napoju zwanym Orange Crush potoczyła się po jego podłodze i uderzyła o drzwi. Hamulce zapiszczały i chevrolet zatrzymał się.

Trenton Heck otworzył drzwi i wysiadł. Puszka wypadła z brzękiem na kamieniste pobocze. Heck schylił się i wpakował ją pod siedzenie.

— Chodź — powiedział do Emila, który już rozluźnił mięśnie i zdążył ześlizgnąć się z siedzenia, wyskoczyć z samochodu, wylądować na ziemi, przeciągnąć się i mrugając, patrzeć na światła samochodu policji stanowej stojącego po drugiej stronie autostrady.

Tuż obok oświetlonego krążownika — dodge'a — stał jeszcze jeden samochód policyjny, a zaraz obok niego karawan miejscowego koronera. Czterech mężczyzn podniosło głowy, kiedy Heck przeszedł przez szeroki pas asfaltu i oddalił się wraz z Emilem od samochodu. Zawsze w takich razach wysiadał z psem jak najszybciej ze swojego chevroleta i trzymał go z daleka od silników innych samochodów. Bo spaliny stępiają węch.

— Siadaj! — rozkazał, kiedy znaleźli się na trawie po tej stronie, z której w kierunku samochodów wiał wiatr. — Siad!

Emil zrobił, co mu kazano, chociaż wyczuł, podniecony, że w pobliżu znajdują się jakieś czworonożne damy.

— Hej, Trenton — zawołał jeden z mężczyzn.

Był gruby. Miał nie tylko brzuch — przykład otyłego, który dużo je, a nie takiego, co dużo pije. Guziki szarego munduru ledwie mu się dopinały. Trzymał na smyczy dwie suki labradorki, które węszyły naokoło.

— Cześć, Charlie.

— O, jest nasz mistrz tropienia.

To powiedział jeden z dwóch młodych policjantów stojących przy drodze, facet, którego Heck — za jego plecami — nazywał „Chłoptasiem". Był to mężczyzna o wąskiej twarzy, o sześć lat młodszy od Hecka i wyglądający, jakby był od niego młodszy o piętnaście lat. Kiedy zaczęto mówić o cięciach budżetowych, Heck uważał, że należy wylać tego właśnie młodego człowieka, a jego samego, Trentona Hecka, zatrzymać w oddziale z pensją w wysokości trzech czwartych dotychczasowej. Jednak przełożeni nie zapytali Hecka o radę, w wyniku czego Chłoptaś, młodszy, ale służący w policji o dwa miesiące dłużej niż on, był wciąż policjantem. On tymczasem za osiemdziesiąt parę dolarów miesięcznie wywoził stare pralki i inne graty do Hammond Creek, na wysypisko.

— Hej, Emil — zawołał Chłoptaś.

Heck kiwnął mu głową i pomachał ręką drugiemu policjantowi, który go pozdrowił.

Charlie Fennel i Heck poszli w stronę brązowego karawanu, koło którego stał młody człowiek w jasnozielonym kombinezonie.

— Niewielu nas — powiedział Heck do Charliego.

Policjant odrzekł mu na to, że i tak mają szczęście, że jest ich aż tylu.

— Koło północy w Miejskim Ośrodku Kultury kończy się koncert. Słyszałeś o tym?

— Aha, rock'n'roll — mruknął Heck.

— Mhm. Don posłał tam trochę naszych. Podczas ostatniej takiej imprezy jakiś chłopak dostał kulkę.

— A nie mają oni na takie okazje jakichś strażników?

— To właśnie strażnik postrzelił tego dzieciaka.

— No, to pieniądze podatników nie są chyba dobrze wykorzystywane. To bez sensu, że policja musi pilnować stada gówniarzy, którzy płacą za to, żeby ich ogłuszano.

— A poza tym — dodał Fennel — kapitan skierował sporo naszych na drogi. Wygląda na to, że w czasie burzy trzeba będzie pomagać ludziom. Ale, ale, słyszałem, że za złapanie tego świra jest wyznaczona nagroda.

Heck spuścił oczy. Wpatrywał się w trawę, nie wiedząc, co odpowiedzieć.

— Słuchaj, Trenton — kontynuował Fennel szeptem. — Obiło mi się o uszy, w jakiej jesteś sytuacji. Mam nadzieję, że dostaniesz te pieniądze. Trzymam za ciebie kciuki.

— Dzięki, Charlie.

Między Heckiem a Charliem Fennelem istniała dziwna relacja. Ta kula, która rozorała Heckowi prawe udo, przeszła przedtem przez pierś brata Fennela kucającego obok samochodu patrolowego i zabiła go na miejscu. Heck przypuszczał, że trochę krwi młodego policjanta wniknęło wraz z kulą do jego organizmu i dlatego uważał, że z Charliem Fennelem łączy go braterstwo krwi. Czasami przychodziło mu do głowy, że on i Charlie powinni trzymać się bardziej razem. Jednak kiedy przebywali trochę dłużej w swoim towarzystwie, okazywało się, że mają bardzo mało wspólnego. Nieraz planowali, że razem zapolują albo pojadą na ryby, ale jakoś do tego nie dochodziło, co obaj przyjmowali ze skrywaną ulgą.

Teraz Heck i Fennel zatrzymali się przed karawanem koronera. Heck podniósł głowę i odetchnął powietrzem pachnącym gnijącymi liśćmi. W takie wilgotne noce ten zapach był szczególnie silny. Heck parsknął, a Fennel spojrzał na niego z ciekawością.

— Nie czuję zapachu dymu — powiedział Heck.

— Ja też nie.

— Więc Hrubek nie wyskoczył w miejscu, w którym wyczuł zapach domu.

— Nauczyłeś się takiego rozumowania od Emila, co?

— Co dokładnie się tu stało? — zapytał Heck pomocnika koronera.

Młody człowiek spojrzał na Fennela, prosząc go bez słów o to, żeby mu pozwolił odpowiedzieć cywilowi. Heck zdążył się już przyzwyczaić do tego, że autorytet mają mundurowi, a nie on, człowiek bez munduru. Kiedy

Fennel mruknął coś, co można było wziąć za przyzwolenie, pomocnik koronera opowiedział, w jaki sposób Hrubek uciekł.

— Goniliśmy go trochę — dodał po chwili.

— Goniliście, i co? — powiedział Heck zgryźliwie. — Łapanie go to nie wasze zadanie. Nie zdziwiłbym się, gdybyście stąd zwiali. A tego świra zostawili, żeby sobie poszedł do diabła.

— No tak. Ale my tak nie zrobiliśmy. Goniliśmy go. — Młody człowiek wzruszył ramionami, nie okazując wcale wstydu.

— No, dobra. Bierzmy się za to.

Heck zauważył, że Fennel już jakiś czas temu założył psom specjalną uprząż do tropienia. Na psy podziałało to podniecająco. Widać było, że są zdezorientowane. Psy, które nie mają za chwilę zacząć tropić, powinny mieć na sobie zwykłe obroże. Heck już miał powiedzieć Fennelowi parę słów do słuchu, ale się powstrzymał. To, jak policjant obchodził się ze swoimi psami, było sprawą policjanta, a on, Trenton Heck, nie był już instruktorem uczącym ludzi, jak się tropi.

Doszedłszy do takiego wniosku, Heck wyjął z kieszeni nylonową uprząż i ćwierćcalowej grubości nylonową linkę. Emil natychmiast się spiął, chociaż dalej siedział, trzymając zad na ziemi. Heck założył mu uprząż i okręcił sobie koniec linki wokół lewego nadgarstka, a nie wokół prawego, jak to się zwykle robiło. Ten facet mógł sobie być oszołomiony lekami i ogłupiały, ale Heck pamiętał ostrzeżenie Havershama i dlatego chciał mieć prawą rękę wolną, gotową do strzału. Chwyciwszy dobrze linkę, Heck wyjął z drugiej kieszeni kurtki torebkę plastikową. Otworzył ją i odciągnął plastik od bawełnianych spodenek.

— O Jezu — powiedział Chłoptaś, marszcząc nos. — Brudne gacie?

— Najlepiej śmierdzą — mruknął Heck. — Zobacz.

Podsunął szorty pod nos młodemu policjantowi, który odskoczył.

— Przestań, Trenton! Na nich jest sperma tego świra! Trzymaj je z daleka ode mnie!

Charlie Fennel roześmiał się głośno. Heck stłumił własny śmiech i powiedział surowo do Emila:

— Dobra!

Oznaczało to, że pies ma wstać.

Pozwolili, żeby psy się obwąchały i wymieniły swoje skomplikowane pozdrowienia. Potem Heck potrzymał szorty Hrubeka przy ziemi, uważając, żeby nie szorować nimi po nosach psów. Pozwolił po prostu, żeby dotarł do nich zapach, który dla człowieka byłby postrzegalny tylko przez ułamek sekundy.

— Szukaj! — krzyknął Heck. — Szukaj, Emil, szukaj!

Wszystkie trzy psy przeszedł dreszcz, a zaraz potem zarówno Emil jak i suki zaczęły zataczać koła z nosami przy ziemi. Prychały, wciągając w nozdrza kurz i spaliny, a także opary smaru, i starając się odróżnić niewidzialne cząsteczki zapachu ściganego człowieka różniące się od milionów innych.

— Szukaj! Szukaj!

Emil wysunął się naprzód, powodując napięcie się linki i pociągając Hecka za sobą. Pozostałe psy poszły za nim. Fennel był człowiekiem potężnej postury, ale dwa ważące po sześćdziesiąt funtów labradory ciągnęły go z łatwością. Dreptał niezdarnie obok Hecka, który z wysiłkiem starał się dotrzymać kroku Emilowi. Wkrótce obaj mężczyźni dyszeli ciężko.

Nosy suk opuszczały się tuż nad ziemię sporadycznie i prawie w tych samych miejscach. Suki obwąchiwały wszystkie ślady Hrubeka — wszystkie te miejsca, w których stawiał stopy na asfalcie szosy numer 236. Emil tropił inaczej: przez kilka sekund wdychał zapach, a potem szedł naprzód z podniesionym łbem. W ten sposób tropiły doświadczone psy. Wieczne obwąchiwanie śladów wyczerpałoby Emila w ciągu kilku godzin.

Nagle Emil skręcił na południe i zszedł na łąkę porośniętą wysoką trawą i krzakami. Na tej łące z łatwością mógłby schować się człowiek, nawet tak wysoki jak Hrubek.

— O cholera — mruknął Heck, badając wzrokiem mroczne pustkowie. — Zaczyna się na całego.

Fennel zawołał Chłoptasia i drugiego policjanta.

— Posuwajcie się dalej szosą. Jeżeli będziemy was potrzebowali, wezwę was przez walkie-talkie. Miejcie wtedy broń w pogotowiu.

— On jest naprawdę duży — krzyknął pomocnik koronera. — Naprawdę nie ma z nim żartów.

Kohler wyprowadził swoje BMW ze szpitalnego parkingu i wjechał na drogę prowadzącą na szosę numer 236. Pomachał przyjaźnie ręką strażnikowi, który szedł szybko w stronę dzwoniącego przeraźliwie dzwonka alarmowego. Strażnik nie zareagował na pozdrowienie Kohlera.

Mimo że Kohler był lekarzem i miał prawo wypisywać recepty na wszystkie legalnie dostępne lekarstwa, Adler ustanowił zasadę, że ani jemu ani innym lekarzom nie wolno bez zezwolenia ordynować więcej niż pojedyncze dawki leków reglamentowanych — leków odurzających, uspokajających czy środków znieczulających. Zezwoleń udzielał sam Adler albo Grimes. Edykt ten został wydany po tym, jak pewien młody stażysta został przyłapany na sprzedawaniu — dla podreperowania własnego budżetu — xanaxu, miltownu i librium uczniom miejscowych szkół średnich. Kohler nie miał czasu na bajerowanie nocnej aptekarki i dlatego uznał, że w celu dobrania się do tego, co mu jest potrzebne, należy raczej posłużyć się stalowym zderzakiem niemieckiego samochodu.

Podjechawszy bliżej do szosy, zatrzymał samochód i przyjrzał się temu, co ukradł. Strzykawka różniła się od tych, które zwykle znajdują się w gabinetach lekarskich czy szpitalach. Była duża, miała cal średnicy i pięć cali długości, wykonano ją z grubego szkła i nierdzewnej stali. Towarzysząca jej igła, tkwiąca w plastikowej osłonce, miała dwa cale długości i była bardzo gruba. Mimo że nikt się do tego nie przyznawał, a już najmniej jej producent, była to strzykawka dla zwierząt. Jednak tego rodzaju strzykawki sprzedawano lekarzom jako „model ciężki, przeznaczony dla pacjentów nadmiernie pobudzonych".

Ponadto Kohler miał dwie duże buteleczki innovaru — środka znieczulającego, który — w przeciwieństwie do większości leków znieczulających wymagających wstrzyknięcia dożylnego — działał, kiedy go się wstrzyknęło domięśniowo. Ta właśnie cecha zadecydowała o tym, że wybór Kohlera padł na ten, a nie inny środek. Kohler znał się przede wszystkim na lekach psychiatrycznych, mało natomiast wiedział o innovarze. Zdawał sobie tylko sprawę, jakie są przeciwwskazania dla jego stosowania i jaka powinna być dawka tego środka na kilogram wagi ciała. Był też świadomy tego, że ma przy sobie ilość, która mogłaby zabić kilku ludzi.

Była też pewna rzecz, co do której nie miał pewności, ale której się domyślał: domyślał się mianowicie, że kradnąc lek reglamentowany z grupy drugiej, popełnił przestępstwo.

Kohler włożył strzykawkę i buteleczki do plecaka w kolorze rdzy, który nosił zamiast teczki, a potem otworzył małą, białą kopertę. W charakterze premii ukradł też kilka kapsułek chlorphenterminy. Dwie z nich włożył sobie teraz do ust. A potem włączył silnik i ruszył naprzód, mając nadzieję, że lek podziała wkrótce i że efekt jego działania będzie taki, jakiego on oczekuje. Kohler rzadko brał jakiekolwiek leki i jego organizm czasami reagował na nie w sposób nieoczekiwany. Możliwe więc było, że ten lek podobny do amfetaminy spowoduje u niego senność. Richard Kohler modlił się, żeby to się nie stało. Bo tej nocy bardzo pragnął myśleć jasno.

Tej nocy musiał być naprawdę przytomny.

No bo przecież będzie miał do czynienia z *pacjentem nadmiernie pobudzonym*.

Wjeżdżając na szosę i rozglądając się w ciemności, Kohler poczuł się przygnębiony i bezradny. Zastanawiał się, czy nie powinien przypadkiem pogodzić się z Adlerem i poprosić go o pomoc. W końcu dyrektor szpitala też usiłował za wszelką cenę ukryć fakt, że Michael uciekł, i odnaleźć go bez robienia szumu wokół całej sprawy. W końcu obaj mieli na uwadze ten sam cel, mimo że kierowali się zupełnie innymi motywami. Jednak Kohler doszedł do wniosku, że zwrócenie się do Adlera byłoby wielką głupotą. Takie posunięcie mogłoby mieć *opłakane* skutki, mogłoby osłabić jego pozycję w Marsden, a nawet zrujnować całą jego karierę. Chociaż... może te niepokoje spowodowane były w pewnym stopniu jakimiś objawami paranoidalnymi — łagodniejszą wersją tego, z czym Michael Hrubek zmagał się na co dzień. No tak, ale między nim, doktorem Kohlerem, i pacjentem Michaelem Hrubekiem była istotna różnica: Michael został uznany za schizofrenika paranoidalnego, bo zachowywał się tak, jakby jego wrogowie usiłowali spenetrować jego najskrytsze tajemnice, podczas gdy i sami ci wrogowie stanowili wytwór jego wyobraźni, i tajemnice były wymyślone.

A u mnie — pomyślał Kohler, dodając gazu — wszystko jest jak najprawdziwsze.

8

Emil zataczał koła i skręcał na boki jak koń tańczący wokół rozpraszającego się stada bydła. Śmigał w tę i z powrotem przez zarośla i trawę, dopóki nie natrafił znowu na trop.

Znalazł to miejsce, w którym Hrubek zwarł się z sanitariuszami, a potem wrócił na szosę. Teraz znowu skoczył w bok, zapuszczając się w zarośla, a labradory podążyły za nim.

Tropiciele przez kilka minut szli po łące, kierując się na wschód, oddalając się od szpitala i posuwając się równolegle do szosy numer 236.

W pewnym momencie, kiedy przechodzili przez wysoką, szeleszczącą trawę, Heck szarpnął linkę i powiedział:

— Siad!

Emil zatrzymał się natychmiast.

Heck czuł, że pies trzęsie się z podniecenia — linka zdawała się naładowana elektrycznością.

— Leżeć!

Pies niechętnie położył się. Suki nie chciały posłuchać podobnego rozkazu Charliego Fennela; ciągnęły wciąż za swoje linki. Charlie szarpnął te linki kilka razy i krzyknął na suki, żeby leżały, ale one nie reagowały. Heck zdołał zignorować krzyki Charliego i hałas, jaki robiły psy, i poszedł naprzód, oświetlając ziemię światłem długiej, czarnej latarki.

— Zobacz, co znalazłem.

Oświetlił świeży ślad bosej stopy.

— A niech to szlag — szepnął Fennel — to trzydziestka, co do cala.

— No przecież *wiemy,* że on jest duży.

Heck dotknął wgłębienia pozostawionego przez ogromną stopę.

— On biegnie.

— No tak, masz rację. Biegnie. A ten doktor Adler mówił, że on będzie tylko tak łaził w kółko, taki ogłupiały...

— On się spieszy. Cholernie się spieszy. Chodź, musimy nadrobić stracony czas. Szukaj, Emil, szukaj!

Fennel wziął pozostałe dwa psy. Psy pobiegły naprzód po śladach. Jednak ku zdziwieniu obu tropicieli, Emil nie objął tym razem prowadzenia. Stanął na swoich muskularnych nogach, ale nie ruszył się z miejsca. Podniósł głowę, a nozdrza rozdęły mu się. Kręcił głową na wszystkie strony.

— No, chodźcie — krzyknął Fennel.

Heck milczał. Obserwował Emila, który rozglądał się na prawo i lewo i oglądał za siebie. Pies obrócił się głową na południe i podniósł ją jeszcze raz.

— Zaczekaj — zawołał Heck do Charliego. — I zgaś latarkę.

— Co?

— Zrób, co ci mówię!

Nastąpił cichy trzask i dwaj mężczyźni z trzema psami znaleźli się w ciemności. Heck uświadomił sobie coś, co z pewnością wiedział też Fennel — że są teraz wystawieni na cios. Szaleniec mógł czaić się o dziesięć stóp od nich z łyżką do opon albo stłuczoną butelką w dłoni.

— Chodźmy, Trenton.

— Nie spieszmy się za bardzo.

Pięćdziesiąt jardów na północ od nich znajdowały się samochody. Emil kręcił się i rozglądał na wszystkie strony. Heck przyglądał mu się uważnie.

— Co on robi? — zapytał szeptem Fennel. — Trop jest tutaj. On tego nie wie?

— Wie. Ale jest coś innego. Może jakiś zapach w powietrzu. Nie taki wyraźny jak zapach na ziemi, ale jest.

Możliwe, myślał Heck, że Hrubek, który jest duży i poci się, pozostawił po sobie zapach, a ten zapach zebrał się tutaj jak dym, wisząc w wilgotnym powietrzu. Emil prawdopodobnie to wyczuł. Mimo to jednak Heck nie chciał odciągać psa z tego miejsca. Bo wierzył w inteligencję zwierząt. Widział w swoim życiu, jak szopy z wielką zręcznością otwierały słoik z dżemem, widział też, jak niezdarny grizzly (ten sam, który patrzył na niego tak pożądliwie) zrobił pazurem nie jedną, ale dwie dziurki w puszce 7-up, a potem wypił napój, nie rozlewając ani kropelki. A Emil, według Hecka, był dziesięć razy inteligentniejszy od któregokolwiek niedźwiedzia.

Heck odczekał jeszcze chwilę, ale nie usłyszał ani nie zobaczył niczego.

— Chodź, Emil — Heck spróbował ruszyć naprzód.

Ale Emil nie chciał iść.

Heck rozejrzał się naokoło. Niebo promieniowało leciutką poświatą, ale księżyc był teraz ukryty za chmurami. No chodź, stary — pomyślał Heck — wracajmy do roboty. Nasza forsa biegnie na wschód z szybkością jakichś pięciu mil na godzinę.

Ale Emil spuścił łeb i wetknął nos w trawę. Drżał. Heck wyciągnął przed siebie pistolet i rozgarnął nim zielone i brązowe pędy. Weszli głębiej w trawę. I tam właśnie znaleźli to, czego szukał Emil.

Kawałek papieru w plastikowej torebce.

Powoli podszedł do nich Fennel. Stanął plecami do Hecka i nerwowo przyglądał się trawie, przesuwając z lewa na prawo swoją broń.

— Przynęta?

Heckowi też przyszło to do głowy. Przestępcy przyzwyczajeni do tego, że w pościgu za nimi biorą udział psy, zostawiają czasami jakąś część garderoby albo oddają mocz w miejscu ważnym z taktycznego punktu widzenia. Kiedy ścigający wraz z psem zatrzymuje się, żeby się temu miejscu przyjrzeć, uciekinier atakuje ich od tyłu. Jednak tym razem Heck popatrzył na Emila i powiedział:

— Nie sądzę. Gdyby on tu gdzieś był, Emil by go wyczuł.

Mimo to, podnosząc torebkę z ziemi, nie patrzył na nią, tylko na trawę rosnącą naokoło. Trzymał też palec na cynglu. Potem wręczył torebkę Fennelowi i obaj przeszli na polankę, na której mogli przeczytać to, co było napisane na kartce bez obawy, że zostaną znienacka zaatakowani.

— To kawałek gazety — powiedział policjant. — Na jednej stronie jest reklama staników, a na drugiej... hej, popatrz, to jest plan. Plan śródmieścia Bostonu. Tej części, w której są zabytki.

— Bostonu?

— Tak. Skontaktujemy się z patrolem drogowym? Powiemy im, żeby obserwowali główne drogi prowadzące do Massachusetts?

Ale Heck, który oczyma wyobraźni zobaczył, jak znika jego dziesięć tysięcy dolarów, powiedział: — Wstrzymajmy się z tym. Może on zostawił to tutaj, żeby nas zmylić?

— Nie, Trenton, nie. Gdyby chciał, żebyśmy to znaleźli, zostawiłby to na drodze, a nie w takiej wysokiej trawie.

— Może i tak — powiedział Heck zmartwiony. — Ja jednak uważam...

Nagle tuż nad jego uchem rozległ się głośny trzask przypominający wystrzał. Heck odwrócił się błyskawicznie, podnosząc pistolet. Serce waliło mu jak młotem. Okazało się, że to odezwało się walkie-talkie Charliego, rozkręcone na cały regulator. Charlie przykręcił gałkę i zbliżył nadajnik do ust. Mówił coś do niego cicho. W oddali, na szosie, czerwone i niebieskie światła na dachu wozu Chłoptasia zaczęły obracać się szybko.

— Tu Fennel. Odbiór.

Charlie pochylił głowę i słuchał.

Co oni robią? — zastanowił się Heck.

Fennel skończył rozmowę i przytroczył sobie aparat do pasa.

— Chodź — powiedział. — Znaleźli go.

Heckowi serce zamarło.

— *Złapali go*? O cholera.

— No, niezupełnie. Okazuje się, że on dotarł do zajazdu dla ciężarówek w Watertown...

— W Watertown? To siedem mil stąd.

— Próbował złapać okazję. Zgadnij dokąd. Do Bostonu. Kierowca ciężarówki odmówił, więc Hrubek poszedł pieszo na północ. Podjedziemy tam i odnajdziemy trop. O Boże, mam nadzieję, że on się już zmęczył. Bo ja nie mam ochoty tak za nim zasuwać. Nie miej takiej skwaszonej miny, Trenton. Będziesz jeszcze bogaty. On jest o jakieś pół godziny drogi stąd.

Fennel zawrócił w stronę szosy, prowadząc ze sobą suki.

— Chodź, Emil — zawołał Heck.

Pies wahał się przez chwilę, a potem powoli poszedł za panem. Widać było, że niechętnie opuszcza łąki, mimo że panuje na nich wilgoć i chłód, i że niechętnie udaje się na swoje śliskie, plastikowe siedzenie w chevrolecie.

Usłyszawszy dobiegający ze schodów piwnicy odgłos zdecydowanie stawianych kroków — odgłos ciężkich kroków, któremu towarzyszyło podzwanianie metalu — Lis Atcheson natychmiast zrozumiała, na co się zanosi. Przeszedł ją lodowaty dreszcz.

Owen wszedł do cieplarni i popatrzył na żonę, która brała właśnie ze sterty kolejne płócienne worki.

— O Boże, nie! — szepnęła Lis.

Pokręciła głową i usiadła na ławce zrobionej z czereśniowego drewna. Owen zatrzymał się na chwilę, a potem podszedł, usiadł obok niej i zaczął zakładać jej kosmyk włosów za ucho. Robił tak zawsze, kiedy jej coś wyjaśniał — czy to sprawy związane z interesami albo z majątkiem, czy to kwestie prawne. Jednak dzisiaj nie były potrzebne żadne wyjaśnienia. Gdyż Owen nie miał już na sobie ubrania, w którym chodził do pracy. Ubrany był natomiast w ciemnozieloną koszulę i workowate spodnie w tym samym kolorze, czyli w rzeczy, które wkładał pod pomarańczowy płaszcz nieprzemakalny, kiedy wybierał się na polowanie. Na nogach miał swoje nieprzemakalne buciory, za które zapłacił mnóstwo pieniędzy.

A w rękach — strzelbę na jelenie i pistolet.

— Nie, Owen, nie możesz...

Owen odłożył broń.

— Rozmawiałem przed chwilą z szeryfem. Tego świra ściga czterech ludzi. *Tylko czterech,* rozumiesz? A on jest już w Watertown.

— Ale to na wschód od nas. On się od nas *oddala.*

— To nie ma znaczenia, Lis. Zobacz tylko, jaką drogę już przebył. Jest o jakieś siedem czy osiem mil od miejsca, w którym zwiał. A ucieka przecież pieszo. On wcale nie jest oszołomiony i nie łazi jak pijany. On coś knuje.

— Ja nie chcę, żebyś ty się w to wdawał.

— Mam zamiar sprawdzić, jakie oni podejmują kroki, żeby go złapać.

Mówił poważnie, zdecydowanie. Głosem jej ojca. Głosem, który działał na nią jak hipnoza.

Mimo to Lis powiedziała:

— Nie okłamuj mnie, Owen.

Oczy Owena zwęziły się jak niegdyś oczy ojca. Patrzyły bystro. Owen uśmiechał się, ale ona mu nie dowierzała. Jej słowa wcale na niego nie podziałały. Mogła równie dobrze przemawiać do jednego z trofeów myśliwskich o szklanych oczach, które on porozwieszał na ścianach swojego gabinetu. Dotknęła jego ramienia. Przez chwilę trzymała rękę na grubym materiale. A on przykrył jej dłoń swoją.

— Nie idź — powiedziała.

Przyciągnęła go do siebie. Poczuła podniecenie. Było ono wywołane czymś więcej niż tylko wspomnieniem ich niedawnego zbliżenia. Siła, która była w Owenie, jego powaga, wyraz jego twarzy zdradzający silne pragnienie czynu — to wszystko bardzo na nią podziałało. Pocałowała go mocno, prosto w usta. Zastanawiała się, czy jej podniecenie spowodowane jest pożądaniem czy pragnieniem zatrzymania go przy sobie przez całą tę noc, pragnieniem trzymania go w ramionach, dopóki niebezpieczeństwo nie minie.

Jakiekolwiek były jej motywy, uścisk nie zrobił na nim żadnego wrażenia. Owen przez chwilę ją obejmował, a potem wstał i podszedł do okna. Ona też się podniosła i stanęła za nim.

— Dlaczego się nie przyznasz? — zapytała. — Masz zamiar na niego zapolować.

Patrzyła na jego plecy i na odbicie jego twarzy w szybie. Na tej twarzy powinien był się malować głęboki niepokój. Jednak tak nie było, Owen zdawał się być bardzo spokojny.

— Nie zrobię nic niezgodnego z prawem — powiedział.

— Tak? — zapytała. — A morderstwo? Ono jest z nim zgodne?

— Morderstwo? — powtórzył ściszonym, ochrypłym głosem, odwracając się gwałtownie i wskazując ruchem głowy schody. — Czy ty nigdy nie *zastanawiasz się* nad tym, co mówisz? Co by było, gdyby ona cię usłyszała?

— Portia na ciebie nie doniesie. A ja mam na myśli to, że nie można przecież kogoś tak po prostu wyśledzić, dopaść i...

— Zapominasz, co zaszło w Indian Leap — odrzekł ostro. — Czasami myślę, że *ja* się tym bardziej przejąłem niż ty.

Lis odwróciła się. Czuła się tak, jakby Owen ją spoliczkował.

— Lis... — Owen uspokoił się szybko, krzywiąc się na myśl o własnym wybuchu. — Przepraszam. Nie miałem na myśli... Słuchaj, to nie jest człowiek. To zwierzę. Wiesz, do czego on jest zdolny. *Ty* wiesz to lepiej niż ktokolwiek inny. Uciekł raz, może uciec i po raz drugi — kontynuował gładko swoją argumentację. — Kiedy był w Gloucester, też się oddalił na tyle, że mógł wysłać do ciebie ten list. Kiedy się tam znajdzie następnym razem, może znowu uciec. I przyjechać tutaj...

— Złapią go dziś w nocy. I wsadzą tym razem nie do szpitala, a do więzienia.

— Nie masz racji. Jeżeli on jest wciąż niepoczytalny, to wróci do szpitala. Takie są przepisy. Lis, przecież słuchasz wiadomości. I wiesz, że szpitale są opróżniane. Słyszysz o tym codziennie. Może być tak, że za rok albo za dwa oni go wypuszczą na ulicę. I ani się zorientujemy, jak on się tu pojawi. W ogrodzie. *W sypialni.*

W oczach Lis pojawiły się łzy. I w tejże samej chwili Lis zdała sobie sprawę, że przegrała. Zresztą wiedziała chyba, że przegra, już wtedy, kiedy usłyszała jego kroki na schodach piwnicy. Owen nie zawsze ma rację, pomyślała, ale zawsze jest pewny siebie. On po prostu załaduje broń do samochodu i pojedzie w tę burzliwą noc na polowanie na psychopatę, uważając to za rzecz najzupełniej naturalną.

— Chcę, żebyście obydwie z Portią pojechały do Gospody. Ułożyliśmy już wystarczająco dużo worków z piaskiem.

Lis pokręciła głową.

— Lis, nalegam.

— Nie! Woda podniosła się już o dwie stopy, a nie zaczęło jeszcze padać. A co z tym miejscem koło doku, gdzie wpada strumień? Musimy tam dodać worków, tak żeby wał był wyższy o dwie stopy.

— Ja już tam skończyłem robotę. Naprawdę, ułożyłem dużo worków. Wał ma trzy stopy wysokości. Jeżeli woda podniesie się wyżej, to i tak nie będziemy mogli niczego zrobić.

— Dobrze — powiedziała Lis lodowatym tonem. — Jedź, jeżeli chcesz. Baw się w żołnierza. A ja zostaję. Muszę zresztą okleić taśmą cieplarnię.

— Daj sobie z nią spokój. Jesteśmy ubezpieczeni od zniszczeń, które spowoduje wiatr.

— Mnie nie chodzi o *pieniądze.* Te róże to całe moje życie. Nie wybaczyłabym sobie, gdyby coś się im stało.

Usiadła znowu na ławce. Zauważyła kiedyś, że stojąc, cieszy się mniejszym autorytetem u męża, który był od niej o stopę wyższy. A siedząc, paradoksalnie, czuła się prawie mu równa.

— Nic się nie stanie. Wyleci najwyżej parę szyb.

— Słyszałeś prognozę. Wiatr ma wiać z prędkością osiemdziesięciu mil.

Owen usiadł obok niej i ścisnął mocno jej udo. Łokciem dotykał jej piersi. Ale ona nie poczuła się tym uspokojona, tylko zagrożona. Jego bliskość sprawiała, że nie potrafiła się bronić.

— Nie mam zamiaru dyskutować na ten temat — powiedział Owen spokojnie. — Nie chcę się o was martwić. Chcę, żebyście pojechały do Gospody. Kiedy go złapią...

— Chcesz powiedzieć: kiedy *ty* go złapiesz.

— Kiedy go złapią, zadzwonię do was. Wrócicie obie do domu i we trójkę skończymy robotę.

— Owen, on idzie w przeciwną stronę.

Oczy Owena zabłysły.

— Lis, on przebiegł siedem mil w czterdzieści pięć minut. On coś knuje. Przecież to oczywiste. Dlaczego jesteś tak cholernie uparta? W okolicy znajduje się zabójca. Zabójca-psychotyk! Zna twoje nazwisko i adres.

Lis nie odezwała się słowem. Oddychała płytko.

Owen przytulił twarz do jej włosów.

— Nie pamiętasz go? — szepnął. — Nie pamiętasz procesu?

Lis podniosła wzrok i przypadkiem zauważyła patrzącego złośliwie gargulca. Przypomniało jej się, jak Hrubek nucił: „Lis-bone, Lis-bone, moja Ewa od zdrady, moja śliczna Lis-bone..."

Kiedy tak siedzieli, nagle ktoś powiedział wesoło:

— Chyba za późno na ryby, co, Owen?

Portia stała w drzwiach, przyglądając się jego ubraniu.

Owen odsunął się od żony, ale nie przestał na nią patrzeć.

— Zapakuję parę rzeczy — powiedziała Lis.

— Wybierasz się dokądś? — zapytała jej siostra.

— Do Gospody — poinformował ją Owen.

— Już? Myślałam, że to jest w programie później. Wtedy, kiedy pojawi się ten świr i będzie chciał gwałcić. O, przepraszam. Chyba to było nietaktowne.

— On odszedł dalej, niż wszyscy się spodziewali. Mam zamiar pogadać z szeryfem i dowiedzieć się, co tam się robi, żeby go złapać. A wy obie pojedziecie do Gospody przy drodze.

— On nie idzie w tę stronę? — zapytała Portia.

— Nie, idzie na wschód. — Lis spojrzała na siostrę. — Ale lepiej będzie spędzić noc w Gospodzie.

— Nie mam nic przeciwko temu.

Portia wzruszyła ramionami i poszła po plecak.

Lis wstała. Owen ścisnął jej udo. Co to ma znaczyć? — zastanawiała się. Dziękuję? Wygrałem? Kocham cię? Daj mi broń, kobieto?

— To nie potrwa długo. Najwyżej kilka godzin. Chodź, zamknij za mną drzwi.

Weszli do kuchni i Owen pocałował ją. Pocałunek trwał dość długo, ale ona czuła, że jego myśli wędrują już po łąkach i drogach, po których włóczyła się jego ofiara. Owen włożył pistolet do kieszeni, a strzelbę zarzucił sobie na ramię. A potem wyszedł z domu.

Lis zamknęła drzwi na dwa zamki, patrząc, jak Owen wsiada do wozu. Potem podeszła do okna i spojrzała na garaż. Czarny cherokee cofnął się i zatrzymał na chwilę. W samochodzie było ciemno i Lis była ciekawa, czy Owen macha jej ręką. Sama podniosła dłoń.

Owen wyjechał na podjazd. Oczywiście miał rację. Wiedział o Hrubeku więcej niż wszyscy ci profesjonaliści — policjanci, szeryfowie, lekarze. A co więcej, Lis wiedziała to wszystko co on. Wiedziała, że Hrubek nie jest nieszkodliwy, że nie łazi jak oszołomione zwierzę, że coś knuje, że w jego uszkodzonym mózgu wykluwają się jakieś plany. Wiedziała to wszystko, chociaż nie były to fakty, a przypuszczenia.

Przycisnęła na chwilę policzek do okna. Po czym odsunęła się, spojrzała na nierówne szkło z bąbelkami powietrza i uświadomiła sobie coś, o czym nigdy przedtem nie myślała, a mianowicie, że szybki zostały zrobione dwa i pół wieku temu. Jak to się stało, zastanawiała się, że to delikatne szkło przetrwało nietknięte te wszystkie niespokojne lata? Kiedy znowu spojrzała na dziedziniec, światła samochodu już znikły. Jednak ona jeszcze przez dłuższą chwilę nie odrywała wzroku od ciemnego podjazdu, z którego wyjechał cherokee jej męża.

I pomyśleć, że to ja — powiedziała sobie z niedowierzaniem — stoję tu jak żona pioniera i wypatruję oczy za mężem przemierzającym nocą pustkowie w poszukiwaniu człowieka, który zamierza mnie zabić.

Kurz, który się wzbił wokół pojazdów, opadł już, a tylne światła tych aut zniknęły za wzgórzem na wschodzie. Naokoło zapanował spokój. Chmury, które napłynęły z zachodu, przesłoniły blady księżyc wiszący nad skałą górującą ponad opustoszałą szosą.

Burza jeszcze nie nadciągnęła. Nie było wcale wiatru. I przez chwilę na tej części szosy panowała absolutna cisza.

Michael Hrubek nacisnął sobie mocniej na głowę swoją cenną irlandzką czapkę, rozgarnął trawę i wyszedł prosto na środek szosy numer 236. Włożył pistolet do plecaka.

GETO

To słowo wypłynęło przed oczy jego wyobraźni i pozostało tam przez chwilę, dziwnie wirując. Hrubek wiedział, że jest ono bardzo ważne, ale nie miał pojęcia, co znaczy. Po chwili słowo zniknęło, a jemu pozostała dojmująca świadomość jego nieobecności.

Co to *znaczy*? — zastanawiał się. Co on ma z tym *zrobić*?

Stanął na asfalcie, a potem zaczął chodzić po nim w kółko, szukając w swoim skołatanym umyśle odpowiedzi na te pytania. Co znaczy GETO? Przerażony pomyślał, że to *oni* mieszają mu myśli. Oni — ci żołnierze, którzy przed chwilą go ścigali.

Pomyślmy.

GETO

Co to może znaczyć?

Hrubek znowu spojrzał na szosę, w stronę, w którą pojechali żołnierze. Spiskowcy! Mieli psy na smyczach, które węszyły i warczały. Skurwysyny! Jeden ubrany na szaro. A drugi na niebiesko. Jeden był żołnierzem armii Konfederatów. A drugi wojsk Unii — ten, który kulał. To jego Hrubek nienawidził najbardziej.

Ten człowiek był *spis*-kowcem, pieprzonym żołnierzem Unii.

GETO

GETO

Powoli, myśląc o tym, jak ich wykiwał, przestał tak intensywnie nienawidzić. Znajdował się w odległości zaledwie trzydziestu stóp od żołnierzy. Trzymając pistolet z naciągniętym cynglem, kucał przycupnięty na półce skalnej nad nimi. Żołnierze weszli w trawę i znaleźli torebkę, którą tam zostawił. Trzęsąc się ze strachu, słyszał ich obce głosy, prychanie psów i szelest trawy.

Przed oczami Hrubeka znowu pojawiły się litery. GETO. Przepłynęły obok niego, a potem zniknęły.

Hrubek przypomniał sobie, jak na dachu policyjnego samochodu zaczęły się obracać kolorowe światła. W chwilę później żołnierze wrócili do samochodów i ten, który najbardziej nienawidził Hrubeka, ten chudy skurwysyn ubrany na niebiesko, ten, co kulał, wsiadł do furgonetki razem z psem. Odjechali szybko na wschód.

Hrubek pochylił się i dotknął policzkiem wilgotnego asfaltu. A potem wstał.

„Dobranoc paniom, dobranoc..."

Ten dziwny wyraz znowu do niego wrócił. GETO. Hrubek spojrzał na zachód. Ale nie widział czarnego pasa asfaltu, tylko litery, które powoli przestawały wirować i ustawiły się w szeregu. Jak grzeczne, małe żołnierzyki.

GETO 4

W głowie Hrubeka kłębiły się myśli, skomplikowane, cudowne. Hrubek zaczął iść. „Zobaczę pewnie, jak płaczecie..."

GETON 4

Jest!

Tak, jest tam! Hrubek zaczął biec w tamtą stronę. Litery ustawiły się w szeregu.

GETON 47 M

Psów już nie było, spiskowców też. Tego kulejącego skurwiela, doktora Richarda, sanitariuszy, cały szpital... wszystkich wrogów pozostawił za sobą. Wykiwał ich wszystkich!

Michael Hrubek przeanalizował swoje uczucia i doszedł do wniosku, że panuje nad lękiem i że jego misja jest czymś najzupełniej oczywistym. Przystanął i położył jedną zwierzęcą czaszkę na trawie pod słupem, mrucząc pod nosem krótką modlitwę. A potem przeszedł obok zielonej tablicy, na której było napisane RIDGETON 47 MIL, zszedł z szosy w zarośla i puścił się biegiem na zachód.

III

Indian Leap

9

***P**ociera płatkiem żółtej róży o jej rozchylone wargi.*

Patrzy jej w oczy. Jest o dwie stopy od niej. Wystarczająco blisko, żeby czuć zapach jej perfum. A równocześnie tak daleko, że żadne z nich — w chłodzie panującym w tym pomieszczeniu — nie czuje ciepła promieniującego z ciała drugiego. Ona wyciąga do niego rękę, ale on daje jej znak, żeby się wstrzymała. Jej ręce są posłuszne, ale za chwilę, zbuntowane, podnoszą się powoli do jej własnych ramion i rozwiązują atłasowe troczki koszuli nocnej. Troczki opadają i kremowa koszula zsuwa się. Ona jest teraz obnażona do pasa. Jego wzrok przesuwa się na jej piersi, ale on jej nie dotyka, tylko każe jej opuścić ręce wzdłuż boków. Ona posłusznie opuszcza ręce.

Z zielono-rdzawej plątaniny gałęzi i kwiatów różanych krzewów — roślin królujących w zaciemnionej cieplarni — on bierze kolejne płatki. Płatki są różowe. On, trzymając je w swoich dużych palcach, podnosi je do jej oczu, do oczu, które ona powoli zamyka. Zamknąwszy je, czuje, jak płatek ociera się o jej powieki, a potem wędruje dalej, na jej policzek. On obrysowuje różanymi płatkami jej usta. A potem obydwa płatki wędrują po jej na wpół rozchylonych wargach.

Ona zwilża te wargi i mówi mu żartobliwie, żeby nie niszczył jej najwspanialszego kwiatu, ale on znowu kręci głową, prosząc ją bez słów, żeby milczała. Ona pochyla się i prawie jej się udaje położyć stwardniałą brodawkę na jego przedramieniu, ale on odsuwa się i znowu ich ciała się nie dotykają. Płatek pieści jej brodę, a potem wyślizguje się z jego palców i opada, kołując, na chodnik z płytek, na którym oboje stoją. On obrywa następny z drżącego krzewu. Ona ma wciąż oczy zamknięte, a ręce spuszczone. Tak jak chciał.

Teraz on pociera muszle jej oczu, tak delikatnie, że ona z początku nie czuje dotknięcia płatków. On przyciska palce do zagłębień za jej uszami, a potem gładzi delikatnie kosmyk jej złotych włosów.

A potem jej ramiona — muskularne od dźwigania ziemi takiej jak ta, z której wyrastają te różane krzewy.

A potem jej szyję. Jej głowa odchyla się w tył. Gdyby otworzyła teraz oczy — zobaczyłaby blade gwiazdy rozmyte w cętkowanym szkle. Teraz on traci panowanie nad sobą i całuje ją pospiesznie. Płatki odpadają od jego rozpostartych palców, które chwytają ją za szyję i przyciągają. Jej oddech staje się tak gwałtowny jak jej pożądanie. On też zaczyna oddychać coraz szybciej. Ona porusza powoli głową, chcąc wyraźniej poczuć dotknięcie jego rąk. Ale on jest szybszy i odsuwa się. Upuszcza na ziemię zmiażdżone płatki, a potem wyciąga rękę i zrywa następne z kwiatu rosnącego na kolczastej łodydze znajdującej się obok nich.

Jej oczy wciąż są zamknięte. Oczekiwanie na następne dotknięcie wzmaga w niej napięcie do granic wytrzymałości. Wreszcie to dotknięcie następuje. A ona, czując je na swoich małych piersiach, zaciska zęby i rozciąga wargi w czymś, co można by wziąć za grymas gniewu, a co naprawdę jest wyrazem pożądania. Płatki powoli przesuwają się po wypukłościach jej piersi, a ona równocześnie czuje dotknięcie jego palców. Palce są o wiele bardziej szorstkie niż płatki, ale działają równie prowokująco... Coś miękkiego i coś szorstkiego. Paznokcie i płatki. Żar jego dotknięcia i chłód płytek pod nogami.

Ona czuje nacisk tak delikatny jak tchnienie oddechu. Dziwi się, że taki duży mężczyzna potrafi działać tak subtelnie. On całuje ją znowu, a jej ciało przenika ogień.

Ale on nie ma zamiaru się spieszyć. Nacisk nasila się i słabnie, a ona otwiera oczy, błagając go wzrokiem, żeby nie przestawał. On kładzie jej palce na powiekach, a ona posłusznie zamyka oczy, słysząc dziwny dźwięk — jakby rozdzieranie materiału. Potem znowu zapada cisza, a na jej szyję i piersi spada chmara płatków. Płatki wypadają z jego dłoni i opadają im do stóp.

On całuje jej oczy, a ona bierze to za znak, że on chce, żeby je otworzyła. Patrzą na siebie przez chwilę i ona zauważa, że nie wszystkie płatki opadły. Jeden został. On trzyma go między nią a sobą — trzyma ten ja-

skrawoczerwony owal, ten płatek róży John Armstrong. Otwiera usta i kładzie go sobie na języku, jak ksiądz rozdający komunię. Ona wyciąga ręce, obejmuje go, przyciska go do siebie. Jej dłonie zsuwają się po jego plecach w dół. On pochyla się w przód. Ich języki łączą się, ona przyciąga go coraz mocniej, czerwony płatek rozpada im się w ustach, a oni połykają jego kawałeczki, pochłaniając siebie nawzajem.

Lis Atcheson na chwilę zagubiła się we wspomnieniach, a potem otworzyła oczy i popatrzyła na kwiaty w cieplarni, słuchając równocześnie przyjemnego syczenia automatu rozpylającego wodę.

— Owen — szepnęła — och, Owen...

Postawiła na ziemi spakowaną walizkę, przeszła przez pachnącą, wilgotną cieplarnię i wyszła do wykładanego płaskimi kamieniami patio. Spojrzała na jezioro.

Czarna woda obmywała rytmicznie brzeg.

Lis, ku swemu zmartwieniu, zauważyła, że w ciągu ostatnich dwudziestu minut poziom wody podniósł się o parę cali. Spojrzała w lewo, na tę część posiadłości, która była najniżej położona — na zagłębienie w ogrodzie za garażem, gdzie Owen położył dodatkowe worki. W tym miejscu do jeziora wpadał strumyk, a podmokły brzeg porastało sitowie. Lis nie była w stanie ocenić, jak mocny jest wał z worków, ale nie miała zbytniej ochoty iść w tamto miejsce i sprawdzać tego, bo ścieżka była wąska i śliska. Wiedziała, że Owen jest bardzo skrupulatny, i przypuszczała, że wybudował solidną tamę. To, co wzniosła ona sama — w środkowej części ogrodu — wyglądało tandetnie. Poziom wody zrównał się już z workami, na których przedtem zasnęła, co oznaczało, że do szczytu wału pozostało jeszcze tylko osiemnaście cali.

Lis poszła w stronę jeziora. Na niebie nad swoją głową nie widziała gwiazd ani nawet chmur. Niebo było płaskie i gładkie, szaroniebieskie jak skóra rekina. Lis nie potrafiłaby powiedzieć, czy chmury się przesuwają, czy nie i czy są na wysokości stu czy dziesięciu tysięcy stóp.

Spłoszył ją jakiś ruch. To skorupa dużego żółwia poruszyła się niedaleko niej, kiedy zwierzę zaczęło niezdarnie maszerować w stronę jeziora. Żółw zawzięcie zdążał do celu, przełażąc przez kamienie i korzenie zbyt wielkie dla jego krótkich nóg i ślizgając się na nich często. Dlaczego on tak się spieszy? — zastanowiła się Lis. Czy to strach przed burzą skłania go do szukania bezpiecznego schronienia w jeziorze? Ale dlaczego żółw miałby się bać deszczu? Zwierzę zsunęło się z korzenia wierzby i wpadło do wody z głośnym pluskiem. Tam, upodobniwszy się do płata nośnego samolotu, popłynęło kawałek tuż pod powierzchnią, a potem dało nurka w głębinę i zniknęło Lis z oczu. Lis patrzyła, jak woda uspokaja się i znowu staje się podobna do lekko zmarszczonego czarnego jedwabiu.

Zawróciła w stronę domu. Przechodząc przez ogród, zatrzymała się koło jednego z różanych krzewów. Były na nim kwiaty, z których jeszcze nie opadły wszystkie płatki. Pewnego razu, w dzieciństwie, postanowiła ufarbować sobie włosy na kolor miedzi, taki jak kolor tych kwiatów — kwiatów róży Arizona grandiflora — i drogo za to zapłaciła, bo ojciec, zrobiwszy jeden ze swoich sobotnich nalotów na jej pokój, znalazł butelkę clairolu schowaną pod jej materacem.

Urwała jakiś kruchy kolec, a potem usunęła parę martwych płatków. Potarła sobie nimi policzek.

Horyzont na zachodzie rozświetlił szarozielony błysk. Światło zniknęło, zanim Lis zdążyła skierować wzrok w tamtą stronę.

Płatki wypadły jej z rąk.

Usłyszała, że drzwi kuchenne otwierają się i zamykają.

— Jestem gotowa — zawołała Portia. — Masz swoją walizkę?

Lis podeszła do drzwi kuchennych. Patrząc w żółte okna, powiedziała:

— Słuchaj, Portio, muszę ci powiedzieć... zmieniłam zamiar.

— Co?

Lis postawiła walizkę w kuchni tuż za drzwiami.

— Chcę skończyć układanie worków. I oklejanie cieplarni. To zajmie jakąś godzinę. Chciałabym, żebyś ze mną została, ale jeżeli wolisz jechać, to jedź. Zadzwonię po taksówkę...

Emil cierpiał, czując zapach smażonych hamburgerów i cebuli, ale znał mores, więc siedział, nie ruszając się z miejsca.

Trenton Heck też spojrzał tęsknie w stronę baru. Miał ogromną ochotę na cheeseburgera, jednak zignorował smakowite zapachy, bo myślał przede wszystkim o nagrodzie. Kontynuował rozmowę z policjantem z patrolu drogowego.

— Naprawdę wyglądało na to, że on chce się dostać do Bostonu? — zapytał.

— Tak mówił ten kierowca. Ten świr truł coś, że Boston to kolebka naszego kraju, czy coś takiego.

— On studiował historię — wtrącił Fennel, podchodząc do nich.

Heck, zdziwiony, podniósł głowę.

— Tak. Tak słyszałem.

— On studiował na *wyższej uczelni*?

Heck, który zaliczył tylko jedenaście godzin zajęć na niższym kursie, poczuł się bardzo źle.

— Tylko przez jeden rok, bo potem zaczął świrować. Ale w ciągu tego roku miał dobre stopnie.

— Niesamowite, dobre stopnie...

Heck przestał myśleć o sobie i zapytał policjanta, czy nie mógłby poprosić tamtego kierowcę, żeby na chwilę wysiadł.

— On już pojechał.

— *Pojechał*? Nie kazał mu pan poczekać?

Policjant wzruszył ramionami, patrząc cywilowi spokojnie w oczy.

— Tu chodzi o ucieczkę, a nie o aresztowanie. Zapisałem jego nazwisko i adres. Myślałem, że on nie musi tu zostawać i zeznawać jako świadek.

— Adres nic nam nie pomoże — mruknął Heck do Fennela. — Bo co niby mamy zrobić? Posłać mu pocztówkę?

— Ja zadałem mu sporo pytań — powiedział policjant.

Heck zdjął Emilowi uprząż do tropienia. Policjant wyglądał na młodszego od Chłoptasia i na najniższego rangą. Drogówka miała oddzielny budżet i rzadko kiedy zwalniano z niej kogokolwiek. Heck też mógł pójść do nich. Ale wolał zwalczać prawdziwą przestępczość.

— Co on miał na sobie?

— Kombinezon. Długie buty. Koszulę roboczą. Tweedową czapkę.

— Nie miał kurtki?

— Chyba nie.

— Pił?

— Kierowca nic o tym nie wspomniał. A ja o to nie pytałem. Nie uważałem, że trzeba.

— Miał coś przy sobie? — pytał dalej Heck. — Torbę? Broń? Kij?

Policjant spojrzał zakłopotany w notatki, a potem na Fennela, który kiwnął głową, dając mu znak, że ma odpowiedzieć.

— Właściwie to nie wiem.

— Groził czymś kierowcy?

— Nie. Tylko wyglądał na przygłupa. Tak mówił kierowca.

Heck mruknął coś zniechęcony. A potem powiedział:

— Aha, jeszcze jedno: ile on może mieć wzrostu?

— Kierowca mówił, że ze sześć stóp i pięć albo sześć cali. A waży ze trzysta pięćdziesiąt funtów. Tyle co zapaśnik wagi ciężkiej. Nogi ma jak półtusze wołowe.

— Półtusze wołowe, no, no. — Heck spojrzał w ciemność na wschodzie.

— Czy da się go tropić? — spytał Fennel.

— Raczej tak. Ale wolałbym, żeby popadało.

Nic lepiej nie wydobywało utajonego zapachu niż delikatna mgiełka.

— Jeżeli wierzyć specom od pogody, to wkrótce deszczu będzie aż za dużo.

Heck nałożył Emilowi uprząż do tropienia i przypomniał zarówno jemu jak i sukom zapach Hrubeka, podsuwając im pod nosy jego spodenki.

— Szukaj! Szukaj!

Emil ruszył poboczem drogi. Heck odwijał ciemnoczerwoną linkę aż do chwili, gdy wyczuł pod palcami węzeł oznaczający, że ma ona już długość dwudziestu stóp. A potem ruszył za psem. Nie uszli jeszcze pięćdziesięciu stóp, kiedy Emil skręcił i zaczął iść w stronę nieoświetlonego, znajdującego się w opłakanym stanie domu, który stał w zarośniętym ogrodzie. Była to niesamowita budowla z zapadniętym dachem z gontów przypominających stare wężowe łuski. W jej oknie widniał napis: *Sklep myśliwski. Preparuję jelenie. Kupuję i sprzedaję skóry. I pstrągi.*

— Jak myślisz, czy on tam jest? — Chłoptaś z niepokojem popatrzył w ciemne okna.

— Trudno powiedzieć. Tutaj są martwe zwierzęta, a to może zmylić nawet Emila.

Heck i Fennel podprowadzili psy do krzywego płotu i przywiązali je do niego. Obaj wyjęli broń i równocześnie ją załadowali. „O Boże, żebym tylko znowu nie dostał kulki — pomyślał Heck. — Bo tym razem nie jestem ubezpieczony.” Ale tak naprawdę to nie chodziło mu o rachunek, jaki musiałby zapłacić za leczenie w szpitalu, tylko o to, że nie chciał, żeby kula znów rozorała mu ciało.

— Słuchaj, Trent, nie musisz tego robić.

— Sądząc po opisie tego świra, jestem ci potrzebny.

Fennel kiwnął głową, zgadzając się z nim, a potem dał znak Chłoptasiowi, żeby obszedł budynek i podszedł do niego od tyłu. A sam z Heckiem wszedł po cichu na frontową werandę. Heck popatrzył na Fennela, a ten wzruszył ramionami i zapukał do drzwi. Nie było odpowiedzi. Heck pochylił się w przód, chcąc zajrzeć do środka przez brudne okno. Nagle odskoczył.

— O Jezu! — krzyknął piskliwym głosem.

Fennel wycelował swojego glocka w okno. Zmrużył oczy. A potem roześmiał się. O sześć cali od niego, widoczny przez zabłocone szkło, stał na tylnych łapach czarny niedźwiedź i wpatrywał się w nich z wściekłością martwymi oczami.

— Cholera — powiedział Heck tonem pełnym szacunku. — A to skurwysyn. Mało się nie zeszczałem w spodnie.

Fennel wskazał tabliczkę tkwiącą za szybą drugiego okna: *Zamknięte od 1–15 listopada. Darzbór.*

— Ten facet obwieszcza wszem i wobec, że wyjeżdża! Nie boi się włamywaczy!

— Postawił na straży niedźwiedzia.

Heck z podziwem przyglądał się zwierzakowi:

— Gdybym ja miał kraść, to ukradłbym najpierw właśnie jego.

A potem znaleźli drzwi, które Hrubek otworzył kopniakiem. Weszli ostrożnie do środka, ubezpieczając się nawzajem. Odkryli ślady szaleńca, ale było dla nich jasne, że jego samego nie ma w sklepie. Włożyli więc pistolety do olstrów i wyszli na zewnątrz. Fennel kazał Chłoptasiowi skontaktować się z Havershamem i powiedzieć mu, gdzie są, a także poinformować, że Hrubek najprawdopodobniej zmierza do Bostonu.

Już mieli pójść wzdłuż szosy, kiedy Chłoptaś zawołał:

— Chwileczkę, Charlie! Jest coś, co powinniście zobaczyć.

Heck i Fennel kazali psom usiąść, a potem obeszli budynek i podeszli do miejsca, w którym stał młody policjant z ręką na pistolecie.

— Popatrzcie tam.

Wskazywał szopę. Na klepisku w szopie, tuż za drzwiami, była krew.

— Jezu!

Heck znowu wyciągnął walthera. I znów go odbezpieczył.

A potem wszedł do szopy. Było w niej mnóstwo rupieci: szlauchów, skrzynek, czaszek zwierzęcych, kości, połamanych mebli, zardzewiałych narzędzi, części samochodowych.

— Sprawdź tam... O, tutaj mamy szopa.

Fennel oświetlił latarką bezwładne ciało zwierzęcia.

— Myślisz, że to on go wykończył? Ale po co?

— Cholera — szepnął przerażony Heck.

Patrzył jednak nie na martwego szopa, tylko na belkę pod sufitem, z której zwisało kilka sprężynowych pułapek na zwierzęta. Takich dużych pułapek, które z łatwością mogły pomieścić lisa albo borsuka, albo szopa, i które mogły zamknąć się na szyi każdego z tych zwierząt.

Albo na nodze psa.

Heck nie był przerażony widokiem samych pułapek, tylko widokiem trzech pustych kołków, na których przypuszczalnie do niedawna też wisiały pułapki. Pod tymi kołkami, na klepisku znajdowało się kilka krwawych śladów butów.

— Czy twoje suki podchodzą bardzo blisko?

— Nie wtedy, kiedy tropią. A Emil?

— Emil jest ostrożny, jeżeli zapach jest świeży. Będziemy musieli skrócić linki i trzymać psy przy sobie. Cholera, jeżeli on poszedł w trawę, to będziemy się musieli czołgać. On dotrze do Bostonu, zanim my dojdziemy do granicy hrabstwa.

Wrócili na szosę i skrócili linki zgodnie z zaleceniem Hecka. On sam zostawił swojego chevroleta na parkingu dla ciężarówek pod opieką trzeciego policjanta, który został tam na wypadek, gdyby Hrubek wrócił. Chłoptaś towarzyszył Heckowi i Fennelowi, jadąc swoim samochodem z wygaszonymi reflektorami i włączonymi migaczami. Psy poczuły zapach Hrubeka i ruszyły jeszcze raz na wschód.

— Szedł środkiem szosy — zaśmiał się nerwowo Fennel. — Ten facet to naprawdę świr, i to jaki.

Heck nic nie odpowiedział. Nie był już tak radośnie podniecony jak przedtem. Zrobiło się nieprzyjemnie. Okazało się, że ten, którego ścigają, nie jest takim sobie wyrośniętym przygłupem. Trenton Heck poczuł, że robi mu się zimno — tak jak wtedy, cztery lata temu, kiedy spojrzał na coś, co uważał za gałąź kołyszącą się na wietrze, i zobaczył błysk, i poczuł ból w nodze, a asfalt skoczył w górę na spotkanie jego czoła.

— Myślisz, że on zastawił pułapki na psy? — mruknął Fennel. — Nikt by tego nie zrobił. Nikt by przecież nie chciał skrzywdzić psa.

Heck wyciągnął rękę i podniósł prawe ucho swojego psa, ucho, w którym widoczna była dziurka odpowiadająca wielkością małej kuli. Fennel aż zagwizdał z obrzydzenia, a Trenton zawołał:

— Szukaj, Emil, szukaj!

Lis stała w cieplarni i naklejała taśmę na szyby. Przypomniała sobie, jak — dwadzieścia pięć lat temu — cieplarnię szklono i jak matka, stojąc z założonymi rękami i srogą miną, pilnowała robotników. Matka często marszczyła brwi, bo uważała, że ludzie jej nie oszukają wtedy, kiedy będzie im dawała do zrozumienia, że podejrzewa, że są do tego zdolni.

Oklejając okna, Lis przesuwała się wokół dużego pomieszczenia, w którym rosły herbaciane róże we wszystkich odcieniach, a także krzewy odmiany grandiflora z krwistoczerwonymi kwiatami zwanymi John Armstrong, i w którym żółte pnące róże odmiany High Noon czepiały się staromodnej kraty. Miała też białe róże zwane Iceberg i koralowe noszące nazwę Fashion. Tysiąc kwiatów, dziesięć tysięcy płatków.

Lubiła niezwykłe odcienie, mocne kolory, zwłaszcza najdelikatniejszych kwiatów.

Przypomniała sobie tysiące godzin, jakie spędziła tutaj — najpierw jako mała dziewczynka, pomagając matce, a potem sama — i wyobraziła sobie, jak wiele razy obcinała pędy, przycinała ukwiecone boczne gałązki i likwidowała słabo rosnące łodygi. Jej ręce, pokłute przez kolce i czerwone, wyszukiwały niezbyt dobrze widoczne oczka, obierały korę, a potem wsuwały gałązki w nacięcia i owijały wszystko to rafią.

Przyglądając się kilku szczepom, usłyszała za sobą jakiś dźwięk i zobaczyła Portię, która grzebała w pudle stojącym na podłodze. Portia zdjęła już z siebie ubranie, w którym paradowała po Manhattanie, i przyznawszy wreszcie, że znajduje się na wsi w Massachusetts, przyjęła propozycję Lis i włożyła dżinsy, sweter i sportowe buty. Lis zapragnęła jeszcze raz podziękować jej za to, że została. Ale Portia nie potrzebowała wdzięczności. Wzięła kilka rolek taśmy, powiedziała: „Za dużo tu tych cholernych okien" i zniknęła.

Zatupała po schodach jak nastolatka biegnąca do telefonu.

Lis nagle uświadomiła sobie, że w cieplarni pali się światło. Owen zapalił jeden rząd lamp, kiedy szukał płóciennych worków. Lis zgasiła je teraz. Szanowała cykl dobowy roślin. Sama zresztą też, kiedy to było możliwe, unikała budzików. Uważała, że rytm ciała ludzkiego związany jest z pulsem duszy i że rośliny pod tym względem nie różnią się od ludzi. Z szacunku dla nich Lis zainstalowała nie tylko pięćset lamp dających sztuczne światło słoneczne w pochmurne dni, ale także słabo świecące niebieskie i zielone żarówki na godziny nocne. Przy ich świetle jej kwiaty mogły spać (gdyż wierzyła, że rośliny śpią), a równocześnie dzięki nim cieplarnia była oświetlona.

W tej cieplarni Ruth L'Auberget umieściła pewną liczbę staromodnych grzejników, ale te nigdy dobrze nie działały. Wyglądało na to, że Ruth przerażały wynalazki techniczne i że wolała ona pozwolić naturze i losowi decydować o tym, czy jej róże mają mieć się dobrze, czy zwiędnąć. Jej córka natomiast przyjmowała inną postawę. „Żyjemy w końcu w wieku komputerów" — powiedziała sobie i wyposażyła cieplarnię w elektroniczne urządzenie, dzięki któremu nawet w najchłodniejsze noce temperatura wewnątrz przekraczała sześćdziesiąt dwa stopnie Fahrenheita. Założyła też na dachu zautomatyzowane urządzenia wentylacyjne, a na szybach od strony południowej żaluzje (ponieważ słońce mogło być tak samo szkodliwe jak mróz).

W jednym końcu pomieszczenia liczącego trzydzieści pięć stóp długości i dwadzieścia szerokości znajdowały się sadzonki i młode krzewy. W drugim były grządki z wyrośniętymi krzewami i miejsce, gdzie następowało rozkrzewianie. Pod sadzonkami wiły się kable ogrzewające ziemię, a wody dostarczały szlauchy i skomplikowany system irygacyjny. W przyległym do cieplarni pomieszczeniu na doniczki i w szopie podłoga była betonowa, a w samej cieplarni znajdował się żwir, wśród którego wiła się ścieżka wyłożona płytkami zastępującymi znajdujący się tu kiedyś beton. Płytki były zielonobłękitne. Lis wybrała właśnie takie, żeby jej przypominały nieistniejącą jeszcze różę-krzyżówkę mającą nosić nazwę L'Auberget. Wyhodowanie tej róży było jej ambicją. Chciała, żeby kwiat miał świetlisty błękitnozielonkawy kolor i żeby roślina nazwana była jej nazwiskiem.

Krzyżowanie róż w celu otrzymania tej właśnie rośliny było dla niej szczególnie pociągające, gdyż inni hodowcy zapewniali ją, że uzyskanie takiego nieuchwytnego koloru jest niemożliwe. Atrakcyjność tego przedsięwzięcia wzmagało jeszcze to, że szła pod prąd. Bo hodowcy nastawiali się obecnie na zapach i odporność na choroby. A Lis interesowały właśnie kolor i kształt — cechy ostatnio lekceważone. Rozumiejąc logicznie, zgadzała się z opinią, że wyhodowanie takiej krzyżówki będzie bardzo trudne. Z drugiej jednak strony, była romantyczką, jak wszyscy miłośnicy róż, i niełatwo się zrażała. Eksperymentowała więc z pewną liczbą odmian żółtych i różowych i z krzyżówką herbacianą Blue Moon. Spędzała długie godziny, szczepiąc je i pielęgnując, jak gdyby uzyskanie nieuchwytnego koloru było tylko kwestią czasu.

Obcując z literaturą, Lis przekonała się, jak wielka jest siła wyobraźni. Według niej wyobraźnia była największym darem bożym, podczas gdy wszystko inne, nawet miłość, było warte tyle co jakaś wzmianka pochwalna. Kwiaty natomiast nauczyły ją czegoś jeszcze ważniejszego, a mianowicie tego, że piękno trwa, że pączki rozwijają się, rosną, pękają i zamieniają się w kwiaty, których płatki z czasem opadają i stają się suche i szeleszczące.

W jej oczach róże nie tylko żyły, były też obdarzone cechami ludzkimi.

— Zastanówcie się tylko — mówiła swoim uczniom, których zapraszała w soboty do cieplarni na nieformalne wykłady z ogrodnictwa — zastanówcie się nad historią róż. Przywędrowały one na Zachód, do Europy i Ameryki, ze wschodu. I pomyślcie o sposobach ich hodowania. Róże rosną w skupiskach ludzkich o coraz wyższej kulturze. No, a jak się one mają do religii? Jeżeli spojrzymy na nie z tego punktu widzenia, przekonamy się, że te kwiaty przeszły rzeczy równie straszne jak my. Wcześni chrześcijanie palili je, bo miały — wybaczcie mi to wyrażenie — pogańskie pochodzenie. A potem — zgadnijcie, co się stało. Papież nawrócił je. Jeżeli dzisiaj zapytacie katolika, czego symbolem jest róża, odpowie, że oczywiście symbolem Marii. Marii-Matki, a nie Marii-ladacznicy.

Lis pokochała róże, kiedy miała jakieś dziewięć lat. Była wtedy wysoka i chuda i zwykle bawiła się z Portią w ogrodzie za domem, gdzie przebywała też przeważnie pomocnica ich matki. Ta ostatnia, sprowadzona z zagranicy opiekunka, kazała dziewczynkom zbierać dzikie kwiaty w określonych kolorach. Dziewczynki mogły iść po nie dopiero po wysłuchaniu całej litanii ostrzeżeń na temat: jeziora, węży, szerszeni, pszczół, opuszczonych studni, obcych ludzi, mężczyzn z cukierkami, i tak dalej, i tak dalej. (Te ostrzeżenia pochodziły od ich ojca, gdyż żadna pyzata, wesoła Dunka nie mogłaby postrzegać świata jako miejsca tak pełnego niebezpieczeństw).

Po wygłoszeniu takiego przemówienia, po rozbudzeniu paranoicznych uczuć w dziewczynkach, Jolanda wydawała polecenie:

— Lisbonne, ty przyniesiesz złoty kwiat. Tak, przynieś mi złoty kwiatuszek.

I dziewczynki biegły.

— Lisbonne, a teraz czerwony. Tak, czerwony... I uważaj na te, no... jak to się mówi... na ule. Portia, ty też przynieś czerwony...

Dziewczynki pędziły do lasu i wracały z kwiatami. Potem prosiły opiekunkę, żeby przycięła te kwiaty, skropiła je i ułożyła z nich bukiet, a następnie wszystkie trzy wręczały tak przygotowane dzieło sztuki Ruth L'Auberget, która kiwała z uznaniem głową i dziękowała im. Zabierała potem te bukiety na probostwo, gdzie spędzała popołudnia.

Lis była bardzo dumna zarówno z ich osiągnięć estetycznych jak i z ich wspaniałomyślności, więc siedząc przy obiedzie i bojąc się pisnąć słówko, modliła się tylko o to, żeby matka opowiedziała o kwiatach ojcu albo żeby zrobiła to gadatliwa Portia. Andrew L'Auberget, który gardził religią, ledwie tolerował wizyty żony w parafii Świętego Jana (żartował, że jej zaangażowanie w sprawy tej parafii jest jedynym jej grzechem). Mimo to jednak zwykle wypowiadał niezbyt zgrabną pochwałę:

— Aha. No, świetnie. Świetnie, Lisbonne. I ty, Portio, też zbierałaś kwiatki? To bardzo ładnie. Ale uważałyście na kolce i osy?

Twarz miał poważną, ale Lis była zdania, że jego ton świadczy o tym, że jest zadowolony.

— Uważałyśmy — odpowiadała.

— I pamiętajcie, nie biegajcie w wysokiej trawie. A Jolanda dobrze się wami opiekowała? Bo jak któraś złamie nogę, to może mieć złamanie otwarte i zakażenie. A potem jej nogę utną. Więc trzeba uważać. A jak tam Wielebny Dalcott? Ma zamiar złapać was do worka i zrobić z was małe członkinie kościoła episkopalnego?

— Andrew...!

— Nie, tatusiu. On ma żółte zęby, a jego koszula śmierdzi.

— Portia!

Kiedy był w dobrym humorze, Andrew L'Auberget recytował Johna Donne'a albo Burnsa *Och, moja miła jest jak róży pąk...**

Lis w skrytości ducha wierzyła, że te bukiety, które ofiarowywała matce, zainspirowały matkę do wybudowania cieplarni i do hodowania przez cały rok róż.

Kiedy ojciec był zły i kiedy wierzbowa witka nieubłaganie spadała na jej wypięte pośladki, Lis myślała o kwiatach. Obraz pomarańczowej krzyżówki zdawał się jakimś cudem uśmierzać ból.

Teraz Lis popatrzyła przez pocętkowane okno na tę właśnie wierzbę, na wierzbę, która poświęciła setki młodych pędów po to, żeby dwie córki L'Aubergetów wyrosły na porządne kobiety. Patrząc na nią, dostrzegała jedynie niewyraźny kształt przypominający senne widziadło. Drzewo zdawało się być tylko jaśniejszym odcieniem ciemności.

Lis zmrużyła oczy i popatrzyła w stronę jeziora. I wtedy zobaczyła na wodzie dziwny kształt.

Co to może być? — pomyślała.

Wyszła na zewnątrz i spojrzała jeszcze raz. Miała przed sobą konfigurację kształtów, jakiej nigdy przedtem nie widziała. Po chwili zrozumiała: woda podniosła się tak bardzo, że dochodziła już do szczytu starej tamy. To, na co Lis patrzyła, było białą łódką, która zerwała się z cumy i podpłynęła do betonowej krawędzi tamy. Połowa kamienistej plaży obok tamy była niewidoczna. Po raz pierwszy od trzydziestu lat woda stała tak wysoko... Tama! Ta myśl była jak smagnięcie batem. Zupełnie zapomniała o tamie. Tama znajdowała się oczywiście w najniżej położonym miejscu w całej posiadłości. Jeżeli jezioro wyleje, to znajdujący się za tamą przepust napełni się wodą i woda zaleje ogród.

---

* Z wiersza Roberta Burnsa „A Red, Red Rose" w tłum. Stanisława Barańczaka.

Nagle Lis przypomniała sobie, że w tamie są wrota śluzy, otwierane i zamykane za pomocą ogromnego koła. Otwarcie tych wrót powodowało, że woda kierowała się do strumienia wpadającego do rzeki Marsden. Lis przypomniała sobie też, że pewnego razu, wiele lat temu, ojciec otworzył te wrota po nagłej wiosennej odwilży. Czy te wrota jeszcze tam są? — zastanowiła się. A jeżeli tak, to czy wciąż dają się otworzyć?

Lis podeszła w stronę domu i zawołała:

— Portia?

Otworzyło się okno na pierwszym piętrze.

— Idę do tamy.

Młoda kobieta kiwnęła głową i spojrzała na niebo. — Przed chwilą był komunikat. Twierdzą, że to będzie burza dziesięciolecia.

Lis już miała zażartować, mówiąc, że Portia wybrała sobie świetną porę na wizytę. Powstrzymała się jednak. Portia zamknęła okno i wróciła do metodycznego oklejania szyb, a Lis weszła ostrożnie do przepustu, za którym była tama, i ruszyła wzdłuż kamienistego koryta strumienia.

Obydwa labradory nagle oszalały. Tropiciele równocześnie wyciągnęli broń. Heck odwiódł kurek. Wszyscy wstrzymali oddech, a potem odetchnęli z ulgą, kiedy spasiony na śmietnikach miasteczka szop odbiegł w zarośla, ciągnąc za sobą długi ogon w paski. Rozzłoszczony zwierzak przypomniał Heckowi ojca Jill, który był burmistrzem jakiegoś małego miasta.

Heck spuścił kurek swojego starego niemieckiego pistoletu, kazał Emilowi leżeć, a potem odczekał, aż Charlie Fennel skończy karcić swoje labradory i odświeży ich pamięć, dając im do powąchania szorty Hrubeka. Czekając, Heck popatrzył na zdające się nie mieć kresu łąki. Już pięć mil dzieliło ich od szopy, z której Hrubek ukradł pułapki, a psy wciąż szły po asfalcie. Heck nigdy w życiu nie ścigał uciekiniera, który tak uparcie trzymał się szosy. To, co z początku wydawało się głupotą, teraz okazało się inteligentnym wybiegiem. Bo robiąc odwrotnie, niż wszyscy się spodziewali, Hrubek znacznie zyskiwał na czasie. Heck pomyślał, że wszyscy oni bardzo się co do Hrubeka mylą. Ta myśl przemknęła mu tylko przez głowę, ale, jak gdyby dla podkreślenia słuszności takiego poglądu, towarzyszył jej dreszcz.

Psy Charliego wróciły wkrótce na szlak i mężczyźni pospieszyli wzdłuż opustoszałej szosy biegnącej pod czarnym niebem. Chcąc pozbyć się strachu, Heck odezwał się:

— Wiesz, co będzie w tym tygodniu?

Fennel w odpowiedzi tylko coś mruknął.

— Dzień Świętego Huberta. Będziemy świętować.

Fennel odchrząknął, splunął tak, że ślina poleciała długim łukiem, a potem zapytał:

— My, to znaczy kto?

— Ja z Emilem. Święty Hubert jest patronem myśliwych. On hodował psy myśliwskie.

— Kto?

— Święty *Hubert*. Naprawdę. Był jakimś mnichem czy coś takiego. Hodował psy, które w końcu stały się posokowcami.

Heck ruchem głowy wskazał Emila, dodając:

— Ten pies ma starszy rodowód ode mnie. W dzień Świętego Huberta błogosławi się psy. Ty chyba jesteś Irlandczykiem, Charlie. Więc jak to się stało, że tego nie wiesz?

— Moja rodzina pochodzi z Londonderry.

— Ty masz te swoje labradory. Ja mam Emila. Ksiądz powinien pobłogosławić nasze psy. Nie uważasz? Może zrobilibyśmy to w parafii Najświętszej Maryi Panny? Jak myślisz, ksiądz się zgodzi?

Fennel nie odpowiedział, a Heck mówił dalej:

— Wiesz, że posokowce pochodzą z Mezopotamii?

— A gdzie to jest, do cholery?

— W Iraku.

— Aha, tam. To była idiotyczna wojna.

— A ja uważam, że powinniśmy byli pomaszerować na Bagdad.

— Popieram — zaśmiał się Fennel.

— Co cię tak śmieszy? — zapytał Heck, szczerząc zęby.

— To, że jesteś wariat. Wariat tropi wariata.

— Możesz sobie mówić, co chcesz, a ja znajdę księdza, który pobłogosławi Emila. Jak będzie już po wszystkim.

— Jeżeli on złapie tego faceta.

— Złapie czy nie złapie, i tak to zrobię.

Droga, wzdłuż której teraz szli, była ciemną szosą biegnącą przez małe miasteczka i wiejskie okolice. Jeżeli Hrubek chciał się dostać do Bostonu, to wybrał sobie dłuższą trasę. Ale równocześnie, pomyślał Heck, postąpił chytrze. Bo wzdłuż takich dróg nie ma prawie wcale policji, domy są rozrzucone rzadko i ruch tu jest nieznaczny.

Szli dalej za psami, trzymając je wciąż na krótkich linkach ze względu na pułapki. Znajdowali się teraz o trzy mile od miejsca, w którym Hrubek zszedł na małą drogę polną i skierował się na północ. Uszedłszy sto stóp, zobaczyli przydrożny bar wyglądający bardzo niechlujnie, tym niechlujniej, że miał szyby zaklejone na krzyż taśmą.

Pomyśleli, że Hrubek może być w środku. Fennel kazał Chłoptasiowi okrążyć aluminiowy budynek baru i podejść do niego od tyłu, a sam z Heckiem podkradł się do okien. Kiedy ostrożnie podnieśli głowy, zobaczyli, że stoją twarzą w twarz z kucharzem, kelnerką i dwoma gośćmi, którzy, usłyszawszy ujadanie labradorów, podeszli do okien, żeby przez nie wyjrzeć.

Heck i Fennel poczuli się głupio. Włożyli broń do olstrów i weszli przez drzwi.

— Policja! — krzyknęła kelnerka, przechylając trzymany w ręce talerz, z którego zaczął skapywać sos.

Okazało się, że nikt z obecnych nie widział Hrubeka, chociaż ten, sądząc po zachowaniu Emila, przechodził o kilka stóp od okna. Nie wytłumaczywszy się i nie pożegnawszy, Heck i Fennel zniknęli wraz z psami tak szybko, jak się pojawili. Emil jeszcze raz odszukał trop i poprowadził ich wiejską drogą na północny wschód.

Nie uszli jeszcze dwustu jardów, kiedy znaleźli się w miejscu, gdzie Hrubek skręcił na łąki.

— Zaczekaj — szepnął Heck.

Stali obok zarośniętej trawą drogi, którą na łąkę wjeżdżały kosiarki. Droga ginęła w gęstym zagajniku.

Fennel i Heck maksymalnie skrócili linki. Okazało się jednak, że psy nie są im już potrzebne, gdyż o pięćdziesiąt jardów od nich, w lesie, słychać było Hrubeka.

Fennel chwycił Hecka za ramię i obaj równocześnie się zatrzymali. Chłoptaś przykucnął. Zza drzew dobiegały głośne jęki.

Heck był tak podekscytowany, że zapomniał, że jest cywilem. Zaczął dawać Fennelowi i Chłoptasiowi takie znaki dłońmi, jakie dają policjanci, kiedy zbliżają się do ściganego. Jego palec powędrował do warg, a potem wskazał w stronę źródła dźwięku i nakazał Fennelowi i Chłoptasiowi, żeby szli naprzód. Heck schylił się nisko i szepnął do Emila: — Siad!

A zaraz potem: — Leżeć!

Pies położył się, posłuszny, ale zirytowany tym, że dla niego gra już się skończyła. Heck przywiązał go do drzewa.

— Jeżeli chcesz, to ja teraz poprowadzę — szepnął Fennel tonem na tyle stanowczym, że można było wyczuć, kto tu jest szefem.

Heck był oczywiście gotów zrezygnować z roli dowódcy, do której zresztą nie powinien był wcale pretendować, ale za nic nie chciał stracić momentu wiązania uciekiniera. Bo nie mogło być żadnej dyskusji co do tego, komu należy się nagroda. Heck kiwnął głową w stronę Fennela i wyjął walthera.

Chłoptaś, któremu płonęły oczy i który ze swoją bronią automatyczną w rękach nie wyglądał już tak chłopięco, przeszedł na bok, kierując się na północ od drzew, tak jak ruchem dłoni nakazał mu Fennel. Heck i Fennel poszli środkiem drogi. Poruszali się bardzo powoli. Nie mogli posłużyć się latarkami, a zagajnik był ciemny, bo rosły w nim świerki kanadyjskie, których gęste gałęzie leżały warstwami jedne na drugich jak poszarpane spódnice.

Jęki stały się mocniejsze. Wszystkim trzem mężczyznom zamarły serca.

Kiedy Heck zobaczył ciężarówkę, stojącą krzywo w cieniu, poczuł mdłości, bo przyszło mu do głowy, że to jęczy nie Hrubek, ale kierowca, którego szaleniec zaatakował i któremu wypruł kiszki. Zresztą nie wiadomo — może ten jęczący ma dziurę w piersi? Heck i Fennel spojrzeli na siebie, milcząc i myśląc to samo, ale szli ostrożnie dalej.

A potem Heck go zobaczył. Zobaczył niewyraźny kształt w oddali.

Zobaczył Michaela Hrubeka, który był tak gruby w pasie, że wydawał się zdeformowany.

Zobaczył Michaela Hrubeka jęczącego, wyjącego jak pies do księżyca.

Michael leżał na ziemi. Próbował wstać. Może upadł, raniąc się, a może uderzyła go ciężarówka.

A może usłyszał ujadanie labradorów i udawał, że jest ranny, czekając, aż ścigający podejdą bliżej.

Naprzeciwko Hecka i Fennela, po drugiej stronie polanki, pojawił się Chłoptaś. Fennel podniósł w górę trzy palce. Młody policjant odpowiedział tym samym. Wtedy Fennel odbezpieczył broń i podniósł rękę nad głowę. Jeden palec. Dwa... Trzy... Trzej mężczyźni z pistoletami w dłoniach wskoczyli na polankę i oświetlili halogenowymi latarkami masywne ciało.

10

Nie ruszać się!

Na litość boską, pomyślał Trenton Heck i poczuł, że ma miękkie nogi, co tu się dzieje?

Szaleniec leżący na ziemi piszczał jak sójka. Nagle rozpadł się na dwie połowy, z których jedna, biała jak śmierć, wyskoczyła w górę.

Co się dzieje?

Heck przesunął światło latarki na tę część szaleńca, która pozostała na ziemi, na tę część, która teraz szukała w popłochu czegoś, czym mogłaby okryć duże piersi.

— Cholera! Co za skurwysyn! — krzyknęła górna część nerwowym tenorem. — Co wy, do diabła, robicie?!

Chłoptaś roześmiał się pierwszy. Fennel natychmiast mu zawtórował. Heck też by się roześmiał, gdyby nie był taki wściekły z powodu utraty nagrody. No bo ten widok... widok chudego faceta szukającego desperacko spodenek, faceta z długim kondomem dyndającym na szybko kurczącym się członku... czegoś tak śmiesznego Heck nie widział już bardzo dawno.

— Nie róbcie mi nic złego — zawodziła kobieta.

— Skurwysyn — warknął jeszcze raz chudy facet.

Heck odzyskał humor i zagwizdał melodię „Dueling Banjos" z filmu *Wybawienie.*

— Ja chcę *jego* — powiedział Charlie Fennel cienkim głosem. — Bo on jest taki śliczny.

— Oj, świntuchy — krzyknął Heck.

Kobieta zaczęła płakać.

— Cholera jasna...

Młody człowiek zapinał spodnie.

— Uspokójcie się. — Fennel oświetlił swoją odznakę. — My jesteśmy z policji stanowej.

— To nie było śmieszne. Nie obchodzi mnie, kim jesteście. To ona tego chciała. Poderwała mnie w tym barze przy drodze. To był *jej* pomysł.

Kobieta uspokajała się. Jej spokój rósł wprost proporcjonalnie do liczby części garderoby, jakie na siebie stopniowo wkładała.

— *Mój* pomysł?! Może jeszcze powiesz, że jestem tania.

— Ja nie chciałem...

— Tamto to wasza sprawa — skwitował Fennel. — Ale to, że mieliście pasażera na gapę — to już nasza broszka. Podwieźliście go jakieś dziesięć mil. To uciekinier.

Heck także doszedł do wniosku, że tak musiało być, i był zły na siebie za to, że nie przyszło mu to do głowy wcześniej. Hrubek uczepił się tylnego zderzaka albo wsiadł z tyłu do ciężarówki. To dlatego zapach był taki słaby i dlatego ciągnął się po szosie.

— Jezu, mówicie o tym facecie, co był na parkingu w Watertown? O tym dużym?

— To pan jest *tym* kierowcą? — zapytał Heck. — To pana pytał, jak można się dostać do Bostonu?

— Cholera, może on jeszcze tam jest?

Ale Chłoptaś już zdążył sprawdzić dach ciężarówki i jej podwozie.

— Nie, nie ma go tu. A tył jest zamknięty. Musiał uciec, kiedy się zatrzymaliście.

— O Jezu — szeptał przerażony kierowca. — On potrafi zabić, tak? Jezu, Jezu drogi...

Kobieta znowu zaczęła płakać.

— To był ostatni raz. Przysięgam. Nigdy więcej.

Fennel zapytał ich, jak długo tu są.

— Jakieś piętnaście minut.

— A słyszeliście coś, gołąbeczki?

— Nic a nic — powiedział skwapliwie kierowca.

— Ja też nic nie słyszałam — dodała kobieta, pociągając nosem. — I nie podoba mi się, że pan tak do nas mówi.

— Aha — odrzekł Fennel, a potem zwrócił się do młodego człowieka, który zapinał koszulę: — A teraz proponuję, żeby pan wsiadł do samochodu i zawiózł tę damę do domu.

— Mam ją zawieźć do domu? Nie ma mowy.

— Ty palancie — warknęła ona. — Ty cholerny gnojku.

— Myślę, synu, że powinien pan to zrobić — powiedział Heck.

— No dobra. Jeżeli ona nie mieszka zbyt daleko. Mam na ciężarówce części samochodowe i muszę je dowieźć do Bangor przed...

— Ty gnojku.

Fennel sprawdził zarośla koło ciężarówki.

— Ani śladu — zawołał.

— No, ja też bym uciekł — zaśmiał się Heck — gdybym ich usłyszał. Dobra, wracamy do roboty. On nie może być dalej niż o jakieś pół mili. Powinniśmy...

— Słuchaj, Trenton — odezwał się Chłoptaś — jest chyba problem.

Heck podniósł wzrok i zobaczył, że młody policjant wskazuje małą tablicę, którą minęli i której nie zauważyli. Heck i Fennel widzieli ją od tyłu. Podeszli do niej od przodu i przeczytali:

Witajcie w Massachusetts

Heck popatrzył na pochyłe zielone litery i zastanowił się, zdziwiony, dlaczego tak ładnie namalowaną tablicę umieszczono właśnie tutaj, na tej ciemnej wiejskiej drodze, przy której grasowali szaleńcy, jurni kierowcy i łatwe kelnerki. Westchnął i spojrzał na Fennela.

— Przykro mi, Trenton.

— Daj spokój, Charlie.

— Nie mamy prawa iść dalej.

— Ale on jest o pół mili stąd! Albo o jakieś dwieście jardów. A może nawet obserwuje nas zza tamtych drzew.

— Prawo jest prawem, Trenton. Musimy zawiadomić policjantów z Massachusetts.

— Nie. Łapmy go.

— Nie możemy przekroczyć granicy stanu.

— Powiemy, że chodziło o ściganie po świeżych śladach.

— Nie da się tak powiedzieć. On jest przestępcą. Adler mówił, że on nie zabił tego faceta, który był w worku. To było samobójstwo.

— Daj spokój, Charlie.

— Jeżeli on nie jest takim znowu świrem, a wygląda na to, że nie jest, to może wytoczyć nam proces o naruszenie nietykalności albo porwanie — jeżeli złapiemy go w Massachusetts. I kto wie, czy nie wygra tego procesu.

— Nie wygra, jeżeli będziemy zeznawać tak jak trzeba.

— To znaczy kłamać, tak?

Heck milczał przez chwilę. — Znajdziemy go po prostu i odstawimy do szpitala. Nic więcej.

— Słuchaj, Trenton, czy sfałszowałeś kiedyś protokół?

— Nie.

— A czy kiedykolwiek popełniłeś krzywoprzysięstwo?

— Wiesz dobrze, że nigdy.

— Wiem, że nie nosisz teraz odznaki i myślisz inaczej niż my. Ale prawda jest taka, że nie możemy przekroczyć granicy stanu.

Heck zrozumiał nagle, że Charlie Fennel i młody policjant, szukając Hrubeka, chcieli po prostu wykonać swoją robotę i nic więcej. Oczywiście byli gotowi dać z siebie wszystko, nawet pracować w nadgodzinach, ale tylko po to, żeby *wykonać swoją robotę.*

A ściganie szaleńca poza granicą stanu — to już nie była ich robota.

— Przykro mi, Trenton.

— Do tej pory chyba nikt nie zawiadomił policji z Massachusetts? — dociekał Trenton. — Przecież zejdzie z pół godziny, zanim oni się tutaj pojawią. Albo nawet dłużej. A on złapie następną okazję i będzie do tego czasu daleko stąd!

— No to trudno — powiedział Fennel. — Tak to już jest... Wiem, ile te pieniądze dla ciebie znaczą.

Heck przez chwilę stał, trzymając się pod boki, i patrzył na tablicę. Potem powoli pokiwał głową.

— Nie mamy co dyskutować. Ty zrobisz, co musisz.

— Przykro mi z tego powodu.

— W porządku. Nie mam do ciebie pretensji.

Heck poszedł w kierunku Emila. — A teraz wybaczcie...

— Trenton, nie — powiedział Fennel twardo.

Heck zignorował to i szedł dalej w stronę Emila przywiązanego do jakiegoś drzewa.

— Trenton...

— *Co*? — zapytał ostro Heck, odwracając się.

— Nie mogę pozwolić, żebyś poszedł sam.

— Nie denerwuj mnie, dobra?

— Chcesz iść sam? Jesteś cywilem. Nie mógłbyś twierdzić, że chodziło o ściganie po świeżych śladach, *nawet gdyby to był przestępca*. Przekroczysz granicę i będziesz oskarżony o porwanie. Na sto procent. Narobisz sobie prawdziwych kłopotów.

— A co będzie, jeżeli on jeszcze kogoś zabije? Ty go chcesz tak po prostu wypuścić.

— W tym fachu są przepisy i ja mam zamiar ich się trzymać. I dopilnuję, żebyś ty też ich się trzymał.

— Chcesz powiedzieć, że mnie powstrzymasz? — Heck splunął. — Że posłużysz się bronią? Tym swoim służbowym glockiem?

Fennela najwyraźniej ubodło to pytanie, ale Heck go nie przeprosił. Stał z zaciśniętymi pięściami jak uczniak gotowy do bójki.

— Nie bądź głupi, Trenton — powiedział dobrodusznie Fennel. — Zastanów się. Przede wszystkim ten lekarz, ten Adler, to kutas. Myślisz, że ci zapłaci, jeżeli złapiesz tego jego świra w innym stanie? Wiesz, że cię oszuka, jeżeli tylko będzie mógł. A co, jeżeli jakiś prawnik-pedał, spec od spraw obywatelskich, weźmie cię w obroty za to, że porwałeś biednego przygłupa? Ani się obejrzysz, a dostaniesz porządnie w dupę.

Nie byłoby to aż tak bolesne, gdyby nie znajdowali się tak blisko, gdyby okazało się, że Hrubek jest na Florydzie albo w Toronto. Ale oni byli tak *cholernie* blisko... Trenton Heck spojrzał na Fennela, a potem na łąki, które wydawały się białe, jakby pokryte śniegiem czy wapnem. W oddali zamajaczył mu kształt pleców jakiegoś mężczyzny, który biegł pochylony. Kiedy jednak Heck wysilił wzrok, okazało się, że to krzak. Zrozumiał, że zobaczył to, co podsunęła mu wyobraźnia.

Nie odzywając się słowem, odwiązał psa i zdjął mu uprząż do tropienia, a potem włożył zwykłą obrożę ze smyczą.

— Chodź! — powiedział i wrócił do samochodu policyjnego, żeby tam poczekać na Fennela i Chłoptasia. Emil dreptał posłusznie obok niego.

Nie zauważyli go przez całą długą minutę, którą on wykorzystał na rozglądanie się po odrapanym gabinecie. Znajdowało się tu tanie biurko, dywan w jaskrawozielonym kolorze, były też książki w podartych obwolutach albo bez obwolut oraz sterty teczek z szarej tektury. Ściany wydawały się niezbyt czyste, a całość oświetlała mrugająca świetlówka.

Owen Atcheson był właścicielem domu i majsterkowiczem. Od razu zorientował się, że boazeria tutaj pochodzi z taniego sklepu i że została ułożona przez jeszcze tańszego rzemieślnika. Że dywan jest poplamiony, a szyby w oknach brudne. Zauważył też od razu, że w przeciwieństwie do szyb okiennych, szkło, za którym znajdują się dyplomy lekarskie, lśni czystością.

— Przepraszam.

Mężczyźni odwrócili się. Ten w mundurze — prawdopodobnie Haversham, kapitan i równy gość — obrócił się na obcasach swoich policyjnych butów. A ten drugi, ten, do którego należał gabinet, blondyn około pięćdziesiątki — wyglądał tak, jakby ostatniej nocy spał tylko dwie godziny. Mimo to wzrok miał bystry i patrzył uważnie na gościa.

Owen przedstawił się i zapytał:

— Doktor Adler, prawda?

— Tak — powiedział dyrektor szpitala tonem, który nie był ani uprzejmy, ani opryskliwy. — Czym mogę panu służyć?

Policjant, po którego wyrazie twarzy można było poznać, że pamięta nazwisko Atcheson, przyjrzał się ubraniu nowo przybyłego.

— Mieszkam w Ridgeton — powiedział Owen. — To na zachód stąd, jakieś...

— A tak. Ridgeton. Wiem, gdzie to jest.

— Chodzi mi o Michaela Hrubeka.

W oczach Adlera pojawił się popłoch.

— Skąd pan wie, że on się oddalił?

— Oddalił się? — zapytał Owen ironicznie.

— Kim pan właściwie jest?

— To pańska żona...? — wtrącił się policjant.

— Tak.

Adler kiwnął głową. — Aha, pańska żona to ta kobieta, która zeznawała? Szeryf niedawno dzwonił w jej sprawie. To znaczy w związku z listem, który napisał Hrubek.

Lekarz zmrużył oczy, jakby zastanawiając się, gdzie umiejscowić Owena w konstelacji osób, wokół których wszystko obracało się tego wieczora.

— Nie złapaliście go jeszcze?

— Niezupełnie. Ale nie ma się pan czym martwić, naprawdę.

— Nie mam? Ten list, który wasz pacjent przysłał mojej żonie, był dość przerażający.

— Jak już wyjaśniliśmy szeryfowi... — Adler spojrzał na Havershama i mówił dalej: — Hrubek cierpi na schizofrenię paranoidalną. To, co tacy pacjenci piszą, przeważnie jest pozbawione sensu. Nie ma się czym mart...

— *Przeważnie* pozbawione jest sensu? A nie *zawsze*? Rozumiem. A nie uważa pan przypadkiem, że mam się czym martwić, skoro on groził żonie na procesie, skoro potem, parę miesięcy temu, napisał ten list i skoro teraz uciekł?

— To naprawdę nie pańska sprawa, proszę pana — powiedział Adler. — A my jesteśmy naprawdę zajęci...

— Bezpieczeństwo mojej żony to moja sprawa. — Owen spojrzał na lewą dłoń lekarza. — Mąż ma obowiązek troszczyć się o żonę. Czy pan nie troszczy się o swoją? — Zauważył z przyjemnością, że Adler już zaczął darzyć go antypatią. — Proszę mi powiedzieć, dlaczego szuka go tylko czterech ludzi.

Dyrektor szpitala skrzywił się. — Ci, co go ścigają, to doświadczeni tropiciele. Mają psy. Dadzą sobie radę lepiej niż tuzin policjantów błąkających się w ciemności.

— On jest w Watertown?

— Był tam. Wygląda na to, że zmierza na północ. To znaczy tak, on *zmierza* na północ.

Z zewnątrz dobiegły odgłosy stukania młotkiem. Owen przypomniał sobie, że wchodząc na teren szpitala, widział robotników niosących płaty sklejki w stronę pomieszczenia z dużymi oknami, które wyglądało na kafeterię.

— Ale czy oni naprawdę go znaleźli? — zapytał Owen szorstko i zauważył, że antypatia, jaką darzył go lekarz, zamieniła się w nienawiść. Jako prawnik był jednak do takich rzeczy przyzwyczajony.

— Nie sądzę — odpowiedział Adler. — Ale są tego bliscy.

Owen był zdania, że u mężczyzny najważniejsza jest postawa. Wszystko jedno, czy mężczyzna ma włosy, czy jest łysy, czy jest zarośnięty, czy ogolony, wysoki czy niski — jeżeli trzyma się prosto, budzi respekt. Więc teraz, stojąc na baczność, Owen zmierzył wzrokiem tego doktorka, który twierdził, że Hrubek jest nieszkodliwy, a równocześnie tkwił w szpitalu w niedzielę w nocy razem z oficerem policji i wyglądał przy tym jak śmierć na urlopie.

— On uciekł w Stinson, tak? — zapytał Owen.

Doktor Adler spojrzał w sufit. Kiwnął niecierpliwie głową Havershamowi, który podszedł do biurka i zabezpieczonym skuwką długopisem Bic wskazał jakieś miejsce na mapie.

— Pańska żona nie ma się czego bać. Tropimy go tutaj.

Dotknął miejsca w pobliżu skrzyżowania szos numer 236 i 118.

— On uciekł...

Słysząc to słowo, lekarz spojrzał groźnie na Haversham. Kapitan zamilkł na chwilę, a potem mówił dalej:

— Oddalił się tutaj, w pobliżu granicy Stinson.

— A jak się dostał do Stinson?

— Nastąpiło nieporozumienie — szybko odpowiedział Adler stereotypowym zdaniem. — Hrubek zajął miejsce innego pacjenta w samochodzie.

Haversham przez chwilę przyglądał się spokojnej twarzy Adlera, a potem oderwał od niej wzrok i mówił dalej:

— Później wymknął się dwóm sanitariuszom, o tutaj, w Watertown. Poprosił pewnego kierowcę, żeby go zawiózł do Bostonu. Aha, i uciekając, zgubił plan Bostonu. Teraz znajduje się na szosie numer 118.

— Bostonu? Aha. A o ile on wyprzedza pogoń?

— Tylko o pół godziny. I nasi ludzie szybko to nadrabiają. W ciągu dwudziestu minut powinniśmy go mieć.

— A teraz proszę nam wybaczyć — powiedział Adler — mamy pewną pracę do wykonania.

Owen jeszcze raz zrobił sobie przyjemność i zmierzył wzrokiem zmartwionego lekarza, a potem zwrócił się do policjanta:

— Mam nadzieję, że zrobi pan mojej żonie i mnie grzeczność i będzie pan informował szeryfa z Ridgeton o tym, co się tu dzieje.

— Oczywiście.

Kiwnąwszy głową policjantowi i zignorowawszy Adlera, Owen wyszedł z gabinetu. Szedł już wilgotnym, ponurym korytarzem, kiedy dogonił go kapitan.

— Przepraszam pana. Tylko jedno pytanie.

Policjant był wysoki, ale Owen był jeszcze wyższy. Dlatego policjant cofnął się o krok, nie chcąc patrzeć na swojego rozmówcę z dołu.

— Pan udawał się na wycieczkę, kiedy pan o tym usłyszał?

— Nie rozumiem.

— Pytam, bo pan jest ubrany jak ktoś, kto wybiera się pod namiot. Albo na polowanie.

— Włożyłem po prostu coś na siebie i przyjechałem tutaj.

— Przyjechał pan z Ridgeton?

— Tak, tamtą szosą. Przyznaję, nie jechałem zbyt ostrożnie.

— Mógł pan zadzwonić.

Nie otrzymawszy odpowiedzi, kapitan mówił dalej:

— A nie jest pan przypadkiem uzbrojony?

Na co Owen zapytał Havershama, czy chce zobaczyć jego pozwolenie na broń.

— Nie, nie, to nie będzie potrzebne. Kim pan jest z zawodu?

— Adwokatem.

— Prawnik, co?

Zdawało się, że Haversham jest zadowolony.

— Jakie sprawy pan prowadzi?

— Przeważnie sprawy dużych spółek.

— Ten lekarz ma niepochlebne zdanie o Hrubeku. Spodziewam się, że pan i pańska żona podobnie. Ale ostrzegam: ten facet może być szaleńcem niebezpiecznym dla otoczenia, jednak w oczach prawa nie jest psem. Jest istotą ludzką i ten, kto by go zastrzelił, byłby oskarżony o morderstwo, dokładnie tak samo jak ktoś, kto zastrzeliłby ministra. Ale nie muszę chyba tego panu mówić, skoro pan jest prawnikiem.

— Pozwoli pan, że pana o coś zapytam? Czy widział pan kiedyś Michaela Hrubeka z bliska? Czy stał pan z nim twarzą w twarz?

— Rozumiem, co pan czuje, proszę pana. Ale ostrzegam: jeżeli znajdziemy go martwego, to sam osobiście przyjadę z panem porozmawiać. I jeżeli nawet skończy się na wyroku za nieumyślne zabójstwo, będzie to koniec pańskiej kariery zawodowej.

Owen popatrzył w spokojne oczy kapitana, który w końcu dodał:

— Nad tymi paroma rzeczami radzę się panu zastanowić.

— Wezmę to pod uwagę, panie kapitanie. Dobranoc.

Michael Hrubek, biegnąc przez wysoką trawę, kątem oka zauważył reflektory na drodze dojazdowej ciągnącej się równolegle do ścieżki, którą się posuwał. Samochód poruszał się z taką samą prędkością jak on i Michael był przekonany, że jego kierowca go ściga. Samochód zatrzymał się nagle, zakręcił i skierował się wprost na niego.

— Spiskowcy! — krzyknął Michael.

Lęk opadł go jak chmura szerszeni. Michael potknął się i upadł na pobocze. W dłonie wbiły mu się kamyki i kawałki szkła. Ukazała się krew. Michael krzyknął, poderwał się i wbiegł w las. Biegł tak ze czterdzieści stóp, tratując niskie zarośla, a po chwili znowu upadł. W kilka sekund później zielony samochód przejechał obok niego i zatrzymał się.

Trzasnęły drzwiczki i z samochodu wysiadł jakiś mężczyzna, z pewnością spiskowiec. Spiskowiec szedł powoli, zataczając łuk. Hrubek położył się na boku i skulił się. Zamknął oczy i zaczął się modlić, prosząc Boga o to, żeby mógł zasnąć i stać się niewidzialny.

— Michael! — powiedział mężczyzna niepewnie, jakby nie mógł się zdecydować, czy ma krzyczeć, czy mówić szeptem. — Jesteś tam?

Ten głos był jakby znajomy.

— Michael. To ja.

Doktor Richard! — pomyślał zdumiony pacjent. Doktor Richard Kohler z Marsden!

Ale czy na pewno? Z tym trzeba ostrożnie. Dzieje się tu coś podejrzanego.

— Michael, chcę z tobą porozmawiać. Słyszysz mnie?

Hrubek otworzył oczy i wyjrzał zza paproci. Ten facet *wygląda* jak doktor Richard. Jak te skurwysyny to robią? Hrubek nerwowo wpełzł pod jakiś krzak. Oczy latały mu podejrzliwie, kiedy przyglądał się lekarzowi, kiedy patrzył na jego szczupłą twarz, ciemnoniebieski garnitur, czarne, tanie mokasyny i dwukolorowe skarpetki w romby. I na jego plecak w kolorze krwi. Naprawdę, ten facet wyglądał jak doktor Richard. Był identyczny! Hrubek był pełen uznania dla tego spiskowca, który tak dobrze potrafił się przebrać.

Cwany skurwysyn, nie ma co.

— Powiedziano mi, że uciekłeś. Michael, czy to ty? Wydawało mi się, że cię widziałem.

Kroki zbliżyły się. Pod stopami idącego zaszeleściły liście. Hrubek przekręcił na bok swój własny plecak. Plecak był ciężki i zadzwoniły w nim metalowe części i łańcuchy. Hrubek znieruchomiał, a potem ostrożnie zaczął grzebać w plecaku. Na jego dnie znalazł pistolet.

— Michael, wiem, że się boisz. Chcę ci pomóc.

Michael wycelował pistolet w zbliżający się cień. Strzeli temu oszustowi w łeb. Chociaż nie, to by była zbyt łatwa śmierć. Będę celował w brzuch, pomyślał, a potem niech on umiera jak żołnierz na polu bitwy, powoli, z raną od kuli w bebechach.

...bo kocham tego chłopca, co oddał za mnie życie...

Kroki zbliżyły się. Snop światła z małej latarki omiótł ziemię, oświetlił trawę o dwie stopy od nogi Hrubeka, a potem przesunął się dalej. Hrubek trzymał pistolet przy twarzy. Czuł zapach smaru i metalu. Kiedy spojrzał znowu na polanę, przyszła mu do głowy okropna myśl. A co, jeżeli to *nie jest oszust*? Może to rzeczywiście jest doktor Richard? I może *ten prawdziwy doktor Richard* jest też spiskowcem?! Może oszukiwał go przez cały czas? Od chwili, gdy się poznali. Może oszukiwał go przez całe cztery miesiące?!

— Szukałem cię wszędzie. Chcę ci dać lekarstwo. Po nim poczujesz się lepiej.

Jak człowiek martwy może się czuć lepiej? — odpowiedział mu w myśli Hrubek. Jak trucizna może komuś poprawić samopoczucie? No jak, ty dupku, no jak?

Spiskowiec znajdował się o dziesięć stóp od niego. Hrubek zacisnął drżącą dłoń na pistolecie wycelowanym prosto w brzuch doktora Richarda-oszusta (czyli Johna Spiskowca-zdrajcy).

— Ja ci daję ostatnią szansę. Są ludzie, którzy chcą ci zrobić krzywdę...

Oczywiście, *wiedziałem,* że tak jest, przez cały czas wiedziałem. Myślisz, że to dla mnie *nowina*? Że to dla mnie jakaś rewelacja? A nie chciałbyś się znaleźć w *rewelacyjnych wiadomościach*? CNN na pewno potrafi poinformować o tym, że wyprułem ci flaki. Odwiódł kurek. Trzask był bardzo cichy, ale z jakichś niezrozumiałych powodów sprawił, że ogarnął go strach. Hrubek zaczął drżeć. Broń wyślizgnęła mu się z ręki, a on sam przez dłuższą chwilę był jak sparaliżowany. W końcu przestał cokolwiek widzieć i zamarł w bezruchu.

Otworzył oczy dopiero po kilku minutach. Poczuł, że jest chłodniej i że powietrze stało się ciężkie i wilgotne. Spiskowiec zniknął. Jego samochód również. Hrubek znalazł pistolet. Ostrożnie spuścił kurek, a potem schował broń do plecaka. Wstał, oszołomiony i skołowany, i zaczął znowu biec. Biegnąc tak przez noc, zastanawiał się, czy całe to wydarzenie nie było przypadkiem tylko snem. I zaraz doszedł do wniosku, że jeżeli tak, to zjawa doktora Richarda była znakiem od Boga. Gdyż Bóg chciał Michaelowi przypomnieć, że nie może ufać nikomu — nawet tym, którzy byli... którzy *udawali,* że są jego najlepszymi przyjaciółmi.

11

Lis nazywała ją Murem Berlińskim.

Tak właśnie nazywała tę wysoką na sześć stóp cedrową palisadę otaczającą prawie bez reszty cztery akry posiadłości L'Aubergetów. W tej chwili szła wzdłuż tej palisady, kierując się w stronę tamy. Ogrodzenie posiadłości kosztowało jej ojca osiemdziesiąt tysięcy dolarów (a były to ni mniej, ni więcej, tylko dolary z 1968 roku). Ta cena jednak nie odstraszyła go. Lis w żartach nadała ogrodzeniu tę nazwę i używała jej tylko w rozmowach z Portią i przyjaciółmi, a nigdy z ojcem. Nazwa funkcjonowała więc, mimo że Andrew L'Auberget nie bał się Czerwonego Zagrożenia, tylko porywaczy.

Miał pewność, że — będąc biznesmenem odnoszącym sukcesy i współpracującym z różnymi firmami europejskimi — znajduje się w niebezpieczeństwie.

— Ci cholerni Baskowie — grzmiał. — Niech ich szlag! Oni wszystko o mnie wiedzą.

No i Czarne Pantery, i inne ugrupowania.

— Piszą o mnie w *Who's Who w Biznesie Amerykańskim.* Każdy to może przeczytać! Jest tam podany adres! I imiona moich dzieci! Każdy może się dowiedzieć, jak masz na imię, Lisbonne. Pamiętasz, że masz nie otwierać nikomu? Powiedz, co byś zrobiła, gdybyś za bramą zobaczyła Murzyna. No, powiedz!

Ten płot łatwo było rozwalić. Wiedziała to nawet Lis, która była małym dzieckiem. Płot był w istocie nie tyle ochroną, co zawadą dla rodziny. Bo wszyscy oni, chcąc udać się na spacer do lasu, musieli go obchodzić, nakładając trzy czwarte mili drogi. Ale celem L'Aubergeta była nie tylko ochrona. Gdyż ten handlarz winami, podobnie jak budowniczowie Muru Berlińskiego, pragnął nie dopuścić do tego, aby mieszkanki jego królestwa miały łatwość przemieszczania się.

— Nie dopuszczę do tego, żeby dzieci się włóczyły po okolicy. To są *dziewczynki*!

Lis często słyszała te słowa albo jakieś inne oświadczenia w tym samym duchu.

Idąc teraz wzdłuż palisady, pomyślała ironicznie, że podczas gdy Mur Berliński zamienił się w pył, cedrowe szaleństwo jej ojca trwało nadal. Zauważyła też, że gdyby tama została zalana, palisada stanowiłaby doskonałą śluzę, która spowodowałaby popłynięcie wody nie w stronę lasu, tylko prosto w stronę domu.

Lis podeszła teraz do plaży, do małego półksiężyca ciemnego piasku. Tuż za plażą była tama — stara zapora z kamienia i cementu mająca dwadzieścia stóp wysokości, zbudowana na przełomie wieków. To właśnie o tę tamę obijała się z hałasem biała łódka, którą Lis widziała z domu. Za tamą znajdował się wąski przelew, do którego woda wlewała się wtedy, kiedy była wysoka. Ten przelew, zwykle suchy, dziś przypominał wartką rzekę Colorado. Woda wypływająca z niego znikała w strumieniu, który płynął pod drogą. Tama była częścią posiadłości L'Aubergetów, ale kontrolę techniczną sprawował nad nią Stanowy Zespół Inżynierów, którego członkom wolno było wchodzić na prywatny teren. Dlaczego nie ma ich dzisiaj? — zastanowiła się Lis.

Podeszła jeszcze kawałek, a potem zatrzymała się, zdezorientowana. Nie miała ochoty iść dalej. Stała więc i patrzyła na spienioną wodę wpływającą do strumienia.

Jej wahanie nie miało nic wspólnego z troską o własne bezpieczeństwo czy ze strachem przed żywiołem. Jedyną myślą, która ją teraz zajmowała, była myśl o pikniku.

O wyjątkowym w rodzinie L'Aubergetów wydarzeniu — pikniku, który miał miejsce bardzo wiele lat temu.

Tamtego czerwcowego dnia było na przemian gorąco i chłodno. Słońce raz świeciło, a raz chowało się za chmury. Cała rodzina szła z domu na tę właśnie plażę przy tamie. Nie uszli jeszcze dziesięciu jardów, kiedy ojciec zaczął czepiać się Portii.

— Uspokój się wreszcie! — mówił.

Dziewczynka miała dopiero pięć lat, ale już była wesołą i hałaśliwą buntownicą. Lis bała się, że z powodu jej zachowania ojciec odwoła piknik, i uciszała siostrę. Portia, chcąc się odegrać, usiłowała ją kopnąć. Widząc to, matka wzięła ją na ręce i zaczęła nieść. Mąż zmierzył ją ponurym spojrzeniem.

Lis miała wtedy jedenaście lat. Ona i ojciec nieśli kosze, które on zapakował niezwykle starannie. Kosze były bardzo ciężkie. Lis mało nie nadwerężyła sobie ścięgien, niosąc swój. Nie narzekała jednak. Przez osiem miesięcy tęskniła za ojcem, który był w Europie w kolejnej swojej handlowej podróży, i nic na świecie nie mogło jej powstrzymać od maszerowania u jego boku. Odebrało jej mowę z zachwytu, kiedy ojciec pochwalił ją za to, że jest taka silna.

— Może tutaj? — zapytał i zaraz sam sobie odpowiedział: — Tak, to dobre miejsce.

Lis wydawało się, że ojciec podczas ostatniej podróży nabrał leciutkiego akcentu. Portugalskiego, jak przypuszczała. Popatrzyła na jego ciemne spodnie, na zapiętą pod szyją białą koszulę od garnituru bez krawata i na krótkie buty. W latach sześćdziesiątych taki strój nie był modny w Ameryce, ale Andrew L'Auberget nie miał nic wspólnego z Braćmi Brooks czy Carnaby Street i pozostawał wierny modzie swoich wspólników z Półwyspu Iberyjskiego. Wkrótce po jego śmierci Lis i matka żartowały, że jego styl można było określić jako postimigrancki.

Tamtego popołudnia Andrew L'Auberget obserwował żonę przygotowującą posiłek i udzielał jej ścisłych instrukcji. Jedzenie zostało pokrojone geometrycznie, ugotowane w sposób perfekcyjny i włożone do pojemników tak szczelnych jak kapsuły kosmiczne, które go fascynowały. Matka przygotowała drogie sztućce z nierdzewnej stali i ceramiczne talerze w kolorze jasnośliwkowym.

Kiedy byli już na plaży, przed posiłkiem pojawiło się porto i rodzice napili się po kieliszku. Ojciec zapytał matkę, jak jej smakuje. Twierdził, że ma ona świeże podniebienie i dlatego jej opinia jest więcej warta niż opinia tuzina francuskich piwnicznych. Lis nigdy nie słyszała od matki jednego słowa krytyki pod adresem win, którymi handlował ojciec.

W dniu, w którym urodziła się Lis, Andrew L'Auberget był w Portugalii. Upuścił nawet butelkę starego porto, gdyż tak przeraził go ostry dzwonek telefonu. Kiedy podniósł słuchawkę, okazało się, że dzwoni nie wspólnik, a teściowa, która chce go poinformować, że został ojcem. Zaczął się podobno śmiać z katastrofy i nalegał — natychmiast, przez telefon — żeby Ruth i matka nadały jego nowo narodzonej córce imię Lisbonne, na cześć miasta, w którym z jej powodu rozbiła się butelka porto za siedemset dolarów. W związku z tym wydarzeniem Lis — po pierwsze — podziwiała wspaniałomyślność, z jaką ojciec potraktował stratę.

A po drugie: nie mogła się nadziwić, dlaczego nie był w takiej chwili w domu, przy żonie.

Tamtego dnia, siedząc na plaży koło tamy, ojciec wziął srebrną łyżeczkę i, wbrew protestom matki, dał trochę porto Lis.

— No, Lisbonne, jak ci to smakuje? To rocznik 1953. Nie jest to rocznik słynny, ale dobry. Jak ci smakuje?

— Andrew, ona ma jedenaście lat! Jest za mała.

— Dobre — powiedziała Lis, której wino wydało się ohydne.

Chcąc jeszcze bardziej je pochwalić, powiedziała, że smakuje jak syrop Vicka.

— Jak syrop od kaszlu? — syknął ojciec. — Czyś ty zwariowała?

— Ona jest *za mała*.

Matka odciągnęła Lis poza zasięg ojca i obu dziewczynkom pozwolono się pobawić przed lunchem.

Portia usiadła w trawie i zaczęła zrywać kwiaty, a Lis, która zauważyła jakiś ruch w pobliskim parku stanowym, poszła w tamtą stronę, chcąc zobaczyć, co to takiego. Pod drzewem stał chłopiec może osiemnastoletni z młodszą o parę lat dziewczyną. Dziewczyna opierała się plecami o drzewo, a chłopiec trzymał drzewo z obu stron, obejmując dziewczynę na wysokości ramion. Pochylił się i całował ją, a potem, kiedy ona marszczyła nos z udawanym obrzydzeniem, odsuwał się szybko. Nagle sięgnął ręką do jej piersi. Lis przestraszyła się, myśląc, że to jakaś osa czy pszczoła usiadła na ciele dziewczyny i że chłopak chce ją odpędzić. Miała ochotę krzyknąć, poradzić mu, żeby zostawił owada w spokoju. Bo taka osa czy pszczoła może użądlić, kiedy się ją przestraszy. Lis dziwiła się, że taki duży chłopak nie wie takiej oczywistej rzeczy.

Jemu tymczasem nie chodziło wcale o pszczołę, tylko o guzik przy bluzce dziewczyny. Rozpiął go i wsunął palce do środka. Dziewczyna znów zmarszczyła nos i uderzyła go po ręce. A on wyjął rękę niechętnie i znowu pocałował dziewczynę w usta. A potem jego ręka jeszcze raz zakradła się w to samo miejsce. Tym razem dziewczyna go nie powstrzymywała. Ich języki spotkały się na zewnątrz ust. Pocałowali się mocno.

Lis poczuła, że ogarnia ją dziwne ciepło. To ciepło promieniowało z jej własnego ciała, nie potrafiła jednak powiedzieć, z której jego części. Może z kolan. Wyciągając jakieś mgliste wnioski z tego, co widzi, Lis ostrożnie podniosła rękę do bluzki, pod którą miała kostium kąpielowy. Naśladując młodego człowieka, rozpięła guziki i wsunęła dłoń pod kostium. Badała, początkowo bez widocznych rezultatów. Ale po chwili ciepło przesunęło się wyżej i skoncentrowało gdzieś w jej brzuchu.

— Lisbonne! — zawołał ochryple ojciec.

Lis aż podskoczyła, łapiąc ustami powietrze.

— Lisbonne, co ty robisz? *Mówiłem* ci, żebyś się nie oddalała!

Znajdował się blisko niej, chociaż najprawdopodobniej nie był świadkiem jej zbrodni — jeżeli to była zbrodnia. Jej serce biło mocno. Lis zaczęła płakać i uklękła.

— Szukam indiańskich kości — krzyknęła drżącym głosem.

— Coś okropnego — powiedziała matka. — Masz natychmiast przestać! Chodź, umyj ręce.

— Powinnaś szanować szczątki zmarłych, moja droga! Co byś powiedziała, gdyby po twojej śmierci ktoś naruszył *twój* grób?

Dziewczynki wróciły do rodziców. Umyły ręce i usadowiły się na kocu. Kiedy jedli, ojciec opowiadał im o paście, którą będą się żywić astronauci podczas długich podróży kosmicznych. Usiłował też bez skutku wytłumaczyć Portii, co to jest stan nieważkości. Lis przełknęła tylko trochę jedzenia. Kiedy skończyli, pobiegła z powrotem w stronę parku — pod pozorem, że zgubiła tam grzebień. Ale pary już nie było.

A potem nastąpiło to, czego Lis się bała. Ojciec wziął ją nad wodę. Zdjął koszulę i spodnie, pod którymi miał spodenki kąpielowe w kolorze burgunda. Miał jędrne ciało, nie wyglądał na silnego, ale tłuszcz był u niego rozłożony równo.

Lis też się rozebrała — zdjęła bluzkę i spódniczkę do jazdy na rowerze i została w jednokolorowym czerwonym kostiumie. Była bardzo chuda, ale wciągała zawzięcie brzuch — nie dlatego, że jej sterczał, tylko dlatego, że miała płonną nadzieję, że dzięki temu jej piersi staną się bardziej wypukłe.

Weszli do zimnej wody. Andrew L'Auberget, który podczas studiów brał udział w zawodach pływackich, martwił się tym, że jego córka boi się wody. Korzystał z każdej nadarzającej się okazji, żeby skłonić ją do wejścia do wody — w rzece, w basenie czy w morzu. „Masz rację, to jest niebezpieczne — mówił. — Bardzo łatwo można się utopić. Dlatego właśnie musisz nauczyć się pływać. Musisz pływać jak ryba".

Lis nerwowo zgięła kolana i z ulgą poczuła, że pod stopami ma dno. Podczas tych lekcji ojciec traktował ją bardzo ostro. Zawsze kiedy zauważył, że Lis nie chce zanurzyć głowy, kazał jej nabierać powietrza i wpychał jej twarz pod wodę. Lis, przerażona, prostowała się. Widząc, że pluje i drży, ojciec śmiał się i mówił:

— Widzisz, nie było tak źle. No, jeszcze raz. Zanurz się. Potrzymaj głowę pod wodą przez kilka sekund, nie przez dwie minuty tak jak ja. Ja wytrzymam dwie minuty bez oddychania!

— Nie, nie chcę!

— Jak będziesz mówiła takim tonem, to cię zanurzę na dwadzieścia sekund.

Lis musiała ćwiczyć pływanie. Biła w wodę rozczapierzonymi palcami, a on zmuszał ją, żeby trzymała dłonie prawidłowo. Podtrzymywał ją, kiedy płynęła w miejscu.

— Uspokój się! Woda nie jest taka straszna. Uspokój się!

Opierała się na jego dłoni, usiłując skoordynować ruchy nóg i rąk. Kiedy złapała rytm i kiedy jej ruchy zaczęły przypominać żabkę, nadpłynęła fala i zmyła ją z jego ręki. Przez chwilę Lis naprawdę pływała. Później woda opadła, a ona wraz z nią. Jednak nie w tym miejscu, w którym była poprzednio, tylko o jakąś stopę czy dwie dalej. Opadając, nadziała się pachwiną na jego palce. Nastąpiła chwila napięcia. I ojciec, i córka zamarli w bezruchu. A potem, wiedziona jakimś do dziś niezrozumiałym dla siebie impulsem, Lis zwarła nogi, więżąc jego dłoń we wstydliwym miejscu.

A potem uśmiechnęła się.

Lisbonne L'Auberget uśmiechnęła się do ojca — uśmiechem, który ani nie był uwodzicielski, ani nie znamionował poczucia siły czy dumy. I w żadnym wypadku nie oznaczał, że dziewczynka odczuwa przyjemność. Nie, był to po prostu spontaniczny, niewinny uśmiech.

I to właśnie za ten uśmiech, jak później doszła do wniosku, za ten uśmiech, a nie za dotknięcie, została tak srogo ukarana. Pamiętała, że została gwałtownie wyciągnięta z wody — za ramię, które o mało nie uległo wywichnięciu, i rzucona na twardą ziemię. Leżała bez ruchu, a ręka ojca — ta sama, która przed chwilą dotykała najbardziej enigmatycznej części jej ciała — podnosiła się i opadała rytmicznie na jej pośladki.

— Nie waż się, nigdy! — ryczał ojciec, nie chcąc nazwać jej występku po imieniu. — Nigdy! Nie waż się!

Słowa towarzyszyły rytmicznym uderzeniom. Nie bolało ją za bardzo — bo znieczuliła ją w znacznym stopniu zimna woda. Ale to bicie powodowało cierpienia duchowe. Lis oczywiście płakała. Najgwałtowniejszy szloch wstrząsnął nią, kiedy zobaczyła, że matka chce biec w ich stronę, a potem się waha. Matka nie chciała na to patrzeć. Odwróciła się i odeszła razem z Portią. Siostra obejrzała się z wyrazem beznamiętnej ciekawości. I zniknęły, idąc w kierunku domu.

To wydarzenie miało miejsce prawie trzydzieści lat temu. A Lis pamiętała je w najdrobniejszych szczegółach. Było to tutaj. Dokładnie tutaj. Nic się tu nie zmieniło, tylko woda stała wyżej i drzewa były większe. Nawet ciemność przypominała jej tamten czerwcowy dzień. Bo, chociaż piknik odbywał się w porze lunchu, nie pamiętała, żeby świeciło słońce. Przypomniała sobie, że plaża była ponura, tak ponura jak woda, w której zanurzał się ojciec.

Odsunąwszy wreszcie od siebie te wspomnienia, Lis poszła powoli po szarym piasku w stronę tamy. Jezioro już się przelewało przez najwyższą jej część — popękany fragment znajdujący się po tej stronie co dom. Część wody wpływała do strumienia, ale sporo wlewało się do przepustu, który biegł w stronę domu. Lis przeskoczyła strumień i podeszła do koła znajdującego się w środku tamy.

Koło było żelazne i miało dwie stopy średnicy. Jego szprychy były wdzięcznie wygięte jak pędy glicynii, a nazwa odlewni wykuta była na nim wyraźnymi, gotyckimi literami. Za pomocą tego koła otwierało się i zamykało wrota. Otwarcie tych wrót spowodowałoby obniżenie poziomu wody w jeziorze o kilka stóp.

Lis chwyciła koło obiema rękami i spróbowała je przekręcić. Hodowcy róż mają rozwinięte muskuły od dźwigania ważących dwadzieścia pięć funtów worków z ziemią i nawozem, a także od noszenia samych roślin. Lis napięła mięśnie z całych sił. Ale przeżarty rdzą mechanizm ani drgnął.

Lis znalazła duży kamień i zaczęła nim walić w wał, odłupując farbę i powodując, że poleciało kilka iskier przypominających miniaturowe meteoryty. Jeszcze raz spróbowała przekręcić koło, ale bez skutku, a potem znowu zaczęła mocno walić w mechanizm. Ale kamień zamoczył się i wyślizgnął, odginając jej palce. Lis krzyknęła z bólu.

— Lis, nic ci nie jest?

Lis odwróciła się i zobaczyła Portię idącą ostrożnie po śliskich wapiennych kamieniach. Młoda kobieta podeszła do wrót w tamie.

— Stara tama — rzekła. — Wciąż tu jest.

— Tak — powiedziała Lis, ściskając sobie bolące palce. Roześmiała się. — A gdzie miałaby być? Pomóż mi, dobrze?

Spróbowały razem ruszyć koło, ale ono ani drgnęło. Przez pięć minut obie waliły w zniszczony mechanizm, jednak nie dało to żadnych rezultatów.

— Wygląda na to, że nie były otwierane od lat.

Portia przyjrzała się wrotom i pokręciła głową. A potem spojrzała na jezioro — na ogromną płaszczyznę matowej wody rozciągającą się u ich stóp.

— Pamiętasz to miejsce? — spytała Lis.

— Oczywiście.

— To tu miałyśmy spuścić na wodę łódkę.

Lis ruchem głowy wskazała plażę.

— Tak. Czy to ta? Czy to ta sama łódka? — Portia dotknęła burty łodzi.

— Ta? Oczywiście, że nie. Tamta łódka to była stara mahoniowa żaglówka. Ojciec sprzedał ją wiele lat temu.

— Co myśmy chciały zrobić? Uciec? Popłynąć gdzieś? Do Nantucket?

— Nie, do Anglii. Nie pamiętasz? To było wtedy, kiedy czytałam ci głośno książki. Po zgaszeniu światła. Czytałam ci Dickensa. Chciałyśmy zamieszkać w Mayfair.

— Nie, nie, to był Sherlock Holmes. Dickensa czytałaś sama. Dickens był ponad moją wytrzymałość. A przeciwko Sherlockowi Holmesowi nic nie miałam.

— Aha, masz rację. Baker Street. Pani Hudson. Chyba najbardziej podobało nam się to, że gospodyni przynosiłaby nam po południu herbatę.

— No i że zmywałaby potem naczynia. Czy stąd można dopłynąć do Bostonu?

— Jeżeli o mnie chodzi, to mogę stąd dopłynąć na drugi brzeg jeziora.

Portia popatrzyła w wodę.

— Zapomniałam zupełnie o tej plaży. Chyba jedna z moich lalek tutaj utonęła. To była Barbie. Dziś kosztowałaby pewnie ze sto dolców. I pamiętasz: wykradałyśmy ciasteczka Oreo, a potem uciekałyśmy tutaj i zjadałyśmy je. Przychodziłyśmy tu ciągle. — Spróbowała przeskoczyć jeden kamień, ale jej się nie udało. — Aż do tego pikniku.

— Aż do pikniku — powtórzyła cicho Lis, zanurzając dłoń w ciemnej wodzie. — Jestem tu po raz pierwszy od tamtego czasu.

Portia była zaskoczona.

— Pierwszy raz od czasu pikniku?

— Tak.

— A piknik był kiedy? Dwadzieścia lat temu?

— Raczej trzydzieści.

Kiedy to do niej dotarło, Portia pokręciła głową. Łódka obiła się o tamę, stukając głucho. Portia patrzyła na nią przez chwilę, a potem powiedziała:

— Jeżeli nie uda nam się nic zrobić, woda zaleje posiadłość.

Wyciągnęła łódkę na plażę i przywiązała ją do jakiegoś młodego drzewka. Odsunęła się, obierając sobie z dłoni kawałki zgniłej liny, i parsknęła śmiechem.

— O co chodzi?

— Przypomniało mi się... Nie wiem, czy kiedykolwiek cię pytałam, co się stało.

— Co się stało? — powtórzyła Lis.

— No wtedy. W czasie pikniku. Widywałam go wściekłego, ale nigdy *aż tak*.

Czy rzeczywiście? Czy naprawdę nigdy o tym nie rozmawiały? Lis utkwiła wzrok w poszarpanych wierzchołkach trzech sosen rosnących w lesie. Wierzchołki te, sterczące ponad poziom innych drzew, były różnej wysokości i nie wiadomo dlaczego przywiodły jej na myśl Kalwarię.

— Nie wiem — powiedziała. — Pewnie mu coś odpyskowałam. Nie pamiętam.

— Szkoda, że nie byłam wtedy starsza. Podałabym go do sądu.

Lis milczała przez chwilę.

— Widzisz to?

Wskazała kamień wielkości grapefruita sterczący z piasku. Woda była teraz o cal od niego.

— Kiedy przestał mnie bić, podczołgałam się tam i próbowałam podnieść ten kamień. Miałam zamiar walnąć go nim i wepchnąć do jeziora.

— Ty?! Ty, która nigdy mu się nie sprzeciwiałaś?

— Pamiętam: szłam na czworakach i zastanawiałam się, jak to jest, kiedy człowiek siedzi w więzieniu... Czy są oddzielne więzienia dla chłopców i dziewczynek. Nie chciałam siedzieć z chłopakami.

— Dlaczego tego nie zrobiłaś?

— Nie mogłam ruszyć tego kamienia — odrzekła Lis po chwili. — Dlatego — dodała, a potem powiedziała szybko: — Przynieśmy tu lepiej trochę worków z piaskiem. Wygląda na to, że woda przeleje się dopiero za pół godziny. Więc mamy trochę czasu.

Trenton Heck patrzył na nocne niebo przez przesuwane drzwi swojej przyczepy. Przed nim, na czerwonej winylowej serwetce znajdował się talerz z sałatką z tuńczyka i ryżem. U nóg Emila natomiast stała miska z Alpo i szpinakiem. Żaden z nich nie zjadł zbyt dużo.

— O mój Boże!

Heck odepchnął od siebie talerz, chwycił butelkę Budweisera i pociągnął z niej trzy łyki. Uświadomił sobie, że stracił apetyt zarówno na jedzenie jak i na piwo, i postawił butelkę na stole.

Nad stołem paliła się dająca jaskrawe światło lampa, a poza tym w przyczepie było ciemno. Trenton Heck przeszedł po żółto-brązowym włochatym dywanie, zbliżył się do zielonego fotela i zapalił stojącą lampę. W długim pomieszczeniu od razu zrobiło się przyjemniej. Przyczepa była duża. Znajdowały się w niej trzy sypialnie. Jej ściany zrobione były z żółtego aluminium, a okna miały czarne winylowe ramki.

Mimo że Heck mieszkał tutaj już cztery i pół roku i mimo że zgromadził prawie wszystkie te rzeczy, które w tym czasie powinien był zgromadzić człowiek żonaty, a potem rozwiedziony, pokoje nie były zagracone. Producenci przyczep mieszkalnych wyposażają je w liczne szafy i schowki. Większość dobytku Hecka znajdowała się właśnie w takich szafach i schowkach. Poza meblami i lampami w pomieszczeniach widoczne były jedynie: fotografie (przedstawiające rodzinę i psy), trofea (posrebrzane figurki ludzi trzymających pistolety w wyciągniętych rękach oraz figurki psów), makatki wykonane przez matkę podczas chemioterapii (było ich ze sześć i miały sentymentalne napisy w rodzaju: „Miłość jest tam, gdzie jest dom"), kasety magnetofonowe (Williego, Waylona, Dwighta, Randy'ego, Gartha i Bonnie) oraz tarcze strzelnicze dla broni małego kalibru (ze śladami po kulach skupionymi w pobliżu środka).

Heck, użalając się nad sobą, jeszcze raz przeczytał przysłany z sądu nakaz zapłaty długu pod rygorem utraty prawa wykupu. Rozłożył papier, roześmiał się gorzko i pomyślał: „Cholera, ten bank szybko działa". Licytacja miała się odbyć w następną sobotę. A on musiał się wyprowadzić w piątek poprzedzający licytację. Ta część dokumentu była tak samo nieprzyjemna jak następny akapit, w którym wyjaśniano, że bank ma prawo dochodzić od niego na drodze sądowej sumy stanowiącej różnicę między sumą, którą był winien, a sumą uzyskaną ze sprzedaży jego własności.

— Cholera! — zaklął i walnął dłonią w stół, tak że Emil aż podskoczył. — Niech ich szlag trafi! Zabierają człowiekowi wszystko!

Jak to jest możliwe — pomyślał — żebym był im winien więcej, niż warte jest to, co kupiłem za pieniądze, które mi pożyczyli? Jednak znał prawo na tyle, że zdawał sobie sprawę, że skoro go uprzednio zawiadomili, to mogą go pozwać do sądu.

Trenton Heck dobrze wiedział, do jakiego stopnia człowiekowi można zrujnować życie, skoro go się uprzednio zawiadomiło.

Uważał, że bez przyczepy może żyć. Gorszą tragedią sprawiającą mu ból tak dotkliwy jak złamana kość była utrata działki. Heck zawsze był zdania, że przyczepa jest jedynie jego tymczasowym domem. Natomiast działkę — w połowie porośniętą sosnowym lasem, a w połowie niską trawą — kupił za pieniądze, które zostawiła mu ciotka. W chwili gdy zobaczył tę działkę, wiedział, że musi ją mieć. Gęsty, pachnący las przechodził w płowozielone wzgórze opadające łagodnie jak plecy młodej dziewczyny. Przez działkę przepływał strumień, w którym nie można było łowić ryb, ale nad którym można było siedzieć i słuchać, jak woda szumi, przepływając po gładkich kamieniach.

No więc kupił tę działkę. Nie pytając o zdanie ani odznaczającego się zdrowym rozsądkiem ojca, ani pełnej temperamentu narzeczonej. Poszedł do banku i, przerażony na myśl o uszczupleniu rachunku oszczędnościowego, na którym było więcej pieniędzy, niż kiedykolwiek przedtem posiadał, wpłacił żądaną sumę. Z gabinetu zgryźliwego prawnika wyszedł jako właściciel czterech i siedmiu ósmych akra ziemi, na której nie było drogi dojazdowej, studni ani minioczyszczalni ścieków.

Ani domu.

Nie mogąc sobie pozwolić na ten ostatni, Heck kupił przyczepę mieszkalną. *Tym razem* dopuścił Jill do konfidencji, a młoda kelnerka, której nikt nigdy nie zdołał oszukać, opukała ściany, wymierzyła schowki i wypytała sprzedawcę o wszystko, o co należało go wypytać, po czym zażądała, żeby kupili dużą przyczepę, bajerancką, taką, na której się pisze: *Ostrożnie — szeroki ładunek.* („Jesteś mi to winien, Trenton" — powiedziała). Dostawcy przyholowali pojazd i ustawili go na szczycie najładniejszego wzgórka na działce, tuż koło miejsca, w którym Heck chciał kiedyś zbudować swój dom.

Spodziewał się, że marzenie o budowie domu będzie tak łatwe do zrealizowania jak zamiar zbudowania mającej sto jardów drogi dojazdowej. Jednak nie udało mu się pomnożyć oszczędności tak, jak to sobie planował. I dlatego marzenie o domu nie zmaterializowało się. W końcu doszło do takiej sytuacji, w której nie mógł sobie pozwolić nawet na przyczepę. Kiedy przyszedł pierwszy monit przypominający mu o zaległych płatnościach, Heck z przerażeniem przypomniał sobie, że bank udzielił mu kredytu pod warunkiem, że w razie czego przejmie jego nieruchomość. To znaczy całą jego piękną ziemię. Tę ziemię, która od soboty za tydzień miała już do niego nie należeć.

Heck złożył papiery i wetknął je za świadectwo od weterynarza. A potem podszedł do okna wychodzącego na zachód, czyli na tę stronę, z której za parę godzin miała nadciągnąć burza. Jadąc do domu, słyszał kilka komunikatów na ten temat. W jednym z nich zawiadamiano, że trąba powietrzna przeszła przez parking dla ciężarówek położony siedemdziesiąt mil na zachód. Nie było ofiar śmiertelnych, ale wiele osób zostało rannych i nastąpiły duże zniszczenia mienia.

Wydało mu się, że ta wiadomość, którą usłyszał natychmiast po włączeniu radia, to zły omen. Czy moja przyczepa się uratuje? — zastanowił się, a potem szepnął:

— A jakie to ma, u diabła, znaczenie?

Wziął rolkę taśmy i uciął długi kawałek. Nakleił go po przekątnej szyby okiennej. Potem zaczął naklejać drugi pasek, na krzyż, ale zaraz, zniecierpliwiony, odrzucił rolkę.

Wszedł do sypialni i usiadł na miękkim podwójnym łóżku. Wyobraził sobie, że wyjaśnia wszystko Jill — tę całą sprawę z bankiem. Jednak zaraz jego uwaga uległa rozproszeniu, bo przed oczami stanęła mu jak żywa jego ekszona w szałowej różowej koszuli nocnej.

Heck mówił do niej przez kilka minut, a potem zawstydził się, że prowadzi taki jednostronny dialog. Położył się na łóżku i popatrzył na kłębiące się chmury, a potem rozpoczął następną cichą rozmowę — tym razem nie z Jill, tylko z ojcem, który w tej chwili znajdował się wiele mil od niego i prawdopodobnie spał w swoim dużym domu w stylu kolonialnym. Ojciec był od dwudziestu lat właścicielem tego domu, którego hipoteka nie była wcale obciążona. Trenton Heck mówił do ojca: „To będzie na krótko, tato. Może na miesiąc, może na dwa. Dzięki temu się pozbieram. Mogę mieszkać w swoim dawnym pokoju. Odpowiada mi to... tak, wystarczy mi mój dawny pokój".

Jakże fałszywie brzmiały te słowa. Brzmiały tak jak usprawiedliwienia włamywaczy złapanych na gorącym uczynku i złodziei samochodów, których Heck zwykł był aresztować. W odpowiedzi ojciec spojrzał na niego znad długiego nosa, którego on na szczęście nie odziedziczył, i powiedział: „Oczywiście, synu, możesz tu mieszkać, jak długo chcesz", chociaż tak naprawdę to zwykle mawiał: „Wiedziałem od początku, że sobie nie poradzisz. Wiedziałem to, kiedy ożeniłeś się z tą blondynką, która wcale nie przypomina twojej matki, *wiedziałem...*" Powiedział te pokrzepiające słowa i nie opowiedział synowi o tym, jak w pięćdziesiątym dziewiątym stracił pracę w hucie i wziął się w garść, i zaczął własny biznes, i wyszedł na swoje, chociaż było ciężko... Nie musiał o tym opowiadać, bo opowiadał mu już przedtem — z tuzin razy albo i ze sto.

Czasy się zmieniają — pomyślał Heck i podziękował, czerwieniąc się. Ale myślał też równocześnie: Po prostu nie jestem taki jak ty, tato, po prostu jestem inny.

Napił się piwa, chociaż nie miał na nie ochoty, i pomyślał, że dobrze by było, gdyby Jill do niego wróciła. Wyobraził sobie, jak we dwoje pakują rzeczy do pudeł i cieszą się na wspólną przeprowadzkę.

W oddali zatrąbiła ciężarówka — wydała dziwny, zawodzący dźwięk, a Heck przypomniał sobie samotnego lelka z piosenki starego Hanka Williamsa.

Niech już wreszcie zacznie padać ten cholerny deszcz, pomyślał, niech leje jak z cebra. Heck uwielbiał bębnienie deszczu o metalowy dach przyczepy. Nic lepiej nie kołysało go do snu. Jeżeli mam nie dostać nagrody, to niech się przynajmniej wyśpię.

Trenton Heck zamknął oczy i, zapadając już w sen, usłyszał jeszcze raz żałosne trąbienie jakiejś ciężarówki.

12

Owen Atcheson wiedział, jak rozumuje osaczone zwierzę, znał też instynktowną strategię zarówno myśliwego, jak i ofiary.

Potrafił godzinami stać bez ruchu na bagnach, stać tak spokojnie, że kaczory i gęsi przelatywały beztrosko trzydzieści stóp nad jego głową, a potem konały natychmiast po tym, jak wystrzelił ze swojej długiej strzelby. Potrafił posuwać się cicho — prawie niepostrzeżenie — cal za calem, wzdłuż skalnej ściany, podchodząc nic nie podejrzewającego jelenia i — bez posługiwania się celownikiem teleskopowym — umieścić kulę kalibru .30 w jego rozluźnionej łopatce, przebijając potężne serce.

Kiedy był chłopcem, z uporem tropił lisy i zastawiał metalowe pułapki dokładnie tam, gdzie te płowe zwierzęta miały przejść. Wyczuwał ich zapach, widział, jak w miejscach ich przemarszu leciutko kołyszą się chwasty i trawa. Wyjmował ciała lisów z pułapek, a jeżeli któryś zdołał pociągnąć za sobą pułapkę, to tropił go wytrwale — nie po to, żeby ją odzyskać, ale po to, żeby zabić cierpiące zwierzę. Zabijał je niemal ceremonialnie. Zgodnie z jego filozofią cierpienie było słabością, a śmierć oznaką siły.

Zabijał w swoim życiu i ludzi. Celował spokojnie z czarnego M-16, strzelał celnie, a zaraz po strzale puste łuski po nabojach koziołkowały w powietrzu i spadały na ziemię z cichym dzwonieniem. (Dla niego takie dzwonienie pustych łusek było najcharakterystyczniejszym dźwiękiem wojny, o wiele bardziej sugestywnym niż trzaski towarzyszące wystrzałom.) Tamci ludzie, mężczyźni i kobiety, celowali w niego jak dzieci bawiące się w żołnierzy, a potem strzelali ze swojej staromodnej broni, *bach, bach, bach.*

Ale Michael Hrubek nie był zwierzęciem kierującym się instynktem. Nie był też żołnierzem, którego inspirowały bitewny szał i miłość ojczyzny albo strach.

Kim był Michael Hrubek?

Owen Atcheson nie miał pojęcia.

Jadąc powoli szosą numer 236 w pobliżu Stinson, rozglądał się, chcąc znaleźć jakiś sklep przydrożny albo stację benzynową z telefonem. Chciał zadzwonić do Lis. Ale znajdował się na pustkowiu. Nie widział żadnych świateł poza światłami domów na wzgórzach znajdujących się o parę mil od szosy. Pojechał szosą jeszcze kilkaset jardów i znalazł się w miejscu, gdzie pobocze było szerokie. Tutaj zatrzymał swego cherokee i sięgnął na tylne siedzenie. Sprawdził zamek swojej strzelby myśliwskiej i włożył do kieszeni dobrze naoliwiony metalowy przedmiot. Ze schowka wyjął długą, czarną, halogenową latarkę zasilaną sześcioma bateryjkami, w której znajdował się maskujący kawałek kartonu mający ograniczyć załamywanie się światła. Zamykając drzwi samochodu, jeszcze raz sprawdził, czy pistolet jest załadowany, a potem poszedł poboczem, szukając czegoś. Znalazł ślady opon dowodzące, że zatrzymał się tu nagle jakiś samochód, który potem bardzo szybko odjechał.

Owen przesunął snop światła w tę i z powrotem i dostrzegł miejsce, w którym Hrubek zeskoczył z karawanu. Trawa była tu pognieciona, kamienie leżały tak, jakby je ktoś poodwracał, i widać było ślady bosych stóp. Owen dalej badał grunt. Dlaczego, zastanawiał się, Hrubek potoczył się po trawie? Dlaczego wyrwał kilka jej garści? Czy był ranny i chciał zatamować krew? Czy chciał się zmusić do wymiotów? Czy też ta trawa miała mu posłużyć do kamuflażu?

Co on knuł?

O sześć stóp od pobocza znajdowało się mnóstwo śladów. Część z nich pozostawił Hrubek, ale większość to były ślady butów tropicieli i ślady psich łap. Trzy psy, zauważył Owen. Hrubek szedł przez pewien czas, a potem zaczął biec przez trawę i zarośla, kierując się na wschód. Owen poszedł po śladach. Uszedł sto jardów i zauważył, że Hrubek skręcił na południe i zmierzał w kierunku szczytu wzgórza leżącego o pięćdziesiąt stóp od szosy.

Owen szedł po jego śladach, dopóki nie zniknęły. Wtedy przyklęknął i zaczął badać grunt, zastanawiając się, czy Hrubek nie był na tyle sprytny, żeby zastosować „chód jelenia" — technikę chodzenia zawodowych kłusowników polegającą na stawianiu stóp prosto z góry i staraniu się o to, żeby nie pozostawić najbardziej widocznych śladów (nie śladów stóp, tylko przewróconych kamyków i poruszonych liści i gałązek). Jednak nie mógł znaleźć przygiętych źdźbeł trawy — jedynych śladów, jakie zostawia osoba stosująca tę technikę. Doszedł do wniosku, że Hrubek po prostu zawrócił na ścieżkę biegnącą obok szosy.

Pięćdziesiąt jardów na wschód znalazł miejsce, gdzie Hrubek zrobił jeszcze raz to samo — skręcił na południe, poszedł kawałek, a potem zawrócił. A więc szedł na wschód, jednak równocześnie przyciągało go coś, co znajdowało się na południe od szosy. Owen poszedł po jego śladach i znalazł się w pewnej odległości od szosy. Przystanął wśród wysokiej trawy i stwierdził, że tropiciele zatrzymali się w tym miejscu.

Wyłączył latarkę, wyciągnął z kieszeni pistolet i zaczął brnąć w jezioro chłodnej ciemności, która spływała ze skalistych wzgórz znajdujących się przed nim i zbierała się u jego stóp jak śnieg. Zatrzymał się i — wbrew rozumowi — zamknął oczy.

Starał się pozbyć własnej osobowości — osobowości twardego, kierującego się zdrowym rozsądkiem, czterdziestoletniego białego anglosaskiego prawnika — i wczuć się w Michaela Hrubeka-szaleńca. Stał tak, kołysząc się w ciemności przez kilka minut.

Bez skutku.

Nie był w stanie wyobrazić sobie, co działo się w głowie Hrubeka. Otworzył oczy, chwytając mocniej pistolet.

Już miał wrócić do swojego cherokee i pojechać nim do zajazdu dla ciężarówek w Watertown, kiedy przyszła mu do głowy pewna myśl. A może podejrzewam Hrubeka o *zbyt wielkie* szaleństwo? — powiedział sobie. Może zasady, którymi rządzi się jego — prawda, że obłąkany — świat, są tak logiczne jak te, które rządzą światem wszystkich ludzi? Adler mówił coś o nieporozumieniu i o tym, że oszołomiony lekami pacjent „się oddalił". Ale kiedy się nad tym dobrze zastanowić, dochodzi się do wniosku, że Hrubek opracował sobie plan ucieczki, wprowadził ten plan w życie i zdołał umknąć zawodowym tropicielom. Owenowi przyszło do głowy, że Hrubeka dotychczas nie doceniano i że należy go zacząć doceniać.

Wrócił na to miejsce, w którym urywał się trop, i stanął tak jak Hrubek — postawił stopy na jego śladach. Tym razem stał z otwartymi oczami. Przekonał się, że jego wzrok pada na szczyt skalistego wzgórza. Popatrzył na ten szczyt przez chwilę, a potem podszedł do stóp skały. Zanurzył palce w błocie i posmarował sobie nim policzki i czoło. Z tylnej kieszeni wyjął granatową trykotową czapeczkę i naciągnął ją sobie na głowę. I zaczął się wspinać.

W pięć minut znalazł to, czego szukał. Na szczycie skały były połamane gałązki i trawa. I ślady butów. Głębokie ślady — zrobione przez kogoś, kto ważył jakieś trzysta funtów. I na dodatek te ślady były świeże. Owen znalazł też odciski guzików w miejscu, w którym ten ktoś leżał, spoglądając na szosę znajdującą się poniżej i być może czekając na to, żeby tropiciele z psami odeszli. W błocie widniał też ślad odbitej dłoni — tuż obok słowa *zEmsta.* Hrubek był tutaj nie dawniej jak godzinę temu. Poszedł na wschód, to prawda, ale najwyraźniej tylko po to, żeby zdobyć ubranie, albo po to, żeby zmylić pogoń. A potem, tą samą drogą, udał się z powrotem na zachód i doszedł do tego wzniesienia, które zauważył, idąc na wschód.

Sukinsyn! Owen schodził powoli, starając się zachować ostrożność, mimo radosnego podniecenia. Nie mógł przecież teraz czegoś sobie złamać. U stóp skały zapalił latarkę i w jej świetle obejrzał ziemię. Znalazł mały skrawek błota, a na nim odciski butów kogoś odchodzącego od skały. Były to takie same odciski jak te, które widział na szczycie. Odciski co prawda nie znajdowały się daleko od siebie, ale większe zagłębienie w części palcowej stopy wskazywało na to, że Hrubek biegł albo bardzo szybko szedł. Ślady prowadziły do drogi, a potem z powrotem na łąki, gdzie skręciły na zachód.

Nie tracąc ich z oczu, Owen poszedł przez trawę. Postanowił upewnić się, że Hrubek rzeczywiście zmierza na zachód, a potem wrócić do samochodu i rozglądać się za uciekinierem, jadąc powoli szosą. Jeszcze dziesięć jardów, pomyślał i przelazł przez kamienne ogrodzenie, za którym znajdowała się rozległa łąka.

I to tam właśnie potknął się o ukryty drut i upadł, twarzą do przodu, na stalową pułapkę.

Duża pułapka na kojoty została zastawiona po mistrzowsku — w takim miejscu na ścieżce, gdzie, upadając, nie było się czego złapać, tuż za kamiennym murem, gdzie ścigający, przekroczywszy ten mur, nie mógł szybko postawić drugiej stopy na ziemi i zahamować upadku. Owen błyskawicznie upuścił latarkę i zakrył sobie twarz lewym ramieniem, a równocześnie podniósł pistolet i wystrzelił cztery naboje, celując w okrągłą płytę spustową i chcąc, żeby pułapka zamknęła się, zanim on w nią uderzy. Urządzenie z oksydowanej stali zatańczyło pod potężnym uderzeniem. Kamyki, gałązki i gorące kawałki roztrzaskanych kul wyleciały w powietrze, a Owen wykonał gwałtowny skręt ciałem, chcąc upaść tak, żeby cały impet przyjąć na bark.

Wylądował, a jego głowa odbiła się od szczęk pułapki. Leżał oszołomiony, czując, że na czole ma krew, i starając się pozbyć przerażającego obrazu własnej twarzy schwytanej w szczęki z oksydowanego metalu. W chwilę później przetoczył się na inne miejsce. Przypuszczał, że Hrubek zastawił pułapkę w celu, w którym zastawiłby ją on sam, to znaczy po to, żeby unieruchomić ścigającego i móc zaatakować go od tyłu. Owen rozejrzał się, kuląc się pod murem. Kiedy spodziewany atak nie nastąpił, wyrzucił nie wystrzelone naboje i załadował broń ponownie. Włożył do kieszeni dwie dobre kule i jeszcze raz się rozejrzał.

Nic. Nie słyszał niczego poza szumem wiatru wśród wierzchołków drzew. Powoli wstał. Tak więc pułapka przeznaczona była dla tropiącego psa. Owen chwycił ją z wściekłością i cisnął na łąkę. Znalazł puste łuski, zakopał je, a potem obmacał sobie twarz i bark. Obrażenia były lekkie.

Złość szybko mu przeszła i zaczął się śmiać. Nie śmiał się dlatego, że poczuł ulgę na myśl, iż udało mu się uniknąć ciężkich ran. Nie, śmiał się dlatego, że odczuwał przyjemność. Pułapka była bowiem dowodem na to, że w Michaelu Hrubeku ma godnego siebie przeciwnika — bezlitosnego i sprytnego. A on żył najintensywniej wtedy, kiedy miał silnego przeciwnika — przeciwnika, w starciu z którym mógł się sprawdzić.

Wrócił szybko do swojego cherokee, włączył silnik i pojechał powoli na zachód, wpatrując się w pola leżące po lewej stronie. Wpatrywał się w nie z taką uwagą, że zaczepił przednią szybą o tablicę. Przestraszony głośnym hałasem, zahamował i spojrzał na nią.

I zobaczył, że znajduje się o czterdzieści siedem mil od domu.

Michael Hrubek, kucając w trawie, pogłaskał swój roboczy kombinezon i zaczął się zastanawiać, co to za samochód widzi przed sobą.

To z pewnością była pułapka. Snajperzy z wycelowanymi muszkietami o długich lufach siedzieli na pewno wśród tamtych drzew i czekali, aż on podejdzie do tego sportowego samochodu. Michael Hrubek, oddychając płytko, przypomniał sam sobie, że ma nie zdradzić, gdzie się znajduje.

Kiedy minął tablicę z napisem GETO, skierował się na zachód. Szedł łąkami porośniętymi trawą i pnączami dyni, równolegle do niewyraźnie rysującej się w ciemnościach szosy numer 236. Szedł szybko i zatrzymał się tylko raz — żeby umieścić jedną z pułapek tuż za kamiennym murem. Przykrył ją liśćmi i pospieszył dalej.

Teraz wyprostował się trochę i spojrzał na samochód. W pobliżu samochodu nie dostrzegł nikogo. Mimo to nie wychodził z kryjówki. Wycelował broń w stronę drzew i czekał na najlżejszy ruch. Czując zapach trawy, przypomniał sobie coś. Usiłował zignorować wspomnienie, ale nie udało mu się.

Co ty masz na głowie, mamo?

Mamo...

Zdejmij ten kapelusz. On mi się nie podoba.

Piętnaście lat temu Michael Hrubek był chłopcem bardzo muskularnym i bardzo spasionym. Chodził jak kaczka i miał długą, podobną do pnia szyję. Pewnego dnia, bawiąc się w wysokiej trawie za starą wierzbą, usłyszał wołanie:

— Michael! Michael!

Matka pojawiła się na werandzie z tyłu domu — porządnie utrzymanego podmiejskiego domu w Westbury w Pensylwanii.

— Michael, przyjdź tu do mnie.

Miała na głowie czerwony kapelusz z szerokim rondem, spod którego wymykały się jej piękne włosy i tańczyły na wietrze jak żółte płomienie. Nawet z tej odległości, w której się znajdował, Michael widział jej czerwone paznokcie przypominające rany po oparzeniu papierosem. Oczy matki były ciemne, schowane pod rondem kapelusza i za tymi dziwnymi małymi maskami, które wyciskała z tubek leżących na toaletce i nakładała na powieki. Michael podejrzewał, że robiła to, żeby się ukryć przed nim.

— Kotku... Przyjdź tutaj, proszę. Jesteś mi potrzebny.

Michael podniósł się powoli i podszedł do niej.

— Przyszłam do domu przed chwilą. Po drodze nie miałam czasu. Chcę, żebyś poszedł do sklepu spożywczego po zakupy.

— Oj, nie — odrzekł chłopiec tonem tragicznym.

— Wiem, że nie chcesz — powiedziała matka. — Ale widzisz, przyjdą zaraz państwo Klevan, państwo Abernathy i państwo Potter. Potrzebne mi mleko i kawa.

— Nie, nie mogę.

— Ależ możesz. Jesteś przecież moim małym żołnierzykiem. Małym, dzielnym żołnierzykiem.

— Nie, nie — jęknął. — Nie mogę tego zrobić z pewnych powodów.

— I uważaj, jak będziesz brał resztę. Żeby cię nie oszukali.

— Oni nie pozwolą mi przejść przez ulicę — odpowiedział Michael. — Ja nie wiem, gdzie to jest!

— Nie martw się. Ja ci powiem — obiecała matka uspokajającym tonem. — Napiszę ci na kartce.

— Nie mogę.

— Zrób to dla mnie. No, idź, prędziutko.

— Nie.

— Masz dwanaście lat. Potrafisz to zrobić.

Matka nie dawała się wyprowadzić z równowagi.

— Nie, nie! Sklep jest zamknięty.

— Mleko i kawę. Idź i kup... sklep jest otwarty. Bądź dzielny.

W tym momencie przybyli państwo Klevan czy też państwo Milford i matka nie zdążyła napisać na kartce, gdzie jest sklep. Kazała mu już iść. Michael, przerażony tak, że chciało mu się wymiotować, ruszył w drogę, ściskając w garści banknot pięciodolarowy.

Po godzinie do zdenerwowanej matki zatelefonowano ze sklepu. Michael wszedł tam przed dziesięcioma minutami i narobił zamieszania.

— Pani syn — powiedział kierownik — chce kupić sklep.

— Chce kupić *sklep*? — zapytała zdumiona matka.

— Mówi, że pani mu kazała go kupić. Wezwę chyba policję. Dotknął jednej z kasjerek. Wie pani, jej piersi. Kasjerka jest zszokowana.

— O Boże.

Matka pędem udała się do sklepu.

Trzęsący się ze strachu Michael stał koło kasy. Kiedy okazało się, że nie może zrobić tego, co mu matka kazała, mówiąc *...Idź i kup... sklep...* przestał myśleć, chwycił kasjerkę za tłuste ramię i wsadził jej pieniądze do kieszeni bluzki.

— Niech pani to weźmie! — krzyczał. — Niech pani weźmie te pieniądze!

Matka zabrała go do domu i zaprowadziła prosto do łazienki.

— Boję się.

— Boisz się, kochanie? Mój dzielny żołnierzyk się boi? A czego?

— Gdzie ja byłem? Nic nie pamiętam.

— Niczego. Nie pamiętam niczego. A teraz zdejmij to brudne ubranie.

Na ubraniu były wióry i kurz, gdyż Michael w sklepie rzucił się na podłogę, chcąc się schować w momencie, kiedy matka wpadła tam z płonącym wzrokiem.

— A później masz przyjść do gości i powiedzieć im, że przepraszasz za to, co zrobiłeś. Jak ich przeprosisz, pójdziesz do łóżka i zostaniesz w nim do wieczora.

— Do łóżka?

— Tak, do łóżka — powiedziała krótko.

Czy to miała być kara, czy pocieszenie? Michael nie miał pojęcia. Zastanawiał się nad tym przez kilka minut, a potem usiadł na ubikacji i zaczął łamać sobie głowę nad innym problemem. Matka wrzuciła jego rzeczy do pralki. Czy to oznaczało, że chce, żeby przyszedł przepraszać gości bez ubrania? Rozejrzał się za czymś, co mógłby na siebie włożyć.

Pięć minut później otworzył drzwi i wszedł do salonu w szlafroku matki.

— Dzień dobry — powiedział, podchodząc do gości. — Próbowałem kupić ten zasrany sklep. Przepraszam.

Pan Abernathy czy pan Milford, który coś mówił, przerwał w pół zdania. A jego żona zakryła sobie usta dłonią, powstrzymując się od wypowiedzenia jakiejś niepotrzebnej uwagi, której mogłaby potem żałować.

Tymczasem matka... Matka uśmiechała się! Michael był zdumiony. Jej zamaskowane oczy były zimne, ale uśmiechała się do niego.

— A, jest nasz dzielny żołnierzyk — szepnęła. — Czy Michael nie wygląda modnie?

— Znalazłem ten szlafrok za drzwiami.

— Naprawdę? — zapytała, kręcąc głową.

Michael uśmiechnął się. *Modnie*. Był zadowolony z siebie.

— Próbowałem kupić ten zasrany sklep! — powtórzył, śmiejąc się ochryple.

Goście, którzy trzymali filiżanki herbaty, a nie kawy, z cytryną, a nie z mlekiem, starali się nie patrzeć sobie w oczy. Matka wstała.

— Zmieniłam zdanie — powiedziała. — Michael, wyglądasz tak ładnie. Może byś wyszedł i pobawił się?

— Na dworze? — uśmiech zniknął z jego twarzy.

— No tak. Na dworze. Idź.

— Ale to głupio wychodzić w szla...

— Nie, wcale nie głupio. Idź na dwór.

— Ale oni mnie mogą zobaczyć. — Michael zaczął płakać. — Ktoś mnie może zobaczyć.

— Już! — wrzasnęła. — Na dwór, do cholery!

A potem wzięła go za rękę, zaprowadziła do frontowych drzwi i wypchnęła na zewnątrz. Michael stał tak na progu w jasnoniebieskim szlafroku, a dwie dziewczynki z sąsiedztwa gapiły się na niego. Z początku się uśmiechały, ale kiedy Michael zaczął na nie patrzeć i mruczeć coś do siebie, zrobiło im się głupio i weszły do swojego domu. Michael odwrócił się i stanął twarzą do drzwi frontowych. Usłyszał zgrzyt zamka. Zajrzał przez okienko w drzwiach i zobaczył odwracającą się twarz matki. Poszedł za dom, pod wierzbę i resztę dnia spędził w trawie, podobnej do tej, w której siedział dziś w nocy, czekając na snajperów i obserwując samochód.

Usłyszawszy szelest tej trawy i poczuwszy jej pieszczotę na skórze (podobną do tamtej pieszczoty), przypomniał sobie prawie wszystko, co zdarzyło się tamtego dnia. Jednak wspomnienie nie było wyraźne. Nie było wyraźne z tego samego powodu, dla którego było takie ważne dla całego jego dalszego życia — a mianowicie dlatego, że cały ten incydent stanowił pierwsze jego zerwanie z rzeczywistością, pierwszy jego epizod psychiatryczny. Obraz tych kilku godzin był zniekształcony zarówno przez jego świadomość, jak i przez upływ czasu. Na ten obraz nałożyły się inne wspomnienia, z których wiele prześladowało go tak samo i wywoływało taki sam smutek. Dzisiejszej nocy, przypomniawszy sobie pod wpływem zapachu i pieszczotliwego dotknięcia trawy tamte kilka godzin, mógł głębiej spenetrować ten incydent (do czego zresztą nieraz zachęcał go doktor Richard), ale zrobił się taki podniecony, że nie był w stanie dłużej usiedzieć na miejscu. Bez względu na to, czy czyhali na niego snajperzy, czy nie — musiał zacząć działać. Wstał i poszedł w stronę szosy.

Samochód sportowy najwyraźniej zepsuł się przed paroma godzinami. Maska jego silnika była podniesiona, a okna i drzwi zamknięte. Na szosie w pobliżu tylnego zderzaka stał trójkątny znak. Hrubek zaczął się zastanawiać, czy ten znak stoi tu po to, żeby ułatwić snajperom celowanie. Rzucił go w zarośla tak jak rzuca się frisbee.

— MG — szepnął, odczytując emblemat na masce. — MG?

Doszedł do wniosku, że to znaczy „Mój gromowładny".

Nie zaglądając do środka, podszedł prosto do bagażnika. Prezent! Tak, prezent od Mojego Gromowładnego — od Boga! Rower był przymocowany, ale on wyszarpnął go z łatwością. Posypały się metalowe i plastikowe kawałki zamocowania.

Postawił rower na ziemi i zaczął gładzić rurki, skórę siodełka, kółka zębate i kabelki. Poczuł chłód metalu i sprawiło mu to wielką przyjemność. Pochylił głowę i otarł się policzkiem o chromowaną kierownicę.

Wyjął z kieszeni flamaster i napisał sobie na przedramieniu: *Pytam Głośno: czyż NIE dziwne są dzieła BOŻE? Dzięki CI BOŻE za ten piękny prezent.* Obok narysował węża i jabłko i napisał imię *EWA*. Polizał to imię i cofnął się o krok od roweru, przyglądając się swojemu nowemu środkowi transportu z pewnym niepokojem, ale i z wdzięcznością.

Richard Kohler znalazł się w obcym dla siebie świecie.

Miał na sobie wełniany garnitur, jedwabny krawat, czerwono-zielone skarpetki i jeden mokasyn — jakiż mógł być lepszy dowód na to, że nie był człowiekiem spędzającym czas wśród przyrody.

Pochylając się ostrożnie do przodu, wyciągnął drugi but z błota i wytarł go o trawę. Włożył go na nogę i poszedł dalej na zachód.

Ten las, nie wiadomo dlaczego, wywoływał u niego klaustrofobię, która nie nękała go nigdzie indziej — nawet we własnym małym gabinecie, gdzie często spędzał po piętnaście godzin na dobę. Tak, w gabinecie czuł się normalnie, a tymczasem w tym lesie puls miał przyspieszony, ze strachu przed zamknięciem swędziała go skóra, trudno mu było oddychać. Słyszał też jakieś nieistniejące odgłosy i miał bardzo złą orientację w terenie. Był bliski przyznania się przed samym sobą, że zabłądził. Bo to, co uważał za punkty odniesienia — drzewa, drogowskazy, krzaki — było bardzo mgliste i niepewne. Często, idąc w kierunku tych obiektów, przekonywał się, że po prostu znikają. A czasami zamieniały się one w groteskowe stwory albo przekształcające się twarze.

Na plecach Kohler miał czerwony plecak, w którym znajdowały się strzykawka i leki, a przez ramię przewiesił sobie czarny płaszcz od deszczu. Było za ciepło na to, żeby go włożyć, i Kohler zastanawiał się, dlaczego w ogóle wziął go ze sobą. Sądząc z komunikatów radiowych dotyczących nadciągającej burzy, lepszą ochronę przed deszczem stanowiłaby zbroja z hełmem.

Kohler zaparkował swoje BMW przy szosie, o pół mili stąd, i przeszedł przez łąki, zmierzając do lasu. Nie posuwał się szybko. Skórzane podeszwy jego butów ślizgały się na wilgotnych kamieniach i Kohler dwa razy upadł na twardą ziemię. Za drugim razem omal nie zwichnął sobie ręki. A w pewnym momencie zaczepił nogawką o kolce dzikiej róży. Upłynęło pięć minut, zanim się uwolnił.

Mimo to uważał, że miał szczęście. Pielęgniarka, która zawiadomiła go o ucieczce, powiedziała mu, że Hrubek zwiał z karawanu w Stinson i dotarł najprawdopodobniej aż do Watertown.

Jadąc szosą numer 236 w stronę tego drugiego miasteczka, Kohler w pewnym momencie zobaczył na jakiejś polance Hrubeka. Był pewien, że go widzi. Podjechał szybko do najbliższej odbiegającej w bok drogi, wyskoczył z samochodu i zaczął przeszukiwać okolicę. Wołał pacjenta po imieniu, błagał go, żeby się ujawnił, ale nie otrzymał żadnej odpowiedzi. Wsiadł więc w samochód i ruszył przed siebie. Nie ujechawszy jednak daleko, skręcił w boczną drogę i zatrzymał się. Obserwował okolicę. Po dziesięciu minutach wydało mu się, że znowu widzi tę samą postać posuwającą się szybko naprzód.

A później nie natknął się już ponownie na ślad Michaela. Jeszcze raz poszedł na łąki i skierował się w tę stronę, w którą posuwał się jego domniemany pacjent — na zachód. Szedł, mając nadzieję, że natknie się na Hrubeka przypadkiem.

Gdzie jesteś, Michael?

I dlaczego znajdujesz się poza szpitalem?

Tak bardzo się starałem, tak bardzo chciałem zajrzeć do twojej głowy. Ale w tej głowie jest bardzo ciemno. Twój umysł jest tak ciemny jak niebo dzisiejszej nocy.

Kohler potknął się znowu, tym razem o jakiś drut, i podarł sobie spodnie o ostry kawałek skały, raniąc się przy tym w udo. Zastanowił się, czy grozi mu tężec. Ta myśl zaniepokoiła go bardzo. Jednak jego zdenerwowanie wywołał nie strach przed chorobą, tylko fakt, że uświadomił sobie, że zapomniał zabrać ze sobą podstawowe leki. Pomyślał, że jego wiedza o funkcjonowaniu ludzkiego mózgu nie kompensuje chyba wtórnego analfabetyzmu w zakresie fizjologii i chemii organicznej, których kiedyś się uczył i w których kiedyś tak dobrze się orientował. Wkrótce jednak przestał zaprzątać sobie głowę tymi myślami, bo znalazł sportowy samochód.

Pojazd nie odznaczał się niczym szczególnym. Kohlerowi nie przyszło nawet do głowy, że Michael zaglądał pod jego maskę i usiłował go uruchomić. Michaela tak bardzo przerażała sama myśl o prowadzeniu samochodu, że na pewno nie usiłowałby ukraść tego pojazdu. Nie, Kohlera zaintrygowało coś innego — zaintrygował go mały przedmiot leżący na ziemi koło tylnego zderzaka.

Mała biała czaszka jak na ironię miała kolor prawie identyczny z kolorem samochodu. Kohler podszedł i podniósł ją. Przyjrzał się uważnie delikatnym kościom. Na części policzkowej czaszki było małe pęknięcie. Trójdzielny, pomyślał odruchowo Kohler, przypominając sobie nazwę piątej pary nerwów czaszkowych.

Czaszka zakołysała się lekko na końcu jego palców i spadła z cichym trzaskiem na bagażnik samochodu, a potem stoczyła się na pobocze. Kohler znieruchomiał, kiedy wylot lufy pistoletu przesunął się po jego skroni w stronę ucha, a niezmiernie silna dłoń chwyciła go za ramię.

13

Trenton Heck skierował lufę walthera w kłębiące się chmury i spuścił kurek. Potem zabezpieczył broń i włożył ją w olstro.

Oddał portfel chudemu człowiekowi, którego papiery — prawo jazdy i karta identyfikacyjna ze szpitala — zdawały się być w najlepszym porządku. Facet nie był już taki blady jak kilka minut temu, kiedy Heck przystawił mu broń do głowy.

Ale był tak samo jak wtedy wściekły.

Richard Kohler ukląkł i odpiął zamek błyskawiczny plecaka, który Heck cisnął na trawę.

— Przepraszam — powiedział Heck. — Nie wiedziałem, czy to on, czy ktoś inny. Było tak ciemno, że nie mogłem się zorientować. Na dodatek pan kucał...

— Jeżeli zaskoczy pan w ten sposób Michaela Hrubeka, on wpadnie w panikę — warknął Kohler. — Gwarantuję to panu.

Zajrzał do plecaka, którego cenna zawartość — kilka buteleczek i coś jeszcze — wyglądała na nienaruszoną. Heck zastanawiał się tymczasem, czy nie złapał przypadkiem narkomana.

— I powiem panu coś jeszcze. — Lekarz odwrócił się i przyjrzał się Heckowi. — Nawet gdyby pan do niego strzelił, on — zanim umrze — odwróci się i złamie panu kark. O, tak... — Kohler strzelił palcami.

Heck roześmiał się.

— Będąc ranny w głowę? Nie wydaje mi się.

— Najwyraźniej jest wiele rzeczy, których pan na jego temat nie wie. Doktor zamknął plecak.

Heck pomyślał, że nie może mieć Kohlerowi za złe jego wściekłości. Nie czuł się jednak wobec niego winny. Bo okazało się, że Kohler szedł tą samą drogą, którą Hrubek musiał iść wcześniej tego wieczora. Więc jak on, Heck, mógł go odróżnić od Hrubeka? Przecież było ciemno. To prawda, że doktor był drobniejszy. Ale każdy podejrzany okazuje się drobniejszy, kiedy już wyjaśni się, że to nie on jest tym, którego się ściga.

— Czego pan tu właściwie szuka? — zapytał Heck.

Kohler spojrzał na jego cywilne ubranie.

— A pan jest gliną czy co?

— Mam takie specjalne uprawnienia.

Powiedział tak, chociaż była to nieprawda. Bo był w tym samym stopniu policjantem co każdy przeciętny obywatel. Powiedział tak, bo czuł, że musi mieć autorytet w oczach tego chudzielca, który wyglądał jak ktoś, kto chce narobić kłopotu. Powiedział tak, po czym powtórzył swoje pytanie.

— Jestem lekarzem Michaela — usłyszał w odpowiedzi.

— No to niezłą wizytę domową odbywa pan dziś w nocy. — Heck przyjrzał się garniturowi doktora i jego mokasynom. — Musiał pan się namęczyć, idąc po jego śladach. Zwłaszcza że nie ma pan psów.

— Zobaczyłem go przy szosie. Szedł w tym kierunku. Ale jakoś mi uciekł.

— Więc on jest gdzieś w pobliżu?

— Widziałem go pół godziny temu. Nie mógł odejść daleko.

Heck kiwnął głową w stronę Emila, który wcale nie trzymał łba przy ziemi. — Z jakiegoś powodu zapach zniknął. Mnie to zmartwiło, a Emila zdenerwowało. Poszukamy tutaj, może odnajdziemy trop.

Heck mówił dalej tonem, który sugerował, że niepotrzebne mu towarzystwo. Przy tym szedł szybko, co również miało zniechęcić Kohlera do podejmowania prób dotrzymania mu kroku. Jednak Kohler nie zniechęcił się. Podążał za Heckiem i psem, kiedy ci przechodzili z jednej strony szosy na drugą i posuwali się naprzód wzdłuż łąk. Pod ich stopami zgrzytał głośno żwir i szeleściły liście.

Heck poczuł, że mięśnie w nodze mu sztywnieją. Potraktował to jako ostrzeżenie, jako sygnał, że powinien zwolnić. Było wciąż ciepło jak na tę porę roku, ale w ciągu ostatniej pół godziny temperatura spadła, a w powietrzu wyczuwało się wilgoć. Kiedy Heck był zmęczony i niewyspany, łapały go bolesne kurcze w zranionej niegdyś nodze.

— Tak sobie myślę — powiedział — że pewnie panu lepiej szło tropienie niż mnie z Emilem. Bo nas to on nieźle wykiwał. Poprowadził nas w kierunku przeciwnym do tego, który w końcu obrał.

Kohler jeszcze raz — po raz czwarty, jak obliczył Heck — spojrzał na walthera.

— Wykiwał was? Co pan ma na myśli?

Heck opowiedział o fałszywym tropie — o tym, że Hrubek upuścił wycinek z gazety z planem Bostonu.

Lekarz zmarszczył brwi.

— Wczoraj widziałem Michaela w bibliotece. Wycinał coś z gazet. Czytał przez całe przedpołudnie. Był bardzo czymś zaabsorbowany.

— Naprawdę? — mruknął Heck, znowu zdziwiony inteligencją Hrubeka. — No więc on najpierw upuścił ten wycinek, a potem zrobił numer, o jakim ja tylko słyszałem i z jakim się dotychczas nie zetknąłem. Nasikał na ciężarówkę.

— Co takiego?

— Tak. Naszczał na oponę. Zostawił na niej swój zapach. Ciężarówka pojechała do Maine, a psy pobiegły za nią, zamiast tropić Hrubeka. Niewielu normalnych ludzi zna tę sztuczkę, a co dopiero mówić o świrach.

— To nie jest słowo — powiedział Kohler — którego należy tutaj używać.

— Przepraszam. — Heck zaśmiał się cierpko. — Dziwne: właśnie zasypiałem — wie pan, jak to się czasami zdarza — zasypiałem i usłyszałem klakson ciężarówki. I wtedy przyszło mi do głowy... to znaczy... domyśliłem się, co on zrobił. Emil jest dobry, ale iść za zapachem człowieka uczepionego ciężarówki to za wiele nawet dla niego. I to tyle mil? Pomyślałem: nie, tu było coś nie tak. No i pojechałem na ten parking. I oczywiście znaleźliśmy jego ślady. Okazało się, że zawrócił. To jest sztuczka stosowana przez zawodowców. Zresztą ta z tym wycinkiem z gazety też. On schował ten wycinek w trawie. Gdyby wycinek leżał na szosie, nie uwierzyłbym, że go zgubił. Domyśliłbym się, że to sztuczka. On jest sprytny. Założę się, że już przedtem nieraz udało mu się wykiwać psy.

— Nie. To niemożliwe. On nigdy w życiu znikąd nie uciekł. To nie jest zaplanowana ucieczka.

Heck spojrzał na Kohlera, starając się odgadnąć, czy lekarz nie kłamie. Wyglądało jednak na to, że Kohler mówi szczerze.

— Ale ja słyszałem coś innego — powiedział Heck.

— Od kogo?

— Od mojego dawnego szefa z policji stanowej. Od Dona Havershama. To on mnie dziś zaangażował. I mówił coś o siedmiu szpitalach, z których uciekał ten pański przyjemniaczek.

Kohler roześmiał się.

— Oczywiście. Niech pan zapyta o to samego Michaela. Odpowie panu, że to były szpitale-więzienia. A on uciekał na koniu, unikając kul z muszkietów. Rozumie pan, co mam na myśli?

Heck nie był pewien, czy rozumie.

— Kule z muszkietów, tak? — powiedział i dodał: — No, teraz musimy przejść przez te zarośla.

Zeszli stromą ścieżką do leżącej poniżej doliny. Szli tak szybko, że Kohler od razu się zmęczył. Kiedy dotarli do miejsca, gdzie teren był płaski, zaczerpnął tchu i powiedział:

— Oczywiście nie możecie być pewni, że on *nie* kieruje się do Bostonu.

— Jak to?

— No, jeżeli miał tyle sprytu, żeby was zmylić i podsunąć wam myśl, że idzie na wschód, to teraz może was też oszukiwać, każąc wam myśleć, że idzie na *zachód*. Może to taki podwójny bluff.

No tak. To było coś, o czym Heck nie pomyślał. Oczywiście, dlaczego Hrubek nie miałby zrobić po raz drugi tego samego? Dlaczego nie miałby zawrócić na wschód? Może on *rzeczywiście* chciał się dostać do Bostonu? Heck zastanawiał się nad tym przez chwilę, a potem powiedział Kohlerowi prawdę.

— To możliwe — oświadczył — ale ja nie jestem w stanie przeszukać całego Północnego Wschodu. Mogę tylko iść tam, gdzie mnie prowadzi nos mojego psa.

Powiedział to, mając równocześnie bolesną świadomość, że ten nos nie ma teraz pojęcia, gdzie znajduje się ścigany.

— Chciałem tylko zwrócić panu na to uwagę — dodał lekarz.

Szli przez dolinę ścieżką biegnącą obok starych kamieniołomów. Heck przypomniał sobie, jak w młodości, będąc samotnym chłopcem, zainteresował się geologią. Spędzał długie godziny w kamieniołomie podobnym do tego tutaj, stukając młotkiem i zbierając do swojej kolekcji kawałki kwarcu, miki i granitu. Teraz zapatrzył się na wysokie skały, pokancerowane jak kości, do których dobrał się lekarz za pomocą swoich metalowych narzędzi. Przypomniał sobie zdjęcie rentgenowskie własnej strzaskanej nogi, własnej kości udowej uszkodzonej przez kulę. Dlaczego — dziwił się i wtedy, i teraz — ten cholerny lekarz pokazał mi to dzieło sztuki?

Pies obrócił się nagle kilka razy, potem znieruchomiał, a potem obrócił się jeszcze raz.

— Czy on odnalazł trop? — spytał szeptem Kohler.

— Nie — odpowiedział Heck głośno. — Powiem panu, kiedy go znajdzie.

Podążali za Emilem, który szedł wzdłuż żółtobiałej wysokiej skały, omijając kałuże słonawej wody.

Wyszli z kamienistej doliny i zaczęli się powoli piąć w górę. I okazało się, że znowu trafili tam, gdzie stał zepsuty samochód.

— Cholera — skrzywił się Heck — wróciliśmy.

— A dlaczego pan go ściga w pojedynkę? — zapytał Kohler, dysząc ciężko.

— No bo tak.

— Wyznaczono za niego nagrodę, tak?

Heck bawił się przez chwilę linką, na której uwiązany był pies.

— Skąd pan wie? — spytał wreszcie.

— Nie wiedziałem. Ale teraz już wiem, dlaczego pan go ściga w pojedynkę.

— A pan, panie doktorze? Jeżeli pan go widział, to dlaczego nie wezwał pan pułku wojska?

— On łatwo wpada w panikę. Ja potrafię go zachęcić do powrotu w taki sposób, żeby nikomu nic się nie stało. On mnie zna. Ma do mnie zaufanie.

Emil zesztywniał nagle i odwrócił się w stronę lasu. Heck natychmiast wyciągnął i odbezpieczył pistolet. W zaroślach coś się ruszało.

— Nie! — krzyknął Kohler, patrząc na broń, i ruszył w stronę zarośli.

Ale Heck złapał go za ramię i szepnął:

— Ja zachowałbym spokój. Nie zdradzajmy, gdzie jesteśmy.

Przez chwilę panowała cisza. A potem muskularna łania przesadziła niski żywopłot i zniknęła.

Heck włożył broń do olstra.

— Powinien pan trochę bardziej uważać. Jest pan łatwowierny. Rozumie pan, co mam na myśli?

Heck spojrzał na południe, gdzie szary asfalt zniknął wśród wzgórz. Emil nie zdradzał zainteresowania tym kierunkiem, ale Heck doszedł do wniosku, że powinni mimo to pójść w tę stronę. Jeszcze raz sięgnął po plastikową torebkę z szortami Hrubeka. Ale Kohler chwycił go za ramię.

— Ile? — zapytał.

— Ile czego? — nie rozumiał Heck.

— Ile wynosi nagroda?

Emil, który zdawał sobie sprawę, że szorty Hrubeka znajdują się nad jego głową, zaczął drżeć. Heck zamknął torebkę, nie chcąc, żeby pies stał się zbyt nerwowy.

— To tajemnica. Moja i tych, co mi mają zapłacić — powiedział.

— Czy to Adler ma płacić?

Heck powoli pokiwał głową.

— To mój kolega — stwierdził Kohler. — Pracujemy razem.

— Jeżeli to pana kolega, to jak to się stało, że pan nie wie?

— Ile? — zapytał Kohler.

— Dziesięć tysięcy.

— Ja dam panu dwanaście.

Heck przez chwilę obserwował Emila, który kręcił się gotowy do biegu.

— Żartuje pan — powiedział do Kohlera.

— Wcale nie. Mówię poważnie.

Heck parsknął śmiechem, ale kiedy uświadomił sobie, że patrzy na człowieka, który może wypisać czek na dwanaście tysięcy, zrobiło mu się gorąco.

— Ale dlaczego...?

— Trzynaście.

— Ja się z panem nie targuję. Ja chcę wiedzieć, *co mam za taką sumę zrobić.*

— Pójść do domu. Zapomnieć o Michaelu Hrubeku.

Heck rozejrzał się powoli naokoło. Na zachodzie, w oddali zauważył błyskawicę. Jej światło zdawało się zalewać ogromny obszar. Heck spojrzał na ciągnące się w dal łąki, na ciemny horyzont, na czarne niebo. Poczuł, że ten widok go denerwuje — z tego prostego powodu, że ta niespodziewana oferta była tak kusząca. Bo jak mógł znaleźć człowieka w tak wielkiej przestrzeni? Zaśmiał się sam do siebie. Dlaczego Bóg zawsze podsuwa człowiekowi pokusę wtedy, kiedy człowiek najbardziej jej pragnie?

— A jaki pan ma w tym interes? — spytał, chcąc zyskać na czasie.

— Po prostu nie chcę, żeby mu się stało coś złego.

— Ja mu nic złego nie zrobię.

— Chciał pan posłużyć się bronią.

— No tak, użyłbym broni, gdybym musiał. Ale nie mam zamiaru strzelać nikomu w plecy. To nie w moim stylu. Nigdy tego nie robiłem, kiedy byłem policjantem. I teraz też tego nie robię.

— Michael nie jest groźny. On nie jest taki jak rabusie ograbiający banki.

— Dla mnie nie ma znaczenia, czy jest tak groźny jak oszalała samica łosia broniąca swych młodych, czy też tak jak jakiś członek mafii. Ja muszę uważać, żeby nic złego się nie stało ani mnie, ani mojemu psu. I jeżeli to oznacza, że muszę strzelać do człowieka, który idzie na mnie z kamieniem albo łyżką do opon, to strzelam — nie ma rady.

Kohler uśmiechnął się, dając Heckowi do zrozumienia, że nie jest przekonany.

— Niech pan posłucha: on zastawiał pułapki na psy. Dla takiego człowieka ja nie mam wielkiego szacunku.

— *Co* robił?

Uśmiech zniknął z twarzy Kohlera.

— Zastawiał pułapki. Sprężynowe. Takie na zwierzęta.

— Nie. Michael by tego nie zrobił.

— Może pan sobie mówić, co pan chce, ale...

— Pan je widział?

— Wiem, że wziął kilka. Jeszcze ich nie znalazłem.

Lekarz milczał przez chwilę. W końcu powiedział:

— Myślę, że pan się daje wykorzystywać.

— Co pan chce przez to powiedzieć?

Heck już miał się obrazić, ale głos psychiatry był taki uspokajający. Był to głos kogoś, kto jest po jego stronie i usiłuje mu pomóc.

— Adler wie, że pies spowoduje, że schizofrenik wpadnie w panikę. Pościg to dla kogoś takiego jak Michael najgorsza rzecz pod słońcem. Taki pacjent osaczony wpadnie na pewno w panikę. Pan będzie *musiał* do niego strzelać. Adler chce, żeby to wszystko odbyło się bez rozgłosu. Czternaście tysięcy.

Boże. Heck zacisnął powieki, a potem otworzył oczy i zobaczył następną błyskawicę. U jego nóg Emil kręcił się zniecierpliwiony całym tym ludzkim gadaniem.

Wziąć pieniądze i wrócić do domu. Zadzwonić do banku, wpłacić tę pokaźną sumę. Czternaście tysięcy dałoby mu jakieś dziewięć, dziesięć miesięcy spokoju. Może w tym czasie w policji znalazłyby się pieniądze na etaty dla tych, których zwolniono w ciągu ostatnich lat. Może w jednej z trzydziestu sześciu kompanii, w których Heck złożył podania, znalazłby się wakat?

Może Jill wróciłaby do domu z pieniędzmi z napiwków i z koronkowymi koszulami nocnymi.

Czternaście tysięcy dolarów.

Heck westchnął. — No cóż, panie doktorze, rozumiem, że pan się martwi o swojego pacjenta. Ale są też inni ludzie, o których się trzeba martwić. Ja byłem kiedyś policjantem. To mnie czegoś nauczyło. Emil i ja mamy szansę złapać tego faceta. Mimo całego tego pańskiego gadania o podwójnym bluffie i tak dalej. Niech się pan nie obrazi.

— Ale on nie jest groźny. Nikt tego nie rozumie. On się staje niebezpieczny, *dopiero kiedy się go ściga.*

Heck roześmiał się. — Widzę, że psychiatrzy mają swój własny sposób ujmowania spraw. Jednak ci dwaj faceci, których on omal nie zabił, na pewno by się z panem nie zgodzili.

— Omal nie *zabił*?

Kohler był tak samo wstrząśnięty jak wtedy, kiedy Heck przystawił mu do głowy lufę pistoletu.

— O kim pan mówi?

— O tych sanitariuszach.

— O jakich sanitariuszach?

— O tych, z którymi on się starł koło Stinson. Myślałem, że pan o tym wie. To było zaraz po tym, jak uciekł.

— Zna pan ich nazwiska?

— Nie, oczywiście, że nie. Oni byli ze szpitala. Tylko tyle wiem.

Kohler podszedł do samochodu. Podniósł małą czaszkę i zaczął ją kompulsywnym ruchem pocierać dłonią.

— Tak więc — powiedział Heck — myślę, że muszę odrzucić pańską ofertę.

Kohler przez chwilę wpatrywał się w nocne niebo, a potem odwrócił się do Hecka.

— No to niech pan coś dla mnie zrobi — powiedział. — Jeżeli go pan znajdzie, niech pan mu nie grozi. Niech pan go nie goni. I na Boga, niech pan go nie szczuje psem.

— To nie jest polowanie na lisa. Ja tego tak nie traktuję — odrzekł Heck spokojnie.

Kohler dał mu wizytówkę. — Kiedy pan będzie blisko niego, niech pan zadzwoni pod ten numer. A oni zawiadomią mnie za pośrednictwem pagera. Będę panu naprawdę za to wdzięczny.

— Zrobię to, jeżeli będę mógł — powiedział Heck. — Tyle mogę obiecać.

Kohler kiwnął głową i rozejrzał się, chcąc się zorientować w terenie.

— Tam jest szosa numer 236, tak?

— Tak — odpowiedział Trenton Heck, a potem, oparłszy się o zderzak samochodu, patrzył ze śmiechem, jak ten szczupły człowiek w garniturze i krawacie, niosący elegancki płaszcz i plecak, i zabłocony jak robotnik kopiący rowy, odchodzi pustą drogą wiejską w burzliwą noc.

Wzrok doktora Ronalda Adlera przesuwał się po mapie hrabstwa Marsden.

— Doszedł aż do granicy stanu. Kto by się tego spodziewał — powiedział Adler i dodał bez entuzjazmu i bez oznak zainteresowania: — Patrol drogowy z Massachusetts powinien go mieć za jakąś godzinę. Chcę mieć plan na najgorszą ewentualność.

— Czy mówi pan o nagrodzie? — zapytał Peter Grimes.

— O nagrodzie? — warknął dyrektor.

— Mhm. Co pan ma na myśli, mówiąc o najgorszej ewentualności?

Wyglądało na to, że Adler wie dokładnie, co ma na myśli. Mimo to milczał przez chwilę, prawdopodobnie z powodu jakiegoś przesądu, którego z jego świadomości nie wykorzeniły studia medyczne.

— To, że kiedy go znajdą, on może zabić policjanta. Albo kogoś innego. *To* mam na myśli.

— No tak, sądzę, że to możliwe — powiedział Grimes. — Chociaż niezbyt prawdopodobne.

Adler wrócił do sprawozdań ordynatora Oddziału E:

— Czy to wszystko prawda?

— Tak. Jestem tego pewien.

— Hrubek brał udział w *terapii zajęciowej*? Kohler odbywał z nim *indywidualne* sesje psychoanalityczne? Stosował wobec niego terapię, którą zawsze wszystkich zanudza?

I o której pisze w najlepszych czasopismach fachowych, dodał w myśli Grimes. A głośno powiedział:

— Na to wygląda.

— Zalecenia Narodowego Instytutu Zdrowia Psychicznego. *Wszyscy* je znamy. Zgodnie z nimi schizofrenik może być poddany terapii indywidualnej pod warunkiem, że jest młody, inteligentny i że miał w życiu osiągnięcia. I że jego choroba ma ostrzejszy przebieg niż u chroników... Aha, i pod warunkiem, że miał pewne sukcesy, jeżeli chodzi o związki seksualne. Do Michaela Hrubeka to raczej nie pasuje.

Asystent omal nie powiedział: „Chyba że gwałt potraktuje się jako sukces w sferze związków seksualnych". Powstrzymał się jednak. Był przy tym ciekawy, czy po takiej uwadze Adler wylałby go z pracy, czyby się tylko śmiał.

— Taka historia choroby — Adler przekartkował plik papierów — a Kohler stosuje indywidualną terapię. Naprawdę Kohler przedobrzył. Zastanówmy się... Czy te drzwi są otwarte? Te drzwi od gabinetu. Proszę je zamknąć.

Grimes zrobił, co mu kazano. Adler przejrzał sprawozdanie jednego z lekarzy, który pisał, że Hrubek przedstawił mu plan wyszarpnięcia jedną gołą ręką jego organów wewnętrznych. Plan był dokładny i Hrubek wykazał się przy tym imponującą znajomością ludzkiej anatomii.

Kiedy Grimes opadł znowu na swoje krzesło, Adler zamknął teczkę z papierami i zapatrzył się w sufit. Jego ręka powędrowała między nogi, poprawił coś sobie w kroku. A potem zapytał:

— Zdaje pan sobie sprawę, co zrobił Herr Doktor Kohler?

— On...

— Zna pan przypadek Burtona Scotta Webleya? Burtona Scotta Webleya Trzeciego. Czy Czwartego. Nie pamiętam dokładnie. Zna pan ten przypadek? Uczą takich rzeczy na... Gdzie pan studiował?

— Na Columbii. Nie, nie znam tego przypadku.

— Co-lum-bia no, no. — Adler wycedził tę nazwę z pogardliwą ironią. — Webley Trzeci czy Czwarty. Był w szpitalu w Nowym Jorku. Nie wiem, w którym. Może w Creedmoor. A może w Pilgrim State. Nie wiem dokładnie. Aha, i był pacjentem prywatnym. No wie pan, najlepsi lekarze, tacy jak nasz przyjaciel *Zygmunt* Kohler. Tacy co to *cum laude*. Tacy z różnych Co-lum-bii.

— Rozumiem.

— Widzi pan, Kohler uważa, że nasze szpitale pełne są Van Goghów. Poetów i malarzy. Geniuszy, których nikt nie rozumie, takich wariatów z wizją — bestii o dwóch głowach. — Zauważywszy, że Grimes patrzy na niego tak, jakby nie rozumiał, Adler mówił dalej: — Webley miał schizofrenię paranoidalną. Z urojeniami. Skąpoobjawową. Miał dwadzieścia osiem lat. Przypomina to coś panu? Jego urojenia koncentrowały się wokół rodziny. Rodzina chciała się do niego dobrać i tak dalej. Uważał, że ojca i ciotkę łączy kazirodczy związek. Że Network TV pokazuje ich stosunki seksualne. Pewnego razu Webley groził ciotce widłami. Został hospitalizowany wbrew woli. Wtedy modna była terapia insulinowa i Webley sto siedemdziesiąt razy był w śpiączce.

— Jezu.

— A potem, kiedy poziom cukru we krwi stał się u niego problemem, ci od elektrowstrząsów przestawili go na boczny tor na sześć miesięcy. Po takiej długiej terapii, jak pan się może domyślić, przypominał raczej strzęp człowieka.

— Kiedy to było?

— To nie ma znaczenia. Wkrótce po przerwaniu kuracji elektrowstrząsowej Webley odwiedza ordynatora, który stawia nową diagnozę. Webley przychodzi na badanie czyściutki, porządny i pozbierany. I bardzo bystry. Zadziwiająco bystry, jeżeli się weźmie pod uwagę, że przyjmuje te koktajle z firmy SmithKline. Jest grzeczny, reaguje poprawnie, chce się leczyć. Doktor zaleca całą serię testów. Webley zdaje wszystkie dwadzieścia pięć. Cudowne wyleczenie. Opiszą go w piśmie Amerykańskiego Stowarzyszenia Psychiatrycznego.

— Chyba się domyślam, na co się zanosi.

— Domyśla się pan? — Adler spojrzał na Grimesa rozbawiony . — Domyślił się pan, że po wypisaniu ze szpitala on wziął taksówkę, pojechał do ciotki i zgwałcił ją, a potem wypruł jej flaki, szukając schowanego mikrofonu, za pomocą którego miano rzekomo zdobyć przeciwko niemu dowody? Domyślił się pan, że piętnastoletnia córka ciotki weszła do domu w trakcie tych poszukiwań i że on jej zrobił to samo co matce? Domyślił się pan, że ośmioletniego syna ciotki uratowało to, że Webley zasnął wśród wnętrzności dziewczyny? No, zbladł pan. Ale ja jeszcze muszę panu powiedzieć coś najbardziej *szokującego.* Otóż on to wszystko sobie zaplanował. Miał iloraz inteligencji 146. Przestał brać leki, a potem, po paru dniach, poszedł do biblioteki i nauczył się na pamięć odpowiedzi na wszystkie dwadzieścia pięć testów. No i jak przyszło co do czego — poszło mu cholernie dobrze.

— Myśli pan, że Hrubek zrobił to samo? Że oszukał Kohlera?

— Oczywiście, że tak myślę! I Kohler kupił to, co on mu powiedział. To Kohler jest właściwie winien śmierci Callaghana. I *pozostałych* śmierci dzisiejszej nocy. Tak, Grimes, on jest odpowiedzialny.

— Bez wątpienia.

— Proszę mi powiedzieć, co pan o nim myśli. To znaczy o Kohlerze.

— To nadęta gnida.

Adler był zadowolony, że ktoś podziela uczucia, jakie on żywi do Kohlera, chociaż gardził Grimesem za to, że jest takim lizusem.

— To nie wszystko. Bo zastanówmy się, dlaczego on jest taki ślepy. Przecież nie jest głupi. Jest jaki jest, ale głupi nie jest na pewno. Więc dlaczego?

— Naprawdę nie...

— Chciałbym, żeby pan coś dla mnie zrobił.

— Ale, panie doktorze...

— Żeby się pan zabawił w detektywa.

Adler, który był w zasadzie szczupły, opuścił głowę, patrząc na Grimesa ponad okularami, wskutek czego zrobił mu się pokaźny podwójny podbródek.

Było już bardzo późno, więc Grimes, który miał dosyć dyplomatycznego lawirowania, postanowił być odważny.

— Raczej nie mam na to ochoty — powiedział.

— Nie ma pan ochoty? — warknął Adler. — Niech się pan nie stawia. Ja chcę zobaczyć strach w pana oczach, młody człowieku. Nie jest pan nietykalny. Gdybym chciał obciąć panu jaja, to zrobiłbym to w jednej chwili. Byłoby to dla mnie łatwiejsze niż wykastrowanie tych sanitariuszy. Niech pan o tym nie zapomina. A teraz słucha mnie pan? Zabawi się pan w detektywa. Niech pan robi notatki, jeżeli nie może pan zapamiętać, co mówię. Jest pan gotowy? — zapytał drwiąco, zapominając, że mówi nie do niekompetentnej sekretarki, tylko do lekarza.

Kiedy wrócili z psem do sportowego samochodu, Heck nabrał przekonania, że Hrubek złapał okazję albo schował się w samochodzie pogotowia technicznego, które przyjechało wezwane przez kierowcę zepsutej maszyny.

No tak, teraz ten świr naprawdę chowa się w ciężarówce — powiedział sobie. Oparł się o samochód i zatrząsł się z zimna w nagłym podmuchu wiatru.

Cholera, zrezygnowałem z takiej forsy, z czternastu tysięcy, z prawie rocznej pensji, wygadywałem takie wzniosłe bzdury. I co? I zgubiłem trop. A ty, Jill, co byś zrobiła na moim miejscu? Powiedz, że też byś mu powiedziała, żeby się odpieprzył.

Ale Jill wcale by mu tak nie powiedziała. Heck wiedział, że popędziłaby do domu i schowała czek Kohlera w kasetce z biżuterią. A potem zasnęłaby snem sprawiedliwego.

W swojej różowej koszuli nocnej.

Kochana Jill...

Nagle Emil podniósł łeb i znieruchomiał. A potem odwrócił się w stronę znajdującej się na północy szosy numer 236 i puścił się kłusem przed siebie. Heck podążył za nim. Poczuł, że linka napina się, bo Emil biegnie coraz szybciej.

Co tu się dzieje? — pomyślał Heck.

Powiał znowu wiatr, a Emil zaczął biec.

Heck spojrzał na asfalt i zamknął oczy ze złości na samego siebie.

— Cholera! O czym ja myślałem? Rower!

Heck rozkazał Emilowi, żeby się zatrzymał, po czym zbadał asfalt i znalazł ślad opony biegnący od samochodu do szosy. Ten ślad był bardzo szeroki — rowerzysta mógł ważyć jakieś trzysta funtów.

Ale najlepszym dowodem na to, że trafili na ślad Hrubeka, był sam Emil, który wciąż trzymał nos w powietrzu. To, że pies podnosi nos i przestaje obwąchiwać ślady na ziemi, a węszy w powietrzu, oznacza, że ścigany jedzie na rowerze albo na motocyklu. Prawdopodobnie wiatr przynosił zapach w ich stronę. Emil strzygł uszami i przenosił ciężar ciała z lewej łapy na prawą i z powrotem — gotowy do biegu.

Heck też był gotowy. Kiedy zapach wisi w powietrzu, najtrudniej jest tropić, bo najlżejszy wiatr może go rozwiać. A już burza, której się spodziewano, z pewnością spowodowałaby jego zniknięcie.

Heck poprawił rzemień przy pistolecie i owinął sobie linkę wokół lewej dłoni.

— Szukaj, Emil. Szukaj!

Pies ruszył naprzód szosą. Jeszcze raz byli na tropie.

Co tu się zmieniło?

Stanąwszy nad jeziorem w pobliżu patia, Lis przez moment była zdezorientowana. To miejsce wydało jej się znajome, a równocześnie obce. W chwilę później zrozumiała dlaczego. Poziom wody w jeziorze podniósł się tak bardzo, że zmienił się kształt linii brzegowej. To, co kiedyś było wzgórkiem porośniętym trawą i trzcinami, teraz zdawało się tworzyć zagłębienie, a skupisko małych, skalistych wysepek przypominające kształtem konstelację Oriona zniknęło, bo całkowicie przykryła je woda.

Lis zabrała się ponownie do pracy.

Obie z Portią nie wróciły do tamy, tylko postanowiły zbudować nowy wał bliżej domu, gromadząc worki w miejscu, gdzie przepust dochodził do trawnika. Jeżeli woda przelałaby się nad tamą, ten nowy wał — gdyby się utrzymał — zatrzymałby ją i woda nie zalałaby domu. A poza tym Lis wiedziała, że nie mają ani czasu, ani siły na to, żeby przetransportować kilka ton piasku na odległość stu jardów i przeprawiać się przy tym przez kamienisty przepust wypełniony wodą.

Portia napełniała worki piaskiem, a Lis przeciągała je albo zanosiła na improwizowaną linię obrony. Pracując, Lis spoglądała od czasu do czasu na siostrę. Portia zdjęła pierścionki i kryształowe korale, a jej delikatne dłonie z krótkimi, wypielęgnowanymi, ogniście czerwonymi paznokciami okrywały płócienne rękawiczki. Na głowie zamiast opaski z czarnej koronki Portia miała czapkę z napisem Boston Red Sox.

Zaabsorbowana pracą, energicznie machała łopatą, zgarniając duże kupki piasku i wkładając je do worków. Lis, która przez całe lata zajmowała się ogrodem, zawsze uważała, że jest silniejsza od siostry. Jednak teraz doszła do wniosku, że Portia jest co najmniej tak silna jak ona. Prawdopodobnie dzięki temu, że spędzała długie godziny w siłowni, na kortach. Siostra od czasu do czasu przerywała sobie, zdejmowała rękawiczkę, żeby zobaczyć, czy nie robi jej się odcisk, a potem wracała do pracy. Kiedy w pewnym momencie Lis spojrzała w stronę lasu, Portia nawinęła właśnie na palec kosmyk włosów i włożyła sobie jego koniec do ust. Już wcześniej Lis zauważyła u niej ten nawyk — nerwowy nawyk, którego prawdopodobnie nabrała ostatnio.

Ale właściwie skąd mam wiedzieć, czy nabrała tego nawyku ostatnio? — pomyślała Lis. Przyszło jej do głowy, że bardzo mało wie o życiu siostry. Portia opuściła dom w wieku lat osiemnastu i rzadko do niego wracała. Jeżeli już to robiła, to wpadała tylko na jedną noc albo na sobotni lub niedzielny obiad — zwykle z aktualnym narzeczonym. Nawet większość świąt spędzała poza domem — przeważnie z chłopcami, a czasami z koleżankami z pracy. Lis natomiast nigdy nie miała ochoty na Boże Narodzenie we dwoje w jakimś odległym hotelu, mimo że mogło to być romantyczne. Podczas letnich wakacji w czasie studiów Portia podróżowała z koleżankami albo pracowała w mieście. Kiedy po pierwszym roku wyleciała ze studiów, wyprowadziła się z mieszkania w Bronxville i przeniosła się na Manhattan. Lis pracowała wtedy w Szkole Średniej w Ridgeton i mieszkała w małym wynajętym domu w Redding. Miała nadzieję, że Portia po skończeniu studiów też przeniesie się w tę okolicę. Ale Portia z uśmiechem odrzucała tę propozycję, tak jakby to był jakiś szalony pomysł. Powiedziała, że *musi* mieszkać w Nowym Jorku, bo przyszedł czas na to, żeby „poznała miasto".

Lis przypomniała sobie, że zastanawiała się wtedy, co to znaczy i dlaczego jej siostra traktuje to jak obowiązkowy rytuał związany z przejściem do społeczności dorosłych.

Jak człowiek żyje, zastanawiała się Lis, kiedy „poznaje miasto"? Czy Portii czas upływa szybko czy powoli? Czy dziewczyna flirtuje ze swoim szefem? Czy plotkuje? Co jada na kolację? Gdzie kupuje środki piorące? Czy na przyjęciach pracowników agencji reklamowej zażywa kokainę? Czy ma swoje ulubione kino? Z czego się śmieje — z *Monty Pythona* czy z *Roseanne*? Jaką gazetę czyta rano? Czy sypia tylko z mężczyznami?

Lis starała się przypomnieć sobie, w jakim to okresie rozmawiała często z Portią. Doszła do wniosku, że przed śmiercią matki.

Chociaż nie, nawet wtedy nie zdarzało się to właściwie „często".

Siedemdziesięcioczteroletnia Ruth L'Auberget dowiedziała się, że diagnoza jest beznadziejna, rok temu, w sierpniu, i natychmiast zaczęła grać rolę Pacjentki — rolę, do której zdawała się wprost stworzona, co Lis stwierdziła bez zdziwienia. Ruth odebrała wychowanie typowe dla wyższych sfer Bostonu i, zgodnie z zasadami, jakie jej wpojono, przyjęła postawę stoicką. Te zasady sprawiły też zresztą, że całe jej pokolenie było pokoleniem fatalistów, a także że jej mąż spodziewał się zawsze najgorszego. Nowa rola Ruth L'Auberget była w istocie tylko pewną wariacją na temat roli, którą ona — posągowa kobieta o spokojnych oczach — grała od lat. Okropna choroba zastąpiła po prostu okropnego męża (Andrew w tym czasie już nie żył, pożegnawszy się z życiem w sposób pozbawiony wdzięku — w toalecie na lotnisku).

Zanim zachorowała, wdowa po L'Aubergecie zapadała się coraz głębiej w psychiczną otchłań. Wciąż szukała jakiegoś nowego ciężaru. A zachorowawszy, znalazła się znowu w swoim żywiole.

Chudła, więc musiała kupować coraz to nowe rzeczy. Kupując je, wybierała nie barwy, które przeważnie nosiła dotychczas — stanowiące dobre tło beże, szarości i odcienie piasku — tylko kolory kwiatów, które hodowała — czerwienie, żółcie i szmaragdy. Zaczęła nosić turbany w jaskrawe wzory zamiast chustek czy peruk, a pewnego razu, ku zdumieniu Lis, wpadła na Oddział Chemioterapii, wołając do pielęgniarek:

— Cześć, moje drogie, przyszła do was wasza ciocia!

Dopiero pod koniec zrobiła się ponura i bojaźliwa. W ten stan, jak się zdawało, wprawiała ją myśl o nieestetycznej i żenującej śmierci. To w tym czasie, już pod koniec, Ruth, zażywająca morfinę, opowiedziała Lis o swoich niedawnych rozmowach z mężem tak szczegółowo, że Lis dostała gęsiej skórki. Matka to sobie tylko wyobraziła — pomyślała wtedy. Przypomniała sobie to wszystko, rozmawiając dziś wieczorem z Owenem, kiedy siedzieli w patio.

Oczywiście, że ona sobie te rozmowy wyobraziła.

Jednak Lis zawsze na to wspomnienie przechodził zimny dreszcz.

Lis myślała, że choroba matki spowoduje, że ona i Portia staną się sobie bliższe. Jednak tak się nie stało. Portia spędzała tylko trochę więcej czasu w Ridgeton.

Lis wściekała się na nią za to, że tak zaniedbuje matkę. Pewnego razu pojechała z matką do Nowego Jorku na umówioną wizytę lekarską, postanowiwszy rozmówić się z siostrą przy tej okazji. Ale Portia przechytrzyła ją. Przygotowała jedną sypialnię w swoim mieszkaniu dla matki i nalegała, żeby Lis i matka zatrzymały się u niej. Odwołała randki, wzięła urlop, a nawet kupiła książkę kucharską z przepisami dla chorych na raka. Lis jeszcze dzisiaj miała przed oczami komiczny widok: Portię z rozpuszczonymi włosami stojącą na rozstawionych szeroko nogach na środku maleńkiej kuchni, wrzucającą mąkę do misek i jarzyny do rondli i szukającą rozpaczliwie sztućców, które się gdzieś zapodziały.

W ten sposób nie doszło do konfrontacji. Jednak kiedy Ruth wróciła do domu, Portia zachowywała dystans tak jak poprzednio i cały ciężar umierania spadł na Lis. Od tego czasu zdarzyło się między nimi niejedno i Lis przebaczyła już Portii. Właściwie to była zadowolona z tego, że w tych ostatnich chwilach pozostała z matką sama. Bo nie chciałaby dzielić z nikim tego doświadczenia. Wiedziała, że nigdy nie zapomni ostatnich dotknięć ręki matki, ręki, która wydała jej się dziwnie muskularna. Tuż przed śmiercią matka ścisnęła jej dłoń trzy razy. Przypominało to jakiś sygnał — jakby literę w alfabecie Morse'a.

Teraz nagle Lis zdała sobie sprawę, że chwyta z trudem oddech, bo wspominając, pracowała z coraz większą, rozpaczliwą energią i coraz szybciej. Przerwała pracę i oparła się o wał z worków mający już trzy stopy wysokości.

Zamknęła na chwilę oczy. Przestraszył ją głos siostry.

— No to — powiedziała Portia, wbijając łopatę w kupę piasku — chyba już czas zapytać: dlaczego, ale tak naprawdę dlaczego chciałaś, żebym przyjechała?

14

Lis naliczyła siedem worków napełnionych piaskiem, leżących u stóp siostry i gotowych do położenia na szczycie wału. Portia napełniła dwa następne i mówiła dalej:

— Nie było konieczne, żebym tu przyjeżdżała ze względu na sprawy związane ze spadkiem, prawda? Mogłam wszystko załatwić, nie ruszając się z miasta. Tak powiedział Owen.

— Już dawno tu nie byłaś. A ja rzadko bywam w Nowym Jorku.

— Jeżeli chcesz przez to powiedzieć, że rzadko się widujemy, to oczywiście masz rację. Ale ty myślisz jeszcze o czymś innym, prawda? Nie tylko o naszych stosunkach towarzyskich.

Lis, milcząc, patrzyła, jak kolejny worek szybko napełnia się mokrym piaskiem.

— Co to ma być? — mówiła dalej Portia. — Próba pogodzenia się ze mną?

Lis nie dopuściła do tego, żeby ubódł ją ironiczny ton siostry. Złapała jeden z worków za rogi i cisnęła go z wściekłością na szczyt wału.

— Może byśmy odpoczęły przez pięć minut?

Portia skończyła napełniać kolejny worek, wbiła łopatę w piach, zdjęła rękawiczki i zaczęła się przyglądać czerwonej plamie na swoim palcu wskazującym. Usiadła obok siostry na niskim wale z worków.

Po chwili Lis mówiła dalej:

— Chcę przestać uczyć.

Portia nie była zdziwiona.

— Ja nigdy nie widziałam w tobie nauczycielki.

A co ona we mnie widziała? — zastanowiła się Lis. Domyślała się, że Portia ma jakieś zdanie na temat jej kariery zawodowej, podobnie zresztą jak na temat całego jej życia, ale nie miała pojęcia, jakie jest to zdanie.

— Ja lubię uczyć. Ale myślę, że czas na jakąś zmianę.

— Jesteś teraz bogata. Przestań w ogóle pracować.

— Nie, nie mam zamiaru tak po prostu rzucić pracy.

— A dlaczego? Siedź w domu i zajmij się ogrodem. Oglądaj telewizję. Znam gorsze sposoby na życie.

— Ty wiesz, gdzie jest Szkółka Langdellów?

— Nie. — Młoda kobieta zmrużyła oczy i pokręciła głową. — Zaraz, poczekaj, to jest tam zaraz przy szosie numer 236, tak?

— Chodziłyśmy tam ciągle. Z mamą. Pozwalali nam podlewać kwiaty w oranżerii.

— Coś sobie przypominam. To tam, gdzie mieli tyle cebuli.

Lis roześmiała się cicho.

— Cebulek kwiatowych.

— No tak. Ta szkółka wciąż tam jest?

— Jest do kupienia. Szkółka i firma ogrodnicza będąca własnością tej rodziny...

— O Jezu! Zobacz...

Portia patrzyła na drugi brzeg jeziora. Woda zniosła starą przystań stojącą dotychczas na palach. Niesamowicie wyglądająca biała budowla z gnijących desek zsuwała się powoli do wody.

— Mieli ją rozebrać. — Lis kiwnęła głową w stronę przystani. — Wygląda na to, że w ten sposób oszczędzi się parę dolarów podatników... No, ale ja mówiłam o tej firmie ogrodniczej. — Potarła nerwowo dłonią o dłoń i poczuła, że są chłodne. — Chyba ją kupię.

Portia kiwnęła głową. Znowu owinęła sobie płowy kosmyk wokół palców i włożyła jego koniec do ust. W słabym świetle wyglądała bardzo blado, a jej wargi wydawały się czarne. Czy umalowała je, zanim przyszła tutaj i zabrała się za napełnianie worków?

— Potrzebny mi wspólnik — powiedziała Lis powoli. — Myślałam, że ty mogłabyś zostać moją wspólniczką.

Portia roześmiała się. Była ładną kobietą i potrafiła w jednej chwili, jak za przekręceniem kontaktu, stać się wcieleniem zmysłowości, uroku albo inteligencji. Jednak często śmiała się tak jakoś dziwnie gardłowo i ten śmiech, według Lis, odbierał jej cały wdzięk. Zdarzało się to przeważnie wtedy, kiedy Portia odnosiła się do kogoś krytycznie, nie chcąc mu tego otwarcie okazać i spodziewając się, że ten ktoś sam domyśli się, skąd wziął się ten jej stosunek do niego.

Lis poczuła gorąco na skroniach i zarumieniła się. — Ja się nie znam na prowadzeniu interesu. Nie znam się na sprawach finansowych, na marketingu i tak dalej, a ty się znasz.

— Ja się zajmuję reklamą. Nie jestem specem od biznesu.

— Ale wiesz o tych rzeczach więcej ode mnie. Zawsze mówiłaś, że chcesz przestać pracować w reklamie. W zeszłym roku chciałaś otworzyć butik.

— Każdy, kto pracuje w reklamie, mówi, że odejdzie i otworzy butik. Albo restaurację. Ale ty i ja jako wspólniczki?

— To dobra okazja. Langdell umarł w zeszłym roku, a jego żona nie chce tego dalej prowadzić. Żądają trzech milionów za wszystko. Sama ziemia jest warta dwa. Obecnie procenty hipoteczne są ogromne. A Angie mówi, że chce sama je częściowo sfinansować, jeżeli dostanie półtora miliona od razu.

— Ty mówisz poważnie, prawda?

— Ja potrzebuję odmiany. Kocham ogrody i...

— Jeżeli o to chodzi, to wiem, że z twojego punktu widzenia to ma sens. Pytałam o tę naszą spółkę.

— Oczywiście, że o tym też mówiłam poważnie. Ty zajmiesz się stroną finansową, a ja produkcją. Czy to nie brzmi profesjonalnie? „Produkcja".

Portia od pewnego czasu wpatrywała się w kupę napełnionych przez siebie worków. Wzięła jeden, przeniosła go w stronę wału i rzuciła na jego szczyt.

— Cholernie ciężkie, nie? — powiedziała zdyszana. — Może powinnam wsypywać mniej piachu?

— Mam mnóstwo pomysłów. Powiększyłybyśmy sam ogród i założyłybyśmy specjalną szklarnię dla róż. Mogłybyśmy nawet zorganizować wykłady i nagrać je na wideo. O tym, jak szczepić. I jak założyć pierwszy w życiu ogród. Ty znasz ludzi w branży filmowej. Gdybyśmy się wzięły do roboty, mogłoby naprawdę dobrze nam pójść.

Portia milczała przez dłuższą chwilę.

— Tak prawdę mówiąc, to miałam i tak odejść z pracy na początku roku. Chciałam popracować tylko tak długo, żeby nie stracić premii.

— Naprawdę? A ja właśnie w tym czasie chciałam kupić tę firmę. W lutym. Albo w marcu.

— Ale ja miałam zamiar odejść tylko na rok — powiedziała Portia pospiesznie. — No, może na kilka lat. Chciałam zrobić sobie taką przerwę w pracy. I w ogóle w tym czasie nie pracować.

— Aha. — Lis poprawiła jeden z worków. — A co byś robiła?

— Podróżowałabym. Bawiłabym się. Chciałam zająć się windsurfingiem.

— To znaczy... chcesz nic nie robić?

— Oho, wiem, że mnie zganisz, mamusiu.

Lis stłumiła gniew.

— Nie, nie. Po prostu jestem zaskoczona.

— Może znowu pojadę do Europy. Kiedy jeździłam tam z plecakiem, byłam biedna. No, a te podróże z rodzicami! Señor L'Auberget — przewodnik faszysta. „Chodźcie, dziewczynki, co wy tam robicie? Luwr zamykają za dwie godziny. Portia, nie waż się oglądać za tymi chłopcami". No, a ty byłaś chyba jedynym dzieckiem w dziejach ludzkości, które poszło spać bez kolacji, bo nie chciało wyjść... skąd?... co to było?

— Z ogrodu z rzeźbami w Muzeum Rodina — odparła Lis cichym głosem, śmiejąc się na to wspomnienie. — W wieku lat siedemnastu byłam ofiarą kultury.

Po chwili Portia powiedziała:

— Sądzę, Lis, że z tego nic by nie wyszło.

— Tylko na rok. Spróbujmy. Jeżeli okazałoby się, że to nie dla ciebie, to mogłabyś sprzedać swoje udziały.

— Mogłabym też stracić te pieniądze, prawda?

— Tak, chyba tak. Ale ja nie dam firmie splajtować.

— A co na to Owen?

Ano tak, to pytanie musiało paść.

— Można powiedzieć, że ma pewne zastrzeżenia.

Można też było powiedzieć, że ta sprawa omal nie stała się przyczyną rozwodu. Lis zaczęła myśleć o gospodarstwie ogrodniczym na krótko przed śmiercią matki, kiedy stało się jasne, że siostry odziedziczą duży majątek. Owen chciał zainwestować w akcje i we własną firmę prawniczą. Chciał zatrudnić kilku adwokatów i rozbudować biuro. Zapewniał ją, że to będzie najlepsza inwestycja.

Ale ona była nieugięta. To miały być *jej* pieniądze, a szkółka była tym, czego ona pragnęła. Jeżeli nie kupi Szkółki Langdellów, to kupi inną, położoną gdzieś niedaleko. Owen, jak przystało na doradcę ze zmysłem praktycznym, wytaczał swoje argumenty.

— Lis, ty chyba zwariowałaś. Szkółka? Przecież to coś sezonowego. Zależnego od pogody. Jeżeli zajmiesz się urządzaniem ogrodów, możesz mieć kłopoty finansowe. Wynajmiesz robotników — pojawi się kwestia ubezpieczenia... Jeżeli chcesz mieć ogród, to założymy jeszcze jeden, tutaj, koło domu. Wynajmiemy architekta, możemy...

— Ja chcę *pracować.* Co byś powiedział, gdybym kazała ci siedzieć w domu i czytać książki prawnicze dla rozrywki?

— Z prawa można żyć — odburknął Owen.

Ale im więcej mówił, tym bardziej ona upierała się przy swoim.

— Jezu, Lis. W najlepszym wypadku zarobisz na tym parę tysięcy na rok. Zarobiłabyś więcej, gdybyś oddała te pieniądze do banku na procent.

Lis rzuciła na stół egzemplarz czasopisma „Money".

— Tu jest artykuł o firmach, które przynoszą zysk. Przedsiębiorstwa pogrzebowe są na pierwszym miejscu. Ale ja *nie chcę* mieć przedsiębiorstwa pogrzebowego.

— Przestań być taka uparta! W banku pieniądze są przynajmniej ubezpieczone. Chcesz ryzykować całą tę sumę?

— Pani Langdell pokazała mi księgi. Oni od piętnastu lat mają z tego zyski.

Na chwilę zapanowało złowrogie milczenie.

— Więc już z nią o tym rozmawiałaś. Zanim przyszłaś z tym do mnie?

Lis przyznała, że tak.

— Nie sądzisz, że przedtem powinnaś była poradzić się mnie?

— Nie rozmawiałam z nią zobowiązująco.

— Nie dostałaś jeszcze pieniędzy, a już palisz się do tego, żeby je wyrzucać.

— To są pieniądze *mojej rodziny.*

W przeciętnej kłótni małżeńskiej teraz nastąpiłaby szermierka słowna. To twoje pieniądze, tak. *Twoje!* A przecież to ja cię utrzymywałem, kiedy był strajk nauczycieli... A kiedy ty straciłeś tego klienta dwa lata temu, pamiętasz, to żyliśmy z mojej pensji, z pensji nauczycielki! Ja załatwiam za darmo wszystkie sprawy związane z posiadłością... A przypomnij sobie, jak przez ileś miesięcy nie mogliśmy zapłacić za światło, bo ty zapisałeś się do klubu wiejskiego...

Jednak Owen nie rozpoczął takiej szermierki, tylko zrobił to, co potrafił robić najlepiej: zamilkł i wyszedł z domu. Złapał swoją starą strzelbę i poszedł w las, żeby zapolować na wiewiórki i króliki.

Lis została sama w domu i przez kilka godzin słuchała odległych strzałów i przypominała sobie lodowaty wyraz jego oczu.

Przez te kilka godzin zastanawiała się, czy straciła męża.

Owen wrócił zupełnie spokojny.

— Ja nie radziłbym kupować tej szkółki — powiedział — ale skoro ty się przy tym upierasz, będę cię reprezentował.

Lis podziękowała mu, ale ciężka atmosfera trwała jeszcze przez kilka dni.

Teraz Lis chciała powiedzieć siostrze, jakie zastrzeżenia miał Owen, ale Portia nie chciała tego słuchać. Pokręciła głową i powiedziała:

— Ta spółka mnie nie interesuje.

Po chwili Lis spytała: — Ale dlaczego?

— Bo jeszcze nie jestem gotowa do wyjazdu z Nowego Jorku.

— Nie musiałabyś wyjeżdżać. Ja robiłabym całą codzienną robotę. Spotykałybyśmy się kilka razy na miesiąc. Przyjeżdżałabyś tutaj. Albo ja jeździłabym do miasta.

— Mnie naprawdę potrzebny jest dłuższy urlop.

— Ale przynajmniej zastanów się nad tym. Dobrze? — prosiła Lis, starając się dostrzec w ciemnościach bladą twarz siostry.

— Nie, Lis. Przykro mi.

Lis, rozzłoszczona i rozżalona, chwyciła worek z piaskiem i cisnęła go na wał. Jednak źle oceniła odległość i worek wpadł do jeziora.

— Cholera! — krzyknęła Lis, starając się go wyłowić.

Ale worek poszedł na dno.

Portia znowu okręciła sobie palce kosmykami włosów. Lis wstała.

— Jaki jest prawdziwy powód? — spytała.

— Ależ, Lis.

— Co by było, gdybym powiedziała, że nie chcę kupić szkółki? Co by było, gdybym się zapaliła do butiku na Madison Avenue?

Portia zacisnęła wargi, ale Lis nie ustępowała:

— Co by było, gdybym chciała razem z tobą jeździć po Europie i oceniać restauracje albo zamki? Albo gdybym ci zaproponowała, żebyśmy założyły szkołę windsurfingu?

— Lis, przestań.

— Cholera! To z powodu Indian Leap, tak? No powiedz!

— O Boże, Lis — jęknęła Portia, obracając się twarzą do siostry. I nic więcej nie dodała.

Nagle powierzchnia jeziora zabłysła w zielonym świetle błyskawicy, która pojawiła się na zachodzie i zaraz znikła za gęstymi chmurami.

— Nigdy o tym nie rozmawiałyśmy — powiedziała w końcu Lis. — Przez sześć miesięcy nie powiedziałyśmy na ten temat *ani słowa.* To po prostu zalega między nami.

— Lepiej skończmy tę robotę. — Portia chwyciła łopatę. — Ta błyskawica nie wróży dobrze. Błysnęło się dość blisko.

— Proszę cię — szepnęła Lis.

W ciemności rozległ się jakiś dziwny odgłos. Kiedy się odwróciły, zobaczyły, że przystań zsunęła się ostatecznie do wody. Portia nic więcej nie powiedziała i zaczęła znowu napełniać worki.

Lis pozostała przy brzegu, słuchała zgrzytu łopaty i patrzyła na jezioro.

Kiedy przystań zanurzyła się w wodzie, za nią, wśród drzew pojawiła się jakaś biała postać. Przez chwilę Lis była pewna, że jest to stara kobieta idąca powoli, kulejąc, w stronę jeziora. Lis zamrugała i podeszła bliżej do brzegu. Z chodu kobiety można było wywnioskować, że jest chora i cierpiąca.

A później ta zjawa, podobnie jak przystań, zsunęła się do wody i zanurzyła się w spokojną, przypominającą onyks toń. To musiał być kawał płótna albo brezentu przymocowany do jakiejś konstrukcji, pomyślała Lis. A nie żaden duch.

Tak, to nie był żaden duch kobiety. Ona to sobie po prostu wyobraziła.

Abraham Lincoln umarł w nocy po wielogodzinnych męczarniach, które spowodowała okropna rana głowy ukryta pod gęstwiną wilgotnych od potu włosów. Tej nocy księżyc, który wyłonił się zza chmur we wschodniej części Stanów Zjednoczonych, był czerwony jak krew.

To dziwne zjawisko, wyczytał gdzieś Michael Hrubek, zostało potwierdzone przez kilka osób, z których jedną był pewien farmer z Illinois. Stojąc na polu świeżo posianego zboża, piętnastego kwietnia 1865 roku, farmer ten spojrzał na jasne niebo, zobaczył karmazynowy księżyc i zdjął z szacunkiem kapelusz, gdyż wiedział, że tysiąc mil stąd zakończył życie jakiś wielki człowiek.

Dziś w nocy nie było księżyca. Nad głową Hrubeka pedałującego na zachód szosą numer 236 wisiało zasnute chmurami niebo. Podróż, którą odbywał uciekinier, wymagała nie lada wysiłku. Hrubek przyzwyczaił się już co prawda do górskiego roweru i jechał nim z taką pewnością, z jaką jedzie zawodnik biorący udział w Tour de France. Męczyło go jednak to, że za każdym razem, kiedy na drodze pojawiło się światło — za nim albo przed nim — musiał zatrzymywać się i padać na ziemię. A potem leżeć pod osłoną jakiegoś krzaka czy drzewa, dopóki pojazd go nie minął. Kiedy to następowało, wskakiwał z powrotem na rower i zaczynał szybko pedałować na wolnym biegu, bo nie wiedział, jak posłużyć się przerzutką.

Przestraszył go błysk światła. Hrubek spojrzał ponad łąką i zobaczył posuwający się powoli samochód policyjny oświetlający swoimi reflektorami ciemny wiejski dom. Światło zgasło i samochód pojechał na wschód, oddalając się. Hrubek pedałował dalej. Poczuł, że jego niepokój wzrósł. I złapał się na tym, że myśli o swojej pierwszej sprawie z policją.

Miał wtedy dwadzieścia lat i aresztowano go za gwałt.

Był studentem prywatnego college'u położonego gdzieś w stanie Nowy Jork, w okolicy, która była dość ładna w środku lata, ale przez większość roku tak bezbarwna jak pogrążona w kryzysie gospodarka małego miasteczka i wsi położonych w pobliżu kampusu.

Na początku pierwszego semestru Michael unikał ludzi i był nerwowy, ale dobrze sobie radził z nauką, zwłaszcza na dwóch kursach z historii Ameryki. Jednak w okresie między Świętem Dziękczynienia a Bożym Narodzeniem zaczął stawać się coraz bardziej niespokojny. Miał trudności z koncentracją i nie był w stanie podjąć najprostszych decyzji — na przykład nie wiedział, którą pracę domową odrobić najpierw, kiedy pójść na lunch, czy lepiej umyć zęby przed oddaniem moczu czy po. Godzinami siedział w swoim pokoju, gapiąc się w okno.

Był w tym czasie prawie tak potężnie zbudowany jak teraz. Miał długie, kręcone włosy, neandertalskie brwi zrośnięte nad oczami i okrągłą twarz. Paradoksalne było to, że wyglądał na sympatycznego, dopóki się nie uśmiechnął albo nie roześmiał. Bo kiedy to zrobił, jego twarz, na której przeważnie malowało się zmieszanie, przybierała wyraz złośliwości. Nie miał przyjaciół.

Dlatego był zdziwiony, kiedy pewnej szarej marcowej niedzieli usłyszał pukanie do drzwi. Od kilku tygodni nie brał prysznica i od prawie miesiąca nie zmieniał dżinsów i koszuli. Nikt nie pamiętał, a już najmniej on sam, kiedy ostatnio sprzątał swój pokój. Jego współlokator już dawno uciekł od niego, przenosząc się do mieszkania swojej dziewczyny, z czego on był bardzo zadowolony, bo podejrzewał, że ten kolega fotografuje go, kiedy on śpi. Tego dnia Michael spędził dwie godziny zgarbiony nad biurkiem, usiłując przeczytać „Pieśń miłosną J. Alfreda Prufrocka" T. S. Eliota. Doszedł do wniosku, że jest to zadanie prawie nie do wykonania.

— Hej, Mike.

— A kto tam?

Byli to dwaj studenci pierwszego roku, którzy mieszkali w akademiku. Michael stał w otwartych drzwiach, przyglądając się im podejrzliwie. Studenci uśmiechnęli się szeroko i zapytali, jak mu leci. Michael patrzył na nich, nic nie mówiąc.

— Słuchaj, Michael, ty się za bardzo przemęczasz. Chodź z nami. W sali rekreacyjnej jest impreza.

— Zjesz coś z nami, dobrze?

— Ja się muszę *uczyć*! — jęknął Michael.

— Oj, nie. Chodź... Zabaw się trochę. Naprawdę, przepracowujesz się. Zjedz coś z nami.

No cóż, Michael lubił jeść. Jadał trzy duże posiłki dziennie i bezustannie coś przegryzał. Zwykle nie odmawiał też nikomu. Bo jeżeli komuś odmówił, to ogarniał go taki niepokój, że bolał go żołądek. Co oni sobie o mnie *pomyślą? Co powiedzą*?

— No... może bym poszedł.

— Fajnie. No to chodźmy.

I Michael, ociągając się, poszedł korytarzem za dwoma chłopakami. Skierowali się w stronę drzwi wspólnej sali, gdzie odbywała się hałaśliwa impreza. Kiedy przechodzili obok jednej z ciemnych sypialni, dwaj studenci zatrzymali się i przepuścili Michaela. A potem nagle wepchnęli go do sypialni i zatrzasnęli za nim drzwi.

Michael zawył przerażony i zaczął szarpać klamkę. Potknął się, na próżno szukając kontaktu. Podbiegł do okna, zerwał zasłonę i już miał stłuc szybę i wyskoczyć na znajdujący się czterdzieści stóp niżej trawnik, kiedy zauważył, że w pokoju znajduje się druga osoba. Była to dziewczyna, którą spotkał na paru zabawach — mająca nadwagę studentka pierwszego roku z okrągłą twarzą i bardzo krótko obciętymi kędzierzawymi włosami. Dziewczyna miała grube kostki u nóg, a na kluchowatych przegubach nosiła zwykle z tuzin bransoletek. Teraz była pijana. Leżała na łóżku ze spódnicą zadartą do pasa. Nie miała na sobie majtek. W jednej ręce trzymała szklankę z resztką soku pomarańczowego pomieszanego z wódką. Najwyraźniej straciła przytomność, potem ją odzyskała po to, żeby zwymiotować, a potem zasnęła.

Michael pochylił się nad nią i zaczął jej się przyglądać. Widok kobiecych genitaliów (które zobaczył po raz pierwszy w życiu) oraz zapach alkoholu i wymiotów wzbudziły w nim paniczny strach.

— Co ty ze mną wyrabiasz? — wrzasnął Michael do nieprzytomnej dziewczyny.

A potem zaczął walić całym ciałem o drzwi. Narobił potężnego hałasu, który słychać było w całym akademiku. W korytarzu ryczano ze śmiechu. Michael upadł na łóżko, oddychając gwałtownie. Dostał ataku klaustrofobii, ze wszystkich porów skóry wydobywał mu się pot. W chwilę później stracił świadomość tego, co się z nim dzieje, i przestał cokolwiek widzieć. Pamiętał tylko, że odzyskał przytomność w momencie, gdy dwaj strażnicy, szarpiąc brutalnie, postawili go na nogi. Dziewczyna, która teraz też oprzytomniała, zaczęła obciągać spódnicę i krzyczeć wniebogłosy. Spodnie Michaela były rozpięte, a jego miękki penis zwisał na zewnątrz, skaleczony do krwi o zamek błyskawiczny spodni.

Michael nie przypominał sobie, co się stało. Dziewczyna twierdziła, że położyła się do łóżka, bo miała grypę. W pewnym momencie obudziła się i zobaczyła Michaela, który rozchylił jej nogi i gwałtownie w nią wchodził, mimo że rozpaczliwie protestowała. Wezwano policję, zawiadomiono rodziców. Michael spędził noc w areszcie, pilnowany przez dwóch policjantów, którzy tkwili przy nim zdezorientowani, gdyż nie byli przyzwyczajeni do pilnowania więźniów, którzy grożą, że ich zabiją, jeżeli nie dostaną natychmiast podręcznika historii, który zostawili w akademiku.

Dowody wskazywały na sprzeczne ze sobą wersje wydarzenia. Wokół pochwy dziewczyny znaleziono ślady trzech różnych substancji nawilżających prezerwatywy, ale Michael — w momencie gdy go przyłapał strażnik — nie miał na sobie prezerwatywy. Nie znaleziono też żadnej prezerwatywy w pokoju. Adwokat wolał twierdzić, że dziewczyna sama wyjęła członek Michaela ze spodni, żeby upozorować gwałt, niż sugerować, że upiwszy się spółkowała z kilkoma studentami — co byłoby pewnie politycznie niepoprawne, ale w co skłonni byliby uwierzyć przysięgli.

Z drugiej strony kilkoro świadków twierdziło, że przestępstwo miało miejsce. Zresztą Michael nie raz i nie dwa odgrażał się, że zrobi krzywdę różnym mieszkańcom kampusu — zwłaszcza studentkom.

Najważniejszym jednak dowodem przestępstwa był fakt, że Michael Hrubek — potężnej budowy chłopak, prawie dwa razy większy od dziewczyny — został przyłapany ze spuszczonymi spodniami, co prokurator stwierdził z wielkim zadowoleniem. Na domiar złego Michael, po tym jak go przyłapano, zaczął obrzucać obecnych epitetami i nie był w stanie wypowiadać się spójnie. Jego wyjaśnienia w sądzie na pewno przyniosłyby mu więcej szkody niż pożytku. Wobec tego jego adwokat zrezygnował z linii obrony zmierzającej do wykazania jego niewinności i Michael dostał wyrok ograniczający jego wolność i poddający go leczeniu w szpitalu stanowym znajdującym się w pobliżu jego miejsca zamieszkania.

Po sześciu miesiącach Michael został wypisany ze szpitala i wrócił do domu rodziców.

Kiedy znalazł się w Westbury, szaleństwo i rozsądek zaczęły się szybko mieszać w jego głowie. Pewnego dnia, jesienią, Michael oświadczył matce, że chce wrócić na uczelnię.

— Mam zamiar studiować tylko historię. Lepiej będzie dla nich, jeżeli mi na to pozwolą — powiedział. — Aha, i chcę zostać księdzem. Nie będę uczył się niczego więcej. Ani matematyki, ani angielskiego, ani algebry. Nie ma o tym mowy, do cholery! *Tylko historii.*

A jego matka, przewracająca się w nie pościelonym łóżku, matka o blond włosach sztywnych jak słoma, spojrzała na niego mętnymi oczami i zdumiona jego żądaniami roześmiała się.

— Chcesz wrócić na studia? Mówisz poważnie? Ale pomyśl tylko, co ty zrobiłeś! Czy ty wiesz, co zrobiłeś tej dziewczynie?

Nie. Michael *nie wiedział,* co zrobił. Nie miał pojęcia. Pamiętał tylko jakąś dziewczynę, która leżała koło niego i z powodu której musiał zrezygnować ze swoich ukochanych zajęć z historii.

— To kurwa! Ona kłamała! *Dlaczego* nie mogę wrócić na studia? Czy nie jestem wystarczająco *modny*? No powiedz, nie jestem? Księża są bardzo modni. Pewnego dnia napiszę o nich książkę. Oni często pieprzą małych chłopców.

— Idź do swojego pokoju! — krzyknęła matka przez łzy, a on — mężczyzna dwudziestoparoletni, dwa razy większy od niej — uciekł jak zbity pies.

Od tamtej pory często wracał do tego tematu.

— Naprawdę — zawodził — ja chcę wrócić na *studia*!

Obiecywał, że będzie się pilnie uczył i że zostanie cholernym księdzem, żeby ją uszczęśliwić. Mówił, że będzie nosił koronę cierniową na zakrwawionej głowie i spowoduje, że ludzie będą wstawali z grobów.

— Jezus nosił koronę cierniową, bo zmartwychwstał — wyjaśnił jej pewnego razu. — Dlatego róże mają ciernie.

— Michael, ja wychodzę z domu — odpowiedziała mu na to.

— Masz zamiar uciec ode mnie? Dokąd idziesz? Na zajęcia ze sta-nik-tys-ty-ki? Będziesz miała na sobie stanik, kiedy ksiądz cię będzie pieprzył?

Matka wyszła z domu. Nie nazywała go już swoim małym żołnierzykiem. Jej paznokcie nie były już tak czerwone jak żarzący się papieros. A te maski, co miała na oczach, często rozmazywały się i spływały czarnymi strumyczkami po matowej skórze jej policzków.

Och, mamo, co ty masz na sobie? Zdejmij ten kapelusz. Zdejmij tę koronę. Te wszystkie zakrwawione ciernie! Bo mnie się to wcale nie podoba. Wcale a wcale. Przepraszam za to, co powiedziałem o tobie i żołnierzach. Proszę cię, *proszę,* zdejmij to!

Michael Hrubek, niezmiernie podniecony, pedałował uparcie szosą numer 236, pedałował z prędkością dwudziestu mil na godzinę i był tak pogrążony w tych przykrych wspomnieniach, że nie usłyszał nieoświetlonego i cicho jadącego samochodu policyjnego. Nie usłyszał go, dopóki ten samochód nie znalazł się o dziesięć stóp od tylnego koła jego roweru. Nagle zapaliły się światła i rozległa się syrena.

— O Boże, Boże, Boże! — krzyknął Hrubek. Ogarnęła go panika.

Rozległ się przeraźliwy głos płynący z megafonu:

— Hej, ty! Zatrzymaj się i zsiadaj z roweru!

Tył głowy Hrubeka oświetliło światło reflektora.

Gliny! — pomyślał. Agenci! FBI! Zatrzymał się, a policjanci wysiedli z samochodu.

— Zejdź z roweru, młody człowieku.

Hrubek niezdarnie zszedł. Policjanci podeszli do niego ostrożnie.

— Ależ on jest wielki — szepnął jeden z nich.

— W porządku. Możemy zobaczyć jakiś dowód tożsamości?

Jebani spiskowcy — pomyślał Hrubek. A głośno zapytał:

— Jesteście panowie agentami federalnymi?

— Agentami? — parsknął śmiechem jeden z policjantów. — Nie, jesteśmy zwykłymi policjantami. Z Gunderson.

— Proszę tu podejść. Ma pan prawo jazdy?

Hrubek usiadł tyłem do policjantów i spuścił głowę.

Policjanci spojrzeli na siebie, nie wiedząc, jak się do tego ustosunkować. Hrubek uprzedził ich, krzycząc:

— On zabrał mi wszystko! Uderzył mnie kamieniem w głowę. Proszę spojrzeć na moją rękę. — Podniósł otartą dłoń. — Szukałem kogoś, kto by mi pomógł.

Policjanci zbliżyli się nieco, ale zatrzymali się w bezpiecznej odległości.

— Mówi pan, że ktoś pana napadł? Jest pan ranny? Proszę o jakiś dowód tożsamości.

— Czy to on? — zapytał jeden z policjantów.

— Chcemy tylko zobaczyć pański dowód tożsamości. Prawo jazdy. Cokolwiek.

— On zabrał mi portfel. Wszystko mi zabrał.

— Został pan obrabowany?

— Jest ich kilku. Zabrali mi portfel i zegarek. Ten zegarek — dodał Hrubek uroczyście — to był prezent od mojej matki. Gdybyście lepiej pilnowali tej drogi, to nie dochodziłoby do tylu przestępstw.

— Przykro mi, że spotkało pana takie nieszczęście. Czy mógłby pan podać nam swoje nazwisko i adres...

— Nazywam się John W. Booth.

— On chyba nazywa się inaczej — powiedział jeden policjant do drugiego, tak jakby rozmawiali w obecności nic nie rozumiejącego dziecka.

— Ja nie pamiętam jego nazwiska. Ale on podobno jest nieszkodliwy.

— Możliwe, ale jest duży.

Jeden z policjantów podszedł bliżej do Hrubeka, który kołysał się, siedząc, płakał i zawodził.

— Bylibyśmy wdzięczni, Johnnie — powiedział — gdybyś wstał i podszedł do samochodu. W szpitalu bardzo się o ciebie martwią. Chcemy cię tam zawieźć. Nie chcesz wrócić do domu? — zapytał przymilnie. — Dostaniesz tam mleka i ciasta. Może szarlotki.

Stanął za Hrubekiem i skierował światło latarki na jego puste dłonie, a potem na jego błyszczącą niebieskawą głowę.

— Dziękuję panu. Wie pan, ja rzeczywiście chciałbym wrócić. Tęsknię za szpitalem.

Hrubek odwrócił się i, uśmiechając się uprzejmie, wstał i podał rękę policjantowi. Policjant też się uśmiechnął — zaciekawiony sympatycznym gestem młodego człowieka — i schwycił mięsistą dłoń Hrubeka, zbyt późno uświadamiając sobie, że szaleniec chce mu złamać nadgarstek. Kość trzasnęła, a policjant z krzykiem osunął się na kolana, upuszczając latarkę. Drugi policjant sięgnął po broń, ale Hrubek był szybszy i wycelował w niego z kradzionego colta.

— Nieźle sobie radzisz — powiedział z ironicznym uśmiechem — ale rzuć to, no już!

Policjant rzucił broń.

— O Jezu — jęknął.

Hrubek wyciągnął pistolet z olstra rannego i cisnął go w zarośla. Ranny policjant skulił się na ziemi, trzymając się za nadgarstek.

— Słuchaj — zwrócił się do Hrubeka jego kolega — narobisz sobie tylko kłopotów.

Hrubek odgryzł sobie kawałek paznokcia, spoglądając z góry na policjantów.

— Nie powstrzymacie mnie — powiedział. — Ja to zrobię. Potrafię to zrobić i zrobię to. I to szybko!

Ostatnie jego słowa zabrzmiały jak okrzyk wojenny. Wydając ten okrzyk, Hrubek podniósł rękę nad głowę i potrząsnął pięścią.

— Proszę cię, młody człowieku, odłóż broń. — Ranny policjant mówił łamiącym się głosem, z nosa mu kapało. — Nie stało się nic strasznego. Nikt nie został jeszcze pokrzywdzony.

Hrubek spojrzał na niego tryumfująco. Splunął.

— Nieźle, gliniarzu, nieźle. Ale mylisz się. *Wszystkim* stała się krzywda. Wszystkim, wszystkim, wszystkim! I to jeszcze nie jest koniec.

Owen Atcheson zaparkował swój samochód przy szosie numer 236, tuż obok dużego, świeżo zaoranego pola, siedem mil na zachód od wysokiej skały, na której znalazł ślady Hrubeka. Zgodnie z przewidywaniami, odkrył głębokie ślady stóp świadczące o tym, że Hrubek posuwał się równolegle do szosy. Ślady znajdowały się w sporej odległości od siebie i były bardzo głębokie od strony palców, co oznaczało, że Hrubek poruszał się szybko, biegiem.

Owen zatrzymał się koło zamkniętej stacji benzynowej i zadzwonił z automatu do Gospody. Poinformowano go, że pani Atcheson i jej siostra telefonowały i powiedziały, że przyjadą trochę później, ale do tej pory się nie zjawiły.

— Czy mówiły, dlaczego będą później?

— Nie, proszę pana. Czy chce pan zostawić wiadomość?

Owen zastanawiał się przez chwilę. Pomyślał, że mógłby zostawić Lis zaszyfrowany komunikat: „Gość posuwa się na zachód, ale nie zawiadamiaj o tym nikogo". Jednak zaraz przyszło mu do głowy, że to zbyt ryzykowne, bo recepcjonistka mogłaby stać się podejrzliwa albo pomylić się, przekazując jego słowa.

— Nie — powiedział. — Spróbuję zadzwonić do domu.

Ale w domu nikt nie podniósł słuchawki. Może już wyjechały, pomyślał i postanowił zadzwonić później do Gospody.

Było teraz bardzo ciemno. Chmury całkowicie pokrywały niebo. Powietrze stawało się chłodniejsze. Owen włączał latarkę jak najrzadziej — tylko wtedy, kiedy wydawało mu się, że widzi jakiś ślad, i trzymał ją bardzo nisko przy ziemi, żeby nie było widać światła. Ruszył przed siebie — powoli, bardzo powoli. Każdy żołnierz wie, że w sytuacji gdy się kogoś ściga, ten ścigany ma znaczną przewagę.

Owen przewrócił się kilka razy, zaczepiwszy nogą o jakieś druty albo o wici forsycji. Zwalał się na ziemię ciężko, za każdym razem padając na bark albo na bok dla złagodzenia impetu i ani razu nie ryzykując złamaniem palca czy nadgarstka. Nie natknął się więcej na pułapki. I tylko raz wpadł w desperację — wtedy, kiedy trop zniknął. Zdarzyło się to na dużej łące porośniętej trawą, mającej dwadzieścia akrów i otoczonej ze wszystkich stron gęstym lasem. Owen znajdował się w tym momencie o dwieście jardów od szosy numer 236. Stanął na środku łąki i rozejrzał się. Łąka przechodziła w długi przesmyk między skalistymi pagórkami prowadzący na południe, w stronę torów kolejowych i gęściej zaludnionych części hrabstwa. Po torach przejeżdżały regularnie pociągi towarowe i możliwe było, że Hrubek wskoczył na wagon jednego z nich. Albo że poszedł po prostu na południe w stronę Boyleston — miasta, w którym znajdowały się stacja kolejowa i dworzec autobusowy.

Tracąc stopniowo nadzieję, Owen kręcił się bez celu po trawie. Od czasu do czasu zatrzymywał się, nasłuchując. Ale zamiast odgłosów kroków słyszał tylko sowy i klaksony ciężarówek albo jakieś dziwne szelesty. Po dziesięciu minutach takiego krążenia zauważył, że wśród drzew rosnących na zachód od niego coś błysnęło. Wiedziony instynktem, skierował się w tamtą stronę. Kiedy wszedł w klonowy zagajnik, zgiął się wpół i tak posuwał się dalej. Przeszedł przez obszar porośnięty młodymi drzewkami i dotarł do miejsca, gdzie był prześwit. Posługując się pistoletem, odsunął na bok pokrytą rosą gałąź świerku kanadyjskiego i aż mu dech zaparło ze zdumienia. Patrzył, a zimne krople rosy spadały mu na szyję i twarz.

Okrążając powoli zepsuty MG, Owen przyglądał się ziemi. Kopnął białą zwierzęcą czaszkę. Od razu poznał, że to czaszka fretki. Na poboczu było mnóstwo śladów stóp i opon. Niektóre wyglądały jak ślady Hrubeka. Zostały one jednak w znacznym stopniu zadeptane przez ludzi, którzy byli tu po nim. Owen zobaczył też ślady psich łap i zastanawiał się przez chwilę, czy tropiący wiedzą, że Hrubek posuwa się na zachód. Ślady świadczyły o tym, że z tropiącymi był tylko jeden pies, a nie te trzy, które ścigały Hrubeka od miejsca jego ucieczki.

Owen jeszcze raz obszedł samochód, sprawdzając pobocze i okoliczne zarośla. Nie było śladów Hrubeka prowadzących w którymkolwiek kierunku. Owen podparł się pod boki i spojrzał ponownie na samochód. Tym razem zauważył uchwyty, do których można było przymocować rower, jednak nie przyszło mu do głowy, że Hrubek ten rower ukradł. Któryż uciekinier, pomyślał, zwiewałby na rowerze po odkrytej szosie?

Ale zaraz, chwileczkę... Michael Hrubek był szaleńcem kierującym się swoją własną logiką. Rower? Dlaczego nie? Owen obejrzał ziemię wokół samochodu i zobaczył ślady opon — raczej szerokie. Były to albo opony balonowe, albo opony roweru, na którym jechał ktoś bardzo ciężki. Owen jeszcze raz spojrzał na samochód. Uchwyty roweru były w stanie wskazującym na to, że ktoś zdjął rower, posługując się siłą.

Owen pojechał po śladach opon. Na skrzyżowaniu drogi wiejskiej z szosą numer 236 znalazł miejsce, gdzie rowerzysta się zatrzymał, prawdopodobnie zastanawiając się, którędy jechać dalej.

Nie zdziwiło go to, że obok śladu opon znalazł odcisk buta Hrubeka. Ani to, że rowerzysta zdecydował się skręcić na zachód.

15

Dom był właściwie byle jak skleconą budą stojącą przy końcu nie brukowanej drogi wijącej się przez mizerny las. BMW zatrzymało się na małym błotnistym podwórku wśród wyrzuconych części samochodowych, kawałków blachy, pogryzionych przez termity kawałków drzewa opałowego i beczek po smarze pociętych palnikiem acetylenowym. Na widok tych beczek Kohler pomyślał, że to podwórko wygląda jak miejsce, w którym ktoś chciał zająć się produkcją rożnów do barbecue, ale zabrakło mu acetylenu albo ochoty i rzucił tę robotę.

Kohler wysiadł z samochodu i podszedł do domu. Trąc sobie głęboko osadzone zaczerwienione oczy chudymi palcami, zapukał w drzwi z siatki. Nie było odpowiedzi, chociaż z wnętrza dobiegał jazgot telewizora. Kohler zapukał jeszcze raz, głośniej.

Kiedy drzwi się otworzyły, poczuł zapach alkoholu, silniejszy niż bardzo silny zapach dymu unoszący się w powietrzu i świadczący o tym, że w tym domu palono drewnem.

— Cześć, Stuart.

Stuart odpowiedział dopiero po dłuższej chwili:

— Nie spodziewałem się pana. A chyba powinienem był się spodziewać. Zaczęło już padać? Podobno to ma być cholerna burza.

— Czy mogę wejść na parę minut?

— Moja dziewczyna... nie ma jej dzisiaj w domu.

Stuart Lowe wciąż stał w drzwiach.

— To nie zajmie dużo czasu.

— No dobra.

Kohler wszedł do małej bawialni.

Łóżko, na którym leżały dwa koce, wyglądało jak łóżko chorego. Był to dziwny mebel — bambusowy, z poduszkami w powłoczkach drukowanych w pomarańczowe, brązowe i żółte ciapki. Wzbudził w Kohlerze bolesne wspomnienia: stanęła mu przed oczami wyspa Tahiti, na której spędzał swój miesiąc miodowy i na którą pojechał po rozwodzie, w trzydzieści trzy miesiące później. Te dwa tygodnie spędzone na wyspie to były jego jedyne wakacje w ciągu ostatnich siedmiu lat.

Kohler usiadł na krześle z wysokim oparciem. Sanitariusz ubrany był teraz nie w swój przepisowy niebieski kombinezon, ale w dżinsy i koszulkę trykotową oraz białe skarpetki. Nie miał na nogach butów. Jego ręce były obandażowane, a lewe oko podbite. Na czole i policzkach miał małe ranki pomalowane na brązowo betadyną. Usiadł na łóżku i spojrzał na koce, jakby się dziwił, że wystaje spod nich pościel.

W telewizji śpiewał przeraźliwym głosem Jackie Gleason. Lowe wyciszył go.

— Złapali go już? — zapytał, spoglądając na telefon, przez który dostałby na pewno wiadomość, gdyby tak było.

Kohler powiedział, że nie.

Lowe kiwnął głową i roześmiał się na widok Jackiego Gleasona potrząsającego pięścią.

— Chciałbym cię zapytać o parę rzeczy — powiedział Kohler tonem towarzyskiej rozmowy.

— Nie mam wiele do powiedzenia.

— Ale ja chcę cię zapytać.

— Skąd pan o tym wie? Adler chciał to utrzymać w tajemnicy.

— Mam swoich szpiegów — odparł Kohler, nie uśmiechając się. — No więc jak to było?

— No... Zobaczyliśmy go i pobiegliśmy za nim. Ale było dość ciemno. Było *cholernie* ciemno. Musiał nieźle znać teren. Przeskoczył przez rów, a my do tego rowu wpadliśmy.

Lowe zamilkł i spojrzał na ekran, na którym migała teraz jakaś reklama samochodów. — Niech pan patrzy na te napisy. Kto to przeczyta w trzy sekundy? To kretynizm.

Pokój był nie tyle brudny, co utrzymany w ponurych barwach. Ryciny na ścianach — wcale niezłe pejzaże morskie — były ciemne, a dywan szary, podobnie zresztą jak koce, pod którymi Lowe, pragnący sprawić wrażenie, że się wcale nie kładł, leżał pięć minut temu.

— Jak się czujesz?

— Niczego mi nie złamał. Boli mnie wszystko, ale nie jestem poszkodowany tak jak Frank. On gorzej oberwał.

— Co mówił Adler?

Lowe przypomniał sobie odpowiednie słowa i przekazał je Kohlerowi. Adler nie powiedział wiele. Chciał wiedzieć, jak Lowe się czuje i w którą stronę zmierza Hrubek.

— Nie był zadowolony, że Hrubek nam uciekł.

U dołu ekranu telewizora pojawił się napis informujący, że w Morristown tornado spowodowało śmierć dwóch osób. Państwowa Służba Meteorologiczna, informował przesuwający się napis, będzie nadawała dalsze komunikaty ostrzegające przed tornadem i powodzią do godziny trzeciej nad ranem. Obaj mężczyźni wpatrzyli się w te słowa i obaj zapomnieli o nich prawie natychmiast po zakończeniu komunikatu.

— Czy Michael coś mówił? Wtedy, kiedy go znaleźliście.

— Nie przypominam sobie dokładnie. Chyba coś powiedział o tym, że my mamy na sobie ubrania, a on nie. Może coś jeszcze. Nie wiem. Nigdy w życiu tak się nie bałem jak wtedy.

— Frank Jessup mówił mi o tych lekach — powiedział Kohler.

— To Frank o tym wie? Myślałem, że nie ma o tym pojęcia. Zaraz, a może to ja mu powiedziałem?

Lekarz wskazał głową ekran.

— To mój ulubiony program.

— Art Carney? Tak, jest naprawdę śmieszny. Ja lubię Alice. Baba wie, co robi.

— Frank nie był pewien, jak dawno Michael odstawił leki. Mówił, że on chował je za policzkiem przez dwa dni.

— Dwa? — Lowe pokręcił głową. — Skąd mu się to wzięło? Ja myślę, że z pięć.

— Szpital chyba chce to ukryć.

Lowe zaczął się odprężać, na jego twarzy pojawił się wyraz ulgi.

— Tak powiedział mi Adler. Ale to nie *moja* sprawa. To znaczy...

Nagle wyraz ulgi zniknął z jego twarzy. Dodał:

— O cholera. Właśnie się wygadałem, nie?

Wyraźnie był zdziwiony, że tak łatwo dało się z niego wyciągnąć tajemnicę.

— Ja musiałem to wiedzieć, Stu. Jestem jego lekarzem. Muszę wiedzieć. Na tym polega moja praca.

— A ja stracę przez to *moją* pracę. Dlaczego pan mnie tak wykiwał?

Kohlera nie interesował wcale los Lowe'a. Skóra mu ścierpła, bo pomyślał, że jego podejrzenie się potwierdziło. Podczas ostatniej sesji przed ucieczką, wczoraj, Michael Hrubek, patrząc mu w oczy, okłamał go. Powiedział, że bierze wszystkie leki i że czuje się dobrze. Trzy tysiące miligramów! Hrubek celowo przestał brać i okłamał go po pięciu dniach. Przy tym kłamał mistrzowsko. A przecież, w przeciwieństwie do psychopatów, schizofrenicy rzadko świadomie kręcą.

— Musisz mi powiedzieć więcej, Stu. Hrubek to bomba zegarowa. Adler chyba tego nie rozumie. A jeżeli rozumie, to nie przejmuje się tym zbytnio. Ty znasz Hrubeka lepiej niż większość lekarzy z Marsden — dodał uspokajająco. — Musisz mi pomóc.

— Ja muszę tylko jedno: zachowywać się tak, żeby nie stracić pracy. Zarabiam dwadzieścia jeden tysięcy na rok, a wydaję dwadzieścia dwa. Adler urwie mi głowę za samo to, że powiedziałem to, co już powiedziałem.

— Ron Adler nie jest Bogiem.

— Nie powiem nic więcej.

— Dobra, Stuart. Powiesz mi, czy mam wykonać parę telefonów?

— Kurwa mać!

Puszka z piwem poleciała na szarą ścianę, piana wylała się z niej na brudny dywanik. Nagle okazało się, że ogień na kominku jest dla Stuarta Lowe czymś niezwykle ważnym. Stuart zerwał się i włożył do kominka trzy dodatkowe polana. Pomarańczowe iskry posypały się na palenisko wspaniałą kaskadą. Lowe wrócił na łóżko i przez chwilę nic nie mówił. Kohler przypuszczał, że oznacza to, że przyjął warunki umowy, która w rzeczywistości nie była żadną umową. Cichy trzask wyłącznika telewizora był znakiem, że Lowe się poddał.

— Czy on magazynował tę thorazynę, czy wyrzucał ją do ubikacji?

— Magazynował ją, bo ją znaleźliśmy.

— Ile jej było?

— Z pięciu pełnych dni — powiedział zrezygnowany Lowe. — Trzy tysiące dwieście dziennie. Teraz jest już szósty dzień jego niebrania.

— Czy z jego zachowania dziś wieczorem mogliście się zorientować, co on zamierza dalej?

— On po prostu stał w stroju prawie adamowym i patrzył na nas tak, jakby był zaskoczony. Ale tak naprawdę to wcale nie był zaskoczony.

— Co chcesz przez to powiedzieć?

— Nic. — Lowe splunął. — Naprawdę nic.

— Powiedz mi, co on mówił. Ale dokładnie.

— A *Frank* tego panu nie powiedział? Przecież pan z nim rozmawiał.

Lowe popatrzył na Kohlera rozgoryczony, zastanawiając się, czy lekarz robi z niego idiotę. Kohler nie miał wyboru. Musiał się przyznać.

— Frank miał zabieg. Nie odzyska przytomności do jutra rana.

— Jezu miłosierny.

— *Co* Michael mówił? No, powiedz mi, Stu.

— Mówił coś o śmierci. Że musi iść na spotkanie śmierci czy coś takiego. Ja nie wiem. Może miał na myśli jakiś pogrzeb albo cmentarz. Byłem zaskoczony. I próbowałem pomóc Frankowi się bronić.

Kohler nic nie odpowiedział, a sanitariusz mówił dalej:

— Broniliśmy się za pomocą tych gumowych rzeczy, które dostaliśmy ze szpitala.

— Za pomocą pałek?

— Chciałem go unieszkodliwić. Walnąć w głowę. Ale on nie czuje bólu. Wie pan o tym.

— No tak — zgodził się Kohler, myśląc, że jego rozmówca jest żałosnym kłamcą, i czując litość dla tego człowieka, który w rzeczywistości zostawił swego towarzysza, wystawiając go na niebezpieczeństwo utraty życia.

— Ja nie słyszałem nic więcej. Potem Michael złapał pałkę i rzucił się na mnie...

— A teraz powiedz mi, co naprawdę mówił Adler.

Lowe zrobił wydech, wydymając przy tym policzki. I w końcu powiedział:

— Kazał mi nic nie mówić o tych lekach. Nic nikomu. I chciał wiedzieć, czy Michael mówił coś o tej pani z Ridgeton. On jej posłał jakiś list, czy coś takiego.

— O jakiej pani?

— Jakiejś tam babie, co zeznawała na procesie. Nie wiem dokładnie. Adler pytał mnie, czy Michael coś o niej mówił.

— A mówił?

— Nie.

— A co to za list?

— Ja nic nie wiem o tym liście. Adler zakazał mi o nim mówić.

— Kiedy on go wysłał?

— Skąd mam wiedzieć, do cholery?

— A jak ta kobieta się nazywa?

— Pan chce mnie zniszczyć. Nie złapałem pańskiego pacjenta i dlatego pan się na mnie mści. Niech się pan przyzna.

— *Jak ona się nazywa,* Stu?

— Liz jakaś tam. Zaraz. Lis Atcheson. Chyba tak.

— Czy masz mi jeszcze coś do powiedzenia?

— Nie — odburknął pośpiesznie Lowe.

Kohler zaczął mu się uważnie przyglądać. Sanitariusz wreszcie nie wytrzymał i powiedział:

— No, był jeszcze ten drut.

— Drut?

— Powiedziałem o tym Adlerowi i Grimesowi, a oni kazali mi przysiąc, że nie pisnę słowa na ten temat. O Jezu... co za cholerna historia.

Kohler nawet nie drgnął. Wpatrywał się w sanitariusza, który odezwał się cicho, jak gdyby Adler znajdował się w tym samym pokoju:

— Myśmy się nie przewrócili tak po prostu.

— Tylko jak?

— Przeskoczyliśmy przez ten rów z łatwością. Ale Michael przeciągnął tam drut. Wiedział, że będziemy tamtędy biegli. Przeciągnął ten drut i naprowadził nas na niego.

Kohler był zdumiony.

— Co ty mówisz?

— Co mówię? To, co pan *słyszy*! Mówię, że pana pacjent przestał brać i okazał się bardzo sprytny. Na tyle sprytny, żeby zastawić na nas *pułapkę*. I omal nas nie zabił, do cholery.

Sanitariusz przypieczętował swoje zeznanie, włączając znowu telewizor, po czym skulił się na łóżku i nie chciał powiedzieć nic więcej.

Mijając granicę Gunderson, Heck nacisnął lewą stopą hamulec, żeby nie uderzyć sarny, która weszła na drogę, jakby chcąc się przekonać, jakie skutki będzie miała kolizja z jednotonową furgonetką.

Potem Heck wjechał z powrotem na własny pas ruchu i pojechał dalej szosą numer 236. Prowadził jak nastolatek i wiedział o tym. Robił to nawet wtedy, kiedy, tak jak teraz, stosował drastyczny środek polegający na przypięciu niezadowolonego Emila niebieskim płóciennym pasem bezpieczeństwa, który pies natychmiast zaczynał gryźć. Za ciężarówką wirował kurz osiadający białą warstewką na jesiennych liściach.

— Przestań — powiedział Heck podniesionym głosem, przekrzykując warkot silnika.

Wiedział, że gdyby użył słów: „Nie gryź" albo „Zostaw ten pas", mózg Emila zarejestrowałby je jako nic nie znaczące ludzkie pomruki, które można zignorować. Jednak i ta znana Emilowi komedia nie odniosła skutku i Heck dał sobie z tym spokój.

— Dobry pies — powiedział, czując przypływ serdecznych uczuć, i wyciągnął rękę, chcąc podrapać duży łeb. Pies jednak odsunął łeb z rozdrażnieniem.

— Cholera — mruknął Heck. — Powtarzam się.

Uświadomił sobie, że ten ruch psa przypomina mu sposób, w jaki Jill odsunęła się od niego po przysłaniu mu papierów rozwodowych.

Musisz przestać myśleć o tej dziewczynie, rozkazał sobie.

Ale oczywiście nie przestał.

— Znęcanie się psychiczne i porzucenie — przeczytał wtedy, po wyjściu doręczyciela pozwów.

Z początku nie zrozumiał nawet, czego dotyczą te dokumenty. Porzucenie? Pomyślał, że to Jill jest oskarżona o to, że uciekła z miejsca wypadku. Bo Jill była bardzo złym kierowcą. Zwaliło go to z nóg — przez miesiąc był po prostu do niczego. Spędzał czas wyłącznie na pracy z Emilem i na dyskutowaniu na temat separacji z Jill — a właściwie to z jej fotografią, bo ona tymczasem zdążyła się wyprowadzić. Siedząc na łóżku, w którym tak słodko się zabawiali, usiłował sobie przypomnieć jej argumenty. Wyglądało na to, że nie dotrzymał jakiejś mglistej umowy, którą zawarli po pewnej bardzo romantycznej nocy, podczas ich siódmej randki. Wtedy, po tej nocy, o świcie zobaczył, że Jill buszuje po jego szafkach w kuchni, szukając czegoś. Przerwał te gorączkowe poszukiwania, oświadczając się jej. Jill zaczęła piszczeć i, chcąc go objąć, upuściła torebkę z mąką. Torebka upadła z głuchym stuknięciem na podłogę, a wokoło uniosła się chmura mąki. Jill, uszczęśliwiona, zaczęła płakać i, wydymając usta jak mała dziewczynka, mówić coś zawile o domu, którego nigdy nie miała.

Heck musiał przyznać, że ich małżeństwo nie było związkiem harmonijnym — przeciwnie, często zdarzały się im burze. Jeżeli człowiek zgadzał się z Jill, ona gotowa była przychylić mu nieba, a to niebo okazywało się siódmym niebem, jeżeli ten człowiek był mężczyzną. Jeżeli jednak ktoś nie podzielał jej opinii albo przeciwstawiał się jej, twarz Jill tężała. A ona sama brała takiego kogoś w obroty.

Trenton Heck właściwie nie był pewny, czy chce się żenić. Nie podobało mu się to, że jego narzeczona ma takie krótkie, jednosylabowe imię. A na dodatek Jill, kiedy wpadła w zły humor, stawała się wulkanem złości. Heck nigdy nie mógł przewidzieć, kiedy ona wpadnie w zły humor. Kiedy to już się stało, Jill marszczyła brwi, a jej głos robił się ochrypły. Mówiła wtedy tonem, jaki, według Hecka, przybierały prostytutki, mając do czynienia z kłopotliwymi klientami. Jill dąsała się i zżymała na przykład wtedy, kiedy on oświadczył jej, że nie mogą sobie pozwolić na kupno zielonych butów na wysokich obcasach ozdobionych cekinami ani na kupno kuchenki mikrofalowej z obrotowym rożnem.

— Traktujesz mnie okropnie, Trenton. Naprawdę, wcale mi się takie traktowanie nie podoba.

— Ależ Jill, kochanie...

Z drugiej strony jednak Jill potrafiła rzucić mu się w ramiona, w chwili kiedy się tego wcale nie spodziewał, na przykład w sklepie — i pocałować go w ucho. Potrafiła też uśmiechać się serdecznie, kiedy wracał do domu, a potem przez cały wieczór paplać o jakichś głupstwach w taki sposób, że jemu tajało serce. Poza tym Trenton miał nigdy nie zapomnieć, jak ona, w środku nocy, kładła się na nim, wtulała mu nos w obojczyk i kochała się z nim tak, że on nie śmiał się ruszyć w obawie, że wszystko skończy się zbyt szybko.

Stopniowo jednak uśmiechów i kochania się było coraz mniej, a dąsów i złości coraz więcej. Kiedy Trentonowi odmówiono podwyżki, a raty kredytu za przyczepę zweryfikowano w górę, zaczęło brakować pieniędzy. A pieniądze były jak smar zmniejszający ich duchowe tarcia. Heck coraz mniej lubił koleżanki Jill i ich mężów. Nie podobało mu się, że tak dużo piją i że zachowują się zbyt głupio jak na ludzi po trzydziestce. Tak więc ich życie nie było sielanką. Jednak kiedy Trenton zrozumiał, że ona *naprawdę* twierdzi, że on się nad nią znęcał psychicznie i że ją porzucił — zwaliło go to z nóg.

Dokładnie dwadzieścia dwa miesiące temu, o dziewiątej czterdzieści osiem wieczorem, w sobotę, Jill po raz ostatni trzasnęła aluminiowymi drzwiami ich przyczepy i pojechała do Dillon, gdzie zamieszkała sama. Trentona dobiło to, że przeprowadziła się nie do domu czy mieszkania, a do innej przyczepy mieszkalnej.

— Dlaczego nie zostałaś ze mną? — zapytał ją. — Ja myślałem, że się wyprowadzasz, bo chcesz mieć dom.

— Ojej, Trent — jęknęła — ty nic nie rozumiesz. Nic a nic.

— No przecież teraz też mieszkasz w przyczepie!

— Trent!

— Co ja takiego powiedziałem?

Tak więc Jill zamieszkała w przyczepie nieco lepszej niż ta, którą mógł jej zaoferować Trenton Heck, i zaczęła, jak przypuszczał jej były mąż, przyjmować mężczyzn. Billy Mosler, kierowca ciężarówki i przyjaciel Trentona mieszkający w sąsiedztwie, zdawał się reagować uczuciem ulgi na to rozstanie.

— Trenton, to nie była kobieta dla ciebie. Nie będę o niej mówił źle, bo to nie w moim stylu...

Uważaj, gnojku, pomyślał Heck, spoglądając groźnie na przyjaciela.

— ...ale ona była za bardzo narwana. Po prostu źle wybrałeś. Nie patrz na mnie tak. Możesz mieć kogoś lepszego.

— Ja ją *kochałem* — powiedział Heck, przypominając sobie, jak Jill pewnego jesiennego popołudnia zrobiła mu na lunch pyszną sałatkę. — Cholera. Ale jęczę, co?

— Ty jej nie *kochałeś* — powiedział Billy Mosler tonem mędrca. — Ty *byłeś w niej zakochany.* Albo raczej *pożądałeś jej.* Widzisz różnicę?

Uważaj, gnojku. Heck przyszedł do siebie na tyle, że znów mógł zacząć patrzeć groźnie.

Po paru miesiącach cierpienie przestało być tak dojmujące jak na początku, jednak Heck nadal nie mógł się pogodzić z tym, że Jill odeszła. Setki razy przejeżdżał koło jej restauracji i dzwonił do niej często, żeby porozmawiać o tych paru rzeczach, o których wciąż mogli rozmawiać. Oczywiście tematów takich nie było wiele. Często zdarzało się, że telefon odbierała automatyczna sekretarka. Po cholerę kelnerce automatyczna sekretarka? — zastanawiał się Heck. Chyba tylko w celu rejestrowania telefonów od mężczyzn. Był w rozpaczy, kiedy maszyna włączała się za drugim sygnałem, co oznaczało, że ktoś dzwonił przed nim. Heck widział swoją byłą żonę wszędzie. Widział ją w miasteczkach, na piknikach, widział ją jadącą samochodem, w restauracji, na parkingu przed sklepem monopolowym, kiedy podciągała spódnicę, chcąc poprawić halkę, którą nosiła podwiniętą w pasie, bo była taka niska.

Tak, widział ją wciąż i we wszystkich możliwych miejscach.

Teraz też z wielkimi oporami znikała z jego świadomości, gdy on zjeżdżał z szosy. Emil zaczął się kręcić radośnie, kiedy furgonetka zatrzymała się i znienawidzony pas został rozpięty. Jego pan wziął linkę w rękę i obaj ruszyli przed siebie.

Emil z łatwością wywąchał zapach Hrubeka i pobiegł kłusem szosą. Ponieważ znajdowali się na asfalcie, gdzie widoczność była dobra, Heck wydłużył linkę. Posuwali się szybko, mijając opuszczone szopy i farmy, a także pola, na których rosły dynie. Kiedy minęli dwa skrzyżowania, przekonując się, że szaleniec wciąż jechał na zachód szosą numer 236, Heck rozkazał Emilowi wracać do furgonetki. Ponieważ Hrubek jechał na rowerze przypuszczalnie z prędkością piętnastu albo dwudziestu mil na godzinę, Heck ruszył za nim furgonetką. Co kilkanaście mil zatrzymywał się i pozwalał Emilowi upewnić się, że nie stracili tropu. Tak pilny pies jak Emil potrafił tropić rowerzystę, zwłaszcza w wilgotną noc, ale tropiąc go bez samochodu, bardzo szybko by się zmęczył. A i Heck ze swoją chorą nogą także nie był w stanie biec za rowerzystą.

Jadąc szosą i patrząc uważnie przed siebie, w nadziei że zobaczy reflektor roweru albo plecy Hrubeka, Trenton Heck myślał o swoim spotkaniu z Richardem Kohlerem. Przypomniawszy sobie jak lekarz skrzywił się, kiedy on odrzucił jego ofertę, zaczął się obawiać, że pokpił sprawę, że postąpił odwrotnie, niż postąpiłby ktoś sprytny. Często miewał trudności z właściwym wyborem. Nie wybierał tego, co wybrałby *każdy* jako rzecz najlepszą dla siebie. Nie czynił wyborów, które pochwaliłaby Jill i które spowodowałyby, że ojciec powiedziałby mu:

— Cholernie dobrze wybrałeś, chłopcze.

Tym razem też tak było. Heck uważał, że odrzucenie tych pieniędzy *było* w pewnym sensie szaleństwem. Ale z drugiej strony, kiedy wyobrażał sobie, że bierze ten czek, że go składa na pół i idzie do domu, to dochodzi do wniosku, że nie mógłby tego zrobić. Pomyślał, z żalem, że może Bóg nie stworzył go na podobieństwo Emila, nie obdarzył go wspaniałym, wyjątkowym instynktem. Z drugiej jednak strony czuł, że jego życiu sens nadaje nie co innego, tylko tropienie z psem, takie jak to dzisiejszej nocy. Pomyślał, że jeżeli nawet nie złapie Hrubeka, to i tak tropienie go będzie lepszym zajęciem niż siedzenie przed telewizorem z kwartą piwa.

Bardzo gnębiło go to, że odrzucił propozycję Kohlera. Ale jeszcze bardziej gnębiło go coś innego. Otóż miał przed sobą cel: złapać Hrubeka, zanim ten zrobi komuś coś złego. No dobrze, ale skoro tak, to dlaczego nie zadzwonił do Dona Havershama i nie powiedział mu, że Hrubek zmienił kierunek? Obecnie znajdował się w Gunderson, a wkrótce miał dojechać do Cloverton. W obu miastach były posterunki policji i prawdopodobnie, mimo mobilizacji w związku z nadciągającą burzą, znajdowało się w nich paru policjantów, którzy ewentualnie mogliby zablokować drogę. Dzwoniąc do Havershama, myślał Heck, postąpiłbym właściwie, przyczyniłbym się do zmniejszenia ryzyka.

No tak, ale gdyby miejscowa policja albo policja stanowa złapała Hrubeka, Adler na pewno chciałby wykręcić się od płacenia. Nie wypłaciłby Heckowi dziesięciu tysięcy dolarów nagrody.

Dręczony poczuciem winy, Heck nacisnął lewą stopą pedał gazu i podążył za swoją ofiarą. Pomyślał przy tym z ponurym uśmiechem, że posuwa się na zachód — w sekrecie i pod osłoną nocy — tak samo jak Michael Hrubek.

Znajdował się w odległości dwudziestu dwóch mil od Ridgeton, kiedy przyszło mu do głowy, że samochód byłby o wiele *lepszy* od roweru, o wiele *modniejszy*. Rower przestał już mu się podobać jako środek lokomocji. Chwiał się, kiedy uderzał o kamienie, a poza tym pod górę jechało się na nim bardzo powoli. Prędzej można by było iść pieszo. Hrubek, pedałując na wolnym biegu, z takim wysiłkiem wciągał powietrze, że aż rozbolały go zęby. Kiedy natrafiał na wyboje, ciężkie pułapki na zwierzęta podskakiwały w plecaku i uderzały go w nerki. Jednak powodowała nim nie tyle złość na rower, co *pragnienie* posiadania samochodu. Hrubek nabrał takiej pewności siebie, że uwierzył, że może prowadzić samochód. Wykiwał przecież sanitariuszy, poradził sobie z glinami i oszukał wszystkich cholernych spiskowców, którzy chcieli go złapać.

Więc zapragnął mieć samochód.

Przypomniał sobie, jak pomógł doktor Annie zatankować benzynę. Doktor Anna zawiozła jego i kilku innych pacjentów do księgarni znajdującej się w centrum handlowym w pobliżu Szpitala Psychiatrycznego w Trevor Hill. Hrubek znał statystykę wypadków na amerykańskich autostradach. Kierowany wewnętrznym przymusem, przepowiadał ją sobie i był przerażony na samą myśl o przejażdżce, ale w końcu z oporami zgodził się na nią. Psychiatra poprosiła go, żeby usiadł z przodu. Kiedy zatrzymali się na stacji benzynowej, zapytała:

— Michael, czy mógłbyś mi pomóc zatankować?

— Nieee.

— Pomóż mi, Michael.

— Za nic. To niebezpieczne i niemodne.

— Zrobimy to razem, dobrze?

— Skąd mogę wiedzieć, co cieknie z tych pomp?

— No chodź, Michael. Wysiadaj.

— Nie chcę.

Jednak w końcu zrobił to: otworzył zbiornik paliwa, uruchomił pompę, poradził sobie ze wszystkim. Doktor Anna podziękowała mu za pomoc, a on, bardzo dumny, wsiadł do samochodu i zapiął sobie pas — sam, bez przypominania. Podczas drugiej wycieczki doktor Anna pozwoliła mu usiąść za kierownicą i pojeździć szarym mercedesem po szpitalnym parkingu. Wzbudziło to zazdrość innych pacjentów i rozbawiło — ale też i przeraziło — paru lekarzy i kilka pielęgniarek.

Tak, zadecydował teraz Michael, muszę się pozbyć roweru.

Zatrzymał się u stóp wzgórza, tuż przy nieoświetlonym budynku stacji benzynowej, którego okna były brudne i pokryte błotem. Jego uwagę przyciągnął jasnozielony datsun stojący w pobliżu pompy. Hrubek zsiadł z roweru. Drzwi auta nie były zamknięte. Hrubek usiadł na siedzeniu kierowcy i poczuł zapach smaru i pleśni. Spróbował prowadzić „na niby". Początkowo był bardzo spięty, ale potem odprężył się i stopniowo przypomniał sobie, co wie na temat samochodów. Poruszył kierownicą. Przesunął dźwignię zmiany biegów. Próbował na niby przyspieszać i hamować.

Spojrzał przed siebie i zobaczył kluczyk w stacyjce. Przekręcił go. Cisza. Wysiadł z samochodu. Przypuszczał, że ten nie ma akumulatora albo w baku brakuje benzyny. Podniósł maskę i przekonał się, że samochodowi brak ni mniej, ni więcej, tylko silnika. Jakiś skurczybyk go ukradł, pomyślał i zatrzasnął drzwiczki.

Człowiek nie może nikomu zaufać.

Hrubek podszedł do znajdującego się obok stacji sklepu i zajrzał do niego przez okno. W środku był automat sprzedający napoje i drugi sprzedający przekąski. Były też różne ciastka, pączki. I Twinkies. Hrubek lubił Twinkies. „Twinkies to samo zdrowie" — wymamrotał fragment tekstu reklamowego zasłyszanego w telewizji. Powtarzając ten tekst w kółko, poszedł na zaplecze.

— Bądź mądry — szepnął do siebie. — Wejdź przez tylne drzwi.

Miał nadzieję, że silnik samochodu leży gdzieś w budynku stacji. Czy uda mi się go wmontować? — zastanowił się. Prawdopodobnie trzeba go przyłączyć do samochodu za pomocą wtyczki. (Hrubek wiedział wszystko o wtyczkach, bo do urządzeń elektrycznych w domu jego rodziców podłączone były podsłuchy i kamery. Wobec tego on co rano je wyłączał).

Hrubek podszedł do tylnych drzwi stacji benzynowej, wybił szybę i otworzył zasuwkę. Wszedł do środka i rozejrzał się. Nie znalazł żadnego silnika. Był tym bardzo rozczarowany. Pocieszyło go jednak to, że na półce przy drzwiach zobaczył pączki. Natychmiast zjadł całe opakowanie, a drugie włożył sobie do plecaka.

Na starym automacie do pepsi stojącym przed sklepem wisiał podarty i wyblakły plakat obiecujący „Nieporównany smak". Hrubek z łatwością, jednym szarpnięciem otworzył drzwiczki automatu i wyjął dwie butelki. Zdążył już zapomnieć, jak wyglądają wszelkie szklane pojemniki — bo w szpitalach psychiatrycznych dostaje się napoje w plastikowych kubkach albo wcale. Zdjął kapsel zębami, usiadł i zaczął pić.

Pięć minut później parking przed stacją zrobił się srebrzysty, a potem biały. Przyciągnęło to uwagę Hrubeka, który wstał i zbliżył się do brudnego okna, chcąc się przekonać, skąd pochodzi światło. Na podjazd wjechała metalicznie połyskująca niebieska ciężarówka. Otworzyły się drzwi szoferki i z ciężarówki wysiadła kobieta. Była ładna, miała jasne włosy, lekkie jak piana. Do słupa telefonicznego obok pompy przykleiła plakat reklamujący licytację mającą odbyć się w kościele jutro wieczorem.

— Czy będą sprzedawali swoje *memorabilia* — szepnął Hrubek. — Czy będą sprzedawali swoje *moralne bilia?* Czy pastor wsadzi ci palec w *dupę*?

Przyjrzał się ciężarówce. W środku siedziała pasażerka, kilkunastoletnia dziewczyna, prawdopodobnie córka tej kobiety. Hrubek mówił dalej, tym razem już głośno, zwracając się do dziewczyny:

— Jesteś bardzo ładna. Lubisz al-ge-brę? A *sta-nik-tystykę?* A masz na sobie stanik? Czy wiesz, że dziewięćdziesiąt dziewięć procent schizofreników ma duże *ptaki*? A jeden ptak, kogut, piał, kiedy zdradzano Jezusa — kiedy go zdradzano jak Ewę. Czy pastor wciśnie w ciebie swojego *węża*? No wiesz, *tego węża,* który w raju kusił Ewę...

Kobieta wróciła do ciężarówki. Jaka ona piękna, pomyślał Hrubek, nie mogąc się zdecydować, która podoba mu się bardziej — matka czy córka. Ciężarówka wróciła na szosę i w kilka chwil później skręciła w jakąś boczną drogę o sto jardów na zachód. Zniknęła Hrubekowi z oczu. Hrubek stał przez dłuższą chwilę przy oknie, potem chuchnął na zimną szybę, a kiedy pokryła się parą, narysował na niej jabłko — jabłko z ogonkiem i listkiem, i czymś, co wyglądało na dziurkę wygryzioną przez robaka.

Ich Linię Maginota mającą cztery stopy wysokości znowu oświetliła błyskawica.

Lis i Portia, obie wyczerpane, przerwały pracę, czekając na próżno na uderzenie pioruna.

— Powinnyśmy rozbić o ten wał butelkę szampana — powiedziała Portia i oparła się ciężko na łopacie.

— Mógłby nie wytrzymać.

— A niechby i nie wytrzymał.

Woda w przepuście miała już sześć cali głębokości.

— Skończmy teraz oklejanie szyb w cieplarni i zabierajmy się stąd.

Pozbierały narzędzia, a Lis przykryła uszczuploną poważnie kupę piasku starą plandeką. Wciąż czuła urazę do Portii za to, że ta odrzuciła jej propozycję. Ale kiedy szły razem w stronę domu, jak dwaj robotnicy zmęczeni po całym dniu pracy, wiedziona nagłym odruchem, chciała objąć siostrę za ramiona. Zawahała się jednak. Była w stanie wyobrazić sobie ten gest, ale nie jego efekt, i to ją powstrzymało. Przypomniała sobie całowanie krewnych w policzki podczas świąt, uściski rąk i dłonie na pośladkach.

W rodzinie L'Aubergetów fizyczny kontakt ograniczał się tylko do takich gestów.

Lis usłyszała jakiś łoskot. To wiatr przewracał aluminiowe krzesła plażowe stojące niedaleko garażu. Lis powiedziała siostrze, że idzie je sprzątnąć, i ruszyła w tamtą stronę. Portia skierowała się do domu.

Kiedy Lis była na podjeździe, wiatr powiał ostro. Ten podmuch to była przednia straż nadciągającej burzy. Na jeziorze pojawiły się fale, a brezent przykrywający piasek zatrzepotał z hałasem. Potem powrócił spokój, jak gdyby ten poryw to był dreszcz przeszywający jakieś ciało.

W ciszy, która teraz nastąpiła, Lis usłyszała samochód.

Opony zapiszczały na błyszczących płytach z białego kamienia, które ona z Owenem kładła zeszłego lata, podczas upałów. Bojąc się, że nie wytrzymają im serca, zdecydowała, że będą pracowali po zmroku. Jako osoba mająca taki wkład w zaistnienie podjazdu, Lis Atcheson dobrze wiedziała, że gość, który właśnie się pojawił, jedzie po pierwszorzędnym marmurze pochodzącym z kamieniołomów położonych gdzieś w Nowej Anglii. Jednak nie wiadomo dlaczego przyszło jej do głowy, że koła jego samochodu przetaczają się po skruszonych kościach. Ten obraz pojawił się w jej umyśle i nie chciał zniknąć.

Samochód przejechał przez sosnowy zagajnik, przez który wiła się droga dojazdowa. Wjechał na miejsce przeznaczone do parkowania, zatrzymał się na chwilę, a potem ruszył w jej stronę. Światła reflektorów oślepiły Lis, która nie była w stanie rozpoznać pojazdu. On tymczasem zatrzymał się o dwanaście jardów od niej.

Lis stała z założonymi rękami w lekkim rozkroku, znieruchomiawszy jak dziewczynka udająca posąg. Trwała w bezruchu przez dłuższą chwilę, podobnie jak kierowca. Stała naprzeciwko samochodu, którego silnik wciąż pracował i który miał włączone światła. W końcu, nie czekając aż jej zmieszanie przerodzi się w strach, odchrząknęła i ruszyła przed siebie prosto w białe światło.

16

Nie złapali go jeszcze?

Lis wskazała ręką tylne drzwi domu i Richard Kohler wszedł do kuchni. Ona weszła za nim.

— Nie, obawiam się, że nie.

Kohler podszedł do lady i położył na stołku swój mały plecak. Wyglądało na to, że bardzo mu zależy na tym, żeby się z nim nie rozstawać. Jego szczupła twarz była tak blada, że budziło to niepokój.

— Lis, jakiś samochód...

Portia stanęła w drzwiach i popatrzyła na Kohlera.

Lis przedstawiła ich sobie.

— *Portia?* — powtórzył Kohler. — W dzisiejszych czasach to rzadkie imię.

Portia wzruszyła ramionami. Żadna z sióstr nie dodała słowa komentarza, żadna nie wyjaśniła Kohlerowi, jak ciężko było córkom człowieka tak całkowicie pochłoniętego handlem winami.

— Mam zamiar okleić taśmą okna od strony zachodniej. Te w salonie. To z tamtej strony będzie najsilniej wiało.

— Masz rację. Zapomniałyśmy to zrobić. Dziękuję ci.

Kiedy Portia wyszła, Lis zwróciła się do lekarza.

— Nie mam wiele czasu. Kiedy tylko uporamy się z robotą w domu, jedziemy do Gospody. Tam przenocujemy. To z powodu Hrubeka — dodała ostro.

W tej chwili Kohler powinien był powiedzieć, że nie ma się czym martwić, w tej chwili powinien był się roześmiać i stwierdzić, że jego pacjent jest tak nieszkodliwy jak szczeniak. Nie zrobił tego jednak, tylko zauważył:

— To nie jest zły pomysł.

Z drugiej strony nie wyglądał też na specjalnie zaniepokojonego i nie doradzał im, żeby uciekły z domu natychmiast i poszukały sobie bezpiecznego schronienia.

— Czy wiadomo, gdzie on jest?

— Nie, właściwie to nie.

— Ale on posuwa się na wschód? Oddala się od nas?

— Niedawno widziałem jednego z tych, co go tropią. Okazuje się, że Hrubek wciąż znajduje się gdzieś na wschód od szpitala, ale wygląda na to, że poszedł na wschód, a potem zawrócił.

— Więc posuwa się na zachód?

— Według mnie on raczej krąży. Nie jest tak chory, jak twierdzą niektórzy, ale nie sądzę, że mógłby dotrzeć aż tutaj.

— Co właściwie mogę dla pana zrobić, panie doktorze? Bo za jakieś dwadzieścia minut muszę stąd wyjechać.

— Martwię się o Michaela. Chciałbym go znaleźć, zanim to zrobi policja. Niewielu ludzi wie, jak trzeba postępować z pacjentem takim jak on. Jeżeli będą go usiłowali aresztować tak jak zwykłego więźnia, to on może zrobić krzywdę — sobie albo komuś innemu.

— No ale co *ja* mogę zrobić?

— Podobno on przysłał pani list. Już dawno.

— We wrześniu.

— Ten list ma coś wspólnego z tym... incydentem, który zdarzył się w maju?

— On nie ma nic wspólnego z czymkolwiek. To po prostu bełkot.

Kohler podniósł wzrok, nie podnosząc głowy, i wpatrzył się w Lis.

— Proszę pani, ja muszę się dowiedzieć, co się zdarzyło w Indian Leap. Czy pani mi pomoże?

Na ladzie obok zlewu było sześć mokrych kółek po szklankach. Lis wzięła gąbkę i wytarła je.

— Widzi pani, jestem lekarzem Michaela. Ale szczerze mówiąc, nie mam pojęcia, co się teraz dzieje w jego głowie. To, co zdarzyło się w maju, było... bardzo dla niego ważne, znaczące dla jego życia.

— Znaczące? — powtórzyła Lis z przerażeniem.

— Mówiąc tak, nie miałem zamiaru pomniejszać tej tragedii...

— Więc co konkretnie chce pan wiedzieć?

— Czytałem różne reportaże w gazetach. Mam też historię choroby. Ale nasz szpital nie ma pieniędzy. W związku z tym dokumentacja jest bardzo skąpa. Nie mam nawet odpisów protokółów z jego procesu.

— To jakiś biurokratyczny nonsens — powiedziała Lis.

— Odpisy są po dwa dolary za stronę — wyjaśnił Kohler. — Odpisy protokółów z procesu Michaela kosztowałyby sześć tysięcy dolarów. Nasz stan nie może sobie pozwolić na taki wydatek.

— Wygląda na to, że byłoby rozsądnie wydać jednak te pieniądze.

Kohler kiwnął głową.

— Naprawdę nie mamy czasu. Mamy z siostrą rezerwację w Gospodzie. No i ta burza...

— To nie zajmie dużo czasu.

Kohler potarł nerwowo dłońmi o spodnie i Lis wyobraziła go sobie, jak w wieku lat kilkunastu prosi do tańca ładną dziewczynę.

— Właściwie to wolałabym o tym nie mówić.

— No tak, oczywiście... — Kohler zawahał się i przyjrzał jej się uważnie. — Ale proszę mnie zrozumieć. Ja go muszę znaleźć jak najszybciej. Jeżeli on podejdzie do czyjegoś domu... Jeżeli przestraszy się, wpadnie w panikę... On może zrobić komuś krzywdę. Niechcący, ale może ją zrobić.

Lis stała w milczeniu, przyglądając się czerwonej posadzce.

— Widzi pani... mnie chodzi *właśnie* o to. Chodzi mi o to, żeby zabrać go z powrotem do szpitala, zanim zdarzy się... jakiś wypadek. I muszę pani powiedzieć, że istnieje prawdopodobieństwo, że on zmierza właśnie tutaj. To prawdopodobieństwo jest nieznaczne, ale jednak istnieje. Może będę mógł zapobiec jego pojawieniu się tutaj — jeżeli pani mi pomoże.

Po dłuższej chwili Lis spytała:

— Ze śmietanką czy z cukrem?

Kohler zamrugał zaskoczony.

— W ciągu ostatniej minuty trzy razy spojrzał pan na maszynkę do kawy.

Kohler roześmiał się.

— Robiłem, co mogłem, żeby nie zasnąć.

— Daję panu dwadzieścia minut, panie doktorze. Nie więcej.

— Dziękuję pani bardzo — odrzekł szczerze.

Lis podeszła do kredensu.

— Mam nadzieję, że nie sprawiam pani kłopotu — powiedział Kohler, wpatrując się pożądliwym wzrokiem w puszkę kawy Maxwell House.

— A czy mogę pana o coś zapytać?

— Proszę.

— Czy potrafiłby pan teraz zasnąć?

— Słucham?

— No, gdyby pan był u siebie w domu, byłby pan w stanie zasnąć?

— W domu? O tak. I w swoim samochodzie. I u pani — na trawniku przed domem i na podłodze w kuchni. W każdej chwili, wszędzie.

Lis pokręciła głową z podziwem, słysząc o takiej cudownej zdolności, i zaczęła się przyglądać dzbankowi, który napełniał się czarnym płynem. Wiedziona nagłym impulsem, postanowiła też się napić.

— A ja, bez względu na to, co się stanie dzisiejszej nocy, będę zdolna zasnąć dopiero jutro o jedenastej wieczorem.

— Bezsenność? — zapytał.

— Tak, na bezsenności znam się doskonale — wyjaśniła mu. — Ciepłe mleko, gorąca kąpiel, zimny prysznic, hipnoza, autohipnoza, waleriana, leki — próbowałam wszystkiego.

— Ja w mojej praktyce mam dużo do czynienia ze snami pacjentów. Ale nigdy nie zajmowałem się zaburzeniami snu.

Lis dolała sobie mleka do kawy. Kohler pił czarną.

— Wejdźmy tutaj — powiedziała.

Z kubkami parującej kawy w dłoniach weszli do cieplarni, w końcu której znajdowała się wnęka. Kiedy już usiedli w głębokich fotelach z kutego żelaza, lekarz rozejrzał się i wypowiedział komplement, który świadczył o tym, że nie wie nic o kwiatach, odnosząc się do rozmiarów pomieszczenia i porządku w nim panującego. Siedział przy tym z nogami zsuniętymi i pochylał się do przodu, co sprawiało, że wyglądał na szczuplejszego, niż był w istocie. Pił głośno, a Lis od razu zorientowała się, że jest przyzwyczajony do jedzenia w samotności i w pośpiechu. Potem odstawił kubek i wyjął z kieszeni marynarki bloczek i złote pióro.

— Więc pan nie ma pojęcia, dokąd on zmierza? — zapytała Lis.

— Rzeczywiście nie wiem tego. Jest prawdopodobne, że on też tego nie wie i że nie zdąża świadomie do jakiegoś określonego miejsca. Problem z nim polega na tym, że nie można brać dosłownie tego, co mówi. Żeby go zrozumieć, trzeba wniknąć głębiej. Weźmy na przykład ten list, który do pani napisał. Czy w tym liście w środku słów były duże litery?

— Tak. To było bardzo dziwne.

— Michael tak robi. Widzi takie związki między rzeczami, które dla nas nie istnieją. Czy mógłbym zobaczyć ten list?

Lis poszła do kuchni, znalazła list i wróciła z nim do cieplarni. Kohler stał tam i trzymał w rękach małe zdjęcie oprawione w ceramiczną ramkę.

— To pani ojciec? — zapytał.

— Mówią, że jestem do niego podobna.

— Tak, jest pewne podobieństwo. Oczy i broda... On był, niech zgadnę... profesorem?

— Raczej uczonym z bożej łaski.

Zdjęcie zostało zrobione dwa dni po powrocie ojca z Jerez. Ojciec wsiadał na nim do cadillaka, którym miał udać się na lotnisko. Lis nacisnęła spust migawki, stojąc za wystającym brzuchem matki, w którym pływała jej siostra nie mająca pojęcia o tym, że właśnie następuje łzawe pożegnanie.

— Był biznesmenem, ale zawsze chciał uczyć. Mówił o tym wiele razy. Byłby z niego wspaniały uczony.

— A pani jest profesorem?

— Jestem nauczycielką. Uczę angielskiego w szkole średniej. A jak to jest z panem? — zapytała. — O ile wiem, medycyna to zawód dziedziczny.

— O tak, rzeczywiście. Mój ojciec był lekarzem. — Kohler roześmiał się. — Chciał, żebym został historykiem sztuki. To było jego marzenie. Potem niechętnie zgodził się, żebym poszedł na medycynę. Pod warunkiem, że zostanę chirurgiem.

— Ale pan uznał, że chirurgia to nie dla pana, tak?

— Oczywiście. Chciałem być psychiatrą, nikim innym. Walczyłem z nim zębami i pazurami. Mówił, że ten zawód mnie zniszczy, doprowadzi do obłędu i zabije.

— A więc — powiedziała Lis — sam był psychiatrą.

— No tak.

— Czy psychiatria go zabiła?

— Nie. Jest na emeryturze. Mieszka na Florydzie.

— Co pozostawię bez komentarza — powiedziała Lis.

Kohler uśmiechnął się.

— A dlaczego? — spytała wtedy Lis.

— Dlaczego co?

— Dlaczego wybrał pan psychiatrię?

— Chciałem leczyć schizofreników.

— Ja myślę, że zrobiłby pan większe pieniądze, kładąc na kozetce różnych bogaczy. Dlaczego pan wybrał schizofreników?

Kohler znów się uśmiechnął. — Tak szczerze mówiąc, to z powodu choroby matki... No tak, ma pani ten list?

Wziął list w swoje krótkie kobiece palce i szybko przeczytał. Lis nie zauważyła, żeby w jakikolwiek sposób zareagował.

— Proszę popatrzeć — powiedział i zacytował, pokazując jej list: — *To JEST bardzo ważnE. trzyMają mnie i naopowiadali kłamstw o mnie tym w wasZyngtonie i całeMu chĘtnie oCZerniającemu czŁOwieka światu. oNi mYślą, że jestem niebezpieczny...* Widzi pani, co on naprawdę chce powiedzieć?

— Nie, chyba nie.

— Proszę spojrzeć na duże litery. JESTEM ZMĘCZONY.

Lis poczuła, że przechodzi ją zimny dreszcz.

— Świat Michaela ma wiele warstw znaczeniowych. Słowo „Nieprzerwanie" zawiera imię „Ewa". — Przyjrzał się listowi jeszcze raz. — „Zemsta", „ewa", „zdrada".

Pokręcił głową, a potem odłożył list i popatrzył na Lis uważnie. Lis nagle poczuła, że jest zmieszana. A kiedy wreszcie się odezwał i poprosił, żeby mu opowiedziała o Indian Leap, zaczęła mówić dopiero po minucie.

Ciągnąc się na północny wschód od Ridgeton, szosa numer 116 wije się powoli przez najpiękniejsze i najszkaradniejsze okolice w całym stanie: przebiega obok malowniczych ferm mlecznych i gospodarstw, w których hoduje się konie, poprzez niezbyt wielkie, ale stare lasy i w końcu przez szereg średniej wielkości miast i obok porzuconych fabryk, których nikt nie chce nawet za darmo. W pobliżu jednego z takich biednych miasteczek zwanego Pickford znajduje się pięćsetakrowy obszar, na którym można znaleźć skalne urwiska i sosnowe lasy. Ten obszar to Park Stanowy Indian Leap.

Przez ten Park przebiega leniwie kanion w kształcie litery S. Kanion ten ciągnie się na obszarze pół mili między parkingiem przy szosie numer 116 a miejscem zwanym Plażą Rocky Point. Ta plaża to ponury kamienny wał leżący nad sztucznym jeziorem mającym milę szerokości i dwie mile długości. Niedaleko tej plaży, w lesie, wznosi się coś, co obsługa Parku Stanowego nazywa nieco na wyrost „szczytem”, mimo że jest to wzgórze o płaskim wierzchołku mające sześćset stóp wysokości.

To skaliste wzgórze zamieszkane jest przez duchy. Gdyż w roku 1758 mała grupa Mohikanów, ścigana przez Pequotów, wybrała tutaj śmierć, nie chcąc wpaść w ręce wroga. Wszyscy ci Mohikanie zeskoczyli ze skały w przepaść. Kobiety rzucały krzyczące z przerażenia dzieci, a potem skakały same wraz ze swoimi mężczyznami. Lis wciąż pamiętała ilustrację z podręcznika historii do szóstej klasy, która przedstawiała ze szczegółami indiańską squaw, przypominającą bardziej Veronikę Lake niż mohikańską księżniczkę, trzymającą zapłakane dziecko — tuż przed skokiem w przepaść. Przyjechawszy tu po raz pierwszy, w czasach gdy była chudą, bladą dziewczynką, Lis chodziła po tych lasach i skałach bliska łez — myśląc o całych rodzinach skaczących na spotkanie śmierci. Nawet teraz, po trzydziestu latach, siedząc naprzeciwko Kohlera, czuła ten zimny dreszcz, który przenikał ją w dzieciństwie, kiedy słuchała tej historii.

Sześć miesięcy temu, pierwszego maja, Atchesonowie i poznane przez nich w klubie wiejskim małżeństwo Gillespiech zaplanowali sobie piknik w Indian Leap. Miały z nimi pojechać Portia i była uczennica Lis, Claire Sutherland.

Poranek, a był to poranek niedzielny, okazał się pechowy. Kiedy Lis i Owen mieli już wyjeżdżać, zadzwonił telefon. Okazało się, że Owen musi pojechać na parę godzin do biura. Lis zdążyła się już przyzwyczaić do nadgorliwości męża, ale tym razem była zła na niego. Owen od pewnego czasu pracował prawie w każdą niedzielę. Tym razem posprzeczali się, przy czym początkowo dość spokojna wymiana zdań przeszła w ostrą kłótnię. Owen pozostał przy swoim, obiecał jednak, że spotka się z nimi w Parku nie później niż o wpół do drugiej albo o drugiej.

— Dopiero potem uświadomiłam sobie, jakie to szczęście, że się uparł — powiedziała Lis do Kohlera. — Gdyby nie pojechał do pracy... Działanie losu jest nieraz przedziwne.

Portia, Claire i ona, opowiadała dalej, pojechały z Dorothy i Robertem Gillespie ich land cruiserem. Była to przyjemna przejażdżka trwająca dwie godziny. Skoro tylko znaleźli się w Parku, Lis poczuła się nieswojo. Wydawało jej się, że ktoś ich obserwuje. Była przekonana, że idąc do znajdującego się w domku myśliwskim telefonu, widziała w odległych zaroślach kogoś, kto na nią patrzył. Ponieważ miała wrażenie, że twarz tego kogoś jest znajoma i że ten ktoś to mężczyzna, pomyślała przez chwilę, że jest to Owen, który postanowił jednak nie jechać do pracy. Ale twarz zniknęła w zaroślach, a ona, zadzwoniwszy do biura Owena, zastała go tam.

— Jeszcze nie wyjechałeś? — zapytała rozczarowana, bo było już południe i wobec tego Owen nie mógł zdążyć do Parku przed drugą.

— Wyjeżdżam za piętnaście minut — odpowiedział. — Jesteście już na miejscu?

— Właśnie dojechaliśmy. Dzwonię ze sklepu z pamiątkami.

— Aha — roześmiał się Owen — więc kup mi taki szalecik z sosnowego drewna. Dam go Charliemu za to, że mnie zmusił, żebym dziś przyjechał do biura.

Lis była zirytowana, ale zgodziła się i odwiesiła słuchawkę. Potem weszła do sklepu, żeby kupić pamiątkę. A w chwilę później już przyłączyła się do swoich towarzyszy przy wejściu do Parku i wtedy obejrzała się przez ramię. I znowu wydało jej się, że widzi jakiegoś mężczyznę, który przygląda się całej piątce. Przestraszyła się tak, że upuściła szalecik. Kiedy go podniosła i obejrzała się znowu, tego kogoś już nie było.

Kohler wypytywał ją o uczestników pikniku.

— Robert i Dorothy? Poznaliśmy ich w klubie jakiś rok temu.

Usiedli przypadkiem przy sąsiadujących ze sobą stolikach. A potem okazało się, że oprócz nich wszystkie inne małżeństwa po trzydziestce mają dzieci. To właśnie fakt, że byli bezdzietni, przyczynił się do ich zbliżenia. A później, stopniowo, poznawali się coraz lepiej.

Początkowo Owen i Lis nie dorównywali poziomem materialnym swoim przyjaciołom. Nie odziedziczyli jeszcze wtedy majątku L'Aubergetów i mieszkali w małym domku w Hanbury, które było ponurym przemysłowym miasteczkiem leżącym dziesięć mil na północ od Ridgeton. Prawdę mówiąc, to nie było ich stać na ten klub wiejski, jednak Owen uparł się przy tym, żeby się do niego zapisali, bo liczył na to, że spotka tu swoich potencjalnych klientów. W rezultacie z braku gotówki jadali często na kolację kanapki albo tylko zupę. Tymczasem Robert zarabiał bajońskie sumy na wyposażaniu hoteli w urządzenia służące łączności. Dlatego Owen, będący prawnikiem z małej firmy obsługującej niezamożnych klientów, robił dobrą minę do złej gry. Jednak Lis widziała, jak bardzo zazdrości Gillespiem, widząc, jak ci zajeżdżają pod jego skromny dom zielonym jaguarem Roberta albo mercedesem Dorothy.

Różnili się też temperamentami. Robert mieszkał w przeszłości w Pacific Heights i na Michigan Avenue, spędził też kilka lat w Europie. (Nie, wcale nie żartuję! Mieszkaliśmy w Tourette sur Loup. Słyszeliście kiedyś tę nazwę? To takie średniowieczne miasteczko w górach, na północny zachód od Nicei. Naprawdę ciekawe. Niech Dot wam powie!)

Robert miał czterdzieści jeden lat, ale wyglądał o dziesięć lat młodziej i zarażał wszystkich swoim młodzieńczym entuzjazmem. Dla niego każdy był potencjalnym klientem, który z łatwością da się namówić na transakcję. Owen odznaczał się większą dojrzałością, ale był milczkiem, no i miewał humory. Nie podobało mu się to, że gra drugie skrzypce przy przystojnym, bogatym czarusiu, który przypomina prezydenta Kennedy'ego — zarówno wyglądem jak i charyzmą.

Ale później, po śmierci Ruth, w marcu zeszłego roku Atchesonowie także stali się bogaci. Nie miało to wielkiego wpływu na Lis, która wyrosła w zamożnej rodzinie, jednak w Owenie spowodowało wielką zmianę.

Lis, podobnie jak Owen, miała pewne zastrzeżenia do przyjaźni z Gillespiemi. Jednak nie z powodu charakteru Roberta, tylko z powodu Dorothy.

Z powodu Dorothy mającej głos nastolatki zagrzewającej do boju szkolną drużynę sportową. I doskonałą figurę. I ubrania, które tę figurę podkreślały. Z powodu Dorothy o okrągłej twarzy kobiety ze Środkowego Wschodu i ciemnych, zawsze starannie umalowanych oczach.

Lis nie tyle zazdrościła Dorothy, co czuła do niej niechęć. Najbardziej irytowało ją to, że Dorothy tak się płaszczy przed Robertem. Że przerywa swoje zajęcia po to, żeby oddawać mu różne usługi, których potrzebował w rzeczywistości albo tylko w jej wyobraźni. Wydawało się, że dla Roberta wszystkie te hołdy są żenujące, tym bardziej że wyglądało na to, że oddawane są z wyrachowaniem. Lis uważała, że Robertowi potrzebna jest żona-partnerka, a nie taka mała gejsza, nawet jeżeli ta gejsza wyposażona jest w światowej klasy biust.

Jednak kiedy stało się jasne, że oni i małżonkowie Gillespiech nie zostaną bliskimi przyjaciółmi, zastrzeżenia Lis prawie zniknęły. Lis stała się bardziej tolerancyjna w stosunku do Dorothy i nawet pytała ją nieraz o radę w sprawach makijażu i ubiorów (w zakresie których Dorothy była prawdziwym ekspertem). Obie kobiety nigdy nie żywiły do siebie siostrzanych uczuć, jednak Dorothy stała się kimś, komu Lis mogła wyznać swoje największe grzechy.

To właśnie Dorothy, przypomniała sobie teraz Lis, usłyszała, że pogoda w niedzielę będzie piękna, i zaproponowała, żeby pojechali na piknik.

— A kim była Claire?

Claire miała osiemnaście lat, a Lis uczyła ją angielskiego w drugiej klasie liceum. Claire była bardzo nieśmiała i miała bladą twarz w kształcie serca.

— Była dziewczyną, co do której miało się nadzieję, że nie stanie się w przyszłości zbyt piękna, bo czuło się, że nie zniosłaby zainteresowania, jakim darzyliby ją mężczyźni — wyjaśniła Lis.

Cokolwiek miała przynieść przyszłość, Claire była śliczna już jako nastolatka. Lis, zobaczywszy ją po raz pierwszy kilka lat temu, była pod wrażeniem jej eterycznej urody. Dziewczyna miała subtelną twarz, spokojne oczy i długie, delikatne palce. Nauczyciele natychmiast klasyfikują sobie uczniów i Lis od razu poczuła sympatię do Claire. Postarała się nie stracić z nią kontaktu. Rzadko wyróżniała w ten sposób swoich uczniów. Chyba tylko w dwóch czy trzech innych przypadkach utrzymywała z uczniami czy byłymi uczniami kontakty poza szkołą. Zwykle zachowywała dystans, świadoma władzy, jaką miała nad tymi młodymi ludźmi. Kiedy przychodziła do szkoły w bluzkach w jasnych kolorach, zauważała, jak oczy chłopców wędrują po jej piersiach, i miała pewność, że ich penisy stają się wtedy twarde. Nieśmiałe i nieatrakcyjne dziewczyny uwielbiały ją, a te, które tworzyły klasowe koterie, odnosiły się do niej pogardliwie albo z zazdrością — tylko dlatego, że ona była kobietą, a one same jeszcze niezupełnie. Lis radziła sobie ze wszystkimi tymi uczuciami z wielką godnością i ostrożnością i zwykle oddzielała od siebie dokładnie życie domowe i szkolne.

Jednak dla Claire zrobiła wyjątek. Matka dziewczyny piła, a przyjaciel matki siedział kiedyś w więzieniu za molestowanie seksualne przybranego dziecka z poprzedniego związku. Kiedy Lis dowiedziała się, jak wygląda egzystencja Claire, zaczęła dopuszczać ją stopniowo do swojego prywatnego życia. Czasami prosiła o pomoc w cieplarni, czasami zapraszała na niedzielny lunch. Wiedziała, że ta jej skłonność do dziewczyny jest dość zagadkowa i być może wręcz niebezpieczna. Bo na przykład pewnego razu, kiedy Claire została po lekcji, żeby omówić z nią recenzję jakiejś książki, Lis zauważyła, że ma ona splątane blond włosy, i zaczęła te włosy rozczesywać własną szczotką. Nagle uświadomiła sobie: kontakt nauczycielka-uczennica za zamkniętymi drzwiami! Zerwała się z krzesła i odskoczyła od przestraszonej dziewczyny. I przyrzekła sobie, że będzie bardziej uważała.

Mimo to jednak w ciągu ostatnich dwóch lat widywały się często i kiedy Claire w piątek powiedziała smutno, że matki w niedzielę nie będzie w domu, Lis bez wahania zaprosiła ją na piknik.

Pierwszego maja rozłożyli się na Plaży Rocky Point. Portia natychmiast poszła biegać — chciała przebiec dziesięć kilometrów krętymi kanionami.

— Portia biega w maratonach — wyjaśniła Lis Kohlerowi.

— Ja też — odrzekł lekarz.

Lis roześmiała się, jak zawsze zdziwiona tym, że ludzie robią takie rzeczy dla przyjemności.

— A my, to znaczy Dorothy, Robert, Claire i ja, siedzieliśmy przez jakiś czas na plaży. I patrzyliśmy na żaglówki. No wie pan, po prostu rozmawialiśmy, piliśmy colę i piwo.

Tak upłynęło im jakieś pół godziny. Po czym doszło do sprzeczki między Dorothy a Robertem.

Dorothy zostawiła w samochodzie książkę Lis. „Hamleta". Lis przygotowywała się do końcowych egzaminów i dlatego wzięła ze sobą zaczytany i pokryty notatkami egzemplarz.

— Miałam zajęte ręce, bo niosłam różne rzeczy, i Dorothy powiedziała, że ona weźmie książkę. Ale zapomniała i zostawiła ją w samochodzie.

Lis powiedziała jej, żeby się tym nie przejmowała, i dodała, że nie ma nastroju do pracy. Ale Robert zerwał się i oświadczył, że pójdzie po książkę. Wtedy Dorothy zauważyła kwaśno, że on gotowy jest zrobić wszystko dla każdej osoby, która nosi spódnicę. Lis przypuszczała, że to miał być żart, jednak ten żart się nie udał, bo oboje — ona i Robert — poczuli się dotknięci.

— Robert zapytał ją, co przez to rozumie. Dorothy machnęła ręką i powiedziała: „Oj, idź już po tę cholerną książkę" czy coś w tym rodzaju. Potem dodała, że powinien biec przez całą drogę w obie strony. „Zrzucisz w ten sposób trochę tłuszczu. Zobaczcie, jemu rosną piersi".

Lis była zmieszana — ze względu na Claire. Robert pobiegł rozzłoszczony, a Dorothy wróciła do czytania swojego czasopisma.

Lis ściągnęła szorty i rozpięła koszulową bluzkę, pod którą miała bikini. Położyła się na ciepłych kamieniach i zamknęła oczy, usiłując nie zasnąć (drzemki w ciągu dnia są zakazane dla cierpiących na bezsenność). Claire, z którą Robert zdążył się zaprzyjaźnić po drodze, była jedyną osobą zdającą się niecierpliwie czekać na jego powrót. Kiedy upłynęło już pół godziny, a on nie wracał, wstała i powiedziała, że idzie go poszukać. Lis podniosła wzrok. Dziewczyna szła w stronę sterczących w górę skał. Te skały, odrażające i fascynujące zarazem, robiły wrażenie twardych jak wypolerowana kość. Na ich widok Lis przypomniała sobie żółtą czaszkę leżącą w pracowni biologicznej.

Potem Lis zobaczyła, że Claire stoi u wlotu do kanionu, o jakieś ćwierć mili od plaży. A następnie dziewczyna zniknęła jej z oczu.

— Po jakimś czasie — powiedziała Lis Kohlerowi — zaczęłam się zastanawiać, gdzie oni się podziali. Co się dzieje? — myślałam. Byłam poważnie zaniepokojona. Wzięłam torebkę i ruszyłam w stronę tego miejsca, w którym zniknęła Claire.

Nagle mignęła jej przed oczami plama koloru. Pomyślała, że ta plama jest żółta jak szorty Claire. Pobiegła do kanionu. Wbiegła w głąb, pokonała tak jakieś sto jardów i zobaczyła krew.

— Krew?

Krew była tuż przed jaskinią. Wejście do jaskini było kiedyś zagrodzone łańcuchem, ale ktoś wyrwał słupek, do którego ten łańcuch był przymocowany, i odrzucił go na bok.

Nie — pomyślała — za nic tam nie wejdę. Ale uklękła i zajrzała do środka. Powietrze w środku było chłodne i pachniało mokrym kamieniem, gliną i pleśnią.

Poczuła, że ktoś za nią stoi. Był to potężny mężczyzna, który pojawił się o kilka stóp od niej.

— Michael? — zapytał Kohler.

Lis kiwnęła głową.

Hrubek zaczął wyć jak zwierzę. Miał w ręce zakrwawiony kamień. Patrząc na nią, wrzasnął: *Sic semper tyrannis!*

Richard Kohler podniósł szczupłą dłoń, dając jej znak, żeby zaczekała. I po raz pierwszy tego wieczora zapisał coś sobie.

Nie pomyślała pani, że można by pójść poszukać strażnika leśnego? — zapytał.

Lis nagle zrobiła się zła. Dlaczego on zadaje takie pytanie? Takie, jakie zadają prawnicy i policjanci. Czy nie pomyślałam, że może trzeba poszukać strażnika? Przecież, na miłość boską, *zawsze* tak jest. Zawsze jest tak, że postąpilibyśmy inaczej, gdybyśmy mogli. Czyż nie mamy nieraz ochoty przerobić całego naszego życia? Biegu czasu nie da się odwrócić. Gdyby było inaczej, to byśmy oszaleli.

— Tak, pomyślałam o tym. Ale nie wiem... po prostu wpadłam w panikę. Wbiegłam do jaskini.

W środku nie było bardzo ciemno. Przez jakąś szczelinę znajdującą się trzydzieści, a może czterdzieści stóp nad jej głową wpadało blade światło.

Ściany wznosiły się pionowo, ze sklepienia jaskini zwisały stalaktyty. Lis, przerażona, oparła się o ścianę, chcąc złapać równowagę. W jaskini rozległ się jęk. Ten jęk przypominał dźwięk oboju albo wiatru w trzcinach. Był straszny! Lis spojrzała pod nogi i znowu zobaczyła krew.

W tej chwili przez otwór wejściowy do jaskini wsunął się Hrubek. Lis odwróciła się i zaczęła biec przed siebie. Nie miała pojęcia, dokąd biegnie, nie myślała o tym, po prostu biegła. Kiedy wydostała się z głównej sali, pognała długim korytarzem, wysokim na jakieś osiem stóp. Hrubek był gdzieś za nią. Biegnąc, Lis zauważyła, że tunel się zmniejsza. Teraz miał już sześć stóp wysokości i był znacznie węższy. W pewnym momencie Lis uderzyła się o skałę i rozcięła sobie czoło — bliznę ma do dzisiaj. W tej chwili korytarz miał już tylko pięć stóp wysokości i Lis biegła zgięta wpół. Potem sufit obniżył się jeszcze — był na wysokości czterech stóp. A później Lis musiała się zacząć czołgać.

Przed nią tunel jeszcze się zmniejszył, chociaż po drugiej stronie bardzo wąskiego otworu zdawał się poszerzać. Było tam też jaśniej. Ale żeby tamtędy uciec, musiałaby się przeczołgać przez tunel wysoki na jakieś dwanaście cali — mając Hrubeka tuż za sobą.

— Myśl o tym, że będę taka... no, taka obnażona... Bo miałam przecież na sobie tylko kostium kąpielowy... Nie byłam w stanie tego zrobić. Skręciłam w lewo i wpełzłam w jakiś większy otwór.

Było ciemno, ale ona czuła, że krąży tu chłodne powietrze, i doszła do wniosku, że ma przed sobą jakąś dużą przestrzeń. Weszła do środka, posuwając się po omacku po gładkim podłożu. Kiedy się obejrzała, zobaczyła wejście, które było nieco jaśniejsze niż otaczające ją ściany. Stopniowo zrobiło się ciemniejsze, a potem znowu się rozjaśniło i Lis usłyszała jakieś syczenie. Hrubek znajdował się gdzieś koło niej w tej małej jaskini. Lis położyła się płasko na ziemi. Gryzła palce, żeby powstrzymać szloch.

— Człowiek, który nie był w takim miejscu, nie ma pojęcia, co to jest hałas. Byłam pewna, że zdradzi mnie bicie serca albo pulsowanie krwi. Słyszałam własne łzy kapiące na ziemię.

Przez chwilę Hrubek kręcił się po jaskini. Minął ją, przechodząc najwyżej o pięć stóp od niej. Potem zatrzymał się, wciągnął powietrze i mruknął:

— Tutaj jest kobieta. Czuję zapach jej dupy.

Lis zerwała się i zaczęła biec. Nie mogła dłużej wytrzymać.

— Dopadłam do otworu i wbiegłam w wąski korytarz, w ten sam, którym tam przyszłam. To znaczy myślałam, że to ten sam. Ale okazało się, że źle skręciłam.

W pewnym sensie miała szczęście. Bo było tu więcej światła i jaskinia okazała się wysoka. Lis zobaczyła wyrzucone papierosy i puszki po piwie, co nasunęło jej myśl, że zbliża się do wyjścia. Biegła w stronę światła.

— A później poczułam podmuch i usłyszałam, że gdzieś nad moją głową spływa woda. Rzuciłam się w tamtą stronę. I właśnie tam znalazłam ciało. — Spojrzała przez zaparowane okna, za którymi w ogrodzie hulał teraz wiatr. — Z początku go nie poznałam. Bo było za dużo krwi.

17

Na ziemi leżał Robert Gillespie.

— Jego ciało było dziwnie skręcone. Wyglądał jak szmaciana lalka, a głowę miał rozpłataną. Ale żył.

Lis wzięła go za rękę i pochyliła się nad nim, błagając go, żeby oddychał.

— Sprowadzę pomoc — powiedziała.

Ale nagle usłyszała kroki. O dziesięć stóp od nich stał Hrubek i gapił się na nich. Uśmiechał się cynicznie i coś mruczał.

— Mówił coś — powiedziała Lis do Kohlera — o jakichś spiskowcach.

Lis cofnęła się i natrafiła na własną torebkę. W torebce znalazła nóż. Zapakowała go, wybierając się na piknik — wyjaśniła. Był zawinięty w papierową serwetkę, żeby nikt nie skaleczył się, sięgając po niego na oślep. Teraz wyciągnęła go i usunęła serwetkę. Nóż był bardzo ostry, jego ostrze miało dziesięć cali długości. Lis wyciągnęła go w stronę Hrubeka i kazała mu się cofnąć. Ale on ruszył prosto na nią, powtarzając: *Sic semper tyrannis*! Lis straciła odwagę. Rzuciła nóż i uciekła.

— To był ten nóż, którym on się posłużył? — zapytał Kohler. — Pamiętam, czytałem, że ofiara była pobita i że pchnięto ją nożem. A poza tym miała okaleczone genitalia.

Lis odpowiedziała dopiero po chwili.

— Robert był ranny, ale prawdopodobnie przeżyłby. Sądząc po tym, co się okazało na procesie, nie umarłby od uderzeń kamieniem. Umarł z powodu tego pchnięcia nożem. — Przerwała. — A to okaleczenie... No tak, Hrubek dźgnął go w pachwinę. Kilka razy.

W odległości zaledwie pięćdziesięciu stóp Lis znalazła wyjście i wygramoliła się przez nie. Upadła na ziemię i z trudem łapała powietrze ustami. A potem zaczęła biec kanionem. Jednak po dwunastu jardach chwyciła ją kolka. Hrubek znajdował się jakieś dwadzieścia, trzydzieści stóp za nią. I mówił:

— Chodź tutaj. Jesteś bardzo ładna. Ale co ty masz na włosach? Nie podobają mi się twoje włosy. Co ty masz na *głowie*?

Lis miała na głowie krew Roberta. To zdenerwowało Hrubeka. Hrubek był bardzo zły. Lis myślała, że dlatego, że uważał krew za dowód świadczący przeciwko niemu.

— Co ty ze sobą zrobiłaś? — krzyknął. — To nie jest *modne*. Nie powinnaś była tego robić!

Zrobił krok w jej kierunku, a ona padła na kolana i wtoczyła się pod wystający nawis skalny. Pod nawisem było zagłębienie, w które Lis się wcisnęła, trzęsąc się z zimna i starając się nie wpaść w panikę. Kiedy spojrzała na ścieżkę, pojawiły się na niej stopy Hrubeka. Hrubek miał na sobie buty. Ogromne. Z takimi charakterystycznymi noskami. To ją zdumiało. Nie wiadomo dlaczego spodziewała się, że ten człowiek będzie boso i że ona zobaczy jego długie paznokcie u nóg. Zastanowiła się, czy zabił kogoś, żeby zdobyć te buty. Potem położyła się na brzuchu.

— Nieźle — mówił Hrubek. — Chodź tu. No wyjdź. Ty jesteś Ewa, prawda? Piękna kobieta. Powinnaś pozbyć się tych pieprzonych włosów.

Lis wpełzła w szczelinę — tak głęboko, jak się tylko dało. Przycisnęła twarz do skały. Kiedy Hrubek sięgnął ręką, szukając jej po omacku, krzyknęła tak przeraźliwie, że sama się przestraszyła. On też krzyknął, a potem kazał jej być cicho. Stęknął i znowu spróbował jej dosięgnąć. Z wielkim wysiłkiem wyciągnął w przód rękę. Koniuszek jego palca środkowego dotknął jej uda. Ten palec i to udo to były jedyne części ich ciał, które się stykały. Lis poczuła, że jego palec pokryty zgrubiałą skórą przesuwa się w stronę jej kolana. Miała wrażenie, że ją parzy, i to wrażenie pozostało nawet wtedy, kiedy Hrubek wstał i zniknął.

Lis leżała, płacząc i zmagając się z atakiem klaustrofobii. Gdzie on jest? — zastanawiała się. Czy ja odważę się stąd wyjść? Upłynęło pół godziny od czasu jej zniknięcia z plaży. Wiedziała, że Owen jeszcze nie przyjechał, ale Portia i Dorothy mogły jej szukać. Także Claire mogła być gdzieś w pobliżu.

Potem Lis zobaczyła, że na zewnątrz pada. Krople deszczu rozpryskiwały się na kamienistej ścieżce.

— Zaczęłam się gramolić, chcąc wyjść. I wtedy usłyszałam głos Hrubeka. Hrubek był bardzo blisko i mówił coś do siebie. Równocześnie usłyszałam grzmot.

Grzmot był potężny. Lis miała wrażenie, że zatrzęsła się ziemia. Zaczęła się bać, że wisząca nad nią skała przesunie się, zamykając ją w pułapce. Ale ta obawa wkrótce ustąpiła, a na jej miejscu pojawił się strach przed utopieniem. Gdyż nagle wyschniętym potokiem popłynęła woda, która zaczęła wypełniać jaskinię.

Lis posunęła się w stronę otworu. Gdyby Hrubek sięgnął teraz w głąb jaskini, z łatwością by ją złapał. Lis miała głowę przekręconą na bok (bo tylko w ten sposób mogła się ona zmieścić w wąskim otworze) i rozpaczliwie usiłowała chwytać powietrze ustami. Wkrótce brudna woda podniosła się na tyle, że sięgnęła jej warg. Lis wypluła ją i zaczęła się krztusić. I znowu grzmot, i znowu woda waląca po kamieniach. Lis z dużym wysiłkiem spróbowała posunąć się w stronę wyjścia, ale przychodziło jej to z trudem. Zmagając się z prądem wody, dotarła w końcu tak blisko otworu, że mogła wysunąć rękę na zewnątrz. Po omacku chwyciła się jakiejś skały i podciągnęła się w jej stronę.

— Wtedy skała poruszyła się. Bo to nie była wcale skała, tylko but. Cofnęłam się szybko, ale ogromna dłoń schwyciła mnie za przegub i wyciągnęła na zewnątrz. — Lis odwróciła wzrok. — Kostium kąpielowy zaczepił o skałę i podarł się.

Była półnaga. Ale nie miała wyboru — nie mogła zostać dłużej w jaskini. Przypomniała sobie, że żałowała wtedy, że nie ma dość odwagi na to, aby wybrać śmierć przez utopienie i nie dać się zgwałcić i zamordować temu szaleńcowi. W momencie gdy Hrubek wyciągnął ją z jaskini, wyobraziła sobie, jak jego ogromne dłonie ściskają jej piersi, a potem wsuwają się między jej nogi. Zaczęła płakać.

I wtedy jakiś męski głos powiedział:

— W porządku, proszę pani. Wszystko w porządku. Co się tu stało?

Lis osunęła się w ramiona strażnika.

Lał deszcz. Stojąc na tym deszczu i opierając się o skałę, opowiedziała strażnikowi o Robercie i Hrubeku. Strażnik zaczął zadawać pytania, ale ona nie mogła się skupić. Słyszała okropne zawodzenie, które zdawało się wydobywać z wnętrza ziemi i odbijać echem od skał. Stawało się ono coraz słabsze, w końcu zrobiło się bardzo słabe, jednak nie umilkło.

— Co to jest? — zapytałam. — Na litość boską, niech pan coś zrobi, żeby to przestało.

Wkrótce zawodzenie ustało — wyjaśniła Lis psychiatrze.

Jak się dowiedziała parę minut później od innego strażnika, podziemny strumień, wezbrany wskutek deszczu, wypełnił jaskinię, w której znalazła ciało Roberta i w której przez cały czas znajdowała się Claire. A ten dźwięk to było zawodzenie dziewczyny wzywającej pomocy. Został stłumiony przez wzbierające wody, w których Claire utonęła.

*

Owen Atcheson zatrzymał gwałtownie samochód, wyłączył światła i rozejrzał się naokoło, badając ten ponury kawałek pustej szosy.

Wyjął pistolet z kieszeni, wysiadł z samochodu i wszedł na polanę, oświetlając latarką zakurzone pobocze. Rower Hrubeka został tu położony albo upadł na bok, a naokoło niego znajdowały się ślady stóp. Niektóre z nich okazały się śladami butów szaleńca, ale pozostałych Owen nie rozpoznawał. Było jasne, że w pewnej chwili Hrubek siedział na ziemi, bo krawędzie jego obcasów pozostawiły głębokie ślady, a po pośladkach pozostały w kurzu rozległe wgłębienia.

Owen nie mógł się zorientować, co się tutaj stało. Zauważył, że ślad opon rowerowych biegł dalej na zachód szosą numer 236. Mimo to przyglądał się wciąż uważnie temu miejscu, pragnąc dociec, jak pracował umysł Hrubeka. Zobaczył porośniętą trawą drogę dojazdową znikającą w lesie. Ślady opon, niektóre świeże, prowadziły w stronę tej drogi.

Dalej znajdowała się długa droga prowadząca w dół między drzewami, zaroślami, wśród wysokiej trawy, wśród jakichś pnączy i przez mgłę. Tam, gdzie kończył się spadek, w miejscu, gdzie droga ginęła wśród cieni, w zaroślach stał krzywo jakiś samochód. Owen zaświecił latarkę, jednak samochód znajdował się tak daleko, że zobaczył tylko jego niewyraźną sylwetkę. Doszedł do wniosku, że jest to niezgrabna, ciężka, dwutonowa ciężarówka. W Detroit zaprzestano produkcji takich maszyn już dawno temu. Owen nie zadał sobie trudu, żeby dokładniej przyjrzeć się ciężarówce. Wrócił na szosę i pojechał powoli na zachód. Zatrzymywał się mniej więcej co sto jardów, żeby sprawdzić, czy są ślady roweru.

Równocześnie rozważał najważniejszy problem, przed jakim stanął tego wieczora.

Nie był to problem moralny. Nie, gdyż Owen Atcheson bez żadnych skrupułów zamierzał podejść do Hrubeka i wpakować mu kulę w środek czoła. Był to problem praktyczny, problem streszczający się w pytaniu: jak zabić Michaela Hrubeka, nie powodując tym skreślenia własnej osoby z listy adwokatów i nie lądując w więzieniu?

Gdyby Hrubek był przestępcą po wyroku, sprawa byłaby prostsza. Bo uciekającemu przestępcy wolno było strzelić w plecy. (Owen zmrużył oczy i przypomniał sobie przepisy z kodeksu karnego na ten temat.) Ale Hrubek nie był przestępcą. Ława przysięgłych orzekła co prawda, że zabił Roberta Gillespiego, jednak sąd wydał wyrok uznający go za niewinnego z powodu choroby psychicznej.

To oznaczało, że istniały tylko dwa sposoby zabicia go bez ponoszenia konsekwencji. Trzeba było albo zostać przez niego zaatakowanym w miejscu, z którego nie można było uciec, na przykład w zamkniętym pokoju, w zablokowanym tunelu, na moście albo złapać go we własnym domu, gdzie wolno było go legalnie zastrzelić, nie będąc przez niego sprowokowanym. W tym drugim wypadku musiałby pewnie stawić się na policji i złożyć zeznanie, a może nawet obeszłoby się bez tego.

Należało doprowadzić do realizacji jednego z tych dwóch scenariuszy. Jednak Owen był wciąż tak daleko od swojej ofiary, że nie mógł zorientować się, jak ma to zrobić. No tak, w tej chwili nie pozostawało mu nic innego, jak jechać dalej, powoli naprzód przez mglistą noc i zmagać się z tą niepewnością — niepewnością nie co do celu, tylko co do środków. Owen popadł w nastrój właściwy żołnierzowi podczas walki: myślał tylko o mechanizmach zabijania. Jaki strzał byłby najbardziej skuteczny? Którym rodzajem broni powinien się posłużyć? Jak długo człowiek postury Hrubeka może biec, odniósłszy śmiertelną ranę? (Przypuszczał, że bardzo długo, podobnie jak bawół albo niedźwiedź.) Czy Hrubek podchodzi ukradkiem do tych, co go ścigają? Czy w tej chwili nie zastawia przypadkiem kolejnej stalowej pułapki? Albo jakiejś innej? Od czasu gdy służył w wojsku, Owen wiedział, że pułapki mogą być bardzo różne, że zastawiając je, można posłużyć się benzyną, naftą, sztucznym nawozem, gwoździami, narzędziami, pociętymi na kawałki balami, drutem.

Zastanawiał się nad tym, przejeżdżając powoli obok starej stacji benzynowej i sklepu wielobranżowego — zamkniętych i pogrążonych w ciemności. Najwyraźniej ta stacja zainteresowała Hrubeka, bo ślady roweru wskazywały na to, że skręcił na podjazd. Owen przejechał obok parkingu i zatrzymał się bardzo powoli, tak żeby nie zapiszczały hamulce. Wyjął pistolet z kieszeni i wysiadł z samochodu.

We frontowej części budynku, w pobliżu jednej z pomp zauważył na wpół opróżnione pudełko z pączkami. Za bardzo rzucało się w oczy — wyglądało tak, jakby zostawiono je tu celowo, dla przywabienia ścigających w pułapkę. Dlatego, idąc w stronę tylnej części budynku, Owen zachowywał się bardzo cicho. No tak, okno wybite, a zasuwka odsunięta. Owen odetchnął głęboko, żeby się uspokoić, a potem pchnął drzwi — szybko, tak żeby zawiasy nie zaskrzypiały — i wszedł do środka. Kiedy już się tam znalazł, natychmiast przeszedł na bok, tak żeby nie stać w drzwiach.

Stojąc bez ruchu, pozwolił oczom przyzwyczaić się do mroku. Usta miał szeroko otwarte. Był to sposób stosowany przez żołnierzy — dzięki niemu człowiek przestraszony nie wciągał głośno powietrza. Odczekał tak pięć minut, nie słysząc niczego, a potem wszedł zgięty między półki, na których leżały części samochodowe i zatłuszczone kartony.

Zbadał pomieszczenie dokładnie i nie znalazł ani Hrubeka, ani niczego, co by świadczyło o jego obecności. Przez otwarte drzwi widział szosę. Przejechał nią samochód, oświetlając wnętrze. Tysiąc cieni przesunęło się z lewa na prawo, a potem zrosło się w jedną całość i połączyło z ciemnością na zewnątrz. Reflektory oślepiły Owena. Musiał poczekać pięć minut, aż oczy przyzwyczają mu się znowu do ciemności.

A potem szukał dalej i znalazł karton po pączkach. Na podłodze był rozsypany cukier puder. Owen poszedł w stronę wąskich drzwi prowadzących do pomieszczenia we frontowej części budynku. Nagle zatrzymał się, nasłuchując. Rozległo się dudnienie. Po chwili to dudnienie stało się głośniejsze. Na zewnątrz zabłysło światło i oświetliło staromodną pompę. W momencie gdy kierowca przyspieszył, strzeliła rura wydechowa. Ciężarówka z hukiem przejechała obok budynku stacji.

Owen przymknął oczy, chcąc je ochronić przed światłem.

Wtedy właśnie wyczuł jakiś ruch. Otworzył oczy przerażony i zobaczył ciemny kształt pojawiający się na tle otworu drzwiowego. Odskoczył do tyłu, zanim ten ktoś go dopadł. Ale źle ocenił odległość, wpadł na metalowy stół i upadł na plecy, upuszczając broń. Padając, uderzył głową o stalową krawędź. Leżał na betonowej podłodze, ogłuszony, podczas gdy jakiś niewyraźny kształt zamajaczył w drzwiach, nie dalej jak o trzy stopy od niego.

Błyszczący samochód tkwił jak błękitny klejnot na podjeździe i kusił go i nęcił.

— Dojadę nim do Ridgeton błyskawicznie. Tak, tak, błyskawicznie.

O piękny samochodzie, mógłbym siedzieć na twoim siedzeniu, podczas gdy śliczna córka pastora siedziałaby na jego kutasie...

Opuściwszy starą stację benzynową, Hrubek dojechał na rowerze do długiej, wysypanej żwirem drogi dojazdowej, w którą wjechał samochód z tą kobietą i jej córką w środku. Nie widział świateł i domyślił się, że ich dom musi stać co najmniej pół mili od szosy. Przeszedł powoli przez łąkę znajdującą się obok drogi dojazdowej, zatrzymując się po to, żeby z płóciennego plecaka wyjąć ostatnią pułapkę i umieścić ją w wysokiej trawie. A potem szedł dalej, niosąc rower i myśląc: „Jaki to świetny samochód! Dlaczego miałbym jechać na tym zajebanym rowerze? Na *zaje*-banym rowerze daleko się nie *zaje*-dzie. Dlaczego mam na nim pedałować, skoro mogę pojechać samochodem?"

Zatrzymał się, wziął rower za tylne koło i ruchem dyskobola obrócił się dwa razy, wyrzucając rower w powietrze. Rower spadł w zarośla jakieś trzydzieści stóp od niego. Hrubek był rozczarowany, bo rower nie wybuchnął, uderzając o ziemię, chociaż równocześnie nie miał pojęcia, dlaczego spodziewał się, że tak się stanie. Dalej poszedł już drogą dojazdową, myśląc nie tyle o samochodzie, ile o pięknych włosach tej kobiety. Włosy intrygowały go najbardziej. Wiedział, że ona ma piersi i dupę, i maski na oczach. Ale włosy interesowały go i fascynowały najbardziej. Przypominały mu jego własne włosy, takie jakie były, zanim je obciął. Kiedy on to zrobił? Dziś wieczorem? Nie, w zeszłym roku. A dlaczego to zrobił? Nie mógł sobie przypomnieć. Pewnie z powodu mikrofonów.

Zanim dotarł do miejsca, w którym stał w tej chwili, Hrubek przeszedł pół mili. Przeszedł pół mili i stanął na podjeździe obok domu.

— A teraz bądź sprytny — powiedział do siebie poważnie, mając na myśli to, że w domu jest prawdopodobnie mąż.

Kobieta o takich miękkich włosach i z taką delikatną twarzą na pewno nie żyje samotnie. Na pewno ma męża — potężnego mężczyznę o zimnych oczach — spiskowca takiego jak ten kulawy skurwysyn z psem.

Hrubek pochylił się i podkradł się bliżej do domu. Schował się wśród jałowców. Rosa przemoczyła mu kombinezon. Spojrzał na dwupiętrowy dom w stylu kolonialnym. Światła w jego oknach były złociste, w wypielęgnowanym ogrodzie rosły opasłe dynie i ozdobna kukurydza, a sam dom był solidny, symetryczny. Całość wyglądała jak z obrazka. Frontowe czerwone drzwi ozdabiał wieniec z suszonych kwiatów.

Hrubek odwrócił się i zaczął się przyglądać błyszczącej ciężarówce stojącej na podjeździe. Tuż obok niej stał sportowy żółty motocykl. Hrubek przypomniał sobie mgliście, że kiedy był na studiach, zdarzyło mu się kilka razy jeździć na motocyklu. Przypomniał sobie też, jaki był wtedy zachwycony i przerażony. Motocykl, stojący teraz przed domem, wyglądał bardzo ładnie — był błyszczący i chyba miał dobre resory. Ale samochód zafascynował go wcześniej i ta fascynacja nie ustępowała.

Hrubek podszedł do domu i zajrzał do wnętrza przez boczne okno. Przyciskając usta do parapetu, poczuł gorzki smak farby. Zobaczył kuchnię. W kuchni była ona. Kobieta o pięknych włosach. Tak, ona *naprawdę* była piękna. Wydawała się teraz o wiele ładniejsza niż tam, na stacji benzynowej. Obcisłe niebieskie dżinsy, jedwabna bluzka... I włosy opadające kaskadą na ramiona — nie, nie powinna nosić kapeluszy, powinna mieć na głowie tylko te miękkie, jasne włosy. Córka miała cięższą budowę i ubrana była w grubą sportową bluzę z za długimi rękawami. Trzecia kobieta znajdująca się w kuchni miała ciemne włosy i twarz osoby pełnej temperamentu. Hrubekowi wcale się nie podobała. Kobiety na chwilę zniknęły mu z oczu. Drzwi kuchni otworzyły się. Matka i córka wynosiły z domu jakieś pudła.

— To ostatnia partia — powiedziała kobieta. — Niedługo wrócimy.

— Mamo, ja jestem już zmęczona — narzekała dziewczyna nerwowo, cienkim głosem.

— Zgłosiłaś się na ochotnika do pomocy.

— Oj, mamo.

Nie jęcz, ty głupia pindo — pomyślał Hrubek.

Usłyszał dzwonek. Spojrzał zmrużonymi oczami na ciemny podjazd. O, nie! Kluczyki! I *jego* ciężarówka! One miały zamiar nią odjechać. Zesztywniał, pragnąc równocześnie skoczyć jednym susem w stronę samochodu. Patrząc, jak kobiety ładują pudła do ciężarówki, kiwał się w tył i w przód i bardzo chciał móc zacząć działać.

— To cześć, Mattie.

— Cześć — krzyknęła ciemnowłosa kobieta i wróciła do kuchni.

Hrubek zobaczył przez okno, że odbiera telefon. Ładna kobieta ze swoją córką — jęczącą gówniarą — wsiadły do ciężarówki. Hrubek nie mógł się ruszyć, bo gdyby wyszedł z kryjówki, kobieta przy telefonie mogłaby wezwać pomoc. Zawarczał silnik samochodu. Podniecony Hrubek omal nie wyskoczył z ukrycia. Powstrzymał się jednak i zamknął oczy — zacisnął je tak, że zaczęła go boleć głowa. Odzyskał panowanie nad sobą. Przykucnął pod krzakiem ostrokrzewu o liściach ostrych jak noże.

Ciężarówka przejechała obok niego, zgrzytając na żwirze. Hrubek patrzył za nią, dopóki nie zniknęła mu z oczu. Ani matka, ani córka nie usłyszały jego wściekłego pomruku.

Hrubek kopnął zderzak motocykla tak mocno, że rozległ się głuchy łoskot. Popatrzył przez chwilę na motocykl, a potem podszedł do kuchennego wejścia. Otworzył po cichu drzwi z siatki i zajrzał do kuchni przez małe okienko we właściwych drzwiach. Kobieta o ciemnych włosach i smagłej cerze wciąż rozmawiała przez telefon, gestykulując z ożywieniem i kręcąc głową. Na ten widok Hrubekowi przyszło do głowy, że na pewno będzie krzyczała. Na kuchence, na dużym ogniu stał czajnik. Woda zaczynała parować. Przekręcając po cichu gałkę i sprawdzając, czy drzwi nie są zamknięte na klucz, Hrubek pomyślał: „Robi sobie herbatę. To znaczy, że nie ma zamiaru wyjść i że nikt jej nigdzie w najbliższym czasie nie oczekuje".

Hrubek pogratulował sobie inteligencji i postanowił dalej działać inteligentnie. Zgodnie z tym postanowieniem nie otworzył drzwi i nie wszedł do kuchni, dopóki kobieta nie odwiesiła słuchawki i nie podeszła do znajdującej się daleko od telefonu kuchenki.

*

Owen Atcheson, prawie ogłuszony upadkiem i uderzeniem o stołową nogę, gramoląc się, odsunął się od drzwi. Nie mogąc znaleźć broni, chwycił leżącą w pobliżu butelkę z colą. Walnął nią mocno o podłogę, tak że została mu w dłoni tylko obtłuczona szyjka, którą trzymał jak nóż. Ukucnął — przygotowany na to, że zostanie zaatakowany.

Napastnik nie ruszał się.

Owen odczekał jeszcze chwilę. W końcu wstał. Podniósł z podłogi pistolet. Nie słysząc niczyjego oddechu i nie dostrzegając żadnego ruchu, zapalił latarkę.

Nieporównany smak.

Owen kopnął drzwiczki starego automatu do sprzedawania pepsi.

— Jezus Maria — wyrzucił z siebie.

Zamek w drzwiczkach od automatu został wyłamany — bez wątpienia przez Hrubeka — i w momencie gdy z hukiem przejeżdżała ciężarówka, te drzwiczki otworzyły się i zasłoniły otwór drzwi wejściowych. Owen był tak wściekły, że omal nie wpakował kuli w pępek ubranej tylko w bikini dziewczyny ze spłowiałego plakatu przyklejonego do drzwiczek. Włożył pistolet do kieszeni i wyszedł na zewnątrz.

O kilka stóp od budynku, od strony zachodniej, odnalazł ślady roweru, które potem skręcały w prywatną drogę dojazdową prowadzącą do jakiejś rezydencji. Z szosy Owen nie widział domu, a po długości drogi dojazdowej i rozmiarach posiadłości poznał, że właściciele tego domu są bogatymi ludźmi. Może byli to hodowcy koni. Owen spojrzał na ziemię i przekonał się, że Hrubek zszedł z drogi i posuwał się przez zarośla. Musiał iść cicho, bo zostawił ślady tam, gdzie ziemia była miękka. Owen poszedł po tych wyraźnych śladach. Nagle na zachodzie błysnęło.

Chcąc okrążyć Hrubeka i zajść go od przodu, Owen skierował się na zachód od drogi dojazdowej i wszedł na łąkę porośniętą płową trawą, a potem skręcił na południe. Widział teraz odległy o ćwierć mili, okazały dom. Mimo że było późno, w domu paliły się światła, dzięki czemu sprawiał on wrażenie przytulnego i bezpiecznego.

Jednak to wrażenie znikło, kiedy Owen zauważył jedną niepokojącą rzecz — szeroko otwarte drzwi od kuchni, przez które na żwirowany podjazd padało białe światło. Wyglądało to tak, jak gdyby ktoś szybko uciekł z tego domu.

Albo, pomyślał Owen, szybko do niego *wszedł*. I wciąż był w środku.

18

Ten, kto kocha kwiaty i literaturę, nie może wątpić w istnienie Boga. Chociaż to, o czym On nas poucza, nie jest znowu takie rewelacyjne. Widzimy codziennie cuda, to prawda. Ale z drugiej strony Bóg musi troszczyć się o wszechświat i dlatego nie ma za wiele czasu dla pasażerów zderzających się pociągów, dla dzieci czepiających się autobusów i ginących pod kołami i dla czyichś serdecznych przyjaciół mordowanych przez szaleńca w Parku Stanowym.

— Nie mogłam się pozbyć takich myśli — wyjaśniła Lis Kohlerowi. — Od morderstwa upłynęło już parę miesięcy, a ja wciąż powtarzałam to każdej osobie, z którą rozmawiałam. Jestem pewna, że ludzie uważali, że zwariowałam.

Kohler kiwnął uprzejmie głową na taką teologię i ściągnął brwi, robiąc współczującą minę. — Straciła pani równocześnie dwoje przyjaciół. To straszne. Ja nie wiedziałem o śmierci tej dziewczyny.

Lis milczała przez dłuższą chwilę. W końcu powiedziała:

— Nie, w reportażach z procesu nic o tym nie pisano. Uważano, że to był wypadek.

— Ciekawi mnie... — zaczął.

Lis spojrzała na niego wyczekująco.

— Czy słyszała pani wołanie o pomoc?

— Jak to?

— No, czy słyszała pani, że Claire wzywa pomocy? Zanim zobaczyła pani Michaela i zanim wbiegła pani do jaskini. Czy słyszała pani jej krzyk?

Lis nie odpowiadała, więc Kohler mówił dalej:

— Wydaje się, że skoro Michael ją gonił... Bo on ją *gonił,* prawda?

Lis nie była w stanie zgadnąć, w jakim celu Kohler zadaje to pytanie. Po chwili powiedziała:

— Ja niczego nie słyszałam. Nie było żadnych krzyków.

— A właściwie to dlaczego ona weszła do jaskini?

— Nie wiem.

— To dziwne, prawda? Bo przecież gdyby Michael ją gonił, to pobiegłaby chyba kanionem? Jaskinia to ostatnie miejsce, w którym człowiek chciałby się znaleźć, gdyby gonił go ktoś taki jak Michael, prawda?

Lis była rozdrażniona. — Nie mogę przecież mówić za nią.

— Ja się po prostu zastanawiam. Nie myślała pani o tym? Już później. Młoda dziewczyna, którą goni taki olbrzym... Ja uważałbym, że w pewnym momencie powinna zacząć krzyczeć.

— Może krzyczała. Tylko ja jej nie usłyszałam. Naprawdę, nie...

— Ale to było blisko tego miejsca, w którym pani jej szukała, prawda? — nie ustępował Kohler. — Z tego, co pani mówiła, zrozumiałem, że...

— To było blisko tego miejsca, tak, ale... — Lis czuła się jak ktoś wzięty w krzyżowy ogień pytań i starała się zachować spokój. — Nie wiem. Może wyparłam to z pamięci. Może ona krzyczała, ale ja tego nie pamiętam. To możliwe, prawda?

— Oczywiście. To bardzo możliwe. Mogło się to zdarzyć z powodu stresu po wstrząsie.

— No więc...

Kohler coś powiedział, coś, co być może było przeprosinami, ale Lis już tego nie usłyszała. Claire, myślała. Moja biedna Claire. I przypomniała sobie oczy dziewczyny i włosy spadające na ramiona jak woda i białe usta, aż proszące o szminkę, której dziewczyna nie używała z powodu nieśmiałości.

Żałowała Roberta, to prawda, ale największy ból sprawiła jej śmierć Claire. Nie zdawała sobie sprawy, że może tak bardzo przywiązać się do takiej młodej istoty. Zawsze w obecności dzieci czuła się trochę nieswojo, nawet wtedy, kiedy te dzieci były jej uczniami. Rzadko się do tego przyznawała, ale prawda była taka, że nie chciała dziecka. Nie mogła sobie wyobrazić rodziny Atchesonów na pikniku — ponurego Owena piastującego maleńkiego Andy'ego i siebie sprawdzającej, czy zupka nie jest za gorąca. Nie mogła też sobie wyobrazić tych różnych kąpieli i wózków spacerowych, i tych zebrań rodziców w szkole. I tych kłopotliwych rozmów uświadamiających...

Jednak do Claire czuła coś szczególnego. Claire była wyjątkowa. Lis patrzyła na nią jakby przez pęknięcie w murze odległego czasu i widziała w tej dziewczynie inną szczupłą, nieśmiałą dziewczynę z przeszłości. Dziewczynę, której ojciec był zarówno kimś bliskim jak i kimś pełnym nienawiści, i której matka była naprawdę obecna tylko wtedy, gdy jej mężczyzna nie znajdował się w pobliżu. Claire nieraz w sposób niejawny manifestowała, że prosi o pomoc — na przykład zostając po lekcji i zadając inteligentne pytania o dramat z czasów króla Jakuba I albo znajdując się przypadkiem obok Lis, kiedy ta spacerowała brzegiem rzeki za szkołą — a Lis nie mogła się tym prośbom oprzeć.

Wyobrażała sobie właśnie twarz Claire, kiedy dotarło do niej, że psychiatra zadaje jej pytanie. Chciał wiedzieć, jak wyglądał proces.

— Proces? — powtórzyła cicho Lis. — No więc zjawiłam się w sądzie wcześniej...

— Sama?

— Nie pozwoliłam Owenowi, żeby ze mną pojechał. To trudno wytłumaczyć, ale chciałam, żeby to, co stało się w Indian Leap, miało jak najmniej wspólnego z moim życiem domowym. Owen spędził ten dzień z Dorothy. W końcu to *ona* była wdową. Bardziej niż ja potrzebowała pociechy...

Kiedy Lis zobaczyła Hrubeka na sali sądowej — pięć i pół tygodnia po morderstwie — Hrubek wydał jej się jakiś mniejszy. Był blady, wyglądał na chorego. Spojrzał na nią zmrużonymi oczami i jego usta wykrzywił dziwny uśmiech. Idąc między ławkami, Lis starała się patrzeć na panią prokurator — młodą kobietę z rozwianymi włosami. Pani prokurator przygotowywała ją przez cały tydzień do wystąpienia w sądzie. Lis usiadła za nią. Nie skryła się jednak przed wzrokiem Hrubeka — Hrubek ze swojego miejsca widział ją dokładnie. Ręce miał skute kajdankami. Podniósł je tak wysoko, jak mógł i zaczął jej się przyglądać, poruszając kompulsywnie wargami.

— Boże, jakie to było dziwne.

— To dyskinezja — wyjaśnił Kohler. — Stan spowodowany lekami przeciwpsychotycznymi.

— Cokolwiek to było, przeraziło mnie. A kiedy on się odezwał, dostałam prawie ataku serca. Bo on skoczył na równe nogi i powiedział: „Spisek!”, a potem: „Zemsta” czy coś takiego. Nie pamiętam dokładnie.

Najwyraźniej takie wystąpienia zdarzały mu się już przedtem, bo nikt, nie wyłączając sędziego, nie zwrócił na to uwagi. Kiedy Lis przechodziła koło Hrubeka, ten uspokoił się i zapytał ją tonem kogoś prowadzącego swobodną rozmowę, czy wie, gdzie on był czternastego kwietnia w nocy o dziesiątej trzydzieści.

— *Czternastego* kwietnia?

— Tak.

— A to morderstwo miało miejsce pierwszego maja, tak?

— Tak.

— Czy czternasty kwietnia coś dla pani znaczy?

Lis pokręciła głową. Kohler zrobił krótką notatkę.

— Proszę mówić dalej.

— Hrubek powiedział: „Mordowałem kogoś..." Nie pamiętam dokładnie jego słów, ale to było coś takiego: „Mordowałem kogoś. Księżyc wzeszedł czerwony jak krew i od tego czasu jestem ofiarą spisku..."

— Zamach na Lincolna! — Kohler spojrzał na Lis, unosząc brwi.

— Słucham? — zapytała.

— Czy zamach na Lincolna nie miał miejsca gdzieś w połowie kwietnia?

— Tak, chyba tak.

Kohler znowu coś zapisał.

Lis zauważyła, że na jego twarzy pojawił się na chwilę uśmiech. Zlekceważyła to i ciągnęła dalej:

— Hrubek mówił: „Wszczepili mi urządzenia szpiclujące i podsłuchujące. Torturowali mnie". Chwilami to, co mówił, było niespójne, a chwilami mówił jak lekarz albo prawnik.

Lis była głównym świadkiem oskarżenia. Złożyła przysięgę, a następnie usiadła na ogromnym drewnianym krześle. Na siedzeniu tego krzesła leżała poduszka w zrobionej szydełkiem poszewce, a ona zastanowiła się, czy ta poszewka jest dziełem żony siwego, przygarbionego sędziego.

— Pani prokurator poprosiła mnie, żebym opowiedziała sądowi, co się tamtego dnia zdarzyło. Zrobiłam to.

Zdawało jej się, że to zeznanie trwa nieskończenie długo. A potem dowiedziała się, że zeznawała zaledwie osiem minut.

Bała się pytań adwokata Hrubeka. Ale on jej nie przesłuchiwał. Powiedział tylko: — Nie mam pytań.

I Lis spędziła kilka następnych godzin na galerii.

— Nie mogłam nic więcej zrobić, mogłam tylko patrzeć na plastikowe torebki zawierające kamień splamiony krwią Roberta i nóż kuchenny. Siedziałam z tyłu z Tadem... — Kohler podniósł pytająco brew. — To mój dawny uczeń. Czasami pracuje u mnie w cieplarni i w ogrodzie. Powiedziałam wszystkim znajomym, żeby nie przychodzili do sądu. Ale Tad mnie nie posłuchał. Był ze mną — wesoły i uśmiechnięty — przez cały dzień.

Przed rozprawą młody człowiek znalazł ją na korytarzu i wręczył jej papierową torebkę. W torebce była żółta róża. Tad obciął róży kolce, przyciął łodyżkę i zawinął ją w mokre papierowe ręczniki. Lis na widok kwiatu rozpłakała się i pocałowała go w policzek.

— Czy rozprawa trwała długo? — zapytał Kohler.

Właściwie to nie, odpowiedziała. Obrońca nie podważał faktu, że Hrubek zabił Roberta. Oparł linię obrony na tym, że Hrubek był niepoczytalny. Twierdził, że jego klient nie rozpoznawał znaczenia swego czynu, nie pojmował, że popełnia zbrodnię. Zgodnie z regułą M'Naghtena — zacytowała Lis to, czego się dowiedziała z pouczenia — w takim wypadku śmierć jest uznawana za spowodowaną zrządzeniem boskim. Adwokat nawet nie przesłuchał Hrubeka. Przedstawił dokumentację medyczną i pisemne zeznania pod przysięgą biegłego psychiatry, które zostały głośno odczytane przez sekretarza sądu i z których wynikało, że Hrubek nie był w stanie pojąć, jakie będą konsekwencje jego czynów.

Przez cały czas szaleniec siedział przy stole na miejscu dla oskarżonego, zgarbiony, nawijając sobie brudne włosy na palce, mamrocząc coś i pokrywając papier formatu A4 jakimiś literami i liniami. Lis nie zwróciła uwagi na te jego bazgroły, ale później doszła do wniosku, że on wcale nie był takim szaleńcem, na jakiego wyglądał — bo w ten właśnie sposób zapisał sobie jej nazwisko i adres.

Wyrok brzmiał: niewinny z powodu choroby psychicznej — w chwili popełnienia czynu oskarżony nie mógł rozpoznać jego znaczenia. Zgodnie z paragrafem 403 Ustawy o Zdrowiu Psychicznym, Hrubeka zaklasyfikowano jako niebezpiecznego szaleńca i skierowano na czas nieokreślony do szpitala stanowego, gdzie co rok miał być poddawany badaniom kontrolnym.

— Wyszłam z sądu. Potem...

— A co z tym incydentem z krzesłem? — wtrącił Kohler, składając dłonie tak, jakby klaskał w zwolnionym tempie.

— Z krzesłem?

— On wskoczył na krzesło czy na stół.

Ach, o to mu chodzi.

Sala sądowa zaczynała pustoszeć. Nagle przez panujący w niej gwar przebił się potężny głos. To krzyczał Michael Hrubek, który, popchnąwszy urzędnika sądowego tak, że ten upadł, wspiął się na krzesło. Podniósł ręce nad głowę tak, że zadzwoniły kajdanki, i zaczął krzyczeć. Jego oczy spotkały się na chwilę z oczami Lis. Lis zamarła w bezruchu. Strażnicy ściągnęli Hrubeka na podłogę, a inny urzędnik wyprowadził Lis z sali.

— Co on powiedział?

— Co powiedział?

— No tak, co powiedział wtedy, kiedy stał na krześle? Wykrzyknął wtedy jakieś słowa?

— Mnie się zdaje, że on tylko wył. Jak zwierzę.

— W gazecie było napisane, że krzyczał: „Ty jesteś Ewa od zdrady".

— Możliwe.

— Nie pamięta pani?

— Nie. Nie pamiętam.

Kohler pokręcił głową.

— Odbywałem z Michaelem sesje terapeutyczne. Trzy razy w tygodniu. Podczas jednej powiedział: „Zdrada, zdrada. Jej *sądzone* jest nieszczęście. Siedziała w tym *sądzie,* a teraz *sądzone* jej jest nieszczęście. To wszystko zdrada. To Ewa". Kiedy go zapytałem, co chce przez to powiedzieć, zdenerwował się. Tak jakby wygadał się z jakimś sekretem. Nie chciał o tym mówić. Od tamtej pory kilka razy wspominał o zdradzie. Czy pani wie, o co tu może chodzić?

— Nie. Nie mam pojęcia. Przykro mi, ale nie.

— A co było później?

— Po procesie? — Lis wypiła łyk kawy. — No, potem znalazłam się na dnie piekła.

Kiedy szum wokół sprawy ucichł, a Hrubek znalazł się w szpitalu, Lis powróciła do życia, jakie wiodła, zanim zdarzyła się ta tragedia. Początkowo to jej życie wydawało się nie zmienione: uczyła na kursach letnich, spędzała niedziele w klubie wiejskim razem z Owenem, odwiedzała przyjaciół, zajmowała się ogrodem. Była chyba ostatnią osobą zdającą sobie sprawę z tego, że jej życie się rozpada.

Od czasu do czasu zapominała wziąć prysznic. Zapominała też, jak nazywają się goście, których zapraszała na swoje koktajle. Czasami zdarzało jej się, że idąc szkolnym korytarzem, spoglądała w dół i zauważała, że ma na nogach buty nie od pary. Pewnego razu zamiast mówić o poezji Pope'a, jak było w planie, zaczęła mówić o poezji Drydena i miała pretensję do uczniów, że nie przeczytali lektur, których wcale im nie zadała. Czasami znowu, podczas wykładu albo rozmowy, łapała się na tym, że patrzy na zdumione twarze słuchaczy i zaczynała się zastanawiać, co takiego powiedziała.

— To było tak, jakbym chodziła we śnie, jak lunatyczka.

Wycofała się do swojej cieplarni i pogrążyła się w smutku.

Owena, który początkowo okazywał cierpliwość, zaczęło denerwować to, że Lis jest taka apatyczna i roztargniona. Dochodziło między nimi do kłótni. On coraz więcej podróżował w interesach. A ona coraz częściej przebywała w domu. Wychodziła tylko do szkoły. Zaburzenia snu pogłębiły się: zdarzało się często, że nie zmrużyła oka przez całą dobę.

Na dobitkę była jeszcze Dorothy, która wkroczyła we wdowieństwo tak samo zdecydowanie jak wsiadała do swojego mercedesa. Była wymizerowana i blada i nie uśmiechała się całymi miesiącami. Ale funkcjonowała, i to całkiem dobrze. Owen kilka razy stawiał ją Lis za wzór.

— Ale ja nie jestem taka jak ona — odpowiadała Lis. — I nigdy nie byłam. Przykro mi.

W czerwcu Dorothy sprzedała dom i przeniosła się na wybrzeże, do New Jersey, jednak to nie ona płakała podczas pożegnalnego lunchu, tylko Lis.

Lis ograniczyła swoje zajęcia do pracy w szkole i w cieplarni. W cieplarni przycinała kwiaty i błąkała się wśród nich jak zagubione dziecko, przy czym twarz miała od czasu do czasu mokrą jak liście pokryte rosą.

Stopniowo jednak polepszyło jej się. Przez pewien czas brała prozac, który powodował u niej drżenie szczęki i palców, a także niezwykłe sny. Pogłębił też bezsenność. Potem przeszła na pamelor, który działał łagodniej.

A później, pewnego dnia, po prostu przestała brać pigułki i odwiesiła na wieszak domową sukienkę.

— Nie potrafię panu powiedzieć, co się stało. Ani kiedy to się stało. Ale nagle poczułam, że muszę żyć dalej. I zaczęłam żyć...

Pewne dane wskazują na to, że urojenia Michaela mają związek z historią Stanów Zjednoczonych — powiedział Kohler. — Zwłaszcza z wojną secesyjną... *Sic semper tyrannis* — Booth wykrzyknął te słowa, strzelając do Lincolna.

— Tak zawsze dzieje się tyranom — dodała Lis jak typowa nauczycielka. — Jest to też dewiza stanu Wirginia.

— No i ten czternasty kwietnia. Data zamachu.

— Co Lincoln ma wspólnego z czymkolwiek, co wiąże się z Michaelem?

Kohler pokręcił głową.

— Michael nie chciał rozmawiać ze mną o swoich urojeniach. Mówił o nich tylko aluzjami. Nie miał do mnie zaufania.

— Nie miał zaufania nawet do pana, do swojego lekarza?

— *Zwłaszcza* do mnie. Na tym polega jego choroba. On jest paranoikiem. Zawsze mnie oskarżał o to, że chcę wydobyć z niego informacje i przekazać je FBI albo Tajnym Służbom. Istnieje u niego jakieś urojenie pierwotne, ale ja nie mogę dotrzeć do jego sedna. Przypuszczam, że koncentruje się ono wokół wojny secesyjnej, śmierci Lincolna, spiskowców. Albo jest związane z jakimś wydarzeniem, które on kojarzy sobie z zamachem. Nie wiem.

— A dlaczego to urojenie jest takie ważne?

— Dlatego, że stanowi rdzeń jego choroby. To urojenie pozwala mu zrozumieć, dlaczego każdy dzień jego życia jest taki okropny. Życie schizofrenika — dodał Kohler tonem wykładowcy — polega na poszukiwaniu sensu.

A czyje życie na tym nie polega? — zastanowiła się Lis.

— Choć dzisiaj jest to sprawa kontrowersyjna — powiedział lekarz, dodając, że uważany jest przez innych psychiatrów za odszczepieńca.

Lis, usłyszawszy to, pomyślała, że on się chyba trochę przecenia.

— Schizofrenia — ciągnął dalej — to choroba fizyczna. Taka jak rak czy zapalenie wyrostka. Trzeba ją leczyć za pomocą leków. Nikt temu nie przeczy. Ale ja, inaczej niż większość kolegów, uważam, że w leczeniu schizofrenii może też być z powodzeniem stosowana psychoterapia.

— Nie mogę sobie wyobrazić Hrubeka leżącego na kozetce i opowiadającego o swoim dzieciństwie.

— Freud też nie mógł sobie wyobrazić sytuacji tego rodzaju. Twierdził, że schizofreników nie należy leczyć psychoterapią. Większość psychiatrów zgadza się z nim. Obecnie chorym na schizofrenię daje się „cukierki na mózg". Tak cynicy określają te leki. No i zmusza się ich do tego, żeby zaakceptowali rzeczywistość. Uczy się ich zamawiać posiłki w restauracjach i robić pranie w pralni, a potem wypuszcza się ich. I to prawda, że analizowanie dzieciństwa na kozetce to metoda nie nadająca się dla ludzi takich jak Michael. Jednak pewne rodzaje psychoterapii dają dobre rezultaty. Dzięki nim poważnie chorzy pacjenci są w stanie nauczyć się nieźle funkcjonować.

Większość psychiatrów uważa, że ludzie chorzy na schizofrenię mówią od rzeczy, że ich urojenia nie mają żadnego sensu. A ja jestem zdania, że prawie wszystko, co oni mówią, ma sens. Im bardziej staramy się przetłumaczyć ich słowa na *nasz* sposób myślenia, tym bardziej bezsensowne one się stają. Ale jeżeli postaramy się dostrzec ich sens *metaforyczny*, otwierają się przed nami drzwi. Weźmy Napoleona. Schizofrenicy często twierdzą, że są Napoleonami. Ja nigdy nie usiłuję przekonać takiego pacjenta, że nie jest Napoleonem. Ale nie poklepuję go też pobłażliwie po głowie i nie mówię do niego *bonjour*, kiedy go spotykam na korytarzu. Próbuję dociec, *dlaczego* on uważa, że jest cesarzem Francuzów. W dziewięciu przypadkach na dziesięć istnieje jakaś tego przyczyna. Poznawszy tę przyczynę, mogę zacząć otwierać drzwi. Osiągnąłem doskonałe rezultaty w terapii pacjentów, z których niejeden był o wiele bardziej chory niż Michael. No, a sam Michael... Już się dostawałem do jego wnętrza — powiedział z goryczą — już byłem bliski otwarcia jakichś drzwi... I nagle on uciekł.

— Mówi pan tak, jakby on był niewinny.

— On *jest* niewinny.

Czy ten doktorek nie za bardzo jest przyzwyczajony do tego, że ludzie kupują to, co on im wciska? — pomyślała Lis ze złością. Czy nie za bardzo się przyzwyczaił do tych swoich posłusznych pacjentów, którzy kiwają chorymi głowami i odchodzą, szurając nogami, żeby wykonać jego polecenia? I do zmartwionych członków ich rodzin, którzy chłoną jego pompatyczne słowa jak gąbka wodę? I do młodych, przerażonych stażystów i pielęgniarek?

— Jak pan może przedstawiać go w takim romantycznym świetle? On jest po prostu zbiorem kości i mięśni mogących wykonać to, co zalęgnie się w oszalałej głowie. Jest maszyną, która wpadła w krwiożerczy amok.

— Wcale nie. Michaela dręczy poczucie niemożności. On nie może stać się tym, czym powinien być w swoim własnym mniemaniu. Na tym polega jego wewnętrzny konflikt objawiający się jako coś, co nazywamy szaleństwem. Jego urojenia są dla niego wyjaśnieniem. Wyjaśniają mu, dlaczego nie może być taki jak inni.

— Wygląda na to, że pan chce powiedzieć, że jego choroba nie jest przez nikogo zawiniona. Ale nikt też nie jest winien temu, że są tornada. Jednak gdybyśmy potrafili, powstrzymalibyśmy je. Powinniśmy też *powstrzymać* Hrubeka. Ktoś powinien... zamknąć go i wyrzucić klucz. — Omal nie powiedziała „dogonić go i zastrzelić". — On jest po prostu psychopatą! — dokończyła.

— To nieprawda. Wcale nim nie jest. Psychopatia to coś zupełnie innego niż schizofrenia. Psychopaci dobrze się przystosowują do życia w społeczeństwie. Wydaje się, że funkcjonują jak normalni ludzie. Mają pracę i rodzinę, ale są całkowicie amoralni i pozbawieni emocji. *To oni* są źli. Psychopata mógłby panią zabić dlatego, że zajęła mu pani miejsce na parkingu, albo dlatego, że nie chciała mu pani dać dziesięciu dolarów. I zrobiłby to bez wahania. A Michael zabiłby tylko z powodu, dla którego zabiłaby i pani — na przykład w celu samoobrony.

— Więc Michael jest nieszkodliwy, panie doktorze? Czy to chce mi pan powiedzieć?

— Nie, oczywiście, że nie. Ale... — Kohler przerwał. — Przykro mi, że wyprowadziłem panią z równowagi — dokończył.

Lis milczała przez chwilę, a potem powiedziała spokojnie:

— Nie, to nie to. Patrzymy na te rzeczy inaczej, to wszystko.

— Późno już. Wykorzystałem swoje dwadzieścia minut.

Kohler wstał i poszedł w stronę kuchni. Kiedy był już przy kuchennych drzwiach, powiedział:

— Jest jeszcze jedna rzecz, która mnie interesuje. Dlaczego on łączy panią ze zdradą? „Ewa od zdrady". „Zemsta". „Zawsze". Dlaczego?

— Chyba dlatego, że zeznawałam przeciwko niemu.

Podniosła ręce gestem mającym oznaczać, że to bardzo proste.

— Myśli pani, że to o to chodzi?

— Tak przypuszczam. Ale oczywiście nie mam pewności.

Kohler kiwnął głową i zamilkł. W chwilę później, pukając się palcem w głowę, dokonał kolejnego myślowego przeskoku.

— Za miastem jest takie miejsce z samochodami, prawda?

Lis myślała, że źle usłyszała.

— Miejsce z samochodami? Tak pan powiedział?

— No tak. Punkt sprzedaży.

— Ach, rzeczywiście. Ale...

— Myślę o tym dużym. Takim oświetlonym. O punkcie Forda.

— No tak, jest punkt Kleppermana sprzedający fordy.

— Gdzie to jest dokładnie?

— Pół mili za miastem. Przy szosie numer 236. Za wzgórzami, na wschód od miasta. Dlaczego pan pyta?

— Tak z ciekawości.

Lis czekała na jakieś wyjaśnienie, ale wyjaśnienie nie nastąpiło. Było jasne, że Kohler zakończył już ten wywiad czy to przesłuchanie. Odchrząknął i podziękował jej. Lis była zadowolona, że jego wizyta dobiega już końca. Bo ta wizyta zdenerwowała ją.

Co z tego, co mu powiedziałam, jest dla niego cenną informacją? — zastanowiła się zdezorientowana.

No i co on przede mną zataił?

Kiedy byli już na zewnątrz i szli w stronę samochodu, spojrzeli oboje w niebo na gęste chmury. Wiatr wiał teraz wściekle, rozwiał Lis włosy, które zakryły jej twarz.

— Panie doktorze — Lis dotknęła jego chudego ramienia. — Proszę mi powiedzieć, jakie istnieje prawdopodobieństwo, że on zmierza tutaj, do mojego domu?

Kohler dalej patrzył w niebo.

— Jakie istnieje prawdopodobieństwo? Według mnie prawdopodobne jest to, że go wkrótce złapią. A nawet jeżeli go nie złapią, to on nie zajdzie sam aż tak daleko. Ale jeżeli prosi mnie pani o radę, to powiem pani, że powinna pani pojechać do tego hotelu.

Patrzył na nią przez moment, a potem zrobiło się jasne, że myśli już o czymś innym. Być może wędrował w wyobraźni przez zarośla i lasy razem ze swoim przerażonym, szalonym, zagubionym pacjentem. Lis, obserwując go zmierzającego do samochodu, pozbyła się na chwilę złości i dojrzała w nim kogoś, kim był w istocie — ambitnego, niezłomnego i oddanego pacjentom młodego lekarza. Którego na dodatek na pewno cechowała cholerna inteligencja. Wyczuła jednak, że jest w nim coś jeszcze, i przez kilka chwil nie była w stanie dociec, co to takiego. Zrozumiała, co to było, dopiero wtedy, kiedy jego samochód zniknął w ciemności. Zrozumiała, że doktor Richard Kohler był bardzo zatroskany.

Karetka i samochód policyjny przybyły równocześnie, oświetlając jaskrawym światłem dolne gałęzie drzew. Hamulce zapiszczały i w ogrodzie pojawili się mężczyźni i kobiety w mundurach. Pojawił się też sprzęt, nosze i jakieś urządzenia ze światełkami i guzikami. Sanitariusze pobiegli w stronę dużego domu w stylu kolonialnym. To samo zrobili policjanci, chowając w biegu swoje długie latarki.

Owen Atcheson siedział na schodkach przed kuchennymi drzwiami, które były wciąż otwarte. Patrząc na sanitariuszy podbiegających do drzwi, podpierał sobie głowę obiema rękami.

— To pan dzwonił pod 911? — spytał go jeden z tych sanitariuszy. — I zawiadomił, że napadnięto kobietę?

Owen kiwnął głową.

— Gdzie ona jest?

— W kuchni — odpowiedział Owen głosem człowieka bardzo zmęczonego i zniechęconego. — Ale możecie się nie spieszyć.

— Jak to?

— Powiedziałem: nie ma co się spieszyć. Ona pojedzie już tylko do kostnicy.

III

Duchy zmarłych

19

Kto to jest? Chyba nie Mary Haddon? Boże drogi, to chyba nie ich *córka*?

— Nie, to nie ona.

— To nie Mary?

— Spójrzcie na nią, na litość boską! Przecież to nie Mary.

Ale nikt nie chciał spojrzeć. Woleli patrzeć na kalendarz ścienny, na notatki przypominające, że trzeba wysłać różne rzeczy, na rozbitą filiżankę, na kawałki papieru przytwierdzone do lodówki w kolorze awokado magnesikami w kształcie owoców. Woleli patrzeć gdziekolwiek, byle nie na okropną postać przywiązaną drutem dzwonkowym do drewnianego krzesła z poręczami. Do pomieszczenia wszedł sanitariusz, omijając ostrożnie plamę krwi widniejącą na płytkach podłogi. Pochylił się i zaczął się przyglądać skomplikowanym węzłom. Gardło kobiety było poderżnięte, na jej szyi widać było głęboką ranę. Jej głowa poleciała bezwładnie do tyłu, a bluzka rozchyliła się. Na sinej klatce piersiowej widniały wyraźne niezgrabne litery wycięte na skórze.

— Cholerny burdel — powiedział jeden z młodych policjantów.

— No, no, tylko bez przekleństw — odezwał się na to detektyw w cywilu. — Przeszukajcie dom. Wszystkie sypialnie.

— Mnie się zdaje, że Joe i Mary są w kościele. Jutro ma się tam odbyć licytacja na cele dobroczynne, a Joe jest przewodniczącym komitetu organizacyjnego. Słyszałem, że oboje z Mary przesiadują w kościele do późna. O Boże, mam nadzieję, że ich córka jest z nimi.

— Zadzwonimy tam albo poślemy samochód. Teraz zajmijmy się tym.

Wszedł jeden z policjantów i spojrzał na zwłoki.

— O rany, to jest Mattie! Mattie Selwyn. Gospodyni Haddonów. Znam jej brata.

Padały dalsze nerwowe uwagi:

— No, no, dobrze to nie wygląda. A co ona ma na kolanach? Co to jest to małe białe?... Jezu, to chyba jakaś czaszka. Borsucza?

— Że też to się musiało stać dzisiaj! — narzekał zastępca szeryfa. — Za chwilę zacznie się tu burza. W Morristown była już trąba powietrzna. Kilka osób straciło życie. Słyszycie? Kil...

W drzwiach stanął Owen i popatrzył znowu na pobojowisko. Pokręcił głową.

— To pan nas wezwał? — zapytał detektyw, przeciągając dłonią po swoich szpakowatych włosach.

Owen kiwnął głową i otarł sobie pot z twarzy. Dzwoniąc pod 911, spojrzał na swoje odbicie w szybie okiennej i zobaczył, że policzki i czoło ma posmarowane błotem. Posmarował je przedtem, żeby mu się nie błyszczały. Przed przybyciem policji umył twarz. Mimo to jednak teraz, po otarciu potu z czoła, zauważył, że chusteczka jest brudna, i pomyślał, że on sam musi wyglądać okropnie. Opowiedział policjantom o ucieczce Hrubeka, o tym, że Hrubek miał rower, i o tym, że on sam go ścigał aż do miejsca, w którym się teraz znajdowali.

— Zgadza się, proszę pana — powiedział detektyw — zawiadomiono nas o tej ucieczce. Ale myśleliśmy, że on posuwa się na wschód.

— *Mówiłem* im, że tak nie jest — odrzekł Owen porywczo. — *Mówiłem im,* że on zawróci i pójdzie na zachód. Nie chcieli mnie słuchać. Od samego początku nikt tej sprawy nie traktował poważnie. A teraz...

— Słyszeliśmy też, że on jest nieszkodliwy — powiedział detektyw tonem człowieka zawiedzionego, patrząc na ciało. Potem spojrzał na Owena i zapytał: — A jaka jest w tym wszystkim pańska rola?

Owen odpowiedział, że chciał sprawdzić, co policja stanowa robi w celu złapania uciekiniera, który ma jakieś pretensje do jego żony. Mówiąc, uświadomił sobie, że jego historia brzmi dziwnie. Dlatego nie był ani zdziwiony, ani obrażony, kiedy policjant zapytał:

— Czy mógłbym zobaczyć pański dowód tożsamości?

Owen wręczył mu prawo jazdy i kartę rejestracyjną adwokata.

— Nie ma pan nic przeciwko temu, żebyśmy to potwierdzili?

— Oczywiście, że nie.

Detektyw zadzwonił do swojego biura. W chwilę później kiwnął głową i odwiesił słuchawkę. Podszedł do Owena i zwrócił mu dokumenty.

— Czy ma pan przy sobie broń?

— Tak.

— Rozumiem więc, że ma pan pozwolenie?

— Tak, mam. I cztery lata doświadczenia bojowego.

Powiedział to, bo detektyw był mniej więcej w jego wieku i na jego twarzy malował się spokój, który w obliczu takiej jatki może osiągnąć tylko ktoś, kto wyszedł cało z walk. Aczkolwiek trochę niechętnie, detektyw zrobił porozumiewawczą minę.

Do pomieszczenia zajrzał policjant i, patrząc szeroko otwartymi oczami na martwą kobietę, odezwał się:

— Bob, znaleźliśmy coś. Ślady motocykla. Świeże.

— To pański? — zapytał detektyw Owena.

— Nie.

— Tylko kask został na ziemi — mówił dalej policjant. — Wygląda na to, że...

— Kask? — zawołał z salonu drugi policjant, ten, który zidentyfikował gospodynię. — On należał do niej. Do Mattie. Mattie jeździła hondą. Chyba żółtą.

— Dokąd prowadzą ślady? — zapytał detektyw.

— Biegną za garażem, wzdłuż ścieżki, a potem w kierunku szosy numer 106. Skręcają na południe.

— Numer 106? — wtrącił Owen. — Ona prowadzi do Boyleston.

— No tak. Gdyby nią pojechał, byłby w Boyleston w jakieś czterdzieści, no, może pięćdziesiąt minut.

— W Boyleston jest najbliższa stacja kolejowa, tak?

Detektyw kiwnął głową.

— To prawda. Z komunikatu wiemy, że on chciał się dostać do Massachusetts. Myślano, że posuwa się pieszo, ale oczywiście on może też wsiąść do pociągu. Zresztą może zawrócił. Wie pan, może zrobił taki numer mylący.

— Mnie też się zdaje, że to możliwe.

Detektyw ostrym tonem wydał rozkaz umundurowanemu sierżantowi — kazał mu zawiadomić posterunek w Boyleston o morderstwie i wysłać dwa samochody na szosę numer 106. Policjanci podeszli do ciała i zaczęli zbierać odciski palców i robić zdjęcia. Owen tymczasem wyszedł na zewnątrz i obszedł posiadłość, szukając śladów. Obejrzał pastwiska, stajnie i kilka małych stodół zamienionych na garaże.

— Znalazł pan coś? — zawołał do niego detektyw.

— Nie.

— Panie Atcheson, potrzebne nam pańskie zeznanie. Jestem też pewien, że prokurator Franks będzie chciał z panem porozmawiać.

— Bardzo chętnie. Ale rano.

— Ja...

— Rano — powtórzył spokojnie Owen.

Inspektor sięgnął do portfela, wyjął wizytówkę i wręczył ją Owenowi.

— Zadzwoni pan do mnie? Punktualnie o dziewiątej.

Owen powiedział, że zadzwoni.

Detektyw zmierzył go wzrokiem od stóp do głów.

— Rozumiem, co pan czuje, proszę pana. Ja sam na pana miejscu chciałbym puścić się natychmiast w pogoń za nim. Ale jeżeli wolno mi panu radzić, niech się pan lepiej trzyma z daleka od całej tej historii.

Owen kiwnął głową i spojrzał w stronę czerwonawej łuny świateł nad Boyleston. Odsunął się na bok, kiedy sanitariusze wynosili ciało. Popatrzył na nie, nie widząc ciemnego worka, tylko dostrzegając oczyma wyobraźni krwawe litery wycięte na piersi kobiety.

Tworzyły one słowa: *zawsze zemsta.*

Emil zgubił trop na peryferiach Cloverton.

A potem znowu szukał, posuwając się zygzakiem po asfalcie i ciągnąc za sobą pana. W tej sytuacji nawet Trenton Heck, który ufał swoim psom prawie bezgranicznie, miał trudności.

Problem polegał na tym, że w takich razach człowiek nie wie dokładnie, co pies zamierza. Bo może zdarzyć się tak, że w momencie gdy da mu się do wąchania jakąś część ubrania ściganego, on poczuje jelenia i usłyszawszy rozkaz „Szukaj!", rzuci się w pogoń właśnie za nim. W takim wypadku pies uważa, że wykonuje rozkaz, i biada temu panu, który nie da mu w nagrodę mięsnego paluszka. Heck przypomniał sobie wszystko, co zaszło tego wieczora, i doszedł do wniosku, że Emil raczej się nie myli. No dalej, stary — pomyślał — ja w ciebie wierzę. Zróbmy razem to, co do nas należy.

Emil ruszył w kierunku rowu wypełnionego wodą, ale Heck kazał mu zawrócić, gdyż przyszło mu do głowy, że człowiek, który zastawiał pułapki, mógł też zatruć wodę. Bał się zresztą i tego, że woda może być zanieczyszczona w sposób naturalny. Hołdował zasadzie, że psom powinno się pozwalać pić tylko wodę wziętą z domu. (Kiedy inni policjanci prychali na to i mruczeli kpiąco: „No tak, daj mu *evian* albo *perrier*", mówił do nich:

„Świetnie, chłopcy, przejedźcie się do Meksyku i napijcie się tam wody z kranu. Zobaczycie, jak wam będzie smakowała. Dla psa każde miejsce poza domem może być takim Meksykiem".) Teraz wziął z furgonetki słoik i dał Emilowi pić. Pies wychłeptał wodę łapczywie. Po czym ruszyli dalej.

Daleko na zachodzie horyzont rozświetliła błyskawica. Już wcześniej zaczął padać deszcz. To właśnie z tego powodu, domyślił się Heck, zaginął trop. Poprzednio Heck chętnie widziałby deszcz, ale wtedy Hrubek szedł pieszo. Teraz natomiast szaleniec jechał na rowerze i trop był zupełnie inny. Psy rozróżniają trzy rodzaje zapachu: zapach ciała w powietrzu, zapach ciała na ziemi i zapach będący mieszaniną zapachu zdeptanej roślinności i zapachów wydawanych przez wszystko, na co ścigany następuje. Deszcz intensyfikuje i odświeża te dwa ostatnie. Ale na zapach, który unosi się w powietrzu nad asfaltem wydzielającym woń chemikaliów utrudniającą psu wąchanie, działa zagłuszająco.

— No dalej, zsiądź z tego przeklętego roweru — mruknął Heck. — Dlaczego nie możesz iść pieszo jak normalny uciekinier?

Emil zwolnił i rozejrzał się. Był to zły znak. Hej, bratku, trzymam cię ze względu na twój nos, a nie ze względu na oczy. Bo sam widzę lepiej od ciebie.

Pies powoli zszedł z drogi na łąkę. Heck dał mu się prowadzić, czując dojmujący ból w nodze. Przeszukiwał grunt cal po calu, oświetlając sobie drogę latarką ze strachu przed stalowymi pułapkami. Emil zatrzymywał się od czasu do czasu na dłuższą chwilę, obwąchiwał ziemię, a potem podnosił łeb. Następnie szedł dalej i powtarzał te czynności jeszcze raz. Patrząc na niego, Heck był coraz bardziej przekonany o daremności ich wspólnych wysiłków.

Po jakimś czasie poczuł, że pies ciągnie linkę, i pełen nadziei spojrzał w dół. Ale linka natychmiast zwiotczała, bo Emil porzucił fałszywy trop i powrócił do obwąchiwania ziemi. Wdychał wszystkie zapachy wsi i szukał na próżno tego, który prawdopodobnie zniknął na zawsze.

Ojciec Michaela Hrubeka był siwawym posępnym człowiekiem, w miarę upływu lat coraz bardziej zgnębionym z powodu rozpadu rodziny. Zamiast jednak unikać domu, co pewnie robiłby kto inny, wracał do niego co wieczór ze sklepu z konfekcją, w którym był kierownikiem działu z męskimi garniturami.

Wracał do niego i to szybko, jak gdyby w obawie, że podczas jego nieobecności jakaś nowa katastrofa zniweczy resztki normalności, które pozostały w jego rodzinie.

Jednak kiedy już się w tym domu znalazł, spędzał nudne godziny w sypialni, ignorując chaos panujący naokoło. Chcąc się czymś zająć, zaczął czytać książki o psychologii przeznaczone dla laików, a później modlitewnik. Kiedy jednak te lektury okazały się niewystarczającym środkiem uśmierzającym, zaczął oglądać telewizję — zwłaszcza programy podróżnicze i różne talk-show.

Michael miał wtedy dwadzieścia parę lat i właściwie porzucił już nadzieję, że wróci na uczelnię. Spędzał większość czasu w domu z rodzicami. Hrubek senior, chcąc go uszczęśliwić i spowodować, żeby nikomu nie wchodził w drogę, przynosił mu komiksy, różne gry i modele broni z czasów wojny secesyjnej. Jego syn przyjmował te prezenty podejrzliwie. Zanosił je do łazienki na górze, zanurzał je w wodzie, żeby sprawdzić, czy nie będzie krótkiego spięcia spowodowanego istnieniem czujników lub mikrofonów, a potem pakował ociekające wodą pudełka do swojego schowka na ubrania.

— Michael, spójrz: Candyland. Może później zagramy? Później, po kolacji.

— Candyland? Candyland? Znasz kogoś, kto w to gra? Czy jest chociaż jedna osoba na tym pieprzonym świecie, która w to gra? Idę na górę. Będę się kąpał.

Michael unikał ojca tak samo, jak unikał wszystkich ludzi. Jego rzadkie wyjazdy z domu wiązały się zawsze z jakimiś żałosnymi misjami. Pewnego razu stracił cały miesiąc na szukanie rabina, który by go nawrócił na judaizm. Innym znowu razem przez trzy tygodnie poszukiwał komisji poborowej, w której, gdy ją w końcu znalazł, musiano mu z tuzin razy tłumaczyć, że Armia Unii już nie istnieje. Zdarzyło się też, że pojechał pociągiem podmiejskim do Filadelfii, gdzie wyśledził ładną prezenterkę wiadomości telewizyjnych, przyczepił się do niej na ulicy i zaczął ją pytać, czy jest niewolnicą i czy lubi filmy pornograficzne. Dziewczyna poprosiła o ochronę policyjną (policjanci zresztą chronili ją z wielkim zapałem), ale Michael wkrótce o niej zapomniał.

W każdą sobotę rano ojciec robił na śniadanie naleśniki i cała rodzina zasiadała do stołu przy akompaniamencie tyrady Michaela. Rodzice wkrótce nie wytrzymywali tego jazgotu. Matka, zwykle ubrana jeszcze w szlafrok, jadła, dopóki nie przyszedł moment, w którym już dłużej nie mogła usiedzieć nad talerzem. Wtedy powoli wstawała, malowała wargi szminką, bo damy to właśnie czynią po posiłku, i po kilkuminutowym poszukiwaniu tygodniowego programu telewizyjnego czy też pilota wracała do łóżka i włączała telewizor. Ojciec zmywał, a później prowadził Michaela do lekarza, który miał mały gabinet nad lodziarnią przy Main Street. Jedyną rzeczą, którą Michael pamiętał na temat tego lekarza, było to, że lekarz w prawie każdym zdaniu powtarzał jego imię.

— Michael, dzisiaj chciałbym, żebyś mi opowiedział o swoich wspomnieniach z najwcześniejszego dzieciństwa. Mógłbyś to zrobić, Michael? Na przykład opowiedz mi o Bożym Narodzeniu. Jak to było za pierwszym razem, Michael, przypomnij sobie: jest poranek w dniu Bożego Narodzenia...

— Nie wiem, ty wale. Nie pamiętam, wale. Nie wiem nic o Bożym Narodzeniu, ty wale, więc po co mnie o to pytasz?

Michael powtarzał słowo „wale" nawet częściej niż lekarz jego imię.

Przestał widywać się z psychiatrą, kiedy firma ubezpieczeniowa ojca przestała zwracać koszty jego wizyt u niego. Spędzał coraz więcej czasu w swoim pokoju. Zajmował się czasami czytaniem podręczników historii, czasami przebieraniem się w ubrania matki, a czasami wywrzaskiwaniem do ludzi, którzy przechodzili pod jego oknem. Pomalowany na jasnoniebiesko dom Hrubeków w Westbury w Pensylwanii stał się znanym wśród dzieci domem strachów.

Tak wyglądało życie Michaela po tym, jak go relegowano z uczelni. Michael siedział w domu, czasami udawał się w swoje wariackie podróże, moczył zabawki, jadał hamburgery i podobne dania, czytał podręczniki historii, oglądał telewizję.

Kiedy zbliżały się jego dwudzieste piąte urodziny, w kwietniu, wycofał się do swojego pokoju i przestał się w ogóle odzywać. W miesiąc później próbował spalić dom, bo chciał, żeby umilkły głosy dobiegające z sypialni matki. W następną niedzielę po tym wydarzeniu Hrubek senior ubrał syna w źle leżący garnitur i zawiózł go, wraz z trzema książkami, zmianą bielizny i szczoteczką do zębów, do stanowego szpitala psychiatrycznego w Nowym Jorku. Podał fałszywy adres zamieszkania i doprowadził do tego, że chłopaka zamknięto wbrew woli na siedemdziesiąt dwie godziny.

Uściskał Michaela i powiedział mu, że w szpitalu doprowadzą go do takiego stanu, że będzie mógł wrócić do domu.

— Zastanowię się nad tym — powiedział Michael, marszcząc brwi i nie mając pojęcia, że jest to ich ostatnia wymiana zdań.

Po powrocie do Westbury doprowadzony do ostateczności stary Hrubek sprzedał dom ze stratą i przeprowadził się na Środkowy Zachód, skąd wiele lat temu przywędrowała jego rodzina.

Po sześciu tygodniach administracja szpitala przestała szukać starego Hrubeka i Michael stał się gościem stanu.

Szpital był ponury. Stanowił zinstytucjonalizowaną pustynię, na której czas urozmaicało tylko branie leków, jedzenie posiłków i poddawanie się elektrowstrząsom. Jednak Michael nie potrzebował tych ostatnich, gdyż w aktualnym stanie choroby miał raczej skłonność do wycofywania się niż do agresji. Leki uspokoiły go, dzięki czemu siedział przeważnie w swoim pokoju, dopóki nie zabolały go pośladki, a potem wstawał i wpatrywał się w zakurzone okno opatrzone drucianą kratą.

Raz w tygodniu rozmawiał z lekarzem.

— Musisz brać leki... Bierzesz? To dobrze. Widzisz, Michael, próbujemy doprowadzić cię do stanu, w którym zrozumiesz... w którym będziesz miał świadomość, że twoje zmartwienia wynikają z twojej choroby, a nie z otaczającej cię rzeczywistości...

Michael odpowiadał nieżyczliwym pomrukiem i przypominał sobie, że powinien się do tego faceta odnosić podejrzliwie.

Po sześciu tygodniach jego pobytu w szpitalu lekarze postawili Michaelowi diagnozę: łagodna forma schizofrenii, bez skłonności do przemocy, prawdopodobnie z objawami paranoidalnymi — i wypuścili go na wolność wraz z grupą osiemdziesięciu sześciu podobnych pacjentów, bo jedno ze skrzydeł szpitala zostało zamknięte w związku z cięciami budżetowymi.

Ponieważ dział ewidencji chorych nie został poinformowany, że adres ojca Michaela jest nieznany, zawiadomienie o wypisaniu zostało wysłane na fikcyjny adres w Valhalla w stanie Nowy Jork. W dniu zwolnienia sanitariusz posadził Michaela na ławce w poczekalni i kazał mu czekać na kogoś z rodziny, kto po niego przyjedzie. W cztery godziny później Michael powiedział dyżurnej pielęgniarce, że pójdzie się pożegnać z jednym z dozorców. Po czym, nie zaczepiany przez nikogo, wyszedł przez frontową bramę — rozpoczynając w ten sposób wędrówkę, w trakcie której miał trafić do wielu miast Wschodniego Wybrzeża, do szpitali o dobrej i złej renomie, do idyllicznego szpitala w Trevor Hill, gdzie spotkał swoją ukochaną doktor Annę będącą równocześnie zdrajczynią, do kłębowiska węży, jakim było Cooperstown, do Indian Leap, do Stanowej Placówki Zdrowia Psychicznego w Marsden, do doktora Richarda... i w końcu — po przebyciu tylu mil i po tak wielu przeżyciach — w to zdumiewające miejsce, w którym znalazł się dzisiejszego wieczoru: na siedzenie dla kierowcy w czarnym trzydziestoletnim cadillaku Coupe de Ville jadącym wcale nie do Boyleston, tylko prosto na zachód szosą numer 236 do Ridgeton znajdującego się teraz w odległości niecałych dwudziestu mil. Prowadząc tego cadillaka, recytował rytmicznie:

— Cadillac, prosty szlak... prosty, prosty, konie ich niosły... żołnierzyków — szarych i niebieskich chłopczyków.

Jego dłonie pozostawiały na białej kierownicy warstewkę potu, a on wciąż sobie powtarzał, który pedał jest pedałem gazu, a który hamulcem. Od czasu do czasu łapał się na tym, że przekracza linię biegnącą środkiem szosy i wpadał w panikę, uświadamiając sobie, że zapomniał, którym pasem ruchu powinien jechać. A potem, przypominając sobie którym, zapominał, co ma zrobić, żeby wrócić na ten właściwy pas, i przez pewien czas — zanim stopniowo na niego wrócił — jechał lewą stroną.

Jechał tak przed siebie — z prędkością czterdziestu mil na godzinę, chociaż na tym odcinku prędkość dozwolona wynosiła pięćdziesiąt pięć. Często przełykał ślinę i pojękiwał, a także mruczał coś do siebie. Jego największym pragnieniem było położyć się na gładkim siedzeniu, przykryć sobie głowę i zasnąć głębokim snem. Nie zrobił tego jednak. Nie, siedział dalej — wyprostowany jak żołnierz na warcie i wpatrywał się w ciemność, w której czekały strzelby jego wrogów.

Oderwał wzrok od asfaltu tylko raz — żeby spojrzeć na tablicę, na której widniał napis RIDGETON 17 MIL, a potem znowu skierował go na szosę. Z przyjemnością wdychał słodki zapach grzejnika, z którego powietrze buchało mu prosto w twarz. Jego wspomnienia przebyły tak długą drogę jak on sam tego listopadowego wieczora. Zauważył to z rzadką u siebie spostrzegawczością. Przypomniał sobie, jak pewnego popołudnia, dawno temu, siedział w bibliotece jednego ze szpitali i śpiewał piosenkę, którą sam napisał. Pamiętał, że śpiewał ją wtedy w kółko, dopóki bibliotekarz nie poprosił go, żeby przestał. Wtedy zaczął ją sobie śpiewać bezgłośnie, w głowie.

Teraz, ukryty w swoim luksusowym czarnym samochodzie, zaśpiewał ją jeszcze raz, i to głośno:

Prosty szlak, kapitan śpi, konie rżą.
Gdzieś płacze kobieta. Żołnierzyki się nawołują.
Prosty szlak, po niebie wędruje księżyc krwawy,
A ja idę na cmentarz, tam gdzie ciało pod zieloną trawą...

Michael jedzie prosto przed siebie. Samochód zaczyna zjeżdżać ze wzgórza, przyspieszając stopniowo. Michael czuje, że wspaniale jest tak pędzić z coraz większą prędkością. Jest dumny, że panuje nad maszyną, która jeszcze rok temu przeraziłaby go. A mimo to, niespodziewanie, zaczyna płakać.

Wdycha gorące powietrze, szlocha i czuje wilgoć na okrągłych policzkach. W gardle go ściska.

Dlaczego płaczę? — zastanawia się, zaledwie zdając sobie sprawę z tego, że *rzeczywiście płacze.*

Nie ma pojęcia, dlaczego to robi. Naprawdę nie ma pojęcia. Ale gdzieś głęboko w zakamarkach jego świadomości kryje się odpowiedź: płacze, bo człowiek jest tak genialny, że potrafił skonstruować ten wspaniały automobil. Płacze, bo dziś w nocy przebył tyle mil. Płacze też z powodu mglistego wspomnienia o kobiecie noszącej bardzo niemodny kapelusz na swojej skądinąd doskonałej głowie.

Płacze nad tymi, co zmarli w przeszłości, i nad tymi, co wkrótce umrą. A także z powodu tego, co z pewnością znajduje się ponad gęstniejącymi burzowymi chmurami nad jego głową — z powodu czerwonego jak krew księżyca.

A ja idę na cmentarz, tam gdzie ciało pod zieloną trawą...

20

W chwili gdy w końcu zaczęła się burza, Lis oklejała górny rząd okien w cieplarni.

Jej twarz znajdowała się o kilka cali od okna, a ona sama wyciągała ręce, chcąc okleić szybę znajdującą się w miejscu, do którego trudno było dosięgnąć. Nagle o szybę zaczął zacinać deszcz. Lis odwróciła się gwałtownie i upuściła taśmę, myśląc, że to ktoś rzucił w okno garść żwiru. Omal nie spadła z drabiny.

Po chwili zeszła z niej i podniosła taśmę z ziemi. Spojrzała w niebo. Pomyślała, że gdyby zaczęła znowu naklejać taśmę, okno mogłoby trzasnąć jej prosto w twarz — i jeszcze raz doszła do wniosku, że trzeba by natychmiast wyjechać. Ale okna od północy, te, które miały być wystawione na bezpośredni atak burzy, wciąż były nie oklejone.

Dziesięć minut — zadecydowała. Dała sobie dziesięć minut.

Wchodząc na drabinę, przypomniała sobie, że Kohler radził jej, żeby pojechała do Gospody. Mimo to jednak uznała, że nie musi się tak bardzo spieszyć z tym wyjazdem. Nie martwiła się zbytnio o siebie. A poza tym, mówiła sobie, szeryf na pewno zadzwoniłby, gdyby się dowiedział, że Hrubek zmierza w kierunku Ridgeton.

Kiedy tak oklejała szyby, jej wzrok padł na jezioro. Za tym jeziorem, ledwie widoczne w deszczu, ciągnęły się pola, lasy i skały zlewające się w oddali z czarnym niebem. Był to ogromny obszar, obszar wydający się nie mieć granic, obszar, który z taką łatwością mógł wchłonąć w siebie Michaela Hrubeka. A więc głupotą byłoby spodziewać się, że Michael w ogóle zbliży się do Ridgeton. Rozległość tego terenu zapewni też bezpieczeństwo jej mężowi — bo jak to możliwe, żeby on i Hrubek trafili na siebie na tak wielkiej przestrzeni?

Gdzie jest teraz Owen?

W głębi serca Lis żywiła przekonanie, że Owen wkrótce wróci. Może nawet zanim ona z Portią wyjadą do Gospody? Tak, wróci — z pustymi rękami, zły i sfrustrowany — bo nie zdołał zabawić się w żołnierza.

A także dlatego, że stracił okazję odprawienia pokuty.

Lis od samego początku rozumiała, że chodzi tu o pokutę. Wiedziała, że ta jego dzisiejsza wyprawa ma pewien ukryty cel. Że stanowi ona częściową spłatę pewnego skomplikowanego długu, który on — w swoim pojęciu — zaciągnął wobec żony.

Zresztą może ten dług nie jest wcale czymś urojonym — pomyślała Lis. Bo Owen w zeszłym roku spędził sporo czasu z inną kobietą.

Poznał tę sukę na jakiejś konferencji prawników. Suka była specjalistką od handlu nieruchomościami, miała trzydzieści siedem lat, była rozwiedziona i miała dwoje dzieci. Owen przytoczył te fakty, traktując je jako dowód na to, że zdradzając żonę, jest cnotliwy — bo nie zadaje się przecież z jakąś gówniarą.

Na dodatek ona skończyła Yale.

I to *cum laude*.

— Gówno mnie obchodzą jej kwalifikacje! — wykrzyknęła Lis.

Kiedy zobaczyła rachunek z hotelu w Atlantic City z tego dnia, w którym Owen miał przebywać w Ohio i załatwiać sprawy służbowe, była zdruzgotana. Nigdy dotąd nie padła ofiarą cudzołóstwa i nie zdawała sobie sprawy z tego, że zakazany seks stanowi tylko część zdrady. Bo oprócz seksu istniało też zakazane uczucie. Lis nie była pewna, która z tych dwóch rzeczy jest dla niej źródłem większego cierpienia.

To, że Owen spał z tą edukowaną suką, było czymś okropnym. Wystarczyło sobie wyobrazić jej uda przyciśnięte do ud Owena, ich zabawy językami i zmieszaną ślinę, jej obnażone piersi, no i wreszcie jego członek i jej cholerną szparę... Jednak Lis o wiele bardziej niepokoiła myśl o tym, że oni chodzili, trzymając się za ręce, że odbywali romantyczne spacery po plaży, że siedzieli razem na ławce i że Owen dzielił się z nią swoimi najskrytszymi myślami.

Ten poważny Owen! Ten jej *spokojny* Owen.

Ten Owen, z którego *ona sama* musiała wyciągać słowa.

Większość jej domysłów to były oczywiście czyste spekulacje (bo Owen nie powiedział jej nic poza paroma szczegółami z zawodowego *curriculum vitae* tamtej kobiety). Jednak dla Lis myśl o tym, że między jej mężem a tą nieznajomą istniała bliskość wykraczająca poza sferę seksu, była czymś przerażającym, a jej wściekłość z powodu ich złączonych palców i potajemnych rozmów przekraczała wszelkie granice. Przez dobrych kilka tygodni po przyznaniu się Owena Lis czuła, że grozi jej wybuch szaleństwa — że może naprawdę zwariować — gdziekolwiek i w każdej chwili.

Zanim jednak zdążyła zrobić awanturę, romans się skończył. Tak w każdym razie powiedział jej Owen. Ujął jej głowę w dłonie, pogłaskał ją po włosach, zaczął się bawić kolczykami, które od niego dostała (w czasie gdy ją najintensywniej zdradzał — zauważyła z wściekłością, po czym, tego samego wieczora, wyrzuciła kolczyki) i oświadczył jej, że tamta kobieta poprosiła go, żeby się rozwiódł i ożenił z nią. A on odmówił, w wyniku czego nastąpiła awantura i doszło do zerwania.

Po kilku strasznych tygodniach, które nastąpiły po tym wyznaniu, po długich nocach milczenia, po spędzanych w pogrzebowym nastroju niedzielnych porankach, po okropnym Święcie Dziękczynienia zaczęli omawiać tę sprawę w sposób, w jaki takie sprawy omawiane są przez małżeństwa — najpierw ostrożnie i nie wprost, a potem rozsądnie. Teraz Lis pamiętała te ich rozmowy jak przez mgłę. Jesteś zbyt wymagająca. Zbyt surowa. A ty za bardzo milczący i skryty. Ciebie nie interesuje to, co ja robię. Musisz być bardziej na luzie w łóżku. A ty się zachowujesz jak gwałciciel. Nigdy dotąd nie narzekałaś... Tak, ale ty mnie czasami przerażasz. Nie wiem, co myślisz. Tak, ale ten twój upór... Tak, ale ty...

Zaimek drugoosobowy nie pojawia się nigdy z większą częstotliwością niż w rozmowach następujących po zdradzie.

W końcu postanowili wziąć pod uwagę możliwość rozwodu i przez pewien czas żyć oddzielnie. W tym okresie Lis przyznała sama przed sobą, że ten romans nie był dla niej żadną niespodzianką. Romans nie. Ale to, że Owen wziął sobie za kochankę kobietę-prawnika — o, *to* było szokujące. Bo Owen nie czuł się dobrze z kobietami, które były silne. Według tego, co sam jej powiedział, najlepszym jego związkiem poprzedzającym ten z nią był związek z młodą Wietnamką w Sajgonie podczas wojny. Był na tyle taktowny, że nie opowiadał o nim ze szczegółami, jednak opisał tę kobietę jako wrażliwą i bardzo skromną. Lis, po dość długim drążeniu, doszła do wniosku, że oznaczało to, że młoda Wietnamka charakteryzowała się gotowością do oddawania mu wszelkich usług, była spokojna i bardzo słabo mówiła po angielsku.

I to miał być związek? — zastanawiała się Lis, zdenerwowana tym, że jej mąż wybrał taką właśnie kobietę. Ponadto w tej jego wietnamskiej historii było chyba coś jeszcze. Było w niej coś niejasnego. Owen nie chciał ujawnić szczegółów i Lis nie pozostało nic innego jak spekulować. Może on tę wietnamską dziewczynę przypadkowo zranił, a potem został z nią, bo czuł się winny, przynosił jej kradzione racje żywnościowe i lekarstwa i opiekował się nią, dopóki nie wyzdrowiała? Może jej ojciec należał do Vietcongu i Owen go zabił? A potem, powodowany poczuciem winy, chciał zaoferować jej jakieś zadośćuczynienie i zakochał się?

Wszystko to wyglądało na zbyt romantyczne, wręcz operowe i Lis w końcu doszła do wniosku, że u podłoża całej tej historii leżało młodzieńcze pożądanie, a rozczulające wspomnienia były spowodowane sentymentalizmem faceta w średnim wieku. Jednak nie było wątpliwości, że ta młoda istota pociągała go z powodu swojej uległości. Gdyż między nim a Lis najpoważniejsze nieporozumienia, którym towarzyszyły największe wybuchy złości, następowały wtedy, kiedy ona mu się sprzeciwiała. Było na to ze sto przykładów — no bo weźmy tę historię ze Szkółką Langdellów, weźmy jego wściekłość wywoływaną tym, że ona skłaniała go, żeby ich seks był bardziej partnerski, i tym, że chciała, żeby poszli razem do psychologa i omówili konflikty małżeńskie, a także tym, że chciała, żeby on rzadziej wyjeżdżał.

Paradoksalne było to, że ta jego skłonność do dominacji w pewnym stopniu ją pociągała. Lis musiała to przyznać, aczkolwiek z pewnym zakłopotaniem. Wciąż pamiętała ich pierwsze spotkanie. Miała wtedy jakieś trzydzieści pięć lat, czyli była w wieku, w którym większość kobiet w Ridgeton ma już gromadkę dzieci. Poszła na zebranie rady miejskiej, na którym Owen występował jako przedstawiciel pewnego przedsiębiorcy budowlanego mającego konflikt z miastem. Poważny i nieugięty Owen Atcheson stał na podium i bez wysiłku odpierał ataki rozwścieczonych obywateli. Lis patrzyła, jak odgrywa rycerza jego królewskiej mości. Była zafascynowana jego chłodnym sposobem mówienia, a patrząc na jego duże dłonie trzymające krawędzie pulpitu, poczuła, że jest podniecona.

Po wyjściu z zebrania dokonała odpowiedniego manewru i spotkała go niby przypadkiem na parkingu. Zaproponowała, żeby wymienili numery telefonów.

— Kto wie — powiedziała — może kiedyś potrzebny mi będzie dobry prawnik.

W tydzień później Owen zaprosił ją na kolację, a ona natychmiast przyjęła zaproszenie.

Na pierwszą randkę przyszedł z tuzinem róż, wystrojony w niebieski blezer i spodnie khaki. Zamówił dla niej potrawy, dyskretnie zapłacił, otwierał wszystkie drzwi, przez które przechodziła, i ukoronował wieczór powściągliwym pocałunkiem, którym obdarzył ją po odprowadzeniu do drzwi.

Zrobił wszystko tak, jak nakazywała etykieta, a ona nic do niego nie poczuła.

Nie zadzwonił do niej potem, a ona, mimo że jej duma była nieco urażona, poczuła ulgę. Wychodziła od czasu do czasu z kilkoma innymi mężczyznami i nie myślała więcej o poważnym Owenie Atchesonie. Aż wreszcie, pewnej soboty, w sześć miesięcy później, wpadli na siebie w jakimś sklepie na Main Street. Powiedział jej, że miał zamiar do niej zadzwonić, ale dużo podróżował. Dlaczego — zastanowiła się Lis — mężczyźni uważają, że kobieta ma lepsze samopoczucie, kiedy jej się powie, że się *bardzo chciało* do niej zadzwonić, ale tego nie zrobiło?

Kiedy tak stali zmieszani przy ladzie, Owen spojrzał na plastikową białą rurę, którą ona kupiła. Lis wyjaśniła mu, że to do ogrodu. Czy potrzebny jej ktoś, kto tę rurę zainstaluje? Kiedy się wahała, nie wiedząc, co odpowiedzieć, on, patrząc jej w oczy, oświadczył, że nie jest obdarzony zbyt wieloma talentami, ale niektóre rzeczy potrafi robić naprawdę dobrze. Wśród tych rzeczy są roboty hydrauliczne.

— No to dobrze — zgodziła się.

Pojechali do małego bungalowu, który wynajmowała. Pod kierunkiem Owena w pół godziny zainstalowali system irygacyjny. Kiedy skończyli, on podszedł do kurka, dając jej znak, żeby poszła za nim. Wziął jej dłoń, położył ją na gałce, po czym przykrył ją swoją.

— Zrobimy to? — zapytał, po czym rozkręcił kurek, podnosząc równocześnie wolną ręką jej podbródek i całując ją mocno w usta.

Resztę popołudnia spędzili na mosiężnym łóżku Lis, nie zadawszy sobie nawet trudu, żeby wejść pod niebieską bawełnianą narzutę. Ich brudne ubrania robocze leżały porzucone na schodach i podłodze.

Pobrali się osiem miesięcy później.

W ciągu sześciu lat małżeństwa Lis często zastanawiała się nad tym, jaka będzie ich przyszłość, ale nigdy nie przypuszczała, że zdrada przyczyni się do ich rozstania. Uważała, że bardziej prawdopodobne jest to, że jedno z nich po prostu spakuje się i odejdzie — być może po tym jak on, rozwścieczony, uderzy ją w twarz, czego był w przeszłości nieraz bliski. Albo po tym jak ona zażąda, żeby on wybierał między nią a kolejnym weekendem w biurze.

Tak więc jego romans przyniósł otrzeźwienie. Lis początkowo była gotowa rozwieść się z nim i rozpocząć samodzielne życie. Bardzo ją myśl o takim życiu pociągała. Z drugiej jednak strony nie chowała w sercu urazy, z którego to powodu w miarę upływu czasu musiała sama sobie świadomie przypominać, że powinna być na Owena zła. Ten stan ducha sprawił, że myśl o samodzielnym życiu przestała być dla niej taka atrakcyjna. Poza tym Owen był pełen skruchy, co dawało jej nad nim dziwną władzę. Po raz pierwszy w czasie trwania ich małżeństwa czuła, że ma nad nim przewagę.

Połączyły ich też względy praktyczne. Otóż Ruth L'Auberget, która w tym czasie chorowała na raka, w końcu zmarła i jej córki stały się spadkobierczyniami majątku. Lis, która nie interesowała się sprawami finansowymi, przekonała się, że jest coraz bardziej zależna od Owena. Owen był w tej dziedzinie fachowcem i, zająwszy się sprawami majątku, zbliżył się znowu do żony.

Ich życie stało się łatwiejsze. Lis kupiła duży samochód wyłącznie dla siebie. Zgodnie z ugodą zawartą z Portią i zgodnie z życzeniem Ruth, Lis i Owen przeprowadzili się do domu w Ridgeton, gdzie Lis miała swoją wymarzoną cieplarnię. Portia natomiast dostała mieszkanie w Nowym Jorku. Owen zaczął kupować garnitury z firmy Brooks Brothers i drogie strzelby. Jeździł łowić ryby na Florydę, a polować do Kanady. I w dalszym ciągu wyjeżdżał służbowo, często na kilka dni. Jednak Lis wierzyła mu, kiedy ją zapewniał, że jest jej wierny. Poza tym, rozumowała, Owen najwidoczniej lubi być bogaty, a pieniądze i cały majątek wraz z domem zapisane są na nią.

Tak więc kiedy dziś wieczorem, po tym jak dowiedzieli się o ucieczce Hrubeka, stanął przed nią, uzbrojony po zęby, Lis zignorowała jego ponurą minę i płonącą w jego oczach żądzę polowania i pomyślała, że chce on zdobyć na powrót jej miłość, miłość, którą utracił wskutek własnej lekkomyślności.

No dobrze, Owen, dzięki ci za tę dzisiejszą wyprawę — powiedziała w myśli Lis, oklejając ostatnie okno. Doceniam twoje wysiłki. Ale wracaj prędko do domu, dobrze?

Wiatr wzmógł się. Deszcz z takim hałasem zabębnił o dach i o północną ścianę cieplarni, że Lis wstrzymała oddech.

Najwyższy czas wyjeżdżać — pomyślała.

— Portia! Jedziemy!

— Muszę zrobić jeszcze kilka — odkrzyknęła Portia z góry.

— Zostaw to.

Portia pojawiła się w chwilę później. Lis przyjrzała się jej i ku swemu zdziwieniu stwierdziła, że w tym wiejskim ubraniu, tak dla siebie nietypowym, siostra jest bardzo do niej podobna.

— O co chodzi? — spytała Portia, zauważając jej spojrzenie.

— O nic. Jesteś gotowa?

Lis wręczyła Portii żółty płaszcz od deszczu i włożyła swój.

Portia zarzuciła plecak na ramię. Podnosząc swoją małą walizkę, Lis skinęła głową w stronę drzwi. Wyszły na deszcz, który teraz padał równo. Nagły podmuch zerwał Portii z głowy czapkę baseballową. Portia krzyknęła zaskoczona i rzuciła się za nią w pogoń, podczas gdy jej siostra zamknęła tylne drzwi od domu na dwa zamki. Obie poszły mokrą ścieżką w stronę parkingu.

Lis obejrzała się i spojrzała na dom. Dom — z oknami, na które na krzyż naklejona była taśma, ze swoimi wypaczonymi gontami, tkwiący jakby w środku strefy niczyjej — wyglądał na zniszczony wskutek działań wojennych. Lis patrzyła na cieplarnię, kiedy usłyszała pytanie siostry:

— Co to jest?

Lis odwróciła się szybko.

— Boże drogi!

Przed nimi rozciągał się obszar zalany błotem i wodą. Woda, mająca stopę głębokości, pokrywała podjazd i wlewała się do garażu.

Siostry przebrnęły przez zimny szlam i spojrzały na jezioro. To nie ich tama została przerwana, to wał z worków nie wytrzymał, ten koło doku, ten, który Owen ułożył podobno tak solidnie. Podnoszące się wody jeziora przerwały go i wlały się do strumienia za garażem. Pełen wirów strumień zalewał ogród.

— Co teraz zrobimy? — zawołała Portia.

Jej głos był ochrypły i denerwujący. Tylko on zakłócał ciszę, gdyż woda, aczkolwiek rwąca, płynęła bez hałasu.

Lis doszła do wniosku, że niewiele mogą zrobić. Woda wpływała przez dwudziestostopową wyrwę — tak dużą, że nie były w stanie jej zatkać. Poza tym garaż był nisko położony. Jeżeli poziom jeziora nie podniesie się znacznie, dom i większa część podjazdu będą uratowane.

— Jedziemy — powiedziała.

— Nie mam nic przeciwko temu — odrzekła Portia.

Przebrnęły przez wodę, dotarły do garażu i wsiadły do samochodu. Lis wsunęła kluczyk w stacyjkę. Bojąc się, że woda spowodowała spięcie w akumulatorze albo uszkodzenie rozrusznika, przekręciła kluczyk dopiero po chwili, spoglądając na siostrę. Silnik włączył się i zaczął pracować. Cofając się ostrożnie, Lis wyprowadziła samochód.

Wyjeżdżała już prawie z ciemnego bajora otaczającego garaż, kiedy samochód zatrząsł się, a przednie jego koła zaryły się w tłuste błoto znajdujące się pod żwirem i zaczęły się kręcić w miejscu jak na lodzie.

Lis przypomniała sobie, że bardzo się tego bała...

Wziął zakręt na szosie numer 236 i wyjechał z Ridgeton. Deszcz zacinał w szyby samochodu.

Richard Kohler zjechał ze wzgórz i skręcił w prawo, jeszcze raz kierując się na wschód. No tak. Jest. Świetnie. Po prostu doskonale! Zaśmiał się głośno, myśląc, że to miejsce wygląda o wiele bardziej imponująco, niż mu się zdawało. Wjechał na parking i wyłączył silnik. Rozpiął plecak i wyjął papiery Michaela Hrubeka — te, które zaczął czytać dziś wieczorem.

Zniszczone już strony zostały zapisane pismem sześćdziesięciopięcioletniej doktor Anny Weinfeldt Muller, psychiatry ze Szpitala Psychiatrycznego w Trevor Hill.

Szpital ten był znaną placówką prywatną położoną w południowej części stanu. Michael był pacjentem Anny Muller zaledwie przez pięć miesięcy, jednak zarówno jej pogląd na jego przypadek jak i poprawa, jaka zaszła u niego, kiedy przebywał pod jej opieką, były inspirujące. Prawdziwą tragedią — pomyślał Kohler — jest to, że nikt nigdy nie będzie wiedział, jak skuteczna mogła być terapia, którą doktor Anna Muller zastosowała w przypadku Michaela Hrubeka.

Podobnie jak Kohler, Anna Muller dzieliła swój czas pomiędzy różne szpitale i natknęła się na Michaela w pewnej małej placówce stanowej, w której pracowała ze schizofrenikami. Duże wrażenie zrobiły na niej zarówno jego inteligencja jak i jego niezwykłe urojenia, wskutek czego zaczęła się usilnie starać, żeby Michaela przyjęto — jako pacjenta *pro bono* — do szpitala w Trevor Hill, w którym leczenie było kosztowne. Administracja szpitala — preferująca pacjentów bardziej niż on konwencjonalnych (to znaczy takich, którzy są w stanie płacić rachunki) — sprzeciwiała się temu początkowo. Później jednak uległa jej namowom głównie dlatego, że doktor Anna miała duży prestiż i była bardzo uparta.

Pierwszy dzień w szpitalu Michael spędził w kaftanie bezpieczeństwa. Potem uspokoił się i zdjęto z niego tę straszną część garderoby. Kohler jeszcze raz zajrzał do notatek Anny Muller sporządzonych podczas pierwszego tygodnia pobytu Michaela w szpitalu.

Pacjent jest nastawiony wrogo i podejrzliwy. Boi się, że go ktoś uderzy („Uderzysz mnie w głowę, ty skurwysynu, wiem, że chcesz to zrobić".) Nie stwierdza się omamów wzrokowych, są omamy słuchowe... Ogromna aktywność ruchowa, chwilami konieczne jest jej ograniczenie... Uczucia stępione albo nieadekwatne (pacjent zaczął szlochać, kiedy zobaczył podręcznik historii Stanów Zjednoczonych; później śmiał się, kiedy go zapytano o babkę ze strony matki, i powiedział, że jest ona „głupią martwą pindą")... Funkcjonowanie poznawcze dobre, chociaż chwilami gonitwa myśli wskazuje na chaotyczność myślenia...

We wspomnieniach Michaela liczne szpitale stanowe, w których przebywał, z pewnością zlewały się w jedną magmę. Natomiast ten szpital musiał się wśród nich pozytywnie wyróżniać. W szpitalach stanowych pacjenci nosili brudne ubrania i przesiadywali w odrapanych pomieszczeniach, mając do dyspozycji kredki i modelinę. Wielu z nich miało wgłębienia na głowie po lobotomii, wielu także poddawano regularnie elektrowstrząsom albo kuracji insulinowej. Ale ten szpital był inny. Było tu o wiele więcej sanitariuszy i lekarzy „na głowę pacjenta" niż w szpitalach stanowych, w bibliotece znajdowało się mnóstwo książek, oddziały były słoneczne, w oknach nie było krat, na zewnątrz znajdował się ładny teren z porządnymi ścieżkami i ogrodem, a w salach rekreacyjnych pełno było zabawek i gier edukacyjnych. Elektrowstrząsy stosowano bardzo rzadko, a kurację opierano głównie na lekach.

Jednak, jak to bywa w przypadku pacjentów chorych na schizofrenię, dobranie odpowiedniego leku i dawki okazało się u Michaela trudne. Pewien młody stażysta w swojej naiwności zapytał go, jakie w przeszłości brał leki, a Michael odpowiedział mu jak pilny student medycyny:

— Och, brałem lit. Chloropromazyna i jej pochodne są w zasadzie dla mnie niewskazane. Jestem schizofrenikiem, ale mam też okresowe depresje. Więc w zasadzie w moim przypadku stosowano lit.

Stażysta, na którym ta przemowa zrobiła wrażenie, przepisał lit. Skutek był taki, że Michael wpadł w szał. Wyrzucił przez okno telewizor, wyskoczył za nim i uciekłby przez główną bramę, gdyby nie dopadli go trzej krzepcy sanitariusze.

Po tym incydencie doktor Muller zajęła się nim osobiście. Zapisała mu potężną dawkę haldolu — taką, która mogła szybko spowodować jego dojście do równowagi. Stan Michaela natychmiast się poprawił. Potem doktor Anna zaczęła dopasowywać leki tak, żeby osiągnąć jak największą skuteczność i żeby równocześnie jak najbardziej ograniczyć skutki uboczne: tycie, suchość w ustach, niekontrolowane poruszanie wargami powodowane lekami przeciwpsychotycznymi, mdłości. Michael brał więc w różnym czasie thorazynę, stelazynę, mellaril, moban, haldol i prolixin. Trzydzieści miligramów tego, sto tamtego, podnieśmy to do dwustu, albo lepiej nie — zmniejszamy. Tysiąc osiemset thorazyny, nie, idźmy wyżej, zamieńmy to na haldol, dziewięćdziesiąt miligramów, no tak, to to samo co czterdzieści pięć thorazyny, za dużo, jak dyskinezja? No dobrze, wracamy do stelazyny...

Doktor Muller ustaliła wreszcie, co mu trzeba dawać. Zgadzało się to z ustaleniami Kohlera: duże dawki thorazyny działały na Michaela najlepiej. Jego kuracja polegała na braniu tego leku i terapii z doktor Anną. Doktor Anna spotykała się z nim we wtorki i piątki. Od innych psychiatrów, tych, których Michael znał dotychczas, doktor Annę odróżniało to, że ona *słuchała* tego, co on miał do powiedzenia.

— Kilka razy mówiłeś, że martwisz się tym, co jest „przed" tobą. Czy masz na myśli najbliższą przyszłość?

— Tego nie powiedziałem — odburknął Michael.

— Czy miałeś na myśli coś, co jest przed tobą w korytarzu? Czy ktoś cię zdenerwował?

— Nigdy niczego takiego nie twierdziłem. Ktoś wymyśla na mój temat kłamstwa. Przeważnie to te skurwysyny z rządu. Nie chcę o tym mówić.

— Czy masz więc na myśli jakiś „przód"?

Michael skrzywił się i mruknął:

— Nie mogę o tym rozmawiać.

— Może to chodzi o coś, co jest z przodu, o czyjąś twarz? O czyją twarz ci chodzi?

— Nie mogę o tym mówić, do cholery. Jeżeli chce pani wydobyć ze mnie tę informację, to będzie pani musiała dać mi surowicę prawdy. Założę się, że już to pani zrobiła. Być może zna ją pani pod nazwą „scopolamina".

Zamilkł, uśmiechając się głupawo.

Terapia nigdy nie posuwała się znacznie dalej. Podobnie jak Kohler, doktor Anna Muller nigdy nie usiłowała wybić Michaelowi z głowy jego urojeń. Zagłębiała się w nie, chcąc się dowiedzieć, co pacjent kryje w swoim wnętrzu. Michael stawiał opór tak twardo jak schwytany szpieg.

Jednak po czterech miesiącach jego negatywizm i objawy paranoidalne nagle zniknęły. Doktor Muller zrobiła się podejrzliwa — bo zdążyła się już przekonać, że Michael potrafi być przebiegły. Michael stawał się coraz weselszy i coraz bardziej trzpiotowaty. Następnie doktor Anna dowiedziała się od sanitariuszy, że kradnie ubrania z pralni. Zaczęła podejrzewać, że jego rzekoma poprawa jest podstępem mającym odwrócić uwagę od kradzieży.

Zanim jednak pani doktor zdążyła go zganić, Michael zaczął dostarczać jej swoje łupy. Najpierw przyniósł dwie skarpetki nie od pary. Wręczył je jej z nieśmiałym uśmiechem chłopca, który się w niej podkochuje. Doktor Anna zwróciła rzeczy ich właścicielom i zabroniła Michaelowi kraść. Michael zrobił się bardzo poważny i odpowiedział, że „nie jest obecnie w stanie podjąć tak ważkiego zobowiązania".

— Wchodzą tu w grę ważne zasady — kontynuował. — Bardzo ważne.

Najwidoczniej tak było, gdyż w następnym tygodniu doktor Anna otrzymała pięć koszulek trykotowych i kolejne skarpetki.

— Powierzam pani te rzeczy — oświadczył Michael szeptem, a potem wyszedł tak szybko, jakby spieszył się na pociąg.

To znoszenie darów trwało przez kilka tygodni. Doktor Annę interesowały nie tyle same kradzieże, ile to, co się kryło za zachowaniem Michaela. Usiłowała za wszelką cenę zrozumieć to zachowanie.

Aż wreszcie, pewnego razu, o trzeciej nad ranem, leżąc w łóżku, dokonała odkrycia. Usiadła oszołomiona.

Tego dnia, podczas długiej i dość chaotycznej sesji terapeutycznej Michael zniżył głos i szepnął, nie patrząc jej w oczy:

— Chodzi o to, że ja chcę *powierzyć* pani moje rzeczy. Proszę o tym nikomu nie mówić. To bardzo niebezpieczne. Nie ma pani pojęcia, *jak* ryzykowne.

Powierzyć pani. *Zawierzyć* pani. Chcę pani zawierzyć. Doktor Anna wyskoczyła z łóżka i pojechała natychmiast do szpitala, do swojego gabinetu, gdzie podyktowała przydługie sprawozdanie, które zaczynało się umiarkowanym wstępem będącym czymś równoznacznym z okrzykiem radości lekarza psychiatry.

Dzisiaj nastąpił zasadniczy przełom. Pacjent wyraził pragnienie uczuciowej więzi z lekarzem, czemu towarzyszyły silne emocje.

W miarę postępów kuracji objawy paranoidalne u Michaela stopniowo zanikały. Kradzieże ustały. Michael stał się bardziej towarzyski i powesełał. Wymagał mniejszych dawek leków niż przedtem. Z przyjemnością uczestniczył w terapii grupowej i z radością oczekiwał na wycieczki poza szpital, o których poprzednio myślał z przerażeniem. Zaczął wykonywać proste prace w szpitalu — pomagał personelowi biblioteki i ogrodnikom. Prowadził nawet kilka razy samochód doktor Anny.

Kohler podniósł wzrok znad zapisków i jego spojrzenie pobiegło przez żwirowany parking. Na zachodzie błysnęło. Potem Kohler przeczytał końcowe notatki, pisane już nie ręką doktor Anny. Mógł sobie z łatwością wyobrazić scenę, którą te notatki opisywały.

Michael leży na łóżku i przegląda podręcznik historii. Do pokoju wchodzi lekarz. Lekarz siada na łóżku i uśmiecha się do pacjenta, pytając o książkę. Michael natychmiast sztywnieje. Objawy paranoidalne powracają.

— Kim jesteś i czego chcesz?

— Jestem doktor Klein... Obawiam się, Michael... no, muszę ci powiedzieć, że doktor Anna jest chora.

— Chora? Doktor Anna jest chora?

— Obawiam się, że się z tobą nie spotka.

Michael nie wie, co powiedzieć.

— Jutro? — pyta, zastanawiając się, co ten człowiek zrobił z jego lekarką i przyjaciółką. — Zobaczę ją jutro?

— Nie, ona nie wróci do szpitala.

— Więc mnie opuściła?

— Nie, Michael, nie opuściła ciebie. Opuściła nas wszystkich. Zmarła dziś w nocy. Wiesz, co to znaczy?

— To znaczy, że jakiś skurwysyn strzelił jej w głowę — odpowiada Michael złowrogim szeptem. — Czy to byłeś ty?

— Ona miała atak serca.

Michael mruga, starając się to pojąć. W końcu na jego twarzy pojawia się gorzki uśmiech.

— Opuściła mnie.

Zaczyna kiwać głową jak ktoś, kto poczuł ulgę, słysząc złą wiadomość, której od dawna się spodziewał.

— Twoim nowym lekarzem jest doktor Stanley Williams — kontynuuje doktor Klein uspokajająco. — On jest doskonałym psychiatrą. Studiował na Harvardzie i pracował w Państwowym Instytucie Zdrowia psychicznego. No jak, Michael, jak myślisz, dobre ma kwalifikacje? On jest bardzo inteligentny... Będziesz zadowolony...

Lekarzowi udaje się zrobić unik i nie dostać krzesłem, które roztrzaskuje się o ścianę z hukiem przypominającym huk wystrzału. Michael rzuca się w stronę ciężkich dębowych drzwi, które na chwilę zagradzają mu drogę, a potem, po dziesięciu sekundach ustępują pod jego kopniakami. Michael wybiega na korytarz i zaczyna biec przez szpital, szukając doktor Anny. Łamie rękę sanitariuszowi, który usiłuje go zatrzymać, a potem, jak dzikie zwierzę, zostaje schwytany w sieć — zostaje schwytany za pomocą tej dziewiętnastowiecznej techniki, którą w historii tego szpitala zastosowano dotychczas tylko raz.

W tydzień później Michael Hrubek wraz z tym, co do niego należało — szczoteczką do zębów, ubraniem i kilkoma podręcznikami historii Stanów Zjednoczonych — został przeniesiony do stanowego szpitala psychiatrycznego.

Jego życie miało znów stać się wegetacją przerywaną jedynie braniem leków, posiłkami i elektrowstrząsami. I z pewnością stałoby się takie, gdyby on, po dwugodzinnym oczekiwaniu w poczekalni izby przyjęć, nie zniecierpliwił się i nie wyszedł przez frontowe drzwi. Zrobiwszy to, pomachał ręką na do widzenia kilku pacjentom i sanitariuszom, których wcale nie znał, poszedł do bramy i wyszedł przez nią, żeby nigdy tu nie wrócić.

Doktor Kohler zauważył, że to jego zniknięcie nastąpiło dokładnie przed czternastoma miesiącami. Następną oficjalną wzmianką o Michaelu Hrubeku był meldunek o jego aresztowaniu napisany niepewną ręką policjanta z Parku Indian Leap pierwszego maja po południu.

Psychiatra odłożył teczkę Anny Muller i wziął mały notes z zapiskami, które robił w domu Lis Atcheson. Zanim jednak zabrał się za czytanie, spojrzał na przednią szybę, zobaczył na niej grube krople deszczu i zastanowił się, jak długo jeszcze będzie musiał czekać.

21

Gdzie pan to znalazł?

Pod łóżkiem, na drzewie, między nogami Mony...

Peter Grimes nie odpowiedział i zaraz potem, ku swojej wielkiej uldze, stwierdził, że dyrektor szpitala najwyraźniej zapomniał o pytaniu.

— Boże drogi. On *przez trzy miesiące* kontaktował się z Departamentem Zdrowia Psychicznego? Przez trzy pieprzone miesiące! Niech pan spojrzy na to wszystko. Niech pan tylko spojrzy!

Adler zdawał się bardziej zdziwiony objętością notatek Richarda Kohlera niż ich zawartością.

Grimes zauważył, że jego szef dotyka papierów ostrożnie, jak gdyby bał się zostawić na nich swoje odciski palców. Być może młody lekarz wyobraził to sobie tylko, niemniej poczuł się na tę myśl bardzo nieswojo. Bo wydało mu się, że należało tak właśnie postępować, i żałował, że sam nie wpadł na ten pomysł, zanim zostawił na tych dokumentach swoje odciski.

Adler podniósł wzrok, zastanawiając się nad czymś głęboko, a Grimes, chcąc zapobiec powtórnemu pytaniu o to, skąd wzięły się te papiery, przeczytał to, co było napisane na arkuszu leżącym przed nim:

„Szanowny Panie Doktorze!

Nawiązując do pańskiej propozycji z 30 września bieżącego roku, z przyjemnością informujemy, że Dział Finansów Państwowego Departamentu Zdrowia Psychicznego wyraził tymczasową zgodę na dostarczenie środków na sfinansowanie programu leczenia pacjentów hospitalizowanych z ciężkimi psychozami zgodnie z planem przedstawionym przez Pana w wyżej wymienionej propozycji..."

— Do diabła z nim — krzyknął Adler tak gwałtownie, że Grimes nie miał odwagi przerwać czytania.

„Wstępny budżet wynoszący 1,7 miliona dolarów na pokrycie potrzeb pańskiego programu w ciągu pierwszego roku został tymczasowo zatwierdzony. Pieniądze będą pochodziły z istniejących funduszy przydzielonych systemowi stanowych szpitali psychiatrycznych po to, żeby uniknąć konieczności organizowania publicznego referendum".

Jednak Grimes przerwał, kiedy Adler powtórzył słowa „uniknąć konieczności", tak jakby były to słowa obsceniczne, i wyrwał mu arkusz, chcąc samemu przeczytać następny akapit.

— „Pragniemy zaznaczyć, że ostateczna zgoda zależy od tego, czy Komisja Lekarska Państwowego Departamentu Zdrowia Psychicznego zaakceptuje pańską propozycję po tym, jak przedstawi jej Pan sześć przypadków, na podstawie których była ona oparta (tj. przypadków Allentona, Grosza, Hrubeka, McMillana, Greena i Yvensky'ego). Przedstawiciel Komisji skontaktuje się z Panem w celu ustalenia terminu pańskiego ustnego wystąpienia dotyczącego tych przypadków..."

Adler walnął papierem o biurko, a Grimes pomyślał, że mimo iż jego obawa przed pozostawieniem odcisków palców była nieco przesadzona, dyrektor szpitala powinien zachować trochę większą ostrożność. Bo jeżeli Kohler zauważy zniszczone strony, to być może złoży skargę na domniemaną kradzież, na kradzież, która na dodatek nie dokonała się bez świadka, czego Grimes miał bolesną świadomość. Gdyż pół godziny wcześniej wezwał humorzastego portiera-Słowianina i polecił mu otworzyć drzwi gabinetu Kohlera. Nie będąc wytrawnym włamywaczem, Grimes nie kazał portierowi odejść i nie zauważył, że ten krępy człowiek stanął na progu i, rozbawiony, nie spuszczał go z oka.

— Nasze *pieniądze*. On przejmuje nasze pieniądze! I niech pan tylko pomyśli, Grimes! On posługuje się naszymi pacjentami, żeby nas wyrolować! Przehandlowuje ich, żeby tylko zrealizować swój program.

Adler chwycił słuchawkę telefonu i wybrał numer.

Patrząc przez okno, Grimes zastanowił się nad planem Kohlera i poczuł, że Kohler nie tylko go tym planem zaszokował, lecz także zaimponował mu. Kohler posłużył się Michaelem Hrubekiem, żeby wykazać, że jego kuracja — przeprowadzona za pomocą leków, psychoterapii i terapii zajęciowej — powoduje znaczną poprawę stanu pacjentów niebezpiecznych dla otoczenia z przewlekłą schizofrenią. Departament Zdrowia Psychicznego przydzielił Kohlerowi mnóstwo pieniędzy i pozwolił mu stworzyć małe lenno — wydzielone ze szpitala w Marsden kosztem Adlera. Ale teraz oczywiste było, że jeżeli Hrubeka nie złapie się po cichu, jeżeli zrobi on komuś krzywdę albo kogoś zabije, to Komisja Lekarska Departamentu Zdrowia psychicznego odrzuci plan Kohlera jako niewykonalny i niebezpieczny.

A jednak, pomyślał Grimes, był to plan doskonały. Pomyślał tak, żałując, że odegrał pewną rolę w dziele doprowadzania do upadku utalentowanego człowieka, człowieka, z którym warto byłoby się związać — oczywiście gdyby wydarzenia dzisiejszego wieczora nie oznaczały końca jego kariery.

Deszcz bębnił o brudne okna. Zawodzenie wiatru zmieszało się nagle z brzękiem szkła — to jakaś szyba stłukła się gdzieś na dole. Pacjentce numer 223-81 zawtórowali inni pacjenci i chór pełnych przerażenia głosów rozległ się w korytarzu. Grimes popatrzył przez okno, starając się nie myśleć o tym, jak zareagują pacjenci, jeżeli w pobliżu pojawi się tornado.

Adler rzucił słuchawkę i spojrzał na niego. — Nie ma go na oddziale przejściowym. Jakiś skurwysyn go poinformował.

— Kogo? Kohlera?

— Dostał telefon parę godzin temu. Wyjechał. Szuka teraz Hrubeka.

— *Sam*?

— *Musi* to robić sam. Bo musi skłonić Hrubeka, żeby wrócił spokojny jak baranek. A potem będzie twierdził, że po prostu podszedł do niego i poprosił go, żeby wrócił do domu. A ten skurwysyn oczywiście to zrobi, ale dopiero kiedy dostanie zastrzyk uspokajający... Cholera! To włamanie...

— Słucham? — zapytał ostrożnie asystent.

— Strażnicy mówią, że ktoś się dzisiaj w nocy włamał do apteki szpitalnej.

— Aha, rzeczywiście. Ale to podobno wyglądało na wypadek samochodowy. Dopiero rano dowiemy się, czy czegoś brakuje.

— Założę się, że tak. Ten skurwysyn na pewno ukradł strzykawkę. I ma zamiar... — Adler zaklął. — Jezu drogi, on spowoduje, że Hrubek będzie się zachowywał jak nieszkodliwy szczeniak, taki, o jakim *ja* przez cały czas mówiłem. Boże miłosierny.

Grimes znowu poruszył ustami jak ryba i zaczął się głośno zastanawiać, co teraz powinni zrobić.

— Chcę być w stanie uprzedzić działania dziennikarzy. Jeżeli ta... — Zastanawiał się przez chwilę nad doborem odpowiednich słów, a potem powiedział: — Jeżeli ta sytuacja stanie się krytyczna...

— Jeżeli dojdzie do najgorszego...

— Tak, jeżeli dojdzie do najgorszego, to będziemy musieli natychmiast wydać odpowiednie oświadczenie. Niech pan pisze...

— Oświadczenie dla prasy?

— A cóżby innego? Potrafi pan je napisać? Podmiot, orzeczenie. Podmiot, orzeczenie. To dla pana za trudne? No to piszmy razem. Powiedzmy tak: bez wiedzy personelu, nie: bez wiedzy *administracji szpitala* pewien lekarz pracujący u nas jako konsultant umożliwił Hrubekowi dostęp do wszystkich oddziałów, co z kolei umożliwiło jego ucieczkę. Dalej napiszemy, że było to niezgodne...

— Niezgodne?

— ...niezgodne z wyraźnymi zaleceniami mówiącymi, że wszelkie przemieszczenia pacjentów hospitalizowanych na mocy paragrafu 403 i włączanie tych pacjentów do terapii zajęciowej, grupy psychoterapeutycznej czy terapii poza oddziałem muszą być zatwierdzone przez dyrektora szpitala.

Wyraźne zalecenia, no tak, jąkał się asystent. Ale przecież takich zaleceń nie było, prawda? Ale, no tak, to ma sens, tak. Bo takie zalecenia *powinny były* zostać wydane. Jednak tak naprawdę to ich nie było.

— A ta notatka? — powiedział Adler zniecierpliwiony. — Ta notatka z 1978 roku, nie pamięta pan?

Grimes spojrzał w okno. Adler mówił o zarządzeniu, zgodnie z którym przed przeniesieniem pacjenta niebezpiecznego dla otoczenia na oddział nie znajdujący się pod ścisłym nadzorem należało zawiadomić dyrektora szpitala — nawet wtedy, gdy chodziło o przejście na taki oddział w celu wzięcia prysznica, bo prysznic na oddziale macierzystym był zepsuty. Jeżeli to była zasada, to przestrzegali jej tylko najwięksi służbiści.

— To jest trochę... — Asystentowi Grimesowi zabrakło słów.

— Kopię proszę zostawić tutaj. O co chodzi?

— Ja tylko... No bo nie chodzi właściwie o to, że Hrubek mógł przechodzić z oddziału na oddział, prawda?

— A *o co*? — powiedział Adler szyderczo, wskutek czego Grimes miał ochotę nazwać go belfrem, za co z pewnością wyleciałby z pracy prędzej niż za dowcip o gwałcie.

— O to, że Kohler odbywał z nim sesje psychoterapeutyczne. *To z tego powodu* Hrubek się znarowił. *To to* możemy przywiesić Kohlerowi.

Adler pomyślał, że spostrzeżenie Grimesa jest trafne. Bo to, że Hrubek łaził koło kostnicy, było winą *sanitariuszy*. To sanitariusze przegapili fakt, że Hrubek magazynował leki, i to oni nie dopilnowali ciała Callaghana. A grzech Kohlera, jak słusznie zaobserwował Grimes, był o wiele cięższy. Kohler w pewien sposób wzbudził w Hrubeku *chęć ucieczki*. To, w jaki sposób Hrubek uciekł, *rzeczywiście nie miało takiego znaczenia*. Fantazjowanie na temat ucieczki powinno było zostać u Hrubeka stłumione, tak, stłumione albo — jeszcze lepiej — Hrubek powinien był zostać behawioralnie uwarunkowany tak, żeby na ten temat nie fantazjował. No bo przecież elektrody i odpowiednie pożywienie powodują, że nawet szczury stają się wzorowymi zwierzątkami. Niech młody Grimes zaświadczy...

Jednak — doszedł do wniosku dyrektor szpitala — o błędach Kohlera trudno byłoby mówić do zwykłych ludzi. A jeżeli Hrubek zabije nożem policjanta albo zgwałci jakąś dziewczynę, zwykli, prości ludzie będą oczekiwali prostych wyjaśnień. Adler podziękował Grimesowi za jego wnikliwą uwagę, a potem dodał:

— Obciążmy go jednak tym, że umożliwił Hrubekowi dostęp do wszystkich oddziałów, dobrze? Zanim sprawa się wyjaśni, on stanie się chłopcem do bicia dla wszystkich. I nikogo tak naprawdę nie będzie obchodziło, co zrobił.

Grimes, zadowolony z uznania szefa, natychmiast kiwnął głową.

— Niech pan się zbytnio nie wdaje w szczegóły. Musimy tu co nieco zachachmęcić. Powiedzmy, że z powodu udziału w programie Kohlera Hrubek miał dostęp do zamrażarki i do kostnicy. Żaden inny pacjent niebezpieczny dla otoczenia, hospitalizowany na mocy paragrafu 403, nie miał do nich dostępu. To jest prawda, tak?

Grimes potwierdził.

— Gdyby nie brał udziału w programie, toby nie uciekł. Program był warunkiem *sine qua non*.

— Chce pan, żebym tak napisał?

— Bez tego warunku *sine qua non* oczywiście. Wie pan, co mam na myśli? Rozumie pan, o co chodzi? No i niech pan nie wymienia nazwiska Kohlera. Z początku niech go pan nie wymienia. Musi wyglądać tak, jakbyśmy się martwili o... no wie pan.

— O jego reputację.

— Tak. Dobrze pan mówi. O jego reputację.

Jedynym mechanikiem, który tej nocy odebrał telefon, okazał się mechanik z Roenville, miasteczka położonego przy szosie numer 236 jakieś piętnaście mil na zachód. Mechanik roześmiał się i odpowiedział, że oczywiście ma wóz, ale do Ridgeton może posłać kogoś dopiero za cztery albo pięć godzin.

— Obsługujemy już trzy drogi tylko w tej części hrabstwa. A z autostrady w Putnam Valley ściągamy właśnie samochód. Są tam też ranni. Jest straszny bajzel. To okropna noc, po prostu cholerna. Więc chce pani, żebym panią zapisał?

— Tak, oczywiście — potwierdziła Lis i odwiesiła słuchawkę.

A potem zadzwoniła do biura szeryfa w Ridgeton.

— Ach witam panią, pani profesor — powiedziała urzędniczka z szacunkiem. Miała ona córkę w klasie Lis, a rodzice uczniów starali się zwracać do nauczycieli tak samo uroczyście jak ich dzieci. — Jak pani znosi burzę? — spytała. — Okropna, prawda?

— Jakoś sobie radzimy. Słuchaj, Peg, jest tam gdzieś Stan?

— Nie. Nie ma tu żywej duszy. Wszyscy wyszli. Nawet Fred Bertholder, a on ma ciężką grypę. Nie odwołali tego koncertu rockowego, chociaż powinni byli to zrobić. Da pani wiarę? Mnóstwo tych młodych jest teraz w kłopocie. Naprawdę, co za pomieszanie z poplątaniem.

— Czy były jakieś wiadomości ze szpitala w Marsden? Na temat Hrubeka?

— A co to za jeden?

— To ten, który uciekł dziś wieczorem.

— Aha, to on. Wie pani, Stan dzwonił na policję przed samym wyjściem i pytał o niego. On jest w Massachusetts.

— Hrubek jest w Massachusetts?

— Tak.

— Jesteś tego pewna?

— Nasi chłopcy ścigali go aż do granicy stanu, a potem musieli się wycofać. Teraz pościg prowadzą ci z Massachusetts. Oni są w tym naprawdę dobrzy, chociaż brak im poczucia humoru. Tak mówi Stan.

— Czy oni...? Czy oni go znaleźli?

— Nie wiem. Burza dotrze tam za jakąś godzinę czy półtorej, więc nie sądzę, że sprawa złapania jakiegoś ogłupiałego od prochów świra jest dla nich najważniejsza. Chociaż nie wiem, może to tylko ja tak uważam, a oni nie. Oni mogą nie mieć sympatii dla świrów, zwłaszcza takich z innego stanu. Ale już tak poważnie, wie pani, pani profesor, ja chciałam z panią porozmawiać o tej ocenie, o tym dostatecznym z minusem, który dostała Amy...

— Porozmawiamy o tym w przyszłym tygodniu, dobrze?

— Oczywiście. Tylko widzi pani, Irv jej bardzo pomagał, a on bez przerwy czyta. On się zna na literaturze, i to nie na takiej taniej. Czytał *Ostatniego Mohikanina,* zanim z tego zrobili film.

— W przyszłym tygodniu, co?

— Oczywiście. Dobranoc, pani profesor.

Lis odwiesiła słuchawkę i wyszła do Portii, która sącząc colę, stała na małej werandzie przy kuchni. Atchesonowie rzadko przyjmowali tu gości. Słońce nie docierało do werandy, a widok na ogród zasłaniały tu prawie całkowicie wysokie jałowce.

— Jakie to ładne — powiedziała Portia, przesuwając dłonią po barierce rzeźbionej w kwiaty, winogrona i liście. Powiał wiatr, przynosząc w stronę domu lodowatą mgiełkę deszczu, i obie siostry wycofały się nagle do wnętrza.

— A rzeczywiście, ty tego jeszcze nie widziałaś.

Lis natknęła się na tę balustradę gdzieś w głębi stanu, kiedy przejeżdżała koło jakiegoś rozbieranego właśnie domu. Uznała, że musi ją mieć i, nie zastanawiając się długo, włożyła pewną sumę w ciężkie łapy kierownika ekipy rozbiórkowej. Była to prawdopodobnie transakcja nielegalna, bo kierownik odwrócił się do niej plecami, kiedy ona zabierała delikatne rzeźby, których zamontowanie tutaj, na werandzie, kosztowało ją kolejne dwa tysiące dolarów.

Jej przyjaciele dziwili się, dlaczego tak misternie rzeźbiona balustrada ozdabia taką niepozorną werandę. Jednak rzeźby były często podziwiane przez samą Lis, która spędzała tu wiele nocy na szezlongu ściągniętym w to miejsce z myślą o szczególnie ciężkich atakach bezsenności. Weranda była otwarta z trzech stron. W wietrzne noce, kiedy Lis leżała pod kocami, docierały do niej świeże powiewy, a w czasie deszczu odgłos bębniących kropel działał na nią jak hipnoza. Lis często tu przychodziła, nawet w te noce, podczas których Owena nie było w domu. Przypuszczała, że jest to dość niebezpieczne. Jednak osoba cierpiąca na bezsenność dla snu gotowa jest poświęcić wiele, nawet własne bezpieczeństwo.

— Słyszałam twoją rozmowę — powiedziała Portia. — Samochód, który mógłby nas podholować, nie przyjedzie.

— Ano nie.

— A możemy się tam dostać pieszo?

— Pieszo? Iść dwie mile? W takim deszczu i wietrze? — Lis roześmiała się. — Raczej nie.

— A co z Hrubekiem?

— Podobno jest w Massachusetts.

— Więc dlaczego po prostu nie przeczekamy tego wszystkiego? Możemy przecież rozpalić ogień i opowiadać sobie historie o duchach.

Gdyby wyjechały o dwadzieścia minut wcześniej... Lis z gniewem przypomniała sobie Kohlera. Gdyby nie on, byłyby teraz w Gospodzie. Poczuła, że przenika ją dreszcz — bo pomyślała, że to Michael Hrubek wysłał swojego agenta w osobie psychiatry po to, żeby ją zatrzymać.

— No więc jak? — odezwała się Portia. — Zostajemy?

Wiatr zaszeleścił w wierzchołkach drzew. Zabrzmiało to jak syczenie, jak odgłos wydawany przez pociąg elektryczny. Deszcz bębnił o przemoczoną ziemię.

— Nie — powiedziała w końcu Lis — wyjeżdżamy. Bierzmy się za łopaty i odkopmy samochód.

Na dużych przestrzeniach łatwiej jest ścigać zwierzęta niż ludzi. A to z trzech powodów: dlatego, że zwierzęta jedzą, kiedy poczują głód, dlatego, że nie kontrolują wydalania, i dlatego, że nie mogą korzystać z żadnych środków transportu.

Ludzie mogą sobie uważać Michaela Hrubeka za zwierzę, pomyślał Trenton Heck, jednak ja twierdzę, że jak dotąd jego podróż na zachód miała wszelkie cechy podróży cholernie inteligentnej istoty ludzkiej.

Heck był zrozpaczony. Deszcz wyeliminował praktycznie wszelkie zapachy wiszące w powietrzu, a on nie znalazł żadnych śladów Hrubeka. Emil kręcił się od godziny po szosie i przylegających do niej łąkach i nie znalazł niczego.

Potem jednak, tuż koło Cloverton, Heck przekonał się, że wariatowi na chwilę powinęła się noga. Że głód spowodował u niego osłabienie czujności i świadomości, że musi się ukrywać.

Z początku Heck nie zwrócił uwagi na pudło, w jakie pakuje się pączki, leżące na podjeździe koło starej stacji benzynowej. Potem jednak zauważył, że nie jest ono puste. To dowodziło, że nie mogło tu leżeć dłużej niż pół godziny. Bo żaden szanujący się szop nie zostawiłby w spokoju takiego przysmaku na dłużej niż trzydzieści minut.

Kiedy Heck podszedł z Emilem do pudła, pies natychmiast się spiął. Heck wiedział, że nie ma to nic wspólnego z psim zamiłowaniem do cukru i tłuszczu, i przyjrzał się uważnie ziemi. Są! Ślady butów Hrubeka, widoczne na betonie koło pomp. Świetnie! Heckowi serce zabiło mocniej z radości na myśl o tym, że ma takie szczęście. Potem, na zachód od stacji Heck znalazł następny ślad — w kurzu obok szosy. Z jakiegoś powodu Hrubek trzymał się teraz pobocza i jego ślady były widoczne na mokrej ziemi. Heck i Emil wrócili do samochodu i pojechali na zachód. Trop ciągnął się wzdłuż szosy jedynie na przestrzeni jakichś stu jardów, a potem skręcał gwałtownie, przecinając szosę i kierując się prosto w stronę długiego podjazdu czy też prywatnej drogi.

Heck zatrzymał samochód i założył uprząż Emilowi. Tym razem również trzymał psa na krótkiej lince w obawie przed pułapkami. Pies natychmiast poczuł zapach i obaj puścili się przez zarośla. Emil był w siódmym niebie. Sierść lśniła mu w deszczu, płuca wypełniły się chłodnym powietrzem, ukochany pan szedł za nim, a on sam ciałem i duszą oddawał się robieniu tego, do czego Pan Bóg go stworzył.

Biegnąc, Heck przypomniał sobie poprzedniczkę Emila, sukę imieniem Sally.

Sally była inteligentniejsza od Emila, biegała szybciej i była bardziej zwinna. Jednak te dwie ostatnie cechy spowodowały jej koniec. Zachorowała na dysplazję stawu biodrowego, będącą przekleństwem dużych psów wykonujących różne prace. Heck posłał sukę na wczesną emeryturę i wydał większą część swoich (i Jill) skromnych oszczędności na operację. Operacja nie udała się i straszną rzeczą było obserwować Sally, młodą inwalidkę, jak wpatruje się w pola, po których niegdyś tak lubiła biegać. Często suka podejmowała żałosne próby ucieczki i Heck musiał ją zawracać, musiał się z nią mocować i brać ją na ręce, przy czym serce pękało mu tak samo jak jej. Choroba pogłębiała się, a wraz z pogorszeniem się stanu wzrastał ból.

Podczas ostatniej wizyty u weterynarza Heck sam wziął strzykawkę i wstrzyknął suce śmiertelną dawkę. Było mu bardzo trudno to zrobić, tak trudno, że aż się rozpłakał. Nie byłby jednak sobą, gdyby dopuścił do tego, żeby jakiś obcy uśpił jego psa.

Kiedy wrócił do domu, Jill zapytała — jak na jego gust zbyt nierozważnie:

— Czy nade mną też tak byś płakał?

Heck poczuł się dotknięty, ale powiedział jej prawdę, to znaczy powiedział: „Oczywiście, że tak". Ponieważ jednak zbytnio zwlekał z tą odpowiedzią, Jill obraziła się. Wyszła tego wieczora z domu, żeby spotkać się z koleżankami — lubiącymi się zabawić kelnerkami — i Heck został sam, żeby odprawić żałobę, co zresztą było zgodne z jego życzeniem. Jill wróciła o czwartej nad ranem, a on już o siódmej wstał i poszedł do hodowcy, żeby pogadać o szczeniętach posokowcach.

W celu wybrania Emila z miotu liczącego pięć cudownych szczeniaków z żałobnymi minami Heck posłużył się klasycznym chwytem trenerów psów. Hodowca ustawił kawałek dykty w pobliżu kojca, w którym bawiły się szczeniaki. W środku dykty była mała dziurka. Heck schował się za dyktą i obserwował szczeniaki, sam nie będąc przez nie widziany. Szczeniaki przewracały się, gryzły i baraszkowały. Po kilku minutach jeden z nich podniósł głowę, a w jego oczach pojawiły się iskierki ciekawości — wyraźnie widoczne, pomimo że oczy były niemal przysłonięte fałdami skóry. Szczeniak przechylił głowę w tył, rozejrzał się i ruszył w stronę dziurki, za którą kryło się prawe oko Hecka. Pies przez dwie minuty wdychał obcy zapach, a potem, znudzony, wrócił do swoich braci i sióstr o smutnych pyskach i zaczął z nimi baraszkować.

Na drugi dzień Heck powtórzył swój podstęp i znowu ten sam niezdarny szczeniak, potykając się o własne łapy i ogromne uszy, podszedł bliżej, żeby przekonać się, co to za obcy zapach — podczas gdy jego rodzeństwo spało lub bawiło się, nieświadome obecności intruza. Kiedy w następnym tygodniu tenże szczeniak podczas testu trzy razy na trzy rozpoznał zapach, Trenton Heck wstał, podniósł go jedną ręką, a drugą wypisał czek na sporą sumę i dał go hodowcy.

Kiedy Emil miał dwanaście miesięcy, zaczęło się szkolenie. Heck stosował metodę nagradzania i nigdy psa nie karał. Przez pierwsze miesiące spodnie Hecka pachniały mięsem, którym karmił psa. Potem przestał go karmić, a jako nagrody zaczął stosować pochwały. Trening był tysiąc razy trudniejszy dla Hecka niż dla Emila, gdyż ten ostatni musiał tylko nauczyć się, jakim komendom ma być posłuszny, i zrozumieć, jak mają się słowa człowieka do jego posługiwania się nosem, którym i bez tych słów chciał się posługiwać.

Heck natomiast musiał dopilnować, żeby trening był dla psa frajdą. Inteligentne psy, takie jak Emil, łatwo się nudzą i Heck był zmuszony wymyślać sposoby na to, żeby węszenie było interesujące i przypominające węszenie w warunkach rzeczywistych. Musiał wiedzieć, kiedy zakończyć trening, a także kiedy Emil jest sfrustrowany, podniecony czy w złym nastroju. Musiał dawać psu do wąchania takie przedmioty, które stwarzały pewną trudność, ale trudność nie niemożliwą do pokonania (na przykład kawałek skóry stwarzał zadanie zbyt łatwe, a znowu długopis Bic czy książka należąca do Jill — zbyt trudne).

Heck, który w tym okresie miał cały etat w policji i żonę zabierającą mu mnóstwo czasu, wstawał o czwartej nad ranem i szedł trenować swego psa. Było to trudne dla niego, ale łatwe dla Emila, który budził się natychmiast pełen radości, bo wiedział, że zaraz wyjdzie na pola. Trenton Heck pracował naprawdę ciężko. Znał stare powiedzenie tropicieli mówiące: „Jeżeli nie trenujesz psa prawidłowo, to twoja wina. Jeżeli pies nie tropi prawidłowo, to też twoja wina".

Emil tropił prawidłowo. Miał nadzwyczajny nos — zdaniem weterynarza, jeden z niewielu tych nosów, które są trzy miliony razy bardziej wrażliwe niż nos człowieka. Uczył się szybko i miał specyficzny wpływ na Hecka, taki mianowicie, że Heck, którego małżeństwo znajdowało się w kryzysie i który był już bliski utraty pracy, obserwując go, żałował, że sam nie ma takich umiejętności i napędu życiowego jak on.

Po sześciu miesiącach Emil potrafił w rekordowym czasie pokonać — tropiąc — odcinek półtorej mili, zawstydzając tym niemieckie owczarki będące nieoficjalnie tropicielami zatrudnionymi przez policję. W wieku dwóch lat Emil został zaklasyfikowany jako pies-tropiciel przez Amerykański Klub Tresury Psów, a w miesiąc później Heck zawiózł go do Ontario, gdzie Emil otrzymał tytuł Doskonałego Psa-Tropiciela. Otrzymał go, bo ścigał obcego na odcinku tysiąca jardów po tropie sprzed pięciu godzin, przy czym ścigając tego obcego nie zawahał się ani razu na zakrętach i skrzyżowaniach, które były po to, żeby go skołować. Po tym sukcesie Emil dołączył do oddziału Havershama, żeby służyć w nim razem z Heckiem, mimo że policja stanowa nie miała właściwie pieniędzy przeznaczonych na utrzymanie psów. Oddział Havershama postarał się o członkostwo w Krajowym Policyjnym Stowarzyszeniu Posokowców (zarówno dla Hecka jak i dla Emila). Stowarzyszenie to przed dwoma laty przyznało Emilowi sławną Nagrodę Kleopatry za to, że znalazł chłopca, który wpadł do rzeki Marsden i został zniesiony przez silny prąd, a potem zawędrował daleko w głąb parku stanowego. Trop prowadzący przez wodę, bagna, pola i las pochodził sprzed osiemnastu godzin. Emil poradził sobie jednak i pobił tym samym rekord stanu.

Heck zaczął czytać publikacje o posokowcach i doszedł do wniosku, że Emil jest potomkiem (duchowym, bo prawdziwy rodowód nie istniał) największego tropiciela, posokowca imieniem Nick Carter, którego właścicielem — na przełomie wieków — był kapitan Volney Mullikin z Kentucky. Pies ten schwytał sześciuset pięćdziesięciu osobników, którzy później dostali wyroki skazujące.

Emil też wsadził sporo ludzi za kratki. Zadania psa takiego jak on polegają albo na tropieniu podejrzanych, którzy uciekli z miejsca zbrodni, albo na potwierdzaniu, że broń czy łup znajdowały się w rękach oskarżonego. Ponieważ Emil posiadał papiery Amerykańskiego Klubu Tresury Psów, pozwalano mu na występowanie w charakterze świadka, chociaż na stanowisku dla świadków pojawiał się jego przedstawiciel — Trenton Heck. Przeważnie jednak jego praca polegała na szukaniu uciekinierów takich jak Michael Hrubek.

Tej nocy umysł Hecka zaprzątała myśl o nagrodzie, którą otrzyma, jeżeli Emil wytropi tego wariata. Byłoby jednak dla niego lepiej, gdyby skupił się na tym, co obaj z Emilem robią. Gdyby to zrobił, zauważyłby zapewne pułapkę sprężynową, zanim Emil na nią nastąpił. Kiedy to się stało, Heck krzyknął:

— Nie!

I cofnął się, ciągnąc za linkę.

— O nie! Co ja najlepszego zrobiłem?!

Ten krzyk nic nie pomógł, bo Emil już upadł bokiem na dużą pułapkę i zaskowyczał z bólu.

— O Jezu, Emil...

Heck opadł na kolana, pochylając się nad psem i myśląc o łubkach i weterynarzu, a także uświadamiając sobie z przerażeniem, że nie ma przy sobie bandaży ani opasek uciskowych, którymi mógłby zatamować krew płynącą z uszkodzonej żyły czy arterii. W chwilę później jednak odezwał się w nim instynkt policjanta podpowiadający mu, że pułapka mogła być zastawiona dla odwrócenia uwagi.

To podstęp! On gdzieś tu na mnie czyha!

Heck otarł sobie oczy, które zalewała woda deszczowa, podniósł walthera i odwrócił się gwałtownie, zastanawiając się, z której strony szaleniec go zaatakuje. Po czym zastygł w bezruchu, zastanowił się przez chwilę i odwrócił się z powrotem do Emila. Będzie musiał zaryzykować, że Hrubek go zaatakuje. Bo nie może przecież pozostawić psa bez pomocy. Schował pistolet do olstra i pochylił się nad Emilem. Ręce mu drżały , a serce zaczęło bić mocno dopiero teraz, po tym jak pierwszy strach minął. Ale pies nagle się otrząsnął i wstał. Wyglądało na to, że nic mu nie jest.

Po chwili Heck zrozumiał — szczęki pułapki zamknęły się, *zanim* Emil nastąpił na spust.

— O Boże.

Heck objął psa za szyję i przytulił go do siebie.

— Boże.

Pies cofnął się i potrząsnął głową.

Heck ukucnął i obejrzał pułapkę. Była taka sama jak te w sklepie przy szosie numer 118. Oczywiste było, że zastawił ją Hrubek. Ale dlaczego szczęki były zatrzaśnięte? Istnieją dwa możliwe wyjaśnienia, pomyślał Heck. Albo jakieś małe zwierzę, którego głowa była niżej niż stalowe szczęki, walnęło w spust i uruchomiło go. Albo ktoś tędy przechodził, zauważył pułapkę i uderzając kijem lub kamieniem, spowodował zatrzaśnięcie szczęk. To drugie wyjaśnienie — doszedł do wniosku Heck — jest chyba bliższe prawdy. Pomyślał tak, bo zobaczył w błocie, tuż przy pułapce, kilka śladów ciężkich butów. Niektóre zostawił Hrubek. Ale był tu też ktoś inny. Heck przyjrzał się dokładniej śladom i poczuł, że serce przygniata mu ogromny ciężar.

— Cholera! — szepnął rozwścieczony.

Rozpoznał bowiem podeszwę. Dziś wieczorem widział już te ślady — ślady drogich, ciężkich buciorów. Widział je o parę mil stąd, niedaleko nawisu, przy którym Emil odkrył ślady Hrubeka prowadzące na zachód.

Więc mam konkurencję.

Kto to jest? — zastanawiał się. Czy to policjant w cywilu czy zwykły glina? A może, co gorsza, jest to ktoś polujący na nagrodę — jak on sam? Heckowi przyszedł na myśl Adler. Czy Adler wysłał jakiegoś sanitariusza na poszukiwanie pacjenta? Czy prowadzi on tu jakąś grę?

W której stawką są pieniądze na nagrodę?

Heck wstał i, ściskając broń, przyjrzał się dokładnie śladom obu mężczyzn. Hrubek poszedł na południe drogą prywatną. Drugi mężczyzna przyszedł z południa i zmierzał w stronę szosy numer 236. Ten drugi był tu po Hrubeku — bo niektóre z jego śladów przykrywały ślady Hrubeka — i biegł, jak gdyby dowiedział się, dokąd Hrubek zmierza, i chciał go doścignąć. Heck poszedł po śladach tego drugiego aż do szosy i znalazł miejsce, w którym tamten zatrzymał się, żeby zbadać ślad pozostawiony ostatnio przez ciężki samochód. Następnie tropiący pobiegł na pobocze szosy numer 236, gdzie wsiadł do swojego pojazdu i odjechał szybko na zachód, ruszywszy gwałtownie. Ślady wskazywały na to, że ten człowiek prowadził samochód z napędem na cztery koła.

Heck wywnioskował z tego wszystkiego, że Michael Hrubek zdobył samochód i wyprzedzał goniącego zaledwie o parę minut.

Spojrzał na burzliwe nocne niebo i zobaczył odległą bezgłośną błyskawicę. Otarł sobie wodę z twarzy. Po zastanowieniu doszedł do wniosku, że nie ma wyboru. Nawet sam Emil nie potrafiłby tropić kogoś, kto znajduje się w jadącym samochodzie. Heck postanowił pojechać szybko szosą na zachód, licząc na to, że będzie miał szczęście i znajdzie coś, co mu wskaże, gdzie znajduje się jego ofiara.

— Nie zapnę ci pasa — powiedział do Emila, prowadząc go do samochodu. — Ale siedź spokojnie. Zmarnujemy tu trochę paliwa.

Kiedy samochód ruszył z rykiem motoru, pies opadł na wyciągniętą nogę Hecka, zamknął oczy i zapadł w drzemkę.

22

Siedem mil od Cloverton, przy szosie numer 236 Owen zauważył samochód zaparkowany w pobliżu jakichś iglastych drzew.

Och, ty sukinsynu, taki z ciebie spryciarz!

Minął starego cadillaka, a potem zwolnił raptownie, zjechał z szosy i zaparkował swój samochód w pobliżu kilku jałowców i świerków kanadyjskich.

Podjął hazardową grę i wygrał.

Najwyższy czas, pomyślał. Najwyższy czas na to, żebym miał trochę szczęścia.

Obchodząc teren w pobliżu miejsca zbrodni w Cloverton, Owen zauważył, że w dwóch małych szopkach koło domu stały stare samochody. Wślizgnął się do jednej z nich i, zaglądając pod plandeki, odkrył tam pontiaka chief z pięćdziesiątego roku, hudsona i fioletowego studebakera. W drugiej szopie była pusta przegroda, a na ziemi leżała plandeka. Owen był skłonny wykluczyć możliwość, że Hrubek ukradł tak łatwo rzucający się w oczy samochód. Ale zaraz przypomniał sobie rower, poszedł za tym, co dyktował mu instynkt, i, przyjrzawszy się ziemi, znalazł świeże ślady opon ciężkiego samochodu prowadzące z szopy na podjazd i dalej na zachód szosą numer 236. Nie pisnąwszy o tym słowa policjantom z Cloverton, ruszył pospiesznie nie do Boyleston, lecz za tym samochodem.

Teraz wysiadł ze swojego auta i podszedł do cadillaka. Jego kroki zagłuszał ulewny deszcz i silny wiatr. Owen zatrzymał się i spojrzał zmrużonymi oczami w ciemność. O jakieś sześćdziesiąt, siedemdziesiąt stóp od niego stał ktoś potężnej budowy i oddawał mocz na jakiś krzak. Łysa głowa tego człowieka była odchylona do tyłu, a sam człowiek patrzył w górę, na padające strugi deszczu. I zdawał się cicho śpiewać czy nucić.

Owen przykucnął, wyciągając pistolet. Zastanawiał się, co robić dalej. Kiedy wyglądało na to, że Hrubek zmierza do ich domu w Ridgeton, Owen planował, że pojedzie za nim, wyprzedzi go i wślizgnie się do domu przed nim. Wtedy, jeżeli szaleniec włamie się do domu, będzie mógł go po prostu zastrzelić. A potem może włoży mu w dłoń nóż albo łom, żeby tym łatwiej przekonać prokuratora. Ale teraz Hrubek miał samochód i wyglądało na to, że może mimo wszystko wcale nie zmierza do Ridgeton. Może on rzeczywiście skręci na południe i uda się do Boyleston? Lub pojedzie szosą numer 236 aż do Nowego Jorku albo i dalej?

Tymczasem jednak był tutaj — bezbronny, niczego nie podejrzewający, sam. Była to okazja, która mogła się nie powtórzyć.

Owen podjął decyzję: trzeba go wziąć teraz.

No ale co z cadillakiem? Można było zostawić tutaj cherokee, wpakować ciało do bagażnika starego samochodu i zawieźć je do Ridgeton. A skoro wtaszczy je do domu...

Ale nie, oczywiście, że nie. No bo przecież będzie krew. Rana od kuli będzie krwawiła. No i w bagażniku zostaną ślady, które zauważą ci, co na polecenie sądu będą go na pewno oglądać.

Po chwili zastanowienia Owen postanowił, że po prostu zostawi samochód na miejscu. Hrubek był wariatem. Będzie wyglądało na to, że zaczął się bać prowadzić, porzucił samochód i poszedł dalej pieszo, zmierzając do Ridgeton. Owenowi przyszło też do głowy, że nie powinien zabijać Hrubeka tutaj, bo w takim wypadku koroner będzie w stanie stwierdzić, że śmierć nie nastąpiła w tym czasie, który on podaje, tylko o jakąś godzinę wcześniej.

Postanowił, że teraz po prostu unieruchomi Hrubeka — że postrzeli go w ramię i w nogę. A potem wtaszczy go do swojego cherokee i zawiezie do Ridgeton.

I pacjent zostanie odnaleziony właśnie tam, w kuchni Atchesonów. Owen będzie siedział w salonie, wpatrując się w okno, porażony tą tragedią, po oddaniu dwóch strzałów dla powstrzymania szaleńca i w końcu — gdy szaleniec go nie posłucha — trzeciego, śmiertelnego.

No, a co z krwią w cherokee? No tak, to było ryzykowne. Ale Owen zaparkuje cherokee za garażem. Nie będzie żadnego powodu, dla którego śledczy mieliby go w ogóle oglądać, a zwłaszcza dokładnie przeszukiwać.

Owen przeanalizował swój plan szczegółowo, dochodząc do wniosku, że jest on ryzykowny, ale że ryzyko jest do przyjęcia.

Odwodząc kurek pistoletu, podszedł bliżej do majaczącej w ciemności sylwetki Hrubeka, który skończył robić to, co robił, i patrzył w górę na pokryte kłębiącymi się chmurami niebo, wsłuchując się w szum wiatru w wierzchołkach sosen i pozwalając, żeby deszcz padał mu na twarz.

Owen nie uszedł pięciu kroków, kiedy usłyszał wyraźne szczęknięcie broni i zobaczył policjanta celującego mu w pierś.

— Na ziemię! Nie ruszać się! — krzyknął młody człowiek drżącym głosem.

— Co pan robi? — wrzasnął Owen.

— Nie ruszać się! Rzuć broń! Rzuć broń!

W tejże chwili Hrubek zaczął uciekać. Biegł w stronę cadillaka.

— Nie mam zamiaru tego powtarzać! — krzyczał policjant cienkim ze strachu głosem.

— Ty pieprzony idioto — odkrzyknął Owen z wściekłością.

Ruszył w stronę policjanta.

Policjant podniósł broń wyżej. Owen znieruchomiał i rzucił swojego smith & wessona.

— Dobrze już! Dobrze!

W cadillaku włączył się z hałasem silnik. Kiedy samochód przejeżdżał obok nich, policjant spojrzał na niego ze zdumieniem. Owen z łatwością odsunął na bok wycelowaną w siebie lufę i walnął policjanta prawą pięścią w twarz. Młody człowiek upadł bezwładnie, a za chwilę Owen dopadł go i zaczął okładać. W końcu, sapiąc, opanował wściekłość i spojrzał na zakrwawioną twarz nieprzytomnego gliny.

— Cholera — zaklął.

Gdzieś za jego plecami rozległ się suchy trzask. Brzmiał jak wystrzał, więc Owen przykucnął, chwytając pistolet. Potem już nie usłyszał niczego poza wyciem wiatru i bębnieniem deszczu. Odległy horyzont na chwilę rozświetliła potężna błyskawica.

Owen wrócił do policjanta, założył mu ręce do tyłu i skuł jego przeguby kajdankami. Następnie zdjął mu przepisowy pas z lakierowanej skóry i związał mu nim nogi. Patrzył na niego przez chwilę z obrzydzeniem, zastanawiając się, czy policjant dobrze mu się przyjrzał. Doszedł do wniosku, że prawdopodobnie nie. Było za ciemno. On sam też nie widział wcale twarzy policjanta. Policjant najprawdopodobniej będzie myślał, że to Hrubek go zaatakował.

Owen pobiegł do swojego samochodu. Zamknął oczy i walnął pięścią w maskę.

— No nie! — krzyknął. — Nie!

W oponie lewego przedniego koła nie było powietrza.

Owen pochylił się i stwierdził, że kula, która przebiła gumę, pochodziła z pistoletu średniego kalibru. Zabierając się za wyjmowanie lewarka i zapasowego koła, uświadomił sobie, że obmyślając pogoń, tego właśnie nie wziął pod uwagę — nie wziął pod uwagę, że Hrubek będzie skłonny się bronić.

Za pomocą pistoletu.

Stały obok siebie z łopatami na długich trzonkach i, jak poławiacze ostryg, zanurzały je w wodzie po to, żeby wydobyć z niej zdobycz w postaci żwiru. Ponieważ wcześniej napełniały worki piaskiem i dźwigały te worki, ramiona bardzo je bolały. Dlatego były w stanie podnosić tylko małe porcje kamyków. Podnosiły je i podsypywały pod zapadnięte koła wozu.

Ich włosy wydawały się teraz ciemne, a twarze błyszczały im od wilgoci, podczas gdy one, kupka po kupce, podnosiły żwir i słuchały z niejaką ulgą pomrukiwania silnika. Z radia płynęła muzyka poważna, przerywana od czasu do czasu wiadomościami, które zdawały się nie mieć związku z rzeczywistością. Jeden ze spikerów — ukołysany dźwiękiem własnego głosu — oznajmił, że burza dotrze w tę okolicę za godzinę bądź dwie.

— Jezu drogi — odezwała się Portia, przekrzykując deszcz lejący jak z cebra — czy on nie widzi, co jest za oknem?

Poza tym pracowały w milczeniu.

To szaleństwo — pomyślała Lis, kiedy wiatr cisnął jej w twarz galon wody deszczowej. Po prostu szaleństwo.

A jednak, nie wiadomo dlaczego, to, że stoi obok siostry po łydki w wodzie i pracuje tym ciężkim narzędziem z dębowym trzonkiem, wydało jej się dziwnie naturalne. W tej części posiadłości był kiedyś duży ogród — był tu, nim ojciec postanowił zbudować garaż. Przez kilka lat córki L'Aubergetów uprawiały tutaj warzywa. Lis przyszło do głowy, że w tamtych czasach prawdopodobnie grabiły chwasty albo pracowały motykami dokładnie w tym miejscu, w którym pracują teraz. Przypomniała sobie, jak przytwierdzały torebki po nasionach do szpatułek do badania gardła i wtykały te szpatułki w ziemię w miejscu, gdzie posiały nasiona z tych torebek.

— Dzięki temu roślinki będą wiedziały, jak mają wyglądać — wyjaśniła Lis czteroletniej Portii, która w to natychmiast uwierzyła.

Później, gdy były starsze, śmiały się z tego i przez kilka lat uważały to za znany tylko sobie żart.

Teraz Lis zastanawiała się, czy Portia też przypomina sobie ogród. Może to wspomnienie naprowadzi ją na myśl, że prowadzenie interesów z siostrą nie jest takie niemożliwe?

— Spróbujmy — krzyknęła, wskazując ruchem głowy samochód.

Portia wsiadła do samochodu i delikatnie przycisnęła stopą pedał gazu, podczas gdy Lis pchała samochód. Samochód przesunął się o parę cali. Jednak prawie natychmiast zapadł się w błoto. Portia pokręciła głową i wysiadła.

— Już prawie jest dobrze. Czułam to. Jeszcze trochę musimy pokopać.

Wracają do pracy. Deszcz leje dalej jak z cebra.

Lis patrzy na siostrę, widzi jej sylwetkę odcinającą się ostro na tle błyskawicy i łapie się na tym, że myśli nie o żwirze i błocie czy o samochodzie, tylko o tej młodej kobiecie. Przypomina sobie, jak Portia przeprowadziła się do miasta, jak nauczyła się mówić jak osoba twarda i nieustępliwa i patrzeć na człowieka ponuro i buntowniczo, jak zaczęła nosić swoje miejskie ubrania, swoje minispódniczki, tiule i kolczyki w nosie i jak zaczęła się szczycić swoją rolą wykwintnej kochanki.

A jednak... Lis ma wątpliwości...

Dziś wieczorem na przykład wydawało się, że Portia nie czuła się naprawdę swobodnie, dopóki nie zdjęła swoich miejskich szatek, nie odrzuciła dziwacznej biżuterii i nie wciągnęła luźnych dżinsów i swetra z golfem.

A jej chłopcy?... Stu, Randy, Lee i setka innych. Mimo całej gadaniny o niezależności, Portia często zdaje się być jedynie odbiciem swojego mężczyzny, tkwiąc w głośno przez siebie potępianym staromodnym, niezdrowym związku. Problem polega na tym, że ona tak naprawdę *nie za bardzo lubi* tych skorych do romansowania przystojniaków. Kiedy od niej odchodzą — co zdarza się nieodmiennie — pogrąża się na krótko w smutku, a potem zabiera się za szukanie następnego.

Lisbonne Atcheson zastanawia się głęboko, kim jest naprawdę jej siostra. Czy jest ona faktycznie tą obcą osobą, na którą wygląda?

Lis po prostu nie ma pojęcia. Ale chce się tego dowiedzieć. Jeżeli nie poprzez wciągnięcie siostry w ten interes ze szkółką, to w jakiś inny sposób. Gdyż niedawno — niedługo po wydarzeniu w Indian Leap — przyszła jej do głowy pewna myśl. Myśl, której nie może się pozbyć: że jedynym sposobem na pokonanie ciemnego dziedzictwa L'Aubergetów jest współdziałanie dwóch żyjących potomkiń tej rodziny.

Trzymanie się razem, ich obu.

Lis nie wie właściwie, dlaczego dąży do pojednania się z siostrą. Czuje jednak, że musi spróbować się z nią pogodzić. „Człowiek musi podejmować ryzyko", jak powiedział jej w zeszłym tygodniu uczeń, którego przyłapała na ściąganiu.

Przerzucają dalej żwir w strugach deszczu oświetlonych białym światłem samochodowych reflektorów. Nagle rozlega się głos nadąsanego spikera, który zapowiada *Muzykę na wodzie* Haendla, po czym, najwyraźniej nieświadomy śmieszności tej zapowiedzi, przechodzi do dalszych, a siostry spoglądają na siebie, wybuchają śmiechem i wracają do swojej pracy.

Cadillac pędził szosą przy akompaniamencie wizgu grubych opon na mokrym asfalcie i pomrukiwania ośmiu cylindrów wspaniałego silnika.

Michael Hrubek — po natknięciu się na spiskowców, które nastąpiło dwadzieścia minut temu — był wciąż wzburzony. Skurwysyny! Uciekł im, to prawda, ale ręce mu jeszcze silnie drżały, a serce waliło jak młotem. Jego umysł wciąż jeszcze nie funkcjonował prawidłowo — Michael zapomniał, gdzie jest i co robi. W głowie wciąż brzmiało mu echo wystrzału, wciąż pamiętał, jak broń szarpnęła mu się w dłoni.

— *Cadillac* — śpiewał gorączkowo — *Cadillac, prosty szlak, sic semper tyran-ak... Czy nie wrócisz, doktor Ann-ak?*

Po śmierci doktor Anny Muller Michael zaczął się włóczyć. Od czasu do czasu przebywał w szpitalach stanowych, ale przeważnie mieszkał na ulicy, żywiąc się kanapkami z serem, które dawali mu pracownicy opieki społecznej, i myszkując po śmietnikach koło restauracji. Dręczyły go niepokój i paranoja. Ta ostatnia miała przy tym pozytywne skutki, bo Michael, bojąc się wszelkich narkotyków, które uważał za trujące, nie nabawił się AIDS, zapalenia wątroby i innych ciężkich chorób.

Po spędzeniu kilku miesięcy na Północnym Wschodzie, udał się na południe do Waszyngtonu, nosząc się z zamiarem przeproszenia Andrew Johnsona, Ulyssesa S. Granta albo aktualnego prezydenta za popełnione przez siebie zbrodnie. Zdołał dotrzeć do bramy Białego Domu, gdzie zapukał do budki strażnika.

— To bardzo *ważne,* Johnie Strażniku — muszę pogadać z tobą o tym zabójstwie. To naprawdę *bardzo ważne* — oświadczył.

No i oczywiście — ciach, ciach — zgarnęły go Tajne Służby.

— Postąpiłem głupio — powiedział do siebie ponuro, siedząc już w sali przesłuchań gdzieś w Departamencie Skarbu. — Nie powinienem był tego robić.

Jednak, wbrew temu, czego się spodziewał, nie torturowano go. Zadano mu po prostu serię pytań obliczonych według niego „na skołowanie" i wypuszczono po dwóch godzinach. Będąc przekonany, że podczas tego przesłuchania agenci w jakiś tajemniczy sposób umieścili w jego ciele urządzenie do śledzenia go, rzucił się do stawu przy Pomniku Waszyngtona, żeby spowodować spięcie. Po tej kąpieli poczuł się lepiej i wprowadził się na cmentarz w Arlington, gdzie mieszkał przez miesiąc.

W końcu stolica go znudziła, więc przeniósł się na północ i zaczął szukać ojca. Po miesiącu niezbyt pilnych poszukiwań Michael nabrał przekonania, że odnalazł dom rodziców — w starej dzielnicy Filadelfii. Wszedł do niego przez nie zamknięte na klucz frontowe drzwi, chcąc sprawdzić, czy ktoś jest w środku. W środku ktoś był, ale okazało się, że to nie ojciec Michaela, tylko żona pewnego policyjnego detektywa.

I tym razem — ciach, ciach — Michaela zgarnięto.

Po wyjściu na wolność, następnego dnia, Michael pojechał autostopem do Gettysburga, gdzie położył się na środku pola bitwy i zaczął wyć. Wył ze wstydu, że odegrał taką rolę, że uśmiercił Największego Prezydenta Stanów Zjednoczonych.

No i znowu — ciach, ciach — natychmiast go aresztowano.

Phillie, Newark, Princeton, Nowy Jork, White Plains, Bridgeport, Hartford.

Takie było życie Michaela — szpitale i ulica. Sypiał w pudłach, kąpał się w rzekach, jeżeli w ogóle się kąpał, i wędrował, wędrował. Każdy dzień dostarczał mu nowych, intensywnych wrażeń. Michael doznawał olśnień, jego oczom z doskonałą jasnością objawiały się prawdy. Prawdy były wszędzie! Surowe i bolesne. W czerwonych samochodach pędzących ulicami, w ruchu holownika wpływającego do portu, we włosach kilkunastoletniego chłopca, w symetrycznie ułożonych zegarkach na wystawie jubilera. Michael zamyślał się nad każdym z tych olśnień, zastanawiając się, czy dzięki niemu zmniejszy się ciężar jego niepokoju i lęku.

Czy każde z nich *coś mu mówi*? Czy przynosi ulgę?

Podczas swych wędrówek Michael spotykał różnych ludzi. Wielu z nich nabierało do niego sympatii. Jeżeli był czysty, ubrany w coś, co ostatnio dostał od jakiegoś duchownego czy pracownika opieki społecznej, i siadał na ławce z książką, zdarzało mu się, że ktoś siadał obok niego. Komuś z klasyczną pozycją wydaną przez Penguin Books w ręce ludzie wybaczają nie uprasowane ubranie i dwudniowy zarost. A Michael, naśladując biznesmenów odpoczywających w pogodne niedzielne popołudnie, zakładał nogę na nogę, odsłaniając gołe kostki i stopy w brązowych mokasynach. Uśmiechał się i kiwał głową i, unikając tematów takich jak morderstwa, gwałty i Tajne Służby, mówił tylko o tym, co miał przed sobą: o wróblach kąpiących się w piasku, o drzewach i dzieciach grających w piłkę. Odbywał w ten sposób rozmowy z ludźmi, którzy mogli być wysokimi urzędnikami w wielkich firmach.

To koczownicze życie dobiegło niemiłego końca w styczniu tego roku, kiedy go aresztowano i oskarżono o włamanie do sklepu w małym, eleganckim miasteczku położonym o pięćdziesiąt mil od Ridgeton. Michael wybił tam szybę wystawową i rozwalił manekin przedstawiający kobietę. Został zbadany przez psychiatrę powołanego przez sąd. Psychiatra ten uznał, że czyn Michaela miał podłoże seksualne, i stwierdził, że Michael cierpi na ostrą psychozę. Michael, który powiedział, że nazywa się Michael W. Booth, został hospitalizowany wbrew woli w Stanowym Szpitalu Psychiatrycznym w Cooperstown, gdzie z punktu skierowano go na Oddział Ostrych Przypadków.

Mając wciąż na sobie kaftan bezpieczeństwa, znalazł się w zimnym, ciemnym pokoju. Przebywał tam trzy godziny, kiedy otworzyły się drzwi i wszedł jakiś człowiek. Człowiek ten był wyższy od niego.

— Kim jesteś? — zapytał agresywnie Michael. — Czy jesteś John Wilkes Sanitariusz? Czy jesteś na usługach rządu? Ja byłem w Waszyngtonie — stolicy tego wielkiego kraju. Kim, *do cholery...*

— Stul ten swój pieprzony pysk. — John Sanitariusz trzepnął nim o ścianę, a potem pchnął go na podłogę. — Nie wrzeszcz, nie drzyj się, nie odszczekuj mi. Stul pysk i odpręż się.

Michael stulił pysk, ale się nie odprężył. Gdyż w Cooperstown *nikt* się nie odprężał. Cooperstown to był szpital, w którym pacjenci po prostu kapitulowali, poddając się chorobie. Michael spędzał tu dużo czasu w samotności, siedząc, wyglądając przez okno, poruszając nerwowo nogami, mrucząc w kółko tę samą piosenkę „Starzy są w domu". Psycholog szpitalny, który spędzał z nim około siedmiu minut tygodniowo, nigdy się tym jego kompulsywnym działaniem nie zajmował, ale gdyby się nim zajął, przekonałby się, że piosenka zawiera następujący wiersz: „O siostro czarna, jak pełne tęsknoty serce moje jest", który w umyśle Michaela kojarzył się nie z niewolnicą, a z ciemnością, zwłaszcza nocną. Noc bowiem przynosiła nadzieję na sen, a Michael — w tym strasznym miejscu, w którym się znajdował — jedynie podczas snu zaznawał spokoju.

Tak, tylko sen przynosił mu spokój w tym miejscu zwanym Cooperstown — gdzie pielęgniarki pakowały kilka kobiet do jednego pokoju, dawały im jedną butelkę coli i patrzyły przez drzwi, co się będzie działo.

W Cooperstown — gdzie John Sanitariusz przyciskał go pochylonego nad blaszaną umywalnią tak, że ból przeszywał całe jego ciało od pośladków aż po szczęki, waląc go przy tym rytmicznie po udach zimnymi metalowymi kluczami.

W Cooperstown — gdzie stracił całkowicie kontakt z rzeczywistością i uwierzył, że żyje w czasach wojny secesyjnej.

Podczas miesięcznego pobytu na Oddziale Ostrych Przypadków Michael miał dostęp tylko do jednej książki. Była to książka o reinkarnacji. Michael, przeczytawszy ją, zrozumiał, w jaki sposób mógł być Johnem Wilkesem Boothem. Zrozumiał, że nosił w sobie duszę tego człowieka! Dusza ta, wyfrunąwszy ze starego, zranionego ciała, krążyła przez sto lat. A potem usiadła na głowie matki Michaela, w momencie gdy Michael wydobywał się z niej (pozostawiając na jej brzuchu czerwone znaki, co, jak mu powiedziała matka, było jego winą, a czym jednak nie powinien się był przejmować).

Tak, mieszkała w nim dusza Johna Wilkesa Bootha — przeciętnego aktora, ale doskonałego mordercy.

Pewnego dnia w tym roku John Sanitariusz wziął Michaela za ramię i wepchnął go do pokoju Suzie. Po czym zatrzasnął drzwi i wycelował kamerę wideo w znajdujące się w nich okienko.

Michael znalazł się sam na sam z dwudziestoczteroletnią pacjentką, której ładna twarz miała tylko jedną skazę — małe wgłębienie-bliznę na środku czoła. Suzie spojrzała na Michaela uważnie swoimi podkrążonymi oczami. Była osobą, która wie, czego się od niej oczekuje. Zauważyła, że Michael jest mężczyzną, i natychmiast zadarła spódnicę, obnażając grube uda. Potem ściągnęła majtki i uklękła, opierając się rękami o podłogę.

Michael, który wiedział, że John Sanitariusz jest za drzwiami, też miał pewność, co trzeba zrobić. I zrobił — dokładnie to samo co Suzie: ściągnął majtki i ukląkł, opierając się rękami o podłogę. W takich pozach tkwili oboje, kiedy John Sanitariusz uciekł w głąb korytarza, zauważywszy nadchodzącego lekarza. Psychiatra zajrzał do pokoju i otworzył drzwi. Zapytał, co pacjenci robią.

— Czekamy na Johna Sanitariusza — odpowiedział Michael. — Ja jestem gotowy i ona też. Jak wszyscy medycy, John Sanitariusz ma dużego kutasa.

— Boże drogi.

Nastąpiło dochodzenie, w wyniku którego zwolniono z pracy pięciu sanitariuszy, dwie pielęgniarki i dwóch lekarzy. Michael jednak nigdy nie dowiedział się, że taki los spotkał Johna Sanitariusza, gdyż — jako najbardziej pokrzywdzona ofiara jego działań — został natychmiast przeniesiony z Oddziału Ostrych Przypadków na oddział, na którym przebywali pacjenci leczący się dobrowolnie. „W związku z poprawą stanu zdrowia" — napisano w jego papierach. I dalej: „Rokowania poprawy: dość dobre do dobrych". W rzeczywistości Michael był o wiele bardziej chory, niż wtedy, kiedy go przyjmowano, jednak administracja szpitala pragnęła odizolować go od wścibskich dziennikarzy i członków komisji stanowej, jaka pojawiła się tutaj, żeby zbadać sprawę, o której w gazetach pisano jako o „skandalu na Oddziale Ostrych Przypadków".

A potem zarządzono w szpitalu pewne reformy, dziennikarze zaczęli polować na sensacje gdzie indziej i Cooperstown przestało znajdować się w centrum ich uwagi. O Michaelu, zagubionym na korytarzach szpitala, zapomniano.

W miesiąc po skandalu Michael był wciąż mieszkańcem Oddziału dla Chorych Spokojnych. W pewien weekend poczuł, że jest niezwykle pobudzony. W sobotę wieczorem jego niepokój wzrósł tak bardzo, że zdawało mu się, że ściany jego pokoju go duszą. Miał trudności z oddychaniem. Podejrzewał, że to sprawka Tajnych Służb i że agenci tych służb naświetlają go promieniami, które nasycają jego nerwy elektrycznością.

Michael nie wiedział, że przyczyną tego jego niepokoju nie są działania rządu federalnego, tylko to, że po prostu pomylono się, aplikując mu leki i od czterech dni nie dawano mu haldolu.

Zdesperowany postanowił odnaleźć jedyną osobę, która mu mogła w tej sytuacji pomóc. Tą osobą była doktor Anna. Przypomniał sobie, że oskarżał ją o spiskowanie i że wiele razy oświadczał, że cieszy się z jej śmierci. Teraz doszedł do wniosku, że odczuje ulgę jedynie wtedy, kiedy odwoła swoje okrutne słowa i przeprosi doktor Annę. Spędził całą noc na układaniu planu ucieczki z Cooperstown, ucieczki, w której miały mu być pomocne odwracające uwagę ścigających pożary oraz różne kostiumy i przebrania. Cała ta konspiracja okazała się jednak niepotrzebna, bo w niedzielę rano, ubrany po prostu w dżinsy i koszulkę trykotową, Michael przeszedł przez frontową bramę, mijając strażnika, który był nieświadom tego, że ma przed sobą pacjenta z Oddziału Ostrych Przypadków umieszczonego w skrzydle dla lżej chorych.

Michael nie miał pojęcia, gdzie może być doktor Anna. Wiedział jednak, że Trevor Hill znajduje się na południu stanu. Ruszył więc w ten wiosenny poranek truchtem na południe. Wkrótce zabłądził w plątaninie wiejskich dróg, a im bardziej czuł się zagubiony, tym bardziej wzrastał jego niepokój. Ogarniała go panika. Chwilami biegł bardzo szybko, jak gdyby lęk był ścigającym go zwierzęciem. A chwilami chował się za krzakami, czekając, aż niewidzialni wrogowie go miną. Wreszcie zdobył się na odwagę i wdrapał się do jakiejś ciężarówki, na której, ukryty pod brezentem, podróżował przez godzinę — dopóki kierowca nie zatrzymał się koło przydrożnej restauracji. Zauważywszy, że na parkingu znajdują się cztery inne ciężarówki, i bojąc się, że ta liczba przyniesie mu pecha, zeskoczył i uciekł jakąś wąską ścieżką.

Gdzieś koło południa znalazł się na środku dużego parkingu. Zatrzymał się, uspokoił oddech i ruszył przez parking w stronę rosnących rzędem drzew. Był tak zdenerwowany, że czuł mdłości. Przebiegł przez parking i zniknął w krzakach za drewnianą tablicą. Spojrzał na tę tablicę i zobaczył wypalone żelazem słowa:

Witajcie w Parku Stanowym Indian Leap

Teraz, w sześć miesięcy później, przypomniał sobie ten dzień, jadąc cadillakiem po szosie numer 236. Znalazł się właśnie na szczycie wzniesienia i zobaczył przed sobą długą, gładką szosę biegnącą w dal. Niebo przed nim rozświetlały błyskawice, widział też łagodną poświatę pochodzącą prawdopodobnie od świateł Ridgeton. Skulił się, kiedy deszcz zabębnił o dach samochodu i przednią szybę.

— Zdrada — wymamrotał.

Powtórzył to słowo bardzo głośno. Szalał z niepokoju.

— Ewa od zdrady! — ryknął. — Skurwysyny!

Serce zaczęło mu bić bardzo szybko. Puls miał przyspieszony do stu siedemdziesięciu pięciu uderzeń na minutę. Oblał go pot. Zęby szczękały mu jak podkowy galopującego konia na betonie. Mózg przestał mu pracować. Zapomniał o napisie GETO, zapomniał o Lis-bone, zapomniał o Ewie, o spiskowcach i o doktor Annie, i o doktorze Richardzie... Zapomniał o wszystkim. Pozostała mu jedynie świadomość, że lodowaty strach trzyma go w swoim uścisku.

Jego dłonie na kierownicy drżały. Spojrzał na maskę cadillaka i zdumiał się. Poczuł się tak, jakby nagle obudzony znalazł się na grzbiecie rozszalałego byka.

Pokonam to, pomyślał. Boże, pomóż mi to pokonać! Opuścił głowę i zagryzł od wewnątrz policzek. Poczuł smak krwi. *Pokonam to, muszę to pokonać*!

Na krótką chwilę udało mu się to.

Na bardzo krótką chwilę chwycił mocno kierownicę z kości słoniowej i skierował samochód z powrotem na właściwy pas ruchu.

W tym momencie Michael Hrubek nie był nieporadnym wariatem, nie był człowiekiem, w którego ciele schronił się duch dawnego zabójcy. Nie był kimś, kim kieruje nieznośne poczucie winy. Był natomiast kimś, dla kogo Abraham Lincoln jest tylko smutną postacią historyczną, której twarz widnieje na miedzianych monetach, był po prostu wysokim, silnym, nad wyraz obiecującym młodym człowiekiem prowadzącym drogi stary samochód — młodym człowiekiem śmiertelnie przerażonym, to prawda, ale raczej zdolnym kierować sobą.

Jednak zaraz potem to złudzenie znikło.

Zaraz potem okazało się, że nie jest w stanie dłużej pokonywać strachu. Przestał wiedzieć, jak się kieruje samochodem i, chcąc wyprowadzić go z poślizgu, nastąpił ogromną stopą na prawy pedał. Zasłonił sobie oczy, zawył „Ratunku!" i postawił stopę na podłodze. Samochód wjechał w niskie jałowce i zaczął koziołkować.

23

To zadanie stoi teraz przed wami...

Owen Atcheson przypomniał sobie porucznika, jego stalowe oczy i spokój, z jakim porucznik mówił, spokój godny profesora uniwersytetu.

— To zadanie stoi teraz przed wami i musicie mu sprostać...

Na taką zachętę Owen i trzej inni żołnierze piechoty morskiej przeważnie wznosili oczy do nieba. Mimo to ta zachęta działała i skłaniała ich do przygotowania sprzętu, pomalowania sobie twarzy na czarno i ruszenia w dżunglę. Tak, po takiej zachęcie ruszali w dżunglę i podrzynali gardła chuderlawym żołnierzom, zabijali polityków z broni z tłumikami albo wykonywali inne zadania.

Teraz, stojąc na wzgórzu i patrząc na znajdującego się w trawie staromodnego cadillaka, który miał wgnieciony dach i popękane okna i w którym ocalało tylko jedno światło będące światłem postojowym, Owen pomyślał o tamtych czasach. A potem otworzył bębenek swojej broni. Przez całe życie miał rewolwery i, kierując się przesadną ostrożnością, zawsze pilnował, żeby komora pod kurkiem była pusta. Teraz załadował szósty nabój do pistoletu i zamknął bębenek. A następnie ruszył w stronę samochodu.

Zbocze było strome, więc schodząc w stronę niskiego żywopłotu, musiał pomagać sobie jedną ręką.

Poczuł, że jest mu bardzo wesoło, ale zaraz powiedział sobie, że to wszystko nie powinno sprawiać mu takiej przyjemności. Jego wesołość nieco się zmniejszyła, kiedy uświadomił sobie, że Hrubek jest uzbrojony, i kiedy zobaczył, że do samochodu nie można podejść, nie będąc widzianym przez tego kogoś, kto go być może teraz obserwuje. Bo samochód przedarł się przez jałowce, przekoziołkował na porośniętą trawą polanę i zatrzymał się w odległości trzydziestu stóp od jej skraju.

Deszcz nie lał teraz tak jak przedtem, a i wiatr nieco ucichł, więc Owen pomyślał, że jego kroki na pewno będą słyszalne. A na dodatek Hrubek — jeżeli nie jest ciężko ranny — mógł do tej pory z powodzeniem zająć pozycję obronną. Owen przez chwilę zastanawiał się, jaką ma przyjąć taktykę, i postanowił, że nie będzie się skradał. Po czym chwycił mocno broń, wziął głęboki wdech i puścił się pędem, z bronią gotową do strzału. Kiedy tak biegł po trawie, z jego gardła wyrwało się prymitywne wycie. Z trudnością udało mu się powstrzymać od wydania bojowego okrzyku żołnierzy piechoty morskiej.

Pobiegł wprost na samochód, skulił się w biegu, chowając się w trawie, po czym wylądował za tylnym zderzakiem. Zabłocone liście, które poderwały się z ziemi, gdy tak pędził, opadły dookoła niego, a on rozejrzał się podniecony i zajrzał do samochodu. Przez tylną szybę widać było więcej niż przez pozostałe, mimo to jednak Owen nie wiedział, czy Hrubek jest w środku. Przykucnął, chowając się za bagażnikiem, i zajrzał za samochód.

Nic.

Ruszył w stronę tylnych drzwiczek...

On może być pod spodem!

Owen opadł na trawę i skierował pistolet w dół, celując pod samochód. Przestraszyła go zwisająca jak zgięte ramię strzaskana rura. Ale Hrubeka tam nie było. Owen wstał i odetchnął kilka razy głęboko, a potem przełożył broń do lewej ręki i jednym szarpnięciem otworzył tylne drzwiczki samochodu.

Pusto. W środku nie było śladu Hrubeka, jeżeli nie liczyć zwierzęcego, przypominającego piżmo zapachu i resztek strzaskanej czaszki zwierzęcej — takiej jak ta, którą Hrubek zostawił na kolanach kobiety w Cloverton. Kluczyki były w stacyjce.

Owen wstał i rozejrzał się. Liście przykryły wszelkie ślady stóp (jeżeli ktoś tu takie w ogóle zostawił), nie było też widać krwi ani innych śladów.

Owen stanął za cadillakiem, tyłem do niego, i spojrzał w las — wilgotny, szary i ciemny. Serce mu zamarło. Wiedział, jak trudno jest tropić na mokrych liściach w ciemnym lesie. A na dodatek oszołomiony po wypadku Hrubek mógł teraz błądzić bez celu. Mógł pójść w którymkolwiek kierunku. Mógł...

Bagażnik!

Owen odbezpieczył broń, odwrócił się na pięcie i wycelował w dużą, powgniataną metalową powierzchnię. Bagażnik to doskonała kryjówka. Ten miał guzik z dziurką od klucza, ale — ponieważ cadillac był wozem starego typu — nie zamykał się automatycznie. Owen podszedł bliżej. Dotknął zimnego chromowanego zamka i nacisnął go. Bagażnik otworzył się. Owen podniósł pokrywę i odskoczył.

W dużym bagażniku było dość miejsca nawet dla kogoś tak potężnej budowy jak Hrubek. Ale Hrubeka nie było w środku.

Owen odwrócił się w stronę lasu i, zgięty wpół, pobiegł w kierunku najbliższej przerwy w wysokim żywopłocie utworzonym przez drzewa i podszycie. W jednej chwili pochłonęła go ciemność. Owen oświetlił ziemię latarką, kreśląc powoli jej światłem literę U. Po dziesięciu minutach znalazł dwa ślady butów Hrubeka. Ślady prowadziły głębiej w las. Owen poczuł zapach sosen w wilgotnym powietrzu. Jeżeli Hrubek wyszedł spośród drzew liściastych, jego ślady będą widoczne wśród sosnowych igieł. Owen nie uszedł jeszcze trzystu stóp, kiedy usłyszał głuche stuknięcie i trzask — coś jakby odgłos nieostrożnego stąpnięcia.

Wycelował w tamtą stronę pistolet.

Szedł starannie odmierzanymi krokami, stawiając stopy w miejscach, gdzie nie było liści, i nie robiąc najlżejszego hałasu. Zgiął się wpół, trzymając broń w pogotowiu, i stanął na wonnych sosnowych igłach.

Mężczyzna siedział na pniu zwalonego drzewa i masował sobie wyciągniętą nogę. Wyglądał jak ktoś, kto odpoczywa na niedzielnym spacerze. Był szczupły, a na głowie miał czapeczkę baseballową z napisem Mets.

— Wygląda na to, że się nam wymknął — powiedział do Owena, podnosząc na niego wzrok i nie okazując zdziwienia. — Więc to pan jest tym kimś, kto tak jak ja poluje na nagrodę. Musimy chyba pogadać...

Kobieta miała trzydzieści sześć lat i przez całe życie mieszkała w tym małym bungalowie. Przez sześć ostatnich lat, po śmierci matki, mieszkała tu sama. Ojca nie widziała od czasu, kiedy ten, spowodowawszy ciążę swojej drugiej córki, został za to aresztowany i zabrany do więzienia. W tydzień po procesie jej siostra także opuściła dom.

Życie kobiety upływało na pakowaniu do kartonów płytek montażowych mających następnie stać się elementami jakichś nieznanych jej urządzeń, na jedzeniu lunchów z kilkoma innymi robotnicami, na szyciu, na chodzeniu do kościoła i czytaniu gazety w dni wolne od pracy oraz oglądaniu telewizji w czasie wolnym w pozostałe dni tygodnia.

Jej dom był wyspą rozsądku i prostoty leżącą na porośniętej trawą polanie, w lesie będącym jednym z najstarszych lasów na Północnym Wschodzie. Mająca pół akra powierzchni polana tworzyła prawie idealne koło. Harmonię na niej panującą zakłócał tylko zardzewiały wrak furgonetki, która nie miała już nigdzie pojechać o własnych siłach, oraz lodówka bez drzwi. Tę lodówkę ojciec kobiety miał zamiar wywieźć na wysypisko w sobotę, dziesięć lat temu, ale rozmyślił się wtedy i postanowił tego nie robić, tylko złożyć wizytę w sypialni jednej z córek.

Kobieta, będąca szczupłą, delikatną blondynką, miała pospolitą twarz i dobrą figurę, chociaż idąc czasami z koleżankami na plażę w Indian Leap albo nad rzeką w Klamath Falls wkładała zabudowany kostium kąpielowy, który kupiła w firmie wysyłkowej, żeby nie musieć mierzyć go w sklepie. Umawiała się na randki z kilkoma mężczyznami — przeważnie z takimi, których poznała w kościele — ale rzadko dobrze się podczas tych randek bawiła. Ostatnio zresztą zaczęła, z pewną ulgą, myśleć o sobie jako o starej pannie.

Teraz przygotowywała sobie właśnie galaretkę z mandarynkami, którą miała zjeść przed snem, i filiżankę gorącego mleka. Robiąc to, usłyszała jakiś hałas w ogródku. Podeszła do okna, ale zobaczyła tylko liście niesione przez wiatr i strugi deszczu. Wróciła więc do stołu z klonowego drewna.

Usiadła, zmówiła modlitwę, położyła sobie serwetkę na kolanach, a później, otwierając gazetę z programem telewizyjnym, podniosła do ust łyżeczkę z galaretką.

Rozległo się pukanie do drzwi frontowych, a jej wydało się, że wstrząsa ono całym domem. Łyżeczka spadła na stół, żelatynowy sześcian stoczył jej się na kolana, a potem na podłogę. Kobieta zerwała się na równe nogi i zapytała:

— Kto tam?

— Jestem ranny. Miałem wypadek. Może mi pani pomóc?

Był to głos mężczyzny.

Kobieta zawahała się, podeszła do drzwi frontowych, a potem założyła łańcuch i wyjrzała przez szparę w drzwiach. Wysoki facet stał zgięty wpół, przytrzymując sobie dłonią ramię. Wyglądał na robotnika.

— Kim pan jest?

— Jechałem samochodem i miałem wypadek. Jestem ranny. Proszę mi pomóc.

O nie, za Boga, dziękuję bardzo.

— Zadzwonię po pogotowie. Proszę tu poczekać.

Kobieta zamknęła drzwi na zasuwkę i podeszła do stolika, na którym stał telefon z obrotową tarczą. Podniosła słuchawkę. Nacisnęła widełki kilka razy, ale w telefonie panowała cisza.

— O Boże — powiedziała kobieta, przerażona.

Bo uświadomiła sobie, że ten dźwięk, który słyszała niedawno, dochodził z miejsca, przez które przebiegała linia telefoniczna. Jednak ta myśl błysnęła jej tylko na moment, gdyż Michael Hrubek, któremu znudziło się czekanie pod drzwiami, wyłamał je kopniakiem. Ogromny i mokry wszedł do saloniku i powiedział:

— No nieźle. Ale telefon nie działa. Już ja wiem o tym najlepiej.

Stojąc pod gęstymi sosnami, które stanowiły pewną osłonę przed deszczem, Owen zapytał, jak Trentonowi Heckowi udało się wyśledzić cadillaka.

— Szedłem po tropie tego świra do Cloverton. Tam zobaczyłem pańskie ślady i ślady opon pana samochodu. Widziałem, że posuwa się pan na zachód. Pojechałem za panem. Potem zobaczyłem zaparkowanego dżipa i doszedłem do wniosku, że może on zależeć do pana. Mój pies od razu odnalazł trop Hrubeka przy cadillaku.

— Czy ten detektyw policyjny miał jakieś nowe wiadomości?

— Jaki detektyw?

— Nie pamiętam, jak on się nazywa. — Owen poklepał się po kieszeni, szukając wizytówki, którą dostał od detektywa. — Ten detektyw w Cloverton. Ten, co był w tym domu, w którym on zabił tę kobietę.

— *Co takiego?* — wybuchnął Heck.

— To pan o tym nie wie? Nie był pan w tym domu?

— Ja nie widziałem żadnego domu. Pojechałem na zachód, skoro tylko zobaczyłem pańskie ślady.

Owen opowiedział Trentonowi Heckowi o zabójstwie, o całej tej jatce w Cloverton. A potem o starych samochodach w szopie.

— Myślałem, że on będzie chciał nas zmylić, jadąc na tym motocyklu. I okazało się, że tak było. Pojechał na nim kilkaset jardów na południe, a potem go wrzucił gdzieś do bagna. Sądzę, że po to, żeby wszystkich skołować. Potem wziął cadillaka i przyjechał nim tutaj. Ten facet jest stanowczo za sprytny.

— A dlaczego pan się tym wszystkim zajmuje? — zapytał Heck.

Owen schylił się i rozwiązał, a potem zawiązał sobie sznurowadła u butów, które, mimo że zabłocone, wyglądały na tak drogie, jak Heck się spodziewał. A potem wyprostował się i powiedział:

— Ten człowiek, którego on zabił w Indian Leap, był moim przyjacielem. I moja żona to widziała.

Heck kiwnął głową, myśląc, że to rzuca na sprawę nowe światło.

— Powiem panu coś. Pójdę po psa. On siedzi spokojnie, kiedy mu się każe, ale potem ma zamęt w głowie.

Odszedł przez las, szukając charakterystycznych drzew i krzewów, które ułatwiłyby mu znalezienie drogi.

— Pan porusza się bardzo cicho — powiedział Owen, któremu to zaimponowało. — Czy pan poluje?

— Trochę — roześmiał się Heck.

Znaleźli Emila nerwowo przestępującego z łapy na łapę. Pies, widząc pana, uspokoił się natychmiast.

— To pies czystej krwi? — zapytał Owen.

— Edouard Montague z Longstreet Trzeci. Czysta rasa.

— Niezłe imię.

— Z takim go kupiłem. Ale oczywiście ono się nie nadawało — nie w tych stronach. Więc nazywam go Emil. Jeżeli będzie miał małe z suką czystej rasy, to oczywiście będę musiał w papierach zapisać jego pełne imię, ale na razie pozostaje ono naszą tajemnicą.

Kiedy wracali na polanę, idący za Heckiem Owen zapytał:

— Jak tropiliście, skoro on jechał na rowerze?

— Dla Emila to pestka. On potrafi tropić na śniegu podczas zamieci... Więc pan uważa, że ten świr chce zrobić coś złego pańskiej żonie?

— Właściwie to nie wiem. Ale on jest tak niebezpieczny, że nie można zostawić go gliniarzom, którzy nie mają pojęcia o tym, co robią.

Te słowa ubodły Hecka.

— No, wie pan — powiedział. — Tą sprawą zajmuje się policja stanowa.

— Popełniono już wiele błędów, mogę pana zapewnić. — Owen spojrzał na pistolet Hecka. — Ale pan wspomniał o nagrodzie. Jest pan zawodowym tropicielem?

— Tak. Wynajmuję psa.

— Ile wynosi ta nagroda?

— Dziesięć tysięcy dolarów — odpowiedział Heck, wpatrując się rozgorączkowanym wzrokiem w ciemny las.

Mówił z naciskiem, jakby chciał zapewnić Owena, że będąc człowiekiem do wynajęcia, nie jest tani.

— No dobra — powiedział Owen — złapmy więc tego świra, żeby pan dostał te forsę. Co pan na to?

— Zgadzam się.

Heck podsunął Emilowi szorty Hrubeka do powąchania, a potem ruszyli przez las. Łatwo było iść za tropem, gdyż w wilgotnym powietrzu unosił się wyraźny zapach. Pies był podekscytowany, w lesie panowała atmosfera tajemniczości. Wszystko to sprawiało, że szli naprzód jak w ekstazie. Przedzierali się przez podszycie. Hrubek mógł ich usłyszeć z odległości stu jardów, ale nie można było nic na to poradzić. Nie mogli równocześnie podkradać się po cichu i posuwać się szybko, więc wybrali to drugie.

Michael przyglądał jej się uważnie, rozzłoszczony tym, że ona tak płacze. Jej płacz wywoływał w nim wielki niepokój. Kobieta nic nie mówiła. Jej nos, policzki i broda były czerwone od płaczu. Drżała i darła papierową serwetkę, podczas gdy Michael chodził w tę i z powrotem.

— Musiałem uszkodzić telefon. Musiałem to zrobić. Nie płacz. Zresztą ten telefon i tak był na podsłuchu.

— Co pan ma zamiar mi zrobić? — zaszlochała kobieta.

Michael przeszedł przez salon, tupiąc o klepki podłogi swoimi ogromnymi, zabłoconymi buciorami.

— Ładny ten domek. Przestań płakać! Masz ładne oczy. Nie masz na nich masek. Skąd go masz? To znaczy *dom*.

Kobieta spojrzała na małą czapkę tkwiącą na jego głowie.

— Co pan ma zamiar...?

Michael powtórzył swoje pytanie, a ona, zająkując się, odpowiedziała:

— Moja mama umarła i zostawiła mi go. Mam siostrę. Połowa domu należy do niej. Dom nie ma obciążonej hipoteki — dodała, jak gdyby on miał zamiar wejść w jego posiadanie.

Michael uniósł irlandzką czapkę, jakby chcąc jej się elegancko ukłonić. Potarł sobie gładką czaszkę dłonią. Przy jasnym świetle widoczne na niej były resztki niebieskiego tuszu. Michael zauważył, że kobieta przygląda się czapce, i włożył ją z powrotem na głowę. Uśmiechnął się.

— Modna, nie? — zapytał.

— Słucham?

Michael zmarszczył brwi.

— Moja czapka. Jest *modna.* Prawda?

— Tak — krzyknęła. — Bardzo. Bardzo modna.

— Mój samochód przekoziołkował. To było dobre auto. Dopóki jeździło.

Podszedł bliżej i przyjrzał się jej. Pomyślał, że to dziwne, że będąc kobietą, nie przyprawia go o lęk. Może to dlatego, że jest taka krucha? Mógłby podnieść ją jedną ręką. Mógłby też złamać jej kark z taką łatwością, z jaką niedawno złamał kark szopa... Co to za zapach? Aha, to kobieta. Zapach kobiety. To nasunęło mu niewyraźne i niepokojące wspomnienie. Poczuł wokół siebie ciemność. Poczuł lęk, lęk przed zamknięciem. Skały i woda. Źli ludzie. Co to było? Jego niepokój wzrósł. Poczuł też, że ma gwałtowną erekcję. Usiadł, żeby ona tego nie zauważyła.

Porywisty wiatr uderzał o okno, a deszcz bębnił teraz głośniej. To grzechotanie muszkietów, pomyślał. Ołowiane kule rozrywają na kawałki tysiące głów... Zatkał sobie uszy. Po chwili uświadomił sobie, że kobieta mu się przygląda.

— Ścigają mnie — powiedział.

— Jest pan *przestępcą*? — zapytała szeptem. — Uciekł pan z więzienia w Hamlin?

— No, no, nieźle. Ale nie spodziewaj się, że coś ze mnie wyciągniesz. I tak wiesz za dużo.

Kobieta zadrżała, kiedy on pochylił się i pogłaskał ją po delikatnych włosach.

— Ładne — wymamrotał. — I nie masz na sobie żadnego pieprzonego kapelusza. To dobrze... Dobrze.

— Niech mi pan nie robi krzywdy. Dam panu pieniądze. Cokolwiek...

— Daj mi centa.

— Mam trochę oszczędności. Ze trzy tysiące. W banku. Moglibyśmy się tam spotkać jutro o dziewiątej. Chętnie...

— Daj mi *centa*! — ryknął Michael.

Kobieta w popłochu zaczęła grzebać w portmonetce. Michael zajrzał jej przez ramię.

— Nie masz tam mikrofonu? Guziczka alarmowego czy czegoś takiego?

— Nie — szepnęła przestraszona. — Szukam dla pana centa.

— Ostrożności nigdy za wiele — powiedział Michael, który poczuł się winny.

Wyciągnął ogromne dłonie, a ona do jednej z nich wrzuciła centa. Michael podniósł go w górę, trzymając go nad jej głową.

— Jakie słowo na siedem liter jest na monecie?

— Nie wiem.

— Zgadnij — powiedział.

Kobieta załamała ręce.

— *E Pluribus Unum.* W Bogu nasza nadzieja. Nie, Stany Zjednoczone. O Boże, nie wiem! — powiedziała, a potem zaczęła półgłosem odmawiać „Ojcze nasz".

— To słowo jest zaraz za siedmioliterowym Abrahamem Lincolnem — powiedział Michael, nie patrząc na monetę. — To słowo jest zaraz za nim. Ma siedem liter i wygląda jak lufa pistoletu wycelowana w jego głowę.

Michael stuknął palcem w głowę na monecie. Kobieta zamknęła oczy i szepnęła:

— Nie wiem.

— Wolność — powiedział Michael.

Upuścił centa na podłogę.

— Jestem głodny. Co masz do jedzenia?

Kobieta przestała płakać.

— Jest pan głodny? — Spojrzała w stronę kuchni. — Mam trochę rostbefu, trochę wegetariańskiego chili... Chętnie pana poczęstuję.

Michael podszedł do stołu i usiadł na krześle. Ostrożnie rozłożył papierową serwetkę. Przykryła ona tylko częściowo jego ogromne kolana.

— Czy mogę wstać? — zapytała kobieta.

— A jak inaczej mogłabyś podać mi kolację?

Kobieta pobiegła do kuchni i wzięła się za przygotowywanie potrawy. Michael tymczasem zaczął śpiewać:

— „Bo kocham tę śliczną dziewczynę, co pokochała mnie. Jej giętkie ramiona, ach, obejmują mnie!" — zakończył, bawiąc się młynkiem do pieprzu.

Kobieta wróciła i postawiła przed nim tacę.

— „Bo kocham tę śliczną dziewczynę..." — ryknął Michael, a potem nagle urwał, wziął widelec i odkroił kawałek wołowiny. Położył go na różowym spodku wraz z odrobiną galaretki i postawił ten spodek przed kobietą.

Kobieta spojrzała na niego pytająco.

— Chcę, żebyś to zjadła — powiedział Michael.

— Ja już... Aha, pan myśli, że to jest zatrute.

— Ja wcale nie *myślę,* że to jest zatrute — powiedział pogardliwym tonem. — Nie *myślę* też, że za tym oknem stoi oddział policji. Ani że ty jesteś agentką Pinkertona. Ale nie zawadzi *być ostrożnym.* A teraz dalej. Zabieraj się do jedzenia.

Kobieta zjadła to, co jej podsunął. Potem uśmiechnęła się, a potem jej twarz przybrała poprzedni bezmyślny wyraz. Michael przyglądał jej się przez chwilę, po czym odłożył widelec.

— Masz mleko?

— Mleko? Mam tylko odtłuszczone. Może być?

— Chodzi mi *o mleko*! — ryknął Michael, a ona aż podskoczyła i pobiegła do kuchni.

Kiedy wróciła, on już zaczął jeść. Wypił szklankę mleka, popijając nim kęs mięsa.

— Pracowałem kiedyś w mleczarni.

— Aha — kiwnęła głową uprzejmie. — To musi być przyjemne miejsce.

— Było bardzo przyjemne. To doktor Richard załatwił mi tę pracę.

— A kto to jest doktor Richard?

— To mój ojciec.

— Pana ojciec był lekarzem?

— On nie był moim ojcem *w tym sensie.*

— No tak — zgodziła się pospiesznie kobieta, widząc, że jego twarz staje się ponura.

Michael przestał jeść. Kobieta powiedziała mu, że podoba jej się jego tweedowa czapka. Michael dotknął czapki i uśmiechnął się.

— Mnie też się ona podoba. Mam włosy, ale je obciąłem.

— Dlaczego?

— Nie mogę ci powiedzieć.

— Więc proszę mi nie mówić. Proszę mi nie mówić tego, czego pan nie chce.

— Jeżeli *nie chcę,* to nie powiem. Nie musisz mi dawać zezwolenia.

— Ja nie dawałam panu zezwolenia. Nie chciałam, żeby to tak zabrzmiało. Może pan robić, co pan chce.

— Wiem.

Michael zjadł już wszystko z talerza.

— Czy ma pan ochotę na więcej?

— Chcę jeszcze mleka.

Kiedy była już w kuchni, dodał:

— Proszę o mleko.

Biorąc od niej szklankę, zaintonował głosem radiowego disc-jockeya:

— Zdrooowa przekąska.

Kobieta parsknęła śmiechem, a on się uśmiechnął. Nalewając mleka, kobieta zapytała:

— Co pan robi?

— Piję mleko — odpowiedział z rozdrażnieniem.

— Nie, nie, ja mam na myśli: co pan robi na dworze w taką noc. Bo ma być okropna burza, taka, jakiej nie było od wieków.

— Co to znaczy „od wieków"? — zapytał Michael, mrużąc oczy.

Kobieta spojrzała na niego zakłopotana.

— No... to znaczy „od bardzo dawna".

— Czy to jest takie *wyrażenie*?

— Chyba tak.

Michael zapatrzył się przed siebie oczami tak mętnymi jak szkło szklanki, którą trzymał w ręce.

Kobieta przerwała ciężką ciszę, pytając:

— Co pan robił w tej mleczarni?

Michael wciąż miał erekcję. Penis go bolał i zaczynało go to denerwować. Włożył rękę do kieszeni i ścisnął członek, a potem wstał i podszedł do okna.

— W jakim dużym mieście w pobliżu jest stacja kolejowa? — zapytał.

— W Boyleston. To jakieś czterdzieści, może pięćdziesiąt mil na południe.

— Jak się tam można dostać?

— Musi pan pojechać na zachód do szosy numer 315. Zawiozę pana. Droga przechodzi w Hubert Street i przebiega obok stacji kolejowej.

— Dostanę się tam bardzo szybko?

— Tak, bardzo szybko — potwierdziła. — Dlaczego chce pan tam pojechać?

— Powiedziałem już — warknął — że nie mogę powiedzieć!

Kobieta położyła sobie ręce na kolanach.

Michael zaczął grzebać w swoim plecaku.

— Przepraszam — powiedział. — Bardzo przepraszam.

Wypowiedział te słowa, a potem powtórzył je z taką tęsknotą w głosie, że jasne było, że przeprasza nie za to, że był opryskliwy, tylko za coś innego, za coś, co miał dopiero zrobić, za coś o wiele poważniejszego niż mówienie opryskliwym tonem. Usiadł obok kobiety, dotykając udem jej uda i — nie zwracając uwagi na jej okrzyk przerażenia — położył jej na kolanach białą czaszkę zwierzęcą, a potem zaczął bardzo delikatnie gładzić jej włosy.

*

Stojąc pod chmurami pędzącymi z zawrotną szybkością i tak skłębionymi, że wyglądały jak efekty specjalne w jakimś filmie science-fiction, Portia L'Auberget wdychała zapachy gnijących liści i jeziora. O kilka stóp od niej jej siostra podniosła łopatę i rzuciła dużą kupę żwiru pod przednie koła unieruchomionego samochodu.

Młoda kobieta poruszyła dłońmi. Dłonie piekły ją. Domyślała się, że pod rękawiczkami tworzą jej się pęcherze. Mięśnie ją bolały. Bolała ją też głowa od słuchania nieustannego bębnienia deszczu.

Niepokoiło ją jeszcze coś — coś niejasnego. Z początku zastanawiała się, czy jej niepokój nie jest spowodowany ucieczką Michaela Hrubeka. Jednak doszła do wniosku, że nie, bo ani przez chwilę nie wierzyła, że ktoś taki jak Michael Hrubek mógłby dotrzeć ze szpitala aż do Ridgeton, i to w dodatku w taką noc jak dzisiejsza.

Niepokoiło ją jakieś mgliste wspomnienie pojawiające się w jej umyśle i znikające. Wydawało jej się, że ma ono związek z tą częścią terenu położonego przy domu, w której się obie z siostrą znajdowały. Wyobrażała sobie... Co takiego sobie wyobrażała? Rośliny? Czy tutaj był jakiś ogród? Aha, tak. Był. Stary ogród warzywny.

Potem przypomniała sobie Toma Wheelera.

Ile oni wtedy mieli lat? Dwanaście albo trzynaście. Tak, i oboje byli w jednym wieku. Pewnego jesiennego popołudnia — może w listopadzie, w taki dzień jak dzisiejszy — Tom Wheeler, chudy, rudy chłopiec, pojawił się koło jej domu. Portia wyszła na dwór i oboje usiedli na kuchennych schodkach. Portia rozmawiała z Tomem, drażniąc się z nim bez miłosierdzia. W końcu Tom zaproponował, żeby poszli do parku stanowego.

— Po co? — zapytała.

— Nie wiem — powiedział. — Tak sobie połazić.

Portia powiedziała „nie", ale w chwilę później weszła do domu i wróciła z kocem.

On ruszył w stronę parku stanowego.

— Hej — powiedziała Portia. — Chodź tutaj.

I zaprowadziła go do ogrodu warzywnego. Tutaj rozpostarła koc w miejscu, które było widoczne z domu, i położyła się, zrzuciwszy buty. Rozciągnęła się na kocu. Ale ktoś może zobaczyć — zaprotestował chłopak. Ktoś może ich obserwować! Portia położyła sobie rękę na piersi, a on natychmiast przestał martwić się o podglądaczy. Portia leżała na plecach, otoczona przez pogryzione przez ślimaki, dynie i krótkie, płowe źdźbła zboża. Tommy — obok niej, z ustami na jej ustach, co powodowało, że ona musiała chwilami oddychać przez nos. Teraz przypomniała sobie, że czuła wtedy ten sam mokry zapach późnej jesieni. Atakowały ich ospałe muchy. W końcu ona, wprawiając go w zmieszanie tym, że nie protestuje, pozwoliła jego bladej, piegowatej ręce przekroczyć elastyczną barierę. On spojrzał na okna domu, a potem dźgnął drżącym palcem, powodując powstanie w jej wnętrzu ogniska bólu, a na jej nagim biodrze mokrej plamy odpowiadającej plamie rozprzestrzeniającej się na jego dżinsach.

A potem przez kilka minut leżeli zmieszani obok siebie. I nagle on szepnął:

— Mnie się zdaje, że tam ktoś jest.

Powiedział to tylko po to, żeby mieć pretekst do ucieczki, po czym wstał i odszedł. Zniknął na podjeździe. A Portia, patrząc na chmury przepływające po niebie i słysząc w wyobraźni dźwięki gitary, rozmyślała nad tajemnicami ciała. Spędziła wtedy na kocu sporo czasu, próbując przekonać samą siebie, że jego ucieczka ją zmartwiła.

A teraz, czując ściskanie w żołądku, zdała sobie sprawę, że to nie wspomnienie o Tommym Wheelerze tak ją niepokoiło. Tylko wspomnienie o Indian Leap.

Tamtego majowego dnia mało brakowało, żeby odrzuciła zaproszenie do udziału w pikniku. Nie interesowały jej wycieczki ani parki stanowe — a zwłaszcza park, do którego ciągali ją nauczyciele na nudne zajęcia w terenie i w którym później spędziła wiele godzin leżąc pod swoimi chłopcami, pod kolegami tych chłopców, a czasami pod jakimiś nieznajomymi i ze wzrokiem wbitym w wierzchołki drzew.

Tamtego majowego dnia pojechała tam z braku czegoś lepszego. Pojechała tam. Bo dość miała cichego niepokoju związanego z samotnym życiem na Manhattanie. Dość miała kanapek z indykiem i sałatki z białej kapusty jadanych na kolację. Dość miała wieczorów spędzanych na oglądaniu wypożyczonych filmów. I zaproszeń podrywaczy w barach i na przyjęciach, zaproszeń wypowiadanych znudzonym tonem przez mężczyzn, którzy zachowywali się tak, jakby naprawdę myśleli, że dla niej takie propozycje są jakąś nowością. I spotykania się z chudymi, uczesanymi w koński ogon koleżankami, które były gotowe w każdej chwili zerwać z nią stosunki, jeżeli to zbliżyłoby je do któregoś z dwóch upragnionych celów: do uzyskania Lepszej Pracy albo do nawiązania znajomości z jakimś Mężczyzną do Wzięcia.

Tak więc wtedy, pierwszego maja, niechętnie spakowała obwarzanki i wędzonego łososia, i biały ser, i czasopisma, i bikini, i krem do opalania. A potem zniosła niegrzeczne zachowanie urzędnika w firmie wynajmującej samochody i pogodziła się z ruchem na szosie i z towarzystwem spiętej, biednej, nieśmiałej Claire. Ścierpiała to wszystko. Zniosła wszystkie stresy, które przyniósł ten dzień. Stresy, które miał jej wynagrodzić Robert.

Z początku, co prawda, pomyślała, że Robert Gillespie nie jest wcale atrakcyjny. Siedząc z tyłu z Lis i Claire, podsumowała go i doszła do wniosku, że jego rachunek ma same debety: Robert nie był zbyt błyskotliwy, miał piętnaście funtów nadwagi, był zbyt nadęty, zbyt gadatliwy i miał żonę, która była kompletnym zerem.

Logicznie biorąc, nie istniał więc żaden powód, dla którego dałoby się go uznać za faceta, jakiemu nie można się oprzeć. A jednak okazało się, że nie można. Podczas gdy Lis drzemała w tylnej części samochodu i podczas gdy głupkowata Dorothy malowała sobie paznokcie czerwonym lakierem, Robert zasypywał Portię pytaniami. Gdzie mieszka, jak jej się podoba miasto, czy zna tę czy tamtą restaurację, czy lubi swoją pracę? Był to podryw. Oczywiście. Jednak mimo to... Jego wilgotne oczy tańczyły z podniecenia, kiedy rozmawiali. Portia przypomniała sobie, że wtedy pomyślała bezradnie: No dobrze, uwiedź mój umysł, a ciało pójdzie za nim.

W chwili gdy dojeżdżali do parku, Portia L'Auberget była gotowa biec na każde jego skinienie.

Kiedy szli ścieżką prowadzącą od parkingu, on spojrzał na jej sportowe buty i dyskretnie — poufale, a równocześnie beztrosko — zapytał, czy mogliby pobiegać razem.

A Portia odpowiedziała:

— Może.

On uznał to za odpowiedź twierdzącą.

— Ja wyruszę pierwszy, dobrze? — szepnął. — A potem spotkamy się przy starej jaskini. Daj mi dziesięć minut. A potem pobiegnij za mną.

— Może.

Gdy znaleźli się na plaży, oszacowała, jak wielka jest jej nad nim władza i postanowiła nie rezygnować z najmniejszej nawet jej cząstki. Zrobiła szybko kilka ćwiczeń rozciągających, a potem pierwsza oddaliła się biegiem, najzupełniej ignorując Roberta. Przebiegła pół mili i znalazła się w odludnym parowie, o którym on jej mówił. Koło jaskini rosła grupka sosen, a pod nimi znajdowało się coś w rodzaju zachęcającego legowiska z miękkich zielonych i czerwonawych igieł. Portia usiadła na jakimś kamieniu i zaczęła się zastanawiać, czy Robert ją dogoni. Może będzie chciał się na niej zemścić za to, że go nie posłuchała, i zostanie z żoną i Lis? Jeżeliby tak zrobił, wzrósłby jej szacunek dla niego. (Chociaż Portia L'Auberget nie czuła zbytniej potrzeby darzenia mężczyzn szacunkiem, zwłaszcza takich mężczyzn jak Robert Gillespie.) Pomyślała, że lepiej będzie, jeżeli on się pojawi, bo jeżeli tego nie zrobi, to ona będzie miała zepsuty cały dzień. Rozejrzała się po małej polance — ponurej i otoczonej stromymi ścianami wznoszącymi się naokoło. Niebo nad jej głową pokryło się chmurami. O wiele mniej tu romantycznie, pomyślała, niż na plaży w Curaçao czy Nassau. Ale z drugiej strony tutaj nie leżały porozrzucane kondomy. Portia usiadła na igłach w miejscu zasłoniętym przez wysokie krzewy i świerki kanadyjskie. Upłynęło pół godziny, potem czterdzieści minut i w końcu pojawił się Robert. Biegł w jej stronę. Złapał oddech i zarobił sporo punktów, gdyż nie wspomniał o tym, że Portia zignorowała jego instrukcje. Wydymając usta, przyglądał się swojej klatce piersiowej.

Portia roześmiała się.

— O co chodzi? — spytała.

— Moja żona mówi, że rosną mi cycki.

Portia rozciągnęła swoją koszulkę trykotową i stanik.

— Może porównamy?

Potoczyli się pod sosny. Robert pocałował ją mocno, pieszcząc jej nagie piersi wierzchami dłoni. A potem wziął jej dłonie w swoje i położył je na jej piersiach. Ona zaczęła się gładzić, a jego język zsunął się tymczasem do jej pępka, a potem dalej — do ud i kolan. Pozostał tam, drażniąc ją, dopóki Portia nie wzięła głowy Roberta w obie ręce i nie skierowała jej stanowczym ruchem między swoje nogi. Jej uda uniosły się, a jej głowa przycisnęła się mocno do ziemi. Do jej wilgotnych od potu włosów przyczepiły się igły. Patrząc spod na wpół przymkniętych powiek na szybko płynące chmury, Portia zaczerpnęła tchu. Robert przykrył ją swoim ciałem i ich usta się spotkały w mocnym, brutalnym pocałunku. Robert założył właśnie jej nogi na siebie i wchodził w nią gwałtownie, kiedy w pobliżu ich głów trzasnęła gałązka.

Spośród drzew wyszła Claire i stanęła jak wryta w odległości sześciu stóp od nich. Zaszokowana podniosła rękę do ust.

— O Boże — krzyknęła Portia.

— Claire, skarbie... — zaczął Robert i uniósł się na kolanach.

Claire, oniemiała, wpatrywała się w jego pachwinę. Portia przypomniała sobie, że pomyślała wtedy: „Boże, ona ma osiemnaście lat. Chyba nie pierwszy raz w życiu widzi penisa".

Po chwili Robert trochę się pozbierał i zaczął gorączkowo szukać swoich szortów i koszulki trykotowej. Dziewczyna wciąż nie odrywała od niego wzroku, a Portia przyglądała się dziewczynie. To dziwne podglądactwo a *troi* podnieciło ją jeszcze bardziej. Robert złapał koszulkę i okręcił ją sobie wokół bioder. Uśmiechał się zawstydzony. Portia nie ruszała się. A potem Claire odwróciła się, tłumiąc szloch, i zaczęła biec. Przebiegła obok jaskini i pognała z powrotem ścieżką.

— Cholera jasna — mruknął Robert.

— Nie przejmuj się.

— *Co?*

— No nie bierz tego tak poważnie. Każda nastolatka w pewnym momencie przeżywa szok. Porozmawiam z nią.

— To jeszcze dziecko.

— Nie myśl o niej — powiedziała Portia lekceważąco, a potem szepnęła: — Chodź do mnie.

— Ona...

— Ona nic nie powie. Mmmm, a co to jest? Jesteś wciąż gotowy. Widzę to.

— Co będzie, jak ona powie Lis?

— Chodź — ponagliła go bez tchu. — Nie przerywaj. Wejdź we mnie!

— Uważam, że powinniśmy wrócić.

Portia opadła na kolana, rozchyliła jego koszulę i wzięła jego członek głęboko w usta.

— Nie — szepnął Robert.

Stał z odwróconą głową i zamkniętymi oczami, nie mogąc opanować drżenia. W tejże chwili na polanę weszła Lis.

Claire musiała na nią wpaść prawie natychmiast i Lis albo dowiedziała się, albo wywnioskowała z jej zachowania, co zaszło. Teraz stanęła nad obnażoną parą i przyglądała się jej.

— Portia! — krzyknęła z wściekłością. — Jak mogłaś?!

Na jej twarzy malowało się takie samo przerażenie jak na twarzy Roberta.

Młoda kobieta wstała i otarła sobie usta stanikiem. Stanęła twarzą w twarz z siostrą i spokojnie, z dystansu obserwowała, jak tamtej czerwienieje szyja, napinają się ścięgna i drży ręka. Robert wciągnął szorty i rozejrzał się ponownie za koszulką. Wyglądało na to, że nie może wydobyć z siebie słowa. Portia tymczasem nie chciała zachowywać się jak uczennica przyłapana na gorącym uczynku.

— Jak mogłaś?

Lis schwyciła ją za ramię, ale ona cofnęła się szybko. Patrząc w oczy rozwścieczonej siostrze, ubrała się powoli, a potem bez słowa odeszła, zostawiając Lis i Roberta na polanie.

Portia wróciła na plażę, gdzie Dorothy zaczynała się pakować, bo tymczasem ochłodziło się i zanosiło się na deszcz. Dorothy spojrzała na Portię. Wyglądało na to, że wyczuła, że coś jest nie tak, nic jednak nie powiedziała. Wiatr wzmógł się i obie kobiety zaczęły pospiesznie zbierać kosze i koce, chcąc je następnie zanieść do samochodu. Wróciły jeszcze na plażę, szukając pozostałych uczestników pikniku. A potem zaczęła się ulewa.

Wkrótce w parku rozległy się syreny. Przyjechała policja. Przyjechali lekarze. Na zalanym deszczem skrzyżowaniu dwóch kanionów Portia spotkała siostrę prowadzoną przez dwóch wysokich strażników. Lis miała czerwone oczy, była ubłocona i rozczochrana. Wyglądała, jakby postradała zmysły.

Portia zrobiła krok w jej kierunku. — Lis! Co...?

Policzek był wymierzony spokojnie, ale tak silny, że Portia zachwiała się i przyklękła na jedno kolano. Zszokowana krzyknęła z bólu. Zastygłe w bezruchu siostry patrzyły na siebie przez dłuższą chwilę. Zaskoczony strażnik pomógł Portii wstać i powiedział, że Robert i Claire nie żyją.

— Nie! — krzyknęła Portia.

— Nie! — powtórzyła Lis, przedrzeźniając ją, a potem odepchnęła strażnika, podeszła do siostry i powiedziała jej do ucha schrypniętym szeptem: — *Ty* zabiłaś tę dziewczynę, ty to zrobiłaś, ty cholerna kurwo.

Portia spojrzała siostrze w twarz. Jej oczy stały się tak zimne jak wznoszące się naokoło nich skały.

— Żegnaj, Lis.

Było to rzeczywiście pożegnanie. Gdyż — jeżeli nie liczyć kilku krótkich, pełnych napięcia rozmów telefonicznych — te słowa były ostatnimi słowami, jakie padły między siostrami aż do dzisiejszego wieczora.

Indian Leap. Indian Leap było pierwszą rzeczą, o jakiej Portia pomyślała, kiedy Lis zaprosiła ją na dzisiejszą noc. Ta myśl tłukła jej się zresztą po głowie, kiedy była mowa o Szkółce Langdellów, i prawdę mówiąc za każdym razem, kiedy myślała o powrocie do Ridgeton — co zdarzało jej się ostatnio dość często, mimo że nie zwierzyła się z tego siostrze.

Indian Leap...

O Boże, Lis — pomyślała Portia — czy ty nie rozumiesz? Jest coś, co ciąży nad siostrami L'Auberget i co nigdy nie przestanie nad nimi ciążyć. Tym czymś nie jest ta tragedia, tym czymś nie są te dwa zgony, tym czymś nie są gorzkie słowa i całe miesiące milczenia, które nastąpiły później, ale przeszłość, przeszłość, która doprowadziła nas pod te sosny i która z pewnością będzie nas w przyszłości ponownie prowadziła w miejsca równie okropne.

Przeszłość, ze wszystkimi swoimi duchami zmarłych.

Teraz Portia spojrzała na znajdującą się o dziesięć stóp od niej siostrę, która odłożyła łopatę, podeszła do przednich drzwiczek i wsiadła do samochodu.

Ich oczy się spotkały.

Lis zmarszczyła brwi, zaniepokojona wyrazem twarzy Portii.

— O co chodzi? — zapytała.

Ale właśnie w tej chwili silnik włączył się z hałasem. Po czym zakrztusił się i zaczął prychać, podczas gdy wycieraczki rozgarniały wodę na przedniej szybie. A potem silnik zamarł i w ciemności rozlegały się tylko świst wiatru, szum deszczu i śpiewna muzyka jakiegoś wybitnego barokowego kompozytora.

24

Nie poszłam zawołać pomocy, bo do sąsiadów mam pół mili, a wie pan, na jaką burzę się zanosi. Chyba słuchał pan radia? No więc to nie miało sensu.

Te słowa popłynęły szybko z bladych ust drobnej blondynki. Blondynka przestała płakać i nalewała teraz brandy z zakurzonej butelki. Nalewała tak, jak się nalewa lekarstwo.

— A poza tym — powiedziała do Trentona Hecka — on mi powiedział, żebym tego nie robiła. A każdy, kto by go zobaczył, zrobiłby to, co on każe. O Boże, Boże. Przez cały czas myślałam: „Masz szczęście, bo byłaś dzisiaj u komunii".

Owen Atcheson wrócił z ogródka za domem do maleńkiego saloniku, gdzie stali Heck i ta krucha kobieta.

— Miałam szczęście — szepnęła kobieta i wypiła brandy.

A potem znowu zaczęła płakać.

— On wyciągnął tylko jeden kabel — powiedział Owen i podniósł słuchawkę. — Już zreperowałem.

— On wziął mój samochód. Beżowe subaru kombi. Z osiemdziesiątego dziewiątego roku. Przepraszał mnie z dziesięć razy. Przepraszam, przepraszam, przepraszam... — Przestała płakać. — To właśnie to mam na myśli, mówiąc, że on jest dziwny. Możecie sobie panowie wyobrazić? Poprosił mnie o kluczyki, a ja oczywiście dałam mu je. A potem odjechał — taki skulony za kierownicą. Na podjazd nie trafił, ale drogę odnalazł prawidłowo. Chyba mogę ten samochód spisać na straty.

Owen skrzywił się.

— Gdybyśmy przyszli tamtą drogą, wpadłby prosto na nas.

Heck znowu spojrzał na małą czaszkę leżącą na ręczniku papierowym, w którym ona mu ją wręczyła, nie chcąc dotykać kości.

— Możecie go znaleźć na szosie numer 315 — powiedziała kobieta.

— Jak to?

— On jedzie do Boyleston. Szosą numer 315.

— Tak powiedział?

— Spytał mnie o najbliższe miasto ze stacją kolejową. Powiedziałam mu, że to Boyleston. To on zapytał, jak się tam dostać. A potem poprosił mnie o pięćdziesiąt dolarów na bilet kolejowy. Dałam mu pieniądze. Nawet trochę więcej, niż chciał.

Heck przez chwilę wpatrywał się w telefon. Nie będzie już tego można utrzymać w tajemnicy — pomyślał. Bo przecież Hrubek zabił jedną kobietę i sterroryzował drugą. Heck westchnął. Miał jasną świadomość tego, że gdyby zadzwonił do Havershama — wtedy, po zorientowaniu się, że Hrubek kieruje się na zachód — Hrubeka by złapano i nie doszłoby do tragedii w Cloverton. Wszyscy policjanci, a Heck był przecież jednym z nich, pamiętają dobrze te swoje błędy, wskutek których komuś stała się krzywda. Pamięć o tych błędach wraca do nich, przyprawiając ich nieraz o bezsenność albo i o coś gorszego. Heck wiedział, że myśl o śmierci tej kobiety będzie najcięższą do zniesienia wśród podobnych jego myśli i że będzie ona do niego nieraz wracała, nie dając mu spokoju.

Teraz jednak miał tylko jedno pragnienie — pragnął, żeby ten facet został złapany. Chwycił gwałtownie słuchawkę. Zadzwonił do miejscowego szeryfa i zameldował, że Hrubek ukradł subaru. Poinformował też szeryfa, dokąd uciekinier prawdopodobnie zmierza. A potem, zwracając się do kobiety, powiedział:

— Szeryf mówi, że przyśle kogoś, kto zawiezie panią do przyjaciół albo krewnych. Jeżeli oczywiście pani tego chce.

— Tak, oczywiście, tak.

Heck przekazał odpowiedź kobiety szeryfowi. Kiedy odłożył słuchawkę, Owen zadzwonił do Gospody Marsden i ku swemu zdziwieniu przekonał się, że Lis i Portia jeszcze się tam nie zameldowały. Marszcząc brwi, zadzwonił do domu. Lis podniosła słuchawkę po trzecim sygnale.

— Lis, co wy tam robicie?

— Owen? Gdzie jesteś?

— Jestem we Fredericks. Dzwoniłem już przedtem. Myślałem, że wyjechałyście. Co wy tam robicie? Miałyście być w Gospodzie już godzinę temu.

Nastąpiła chwila przerwy. Owen usłyszał, że Lis woła:

— To Owen.

Co tam się dzieje — pomyślał. Przez telefon usłyszał grzmot. Lis wróciła i powiedziała, że zostały, żeby układać worki z piaskiem.

— Przelało się przez tamę. Mogliśmy stracić dom.

— Czy nic wam się nie stało?

— Nie, nic. Ale samochód ugrzązł na podjeździe. Strasznie leje. Nie możemy wyjechać. Nie ma samochodu, który mógłby nas podholować. A co ty robisz we Fredericks?

— Ścigałem Hrubeka, który szedł na zachód.

— Na zachód! To znaczy, że jednak zawrócił.

— Lis, muszę ci coś powiedzieć... On kogoś zabił.

— Nie!

— Kobietę. W Cloverton.

— On idzie do nas?

— Nie, nie wygląda na to. Jedzie do Boyleston. Chyba po to, żeby pociągiem wyjechać poza teren stanu.

— Co mamy robić?

Owen milczał przez chwilę.

— Nie będę go ścigał. Wracam do domu — powiedział wreszcie.

Usłyszał jej westchnienie. — Dzięki, kochanie.

— Zostańcie w domu. Zamknijcie drzwi na klucz. Jestem od was tylko o piętnaście minut drogi... Lis?

— Tak?

Znów chwila milczenia.

— Będę tam wkrótce.

Heck i Owen pożegnali się z kobietą i wybiegli na deszcz. Potężne podmuchy wiatru popychały ich z tyłu. Poszli wzdłuż podjazdu do ciemnej drogi, która prowadziła do szosy.

Owen spojrzał na Hecka, który posuwał się naprzód ciężkim krokiem i z ponurą miną.

— Myśli pan o nagrodzie?

— Muszę przyznać, że tak. Oni prawie na pewno złapią go w Boyleston. Ale ja *muszę* zadzwonić i poinformować ich. Nie chcę ryzykować. Nie chcę, żeby on jeszcze komuś zrobił krzywdę.

Owen zastanawiał się przez chwilę.

— Według mnie te pieniądze i tak się panu należą.

— Ci w szpitalu będą mieli inne zdanie na ten temat. Jestem tego pewien.

— Coś panu powiem. Niech pan jedzie na tę szosę prowadzącą do Boyleston. Jeżeli pan go złapie pierwszy, to świetnie. A jeżeli nie, to pozwiemy szpital. Ja sam poprowadzę sprawę.

— Pan jest prawnikiem?

Owen kiwnął głową. I dodał:

— Nie wezmę od pana ani centa.

— Zrobiłby pan to dla mnie?

— Oczywiście.

Heck był zaskoczony tą szczodrością Owena. Zmieszany, uścisnął mu serdecznie dłoń. Szli dalej w milczeniu, aż dotarli do polanki, na której stał cadillac.

— Dobra. My z Emilem pojedziemy teraz na południe. Szukamy beżowego subaru, tak? Miejmy nadzieję, że on tak samo źle prowadzi samochód japoński jak amerykański. Świetnie, bierzmy się do pracy — powiedział Heck, a potem, wiedziony impulsem, dorzucił: — A może... już po tym wszystkim... spotkamy się kiedyś? Co pan na to? Może pojedziemy razem na ryby?

— Świetny pomysł. A teraz życzę powodzenia w łowach.

Heck i Emil pobiegli truchtem do zdezelowanego chevroleta stojącego przy drodze, o pięćdziesiąt jardów od miejsca, w którym zostawili Owena. Wsiedli do samochodu. Heck włączył klekoczący silnik, a potem pojechał szybko wśród zacinającego wściekle deszczu w stronę szosy numer 315, trzymając lewą stopę na pedale gazu i myśląc o swojej skromnej nagrodzie.

Szyld obracał się powoli na tle pokrytego kłębiącymi się chmurami nocnego nieba.

Doktor Richard Kohler popatrzył w stronę światła rozbłyskującego na zachodzie i roześmiał się głośno.

Jak to było w książce Mary Shelley? — zastanowił się. Czy to nie błyskawicę wykorzystał jej bohater dla ożywienia potwora?

Kohler przypomniał sobie teraz bardzo wyraźnie pierwsze spotkanie z pacjentem, którego można było uważać za potwora podobnego do tego stworzonego przez Frankensteina. Przypomniał sobie, jak cztery miesiące temu, w dwa tygodnie po procesie i osadzeniu Michaela w Marsden — zafascynowany jako człowiek i jako profesjonalista — wszedł powoli na ponury, pilnie strzeżony Oddział E i spojrzał na ogromną, zgarbioną sylwetkę pacjenta spoglądającego złowrogo spod ciemnych brwi.

— Jak się masz, Michael? — zapytał.

— Oni słu-cha-ją. Czasami człowiek musi wymazać z umysłu wszystkie myśli. Robił to pan kiedyś? Wie pan, jakie to *trudne*? To podstawa Medytacji Transcendentalnej. Niech pan oczyści umysł, panie doktorze. Niech pan spróbuje.

— Chyba nie potrafię.

— Jeżeli uderzę pana tym krzesłem, pana umysł będzie *zupełnie* pusty. Sęk jednak w tym, że wtedy będzie pan też martwy.

Wypowiedziawszy te słowa, Michael zamilkł, a następnie milczał przez kilka dni.

Szpital w Marsden, podobnie jak ten w Cooperstown, był szpitalem stanowym i znajdowało się w nim tylko kilka okropnych sal terapii. Jednak Kohler załatwił dla uczestników swojego programu pewną liczbę pokoi. Nie były one luksusowe. Panowały w nich przeciągi, było w nich zimno, a ich ściany zostały pomalowane farbą w niepokojącym kolorze rozbielonej zieleni. Ale te pokoje były przynajmniej oddzielone od tej części szpitala, w której przebywali pacjenci poważniej chorzy. Poza tym fakt, że były wydzielone, napełniał tych, co w nich przebywali, poczuciem własnej godności. Znajdowały się tu zabawki edukacyjne i książki, i przybory do malowania i rysowania — nawet niebezpieczne ołówki, którymi oficjalnie nie wolno się było pacjentom posługiwać. Kohler zachęcał swoich pacjentów do uprawiania twórczości plastycznej i do wyrażania siebie. Na ścianach ich pokoi terapii widniały graffiti i wisiały obrazy, rysunki i wiersze, których autorami byli oni sami.

W sierpniu Richard Kohler rozpoczął walkę o włączenie Michaela do swojego programu terapii zajęciowej. Wybrał właśnie Michaela, bo Michael był inteligentny, bo wyglądało na to, że chce wyzdrowieć, oraz dlatego, że Michael zabił człowieka. Zresocjalizowanie pacjenta takiego jak Michael Hrubek (bo takich pacjentów się nie *leczyło*) byłoby najlepszym dowodem skuteczności technik terapeutycznych stosowanych przez Kohlera. Kohler mógłby dzięki niemu dostać pieniądze z Departamentu Zdrowia Psychicznego, wzrósłby też znacznie jego prestiż. Jednak Kohlera bardziej interesowało to, że pomógłby człowiekowi, który cierpi, i to cierpi okropnie. Gdyż Michael był inny niż ci schizofrenicy, którym obojętny jest własny los. Michael był postacią tragiczną, gdyż stan jego zdrowia był na tyle dobry, że pozwalał mu zdawać sobie sprawę z tego, jak wygląda normalne życie. Wskutek tego cierpiał katusze na myśl o przepaści istniejącej między tym, kim w istocie był, a tym, kim mógł być. Michael należał do tej kategorii pacjentów, z którą Kohler najbardziej pragnął pracować.

Nie znaczy to jednak, że Michael z entuzjazmem odniósł się do pomysłu włączenia go do programu Kohlera.

— O nie, ty skurwysynu, za nic!

Nękany objawami paranoidalnymi i podejrzliwy Michael odmówił wzięcia udziału w programie. Nie chciał mieć nic wspólnego z Kohlerem czy kimkolwiek z Marsden. Siedział w kącie swojego pokoju, mrucząc coś do siebie i podejrzliwie patrząc na lekarzy i innych pacjentów. Ale Kohler się uparł. Po prostu nie chciał zostawić Michaela w spokoju. Przez pierwszy miesiąc jego pobytu na Oddziale E — podczas którego widywali się codziennie — kłócili się zawzięcie. Michael wygłaszał bombastyczne tyrady i wrzeszczał, bo był przekonany, że Kohler, podobnie jak inni, jest spiskowcem. Kohler zmieniał temat i pytał go o jego fantazje, próbując przełamać jego opór.

W końcu, zmęczony agresywnością Kohlera i udręczony aplikowanymi w potężnych dawkach lekami, Michael niechętnie zgodził się wziąć udział w programie terapii zajęciowej. Stopniowo Kohler przedstawiał go innym pacjentom — najpierw pojedynczym osobom, a potem całym grupom. Chcąc go zachęcić do mówienia o przeszłości i o urojeniach, lekarz dawał mu „łapówki" w postaci podręczników historii, które podkradał z biblioteki we Framington, bo w Marsden praktycznie nie było żadnego księgozbioru. Podczas sesji indywidualnych Kohler wywierał psychiczny nacisk na młodego człowieka, rozbudzając jego emocje. Zmuszał go też do przebywania z innymi pacjentami i badał jego urojenia i sny.

— Michael, kto to jest Ewa?

— Aha, już. Już panu mówię. Figę z makiem.

— Co miałeś na myśli, mówiąc: „Chcę wyprzedzić niebieskie mundury"?

— Czas spać. Gasić światła. Dobranoc, panie doktorze.

I tak to szło.

Pewnego dnia, sześć tygodni temu, kiedy było zimno i mokro, Michael znalazł się na boisku i tam, pod okiem grubiańskiego strażnika spacerował po bieżni. Chodząc tak, patrzył przez płot na farmę znajdującą się na terenie szpitala. Jak większość schizofreników, cierpiał na stępienie uczuć — nie okazywał przeważnie emocji. Ale tego dnia najwyraźniej podziałał na niego ponury krajobraz, gdyż zaczął płakać.

— Żal mi było tych biednych, moknących na deszczu krów — powiedział później Kohlerowi. — Bóg powinien coś dla nich zrobić. Bo tamte lody są już połamane.

— Lody są połamane? Co chcesz przez to powiedzieć?

— Biedne krowy. Już nigdy nie wrócą do pierwotnego stanu. To oczywiste. Ale lody są połamane. Nie rozumie pan?

Kohlera nagle olśniło. Doznał czegoś, co jest podobne do doznania pacjenta poddanego elektrowstrząsom.

— Ty masz na myśli — szepnął, starając się opanować podniecenie — ty chcesz powiedzieć, że „lody są *przełamane*".

Za pomocą tego komunikatu — komunikatu podobnego do tamtego, który odkryła doktor Anna Muller — Michael usiłował wyrazić swoje najskrytsze uczucia. Chciał powiedzieć, że w jego życiu nastąpiła radykalna zmiana. Wzruszył ramionami, a potem zaczął płakać — nie ze strachu, ale dlatego, że było mu smutno.

— Tak mi ich żal. — Stopniowo uspokajał się. — Chyba trudno być farmerem. Ale ja bym chyba chciał...

— Czy interesowałaby cię — zapytał Kohler z biciem serca — praca na farmie?

— Na farmie?

— W ramach terapii przez pracę. Tutaj, w szpitalu.

— *Czy pan zwariował*? — krzyknął Michael. — Krowa kopnęłaby mnie w głowę i umarłbym. Niech pan nie będzie idiotą!

Namawianie Michaela, żeby wziął pracę, zajęło dwa tygodnie, czyli o wiele dłużej, niż załatwianie spraw papierkowych związanych z jego przeniesieniem. Michael praktycznie należał w Marsden do kategorii pariasów, gdyż przebywał tu z mocy paragrafu 403. Jednak biurokracja jest czymś, co działa obosiecznie. Ponieważ Kohler w swojej ogromnej dokumentacji posługiwał się raczej wyrażeniem „Pacjent 458-94", a nie imieniem i nazwiskiem Michaela Hrubeka, i ponieważ administracja nadmiernie zagęszczonego Oddziału E była zachwycona, mogąc pozbyć się pacjenta, sprawa Hrubeka została załatwiona pozytywnie. Michaela przydzielono do prostych prac na farmie mlecznej produkującej na rzecz szpitala i sprzedającej swoje małe nadwyżki na lokalnych rynkach. Z początku Michael odnosił się podejrzliwie do nadzorujących go ludzi. Ani razu jednak nie wpadł w panikę. Zjawiał się w pracy punktualnie i zwykle ostatni z niej wychodził. Po pewnym czasie zaadaptował się zupełnie dobrze. Z ochotą przerzucał nawóz, naprawiał płot, nosił wiadra z mlekiem. Obserwując go, można było zacząć podejrzewać, że nie jest takim sobie zwyczajnym parobkiem jedynie wtedy, kiedy zabierał się za malowanie krów rasy Hereford białą farbą, chcąc, żeby ich łaty były ładniejsze albo mniej przerażające.

Zresztą kiedy mu ktoś powiedział, żeby tego nie robił, zaraz przestawał zawstydzony.

W ten sposób Michael Hrubek, który nigdy w życiu nie zarobił ani centa, zaczął nagle dostawać trzy dolary osiemdziesiąt za godzinę. A ponadto jadał kolacje z przyjaciółmi w szpitalnej kafeterii, zmywał naczynia, pisał długi poemat o bitwie nad Bull Run i brał udział w sesjach terapeutycznych Kohlera, nie mówiąc już o tym, że jego nazwisko figurowało w uzasadnieniu prośby doktora o pieniądze z Departamentu Zdrowia Psychicznego.

A teraz, pomyślał Kohler z goryczą, jest niebezpiecznym uciekinierem.

Oj Michael, Michael, gdzie ty jesteś, gdzie jesteś razem ze swoimi przełamanymi lodami?

W tym wszystkim Kohler był pewien jednego: Michael zmierza do Ridgeton. Wizyta jego samego u Lis Atcheson okazała się pomocna z dwóch względów. Po pierwsze ze względu na to, że rzuciła pewne światło na urojenie Michaela. A po drugie ze względu na światło, jakie rzuciła na *samą* Lis. Bo Lis okłamała Kohlera. To było dla niego jasne. Kohler usiłował wydedukować, w którym miejscu jej opowiadanie o Indian Leap mija się z prawdą. Ale ona wydawała się być osobą przyzwyczajoną do życia z tajemnicami, do życia z niewyrażonymi uczuciami, ze skrywanymi namiętnościami — wskutek czego jemu nie udało się wykryć jej kłamstwa. Mimo to Kohler czuł, że to, co ona przed nim ukryła, jest ważne. To coś było najprawdopodobniej bardzo ważne, gdyż stało się dla Michaela bodźcem, który skłonił go do porzucenia swego pełnego urojeń, ale bezpiecznego życia i do odbycia tej przerażającej nocnej podróży.

O tak, Michael z pewnością zmierza do Ridgeton.

A tutaj, skulony na ulewnym deszczu czeka na niego on, Richard Kohler — człowiek pragnący przekupić tropiciela polującego na nagrodę za pomocą sumy, na której wydanie właściwie go nie stać, i mający zamiar szukać swego rozdrażnionego i niebezpiecznego pacjenta na własną rękę, szukać go po to, żeby skłonić go do powrotu do szpitala — dla jego własnego dobra i dla dobra tysięcy innych pacjentów, których ma nadzieję jeszcze wyleczyć.

Lekarz spojrzał na rozległy parking i otulił się czarnym płaszczem, usiłując bezskutecznie ochronić się przed deszczem i wiatrem. Otworzył plecak i wyjął z niego potężną metalową strzykawkę, a potem napełnił ją dużą dawką środka znieczulającego. Popchnął tłok do góry, tak że ze strzykawki wytrysnęło trochę płynu. Następnie jeszcze raz spojrzał w górę, wystawiając twarz na deszcz i jeszcze raz przyjrzał się obracającemu się bezustannie szyldowi.

25

O rany!

Michael skręcił i wybuchnął przypominającym szczekanie śmiechem. Przypomniał sobie, który pedał jest hamulcem i nacisnął go delikatnie. Samochód zwolnił do dziesięciu mil na godzinę.

— O rany, co to?

Pochylił się w przód, tak że głową prawie dotykał przedniej szyby, i spojrzał w niebo, na którym widać było czerwone, białe i niebieskie światła załamujące się w kroplach deszczu.

— O Jezu, co to może *znaczyć*?

Był tak podniecony, że dostał dreszczy, a na jego twarzy pojawił się szeroki uśmiech. Zjechał na pobocze i zatrzymał subaru. Wysiadł i jak w transie zaczął iść przez parking. Jego ogromne buciory chrzęściły na asfalcie. Zatrzymał się u stóp „sanktuarium" z rękami złożonymi jak do modlitwy i zaczął się wpatrywać w niebo pełnym czci spojrzeniem. Potem zajrzał do plecaka i przekonał się, że zostały mu dwie czaszki. Wybrał tę, która była w gorszym stanie — trochę popękana — i położył ją pod szyldem.

— Cześć, Michael — odezwał się jakiś głos.

Młody człowiek nie był tym wcale zdziwiony.

— A, doktor Richard, cześć, panie doktorze — odpowiedział.

Szczupły mężczyzna siedział na masce białego samochodu — jednego z pięćdziesięciu stojących tu w szeregu. Jaki on mały i jaki przemoczony — pomyślał Michael, przypominając sobie znowu szopa, którego niedawno zabił. I lekarz, i szop byli tacy mali.

Doktor Richard ześlizgnął się z maski taurusa. Michael spojrzał na niego, ale zaraz jego wzrok skierował się w stronę świetlistego szyldu wirującego nad ich głowami.

Michael zignorował środkową część szyldu, zauważając tylko, że znajdujące się w niej słowo *MERCURY* jest czerwone jak krew. Patrzył natomiast na dwa słowa w kolorze niebieskim, w kolorze mundurów żołnierzy Unii — na to na górze — *FORD* i na to na dole — *LINCOLN*.

— To tam właśnie go zabiłeś, prawda, Michael? W teatrze?

To jest z pewnością cud. Boże, Boże, w swojej nieskończonej mądrości...

— Ford... Lincoln... Teatr Forda... Tak, tak jest, zrobiłem to właśnie tam. Naprawdę. Czternastego kwietnia roku pańskiego 1865 o dziesiątej trzydzieści zakradłem się do loży prezydenckiej. To był Wielki Piątek. Podszedłem do niego z tyłu i wpakowałem mu w głowę kulę. Prezydent nie umarł od razu, tylko ociągał się aż do następnego dnia. Tak, ociągał się.

— Krzyknąłeś *Sic semper tyrannis*.

— No i od tego czasu oni mnie ścigają.

Michael spojrzał na swojego lekarza. Nie, to nie był ktoś podstawiony. To był naprawdę doktor Richard. Wygląda pan na zmęczonego, panie doktorze, pomyślał Michael. Ja czuwam, a pan śpi. Jak pan myśli, co to jest? Spojrzał znowu w górę na szyld.

— Chcę ci pomóc.

Michael roześmiał się.

— Chciałbym, żebyś wrócił ze mną do szpitala.

— To idiotyzm, panie doktorze. Ja właśnie stamtąd *uciekłem*. Dlaczego miałbym wracać?

— Dlatego, że tam będziesz bezpieczny. Szukają cię pewni ludzie. Ludzie, którzy chcą cię skrzywdzić.

— Mówiłem to panu już dawno — warknął Michael.

— To prawda, mówiłeś.

Lekarz roześmiał się.

Michael wyjął z kieszeni pistolet. Lekarzowi na chwilę zalatały oczy, ale zaraz podniósł je znowu na pacjenta.

— Michael, ja tyle dla ciebie zrobiłem. Załatwiłem ci pracę na farmie. Lubisz tę pracę, prawda? Lubisz pracować przy krowach, wiem, że lubisz.

Pistolet był ciepły. Dobrze siedział mu w dłoni. Jest *modny* — pomyślał.

— Zastanawiałem się... Czy to by nie było dziwne... gdyby to był ten pistolet, którym posłużyłem się wtedy...

— Wtedy, kiedy strzelałeś do Lincolna?

— Tak. To by miało specjalne *znaczenie*. Specjalny *sens*. Lubi pan *zapach* krwi, panie doktorze? Jak pan myśli, kiedy dusza *zapycha* do nieba? Czy pan nie uważa, że dusze się trochę ociągają, nim pójdą do nieba?

Dlaczego on do mnie podchodzi? — zastanowił się Michael. Kiedy jest się tak blisko, łatwiej odgadnąć czyjeś myśli.

— Nie wiem.

Michael podniósł pistolet do twarzy i powąchał metal.

— A jak pan wyjaśni to, że on tam na mnie czekał? Ten pistolet. Czekał na mnie *tam*, w sklepie. W tym sklepie z głowami.

Michaelem Hrubekiem wstrząsnął dreszcz.

— Z jakimi głowami?

— Tymi małymi. Białymi i gładkimi. Pięknymi, małymi, białymi głowami.

— To znaczy z tymi czaszkami, tak?

Doktor Richard wskazał głową czaszkę leżącą pod szyldem.

Michael skrzywił się, ale nic nie powiedział.

— Więc zastrzeliłeś Lincolna, tak, Michael?

— Oczywiście.

— Dlaczego nigdy mi o tym nie powiedziałeś? Dlaczego nie powiedziałeś mi o tym podczas którejś z naszych sesji?

Michaela ze zdenerwowania rozbolał żołądek.

— To było... — urwał.

— No dlaczego?

Michaelem ze strachu wstrząsnął dreszcz. Oddychając gwałtownie, odpowiedział:

— To było straszne. Ja zrobiłem straszną rzecz. *Straszną*! To był taki wielki człowiek. A ja... To było... To boli! Niech mnie pan już o nic nie pyta, do cholery.

— Co — zapytał łagodnie doktor Richard — co było w tym takie straszne? Co było tak straszne, że nie mogłeś mi o tym powiedzieć?

— Wiele rzeczy. Zbyt wiele, żeby o nich mówić.

— Powiedz mi chociaż o jednej.

— Nie.

— Wybierz jedną rzecz i powiedz mi o niej.

— Nie.

— Proszę cię, Michael. No już.

— Nie! — Co ten skurwysyn kombinuje?

— No, Michael. Powiedz. — Przez chwilę oczy szczupłego lekarza patrzyły groźnie i rozkazująco. — No już! Mów!

— Księżyc — wykrztusił Michael. — On...

— Co z tym księżycem?

— Wzeszedł czerwony jak krew. Księżyc jest prześcieradłem z krwi. Ewa jest zawinięta w to prześcieradło...

— Kto to jest Ewa?

— No nieźle, skurwysynu. Nie myśl, że ci powiem coś jeszcze. — Michael przełknął ślinę i rozejrzał się nerwowo.

— A skąd wzięła się ta krew?

— Z księżyca. Nie, żartuję.

— Skąd, Michael? Skąd wzięła się krew? Skąd?

— Z ich głowy — szepnął Michael.

— *Z czyjej* głowy? — spytał doktor Richard, a potem krzyknął: — Powiedz mi! Z czyjej głowy?

Michael uśmiechnął się ponuro i warknął:

— Nie próbuj mnie oszukać, ty skurwysynu. *Z jego* głowy. Z jego, jego, jego głowy. Z głowy Abrahama Lincolna. Szesnastego Prezydenta Stanów Zjednoczonych. To *jego* miałem na myśli. Jego! Tego, któremu wpakowałem kulę w łeb.

— Ale, Michael, ty mówiłeś *jeszcze o kimś*, kto został ranny w głowę. Kto to był? Kto oprócz Lincolna został ranny?

Michael zamrugał i skulił się ze strachu.

— Pan myśli o Sewardzie. O Sekretarzu Stanu. Ale on został *pchnięty nożem*! Jeżeli chce mnie pan wykiwać, to niech się pan dowie, jak było naprawdę. On też nie za dobrze bawił się tego wieczora.

— Ale ktoś jeszcze został *postrzelony,* prawda?

— Nie!

— Pomyśl, Michael. Wysil się. Możesz mi powiedzieć.

— Nie! — Michael zatkał sobie uszy. — Nie, nie, nie!

— Skąd wzięła się ta krew? Ta krew, która była wszędzie?! — szepnął doktor Richard, pochylając się w przód. — Tyle krwi. Ogromna jej ilość, taka ilość, która mogła pokryć księżyc. Całe płachty krwi.

Taka ilość, która mogła pokryć...

— Było jej *naprawdę dużo* — krzyknął Michael.

— Kogo jeszcze, Michael? Kogo jeszcze postrzelono? Powiedz mi. Proszę cię.

— Ja panu *powiem*, a pan pośle wiadomość do CIA i Tajnych Służb!

— To będzie nasza tajemnica. Nie powiem żywej duszy.

— A *martwej* duszy pan powie? — ryknął Michael, odrzucając w tył głowę i miotając się na deszczu. — To *ich* powinniśmy się bać. *Martwych* dusz! To z ich strony grozi nam niebezpieczeństwo.

— Ale kto to był, Michael? Powiedz mi.

— Ja...

A co to jest? To na twojej głowie? Co masz na głowie?

Tatuś zaraz wróci do domu. Tatuś zmusi ją, żeby to zdjęła.

Jej piękna głowa — całkiem zniszczona. Nie, nie!

— Michael, powiedz coś. Dlaczego płaczesz? — Doktor Richard chwycił Michaela za ramię. — O czym myślisz?

Michael myśli: Wszedłem do domu. Byłem w ogródku, robiłem mnóstwo ważnych rzeczy. Wszedłem do domu i zobaczyłem ją. Na jej oczach nie było masek, a jej paznokcie nie płonęły. Była w sypialni i miała na sobie tę samą koszulę nocną, którą nosiła od tylu dni. Bardzo *modną*. Tę, którą trzeba mieć na sobie, kiedy się idzie do sklepu, żeby kupić sklep. Tę, którą trzeba mieć na sobie, trzymając pistolet, *ten* pistolet. To John Wilkes Booth dał jej ten pistolet.

— Michael! Co z tobą? Spójrz na mnie! O czym myślisz?

Michael myśli: Booth na pewno był jej kochankiem i dał jej ten pistolet — żeby mogła się bronić przed *martwymi* żołnierzami Unii. A ona się nie *martwiła*, tylko mnie sprzedała. Zdradziła mnie!

— Czy powiedziałeś „zdrada”? Nie słyszę, co mówisz. Mruczysz coś pod nosem. Co mówisz, Michael?

Trzymała pistolet w dłoni. Leżała w łóżku w swojej koszuli. Usiadła, kiedy stanąłem w drzwiach, i powiedziała... Powiedziała... Powiedziała... „Ach, to ty”.

Dzisiejszego wieczora Michael słyszał jej słowa, tak jak je słyszał milion razy przedtem — wypowiadane nie ze zdziwieniem, nie pogardliwie, nie prosząco — tylko głosem osoby bezgranicznie rozczarowanej.

Michael myśli: A potem przytknęła wargi pistoletu do swoich złotych włosów, a krew podfrunęła aż do księżyca i pokryła jej głowę jak czerwona, błyszcząca czapka. I rozprysnęła się na prześcieradłach.

Ach, to ty... Ach, to ty...

Michael stał w drzwiach sypialni i patrzył, jak blond włosy ciemnieją pod szkarłatną czapką. Potem pochylił się, wyciągnął rękę niezgrabnym ruchem i dotknął jej drżącej dłoni. Był to pierwszy od lat kontakt fizyczny między matką i synem. Jej niewidzące oczy zrobiły się ciemne jak słońce podczas zaćmienia, jej zgięte palce zadrżały i rozgięły się nieco, a potem powoli utraciły całe ciepło, chociaż Michael puścił jej dłoń na długo przed tą chwilą, w której zrobiła się zimna.

— Ta piękna głowa...

— *Czyja* głowa, Michael?

Nagle wspomnienia znikły jak za naciśnięciem kontaktu. Łzy przestały płynąć i Michael uświadomił sobie, że patrzy na doktora Richarda znajdującego się teraz o jakąś stopę od niego.

— Kto to był? — zapytał lekarz głosem pełnym rozpaczy.

— Nieźle — powiedział Michael kpiąco. — Ale nie według mnie.

Doktor Richard zamknął na chwilę oczy. Zacisnął usta, a potem westchnął.

— No dobrze, Michael. Dobrze.

Zamilkł na chwilę, po czym zaproponował:

— A może byśmy tak razem wrócili do szpitala? Mam tu swoje BMW. Mówiliśmy kiedyś, że się razem przejedziemy. Twierdziłeś, że byś chciał. Mówiłeś, że BMW to cholernie dobry samochód.

— To cholernie dobry *faszystowski* samochód — poprawił go Michael.

— No to chodź, jedźmy.

— Ale ja nie mogę, panie doktorze. Mam zamiar złożyć wizytę Lis-bone. Ooo, to było złe. To, co się tam stało. Muszę się tam udać.

— Ale dlaczego, Michael, dlaczego?

— Ona jest Ewą od zdrady — odpowiedział Michael, jakby to było oczywiste.

Na twarzy doktora Richarda pojawił się wyraz ulgi. Doktor odwrócił wzrok na dłuższą chwilę. A potem twarz mu się rozjaśniła — cała twarz z wyjątkiem oczu, jak zauważył Michael.

— Hej, ty też masz samochód. No, no, zaimponowałeś mi.

— Ale on nie jest taki dobry jak cadillac — powiedział Michael szyderczo.

— A popatrz tam — zaproponował lekarz niefrasobliwie. — Na ten rząd samochodów. Na te wszystkie *lincolny.*

— To ciekawe, panie doktorze — powiedział Michael uprzejmie, przyglądając się nie samochodom, tylko twarzy lekarza. — Ale jeszcze ciekawsze jest, dlaczego pan przez cały czas chowa z tyłu jedną rękę. Dlaczego, ty skurwysynu?!

— O Boże, nie!

Lewa ręka lekarza wylądowała na piersi Michaela, nie czyniąc mu nic złego, w chwili gdy Michael wyrywał strzykawkę ze szczupłych palców prawej.

— Co my tutaj mamy? Jak to błyszczy, jakie to ładne. To prezent dla mnie? Już ja cię znam, ty skurwysynu. Przyszedłeś tutaj, żeby mnie dźgnąć w plecy i wydać mnie spiskowcom. Tak, żeby nikt się o tym nie dowiedział, żeby nikt nie wiedział, co się ze mną stało. Chciałeś dźgnąć mnie w plecy, a potem wepchnąć mnie do wora, tak, skurwysynu?

— Nie! Nie rób tego!

Michael pochylił się w przód.

— Och, ty... — szepnął i przesunął długą, ściętą skośnie ostrą igłę, tak że ta znalazła się przed oczami lekarza.

Igła zbliżała się coraz bardziej. Była zaledwie o parę cali od twarzy Kohlera, który bezskutecznie wysilał swoje słabe mięśnie, chcąc powstrzymać Michaela.

— Proszę cię, nie!

Igła była teraz skierowana w stronę lekarza i zbliżała się do jego klatki piersiowej.

A później ze zręcznością kogoś, kto takie rzeczy obserwował przez całe lata, Michael wbił igłę głęboko w ciało lekarza i wstrzyknął lekarstwo.

Z ust doktora Richarda wyrwał się żałosny okrzyk, który zdawał się być nie okrzykiem bólu, a jękiem pochodzącym z głębi jego umęczonej duszy. Był to okrzyk człowieka uświadamiającego sobie prawdopodobnie, że ostatnim obrazem, który widzi przed śmiercią, jest obraz twarzy kogoś, kogo on w pewnym sensie kochał, a kto go zdradził.

Gdzie on jest? — zapytała Portia.

— We Fredericks. O jakieś osiem czy dziewięć mil stąd. Ale drogi są teraz na pewno w strasznym stanie.

Zmieniły ubrania i wysuszyły sobie włosy suszarką Lis. Lis stojąca przy oknie w kuchni zobaczyła przez strugi deszczu świetlny punkcik odbijający się w jeziorze i znajdujący się w odległości mili. Był to dom ich najbliższych sąsiadów — małżeństwa, którego Lis i Owen dobrze nie znali. Ci młodzi ludzie pobrali się sześć miesięcy temu. Kobieta była kurą domową i kilkakrotnie z budzącą mdłości otwartością rozmawiała z Lis o obowiązkach żony. Mówiła bardzo szybko, zadawała mnóstwo pytań i patrzyła na Lis zmrużonymi oczami, trzymając łokcie na winylowej serwetce. A potem Lis udzielała jej niezbyt umiejętnie rad. Na litość boską, myślała przy tym, skąd ja mam wiedzieć, czy powinnaś odbywać stosunki seksualne z mężem nawet wtedy, kiedy masz grypę. I skąd mam wiedzieć, czy w tych sprawach obowiązują jakieś reguły...

— Jesteś spakowana? — zapytała Portia.

— A co to za pakowanie? Wzięłam koszulę nocną, szczoteczkę do zębów, bieliznę. Będziemy w tej Gospodzie ze sześć godzin. Bardzo mi jest potrzebna gorąca kąpiel. Zresztą oni mogą go złapać, zanim Owen tu się zjawi. Napiłabym się, wiesz? A ty? Chcesz brandy?

— Brandy smakuje jak mydło.

— Trzeba się do niej przyzwyczaić. To prawda. A może Grand Marnier?

— To już bardziej w moim guście.

Lis nalała sobie i siostrze, a potem stanęła w drzwiach prowadzących do cieplarni.

— Zbudowałyśmy dobrą tamę. Jeszcze się trzyma.

Potężny podmuch wiatru wstrząsnął oknami. Wiatr wył w otworach wentylacyjnych tak głośno, że zagłuszał ich rozmowę. Bezlistne gałęzie drzew chwiały się na wietrze, a na jeziorze widać było grzywiaste fale. Lis powiedziała, że nigdy dotąd nie widziała jeziora tak wzburzonego. Ogromna błyskawica rozdarła niebo na zachodzie, a kiedy nad domem przetoczył się grzmot, wydało im się, że podłoga usuwa im się spod stóp.

— Wejdźmy w głąb domu. Może do salonu?

Lis bardzo chętnie zgodziła się na to.

Przez chwilę siedziały w milczeniu. Lis starała się nie patrzeć siostrze w oczy. Zatrzymała wzrok na zdjęciach stojących na przenośnym stoliczku. Były tam zdjęcia z dzieciństwa. I zdjęcia Portii — zgrabnej i seksownej. I Lis — czujnej, poprawnej, no i dość bezbarwnej. I wysokiego, srogiego ojca z anachronicznym wąsikiem i jak zwykle w białej koszuli. I pełnej wdzięku matki ze stanowczo zarysowaną szczęką i oczami, które były władcze w obecności wszystkich, z wyjątkiem ojca, którego matka się chyba bała.

— Słuchaj — powiedziała powoli Lis, patrząc teraz nie na zdjęcia, ale na ramki. — Chciałabym z tobą o czymś porozmawiać.

Portia podniosła na nią wzrok. — O tej szkółce?

— Nie — odpowiedziała w końcu Lis. — O Indian Leap. O tym, co tam zaszło. To znaczy o tym, co wtedy zaszło między nami. Nie o morderstwie. Wiem, że nie chcesz o tym mówić. Ale może posłuchasz tego, co ja mam do powiedzenia, dobrze?

Portia milczała. Zlizała słodki płyn z brzegu kieliszka i czekała.

Lis westchnęła. — Po tamtym dniu nie chciałam cię więcej widzieć.

— Musiałaś wiedzieć, że ja czułam to samo. Skoro się nie widywałyśmy...

— Miałam okropne poczucie winy.

— Ja nie chcę przeprosin.

— No wiesz, czułam się winna — dlatego, że cię uderzyłam, że powiedziałam to, co powiedziałam... Nie panowałam wtedy nad sobą. Nigdy wcześniej czegoś takiego nie przeżywałam. Nigdy w życiu. Byłam wtedy przeciwieństwem tego, czym zawsze chciałam być.

— Miałaś dobrego nauczyciela. — Portia postukała palcem w zdjęcie ojca. — Miałam wrażenie, że to jego szkoła.

Lis nie uśmiechnęła się. Czuła się chora ze wstydu i złości. Szukała teraz w siostrze oznak wybaczenia, miękkości. Ale Portia siedziała, przyciskając do piersi kieliszek i patrząc — niemal ze znudzeniem — w stronę cieplarni. Wiatr nadal zawodził.

— Poszłam kiedyś do tej lodziarni. Pamiętasz ją? — powiedziała Lis z roztargnieniem.

— Jeszcze jej nie zlikwidowali? Nie byłam tam od lat. Jak tam teraz jest w środku?

— Tam się nie wchodzi do środka. Nie pamiętasz?

— Aha, rzeczywiście.

Lis przypomniała sobie, jak tam chodziły ze swoją holenderską „ochroniarką" Jolandą i kupowały przy okienku waniliowe lody w rożkach. A potem siedziały z nimi na lepkiej ławie przy piknikowym stole obok parkingu. Jeżeli to było w dzień, to szybowały nad nimi pszczoły, a jeżeli wieczorem, to mogły obserwować ćmy i chrabąszcze lecące nieprzytomnie w stronę hipnotyzującego je blasku lamp i umierające wspaniałą, szybką śmiercią.

— Brałyśmy lody z wiśniową polewą — przypomniała sobie młodsza siostra, mrużąc oczy.

— I lody zawsze się topiły, i ściekały po rożku. Trzeba się było zawsze spieszyć i zlizać, zanim spłynęły po ręce.

— Oczywiście. Pamiętam.

Zamilkły, a wycie wiatru wzmogło się. Lis poszła do cieplarni i zamknęła szczelnie otwór wentylacyjny. Wycie ucichło, ale nie ustało. Lis wróciła do salonu i powiedziała:

— Nigdy ci o tym nie wspominałam, ale na wiosnę miałam romans. I muszę ci trochę o nim opowiedzieć.

Samochód jedzie z prędkością siedemdziesięciu mil na godzinę, aż silnik jęczy jak torturowany. Owen Atcheson mija jakieś budynki, na których oknach naklejona jest na krzyż taśma, tak jakby spodziewano się nie jesiennej burzy, a huraganu, potem przejeżdża obok terenu budowy i dalej obok punktu sprzedaży samochodów Forda, nad którym powoli jak latarnia morska obraca się niebiesko-czerwony szyld świetlny.

Następnie szosa numer 236 zaczyna wić się wśród pagórków znajdujących się na obrzeżu Ridgeton — pagórków będących częścią pasma górskiego, które o kilka godzin drogi stąd wznosi się wysoko ponad kamienną doliną Indian Leap, gdzie stracił życie Robert Gillespie.

Owen zwalnia na zakrętach, a potem znowu przyspiesza do pięćdziesięciu mil na godzinę i przeskakuje na czerwonym świetle skrzyżowanie z szosą numer 116. Droga wspina się teraz na szczyt długiego wzniesienia, a Owen — na prawo od siebie, trzydzieści stóp niżej — widzi przez chwilę wodę. Z ciemnego potoku wyrastają czarne, wysokie przęsła dźwigające stary most filarowy, po którym biegnie linia kolejowa łącząca Boston z Hartford i Nowym Jorkiem. Owen znowu zwalnia, a potem zdejmuje nogę z hamulca i przyspiesza na prostym odcinku drogi, który zaprowadzi go do śródmieścia Ridgeton.

Beżowe subaru zdaje się wynurzać leniwym ruchem z krzaków, w których było ukryte. Jednak Owen widzi, że jego tylne koła obracają się bardzo szybko, rozpryskując błoto, i że właściwie pojazd porusza się z dużą prędkością. Jeszcze na ułamek sekundy przed potężnym walnięciem Owen myśli, że mógłby uniknąć kolizji, bo oba samochody są bardzo blisko siebie, a mimo to nie zderzają się. Ale potem subaru uderza mocno w sam środek cherokee. Następuje szarpnięcie, wskutek którego szyja Owena ulega gwałtownemu skręceniu. Ból zalewa mu twarz potężną falą, a bólowi towarzyszy wybuch żółtego światła.

Subaru zatrzymuje się na krawędzi skały, a cherokee przewraca się na bok. Kołysze się przez krótką chwilę, która Owenowi wydaje się wiecznością i podczas której widzi on — o sześć stóp od siebie — twarz Michaela Hrubeka. Hrubek szczerzy zęby w wariackim uśmiechu i wali ręką w kierownicę, wrzeszcząc coś głośno i najwyraźniej chcąc, żeby Owen go usłyszał. Owen patrzy na Hrubeka, ale nie dociera do niego to, co szaleniec chciał mu powiedzieć, bo w tejże samej chwili jego samochód zaczyna spadać w dół, w stronę strumienia.

IV

W samym kwiecie grzechu

26

Portia roześmiała się i spytała zaskoczona:

— Ty? Miałaś romans?

Starsza siostra patrzyła na smugi szarego deszczu spełzające po szybach.

— Ja. Nie domyśliłabyś się tego, prawda?

No, pomyślała Lis. Zrobiłam to. Przyznałam się do tego po raz pierwszy. Powiedziałam o tym pierwszej osobie w życiu. Dzisiejszej nocy walą pioruny, ale jak dotąd żaden jakoś nie strzelił we mnie.

— Nigdy nic o tym nie wspominałaś. — Portia najwyraźniej była ubawiona. — Nie miałam żadnych podstaw, żeby cię podejrzewać.

— Nie wspominałam o tym chyba dlatego, że się bałam. Bałam się, że Owen się dowie. Znasz go przecież. Wiesz, jak potrafi się złościć.

— Przecież ja nie powiedziałabym mu o tym.

— Nie, nie, nie sądziłam, że mu powiesz. Ale mnie się wydawało, że jeżeli ktoś o tym będzie wiedział, to będzie większe prawdopodobieństwo, że sprawa się wyda. — Przerwała na chwilę, a potem mówiła dalej: — No i jest coś jeszcze... Ja się wstydziłam. Bałam się... Nie wiedziałam, co sobie o mnie pomyślisz.

— Ja? A dlaczego, na miłość boską, miałabym coś pomyśleć?

— Bo romans to nie jest coś, z czego człowiek może być dumny.

— To była tylko sprawa łóżkowa czy się zakochałaś?

Lis poczuła się obrażona, jednak wyglądało na to, że Portia pyta z czystej ciekawości.

— Nie, nie, nie, to nie było tylko pożądanie. My się *kochaliśmy*. Naprawdę nie wiem, dlaczego wcześniej ci o tym nie powiedziałam. Powinnam była ci powiedzieć. Za dużo przed sobą ukrywałyśmy. — Lis spojrzała na siostrę i dodała: — Owen też miał romans.

Młoda kobieta kiwnęła głową. Lis przestraszyła się, że jej siostra wiedziała o tym już wcześniej. Ale nie, okazało się, że Portia po prostu wyczuła, że Owen leci na kobiety.

Lis i to odebrała jako coś obraźliwego.

— Ale to się zdarzyło tylko raz — powiedziała, jakby go broniąc.

— Szczerze mówiąc, Lis, dziwię ci się, że tak długo zwlekałaś ze znalezieniem sobie kogoś.

— Jak możesz tak mówić? — zapytała ostro Lis. — Ja nie jestem z tego gatunku, co...

Głos jej się załamał.

— Nie jesteś *taka jak ja*? — zapytała sarkastycznie jej siostra.

— Mam na myśli to, że *nie szukałam* żadnych znajomości. Próbowaliśmy... to znaczy Owen i ja próbowaliśmy się pogodzić. On przestał się widywać z tamtą kobietą i usiłowaliśmy świadomie...

— Usiłowaliście świadomie...

Lis słuchała podejrzliwie, nie wiedząc, czy Portia nie kpi, ale doszła do wniosku, że nie. Mówiła dalej:

— Staraliśmy się utrzymać nasze małżeństwo. Ten romans... ten romans po prostu się zdarzył.

Zaczął się w pechowym momencie. W środku zeszłej zimy, kiedy w jej życiu działo się tyle negatywnych rzeczy. Kiedy Owen miał swój romans, kiedy powoli umierała matka, kiedy ona coraz bardziej nie lubiła uczyć, kiedy przejmowała majątek... Był to *najgorszy* czas na coś takiego, powiedziała sobie. I zaraz potem dodała w myśli: Tak jakby kataklizm kiedykolwiek przychodził w dobrym momencie.

Jej romans — w odróżnieniu od romansu Owena, który uważała za hollywoodzki i łatwy — był dla niej źródłem wielkiego cierpienia. Byłoby mi o wiele lepiej, mówiła sobie, gdybym potrafiła oddzielić seks od duszy. Ale nie potrafiła i zakochała się, a jej kochanek zakochał się w niej. Przyznawała, że początkowo zbliżyła się do niego, kierując się chęcią zemsty. Było to małostkowe, to prawda, ale tak było — chciała odegrać się na Owenie. A potem okazało się, że po prostu nie panuje nad sobą. Okazało się, że ta historia wciągnęła ją całkowicie.

— Czy to już skończone? — zapytała Portia.

— Tak, skończone.

— No to o co tyle krzyku?

— Niestety — powiedziała porywczo Lis — jest o co podnosić krzyk. Jeszcze ci wszystkiego nie powiedziałam...

Lis już otworzyła usta, żeby wszystko wyznać. Naprawdę chciała już opowiedzieć o wszystkim.

I opowiedziałaby, gdyby w tym momencie nie przyjechał samochód. Portia odwróciła się i spojrzała przez kuchenne okno na podjazd.

— Owen!

Lis patrzyła przez okno, ciesząc się bardzo z jego przyjazdu, a równocześnie czując rozczarowanie, gdyż nie dane jej było skończyć rozmowy z siostrą.

Obie z Portią weszły do kuchni i podeszły do okna, patrząc poprzez strugi deszczu.

— Nie, to chyba nie on — powiedziała powoli Portia.

Patrzyły na reflektory przesuwające się wzdłuż podjazdu. Lis liczyła pomarańczowe światełka odblaskowe. Portia miała rację. Lis nie widziała wyraźnie samochodu, ale zauważyła, że jest on jasny. A cherokee Owena był czarny jak smoła.

Lis otworzyła drzwi od kuchni i wysiliła wzrok.

Był to samochód policyjny. Wysiadł z niego młody policjant. Spojrzał na acurę zarytą na środku podjazdu i wbiegł do kuchni, ocierając sobie wodę z twarzy. Był okrągły okrągłością kogoś, kto niedawno utył, a wyraz jego twarzy wskazywał na to, że dano mu niespodziewane zadanie do wykonania.

— Słuchaj, Lis — odezwał się. — Przykro mi, ale muszę ci powiedzieć, że znaleźliśmy przed chwilą samochód Owena na dnie parowu.

— O Boże!

Lis zakryła sobie twarz. Przycisnęła dłonie mocno do oczu, tak jakby oczy piekły ją od dymu.

— Wjechał na niego... chyba ten Hrubek. Ten świr. Na to wygląda. Zepchnął go z szosy. To chyba była zasadzka.

— Nie! Hrubek jedzie do Boyleston. To nie mógł być on!

— Na pewno nie jedzie do Boyleston tym samochodem, którym uderzył w samochód Owena. Bo ten ma cały przód zmiażdżony.

Lis instynktownie odwróciła się w kierunku tego miejsca, w którym leżała jej torebka.

— W jakim on jest stanie? Muszę do niego jechać.

— Nie wiemy. Nie możemy go znaleźć. Ani jego, ani Hrubeka.

— Gdzie to się stało? — zapytała Portia.

— Koło starego mostu kolejowego. Blisko śródmieścia.

— Śródmieścia *jakiego miasta*? — warknęła Lis.

Policjant zamilkł, być może przypuszczając, że ona wpadła w histerię. Ale w chwilę później powiedział: — No, Ridgeton.

Zaledwie o trzy mile od domu!

— Samochód nie wyglądał tak strasznie — wyjaśnił policjant. — Przypuszczamy, że Hrubek uciekł, a Owen go goni.

— Albo Owen ucieka, a Hrubek goni jego.

— Braliśmy pod uwagę i taką możliwość. Szeryf i Tom Scalon ich szukają. W tej części miasta nie działają telefony. Więc Stan przysłał tu mnie, żebym ci powiedział, co się dzieje. On uważa, że obie powinnyście stąd wyjechać. I wrócić dopiero, kiedy Hrubeka złapią. Ale wygląda na to, że wasz samochód nie jest na chodzie.

Lis nie odpowiedziała. Portia wyjaśniła policjantowi, że nie było samochodu, który mógłby je podholować.

— Mnie się zdaje, że tu będzie potrzebny nie tylko samochód do holowania. — Policjant wskazał ruchem głowy zapadniętą w błoto acurę. — Tak czy owak, ja was zabiorę. Weźcie tylko rzeczy.

— Ale Owen... — Lis rozejrzała się naokoło.

— Myślę — powiedział policjant — że powinniśmy jechać.

— Ja *nigdzie* nie pojadę, dopóki nie znajdzie się mój mąż.

W głosie Lis zabrzmiała chyba rozpacz, bo policjant odpowiedział na to ostrożnie:

— Rozumiem, co czujesz... Ale zostając tutaj, nie będziesz mogła nic zrobić. Będziesz się tylko denerwowała. A ja...

— Ja nigdzie nie jadę — powtórzyła powoli Lis. — Rozumiesz?

Policjant popatrzył na Portię, która milczała. W końcu odezwał się:

— Dobrze, Lis, niech będzie, jak chcesz. To twoja sprawa. Ale Stanley kazał mi dopilnować, żeby ci się nic nie stało. Chyba muszę się z nim połączyć i powiedzieć mu, że nie chcesz jechać.

Odczekał jeszcze chwilę, jakby spodziewał się, że ona zmieni zdanie. Kiedy jednak ona odwróciła się do niego plecami, wyszedł z domu, wsiadł do samochodu i połączył się z szeryfem drogą radiową.

— Słuchaj, Lis — odezwała się Portia. — My nic nie możemy zrobić.

— Jeżeli chcesz, to idź i siedź z nim w samochodzie. Albo powiedz mu, żeby cię zawiózł do Gospody. Ale ja nie pojadę. Przykro mi.

Portia wyjrzała na zewnątrz i zobaczyła, że drzewa gną się w silnych podmuchach wiatru.

— Nie, ja zostanę — powiedziała.

— To idź i zamknij okna. Ja sprawdzę drzwi.

Owen przed wyjściem zamknął drzwi frontowe na zasuwkę. Lis podeszła teraz do tych drzwi i założyła jeszcze łańcuch. Pomyślała przy tym, że w porównaniu z kajdankami, które Hrubek miał na rękach w czasie rozprawy, ten łańcuch wygląda na bardzo delikatny i słaby. Następnie poszła do składziku przy kuchni i zamknęła na zasuwkę i łańcuch drzwi prowadzące z niego na dwór. Zastanowiła się, czy Owen pamiętał o drzwiach, przez które można się było dostać z zewnątrz do cieplarni. Ruszyła w ich stronę, ale zatrzymała się w połowie drogi. Zauważyła duży krzew różany — hybrydę Chrysler Imperial. Kupił go dla niej Owen — w zeszłym roku, w tydzień po przyznaniu się do romansu. Była to jedyna roślina, jaką w swoim życiu kupił, nie pytając jej o radę. Pojawił się w domu z ogromnym krzewem w bagażniku. Wtedy Lis była bliska wyrzucenia rośliny. Ale później postanowiła jej nie wyrzucać. Roślina zawdzięczała ułaskawienie fragmentowi z *Hamleta**, którego Lis właśnie przerabiała z uczniami. Fragment ten brzmiał:

Tak mnie skosiła w samym kwiecie grzechu,
/.../
Bez porachunku z sobą, bez spowiedzi,
Która by zdjęła ze mnie ciężar win.

Zbieg okoliczności był zbyt wspaniały, nie można go było zignorować. Zbyt zaskakująca była ta kombinacja literatury, ogrodnictwa i życiowego dramatu. Więc Lis nie pozbyła się rośliny, tylko ją zasadziła i zaczęła się zastanawiać, czy roślina przetrwa. Okazało się po pewnym czasie, że jest ona jednym z jej najtrwalszych okazów.

Teraz Lis podeszła do drzewka i wzięła jeden z kwiatów w obie dłonie. Paradoksalne było to, że te dłonie były tak zgrubiałe od pracy, że nie mogła nimi wyczuć, jak delikatne są płatki. Przesunęła więc po płatkach grzbietami dłoni, a potem ruszyła w stronę drzwi. Po zrobieniu kilku kroków zauważyła na zewnątrz jakiś ruch.

Podeszła ostrożnie do okna, które było zaparowane od wewnątrz i zalane deszczową wodą od zewnątrz, wytarła je rękawem i przerażona zobaczyła sylwetkę jakiegoś wysokiego mężczyzny stojącego blisko domu. Męż-

---

* W tłum. Stanisława Barańczaka.

czyzna trzymał ręce na biodrach i wyglądało na to, że próbuje dociec, gdzie są frontowe drzwi. Nie był to młody policjant. Może to jest drugi policjant, który z nim przyjechał, pomyślała Lis, chociaż ten za szybą nie miał chyba na sobie munduru.

Mężczyzna zauważył boczne drzwi prowadzące do składziku przy kuchni i podszedł do nich, nie zwracając uwagi na lejący deszcz. Zapukał grzecznie jak chłopak przychodzący po dziewczynę, z którą umówił się na randkę. Lis podeszła ostrożnie do drzwi i wyjrzała, odsuwając firankę. Mężczyzna, którego nie znała, miał tak miłą i niewinną twarz i był tak przemoczony, że wpuściła go do środka.

— Dobry wieczór pani. Pani pewnie jest panią Atcheson.

Wytarł szczupłą rękę o spodnie i wyciągnął ją w stronę Lis.

— Przepraszam, że sprawiam pani kłopot. Nazywam się...

Nie zdążył jednak się przedstawić, bo duży posokowiec wpadł do cieplarni i zaczął się otrząsać, obsypując ich gradem kropel.

Owen Atcheson, którego połowa ciała znajdowała się w zimnym strumieniu, a połowa na brzegu, odzyskał powoli przytomność. Usiadł, modląc się o to, żeby nie zemdleć jeszcze raz.

Kiedy cherokee zwalił się w dół, Owen nie czekał, aż Hrubek zbiegnie z góry i go dopadnie. Obejrzał sobie lewe ramię i znalazł wgłębienie w miejscu, gdzie powinien wyczuć kość. Krzywiąc się z bólu, upewnił się, że pistolet i amunicja znajdują się w jednej z jego kieszeni.

A później wstał i niezdarnie przebiegł przez strumień, oddalając się od samochodu.

Wbiegł w las otaczający śródmieście Ridgeton i jakieś dwieście jardów dalej zatrzymał się i położył na plecach na płaskim kamieniu porośniętym mchem. Włożył sobie do ust gałązkę dębu i zaczął ją gryźć, ściskając sobie lewy biceps prawą ręką. Skupił się i rozluźnił, a potem powoli, bardzo powoli, z zamkniętymi oczami, oddychając szybko i wbijając zęby w drewno, zaczął nastawiać kość. Nagle kość wskoczyła na miejsce z cichym trzaśnięciem. Owen wydał niegłośny okrzyk, a potem zwymiotował z bólu, zemdlał i zsunął się do strumienia. Teraz otworzył oczy, wyczołgał się na brzeg i położył się na boku.

Pozwolił sobie tylko na pięciominutowy odpoczynek, po czym wstał. Zdjął pasek i przypiął nim sobie lewe ramię do boku. Ten prowizoryczny temblak powodował większy ból, ale zapobiegał ponownemu omdleniu przy nagłym jego ataku. Deszcz lał teraz równo, a wiatr wiał Owenowi w twarz. Owen odrzucił głowę do tyłu i wciągnął w płuca mokre powietrze.

Po chwili zaczął z wysiłkiem iść przez las, kierując się na północ i okrążając śródmieście Ridgeton. Nie chciał oczywiście, żeby Hrubek go znalazł. Nie chciał też, żeby natknął się na niego ktoś inny, a zwłaszcza wścibski szeryf czy policjant. Pokonawszy w męce milę drogi, doszedł do skrzyżowania North Street i Cedar Swamp Road. Znalazł automat telefoniczny i podniósł słuchawkę. Nie zdziwił się, kiedy usłyszał w niej ciszę.

Do ich domu można było dotrzeć jedynie jadąc na północ wzdłuż Cedar Swamp Road. Żeby dostać się tam z przeciwnej strony, trzeba było objechać leżący na dwustu akrach park stanowy, wjechać do innego miasta i zawrócić na południe. Hrubek tak mocno uderzył w cherokee, że jego subaru było z pewnością też nie do użytku. Ten świr też porusza się teraz pieszo — pomyślał Owen. Jeżeli zmierza do naszego domu, to będzie musiał przejść właśnie tędy.

Owen stracił trochę czasu, nastawiając sobie ramię. Jednak mimo to nie przypuszczał, że Hrubek go wyprzedził. Hrubek nie znał przecież okolicy, w związku z czym musiał postarać się o mapę i znaleźć na niej właściwe ulice, a na mapie ulice nie są dokładnie zaznaczone.

Owen podszedł do skrzyżowania — ostrożnie, jak żołnierz patrolujący okolicę, rozglądający się, czy nie ma zasadzek i starający się zorientować, gdzie są strefy rażenia. Zobaczył rów irygacyjny i rurę z blachy falistej szeroką na cztery stopy. To dobra kryjówka, pomyślał. Wyobraził sobie Hrubeka biegnącego ostrożnie środkiem drogi i siebie samego wychodzącego z kryjówki i zbliżającego się do niego z pistoletem w ręce.

Deszcz był chłodny i pachniał wszystkimi woniami późnej jesieni. Owen wciągnął mokre powietrze głęboko w płuca, a potem wszedł do lodowatej wody wypełniającej rów, uważając na bolące ramię. Nie miał już zawrotów głowy i był w stanie ignorować ból. Posuwał się naprzód zgięty wpół jak żołnierz i powtarzał sobie, w które części ciała należy uderzać, żeby zabić: pierś, głowa, brzuch, pachwina, pierś, głowa, brzuch, pachwina... Powtarzał w kółko tę ponurą mantrę, a deszcz wokół niego wzmagał się coraz bardziej.

Lis Atcheson zaprowadziła nowo przybyłego do kuchni i dała mu ręcznik. Przyszło jej do głowy, że w swojej czapeczce baseballowej i z kędzierzawymi włosami opadającymi na ramiona wygląda on jak robotnik, który w zeszłym roku kopał u nich koparką dół, przygotowując miejsce na komorę fermentacyjną. Kiedy tak stał, widać było, że jedno biodro ma sztywno uniesione do góry. Lis zastanowiła się, czy się przypadkiem nie przewrócił i nie zranił. Jego ubranie znajdowało się w takim nieładzie, że było to całkiem prawdopodobne.

— Ja jestem z Hammond Creek. To na wschód stąd.

Trenton Heck mówił tak, jakby nikt nigdy nie słyszał o Hammond Creek. Zresztą Lis rzeczywiście nie znała tego miasteczka.

Lis przedstawiła Heckowi Portię, która spojrzała na niego obojętnie. Heck czekał z uśmiechem, aż mu wyjaśnią, skąd wzięło się tak egzotyczne imię.

— Przypomina to nazwę samochodu — roześmiał się.

Portia podała mu rękę, nie uśmiechając się.

Młody policjant siedział wciąż w samochodzie, próbując zdobyć świeże informacje na temat Hrubeka.

— Panie Heck... — zaczęła Lis.

— Trenton. Albo Trent — powiedział dobrodusznie, śmiejąc się. — „Panie Heck", a to dobre.

— Napije się pan czegoś?

Nie chciał piwa, ale wypił butelkę coli w czasie krótszym niż trzydzieści sekund, a potem zaczął patrzeć przez okna tak uważnie i z miną tak pewną siebie, że Lis zapytała go, czy nie jest przypadkiem policjantem w cywilu. Nie, odpowiedział, jest raczej kimś w rodzaju konsultanta. Kiedy jej opowiedział, jak Hrubek wyprowadził w pole tropiących i potem zawrócił, Lis pokręciła głową i stwierdziła:

— On wcale nie jest głupi.

— A nie jest.

— Myślałam, że on jest wariatem — odezwała się Portia, głaszcząc głowę psa z entuzjazmem, którego zwierzę nie podzielało.

— No tak, on jest wariatem. Ale jest też inteligentnym sukinsynem.

Lis zapytała, jak to się stało, że Heck zjawił się w jej domu.

— Spotkałem pani męża we Fredericks. Trafiliśmy razem do takiej jednej kobiety. Hrubek powiedział jej, że jedzie do Boyleston. Więc ja ruszyłem w tamtą stronę, a pani mąż miał przyjechać tutaj. Ten policjant przed domem mówi, że wygląda na to, że Hrubek zepchnął go z szosy.

— Nie wiemy, gdzie on jest. Ani gdzie jest Hrubek. Dlaczego pan zmienił zdanie i zjawił się tutaj?

Heck odpowiedział, że coś go tknęło. Przebył już połowę drogi do Boyleston, kiedy przyszło mu do głowy, że Hrubek ich znowu zwodzi.

— Za bardzo metodycznie posuwał się na zachód i zbyt zawzięcie usiłował nas się pozbyć albo spowodować, że się zatrzymamy. Nawet zastawiał pułapki na Emila.

— Nie!

— Naprawdę. Pomyślałem, że skoro do tej pory był taki sprytny, to jest sprytny w dalszym ciągu.

— Ale dlaczego nie zawiadomił pan policji?

Heck zmieszał się nagle. Lis wydawało się, że się zaczerwienił. Wpatrując się w okno, opowiedział im jednym tchem o wszystkim: o nagrodzie, o tym, że stracił pracę po prawie dziesięciu latach służby w policji, o recesji i o przyczepie mieszkalnej, którą ma mu zabrać bank.

A potem zapytał o Owena.

— Szukają go — objaśniła Lis. — Szeryf i policjant.

— Na pewno nic mu się nie stało — stwierdził Heck. — On wie, co robi. Założę się, że był w wojsku.

— Przez dwa okresy służby — powiedziała Lis odruchowo, patrząc przez okno.

Nie zwracając uwagi na siostry, Heck ukląkł i zaczął wycierać psa papierowymi ręcznikami. Robił to w skupieniu, metodycznie — wycierał mu nawet szyję pod obrożą i miejsca między krótkimi i grubymi pazurami. W ten sam sposób osuszył swój pistolet. Obserwując go, Lis natychmiast zrozumiała, że jest on człowiekiem równocześnie bardziej prostodusznym i bardziej przebiegłym od niej, i postanowiła traktować go poważniej, niż początkowo zamierzała.

Wrócił policjant — wszedł, ocierając sobie policzki dłońmi o grubych palcach.

— Stanley mówi, że zawiadomił policję, gdzie jest samochód Owena. Oni przekażą tę informację oficerowi nazwiskiem Haversham.

— Haversham dowodzi pogonią. To mój dawny szef — powiedział Heck.

Wyglądało na to, że nie podobają mu się te nowiny. Lis domyśliła się, że to dlatego, że nie chce stracić swojej nagrody czy też dzielić jej z kimś.

— On pewnie wyśle oddział Służby Taktycznej...

— Co to takiego?

— Nie wie pani? To coś takiego jak Oddział Antyterrorystyczny.

— Naprawdę ich wyśle? — młody policjant był pod wrażeniem.

— Oni będą tu za jakieś czterdzieści minut — mówił dalej Heck. — Albo trochę później.

— To dlaczego nie wyślą ich helikopterem?

— *Helikopterem*? — parsknął Heck.

Niebo rozświetliła na moment błyskawica. Lis poczuła się tak, jakby piorun uderzył ją w piersi. Młody policjant pytał ją o coś, ale ona nie usłyszała ani jednego jego słowa i wybiegła z pokoju. Portia, przerażona, zrobiła krok w jej stronę i zawołała:

— Lis, co ci się stało?

Ale w tym momencie Lis biegła już po schodach, przeskakując po dwa stopnie.

W sypialni znalazła cienki, małokalibrowy automatyczny pistolet marki colt woodsman, który Owen trzymał przy łóżku. Owen kiedyś nalegał, żeby nauczyła się nim posługiwać, i zmusił ją, żeby z tuzin razy wystrzeliła, celując w papierową tarczę przyczepioną do kupy drewna na opał leżącej za garażem. Lis posłuchała go — strzelała nerwowo, a za każdym strzałem ręka podskakiwała jej do góry. Od tamtej pory, czyli od trzech czy czterech lat, nie tknęła pistoletu.

Wzięła go teraz i — w przeciwieństwie do tego, co miało miejsce, gdy brała w ręce płatki róż — poczuła pod zgrubiałymi palcami dotknięcie jego kratkowanej powierzchni.

Pistolet zniknął w jej kieszeni. Lis podeszła powoli do okna. Ogromna czarna ciemność za tym oknem — ciemność, w której nie było żadnego punktu przyciągającego wzrok — zahipnotyzowała ją i sprawiła, że zaczęła podchodzić bliżej. Jak lunatyczka przysuwała się coraz bliżej do okna, czując, że musi zobaczyć cośkolwiek za tymi niebieskozielonymi szybami — jakąś gałąź, sowę, chmurę, zaśniedziałą chorągiewkę w kształcie Pegaza na dachu garażu, *cokolwiek,* co by sprawiło, że ciemność stanie się mniej nieskończona i mniej namacalna. Błyskawica oświetliła zalany wodą podjazd. Lis przypomniała sobie, jak machała mężowi ręką na pożegnanie. Teraz z przerażeniem zdała sobie sprawę, że ten gest mógł być ostatnim gestem porozumienia między nimi, ostatnim gestem porozumienia, którego on, co gorsza, nawet nie widział.

Spojrzała w ciemność. Gdzie jesteś, Owenie? Gdzie? Wiedziała, że Owen jest blisko. Bo doszła do wniosku, że on — ranny czy nie — wraca teraz do domu i usiłuje skierować Hrubeka na teren ich posiadłości i sfinalizować swoją misję polegającą na zabiciu szaleńca i stworzeniu pozorów wskazujących na to, że było to działanie w obronie własnej. Owen mógł teraz być o milę od domu albo o pięćdziesiąt jardów od niego. Wobec czego wszystko było tylko kwestią czasu.

Znowu się błysnęło i w pobliżu uderzył piorun. Lis wstrzymała oddech i cofnęła się od okna. Osiemnastowieczne błyszczące szybki zadrżały. Burza ruszyła teraz do ataku jak fala, jak ściana obojętnej wody wysoka na tysiąc stóp. Pędziła gorączkowo przez jezioro, którego powierzchnia była dziwnie oświetlona, tak jakby kropelki deszczu emanowały światłem w momencie, gdy zderzały się z ciemną wodą.

Potężny pomruk grzmotu rozległ się nad domem, a potem nastąpił ostry trzask. Lis pobiegła na dół. Zerwała płaszcz od deszczu z wieszaka i powiedziała:

— Wychodzę. Idę szukać męża.

27

Piętnastego kwietnia 1865 roku doktor Samuel A. Mudd wstawił w łubki nogę Johna Wilkesa Bootha, po czym zapakował go do łóżka w małej lecznicy u siebie w domu.

Doktor Mudd orientował się, kim jest jego pacjent, orientował się też, co ten pacjent zrobił poprzedniej nocy, nie pojechał jednak do miasta i nie wydał Bootha władzom, bo jego żona bała się zostać sama w domu z tym dziwnym rozgorączkowanym człowiekiem i prosiła go, żeby tego nie robił. Mudd został potem aresztowany i oskarżony o udział w spisku na życie Lincolna i tylko jeden głos przysięgłego uratował go przed powieszeniem. Siedział w więzieniu, z którego go w końcu zwolniono, ale po wyjściu z niego był już człowiekiem skończonym.

Michael Hrubek, myśląc teraz o tej historii, doszedł do wniosku, że Mudd swoje nieszczęście zawdzięczał kobiecie.

Pomyślał też, że w tej chwili dobrze by było dotrzeć do jakiegoś lekarza. Bo bolał go nadgarstek, którym uderzył o kierownicę, w momencie gdy wjeżdżał na samochód spiskowca. Ból nie był zbyt dokuczliwy, ale przedramię spuchło mu do prawie podwójnej objętości i przypominało błyszczącą kłodę.

Jednak maszerując przed siebie w strugach deszczu, Michael Hrubek stał się zbyt podekscytowany, żeby martwić się o swoje rany.

Gdyż znajdował się w krainie Oz.

Miasteczko Ridgeton było dla niego miejscem magicznym. Było celem jego wędrówki. Było Ziemią Obiecaną i Hrubek patrzył tu z szacunkiem na każdy kawałek listopadowej trawy, na każdy licznik parkingowy i na każdą skrzynkę pocztową. Burza spowodowała, że w śródmieściu nie było prądu. Jedynymi palącymi się światłami były zasilane bateriami napisy nad zwykłymi wyjściami i napisy wskazujące wyjścia awaryjne. Te czerwone prostokąty pogłębiały atmosferę niesamowitości.

Stojąc w jakiejś budce telefonicznej, Hrubek przejrzał mokry spis telefonów i znalazł to, czego szukał. Odmówił modlitwę dziękczynną, a potem spojrzał na mapkę znajdującą się na początku książki i odnalazł na niej Cedar Swamp Road.

Wyszedł z budki na deszcz i ruszył szybko na północ. Minął ciemne sklepy — sklep monopolowy, sklep z zabawkami, a potem pizzerię i czytelnię organizacji Nauka Chrześcijańska. Zaraz, zaraz — pomyślał. Błogosław nam, *naukowy* Panie Jezu? Jezus Chrys-tus był fizykiem. Chrys-tus był chemikiem. Hrubek roześmiał się na tę myśl, a potem ruszył naprzód, patrząc na własne niesamowite odbicie w szybach wystawowych. Niektóre z tych szyb były czarne i miały z pewnością pełnić rolę zabezpieczającą. (Michael wiedział wszystko o szybach będących z jednej strony lustrami, które można było kupić za czterdzieści dziewięć dolarów i dziewięćdziesiąt pięć centów w pewnej firmie w Redding — transport wliczony.

— Dobranoc paniom — śpiewał, rozpryskując stopami wodę w rynsztokach. — Dobranoc paniom...

Doszedł do miejsca, w którym zbiegały się trzy ulice. Zatrzymał się i poczuł, że ogarnia go panika. Serce zaczęło mu bić bardzo mocno. Boże drogi, którędy teraz? Na prawo czy na lewo? Cedar Swamp Road tu się kończy. Gdzie teraz? W lewo czy w prawo?

— *Którędy* mam iść? — ryknął.

Zrozumiał, że jeżeli skręci w jedną stronę, to dojdzie do Cedar Swamp Road numer 43, a jeżeli skręci w drugą, to tam nie dojdzie. Spojrzał na drogowskaz i mrugnął. I podczas tego mrugnięcia, w jednym ułamku sekundy jego umysł zachował się jak przegrzana maszyna. Po prostu przestał pracować.

Ogarnął go taki lęk, że przed oczami pojawiły mu się czarne, żółte i pomarańczowe iskierki. Hrubek zaczął zawodzić. Szczęka mu się trzęsła. Opadł na kolana, atakowany przez głosy — głos starego Abe Lincolna, głosy umierających żołnierzy, głosy spiskowców...

— Doktor Anno — jęknął — dlaczego mnie *opuściłaś*? Doktor Anno! Tak się boję. Nie wiem, co robić! Co mam robić?

Michael tuli w ramionach drogowskaz, jakby to było jedyne źródło jego krwi i tlenu, i krzyczy ze strachu, szukając w kieszeniach pistoletu. Musi się zabić. Nie ma wyboru. Strach jest zbyt wielki. Przeszywa go swoimi strzałami. Jedna kula w głowę i będzie po wszystkim — tak jak u starego Abe. Michaela nie obchodzą już poszukiwania, nie obchodzi go zdrada, nie obchodzi go Ewa, ani Lis-bone, ani zemsta. Musi skończyć z tym okropnym strachem. O, jest pistolet, Michael czuje jego ciężar, ale ręka drży mu tak bardzo, że nie może sięgnąć do kieszeni.

W końcu rozdziera materiał, wsuwa pod niego rękę i czuje pod palcami zimne dotknięcie metalu.

— Ja... nie mogę... tego WYTRZYMAĆ! NIE MOGĘ!

Odbezpiecza pistolet.

I nagle jego zamknięte oczy zalało ostre światło, a on zobaczył pod powiekami krwawy blask. Zaczął mówić do niego jakiś głos, wypowiadając słowa, których on nie mógł usłyszeć. Michael rozluźnił dłoń zaciśniętą na pistolecie, podniósł gwałtownie głowę i uświadomił sobie, że ktoś do niego mówi i że tym kimś nie jest ani doktor Anna, ani nieżyjący Prezydent Stanów Zjednoczonych, ani nikt ze spiskowców, ani poczciwy doktor Mudd.

Głos należał do mizernego człowieczka grubo po pięćdziesiątce, wystawiającego głowę z okna samochodu stojącego o jakieś trzy stopy od skulonego Michaela. Człowiek ten najwyraźniej nie zauważył pistoletu, który Michael wsunął teraz z powrotem do kieszeni.

— Hej, młody człowieku, dobrze się pan czuje?

— Ja...

— Jest pan ranny?

— Mój samochód — wybełkotał Michael. — Mój samochód...

Siwy, chudy człowieczek siedział w zdezelowanym starym dżipie z brezentowym dachem i winylowymi szybami.

— Miał pan wypadek? I nie mógł pan znaleźć dobrego telefonu? Oczywiście, oczywiście. Prawie wszystkie są zepsute. To przez tę burzę. Jest pan ciężko ranny?

Michael kilka razy odetchnął głęboko. Jego strach zmniejszył się.

— Nie, nie. Ale mój samochód jest w złym stanie. Nie był za dobry. Nie był taki jak stary cadillac.

— No tak. Na pewno. Niech pan wsiada. Zawiozę pana do szpitala. Powinni pana obejrzeć lekarze.

— Nie, nie. Nic mi nie jest. Ja tylko się zgubiłem. Wie pan, gdzie jest Cedar Swamp Road?

— Oczywiście. Pan tam mieszka?

— Tam mieszka ktoś, z kim miałem się zobaczyć. Jestem już spóźniony. Oni będą się martwili.

— No to podwiozę pana.

— Zrobiłby pan to?

— Mnie się zdaje, że powinienem pana zawieźć do pogotowia. Ta ręka nie wygląda dobrze.

— Nie. Proszę mnie zawieźć do przyjaciół. Tam jest lekarz. Doktor Mudd. Pan go zna?

— Nie, chyba nie.

— To dobry lekarz.

— No to dobrze. Bo pan ma złamany nadgarstek.

— Proszę mnie podwieźć — Michael wstał powoli — a będzie pan miał we mnie dozgonnego przyjaciela.

Mężczyzna zawahał się przez chwilę, a potem powiedział:

— No dobra... Niech pan wsiada. Tylko uwaga na drzwi, żeby się pan nie uderzył w głowę.

Owen na pewno próbuje wrócić do domu — wyjaśniła Lis. — Jestem tego pewna. I przypuszczam, że Hrubek go ściga.

— A dlaczego nie miałby pójść prosto na policję? — zapytał młody policjant.

— Bo martwi się o nas — odrzekła Lis.

Nie wspomniała nic o prawdziwej przyczynie, dla której Owen nie poszedłby na policję.

— No wiesz, ja już sam nie wiem — powiedział młody policjant. — Stan mówił...

— Nie ma o czym gadać — oświadczyła Lis. — Idę go szukać.

— Ale, Lis... — protestował policjant głosem pełnym niepokoju.

— Słuchaj, Lis, przecież nie możesz nic zrobić — pospieszyła mu z pomocą Portia.

Heck zdjął swoją żałosną czapeczkę baseballową i podrapał się w głowę. Potem włożył czapeczkę tak, że nad prawym okiem wymykał mu się spod niej kosmyk włosów, i przyjrzał się Lis.

— Pani zeznawała na jego procesie? — spytał.

— Byłam głównym świadkiem oskarżenia — odpowiedziała Lis.

Heck pokiwał powoli głową, a potem rzekł:

— Ja aresztowałem sporo ludzi i zeznawałem w wielu procesach. Ale nikt nigdy nie próbował na mnie napaść.

Lis popatrzyła mu prosto w oczy, a jego spojrzenie natychmiast uciekło gdzieś w bok. — No to miał pan szczęście.

— To prawda. Ale wie pani, rzadko się zdarza, żeby uciekinier próbował na kogoś napaść. Oni zwykle zwiewają jak najszybciej na teren innego stanu.

Wyglądało na to, że Heck oczekuje na jakąś konkretniejszą odpowiedź, ale ona zauważyła tylko:

— Widocznie Michael Hrubek nie jest typowym uciekinierem.

— No tak. Nie będę się z panią spierał.

Heck nie poprowadził dalej swojego rozumowania.

Zdejmując jaskrawy płaszcz od deszczu z wieszaka przy drzwiach, Lis zwróciła się do siostry: — Ty tutaj zostań. Jeżeli Owen wróci przede mną, daj znak klaksonem.

Portia kiwnęła głową.

— Ale proszę pani...

Lis spojrzała na Hecka.

— W tym będzie się pani rzucała w oczy. Nie sądzi pani?

— Jak to?

— No w tym żółtym...

— Rzeczywiście. Nie pomyślałam o tym.

Heck wziął od niej płaszcz i odwiesił go na wieszak. Lis sięgnęła po ciemną kurtkę, ale Heck powstrzymał ją gestem dłoni.

— Powiem pani coś. Uważam, że nikt nie powinien się niepotrzebnie narażać. Rozumiem, co pani czuje. To przecież pani mąż. Ale proszę posłuchać faceta, który ma w takich sprawach praktykę. Mnie płacą za tropienie ludzi. Proszę pozwolić, żebym poszedł sam... Nie, nie, niech mi pani pozwoli skończyć. Wyjdę i poszukam pani męża. Jeżeli on jest gdzieś w pobliżu, to prawdopodobnie będę miał szansę go znaleźć. Znacznie większą szansę niż pani. A poza tym, kręcąc się w pobliżu, pani będzie mnie tylko rozpraszała.

Jego głos zdradzał napięcie spowodowane tym, że przewidywał, że ona będzie protestowała.

Lis domyśliła się, że kieruje nim przede wszystkim pragnienie zdobycia nagrody. Jednak wiedziała, że on ma rację. Wiedziała też, że odnalazłszy męża nie przekona go, żeby przestał szukać Hrubeka. Owen przecież nie posłuchał jej przedtem. Dlaczego więc miałby posłuchać teraz?

— No dobrze — zgodziła się.

— Myślę — powiedział Heck — że powinniśmy zrobić tak: ja pójdę w stronę bramy frontowej. On oczywiście może przeleźć przez płot, ale podejmę to ryzyko. Jedno jest pewne: on nie przepłynie jeziora. No więc ja pójdę w stronę bramy, a pan — zwrócił się do młodego policjanta — zostanie koło domu. W drugiej linii obrony. Gdzieś tutaj.

Młody policjant odniósł się do tego z entuzjazmem. Spełnił swój obowiązek i widział, że nie ma co dyskutować z tą upartą kobietą. A teraz zyskał sprzymierzeńca i zanosiło się na to, że w sprawie zaczyna się jakiś ruch i że on weźmie udział w akcji.

— Wprowadzę samochód między krzaki — rzekł podekscytowany. — Dobra? Stamtąd będę widział cały teren, a on mnie nie zauważy.

Heck powiedział mu, że to dobry pomysł, a potem zwrócił się do Lis:

— Wiem, że mąż jest myśliwym. Może pani przyniosłaby sobie jakąś broń? Wiem, że może się pani czuć z nią nieswojo, ale...

Lis nie posiadała się z uciechy, wyjmując pistolet z kieszeni. Trzymała go wylotem lufy do dołu — dokładnie tak, jak nauczył ją Owen. Portia była przerażona. Młody policjant ryknął śmiechem. A Trenton Heck kiwnął tylko głową usatysfakcjonowany, jak ktoś, kto może postawić kolejnego ptaszka na liście czynności do wykonania.

— Zostawię tu z wami Emila. Nawet on nie może tropić podczas takiej burzy. Proszę go trzymać przy sobie. On nie jest psem obronnym, ale w razie gdyby ktoś niepożądany chciał się do pani zbliżyć, narobi mnóstwo hałasu.

— Nie mam niczego ciemniejszego — powiedziała Lis, wskazując ruchem głowy płaszcz od deszczu.

— To nic. Ja się deszczem nie przejmuję. Wezmę tylko torebkę nylonową, żeby ochronić pistolet. To stary niemiecki walther. On łatwo rdzewieje.

Wsunął pistolet do torebki, zabezpieczył go, a potem włożył do kowbojskiego olstra. Popatrzył przez okno i rozprostował na chwilę nogę, krzywiąc się przy tym. Lis pomyślała, że ten deszcz na pewno nie pomoże mu na ból w udzie, bez względu na to, czym ten ból był spowodowany.

Młody policjant chwycił za swoją broń automatyczną jak zły aktor w marnym westernie i wyszedł do samochodu. Potem Lis usłyszała, że samochód rusza. Młody policjant wprowadził go w krzaki rosnące w połowie drogi między garażem a domem. Stojąc tam, gdzie teraz stał, mógł reflektorami oświetlić teren za domem.

— Założę się, że pani wie, jak posługiwać się swoją bronią — rzekł cicho Trenton, zwracając się do Lis. — Sądzę jednak, że nie posługiwała się nią pani dotychczas, w każdym razie nie w takiej sytuacji jak ta. — Nie czekając na potwierdzenie, mówił dalej: — Chciałbym, żeby pani zgasiła wszystkie światła w domu. I proszę się trzymać z daleka od okien. Ja będę uważał na dom. Jeżeli będą mnie panie potrzebowały, to proszę zapalić światło na chwilę i zaraz zgasić. Przybiegnę natychmiast.

To powiedziawszy, wyszedł i zniknął w strugach deszczu. Lis zamknęła za nim drzwi.

— Boże, Lis — szepnęła Portia.

Było jednak tyle rzeczy, które mogły ją szokować, że Lis nie miała pojęcia, o co jej chodzi.

Doktor Ronald Adler już dawno przestał myśleć o żonie. O tym, jak ona smakuje, o wypukłościach jej ud, o jej skórze, o zapachu jej włosów — nie myślał już o żadnej z rzeczy, które tak zaprzątały jego pamięć jakiś czas temu.

Zwłaszcza od kiedy zadzwonił do niego kapitan Haversham i przekazał mu najświeższe wiadomości.

— Hrubek właśnie zamordował kobietę — warknął. — W Cloverton. Stało się, doktorku.

— O Boże.

Adler zamknął oczy. Przyszła mu do głowy wariacka myśl, że Hrubek popełnił tę zbrodnię wyłącznie po to, żeby dopiec właśnie jemu. Trzymał słuchawkę w drżących dłoniach i słuchał, jak policjant opowiada ze źle skrywaną wściekłością, w jaki sposób Hrubek zabił tę kobietę, jak wyciął jej na piersiach napis i jak potem ukradł motocykl i uciekł do Boyleston.

— *Motocykl*? Wyciął jej napis?

— Tak, na piersiach. Zginęli też dwaj policjanci z Gunderson. Patrolowali szosę numer 236 i raz połączyli się z nami, żeby złożyć meldunek na temat Hrubeka. I tyle ich słyszeliśmy. Jesteśmy pewni, że on ich zabił i wyrzucił gdzieś ich ciała. A pan twierdził, że on jest nieszkodliwy! Boże drogi, człowieku. Co pan sobie w ogóle myśli? Będę u pana za pół godziny.

W słuchawce zapadła cisza.

Teraz Adler idzie do swojego gabinetu z kafeterii szpitalnej, w której odebrał ten straszny telefon i w której później, oniemiały, siedział przez trzydzieści minut. Idzie, ale z trudem.

Jest sam w ciemnym korytarzu i zatrzymuje się na chwilę, myśląc o fizjologicznej reakcji łańcuchowej, która właśnie powoduje, że włosy na karku mu się jeżą, że oczy zachodzą mu łzami i że genitalia mu się kurczą. Myśli też o nerwic błędnym i o wzroście poziomu adrenaliny we krwi, ale przede wszystkim myśli o tym, że cholernie się boi.

Korytarz ma 130 stóp długości. Jest w nim dwadzieścioro drzwi i wszystkie z wyjątkiem ostatnich prowadzących do jego gabinetu są zamknięte i ciemne. Dla oszczędności usunięto z korytarza co drugą żarówkę, a te, które pozostały, są przeważnie przepalone. Od korytarza odgałęziają się trzy inne korytarze. We wszystkich trzech jest ciemno jak w grobie.

Adler patrzy w głąb korytarza i zastanawia się: dlaczego ja nie idę?

Wyszedł właśnie z wnęki, w której jest winda, i wie, że Haversham czeka na niego niecierpliwie w gabinecie. A mimo to stoi jak skamieniały. Na miękkich nogach. Stara się nie widzieć okropnej zjawy — ogromnej bladej zjawy, która wystawiła głowę z pobliskiego korytarza i która cofnęła się w ciemność.

Okropne zawodzenie pacjentki ustało, wyje natomiast wiatr. Jego wycie odbija się echem w piersi Adlera, kiedy ten myśli: już dobrze. W porządku, dosyć.

Adler robi pięć kroków. I znowu się zatrzymuje — pod pretekstem, że musi przejrzeć papiery, które ma przy sobie.

W tejże chwili uderza go nagła myśl — myśl, że Michael Hrubek wrócił, żeby go zabić.

Fakt, że ta myśl jest sprzeczna z wszelką logiką, nie powoduje wcale zmniejszenia się jego strachu. Adler wzdryga się niespokojnie, kiedy winda, wezwana z dołu, rusza z miejsca. Słyszy jakiegoś pacjenta, który wydaje gardłowy jęk, pełen bezbrzeżnego smutku. Kiedy ten dźwięk dociera do jego uszu, on stawia jedną stopę przed drugą i zaczyna iść.

Nie, nie — Michael Hrubek nie ma zamiaru go zabić. Michael Hrubek nawet go *nie zna* osobiście. Michael Hrubek na pewno nie mógłby tak szybko wrócić do szpitala, nawet gdyby *rzeczywiście chciał* wypruć trzewia jego dyrektorowi.

Doktor Ronald Adler — weteran służby zdrowia, który przepracował całe długie lata w stanowych szpitalach psychiatrycznych, doktor Ronald Adler — średnio zdolny absolwent jakiejś prowincjonalnej akademii medycznej, ten doktor Ronald Adler wierzy, że jest bezpieczny.

Ale człowiek, który nie tak dawno trzymał głowę między nogami żony, człowiek, który lepiej zażegnuje konflikty na zebraniach Zarządu niż leczy choroby psychiczne, człowiek, który teraz idzie tym ponurym korytarzem o kamiennych ścianach — ten człowiek jest sparaliżowany strachem, słysząc dźwięk własnych kroków.

Boże, nie pozwól mi umrzeć.

Ma wrażenie, że jego gabinet znajduje się o całe mile od niego. Patrzy na biały trapez światła padającego na betonową podłogę korytarza przez jakieś otwarte drzwi. Idzie dalej, mija jeden z głównych korytarzy i śmieje się nerwowo na myśl, że nie jest w stanie odwrócić głowy i spojrzeć w głąb tego korytarza. Wydaje mu się, że jeżeli tam spojrzy, to — jak na kolorowym filmie — zobaczy Michaela Hrubeka sięgającego mu w głąb ust. Nie może pozbyć się myśli o pewnym fragmencie historii choroby Michaela, fragmencie, który czytał tego wieczora. Przypomina sobie ze szczegółami, jak pacjent opisywał, w jaki sposób wyrwie lekarzowi śledzionę.

No, dosyć już tego! Dosyć!

Adler idzie dalej korytarzem i zaczyna go nękać kolejna okropna myśl — że nie zdoła zapanować nad pęcherzem. Jest wściekły na żonę za to, że tego wieczora złapała jego penisa i niechcący wywołała u niego myśl o tym, że nie utrzyma moczu. Adler czuje, że musi oddać mocz. Musi *koniecznie*. Ale męska toaleta jest dość daleko w korytarzu, do którego teraz podchodzi. O tej porze nocy w toaletach jest ciemno. Adler zastanawia się, czy nie oddać moczu na ścianę.

Nie chce umrzeć.

Słyszy kroki. Nie. Tak? Czyje to kroki?

Duchów. Jednej kobiety i dwóch policjantów.

Co to za *dźwięk*?

Aha, to są jego własne stopy. A może nie? Adler wyobraża sobie pisuar. Odwraca się w stronę, gdzie znajduje się toaleta, i zaczyna iść ciemnym korytarzem. Podczas tego marszu przychodzi mu do głowy pewna myśl, myśl, że ucieczka Michaela Hrubeka to kara za wszystkie jego przewinienia i błędy lekarskie. Ta ucieczka to kara za ściągawki, którymi posługiwał się na egzaminach z chemii organicznej, za zgubienie wykresów temperatury, za błędnie wypisane recepty, za to, że nieraz — przed przepisaniem dużych dawek nardilu — zapomniał zapytać o tętniaki. Ta ucieczka jest jak wyciągnięcie wędki, na której końcu znajduje się ważąca dwadzieścia funtów rozdęta, prawie martwa ryba.

A niech cię, sukinsynu — warknął Haversham po odłożeniu słuchawki.

Dyrektor szpitala i patrzący szklanymi oczami Peter Grimes, milcząc, wlepili w niego wzrok. Deszcz bębnił głośno o szyby okienne w gabinecie Adlera. Wiatr zawodził.

— Mamy następną wiadomość — mówił dalej Haversham. — Tym razem z Ridgeton. Jest meldunek, że ktoś wjechał na cherokee i zepchnął go z szosy. Obaj kierowcy zniknęli w lesie. Ten cherokee, którego uderzono, należy do Owena Atchesona.

— Owena...?

— Męża tej kobiety, która zeznawała w procesie na niekorzyść Hrubeka. No, tego faceta, który tutaj był.

Więc teraz są już być może cztery trupy.

— Wiadomo na pewno, że to Hrubek to zrobił?

— Oni tak *przypuszczają*. *Nie wiedzą* tego jeszcze z całą pewnością. Dlatego pan nam jest potrzebny.

— O Jezu — jęknął Adler i zakrył sobie oczy rękami. — Cztery trupy — wyszeptał.

— Teraz wszystko zależy od pana, doktorku. Musimy wiedzieć, dokąd mamy posłać nasze siły i środki.

O czym on mówi? Co znaczy „siły i środki"?

— Tylko proszę bez tego psychiatrycznego bełkotu. Żądam jednoznacznej odpowiedzi. Są dwie możliwości: Boyleston i stacja kolejowa albo Ridgeton i ta kobieta, która zeznawała. Dokąd on zmierza?

Adler spojrzał na niego błędnym wzrokiem.

— Oni chyba chcą wiedzieć, dokąd posłać ludzi, panie doktorze — wyjaśnił delikatnie Grimes.

— Tak, to jest problem. Są dwa meldunki. Nie trzymające się kupy. Nikt nie ma pewności, dokąd on zmierza.

Adler przeniósł wzrok ze swojego asystenta na wysokiego policjanta i pomyślał: brak snu. To jest mój problem.

— Szeryf z Ridgeton ma ludzi, których może posłać, prawda?

— Oczywiście. Tylko że ich jest zaledwie czterech. Posłano już kogoś do domu tej kobiety, tak że ona jest bezpieczna. Ale ja muszę wiedzieć, gdzie on jest. My musimy *złapać* tego faceta! Mam czterech ludzi ze Służby Taktycznej gotowych do wymarszu. Gdzie mam ich posłać? Pan musi mi to powiedzieć.

— *Ja*? Ja nie znam faktów — wyrzucił z siebie Adler. — Potrzebne mi *fakty*. Czy oni są pewni, że to Hrubek uderzył w samochód Atchesona? Skąd Hrubek wziął samochód? Czy jego naprawdę *widziano* na motocyklu? Dopóki nie będziemy tego wiedzieli, nie możemy nic powiedzieć. No i...

— Zna pan wszystkie fakty, które są znane nam. — Haversham patrzył twardo na lekarza. — Ten facet przez cztery miesiące przebywał tutaj pod waszą opieką. Musicie wykorzystać całą swoją wiedzę o nim.

— No to niech pan zapyta Dicka Kohlera. *On* jest lekarzem prowadzącym Hrubeka.

— Zrobilibyśmy to. Tylko że nie wiemy, gdzie on jest, a poza tym on nie oddzwania, kiedy kontaktujemy się z jego pagerem.

Adler podniósł wzrok, jak gdyby chciał zapytać: ale dlaczego ja? Pochylił się w przód i złożył ręce. Zaczął kompulsywnie gryźć swój czerwony palec wskazujący.

Boyleston...

Palec Adlera opuścił jego usta i zaczął błądzić po mapie — tej, przy której Adler sam niedawno obmyślał, jak złapać Hrubeka i pogrążyć Richarda Kohlera.

Ridgeton...

Nagle twarz Adlera skurczyła się. Złapanie błądzącego pacjenta stało się dla niego rzeczą najważniejszą w tym zwariowanym świecie. Tak, trzeba go złapać — żywego, jeżeli to będzie możliwe, a jeżeli nie — to trzeba go będzie położyć na płycie — zimnego, sinego i nieruchomego, z etykietą przyczepioną do mięsistego palca u nogi i niech czeka na pogrzeb.

Niech ta noc się już skończy — modlił się Adler. Niech już wrócę do domu i położę się na piersiach żony, niech odnajdę sen pod tymi tłustymi pocieszycielkami, niech ta noc się już skończy i niech nie będzie więcej trupów...

Adler otworzył gwałtownie teczkę Hrubeka i zaczął przerzucać papiery. Papiery rozsypały się po jego biurku. Adler zaczął czytać.

Hrubek miał klasyczne objawy schizofrenii paranoidalnej. Cechowały go: nielogiczne myślenie, fantazjowanie, zaskakujące skojarzenia, przymus mówienia i wzmożona aktywność ruchowa charakterystyczne dla epizodów maniakalnych, stępione i nieadekwatne uczucia...

— Nie, nie, nie! — szepnął wściekle Adler, ściągając na siebie zakłopotane spojrzenia tamtych dwóch mężczyzn w jego gabinecie.

Co te słowa *znaczą*? — złościł się w duchu. Co Hrubek *robi*? *Co* nim *kieruje*?

Kim jest Michael Hrubek?

Adler obrócił się na krześle i spojrzał w zalane deszczem okno.

Po pierwsze: Hrubek cierpi na omamy słuchowe, a jego mowa to typowa schizofreniczna sałata słowna. Mówiąc temu kierowcy ciężarówki, że chce jechać „do Bostonu", mógł mieć na myśli „Boyleston".

Po drugie: Chęć zemsty, którą jest powodowany, jeżeli zmierza do Ridgeton, jest częstym elementem urojeń w schizofrenii paranoidalnej.

Po trzecie: Schizofrenik unikałby okrężnej drogi do Boyleston przez Cloverton.

Po czwarte: Pociąg przejeżdża przez Boyleston. Podróż pociągiem powoduje o wiele mniejszy stres niż podróż samolotem i dlatego psychotyk wolałby jechać pociągiem.

Po piąte: On *prowadzi* samochód, mimo że nie bierze thorazyny. Opanował więc, cudem czy wysiłkiem woli, swój niepokój i możliwe jest, że odbędzie trudniejszą i bardziej skomplikowaną podróż na południe do Boyleston, a nie o wiele mniej skomplikowaną podróż do Ridgeton.

Po szóste: Wszystkie te triki, które zastosował dziś wieczorem, te mylne tropy i inne dowody sprytu, świadczą o tym, że Hrubek jest bardzo sprawny umysłowo. Z łatwością mógłby udać, że zmierza do Ridgeton, mając przez cały czas zamiar dotrzeć do Boyleston.

Po siódme: Z drugiej jednak strony mógłby być *tak bardzo* sprawny umysłowo, że udawałby podwójnie — a stąd wniosek, że tak naprawdę to zmierza do Ridgeton.

Po ósme: Hrubek jest zdolny popełnić nieumotywowane morderstwo.

Po dziewiąte: Niektóre jego urojenia mają związek z historią Stanów Zjednoczonych, z polityką i z agenturami rządowymi. Kilka razy podczas sesji terapeutycznych wymienił on Waszyngton — miasto, do którego mógłby się dostać koleją.

Po dziesiąte: Hrubek nienawidzi kobiet i był sądzony za gwałt. Kilka miesięcy temu groził tej pani Atcheson.

Po jedenaste: Boi się konfrontacji.

Po dwunaste: Chował leki za policzkiem z myślą o dzisiejszej nocy, co wskazuje na to, że dawno sobie obmyślił tę ucieczkę.

Po trzynaste... Po czternaste... Po piętnaste...

Tysiące faktów kłębiło się w umyśle lekarza. Dawki haldolu i stelazyny, obserwacje z badania wstępnego przy przyjęciu do szpitala i z terapii zajęciowej, dosłowne zapisy wypowiedzi Hrubeka dotyczących jego urojeń, sprawozdania psychofarmakologa i pracownika socjalnego... Adler obrócił się na krześle, siadł przodem do biurka i zaczął przewracać papiery. Spojrzał na jeden z nich, ale zamiast niego stanęła mu przed oczami twarz Michaela Hrubeka — jego oczy, które nie świadczyły ani o wzburzeniu, ani o letargu, ani o pozytywnych uczuciach, ani o pogardzie, ani o ufności ani o tym, że nękają go wątpliwości.

Przez chwilę Adler siedział bardzo spokojnie. A potem podniósł wzrok, spojrzał w pomarszczoną, zmęczona twarz policjanta i wypowiedział słowa, które uważał za odpowiadające prawdzie:

— Hrubek zmierza na stację kolejową. Chce jechać do Waszyngtonu. — A potem dodał: — Niech pan natychmiast pośle ludzi do Boyleston!

Obie siostry zajęły się robieniem tego, co należało zrobić. Zaczęły obchodzić dom, gasić światła. Chodziły po domu w milczeniu, podskakując ze strachu, kiedy uderzał piorun, a także na widok cieni, kiedy pioruny nie biły. W końcu dom był oświetlony tylko przez światło dochodzące z zewnątrz i przez kilka niebieskich żarówek w cieplarni, które Lis zostawiła zapalone, gdyż uważała, że ich światło nie będzie widoczne. Po ścianach i podłogach przebiegały cienie. Siostry wróciły razem do kuchni i usiadły obok siebie na ławie, patrząc przez okno na rząd sosen i brzóz rosnących za zalanym deszczem tylnym podwórzem.

Minęło pięć minut, podczas których panował spokój i podczas których słychać było tylko deszcz bębniący o dach cieplarni i wiatr wyjący w otworach i szparach starego domu. W końcu Lis, nie mogąc dłużej wytrzymać milczenia, powiedziała:

— Słuchaj, Portio, zaczęłam ci o czymś mówić.

— No tak...

— O tym romansie — szepnęła dyskretnie Lis, tak jakby Owen znajdował się w sąsiednim pokoju.

— Nie wiem, czy to jest odpowiednia chwila...

Lis dotknęła kolana siostry. — To zbyt długo zalegało między nami. Nie mogę już dłużej wytrzymać.

— *Co* zalegało między nami? Lis, to naprawdę nie jest odpowiedni moment na rozmowę. Na litość boską...

— Ja *muszę* z tobą porozmawiać.

— Później.

— Nie. Teraz! — powiedziała Lis porywczo. — Teraz! Jeżeli nie zrobię tego teraz, to mogę nie zrobić nigdy.

— A dlaczego to takie ważne?

— Bo musisz zrozumieć, dlaczego powiedziałam wtedy do ciebie te straszne słowa. A poza tym to ja muszę się czegoś dowiedzieć od ciebie. Spójrz na mnie. No popatrz na mnie!

— No dobrze, powiedziałaś mi, że się z kimś widywałaś. Co z tego? Co to ma wspólnego z Indian Leap?

— Oj Portio...

Lis musiała niechcący zaczerpnąć za dużo powietrza, bo poczuła nagle ostre ukłucie w piersiach. Opuściła głowę do podciągniętych kolan, chcąc, żeby ból się zmniejszył. Wśród pełnej napięcia ciszy, która teraz między nimi zaległa, Lis poczuła, że ból odpływa. Podniosła głowę i spojrzała w twarz siostrze. Już miała coś powiedzieć, kiedy rozległ się słaby grzmot. W tejże chwili oczy Portii zwęziły się, bo Portia zrozumiała.

— O nie — powiedziała.

— Tak — potwierdziła Lis. — Tak. Moim kochankiem był Robert Gillespie.

28

To od jak dawna zna pan Atchesonów?

Kierowca dżipa miał wąską twarz i szyję obwisłą jak indyk. Jego stary pojazd z trudem piął się pod górę, wjeżdżając na pagórek położony na północ od śródmieścia Ridgeton. Rosły człowiek siedzący obok niego obserwował jego czynności związane z prowadzeniem samochodu z zainteresowaniem, które jemu wydało się nienaturalne.

— Ooo, długie lata — powiedział. — Naprawdę od lat.

— Ja znam Owena — stwierdził kierowca. — Rozmawiałem z nim kilka razy. Wpadaliśmy na siebie w sklepie żelaznym. To przyzwoity facet. Jak na prawnika.

— Ja ich znam chyba ze sto lat.

— Słucham?

— Zwłaszcza Lis-bone.

— Wydawało mi się, że jej imię inaczej się wymawia. No, ale pan zna ich chyba lepiej niż ja. — Dżip podskoczył na jakimś wyboju. — Miał pan szczęście, że pan na mnie trafił. Dzisiaj nikt nie jeździ z powodu tej burzy. Ci faceci od pogody straszyli, że będzie okropna, ale teraz tylko trochę pada.

Potężny mężczyzna nie odpowiedział.

Dżip przejechał przez skrzyżowanie Cedar Swamp Road i North Street. Kierowcy przez chwilę wydawało się, że widzi kogoś, kto — zaskoczony ich obecnością — odwraca się szybko, a potem chowa się za pagórkiem koło rowu irygacyjnego. Równocześnie na niebie pojawiła się potężna błyskawica i naokoło zatańczyły cienie. W pobliżu spadła gałąź. Kierowca uznał, że ta postać, którą widział, to było złudzenie wywołane przez nagłe światło błyskawicy, mgłę i deszcz. Dodał gazu, jadąc krętą, nierówną Cedar Swamp Road.

— Ta droga to po prostu skandal. Kiedy oni ją wreszcie naprawią? Kiedy wyleją tu nowy asfalt? Niech pan patrzy, ile tu błota i gałęzi!

— Błota i gałęzi — powtórzył potężny mężczyzna. — Błota i gałęzi.

Oj, chyba popełniłem błąd — pomyślał kierowca.

— Co się stało z pana samochodem? — zapytał.

— Błota i gałęzi, może i tak. O tym to *ty* wiesz więcej.

Kiedy pasażer nie dodał już nic, kierowca powiedział:

— Aha.

— Wyślizgnął się spode mnie na śliskiej drodze. Przekręcił się. Przekoziołkował.

— A policja? Nie przyjechała?

— Policja jest zajęta gdzie indziej. Dwaj policjanci. Dwaj młodzi policjanci. Bardzo mi ich szkoda. Biedni chłopcy z Gunderson. Ale nie miałem wyjścia.

Nigdy więcej, pomyślał kierowca. Nigdy, nigdy, deszcz nie deszcz, złamana ręka czy zdrowa, nigdy.

Potężny mężczyzna wpatrywał się przez chwilę w drzewa za szybą, a potem w wielkim skupieniu siedem razy otworzył i zamknął drzwi szoferki.

— Był pan kiedyś w wojsku? — zapytał.

Jaka odpowiedź będzie najlepsza? — zastanowił się kierowca, a potem odrzekł:

— Tak, odbyłem służbę. Stacjonowaliśmy w...

— Był pan w wywiadzie wojskowym?

— Nie. Byłem piechurem.

Potężny mężczyzna zmarszczył brwi. — Co to znaczy?

— Prosty żołnierz. Byłem w piechocie.

— Był pan prostym żołnierzem?

— Tak.

— Aha. Ciekawe, czy pan wie, gdzie postrzelono Abrahama Lincolna.

— Hm...

— W głowę. Albo w teatrze. *Obie* te odpowiedzi są prawidłowe.

— Oczywiście, wiem. — O Boże, co ja zrobiłem. — No, w końcu zrobiła się porządna burza. Nie sądziłem, że aż taka. Dobrze, że mam samochód z napędem na cztery koła.

— Z napędem na cztery koła — powtórzył mężczyzna. — A właściwie co to takiego?

— Pan tego nie wie? — Kierowca parsknął śmiechem. — Każdy wie, co to jest napęd na cztery koła.

Potężny mężczyzna spojrzał na niego z wściekłością, a on potarł sobie wierzchem dłoni zarośnięty policzek i dodał:

— To był pewnie taki żart, co?

— Nieźle sobie radzisz — warknął pasażer, pochylając swoją okrągłą twarz do jego twarzy. — Ale jeżeli ktoś był *daleko*, w jakimś innym *kraju*, i to przez długi czas, to chyba może tego nie wiedzieć?

— No tak, to możliwe.

— A co, jeżeli ktoś z roku *1865* pojawiłby się nagle w naszych czasach? Czy uważa pan, że ktoś taki by wiedział, co to jest napęd na cztery koła?

— No raczej nie — powiedział przerażony kierowca. — Wie pan, co ja myślę? Myślę, że powinniśmy jednak pojechać do szpitala. Tam by panu obejrzeli rękę.

Potężny mężczyzna otarł sobie twarz dłonią o krótkich palcach wieśniaka, tak samo żółtych jak jego zęby, a potem wyjął z kieszeni niebieskoczarny pistolet. Podniósł go do twarzy, powąchał go i polizał lufę.

— O Boże — szepnął kierowca i zaczął się modlić.

— Zawieź mnie do Atchesonów — ryknął mężczyzna. — Zawieź mnie tam natychmiast!

Przejechawszy kilka mil, kierowca zatrzymał dżipa. Ręce mu drżały, a pęcherz prawie odmawiał posłuszeństwa. Nigdy sobie nie wybaczę, że zrobiłem to Atchesonom, pomyślał, ale tak musiało być.

— To tutaj — powiedział. — Tam jest podjazd.

— Nie widzę tabliczki z nazwiskiem.

— Jest tam. Tam! Na skrzynce na listy. Zasłania ją róża. Widzi pan nazwisko? Chce pan mnie zabić?

— Wysiadaj z samochodu. Chcę, żeby był zepsuty. Tak żeby nie można nim było jeździć.

— Chce pan, żeby mój dżip był zepsuty?

— Tak.

— Dobrze. Ja mogę go unieruchomić. Wysiądźmy obaj. Proszę pana tylko, niech mi pan nie robi krzywdy.

— Miałeś kiedyś ochotę pojechać do Waszyngtonu?

— Do Waszyngtonu — stolicy kraju?

— Oczywiście! Kogo obchodzi stan Waszyngton?

— Nie, nie. Nigdy. Przysięgam.

— To dobrze. A teraz pokaż mi, jak unieruchomić samochód.

— Trzeba zdjąć głowicę rozdzielacza zapłonu i wyrzucić ją. Samochód nie ruszy.

— Zrób to.

Kierowca otworzył maskę i usunął głowicę. A potem głowica poleciała w las. Kierowca wyglądał na niepocieszonego. Włosy miał mokre, po pomarszczonej twarzy spływała mu woda. Potężny mężczyzna zwrócił się do niego:

— Myślisz pewnie, że jestem głupi. Mówisz, że *nie chcesz* jechać do Waszyngtonu, mając nadzieję, że ja ci każę tam pojechać, tak?

— Tak, proszę pana — powiedział kierowca zdławionym głosem.

— No dobra. Chcę, żebyś *pobiegł*. Żebyś pobiegł do Waszyngtonu — stolicy kraju i powiedział im, że nadszedł czas zemsty.

— Czy pan chce mi strzelić w plecy?

— Masz im to powiedzieć.

— Czy pan...

— RUSZAJ! BIEGIEM!

Kierowca pobiegł, nie oglądając się za siebie i mając pewność, że straci życie, nim oddali się na odległość dziesięciu stóp. A potem dwudziestu. A potem pięćdziesięciu. Biegł tak w strugach deszczu, czekając na śmierć. Nie obejrzał się ani razu i dlatego nie widział, że potężny mężczyzna, trzymając podniesiony pistolet (jak dziewiętnastowieczny agent Pinkertona) posuwa się powoli, idąc po pokrytym błotem żwirowanym podjeździe.

Lis patrzyła na twarz Portii. Nawet w ciemności widziała wyraźnie błyski inteligencji w jej oczach. Mimo to miała ochotę zapalić wszystkie światła w kuchni — ryzykując, że przywabi tym stu Michaelów Hrubeków — i zobaczyć, jaki wyraz twarzy ma w tej chwili jej siostra — przekonać się, czy mówi ona prawdę, czy kłamie.

— Powiedz mi szczerze, Portio. Wiedziałaś o nas, o Robercie i o mnie? Zanim... zanim zaczęłaś się z nim kochać?

Cokolwiek odpowie, ja będę stroną przegraną — pomyślała. Bo albo zdradził mnie kochanek, albo zdradzili mnie oboje — kochanek i siostra. Mimo to jednak czuła, że musi poznać prawdę.

— Ależ Lis, oczywiście, że nie. Nie zrobiłabym ci tego. Nie wiedziałaś o tym?

— Nie! *Skąd miałabym o tym wiedzieć?* Jesteś moją siostrą, ale... Nie, *nie wiedziałam.* — Lis otarła łzy. — Myślałam, że może on ci o tym powiedział, a ty... no... postanowiłaś i tak go zdobyć.

— Nie, nie, tak nie było.

Serce Lis po raz ostatni biło tak mocno wtedy, gdy w jaskini w Indian Leap uciekała przed szaleńcem. — Nie wiedziałam o tym. Przez wszystkie te miesiące nie miałam pojęcia, jak było.

— Uwierz mi, Lis. Pomyśl tylko. Po co Robert miałby mi o tym mówić? Chciał mnie przelecieć. Nie miał zamiaru psuć sobie tej przyjemności, informując mnie, że jest kochankiem mojej siostry.

— Kiedy zobaczyłam was tam wtedy... razem... — Lis zamknęła oczy i pomasowała sobie skroń. — I dzisiaj, kiedy flirtowałaś z Owenem...

— Lis.

— A co, może nie?

Portia zacisnęła mocno wargi.

— Ja flirtuję, rzeczywiście — powiedziała w końcu. — Ale to nie znaczy, że chcę zdobyć tego, z kim flirtuję. Gdyby Robert powiedział mi o was, odmówiłabym mu. Ja przyciągam spojrzenia mężczyzn. Mam nad nimi taką władzę. Czasem myślę, że to jest *wszystko*, co mam.

— Ja byłam wtedy taka wściekła na Roberta. Nie na ciebie. Chciałam uderzyć *jego*. Chciałam zabić... — Głos jej się załamał. — Czułam się zdradzona. Claire zginęła przez niego. Kiedy was zobaczyła razem, była taka wstrząśnięta, że wbiegła do jaskini i zgubiła drogę.

— Połowa facetów, z którymi chodzę, jest taka jak Robert. Można ich rozpoznać z odległości mili. Lis, to nie był facet dla ciebie.

— Nie mów tak! Ty wcale tak nie myślisz. To nie był taki sobie krótki epizod. My byliśmy sobie równi, Robert i ja. Dorothy ciągnęła go w dół. Oni się nienawidzili. Bez przerwy się kłócili. A Owen? On nie kocha mnie w ten sam sposób. Ja to czułam. Po tym doświadczeniu z Robertem czułam jakiś taki brak miłości ze strony Owena. Wtedy, przed piknikiem, w sobotę wieczorem... Owen był w pracy w Hartford. I wpadł Robert.

— Lis...

— Daj mi skończyć. Owen zadzwonił i powiedział, że nie wróci przed drugą, a może nawet trzecią w nocy. Kochaliśmy się z Robertem w cieplarni. Siedzieliśmy tam godzinami. Robert zrywał płatki róż i dotykał mnie nimi... — Lis zamknęła oczy i jeszcze raz schyliła głowę aż do kolan. — A potem oświadczył się.

— Oświadczył się? — Portia parsknęła śmiechem. — Poprosił cię, żebyś za niego *wyszła*?

— On i Dorothy od dawna byli ze sobą nieszczęśliwi. Ona go od kilku lat oszukiwała. Robert chciał się ze mną ożenić.

— A ty odmówiłaś, tak?

— A ja — szepnęła Lis — odmówiłam.

Portia pokręciła głową.

— Więc był na ciebie wściekły. I kiedy ja w samochodzie popatrzyłam na niego swoimi wielkimi orzechowymi oczami, on od razu połknął przynętę. O Jezu, więc ja niechcący zrobiłam ci świństwo.

— Ja nie chciałam *zakończyć* tej historii. Ja tylko nie mogłam opuścić Owena. Nie byłam jeszcze gotowa. Owen dla mnie zrezygnował z tamtej kobiety. Uważałam, że powinnam zrobić wszystko, żeby odbudować nasze stosunki.

— To błąd, Lis. Błąd. Powinnaś była pójść na całość. Boże, to mogła być dla ciebie jedyna okazja, żeby odczepić się od tego ostatniego członka rodziny.

Lis, zdezorientowana, pokręciła głową.

— To znaczy od ciebie?

— Nie, nie! Od Owena. Powinnaś to była zrobić kilka lat temu.

— Co masz na myśli, nazywając go „ostatnim członkiem rodziny"? Portia roześmiała się.

— Czy Owen nie przypomina ci trochę ojca?

— O nie, nie mów tak. Między nimi nie ma porównania. Zobacz tylko, co on robi teraz. — Wskazała ręką okno. — Jest gdzieś tam — dla mnie.

— Owen jest despotą, Lis. Takim samym jak ojciec.

— Nie! On jest dobrym człowiekiem. Jest solidny. I *naprawdę mnie kocha*. Na swój sposób.

— No, a ojciec zapewniał nam dach nad głową. Czy to nazywasz miłością? — Portię ogarnęła złość. — Czy uważasz, że kocha cię ktoś, kto ci mówi: „W tym tygodniu nie posprzątałaś porządnie" albo „Jak śmiesz nosić bluzkę z takim dekoltem?", a potem podnosi ci spódnicę i zostawia na twoim ciele te śliczne pręgi? Widzę, że ta wierzba ciągle tutaj rośnie. Ja bym ją natychmiast ścięła. Zmiotłabym to cholerstwo z powierzchni ziemi w dziesięć sekund... Powiedz mi, Lis, co mówiłaś o tych pręgach na gimnastyce? Pewnie się przebierałaś, stojąc za drzwiami do szafki, co? *Ja* mówiłam wszystkim, że mam sporo starszego od siebie kochanka, który mnie wiąże i dostaje wzwodu, bijąc mnie. Nie bądź taka przerażona. Mówisz mi tutaj o miłości... *Miłość*? Na litość boską, jeżeli wyrosłyśmy w takich normalnych warunkach, to dlaczego ty zaszyłaś się tutaj na tym zadupiu i dlaczego ja jestem najłatwiejszą dziewczyną na Wschodniej Siedemdziesiątej Drugiej Ulicy w Nowym Jorku?

Lis ukryła głowę w ramionach. Z oczu płynęły jej łzy.

— Lis, przepraszam — powiedziała jej siostra i roześmiała się. — Sama widzisz, jakie skutki ma mój przyjazd tutaj. To miejsce doprowadza mnie do szału. Dostałam zbyt dużą dawkę tego rodzinnego życia. Nie mogę sobie z nią poradzić. Wiedziałam, że nie powinnam jechać na ten piknik. I dzisiaj też nie powinnam była tutaj przyjeżdżać.

Lis dotknęła kolana siostry i zauważyła, że ta ma znowu na sobie pretensjonalne srebrne pierścionki i kryształowy wisiorek przypominający dużą grudkę soli. Po chwili Portia położyła rękę na zgrubiałej dłoni siostry, ale nie uścisnęła jej. I zaraz cofnęła rękę.

A potem Lis cofnęła swoją i spojrzała w okno, na deszcz spływający po szybach. W końcu wstała.

— Muszę coś zrobić. Za chwilę wrócę.

— Zrobić?

— Zaraz wracam.

— Wychodzisz z domu?

Po głosie Portii można było poznać, że jest ona przestraszona, zdenerwowana.

— Ta kłódka na drzwiach od sutereny... Muszę ją sprawdzić.

— Nie, Lis. Nie rób tego. Owen na pewno ją sprawdził.

— Nie sądzę.

Portia pokręciła głową, a potem obserwowała, jak Lis wyjmuje pistolet z kieszeni i nieudolnie usiłuje go załadować.

— Lis...

— Co?

— Nic. Ja tylko... Nie, już nic.

Lis ostrożnie wkłada kurtkę, trzymając pistolet lufą do dołu. Zatrzymuje się przy drzwiach kuchennych i rozgląda się. W domu jest ciemno. Ciemno jest w tym starym domu o trzech kondygnacjach, pełnym kwiatów i książek, i duchów wielu zmarłych. Lis stoi i myśli: Jakie to dziwne — to, że jesteśmy śmiertelni, przeraża nas tylko czasami, i to na bardzo krótko, w chwili gdy myślimy o lakierowanych paznokciach albo o przemijaniu muzyki, albo o bliskości śpiących ciał, a nigdy w chwilach takich jak ta. Lis odbezpiecza broń i nie czuje strachu, wychodząc na zalane deszczem podwórze.

Owen Atcheson, cały mokry i cierpiący katusze, pochylił się i schował za nasypem osłaniającym rów irygacyjny, kuląc się jak dziecko. Tymczasem niebo nad nim rozświetliła błyskawica. Grzmot, który po niej nastąpił, spowodował, że Owen zaszczękał zębami i że ostry ból przeszył jego lewe ramię.

O Boże, spraw, bym po tym wszystkim nie zginął od pioruna.

Owen spojrzał w głąb Cedar Swamp Road, którą pięć minut wcześniej przejechał, rozpryskując brudną wodę deszczową, dżip będący według niego dżipem Willa McCaffreya. Owen domyślił się, że ten stary bałwan Will pracował w nadgodzinach i teraz wreszcie wracał do domu.

Doszedłszy do takiego wniosku, osunął się z powrotem w brudną, spienioną wodę. Nie przejął się jednak tym, że się w niej zanurzył. Podczas polowań nieraz godził się z tym, że gryzą go pijawki i komary i że musi znosić bardzo niskie temperatury. Dzisiaj miał ze sobą jedynie pistolet i dwadzieścia naboi, a podczas różnych wypraw nieraz zdarzało mu się nieść nie tylko broń, ale i ważący osiemdziesiąt funtów plecak, a czasami i rannego towarzysza broni.

Z takimi niewygodami potrafił sobie radzić. O wiele bardziej niepokojące było dla niego pytanie: „Gdzie, do cholery, jest moja ofiara?"

Owen chyba po raz dziesiąty przyjrzał się okolicy. No tak, był zdania, że do domu można podejść, idąc z dala od drogi i przez las. Ale do tego potrzebny byłby kompas. No i czas. Co najmniej kilka godzin. Hrubek, wybrawszy taką drogę, musiałby poza tym przepłynąć przez jezioro i przejść jego brzegiem, a brzeg ten był bardzo zarośnięty, co praktycznie uniemożliwiało dojście z tamtej strony. Zresztą Hrubek dowiódł już tego wieczora, że woli drogi — tak jakby w swoim ułomnym umyśle żywił przekonanie, że ludzi można połączyć tylko za pośrednictwem asfaltu czy betonu.

Drogi, pomyślał Owen. Samochody...

Ten dżip...

McCaffrey — przypomniał sobie — nie mieszka po północnej stronie miasta. Jego bungalow stoi poza miastem, po stronie zachodniej. McCaffrey nie miał więc żadnego interesu na Cedar Swamp Road, a w każdym razie nie mógł tędy jechać do domu. Ktoś, kto nie mieszka w tej okolicy, jeździ tędy tylko po to, żeby skrócić sobie drogę do centrum handlowego w Chilton. A o tej porze nocy z pewnością wszystkie sklepy są zamknięte.

Owen podniósł wzrok, popatrzył przez chwilę na zalaną deszczem drogę, a potem wygramolił się z wody i, pokonując ból, puścił się biegiem w stronę domu, w którym znajdowała się jego żona.

29

Trenton Heck powoli wspinał się na ogromną półkę skalną znajdującą się w środku posiadłości Atchesonów.

Powierzchnia skały była mokra i śliska, ale to nie z powodu tej śliskości Heckowi trudno było się wspiąć na wysokość dwudziestu stóp. To raczej jego nieposłuszna noga opóźniała wspinaczkę. W chwili gdy osiągnął szczyt i upadł na płaską skałę, Heck był wyczerpany i całkiem przemoczony. Uspokoił oddech, rozmasował sobie udo i przyjrzał się podjazdowi i lasowi znajdującym się pod nim. W lesie nie zobaczył niczego poza masą szumiącego listowia moknącego na deszczu. Po krótkim odpoczynku wstał powoli i zgięty wpół zaczął się posuwać wzdłuż szczytu pagórka, równolegle do białego pasa podjazdu ciągnącego się w płytkiej dolince leżącej poniżej. Posuwał się powoli od domu ku Cedar Swamp Road — bardzo pragnąc znaleźć Hrubeka, ale jeszcze bardziej chcąc natrafić na Owena — człowieka, z którym, czuł to wyraźnie, łączyło go znaczne duchowe pokrewieństwo. Człowieka, który prawdopodobnie był teraz bezbronny, a może i ranny.

Posuwając się powoli w stronę drogi, złapał się na tym, że myśli o żonie tego człowieka. Wracał ciągle do pytania, które pojawiło się w jego umyśle, kiedy jechał do Ridgeton, po tym jak postanowił nie udawać się do Boyleston. Stojąc za wysokim dębem i na próżno błądząc wzrokiem po rozciągającej się przed nim panoramie, jeszcze raz zadał sobie to pytanie: dlaczego właściwie Michael Hrubek dąży do tego, żeby dopaść Lis Atcheson?

Oczywiście przyczyną może być to, że jest on zupełnym wariatem. Może rzeczywiście nim jest — skoro tylu ludzi uważa go za wariata. Jednak z tego, co Heck zrozumiał, Hrubek potrzebował silnej motywacji, żeby podjąć taki wysiłek — żeby odbyć tę podróż, która go tak przerażała. Odbycie tej podróży oznaczało dla Hrubeka tyle, co dla niego, Trentona Hecka, podejście do kogoś, kto grozi, że postrzeli go znowu w nogę.

Po co ten człowiek naraża się na coś takiego?

Czy z tego powodu, że Lis zeznawała na jego niekorzyść? Nie, za tym musi kryć się coś jeszcze. Gdyż prawdą było to, co on, Heck, jej powiedział: prawdą było, że skazańcy rzadko pogarszają swoją sytuację, robiąc krzywdę świadkom.

Czynią to jedynie wtedy, gdy...

Tak, oni spełniają swoje groźby jedynie wtedy, gdy świadek kłamał. Ale dlaczego Lis miałaby kłamać?

Heck przerwał te rozmyślania, kiedy w pewnej odległości od siebie zauważył duży sześcian słabego niebieskiego światła. Ruszył w stronę tego światła i, mrużąc oczy, wysilił wzrok. Było to światło palące się w cieplarni. Widocznie Lis zapomniała je zgasić. Heck pomyślał, że to niedobrze, ale nic na to nie mógł poradzić.

Błysnęło się i rozległ się grzmot. Hecka to zaniepokoiło — nie dlatego, że się obawiał, że strzeli w niego piorun, ale dlatego, że uważał, że źle by było, gdyby został oślepiony. Nie chciał też stać się łatwym celem, do czego światło błyskawicy mogło się przyczynić.

Zagrzmiało jeszcze raz.

Ale czy był to naprawdę grzmot? Ten dźwięk przypominał raczej trzaśnięcie. Zastanowiwszy się przez chwilę, Heck doszedł do wniosku, że dźwięk dobiegł z podjazdu koło domu Atchesonów. Zaniepokojony spojrzał w tamtą stronę, czekając na sygnał alarmowy, ale nie zabłysło żadne światło.

Heck dotknął nerwowo starego walthera znajdującego się w torebce nylonowej i zaczął się skradać w stronę Cedar Swamp Road, rozglądając się po gęstym lesie. Na ziemi leżał gruby dywan opadłych liści. W gęstwinie Heck zobaczył z tuzin cieni. Cienie te bardzo przypominały człowieka, którego szukał. Potem Heck zapomniał o grzmocie przypominającym wystrzał i ogarnęło go przygnębienie. Zadanie, które przed nim stało, wydawało mu się nie do wykonania. Nie znajdę ani Owena, ani Hrubeka — pomyślał.

— O rany — mruknął pod nosem.

Odrzucił łapówkę Kohlera, przyczynił się do śmierci tamtej kobiety, a teraz po prostu *słyszał*, jak Adler mówi: „No nie, przykro mi, panie Heck, Hrubeka złapali chłopcy ze Służby Taktycznej. Ale tu ma pan sto dolców za fatygę".

— Cholera.

Minutę później, kiedy w duchu rozmawiał o tych swoich kłopotach z Jill, zobaczył kątem oka błysk światła docierającego od strony domu. Ruszył szybko w tamtą stronę, myśląc, że to Lis go wzywa. Ale zaraz potem zatrzymał się i, mrużąc oczy, zobaczył, że światło odbija się od łysej, pomalowanej na niebiesko głowy.

Michael Hrubek znajdował się o niecałe pięćdziesiąt stóp od niego. Szaleniec nie zdawał sobie sprawy z jego obecności i chował się w krzakach, w miejscu, z którego widać było garaż.

Boże, to potwór — pomyślał Heck. Twarz mu płonęła, tak był podekscytowany, widząc po raz pierwszy tego, którego ścigał. Nie wyjmując walthera z torebki nylonowej, wycelował w plecy Hrubeka. Odbezpieczył broń kciukiem i, idąc jak najciszej, zbliżył się do szaleńca. Kiedy był w odległości trzydziestu stóp od niego, zaczerpnął tchu i krzyknął:

— Hrubek!

Potężny mężczyzna podskoczył i wydał żałośnie brzmiący okrzyk przerażenia. Obejrzał się, szukając wzrokiem tego, kto wołał.

— Połóż się na ziemi! Ostrzegam, że mam broń.

Akurat, pomyślał Heck, on będzie uciekał. Masz zamiar do niego strzelić czy nie? Zdecyduj teraz. Bo inaczej będziesz musiał go gonić.

Hrubekowi rozbiegały się oczy. Wysunął język, oblizując wargi. Wyglądał jak zdezorientowany niedźwiedź stający ze strachu na tylnych łapach.

Heck podjął decyzję. Strzelaj! Celuj w nogę.

Hrubek ruszył biegiem.

Heck wystrzelił dwa razy. Kula poderwała w górę liście tuż za uciekającą postacią, która sadziła naprzód ogromnymi susami, omijając drzewa, tratując młode pędy, upadając, gramoląc się wśród liści i wstając ponownie na nogi. Hrubek wył ze strachu. Heck ścigał go zawzięcie. Mimo że był dwa razy cięższy od Hecka, Hrubek biegł bardzo szybko i przez dłuższy czas miał nad Heckiem przewagę. Ale powoli Heck zaczął się do niego zbliżać.

A potem nagle krzyknął z bólu. Złapał go kurcz — jego chora noga była sparaliżowana od łydki do biodra. Heck upadł na bok z wyprostowaną nogą. Noga drgała, mięśnie w niej były twarde jak dębina. Heck wił się rozpaczliwie, starając się przybrać pozycję, w której ból nie byłby tak dojmujący. Stopniowo ból ustąpił nieco sam z siebie, ale Heck leżał wyczerpany i bez tchu. Kiedy usiadł i rozejrzał się naokoło, Hrubeka już nie było.

Sapiąc głośno, Heck wstał. Podniósł pistolet i ruszył biegiem wzdłuż niskiego grzbietu, kierując się tam, gdzie zniknął Hrubek. Zorientował się, gdzie jest dom. Dom był o sto jardów od niego. Poprzez strugi deszczu Heck widział tysiąc drzew i dziesięć tysięcy cieni, z których każdy mógł być ściganym przez niego człowiekiem.

Kiedy ruszył w stronę domu — tak szybko, jak pozwalała mu na to drżąca noga — usłyszał strzał, który padł o jakieś dziesięć stóp za nim. Nie czując bólu, z bezgranicznym zdumieniem zorientował się, że kula wychodzi mu przez plecy.

— O Boże — szepnął.

Zrobił kilka kroków, dziwiąc się, dlaczego nikt nie powiedział mu, że Hrubek może mieć broń. Upuścił pistolet, spojrzał w dół na swoją koszulę i zobaczył miejsce, przez które przeszła kula.

— O nie! Cholera jasna.

Przed oczami jego wyobraźni pojawił się niewyraźny obraz byłej żony Jill w świeżo wyprasowanym mundurku kelnerki. Potem, podobnie jak w życiu, Jill szybko zniknęła, jak gdyby miała jakieś ważne sprawy do załatwienia, a on opadł na kolana, przewrócił się w przód i zaczął się staczać z pokrytego śliskimi liśćmi pagórka.

Lis! — krzyknęła Portia, kiedy jej siostra wróciła do kuchni, powiesiła kurtkę i otrząsnęła wodę z włosów.

Lis zamknęła drzwi na klucz, a potem odwróciła się i zaczęła patrzeć przez okno, za którym lał taki deszcz, że prawie nic nie było widać.

— Co to za dźwięk? — zapytała Portia.

— Jaki dźwięk?

— Nie *słyszałaś*? — Młodsza siostra zaczęła chodzić po kuchni, załamując nerwowo ręce. — Zdawało mi się... To znaczy... to nie był grzmot. Wydawało mi się, że to strzały. Martwiłam się... *Gdzie ty byłaś?*

— Jest takie błoto, że trudno dojść do piwnicy. Drzwi były zamknięte. To była strata czasu.

— Może powinniśmy powiedzieć o tym temu policjantowi.

W pobliżu błysnęło i zagrzmiało. Portia aż podskoczyła na dźwięk grzmotu.

— Cholera. Okropna ta burza.

Samochód policyjny stał o jakieś pięćdziesiąt, sześćdziesiąt stóp od domu. Lis stanęła przy drzwiach i pomachała ręką, ale policjant nie zareagował.

— On cię nie widzi — powiedziała Portia. — Chodźmy do niego. Tak leje, że on mógł niczego nie słyszeć. Nie patrz na mnie tak. *Ja się boję.* Po prostu cholernie się boję.

Lis zawahała się, a potem kiwnęła głową. Włożyła znowu kurtkę i czarny kapelusz przeciwdeszczowy Owena — bardziej dla kamuflażu niż po to, żeby ochronić i tak już mokre włosy. Portia naciągnęła czapeczkę baseballową i granatową kurtkę chroniącą od wiatru — bezużyteczną na deszczu, ale mniej rzucającą się w oczy niż żółty płaszcz. Potem Lis otworzyła drzwi. Portia poszła pierwsza, a Lis za nią, ściskając pistolet w kieszeni. Natychmiast musiały zacząć walczyć z deszczem i wiatrem. Pochylone posuwały się w kierunku samochodu. W połowie drogi wiatr porwał kapelusz Lis i poniósł go w stronę jeziora.

To właśnie od tej strony, od strony jeziora, pojawił się nagle ten ktoś. Chwycił Lis za ramiona i oboje upadli w błoto. Upadając, Lis skuliła się we dwoje. Starała się zaczerpnąć tchu, nie mogła wydobyć z siebie głosu i zawołać o pomoc. Tamten przygniótł ją całym swoim ciężarem, przyciskając ją do ziemi. Lis próbowała wyszarpnąć z kieszeni pistolet, ale pistolet zaczepił się o materiał w środku i nie udało jej się go wyciągnąć.

Portia odwróciła się i zobaczyła napastnika. Z krzykiem rzuciła się w stronę samochodu policyjnego, podczas gdy Lis, kopiąc, wyrywała się tamtemu. Lis zdołała tylko przesunąć się przez pełen błota rowek i wylądować, siedząc, na kłującym, pozbawionym kwiatów krzaku róży Prospero. Nie mogła się ruszyć z miejsca. Tymczasem napastnik, z głową opuszczoną jak zwierzę, pełzł po błocie w jej stronę, wydając dziwne dźwięki. Lis — rozdzierając materiał — wyszarpnęła pistolet z kieszeni, Przytknęła jego lufę do głowy mężczyzny w chwili, gdy ten powiedział:

— Niech mi pani pomoże.

Był to Trenton Heck.

— O Boże — szepnęła Lis.

— Jestem... Może mi pani pomóc?

— Portia! — krzyknęła Lis, wkładając broń z powrotem do kieszeni. — To Trenton. Jest ranny. Zawołaj policjanta. Powiedz mu o tym.

Młoda kobieta dalej stała przy drzwiach samochodu patrolowego.

— To *Trenton* — zawołała Lis, starając się przekrzyczeć wiatr i deszcz. — Powiedz policjantowi!

Ale Portia nie zrobiła tego. Cofnęła się i zaczęła krzyczeć. Lis szarpnęła kurtkę, która zaczepiła się o krzak róży, i odpełzła od Hecka. Marszcząc brwi, zbliżyła się ostrożnie do siostry. Z przedniego siedzenia samochodu patrolowego unosił się dym. Portia zakryła sobie twarz dłońmi i padła na kolana, krztusząc się. W chwilę później zwymiotowała.

Kiedy policjant został zastrzelony — strzałem prosto w twarz — papieros, który trzymał w dłoni, spadł mu na kolana. Od papierosa zajął się mundur, który tlił się teraz powoli.

— Nie! — krzyczała Portia. — Nie! Nie!...

Lis odepchnęła siostrę, zaczerpnęła w dłoń trochę błota i zdusiła ogień. Ona też, poczuwszy zapach tlących się włosów, sukna i przypalonej skóry, omal nie zwymiotowała.

— Radio! — krzyknęła Portia.

Wyprostowała się, wycierając sobie usta, i powtórzyła to słowo jeszcze dwa razy, zanim Lis zrozumiała, o co jej chodzi. Ale z tablicy rozdzielczej sterczał tylko pokręcony czarny kabel — aparat został wyrwany. Lis jeszcze raz pochyliła się nad policjantem, chociaż oczywiste było, że niczego już nie można dla niego zrobić. Młody człowiek miał ziemistą cerę i był zimny. Lis cofnęła się i spojrzała na acurę. Samochód był pełen wody, która sięgała aż do okien i zalała znajdujący się w środku telefon.

Obie kobiety, potykając się w błocie, podeszły do miejsca, gdzie na boku leżał Trenton Heck. Udało im się dźwignąć go tak, że stanął na własnych nogach, po czym wszyscy troje zaczęli się posuwać w stronę drzwi kuchennych. Deszcz padał im na twarze i ciążył jak tuzin mokrych koców. Kiedy przebyli już połowę drogi do domu, zaatakował ich z tyłu potężny podmuch wiatru. Portia poślizgnęła się i wpadła do rowu pełnego błota, pociągając za sobą nieprzytomnego Hecka. Wyciągnięcie go z błota i doprowadzenie do kuchni zajęło siostrom długie, pełne napięcia minuty. Potem Portia padła w otwartych już drzwiach.

— Nie, nie zatrzymuj się tu. Wciągnijmy go do środka.

— Muszę odpocząć — szepnęła zdyszana Portia.

— Ruszaj się. To ty przecież uprawiasz biegi. To ty jesteś ta silna.

— Jezu!

Kobiety wciągnęły Hecka do salonu i położyły go na kanapie.

Podszedł do nich Emil. Nie miał on jednak szóstego zmysłu, którym mógłby wyczuwać nieszczęście. Powąchał bowiem but swego pana, a potem wrócił do kąta, który sobie przywłaszczył. Położył się i zamknął oczy. Portia zamknęła drzwi kuchenne na klucz i zapaliła w salonie małą lampkę. Lis rozpięła Heckowi koszulę.

— O Boże, otwór po kuli! — zawołała cienkim głosem zaszokowana Portia. — Daj coś. Nie wiem. Jakiś ręcznik.

Lis poszła do kuchni. Urywając z rolki papierowe ręczniki, usłyszała jakiś dźwięk na zewnątrz. Dźwięk był z początku cichy, potem coraz głośniejszy, a wreszcie tak głośny, że zaczął rywalizować z wyciem wiatru. Serce Lis zamarło, bo dźwięk ten przypomniał jej zawodzenie Claire dochodzące przed śmiercią dziewczyny z jaskini w Indian Leap. Oszołomiona tym wspomnieniem i obecnym strachem Lis podeszła, potykając się, do drzwi i wyjrzała na zewnątrz. Nie zobaczyła niczego poza strugami deszczu i szarpanymi wiatrem liśćmi i upłynęła spora chwila, nim uświadomiła sobie, że ten dźwięk to wołanie — dobiegające znikąd i ze wszystkich stron wołanie Michaela Hrubeka: „Lis-bone, Lis-bone, Lis-bone..."

30

Trenton odzyskiwał przytomność, a potem ją na powrót tracił. Lis usiłowała wyczuć jego puls, jednak nie udawało jej się to. Kiedy w końcu przyłożyła ucho do jego piersi, wydało jej się, że jego serce bije mocno.

— Słyszy mnie pan? — zapytała podniesionym głosem.

Heck wymamrotał coś jak lunatyk. Prawie nie reagował na straszliwy ból, jaki musiała mu sprawiać Lis, przyciskając mocno ręczniki do poszarpanej, otoczonej czarną obwódką dziury w jego brzuchu.

Portia siedziała w kącie salonu ze spuszczoną głową, obejmując ramionami kolana. Lis wstała i przeszła koło niej. Będąc już w ciemnej kuchni, spojrzała przez okno i nie zobaczyła śladu Hrubeka, który przestał już ją wołać. Ale makabryczny dźwięk jego głosu wciąż brzmiał jej w uszach. Czuła się splamiona, sponiewierana. Proszę cię, myślała z rozpaczą, proszę, zostaw mnie w spokoju.

Stała przy oknie przez dłuższą chwilę. A potem zawołała siostrę:

— Portia!

Młoda kobieta spojrzała na nią i zaczęła kręcić głową. — Nie.

— Włóż to. — Lis wręczyła Portii kurtkę.

— Nie, Lis, nie.

— Pojedziesz i sprowadzisz pomoc.

— Nie mogę.

— Możesz.

— Ja nie wyjdę.

— Wiesz, gdzie jest biuro szeryfa. Jest na...

— Samochód nie ruszy.

— Weźmiesz samochód policyjny.

Portii aż zabrakło tchu. — Nie. Bo *on* jest w środku.

— Tak, weźmiesz go.

— Nie. Nie pojadę. Nie proś mnie o to.

— Wjedziesz w Cedar Swamp Road, pojedziesz nią półtorej mili i dotrzesz do North Street. Potem skręcisz w lewo i pojedziesz dalej jakieś sześć mil. Biuro szeryfa jest po prawej stronie. Cedar Swamp Road będzie miejscami pod wodą. Będziesz więc musiała jechać powoli.

— Nie!

Twarz Portii była mokra od łez.

Palcami czerwonymi od krwi Hecka Lis wzięła siostrę za ramię.

— Wsadzę cię teraz do samochodu i pojedziesz do szeryfa.

Portia zobaczyła teraz szkarłatne plamy na swoim swetrze i oczy jej zabłysły. — Zabrudzisz mnie...

— Portia!

— ...*jego krwią*! Nie pojadę!

Lis wyciągnęła z kieszeni niebieskoczarny pistolet i zbliżyła go do twarzy zdumionej siostry.

— Ani słowa więcej. Wsiądziesz do samochodu i pojedziesz! Idziemy!

Złapała Portię za kołnierz i wyrzuciła ją na deszcz.

Obejmowały się za ramiona i szły, potykając się, do samochodu. Ziemia była tak rozmoknięta, że dojście do niego zabrało im pięć minut. Mętna woda stojąca naokoło garażu sięgała już zakrętu podjazdu. Miała cztery stopy głębokości. Mało brakowało, aby samochód policyjny został zalany.

Nagle obie kobiety straciły równowagę i przewróciły się w błoto. Kolano Lis ugrzęzło tak głęboko, że Portia musiała wyciągać siostrę obiema rękami. A potem znowu, krok za krokiem, posuwały się w stronę samochodu.

Jeszcze dwadzieścia stóp.

— Nic nie widzę — szepnęła Portia.

Lis zostawiła ją na skraju podjazdu i brnęła dalej sama. Deszcz lał w dalszym ciągu, jednak — mimo że było zbyt wcześnie na świt — niebo rozświetlało jakieś słabe światło. Może, pomyślała Lis, moje oczy po prostu przyzwyczaiły się do ciemności. Wszystkie zmysły miała wyostrzone, jak zwierzę. Przystosowała się do spadającej temperatury, do zapachów deszczu, dymu i kompostu, do śliskiego błota i mokrych liści. I była gotowa zaatakować każdego, kto by się znalazł w zasięgu radaru jej instynktów.

Sięgając do klamki w drzwiczkach samochodu, obejrzała się na siostrę. Co to jest? — zastanowiła się, patrząc ponad ramieniem Portii. W odległości jakichś dwunastu jardów tworzyła się niezwykła chmura. Ta chmura stawała się coraz ciemniejsza, była już czarniejsza niż wszechobecne strugi deszczu. I płynęła niepewnie w ich stronę.

Aż w końcu stała się dobrze widoczna. To Michael Hrubek brnął ku nim. Jedno ramię miał wyciągnięte, a drugie zwisało mu bezwładnie. Najwyraźniej był w nie ranny. W zwisającej ręce trzymał pistolet, który w porównaniu z jego dłonią wydawał się bardzo mały.

Hrubek patrzył na Portię.

— Lis-bone... Lis-bone...

Młoda kobieta odwróciła się gwałtownie i krzyknęła, padając na plecy w błoto.

Lis znieruchomiała. O Boże! On myśli, że Portia to ja!

Hrubek wyciągnął rękę.

— Ewo...

Lis podniosła oburącz colta woodsmana i pociągnęła za cyngiel. Szarpała ostry metalowy języczek tak mocno, że omal nie złamała sobie palca. Kule poleciały w ciemność i przeleciały w odległości paru cali od Hrubeka.

Hrubek zawył i, zatykając sobie uszy, uciekł w zarośla. Lis podbiegła do siostry i przyciągnęła ją do samochodu.

Portia była tak przerażona, że bezwolnie dawała się prowadzić. Głowa jej się chwiała. Lis wetknęła jej do ręki pistolet. Portia wzięła go i zagapiła się na czarną lufę. Lis tymczasem zaczęła wyciągać grubego policjanta z samochodu. Chwyciła go za ramiona i z wielkim wysiłkiem szarpnęła, a potem bez szacunku upuściła w błoto. Sięgnęła do wnętrza samochodu i włączyła silnik. Wyrwała Portii colta. Portia zaczęła się cofać. Lis chwyciła ją swoimi silnymi rękami i wepchnęła na przednie siedzenie. Siadając w kałuży krwi, Portia skurczyła się, tak jakby się bała, że krew przesiąknie jej przez nogi. Szlochała i drżała. Lis zatrzasnęła drzwiczki.

— Jedź!

— Ale... Odsuń... Odsuń jego nogi! — zawodziła Portia, wskazując policjanta, którego kolana znajdowały się tuż przed tylnymi kołami samochodu.

— Jedź! — krzyknęła Lis i, sięgając ręką do środka, przesunęła dźwignię zmiany biegów. Kiedy samochód ruszył gwałtownie, boczne lusterko uderzyło Lis. Lis poślizgnęła się na mokrych, pogniecionych liściach i upadła w błoto. Samochód powoli przejechał po ciele policjanta i wjechał na podjazd. Portia dodała gazu. Rozpryskując błoto i powodując, że żwir odskakiwał na boki, samochód ruszył szybciej. Zniknął na długim podjeździe w fontannach wody.

Lis z trudem wstała. Przez chwilę nic nie widziała, bo tylne koła samochodu ochlapały ją błotem, oślepiając. Potem podniosła głowę, tak żeby strugi deszczu obmyły jej twarz i oczy. Kiedy otworzyła oczy, zobaczyła, że Michael Hrubek idzie w jej stronę, ostrożnie brodząc w wodzie, i że znajduje się już w połowie podwórza.

Lis uderzyła się po kieszeni. Pistoletu nie było. Podczas upadku wyślizgnął się i wypadł. Lis osunęła się na kolana i zaczęła macać naokoło siebie, ale nie mogła go znaleźć.

— Gdzie? — krzyknęła. — Gdzie on jest?

Hrubek znajdował się o trzydzieści stóp od niej. Brnął powoli przez sięgającą mu do pasa wodę. W końcu Lis nie wytrzymała i uciekła do domu. Zatrzasnęła za sobą drzwi.

Zamknęła je na dwa zamki i chwyciła długi nóż. Stanęła twarzą do drzwi.

Ale Hrubek się nie pojawiał.

Lis podeszła do okna i ostrożnie wyjrzała. Hrubeka nigdzie nie było widać. Lis cofnęła się od okna, bojąc się, że on się nagle pojawi.

Gdzie? *Gdzie*?

Jego nieobecność była prawie tak samo przerażająca jak jego widok.

Lis wpadła pospiesznie do salonu i sprawdziła, co się dzieje z Trentonem Heckiem. Heck był wciąż nieprzytomny, ale oddychał miarowo. Lis rozejrzała się po pokoju. Popatrzyła niewidzącymi oczami na zdjęcia rodzinne, na kolekcję porcelanowych ptaszków, na pamiątki związane z Don Kichotem, które ojciec przywiózł z Półwyspu Iberyjskiego, na pokryte perkalem meble, na obrazy pracowicie wymalowane przez niezbyt dobrych malarzy.

Na dworze rozległ się jakiś trzask i brzęk tłuczonego szkła. Hrubek okrążał dom. W oknie salonu pojawił się jakiś cień, a potem zniknął. W chwilę później sylwetka Hrubeka zamajaczyła za drugą firanką i przesunęła się dalej. Nastąpiła minuta trudnej do wytrzymania ciszy. Nagle we frontowe drzwi został wymierzony potężny kopniak. Lis wstrzymała oddech. Nastąpił kolejny kopniak. W drzwiach z głośnym trzaskiem pękła drewniana płyta. Hrubek kopnął jeszcze raz, ale drzwi wytrzymały. Lis zobaczyła sylwetkę Hrubeka przesuwającą się za wąskim okienkiem obok drzwi.

Obracała się powoli w ślad za nim. Hrubek okrążał dom. Lis usłyszała, jak z hałasem otwiera drzwi do szopy z narzędziami, a potem je zatrzaskuje.

Cisza.

W zrobione z butelkowego szkła okno pokoju gościnnego zaczęła walić jakaś pięść. Pękła jedna szybka, ale nie było dalszego ciągu i Lis domyśliła się, że okno było za wysoko, a drewniana krata zbyt mocna. Hrubek nie mógł więc tamtędy wejść.

Znowu cisza.

A potem wycie i walenie w ścianę.

Lis rozejrzała się. Jej wzrok padł na drzwi prowadzące do sutereny. Boże, pomyślała nagle, broń Owena. Przypomniała sobie, że na dole jest cały skład broni. Trzeba wziąć stamtąd jeden pistolet.

Kiedy jednak zrobiła krok w tamtą stronę, usłyszała na zewnątrz jakiś trzask, a potem odgłosy potężnych uderzeń, które zdawały się wstrząsać fundamentami domu. Poleciały drzazgi i Hrubek z okropnym rykiem wdarł się do sutereny przez zewnętrzne drzwi, wyłamawszy je kopniakiem. Kłódka na drzwiach zatrzymała go tylko na trzydzieści sekund. Rozległy się jego kroki na betonie. A w chwilę później zaczęły skrzypieć schody prowadzące do hallu, w którym znajdowała się Lis.

O Chryste.

Drzwi od sutereny były zamknięte na zasuwkę, ale zasuwka była zrobiona z cienkiego mosiądzu i służyła raczej jako ozdoba. Lis rozejrzała się za czymś, czym mogłaby zabarykadować drzwi. Wzięła ciężkie dębowe krzesło stojące w jadalni, przyciągnęła je do drzwi i zaklinowała je nim, akurat w chwili gdy gałka zaczęła się obracać.

Gałka przekręciła się gwałtownie. Lis odskoczyła, zastanawiając się, czy Hrubek mógłby rozwalić drzwi kopniakiem. Ale Hrubek tego nie zrobił. Majstrował przez jakąś minutę przy gałce — prawie bojaźliwie, a potem zszedł z powrotem po schodach. Powróciła cisza przerywana tylko niesamowitymi wybuchami śmiechu i szuraniem jego nóg po podłodze sutereny. Hrubek coś mamrotał, ale ona nie słyszała jego słów. Po pięciu minutach uspokoiło się i to. Czy on tam jeszcze jest? Czy on może podpalić dom? Co on robi?

Z dołu nie dobiegały już żadne dźwięki. Z zewnątrz też. Żadne, poza ciągłym bębnieniem deszczu. Michael Hrubek znowu zniknął. Trzymając nóż w jednej ręce, a drugą prowadząc psa Hecka, Lis Atcheson weszła do cieplarni, a potem usiadła w ciemnym kącie. Siedziała tam i czekała.

Deszcz bębnił o dach cieplarni. Jego bębnienie przypominało uderzenia drobnych kamyków. Od chwili gdy odjechała Portia, upłynęło już dwadzieścia minut. Biuro szeryfa było położone w odległości zaledwie ośmiu mil, ale droga mogła być teraz zupełnie nieprzejezdna. Jazda do biura mogła zająć Portii jakąś godzinę. W miarę jak czas upływał, a Hrubek nie dawał znaku życia, Lis odprężyła się. Zaczęła nawet zastanawiać się, czy on przypadkiem nie uciekł. Poczuła, że ogarnia ją euforia, i pomyślała, że na tym właśnie polega tajemnica dobrego samopoczucia: mamy je, kiedy głęboko wierzymy w to, że jesteśmy bezpieczni, mimo że istnieją oczywiste zagrożenia, przed którymi chroni nas tylko szklana tafla.

Lis złapała się na tym, że się zastanawia, co się dzieje z Owenem. Nie chciała dopuścić do siebie myśli o najgorszym. Nie, nie. Z Owenem jest wszystko w porządku. Leje tak strasznie, że on prawdopodobnie schronił się gdzieś, żeby przeczekać najgorszy deszcz. Lis spojrzała na czarne niebo nad głową i zmówiła cichą modlitwę. Prosiła Boga o to, żeby nadszedł już świt — odwrotnie niż zwykle, bo zwykle, leżąc w łóżku i rozpaczliwie próbując zasnąć, modliła się o coś wprost przeciwnego.

A tym razem modliła się o jasność, o poranek, o szalejące czerwone, niebieskie i białe światła na dachach zbliżających się samochodów.

Poczuła zapach róży. Jeszcze tylko dwadzieścia minut. Albo dziewiętnaście. Albo piętnaście. Za piętnaście minut Portia sprowadzi tu pomoc. Michael Hrubek na pewno zabłądził w lesie. Na pewno upadł i złamał nogę.

Lis podrapała psa za uszami.

— W porządku, piesku, twój pan wyzdrowieje — powiedziała, kiedy pies przechylił głowę.

Objęła go. Biedaczek. Był tak zdenerwowany jak ona — uszy mu drżały, mięśnie szyi napięły się. Lis odsunęła się trochę i przyjrzała mu się.

Przyjrzała się fałdom skóry i oczom, które wyrażały znudzenie. Pies trzymał nos w górze, nozdrza mu się kurczyły.

— Lubisz róże? Co, piesku?

Pies wstał. Mięśnie pod skórą napięły mu się. Z jego gardła wydobyło się złowrogie warknięcie.

— O Boże — krzyknęła Lis. — Nie!

Pies węszył, przebierając nogami, podnosząc i opuszczając głowę. Zaczął chodzić szybko w tę i z powrotem. Lis skoczyła na równe nogi i chwyciła nóż, rozglądając się naokoło, patrząc na zaparowane szyby cieplarni. Nic przez nie nie widziała. Gdzie on jest?

Gdzie?

— Przestań — krzyknęła do psa, który nadal chodził, węsząc, i stawał się coraz bardziej niespokojny.

Jej dłonie pokryły się nagle zimnym potem. Lis wytarła je i ścisnęła mocniej nóż.

— Przestań! Jego *nie ma*! Nie ma go tutaj. Przestań warczeć!

Kręciła się w kółko, szukając wroga, którego obecność był w stanie wyczuć jedynie pies. Warczenie przeszło w ujadanie, a potem w okropne wycie odbijające się echem od każdego cala szyb okiennych.

— Proszę cię — błagała — przestań!

Pies przestał.

Nie wydając dźwięku, okręcił się wokół własnej osi i podbiegł do drzwi prowadzących z cieplarni na zewnątrz — do tych, które Lis miała zamiar sprawdzić w chwili, gdy pojawił się Heck.

Do drzwi, o których zupełnie zapomniała.

Do drzwi, które teraz otworzyły się nagle i uderzyły psa, zwalając z nóg. Michael Hrubek wszedł do cieplarni. Stał, ociekający wodą — ogromny i zabłocony — na środku betonowej podłogi. Kręcił głową, przyglądając się gargulcom i kwiatom — wszystkim szczegółom — tak jakby był na wycieczce z klubu ogrodniczego. W dłoni trzymał zabłocony pistolet. Kiedy zobaczył Lis, wypowiedział szeptem jej imię, a potem na jego ustach pojawił się uśmiech — uśmiech, który nie był ani uśmiechem ironicznym, ani uśmiechem tryumfu, i który nie został też wywołany przez przypływ szaleńczego humoru. Był to uśmiech przypominający wyraz, jaki się widuje na twarzach zmarłych.

31

Stojąc tak przed nią, wydał jej się o wiele większy niż kiedyś. W sądzie wyglądał na małego. A teraz wypełniał sobą całą cieplarnię, rozciągał się, dotykał każdej ściany, dotykał żwiru na ziemi, dotykał dachu. Otarł sobie wodę z oczu.

— Lis-bone. Pamiętasz mnie?

— Błagam — wyszeptała. Strach jak narkotyk rozszedł się po jej ciele i spowodował, że mówiła bardzo cicho.

— Przybyłem z bardzo daleka, Lis-bone. Oszukałem ich wszystkich. Wyprowadziłem ich w pole.

Lis cofnęła się o kilka stóp.

— Powiedziałaś im, że zabiłem tego człowieka. Tego o imieniu R-O-B-E-R-T. Imieniu, które ma sześć liter. Kłamałaś.

— Proszę mi nie robić krzywdy.

Pies stojący za Michaelem warknął wściekle. Warcząc, pokazywał żółte zęby. Michael spojrzał w dół i wyciągnął w jego stronę prawą rękę, jak gdyby pies był wypchaną zabawką. Pies wymknął mu się i zatopił zęby w jego spuchniętym lewym przedramieniu. Lis myślała, że potężny mężczyzna ryknie z bólu, ale on zdawał się niczego nie czuć. Podniósł w górę psa wiszącego na jego ręce i zaciągnął go do dużej komórki. Wyrwał zęby z ciała i wrzucił zwierzę do środka, a potem zatrzasnął drzwi.

Nie zwracając uwagi na to, że Lis trzyma błyszczący, ostry jak brzytwa nóż, Michael odwrócił się twarzą do niej. Dlaczego miałabym się przejmować? — pomyślała Lis. On jest taki wielki, nie czuje bólu i ma broń... A jednak trzymała nóż nieruchomo — nie pchnęła nim, chociaż nóż był skierowany prosto w jego serce.

— Lis-bone. Ty byłaś w sądzie. Brałaś udział w tej zdradzie.

— *Musiałam* pójść do sądu. Nie miałam wyboru. Oni *zmuszają* człowieka do tego, żeby był świadkiem. Rozumie pan to, prawda? Nie chciałam panu zrobić żadnej krzywdy.

— Krzywdy? — krzyknął z wściekłością. — Krzywdy? Krzywda jest wszędzie *naokoło* ciebie! Jak mogłaś jej nie zauważyć? Te skurwysyny są wszędzie!

Usiłując go uspokoić, Lis powiedziała tonem współczującym:

— Pan musi być zmęczony.

A on, nie zwracając na to uwagi, mówił dalej:

— Muszę ci coś powiedzieć. Zanim się za to weźmiemy.

Lis zrobiło się zimno.

— *Słuchaj* uważnie. Nie mogę mówić głośno, bo w tym pomieszczeniu na pewno jest podsłuch. Znasz to pewnie pod nazwą inwigilacja. Wiesz, to jest wtedy, kiedy się podgląda zza kotar, masek czy ekranów telewizyjnych. *Słuchasz* mnie? Dobrze.

Rozpoczął wykład. Mówił z jakąś zapamiętałością, ale spokojnie.

— Sprawiedliwość leczy zdradę — zaczął. — Ja kogoś zabiłem. Przyznaję. Zabijając, nie postąpiłem modnie ani mądrze — wiem o tym. — Zmrużył oczy, jakby starając się przypomnieć sobie tekst. — Prawdą jest, że to nie było coś, co ty uważasz za zabójstwo. Ale to mnie nie usprawiedliwia. To nie usprawiedliwia nikogo. *Nikogo*!

Zmarszczył brwi i spojrzał na słowa, które miał wypisane czerwonym tuszem na ręce. Te słowa były niewyraźne jak stare tatuaże.

A potem kontynuował swój monolog. Tematem tego monologu była zdrada i zemsta. Hrubek chodził w tę i z powrotem, od czasu do czasu odwracając się plecami do Lis. W pewnej chwili Lis była już gotowa skoczyć i wbić ostrze w jego plecy. Ale on, jakby coś podejrzewając, odwrócił się szybko i mówił dalej.

Pomieszczenie oświetlone słabym niebieskozielonym światłem było jakby nierzeczywiste. Lis przypomniała się pewna scena z książki, którą czytała przed laty, z książki, która była chyba pierwszą powieścią jej dzieciństwa. *Dwadzieścia tysięcy mil podmorskiej żeglugi*. Ta scena rozgrywała się w łodzi podwodnej z czasów wiktoriańskich. Lis była tak oszołomiona i ogłupiała, że wydało jej się, że oboje z Hrubekiem stoją nie w cieplarni, ale w tej właśnie łodzi, i że ona jest niewinnym harpunnikiem patrzącym jak wścieka się oszalały kapitan, podczas gdy nad nimi i wkoło nich faluje ciemny ocean.

Michael mówił teraz coś o krowach i o członkach organizacji Nauka Chrześcijańska, a także o kobietach, które chowają się za niemodnymi kapeluszami. Lamentował nad stratą ukochanego czarnego samochodu. Kilka razy wspomniał o jakiejś doktor Annie i, robiąc ponurą minę, o jakimś doktorze Richardzie. Czy jemu chodzi o Kohlera? — zastanowiła się Lis.

A potem zwrócił się do niej:

— Napisałem do ciebie list. A ty mi nie odpisałaś.

— Bo nie podał pan zwrotnego adresu. I nie podpisał się pan. Skąd miałam wiedzieć, od kogo jest ten list?

— No, nieźle sobie radzisz — warknął. — Ty *wiedziałaś*, od kogo on jest.

Jego oczy patrzyły tak przenikliwie, że Lis przyznała od razu:

— Tak, wiedziałam — i dodała: — Przepraszam.

— To *oni* nie pozwolili ci odpisać, prawda?

— No...

— Duchy. Spiskowcy.

Lis kiwnęła głową, a on mówił dalej. Wyglądało na to, że uważa, że jej imię składa się z siedmiu liter. Bardzo był z tego zadowolony, a ona przeraziła się, że znajdzie jakiś list czy rachunek, przekona się, że tych liter jest osiem, i zabije ją za to oszustwo.

— A teraz już czas — powiedział wreszcie uroczyście.

Na te słowa Lis znowu zadrżała.

Michael Hrubek zdjął plecak i położył go koło siebie. Potem rozpiął kombinezon i spuścił go, odsłaniając potężne uda. Rozporek w spodenkach bokserskich rozchylił się i Lis — oszołomiona — zobaczyła ciemnego i grubego penisa w stanie połowicznej erekcji.

O Boże...

Lis chwyciła nóż, czekając, aż on odłoży pistolet i wyjmie swój przekrwiony członek, gotowa do skoku.

Ale Michael nie odłożył broni. Jego lewa ręka, ta zraniona, znajdowała się pod poplamioną i brudną bielizną — wyglądało to tak, jakby Michael dalej się podniecał. Ale po chwili, kiedy wyjął rękę, Lis zobaczyła, że trzyma plastikową torebkę. Torebka była zamknięta, jej wylot był obwiązany sznurkiem i Michael zaczął ten sznurek rozwiązywać zdrową ręką, mrużąc oczy jak zaaferowane dziecko. Potem przerwał tę czynność, podciągnął kombinezon i, trochę sfrustrowany, zapiął paski.

Wyjął z torebki kawałek gazety. Papier był wilgotny i trochę podarty. Michael położył go sobie na dłoni, wyciągnął przed siebie jak tacę i ułożył na nim z szacunkiem małą czaszkę zwierzęcą, którą wydobył z plecaka. Lis nie dotknęła ani czaszki, ani papieru. On uśmiechnął się domyślnie, widząc, jaka jest ostrożna, i umieścił oba przedmioty na stole obok niej. Rozpostarł i wygładził wycinek, a potem pchnął go w jej stronę, cofając się o krok, jak pies myśliwski, który u stóp pana złożył zwierzynę.

Ręce miał spuszczone wzdłuż boków. W jednej trzymał pistolet — lufą do dołu. Lis zaplanowała sobie atak. Podejdzie bliżej i postara się przejechać mu nożem po oczach. Myśl o tym przerażała ją. Ale Lis wiedziała, że musi działać. Teraz był właściwy moment. Zacisnęła palce na nożu i spojrzała na wycinek. Był to kawałek z gazety lokalnej ze sprawozdaniem z procesu o zabójstwo w Indian Leap. Marginesy pokryte były bazgrołami Michaela. Fragmenty słów, rysunki, gwiazdki, strzałki — coś, co przypominało pieczęć prezydencką. Sylwetka Abrahama Lincolna. Flagi amerykańskie. Wszystko to otaczało zdjęcie, które Lis rozpoznała — zdjęcie przedstawiające jej własny, ziarnisty, biało-czarny portret, zrobione w chwili gdy już po ogłoszeniu wyroku schodziła po schodach gmachu sądu, idąc do samochodu.

Michael znajdował się teraz w odległości sześciu stóp od niej. Lis zrobiła krok w jego stronę, podnosząc wycinek, przechylając głowę i udając, że czyta. Nie odrywała przy tym wzroku od pistoletu tkwiącego w jego dłoni. Poczuła przykry zapach, usłyszała jego ciężki oddech.

— Jest *tyle* zdrady — wyszeptał.

Lis ścisnęła mocniej nóż. Oczy! Celuj w oczy. No, już. Zrób to! Lewe oko, a potem prawe. A potem pod stół. No, zrób to! Nie wahaj się. Lis pochyliła się w przód, gotowa do skoku.

— Tyle zdrady — powiedział Michael, opryskując jej policzki kropelkami śliny.

Lis nie cofnęła się. On spojrzał w dół na pistolet, który trzymał w lewej dłoni, i przełożył ten pistolet do zdrowej ręki. Lis znowu ścisnęła mocniej nóż. Nie była w stanie się modlić, ale przez jej głowę przelatywały myśli. O ojcu. O matce. I o Owenie, Boże, Boże, niech on żyje. Nasza miłość była ułomna, ale chwilami, przynajmniej chwilami to *była naprawdę* miłość. I słuchaj, Portio, ja ciebie też kocham — mimo że nasze stosunki nigdy nie będą takie, jak bym chciała.

— W porządku — powiedział Michael Hrubek.

Obrócił pistolet w dłoni i wręczył go jej, kolbą do przodu.

— W porządku — powtórzył łagodnie.

Lis była tak przerażona, że nie mogła oderwać wzroku od pistoletu na dłużej niż ułamek sekundy. Ale w tym ułamku sekundy zobaczyła, że po policzkach Michaela płyną łzy.

— Zrób to natychmiast — powiedział Michael zdławionym głosem. — Zrób to szybko.

Lis stała bez ruchu.

— No, weź to — nalegał, wciskając jej pistolet do ręki.

Lis upuściła wycinek z gazety, który sfrunął na podłogę jak liść. Michael ukląkł u jej stóp i skłonił głowę gestem wyrażającym błaganie. Wskazał tył swojej głowy i powiedział:

— Tutaj. Strzel tutaj.

To jakaś sztuczka! — pomyślała Lis. To musi być jakaś sztuczka.

— Zrób to. Szybko.

Lis położyła nóż na stole i wzięła pistolet. Trzymała go luźno w dłoni.

— Michael... — Jego imię ledwo przeszło jej przez gardło. Czuła się tak, jakby smakowała piasek. — Michael, czego ty chcesz?

— Zapłacę życiem za zdradę. Zrób to, szybko.

— Nie przyszedłeś tutaj po to, żeby mnie zabić? — zapytała szeptem.

— Nie zabiłbym ciebie, tak jak nie zrobiłbym krzywdy temu psu.

Roześmiał się, kiwając głową w stronę komórki.

— Zastawiałeś przecież pułapki na psy! — powiedziała Lis bez namysłu.

Michael skrzywił się. — Oczywiście, zastawiałem pułapki, ale na spiskowców. Tak było trzeba. Ale w te pułapki nikt nie mógł się złapać. Bo ja je zatrzaskiwałem. Ja bym nigdy nie zrobił krzywdy psu. Psy są stworzeniami bożymi i żyją w czystej niewinności.

Lis była zaszokowana. Więc cała ta jego dzisiejsza podróż nie miała sensu. Michael był człowiekiem, który zabija ludzi i uwielbia psy. Przebył całą tę odległość, żeby odegrać jakąś makabryczną, bezsensowną, wydumaną scenę.

— Bo widzisz — powiedział — to, co ludzie mówią o Ewie, to nieprawda. Ewa była *ofiarą*. Taką jak ja. Ona była ofiarą szatana. A ja jestem ofiarą rządowych spiskowców. Jak można *potępiać* kogoś, kto został *zdradzony*? Przecież nie można! To by nie było *sprawiedliwe*! Ewa była prześladowana. Ja też jestem prześladowany. No powiedz, czy ty i ja nie jesteśmy podobni? Czy to nie *zadziwiające*, Lis-bone?

Roześmiał się znowu.

— Słuchaj, Michael — powiedziała Lis drżącym głosem — zrobisz coś dla mnie?

Michael podniósł na nią wzrok. Jego twarz była tak smutna jak pysk psa Hecka.

— Chcę cię prosić, żebyś poszedł ze mną na górę.

— Nie, nie, nie... Nie możemy *czekać*. Musisz to zrobić. Musisz! Ja po to tu przyszedłem. — Płakał. — To było takie straszne, takie trudne. Przybyłem z tak daleka... Już czas, żebym poszedł spać. — Wskazał ruchem głowy pistolet. — Jestem taki zmęczony.

— Zrób to dla mnie. Tylko na chwilę.

— Nie, nie... Oni są *wszędzie naokoło* nas. Nie rozumiesz, jakie to niebezpieczne. Jestem taki *zmęczony* czuwaniem.

— Nie zrobiłbyś tego dla mnie? — błagała.

— Nie, chyba nie mogę.

— Będziesz tam bezpieczny. Już ja dopilnuję, żebyś był bezpieczny.

Ich oczy się spotkały. Patrzyli na siebie przez dłuższą chwilę. Lis nie miała pojęcia, co Michael widzi w jej oczach.

— Biedna Ewo — powiedział powoli i kiwnął głową. — A jeżeli tam pójdę, jeżeli zrobię to dla ciebie... to zrobisz to szybko? — zakończył, patrząc na pistolet.

— Tak, jeżeli wciąż tego chcesz.

— No to pójdę na górę. Zrobię to dla ciebie, Lis-bone.

— Chodź ze mną, Michael. Tędy.

Nie chciała odwrócić się do niego plecami, ale równocześnie czuła, że istnieje między nimi iskierka zaufania, iskierka wynikająca prawdopodobnie z szaleństwa, ale realna. Nie chciała podejmować ryzyka jej unicestwienia. Szła przodem, nie robiąc gwałtownych ruchów i nic nie mówiąc. Weszli po wąskich schodach i skierowali się do jednej z zapasowych sypialni. Ponieważ Owen trzymał tutaj dokumenty prawne o charakterze poufnym, na drzwi był założony mocny zamek. Lis otworzyła drzwi i Michael wszedł do środka. Lis zapaliła światło i powiedziała mu, żeby usiadł w fotelu na biegunach. Ten fotel należał do pani L'Auberget, która w nim umarła, pochylając się w przód i ściskając trzykrotnie dłoń Lis. Michael podszedł do fotela i usiadł w nim.

— Zamknę drzwi na klucz — powiedziała łagodnie Lis. — Wrócę niedługo. Niech pan zamknie oczy i odpocznie, dobrze?

Michael nie odpowiedział, tylko przyjrzał się z uznaniem fotelowi i zaczął się bujać. A potem opuścił powieki, tak jak sugerowała Lis, i oparł głowę na oparciu okrytym zielonym afgańskim dywanikiem. Fotel przestał się bujać. Lis zamknęła cicho drzwi, przekręciła klucz i zeszła do cieplarni. Stanęła na środku pomieszczenia i stała tam długo, miotana gwałtownymi uczuciami.

Przypomniał jej się jeszcze jeden cytat z Szekspira. *Bestia najgorsza zna nieco litości.**

— O mój Boże — szepnęła. — Mój Boże...

Osunęła się na kolana i zaczęła szlochać.

W dziesięć minut później Lis ocierała pot z czoła Trentona Hecka. Wyglądało na to, że Heck majaczy, i Lis nie miała pojęcia, czy obmycie twarzy przyniesie mu ulgę. Wycisnęła gąbkę nad jego twarzą, a potem delikatnie i z zabobonnym lękiem wytarła nadmiar wody. Wstała, żeby przynieść jej więcej, i w tym momencie usłyszała jakiś hałas przy drzwiach. Weszła do

* *Żywot i śmierć Ryszarda III* w tłum. Macieja Słomczyńskiego.

kuchni, dziwiąc się, że nie słyszała, jak przyjechał samochód szeryfa ani nie widziała jego świateł. Tymczasem to nie był szeryf. Lis z okrzykiem radości podbiegła do drzwi, żeby wpuścić Owena. Wycieńczony i zabłocony Owen wszedł do kuchni, potykając się. Jedną rękę miał przywiązaną do boku.

— Jesteś ranny! — krzyknęła Lis.

Objęli się na chwilę, a potem on odwrócił się, ciężko dysząc, i wyjrzał na dwór. Zlustrował podwórze jak żołnierz. Wyciągając pistolet z kieszeni, powiedział:

— Nic mi nie jest. To tylko ramię. Ale ten policjant... Jezu Chryste! Ten policjant tam na dworze. On nie żyje!

— Wiem, wiem... To było straszne! Michael go zastrzelił.

Owen oparł się o futrynę i spojrzał w ciemność.

— Biegłem od North Street. Biegłem przez całą drogę. On mnie wyprzedził.

— Jest na górze.

— Musimy się trzymać z daleka od okien... Co takiego?

— On jest na górze — powtórzyła Lis, głaszcząc męża po pokrytym błotem policzku.

Owen wytrzeszczył na nią oczy.

— Kto? Hrubek?

Lis wzięła brudny pistolet Hrubeka i dała mu go. Owen przeniósł wzrok z jej znękanej twarzy na pistolet.

— To jest *jego*?... Co tu się dzieje?

Roześmiał się nerwowo, a potem spoważniał, słuchając jej opowieści.

— On nie miał zamiaru cię zabić? No to *dlaczego tu przyszedł*?

Tuląc się do piersi Owena i uważając przy tym na jego ramię, Lis powiedziała:

— On jest kompletnie niepoczytalny. Mnie się zdaje, że chciał się poświęcić dla mnie. No... nie wiem dokładnie. Zresztą on chyba też tego nie wie.

— A gdzie jest Portia?

— Pojechała po pomoc. Powinna już tu być, ale jej nie ma. Przypuszczam, że jej samochód utknął gdzieś po drodze.

— W północnej części miasta prawie wszystkie drogi są nieprzejezdne. Będzie musiała iść pieszo...

Lis opowiedziała Owenowi o Trentonie Hecku.

— No tak, to jego samochód tam stoi. Kiedy się rozstawaliśmy, miał zamiar jechać do Boyleston.

— Lepiej by było dla niego, gdyby tam pojechał — powiedziała Lis. — Nie wiem, czy przeżyje. Mógłbyś go obejrzeć?

Owen z dużą wprawą zbadał nieprzytomnego Hecka. Z wojska wiedział dużo o ranach.

— Jest w szoku — powiedział. — Potrzebna mu krew albo plazma. Ja nic nie mogę mu pomóc. A gdzie jest Hrubek?

— Zamknęłam go w małej sypialni na górze, w tej co służy jako magazyn.

— I on tak po prostu tam *poszedł*?

— Jak szczenię... Ojej!

Lis zakryła sobie usta dłonią, a potem podeszła do drzwi komórki i uwolniła psa Trentona Hecka. Pies nie był zadowolony, że go więziono, ale nie stało mu się nic złego.

Lis jeszcze raz uściskała Owena, a potem weszła do cieplarni i podniosła wycinek z gazety. Przeczytała: *ZDRAJCĄ JEST ten, co się chowa jako rozwalacz głów. A Dziś jA Mam być poświęcony dla ratowania tej, co się zwie BIEDNA EWA.*

Wzdrygnęła się z obrzydzeniem, czytając te makabryczne słowa szaleńca.

— Owen, słuchaj, powinieneś na to spojrzeć.

Lis podniosła wzrok i zobaczyła, że jej mąż ogląda pistolet Michaela. Otworzył magazynek i liczył, ile w środku jest naboi. Potem zrobił coś, czego nie rozumiała. Wyciągnął swoje rękawiczki do strzelania i zaczął wycierać pistolet miękką skórą.

— Owen, co ty robisz?... Kochanie?

Owen nie odpowiedział, tylko metodycznie wycierał pistolet.

Właśnie wtedy Lis uświadomiła sobie, że on nadal chce zabić Michaela Hrubeka.

— Nie! Nie wolno ci! Nie...

Owen nie oderwał wzroku od pistoletu. Powoli wsunął nabój na miejsce w magazynku i zamknął magazynek z trzaskiem.

— On nie miał zamiaru zrobić mi krzywdy — mówiła błagalnym tonem Lis. — Przyszedł tu, żeby mnie *ochronić*. On jest niepoczytalny, Owenie. *Niepoczytalny*. Nie wolno ci go zabijać!

Owen przez chwilę stał bez ruchu, jakby zamyślony.

— Nie rób tego! Ja ci nie pozwolę. Owen?... O Boże!

Białe światło błyskawicy padło na jego rękę. W tej samej chwili zadzwoniły wszystkie szyby w cieplarni. Lis podniosła szybko dłoń do twarzy, próbując — jak ktoś szalony — skierować kulę w inną stronę. Kulę, która omal jej nie trafiła w kość policzkową i która ucięła jej pukiel włosów, przelatując zaledwie o cal od jej lewego ucha.

32

Upadła, łamiąc mały krzew żółtej róży, i leżała na niebieskozielonych płytkach. W uszach jej szumiało. Czuła zapach własnych przypalonych włosów.

— Zwariowałeś? — krzyknęła. — Owen, to ja! To *ja*!

W chwili gdy on ponownie podniósł pistolet, nastąpił nagły ruch, mignęło coś brązowego. Psie zęby zaatakowały zranione ramię Owena, zupełnie tak samo jak przedtem zaatakowały rękę Hrubeka. Owen, który nie był nieczuły na ból, krzyknął. Pistolet wyleciał mu z ręki i upadł z brzękiem na płytki.

Owen zaczął kopać psa i walić go zdrową pięścią. Pies zaskowyczał z bólu i wybiegł przez drzwi prowadzące z cieplarni na zewnątrz. Owen zatrzasnął te drzwi.

Lis rzuciła się w przód, chcąc chwycić pistolet, ale Owen uprzedził ją. Złapał ją za rękę i przewrócił na twardą podłogę z płytek. Lis potoczyła się, ocierając sobie skórę na łokciu i policzku. Leżała przez chwilę, dysząc ciężko. Była tak zaskoczona, że nie mogła wykrztusić z siebie słowa. W chwili gdy z trudem wstawała, jej mąż szedł powoli w stronę pistoletu.

Mój *mąż*, pomyślała.

Mój własny mąż! Człowiek, z którym leżałam przez większość nocy w ciągu ostatnich sześciu lat. Człowiek, któremu w innych warunkach urodziłabym dzieci, któremu powierzyłam tyle sekretów...

Tak, wiele sekretów.

Ale nie wszystkie.

Biegnąc do salonu, a potem w dół po schodach prowadzących do sutereny, zobaczyła go przez moment stojącego z pistoletem w dłoni i patrzącego na nią — na swoją ofiarę — przenikliwym, zdradzającym pewność siebie spojrzeniem.

Jego wzrok był zimny i Lis przyszło do głowy, że szaleństwo w oczach Michaela Hrubeka było czymś o wiele bardziej ludzkim niż to spojrzenie drapieżnika.

Biedna Ewa...

*

Ciemność. Absolutna. Drobne pęknięcia w murze są dość duże na to, żeby przedostawało się przez nie powietrze. I brązowy deszcz, który pochodzi nie z nieba, a z przesiąkniętej wilgocią ziemi i fundamentów domu. Gdyby było o dwie godziny później, być może do wnętrza przesączyłoby się też światło świtu. Ale teraz jest tu zupełnie ciemno.

Za drzwiami rozlega się szuranie.

On nadchodzi. Lis opuszcza głowę na podciągnięte pod brodę kolana. Rana na policzku boli. Ta na łokciu także. Lis kuli się, a kuląc się, eksponuje rany, o których nawet nie wiedziała. Tę na udzie i tę na kostce.

Potężne kopnięcie w drzwi.

Lis zaczyna cicho szlochać, odbierając to kopnięcie jak cios we własną pierś. Cofając się gwałtownie przed jego siłą, ląduje plecami na kamiennej ścianie. W głowie jej szumi. Owen w korytarzyku za drzwiami nie mówi nic. Czy ten kopniak był wyrazem frustracji, czy też, wymierzając go, Owen chciał utorować sobie drogę do niej? Drzwi są zamknięte na klucz, to prawda, ale może on nie wie, że można je zamknąć od wewnątrz? Może uważa, że w suterenie nikogo nie ma, może odejdzie? Może ucieknie swoim czarnym dżipem, ucieknie nocą do Kanady albo do Meksyku...

Jednak nie, on nie ucieka. Ale wydaje się zadowolony z tego, że jej nie ma w tym malutkim magazynie, i idzie dalej, żeby sprawdzić inne pomieszczenia. Jego kroki cichną.

Lis siedzi skulona przez dziesięć minut, skulona i wściekła na siebie za to, że schowała się tutaj, a nie poza domem. Uciekając, w połowie drogi do drzwi — tych, które Michael otworzył kopniakiem — zatrzymała się, żeby się zastanowić. Nie, on będzie czekał na podwórzu. Może mnie dogonić. Strzeli mi w plecy... Doszedłszy do takiego wniosku, Lis zawróciła i pobiegła do tego starego pomieszczenia w głębi sutereny, zamknęła drzwi za sobą i przekręciła klucz, o którym nie wiedział nikt prócz niej samej. Klucz, którego nie dotykała od dwudziestu pięciu lat.

Dlaczego, Owen, dlaczego? *Dlaczego* to robisz? Lis znajduje się w dziwnym stanie — jest tak, jakby zaraziła się od Michaela wirusem szaleństwa.

Znowu jakiś trzask — to on kopie w kolejne drzwi.

Lis znowu słyszy jego kroki.

Pomieszczenie ma sześć stóp długości i cztery szerokości, a jego sufit jest na wysokości jej piersi. Przypomina jej jaskinię w Indian Leap, tę ciemną, w której Michael szeptał, że czuje jej zapach. Przypominają jej się też czasy dzieciństwa, kiedy kuliła się tutaj, w tym pomieszczeniu wtedy pełnym węgla, podczas gdy Andrew L'Auberget wycinał wierzbowe witki.

Wtedy, w dzieciństwie, słyszała następnie *jego* kroki. Lis, będąc dzieckiem, ze dwanaście razy czytała *Pamiętnik Anny Frank* i zrozumiała, że chowanie się jest rzeczą daremną, a jednak mimo to zawsze się chowała.

Ale ojciec ją znajdował.

Ojciec ranił ją podwójnie, kiedy usiłowała przed nim uciekać.

Mimo to urządzała tu swoją fortecę — gromadząc krakersy i wodę, i wrzucając do jeziora wszystkie z wyjątkiem jednego pozieleniałe mosiężne klucze do staromodnego zamka. A ten jeden zawiesiła na gwoździu ukrytym nad drzwiami.

Do jej krakersów dobrały się myszy, woda wyparowała, jakiś kuzyn znalazł klucz i zabrał go ze sobą.

Zresztą klucz był bez znaczenia, bo zawsze kiedy ojciec kazał jej otworzyć drzwi, otwierała je.

Na beton spada z brzękiem coś metalowego. Owen stęka, podnosząc łom. Lis wydaje cichy okrzyk i opuszcza głowę. W dłoni ma wycinek z gazety — makabryczny prezent od Michaela, dla niej bardziej makabryczny niż czaszka. Kiedy zaczyna się walenie, ona zaciska mocno dłoń z wycinkiem. Słyszy, że Owen postękuje z wysiłku. Potem zapada cisza, a później następuje okropny trzask. Dębowe drzwi drżą. A jednak jej komórka jest wciąż bezpieczna. Owen atakuje sąsiednie pomieszczenie — kotłownię. Oczywiście. W tamtym pomieszczeniu jest okno. Owen, kierując się logiką, myśli, że ona uciekła właśnie tam, bo stamtąd jest wyjście. Ale ona — przebiegła Lis, Lis nauczycielka, Lis naukowiec na modłę własnego ojca — sprytnie wybrała pomieszczenie bez wyjścia.

Następne uderzenie, i następne. I tuzin kolejnych. Drewno trzeszczy, gwoździe puszczają. Straszny huk. Jego kroki oddalają się. Zajrzał do środka, przekonał się, że jej tam nie ma i że okno jest wciąż zabite zakurzoną dyktą.

Lis nic nie słyszy. Ale uświadamia sobie, że znowu widzi. Do wnętrza wsącza się nikły promień światła — przez szparę w ścianie sąsiadującej z kotłownią. Oczy Lis przyzwyczajają się do tego światła, ale ona nie dostrzega niczego. Nie słyszy już męża. Została tu sama z duchem swego ojca, z dwunastoma funtami starego antracytu i z wycinkiem z gazety, który — jak teraz rozumie — wyjaśnia jej, dlaczego musi umrzeć.

ZDRAJCĄ JEST ten, co się chowa jako rozwalacz głów. A Dziś jA Mam być poświęcony dla uratowania tej, co się zwie BIEDNA EWA.

Papier jest brudny i rozpada się. Ale ona jest w stanie przeczytać prawie wszystko to, co napisał Michael.

...A Dziś jA Mam...
ADAM

Te zdania, wzięte w kółko, są połączone ze zdjęciem towarzyszącym artykułowi liniami przypominającymi żyły i tętnice. Jednak osoba, którą wskazują te linie, to nie Lis. Linie ciągną się bowiem aż na lewą stronę fotografii i zbiegają się na postaci człowieka, który przytrzymuje otwarte drzwiczki samochodu.

ZDRAJCĄ JEST ten, co się chowa jako rozwalacz głów. A Dziś jA Mam być poświęcony...

Narysowane przez Michaela linie otaczają Owena.

ZDRAJCĄ JEST ADAM.

Czy celem podróży Michaela było właśnie to? Czy zjawił się tutaj jako anioł ostrzegający, a nie anioł zemsty? Lis rozpościera wycinek. Jest na nim pieczątka: *Biblioteka. Stanowa Placówka Zdrowia Psychicznego w Marsden.*

Zaraz, zastanówmy się...

Michael przeczytał artykuł, będąc w szpitalu, być może w chwili kiedy od procesu upłynęło już dużo czasu. Być może we wrześniu — tuż przed wysłaniem do niej tamtego listu. Lis spróbowała przypomnieć sobie jego słowa... Ewa od zdrady. Może on chciał powiedzieć, że ona nie była tą, która *zdradziła*, tylko tą, *którą zdradzono*?

Może...

Tak, tak! W Indian Leap Michael był świadkiem, a nie mordercą.

— Lis — mówi spokojnie Owen — jestem pewien, że jesteś gdzieś tu na dole. Wiesz, że to na nic.

Lis składa wycinek i umieszcza go na podłodze. Może policja go znajdzie i przyda się on w śledztwie, które z pewnością nastąpi? A może za pięćdziesiąt lat zauważy ten wycinek właściciel tego domu i zacznie się zastanawiać, co on znaczy i kim są ludzie na fotografii, a potem go wyrzuci albo da swojej córce do kolekcji? Jednak bardziej prawdopodobne jest to, że Owen przeczesze dom i pozbędzie się wycinka, podobnie jak wszystkich innych dowodów.

Bo przecież Owen jest skrupulatny.

Lis nie modli się więcej o świt. Burza huczy w okolicy i niebo na zewnątrz jest tak ciemne jak dziura, w której ona się chowa. Nocnych ciemności nie rozprasza dosłownie nic. Owenowi wykonanie tego przerażającego zadania zajmie pewnie parę sekund: najpierw kula dla niej z pistoletu Michaela, a potem dla szaleńca z własnego pistoletu... Ludzie zastaną Owena szlochającego na podłodze z jej ciałem w ramionach, wściekającego się równocześnie, że policja zignorowała jego prośby o zapewnienie Lis ochrony.

Lis słyszy jego kroki w korytarzyku za drzwiami.

I robi to samo co kiedyś, robi to samo co wtedy, kiedy chowała się przed ojcem — wstaje i bez hałasu otwiera drzwi.

— Tu jestem — mówi zupełnie tak samo jak wtedy.

Owen znajduje się o dziesięć stóp od niej. Trzyma łom. Jest cokolwiek zdziwiony, widząc, że Lis zbliża się z tej strony, i zmieszany, uświadamiając sobie, że był tak nieostrożny, że pozwolił wrogowi znaleźć się za swoimi plecami. Lis mówi do niego cicho:

— Zrobisz, co zechcesz, Owenie. Ale nie tutaj. W cieplarni.

Po czym, zanim on zdążył coś powiedzieć, odwraca się i zaczyna wchodzić po schodach.

33

Myślałaś, że nigdy się nie dowiem — szepcze Owen.

Lis cofa się, trafia na krzew róży i uświadamia sobie, że kolec wbija jej się w udo. Czuje lekki ból i prawie nie słyszy deszczu bębniącego o szklany dach.

— Jakie to żałosne, Lis. Po prostu żałosne. Ukradkowe spotkania w hotelach. Spacery po plaży. — Owen pokręcił głową. — Nie rób takiej miny. Wiedziałem o tym. Oczywiście, że wiedziałem. Prawie od samego początku.

Lis ze strachu czuje ściskanie w gardle. Oczy jej się na chwilę zamykają.

— I dlatego to robisz? Dlatego, że *ja* miałam romans? Boże drogi, ty...

— Ty dziwko! — Owen rzuca się ku niej i uderza ją w twarz. Lis upada na ziemię. — I ty jesteś moją żoną. *Moją* żoną!

— Ale *ty* też się z kimś spotykałeś!

— Uważasz, że to cię upoważniało do oszukiwania mnie? Nie ma takiego prawa, o ile wiem.

Błyska się, tym razem na wschodzie. Burza przesunęła się, jej centrum nie jest już nad nimi.

— Zakochałam się w nim — krzyczy Lis. — To było niezamierzone. A przecież my od miesięcy mówiliśmy o rozwodzie.

— No tak, oczywiście — szydzi Owen. — To cię usprawiedliwia.

— Robert mnie kochał. A ty nie.

— Robert leciał na wszystkie baby.

— Nieprawda!

— Pieprzył połowę bab w Ridgeton. I pewnie paru chłopów...

— To kłamstwo! Ja go kochałam. Nie pozwolę ci...

Kiedy to mówi, w jej głowie pojawia się pewna myśl. Przypomina sobie daty. Przypomina sobie, jak się pogodzili po zakończeniu romansu Owena — mniej więcej wtedy, kiedy się okazało, że pani L'Auberget jest śmiertelnie chora. Przypomina sobie, jak on nie chciał, żeby kupiła szkółkę. Łzy przestają jej płynąć. Patrzy na niego chłodno.

— Chodzi o coś jeszcze, prawda? Nie chodzi tylko o to, że spotykałam się z Robertem.

Oczywiście. Majątek. Jej miliony.

— Rozmawialiście z Robertem o ślubie — mówi Owen. — Chciałaś się ze mną rozwieść, odciąć mnie od wszystkiego.

— Mówisz tak, jakby chodziło o pieniądze, które *ty* zarobiłeś. A to są pieniądze mojego ojca. Poza tym ja zawsze byłam bardzo hojna. Ja... Ale zaraz. Skąd wiedziałeś, że rozmawialiśmy o tym z Robertem?

— Wiedzieliśmy.

Oszołomiona ciosem silniejszym niż niedawne uderzenie w twarz, Lis zaczyna rozumieć.

— *My*? Dorothy?

Owen nie spotykał się z żadną prawniczką. Jego kochanką była *Dorothy*. Była i wciąż jest. Ta posłuszna Dorothy. Już dawno zaplanowali śmierć Lis. Owenem kierowała przy tym jego niepohamowana duma i chęć zdobycia pieniędzy. Uroczy, nieporządny Robert zostawił prawdopodobnie jakieś ślady ich romansu w domu albo po prostu za dużo powiedział.

— Jak myślisz, kto do mnie zadzwonił w dzień pikniku, żeby mnie wezwać do pracy? Wcale nie moja sekretarka. O Boże, Lis, byłaś taka ślepa.

— To znaczy, że ty byłeś w parku. No właśnie, *wydawało mi się*, że cię widziałam.

— Pojechałem do biura i kazałem kierować wszystkie rozmowy do telefonu w samochodzie. Znalazłem się w parku piętnaście minut przed wami. Poszedłem za wami na plażę.

Poszedł i czekał.

Dorothy celowo nie wzięła *Hamleta*, nie wzięła go po to, żeby Lis wróciła po książkę sama do samochodu, gdzie czekałby na nią Owen.

Ale to nie Lis poszła po książkę. Poszedł po nią Robert, który miał nadzieję, że spotka Portię. Musiał minąć Owena, który zaatakował go następnie u wejścia do jaskini. Potem Robert, krwawiąc, wbiegł do środka, a Owen zaczął go gonić. Claire, która musiała słyszeć wołanie Roberta o pomoc, pobiegła za nimi.

I to nie kto inny, tylko Owen musiał znaleźć nóż, który Lis upuściła obok ciała Roberta.

— Okaleczyłeś go! Ty draniu!

— Kara musi pasować do winy.

— To znaczy, że Michael nic nie zrobił Robertowi?

— Nic mu nie zrobił? Ten sukinsyn próbował go ratować. Płakał i mówił: „Zdejmę tę krew z twojej głowy, nie martw się". Plótł jakieś takie rzeczy.

— I ty czekałeś na taką okazję jak dzisiejsza... — Lis rozejrzała się naokoło. — Nie szukałeś go po to, żeby go zabić. Tylko po to, żeby go tutaj *sprowadzić*! Miałeś zamiar pozwolić mu... pozwolić mu skończyć robotę!

— Z początku myślałem, że on naprawdę uciekł z zamiarem zrobienia ci krzywdy. Potem wyśledziłem go w Cloverton. On...

— Ta kobieta... O Boże, Owen...

— Cóż, on jej nic nie zrobił. On ją tylko związał, tak żeby nie mogła zatelefonować. Znalazłem ją w kuchni. On jej powiedział, że chce się dostać do Ridgeton po to, żeby tam uratować kobietę, która nazywa się Lisbonne. Żeby ją uratować od jej Adama.

— Więc to *ty*? — szepnęła Lis. — To ty ją zabiłeś?

— Ja tego nie *zaplanowałem*. To *nie miało* się stać! No a potem... urządziłem wszystko tak, żeby wyglądało, że on to zrobił. Wrzuciłem jej motocykl do rzeki. Gliniarze myśleli, że on jedzie do Boyleston, ale ja wiedziałem, że on chce się dostać tutaj.

Oczywiście, że o tym wiedział. Przez cały czas wiedział, że Michael ma motyw skłaniający go do przyjazdu do Ridgeton, że Michael chce znaleźć kobietę, która skłamała, mówiąc o nim w sądzie.

— I to ty postrzeliłeś Trentona. I zabiłeś tego młodego policjanta!

Owena ogarnia teraz nienaturalny spokój.

— Straciłem nad tym wszystkim kontrolę — mówi. — Z początku wszystko było proste, a potem straciłem kontrolę.

— Owen, posłuchaj. Posłuchaj mnie, proszę — odzywa się Lis i słyszy w swoim własnym głosie ten sam rozpaczliwy, a równocześnie kojący ton, którym zwracała się przed godziną do Michaela. — Jeżeli chcesz pieniądze, to możesz je mieć.

Wymawia te słowa, ale równocześnie, patrząc na jego twarz, dochodzi do wniosku, że tak naprawdę to jemu nie chodzi wcale o pieniądze. Przypomina sobie rozmowę z Richardem Kohlerem. Michael jest psychicznie chory, to prawda, ale w jego chorobliwym świecie panuje niesprzedajność i sprawiedliwość.

Gdy tymczasem jej mąż jest psychopatą. Tak, to on jest psychopatą, to on jest pozbawiony litości.

Lis uświadamia sobie teraz, że ten psychopata musiał planować jej śmierć, od chwili gdy po raz pierwszy tego wieczora usłyszał, że Michael uciekł ze szpitala. A jego żądania, aby szeryf przysłał do ich domu swoich ludzi, i jego nalegania, żeby ona pojechała do Gospody, były działaniami maskującymi. Chciał w ten sposób stworzyć pozory, chciał wydać się niewinny. Chciał zabić Michaela, a potem zadzwonić do niej do Gospody i powiedzieć, żeby wróciła. Wracaj do domu, kochanie, tu jest już bezpiecznie. Wracaj. Tak by powiedział i poczekałby na nią. Na nią i na...

— O Boże — szepcze Lis.

I na Portię. Także na nią. Lis uświadamia sobie wyraźnie, że Owen musiał chcieć zabić również jej siostrę.

— Nie! — Jej zawodzenie rozlega się w cieplarni. — Nieee!

Lis krzyczy i robi dokładnie to, co zamierzała zrobić, opuszczając swoją kryjówkę, dokładnie to, na co tak bardzo chciała mieć odwagę, nie wierząc równocześnie, że się na nią zdobędzie — odwraca się, bierze ze stołu kuchenny nóż i z całej siły uderza nim Owena.

Celowała w szyję, ale ostrze trafia w policzek. Pchnięcie jest tak silne, że głowa Owena odskakuje do tyłu. Z jego dłoni wypada pistolet. Owen mruga zaszokowany.

Krew pojawia się natychmiast i zalewa jego twarz, pokrywa ją jak szkarłatny welon.

Przez chwilę oboje stoją nieruchomo, patrząc na siebie. Ich myśli zamarły — są pogrążone w takim samym bezruchu jak ich ciała. Oboje wstrzymali oddech.

A potem Owen rzuca się na Lis z bitewnym okrzykiem. Lis pada na ziemię, upuszcza nóż i podnosi ręce do twarzy, chcąc się zasłonić przed jego uderzeniami. Otrzymuje potężny cios w szczękę. Robi jej się ciemno w oczach. Lis podnosi pięść i wali w jego lewe ramię. On wyje jak zwierzę i odsuwa się, łapiąc się za obolałe miejsce.

Jednak szybko przychodzi do siebie i ponawia atak z dziką furią. Ona nie jest w stanie mu dorównać. Gdyż on — nawet z raną na twarzy i zdruzgotanym ramieniem — jest od niej o wiele silniejszy. Popycha ją mocno.

Ona pada na plecy. W jej barki i szyję wbija się żwir, kalecząc ciało. Jego ręka chwyta ją za gardło i mocno ściska. Światła w cieplarni — niebieskie i zielone, przyćmione światła — stają się jeszcze ciemniejsze. Jej płuca tymczasem błagają o tlen, który do nich nie może dotrzeć. Jej ręce trzepoczą się w powietrzu koło jego ogromnej zakrwawionej twarzy. Trzepoczą przez chwilę, a potem opadają na ziemię. Jej oczy widzą już tylko czarną ciemność. Lis mówi coś do Owena — wypowiada słowa, których on prawdopodobnie nie słyszy, słowa, których sama nie rozumie.

Lis traci już prawie przytomność i w tej samej chwili zauważa, że w pewnej odległości od niej tworzy się mały cień. To umiera część mojego mózgu — myśli Lis resztką świadomości. Ten cień tymczasem rośnie — z niewielkiej masy przekształca się we wszechogarniającą ciemność, która wisi w powietrzu jak burzowa chmura. A potem szklany dach ponad walczącą parą rozpryskuje się na milion odłamków. Kawałki drzewa i szkła otaczają spadający cień jak bąbelki towarzyszące nurkowi w wodzie.

Potężne ciało ląduje na boku — jedną swoją połową przygniatając Owena, a drugą to wysokie drzewko różane, którego kolce wyrysowują głębokie linie na policzku i na ramieniu Michaela. Michael szlocha ze strachu — szlocha po skoku z wysokości dwudziestu stóp, który przeraziłby każdego i który u niego musiał wywołać niewyobrażalny wprost atak lęku.

Długi odłamek szkła w kształcie bumerangu rozcina szyję Lis. Lis toczy się po ziemi, odsuwając się od walczących mężczyzn, a potem kuli się, przykrywając ranę drżącą dłonią.

Przez dziurę w szklanym dachu opada lekka mgła i sfruwa kilka liści. Żarówki pod wpływem zimnej wilgoci pękają i pomieszczenie pogrąża się nagle w niebieskiej ciemności. A potem rozlega się dźwięk, który Lis bierze początkowo za grzmot. Jednak zaraz potem uświadamia sobie, że jest to ludzki ryk, ryk, w którym brzmi nuta szaleństwa. Wydany przez kogo? Przez Owena? Przez Michaela? Czy przez nią samą? Tego nigdy się nie dowie.

Czujni i poważni zastępcy szeryfa rozeszli się po domu i po otaczającym go terenie, przeczesując wszystko skrupulatnie.

Medycy, skierowani najpierw do salonu, zbadali bladego Trentona Hecka i orzekli, że jego życie nie jest zagrożone wskutek utraty krwi. Ci sami medycy zszyli i opatrzyli ranę na szyi Lis — tę strasznie wyglądającą, ale niegroźną ranę, po której, jak przypuszczała, będzie miała blizny do końca życia.

A potem Portia padła siostrze w ramiona. Obejmując ją mocno, Lis poczuła zapach szamponu i potu oraz dotknięcie jednego ze srebrnych kolczyków na wargach. Ściskały się przez całą minutę, a kiedy się rozdzieliły, płakała młodsza z sióstr.

Przyjechał ochlapany błotem samochód policji stanowej, przez którego megafon płynęły komunikaty dotyczące usuwania szkód wyrządzonych przez burzę. Z samochodu wysiadł wysoki, siwy mężczyzna. Lis pomyślała, że przypomina kowboja.

— Pani Atcheson? — zapytał.

Oczy Lis spotkały się z jego oczami. Mężczyzna ruszył w jej stronę, ale w połowie drogi przez pokryte błotem podwórze zatrzymał się, żeby z nieukrywanym zdumieniem, a potem z głęboką troską popatrzeć na Trentona Hecka leżącego na wózku. Heck był już przytomny. Obaj mężczyźni zamienili parę słów, po czym medycy zawieźli chudzielca do karetki.

Don Haversham podszedł do Lis i zapytał ją, czy ma ochotę odpowiedzieć na kilka pytań.

— Chyba tak.

Kiedy rozmawiali, z jednej z karetek wysiadł lekarz i założył opatrunek na ramię Lis. A potem wycofał się, mówiąc:

— To nic poważnego. Może to pani myć.

— Nie będzie szwów?

— Nie. A ten guz na głowie zniknie za parę dni. Niech się pani nie martwi.

Lis, która do tej pory nie miała pojęcia, że ma guz na głowie, powiedziała, że się nie martwi. Odwróciła się z powrotem do Havershama, a potem rozmawiała z nim przez blisko pół godziny.

— Aha, zaraz — powiedziała, gdy skończyła opowiadać. — Czy mógłby się pan skontaktować z doktorem Kohlerem ze szpitala w Marsden?

— Z Kohlerem? — Haversham zmrużył oczy. — On zniknął. Próbowaliśmy go znaleźć.

— Zaraz, czy chodzi o *Richarda* Kohlera? — zapytał szeryf z Ridgeton, który usłyszał ich rozmowę.

— Tak — odrzekła Liz.

— No więc — oświadczył szeryf — faceta o tym nazwisku znaleziono pijanego. Godzinę temu. Przy punkcie sprzedaży samochodów Kleppermana.

— Pijanego?

— Spał na masce lincolna. Na dodatek był przykryty płaszczem od deszczu jak kocem, a na jego piersi leżała czaszka — borsuka czy skunksa.

Naprawdę, ja nie żartuję. Jeżeli to nie jest dziwne, to ja już się niczemu nie zdziwię...

— Pijanego? — powtórzyła Lis.

— Nic mu nie będzie. Był porządnie zalany, więc go zamknęliśmy w celi. Miał szczęście, że był na samochodzie, a nie za kierownicą, bo pożegnałby się z prawem jazdy.

Wszystko to było niepodobne do Kohlera. Ale dzisiaj Lis nie była już niczym zdziwiona.

Zaprowadziła Haversham i jednego z zastępców szeryfa do domu, a potem nakłoniła Michaela, żeby wyszedł na zewnątrz. Razem zaprowadzili go do karetki.

— Wygląda na to, że on ma złamaną rękę i nogę w kostce — powiedział jeden z medyków. — Założę się też, że i parę pękniętych żeber. Ale chyba nic nie czuje.

Zastępcy szeryfa wpatrywali się w Michaela z przerażeniem, jak gdyby on był potomkiem osławionego Kuby Rozpruwacza i Lizzie Borden. Lis zapewniła Michaela uroczyście, że nie wstrzykną mu trucizny, i Michael pozwolił zrobić sobie zastrzyk na uspokojenie, a następnie — po tym jak Lis kazała medykowi posmarować sobie nadgarstek, żeby udowodnić, że płyn dezynfekujący nie jest kwasem — zgodził się, żeby mu przemyto rany. W końcu usiadł w karetce i, nie wymawiając słowa pożegnania, złożył ręce razem i wpatrzył się w podłogę. Kiedy drzwi karetki zamykały się za nim, wyglądało na to, że coś sobie nuci.

A potem zabrano pobitego, ale przytomnego Owena.

No i wyglądające okropnie, bezwładne jak szmaciana lalka ciało młodego policjanta, który wykrwawił się na śmierć.

Karetki i samochody policyjne odjechały i Lis i Portia zostały w końcu same. Stały w kuchni. Lis przez chwilę patrzyła na twarz młodszej siostry, która miała minę zdradzającą chaos w głowie. Może spowodował to szok, pomyślała Lis, a może po prostu Portią kieruje ciekawość. To drugie było bardziej prawdopodobne, bo Portia zaczęła nagle zadawać pytania. Lis jednak nie usłyszała ani jednego z nich.

Nie poprosiła też Portii, żeby któreś powtórzyła. Uśmiechnęła się natomiast zagadkowo, ścisnęła siostrę za ramię, wyszła na dwór, gdzie wstawał już błękitny świt, i skierowała się w stronę jeziora. Posokowiec dogonił ją i poszedł przy jej nodze. Kiedy się zatrzymała po drugiej stronie patia, w pobliżu wału z worków, pies skoczył w błoto i znieruchomiał. Ona natomiast usiadła na grobli i wpatrzyła się w wodę mającą kolor spiżu.

Do Ridgeton dotarł teraz zimny front atmosferyczny i drzewa skrzypiały na mrozie. Miliony liści, jak łuski ogromnego gada, okryły ziemię. Później te liście będą błyszczały w słońcu — jeżeli słońce zaświeci. Lis patrzyła na połamane gałęzie, na potłuczone okna, na drewniane gonty, które spadły z dachu, i na kawałki asfaltu. Niebo szalało, to prawda. Jednak, jeżeli nie liczyć zalanego samochodu, zniszczenia były raczej powierzchowne. Tak to bywało z burzami w tej okolicy: nie powodowały wielu zniszczeń, wygaszały tylko światła, łamały gałęzie, zalewały wodą trawniki i sprawiały, że dobrzy obywatele nabierali na pewien czas pokory. Cieplarnia na przykład przeżyła kilka burz i do dzisiejszej nocy nie była nigdy zniszczona. A zresztą i dzisiejszej nocy nie zniszczyła jej burza, tylko ten potężnej budowy szaleniec.

Lis siedziała przez dziesięć minut, drżąc i oddychając głęboko, a para tworzyła wokół jej ust jakąś niesamowitą mgiełkę, tak jakby ona — oddychając — wydychała duchy zmarłych. Pies stał obok niej i patrzył na nią wyczekująco, co, jak przypuszczała, oznaczało, że chce dostać coś do jedzenia. Lis podrapała go po głowie i poszła po mokrej trawie w stronę domu, a on poszedł za nią.

EPILOG

Kwiaty tej odmiany róż są niezwykłe.

Jest to odmiana dwudziestowieczna, a ta róża, którą Lis Atcheson właśnie przycinała, była olśniewająco białą różą o nazwie Iceberg, wspaniałym okazem rozkładającym swe gałązki u wejścia do cieplarni. Goście często podziwiali jej kwiaty i Lis była pewna, że gdyby stanęła z tą różą do konkursu, to zdobyłaby niebieską wstęgę.

Dzisiaj, obcinając pędy, miała na sobie ciemnozieloną sukienkę w turecki wzorek, odcieniem przypominającą jaszczurkę o północy. Sukienka była ciemna — jak przystało na tę okazję, ale nie czarna. Bo Lis wybierała się na rozprawę w sądzie, podczas której miał zapaść wyrok, a nie na pogrzeb.

Mimo że po tej rozprawie miała zostać swego rodzaju wdową, nie była pogrążona w żałobie.

Wbrew radom adwokata, Owen uparł się, żeby oprzeć linię obrony na argumencie, że jest niepoczytalny. Biegły psychiatra w długim, nudnym monologu scharakteryzował go jako czystego socjopatę. Jednak takie rozpoznanie najwyraźniej nie przemówiło do przysięgłych w tym samym stopniu co rozpoznanie Michaela. Po dość długim procesie ława orzekła w pierwszym głosowaniu, że Owen winien jest morderstwa pierwszego stopnia.

W zeszłym tygodniu Lis podpisała umowę kupna-sprzedaży Szkółki Langdellów i tego samego dnia złożyła wypowiedzenie w szkole. Wraz z upłynięciem semestru letniego jej dwunastoletnia kariera nauczycielki angielskiego miała oficjalnie dobiec końca.

Ku zdumieniu starszej siostry, Portia poprosiła o pokazanie jej dokumentacji szkółki, a następnie sama przedstawiła tę dokumentację swojemu przyjacielowi — Erykowi czy Edwardowi, Lis nie pamiętała, jak miał na imię. Temu, będącemu bankowcem — specjalistą od obrotu walorami, firma zaimponowała. Doradził Portii, żeby weszła do spółki póki czas. Ona sama przez kilka dni rozważała tę możliwość, a potem stwierdziła, że potrzebuje dłuższego okresu na zastanowienie. Obiecała Lis, że da jej odpowiedź po powrocie z Karaibów, gdzie miała spędzić luty i marzec.

Portia nocowała dzisiaj u Lis i miała jej towarzyszyć na rozprawę. Po aresztowaniu Owena mieszkała z siostrą przez trzy tygodnie, pomagając jej sprzątać i dokonywać napraw w domu. Ale w tydzień po sformułowaniu aktu oskarżenia Lis doszła do wniosku, że chce zostać sama, i namówiła Portię, żeby wróciła do Nowego Jorku. Na stacji Portia nagle rzekła:

— Słuchaj, Lis, a może byś przyjechała do Nowego Jorku i zamieszkała u mnie?

Lis była wzruszona tą propozycją, chociaż było dla niej jasne, że tak naprawdę to Portia nie chce jej mieć u siebie.

Ponieważ jednak nie lubiła miasta, odmówiła.

Zamykając dzisiaj wywietrzniki w cieplarni, odcinając dopływ zimowego powietrza, Lis pomyślała: „W różny sposób stajemy w życiu oko w oko ze śmiercią. Rzadko ma to formę tak dramatycznej konfrontacji jak ta przy okazji spotkania z duchem zmarłego przodka w cieplarni czy stwierdzenia, że własny mąż przyjechał z daleka, żeby podciąć człowiekowi gardło podczas snu". Zastanawiając się nad bardziej subtelnymi formami konfrontacji z własną śmiertelnością, Lis pomyślała nagle o siostrze i zrozumiała, że przez te wszystkie lata, podczas których żyły oddzielnie, Portia nie była przewrotna ani okrutna. W zachowaniu Portii nie było żadnej premedytacji. Jej ucieczkę od rodziny można było wyjaśnić prościej: uciekając, zrobiła to, co musiała zrobić.

Gdyż w jej życiu było zbyt wiele rózg wierzbowych, zbyt wiele przemów, zbyt wiele śmiertelnie nudnych niedzielnych obiadów.

I kto wie? Może stary L'Auberget po tej okropnej lekcji pływania zmienił postawę i zaczął się dobierać do Portii, kiedy ta miała dwanaście czy trzynaście lat? Bo w końcu to Portia była tą ładniejszą z sióstr.

Był czas, kiedy ta myśl wydałaby się Lis szaleństwem i herezją. Ale ostatnio wszystko się zmieniło — szaleństwo pojawiło się w jej własnym domu, żeby się na niej zemścić, a noc, podczas której szalała burza (bo tak eufemistycznie siostry tę noc określały) nauczyła ją, że tak naprawdę to istnieją tylko dwie herezje: kłamstwa i nasze dobrowolne ich akceptowanie.

Trenton Heck też miał być obecny na dzisiejszej rozprawie. Interesowała go ona nie tylko dlatego, że miała na niej zostać wymierzona sprawiedliwość. Interesowała go także z innych powodów. Otóż doktor Ronald Adler, zanim został usunięty przez Departament Zdrowia Psychicznego ze stanowiska dyrektora szpitala w Marsden, odmówił wypłacenia nagrody, która według Hecka powinna była zostać wypłacona. Następca Adlera nie widział żadnej moralnej przyczyny (nie mówiąc już o prawnych), dla której należałoby wypłacić pieniądze, jakich Adler nie miał prawa obiecywać. A więc zrozpaczony Heck, aczkolwiek z pewnym ociąganiem, oskarżył Owena o to, że strzelił mu w plecy — domagając się odszkodowania.

Firma ubezpieczeniowa nie chciała płacić za takie przestępstwo i Heck, ku własnemu przerażeniu, przekonał się, że żądając odszkodowania od Owena, żąda go od Lis. Dowiedziawszy się o tym, postanowił wycofać sprawę, ale Lis powiedziała mu, że zasługuje on bardziej niż ktokolwiek inny na to, żeby mieć z tej tragedii jakąś korzyść i, wbrew obiekcjom swojego adwokata, wypisała mu czek na sumę wyższą niż ta, której żądał.

Lis wiedziała, że między nią a Trentonem Heckiem nie istnieje żaden dający się racjonalnie uzasadnić związek, a jednak czuła, że oboje są stacjami przy tej samej drodze. Mimo to, kiedy Heck zaprosił ją w zeszłym tygodniu na obiad, odmówiła. Gdyż Heck co prawda rzeczywiście potrzebował w życiu czegoś więcej niż tylko przyczepy mieszkalnej i psa. Jednak ona miała wątpliwości, czy mogłaby mu tego czegoś dostarczyć.

Jedyną osobą, która nie miała się pojawić na rozprawie, był Michael Hrubek.

W Święto Dziękczynienia, na jego nieśmiałą prośbę, Lis odwiedziła go w Stanowej Placówce Zdrowia Psychicznego we Framington, gdzie znajdował się znowu pod opieką Richarda Kohlera. Michael z początku był poirytowany tym, że Lis — przedstawicielka Boga — nie chciała wziąć jego życia w zamian za życie dziewiętnastowiecznego Prezydenta. Jednak w końcu najwyraźniej przyjął do wiadomości fakt, że uratowanie życia Lis było częścią jakiegoś skomplikowanego duchowego targu, zrozumiałego tylko dla niego, i pogodził się z tym, że zostanie jeszcze przez jakiś czas na tej ziemi.

Jego samego też czekał proces — o morderstwo na współwięźniu dokonane podczas ucieczki z Marsden. Wszelkie dowody wskazywały na to, że człowiek ten popełnił samobójstwo, a sprawa została wniesiona tylko dlatego, że Michael, uciekając ze szpitala, zrobił idiotów z jego personelu i z policjantów. Adwokat Michaela zapewnił Lis, że jego klient z całą pewnością nie tylko zostanie uznany za niewinnego, ale także wyjdzie z procesu z lepszą opinią niż prokurator, który — jak to napisał jeden z dziennikarzy — powinien martwić się o rzeczy ważniejsze niż śmierć przebywającego w szpitalu dla psychicznie chorych zabójcy Bobby'ego Raya Callaghana.

Michael był też oskarżony o inne rzeczy. O kradzież, o włamanie, o celowe uwięzienie w bagażniku samochodu policyjnego dwóch nad wyraz pechowych policjantów z Gunderson, z których jeden miał złamany nadgarstek. Trzeba przyznać, że Michael był sprawcą tych czynów. Ale — twierdził adwokat — najprawdopodobniej nie pójdzie on do więzienia. Musi tylko powiedzieć sędziemu prawdę — że, robiąc to wszystko, chciał po prostu uciec agentom Pinkertona, którzy ścigali go z powodu zabójstwa Abrahama Lincolna. Kiedy to powie, zostanie natychmiast wypuszczony z więzienia i wróci do swojego pokoju w szpitalu.

Michael Hrubek był dobrym przykładem na to, że człowiek może wykorzystać historię dla swojego własnego dobra.

Lis włożyła teraz płaszcz i zawołała do siostry, że czas jechać. Miały wziąć dwa samochody, bo po rozprawie Lis chciała udać się na godzinę czy dwie do Framington.

W okresie, jaki upłynął od Święta Dziękczynienia, była w szpitalu kilka razy. Ciągle jeszcze bała się trochę Michaela. Ale przekonała się, że siedząc naprzeciwko niego — czasami w towarzystwie Richarda Kohlera, a czasami sama — odczuwa jakąś nieokreśloną przyjemność. Kiedy wchodziła do pokoju, Michael ujmował jej dłoń z taką delikatnością i szacunkiem, że niekiedy wzruszało ją to do łez. Bardzo pragnęła zrozumieć jego skomplikowane uczucia. Chciała zrozumieć, dlaczego Michael udał się w tak długą podróż, mając przed sobą jeden cel: uratowanie jej, dlaczego chciał uratować właśnie ją, a nie kogo innego. Pragnęła też pojąć, dlaczego myśl o tej podróży tak bardzo ją wzrusza — tak, wzrusza ją, mimo że korzenie działań Michaela tkwiły w jego szaleństwie.

Były to jednak pytania, na które nie potrafiła odpowiedzieć. Zadowalała się więc tym, że może siedzieć z nim w świetlicy, której okna wychodzą na ośnieżone pola, pić kawę albo colę z plastikowego kubka i rozmawiać o krowach, o polityce albo o bezsenności, która dawała się we znaki i jej, i jemu.

Michael, skupiony, słuchał uważnie tego, co ona miała mu do powiedzenia, a potem pochylał się w przód i — dotykając czasami jej ramienia dla podkreślenia ważności tego, co sam mówi — wypowiadał swoje własne myśli. Niektóre z tych myśli były dla niej olśnieniem, inne znowu wydawały jej się bezsensowne, ale wszystkie wypowiadane były tak, jakby Michael głosił bożą prawdę.

I kto może zaręczyć — myślała czasami Lis — kto może z całą pewnością stwierdzić, że tak nie jest?